# A ASCENSÃO DA MAGIA

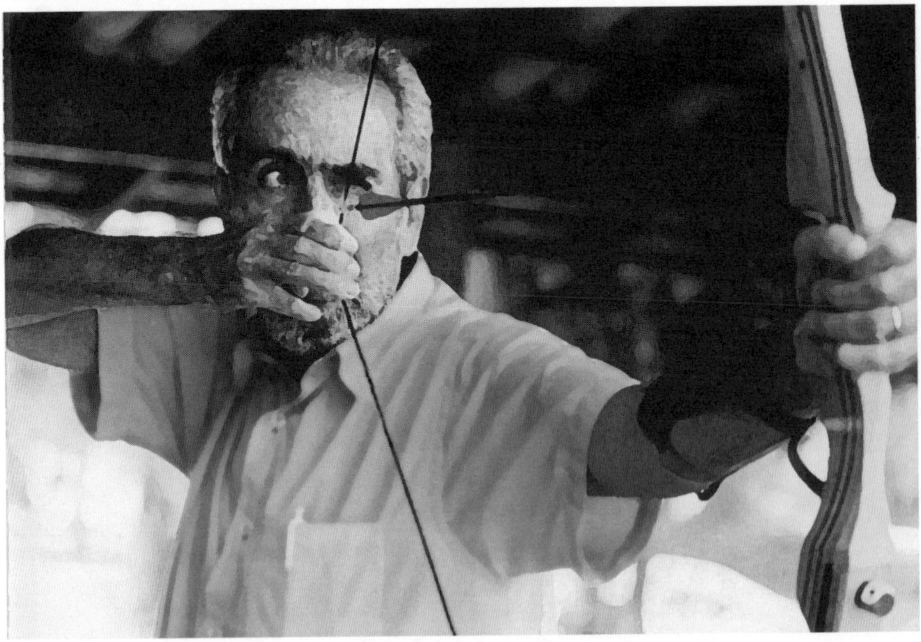

# O ARQUEIRO

GERALDO JORDÃO PEREIRA (1938-2008) começou sua carreira aos 17 anos, quando foi trabalhar com seu pai, o célebre editor José Olympio, publicando obras marcantes como *O menino do dedo verde*, de Maurice Druon, e *Minha vida*, de Charles Chaplin.

Em 1976, fundou a Editora Salamandra com o propósito de formar uma nova geração de leitores e acabou criando um dos catálogos infantis mais premiados do Brasil. Em 1992, fugindo de sua linha editorial, lançou *Muitas vidas, muitos mestres*, de Brian Weiss, livro que deu origem à Editora Sextante.

Fã de histórias de suspense, Geraldo descobriu *O Código Da Vinci* antes mesmo de ele ser lançado nos Estados Unidos. A aposta em ficção, que não era o foco da Sextante, foi certeira: o título se transformou em um dos maiores fenômenos editoriais de todos os tempos.

Mas não foi só aos livros que se dedicou. Com seu desejo de ajudar o próximo, Geraldo desenvolveu diversos projetos sociais que se tornaram sua grande paixão.

Com a missão de publicar histórias empolgantes, tornar os livros cada vez mais acessíveis e despertar o amor pela leitura, a Editora Arqueiro é uma homenagem a esta figura extraordinária, capaz de enxergar mais além, mirar nas coisas verdadeiramente importantes e não perder o idealismo e a esperança diante dos desafios e contratempos da vida.

# NORA ROBERTS

CRÔNICAS DA ESCOLHIDA LIVRO 3

# A ASCENSÃO DA MAGIA

ARQUEIRO

Título original: *The Rise of Magicks*


*tradução:* Simone Lemberg Reisner
*preparo de originais:* Luara França
*revisão:* Ana Grillo e Sheila Louzada
*projeto gráfico e diagramação:* DTPhoenix Editorial
*imagens de abertura:* Benny Marty | Shutterstock
*capa:* Little, Brown (Reino Unido)
*imagens de capa:* Shutterstock
*adaptação de capa:* Gustavo Cardozo
*impressão e acabamento:* Associação Religiosa Imprensa da Fé

CIP-BRASIL. CATALOGAÇÃO NA PUBLICAÇÃO
SINDICATO NACIONAL DOS EDITORES DE LIVROS, RJ

---

R549a Roberts, Nora, 1950-
A ascensão da magia / Nora Roberts; tradução Simone Lemberg Reisner. – 1. ed. – São Paulo: Arqueiro, 2021.
432 p.; 23 cm. (Crônicas da Escolhida; 3)

Tradução de: The rise of magicks
Sequência de: De sangue e ossos
ISBN 978-65-5565-075-4

1. Ficção americana. I. Reisner, Simone Lemberg. II. Título. III. Série.

CDD: 813
20-68205 CDU: 82-3(73)

---

Meri Gleice Rodrigues de Souza – Bibliotecária – CRB-7/6439


Editora Arqueiro Ltda.
Rua Funchal, 538 – conjuntos 52 e 54 – Vila Olímpia
04551-060 – São Paulo – SP
Tel.: (11) 3868-4492 – Fax: (11) 3862-5818
E-mail: atendimento@editoraarqueiro.com.br
www.editoraarqueiro.com.br

*Para Bruce, pelo lar e pela família*
*que construímos juntos*

# LIBERDADE

Nas alturas sentou-se a Liberdade,
Trovões aos seus pés a retumbar:
Acima dela, a estrelada claridade:
Ouvindo torrentes a se encontrar.

– Alfred Tennyson

# PRÓLOGO

Em um dos sete escudos forjados no passado imemorial para conter a escuridão, caiu uma única gota de sangue.

Assim, o escudo se enfraqueceu e a escuridão, paciente como uma aranha, esperou. Décadas se passaram, e a ferida se espalhou sob a grama e o solo.

Então, no último dia do que tinha sido, um homem bom, em toda a sua inocência, quebrou o escudo, que se abriu. A escuridão recompensou o homem com uma infecção mortal, que passaria de marido para esposa, de pais para filhos, de estranhos para estranhos.

Enquanto o mundo cambaleava, sua estrutura – governos, tecnologia, leis, transporte, comunicação – desmoronava como tijolos de areia.

O mundo terminou com estrondos e lamúrias, com sangue e dor, com medo e pavor. Um caixa entregando o troco a um cliente, uma mãe amamentando o filho, empresários apertando-se as mãos ao fecharem um acordo: esses e tantos outros contatos simples espalharam a morte pelo mundo como uma nuvem de veneno.

E bilhões sucumbiram.

Eles a chamaram de Catástrofe – pois era isso, de fato –, uma doença sem cura, letal e veloz, que matou culpados e inocentes, estadistas e anarquistas, privilegiados e desvalidos com igual ânsia.

Enquanto bilhões morriam, aqueles que sobreviveram – os imunes – lutavam para viver mais um dia, encontrar comida, proteger qualquer abrigo que pudessem obter e escapar da violência descontrolada que se desencadeara. Pois mesmo nas horas mais sombrias havia aqueles que saqueavam, violentavam e matavam por puro prazer.

Através da nuvem venenosa que envolveu o mundo, uma luz brilhou. A escuridão estremeceu. Poderes havia muito adormecidos despertaram. Muitos floresceram. Alguns na luz, outros nas trevas.

Magias começaram a sussurrar.

Alguns abraçaram as possibilidades, enquanto outros sentiram medo. E alguns tiveram ódio.

O outro, o diferente, sempre provocaria o ódio em alguns corações. Os que vieram a ser conhecidos como Incomuns enfrentavam o medo e o ódio daqueles que os caçavam. Governos, desesperados por manter seu poder, se concentravam em varrê-los, aprisioná-los, usá-los em experimentos.

Mágicos precisavam se esconder ou lutar contra aqueles que se agarravam ao preconceito e clamavam por um deus feroz e amargo que fosse capaz de torturar e destruir os diferentes.

E se escondiam e lutavam contra aqueles que floresciam na escuridão.

Em uma noite tomada pela tempestade, uma criança, cuja luz brilhou no momento da morte de um homem bom, deu seu primeiro suspiro. Ela surgiu do amor e do sacrifício, da esperança e da luta, da força e do sofrimento.

Com aquele primeiro grito de vida, as lágrimas da mãe e as mãos fortes do homem que a segurava, a guerreira, a líder, A Escolhida deu o primeiro passo em direção ao seu destino.

Magias começaram a pulsar.

Nos anos que se seguiram, foram travadas guerras entre os homens, entre a escuridão e a luz, entre aqueles que lutavam para sobreviver e construir e aqueles que procuravam destruir e governar os escombros.

A criança cresceu, assim como seus poderes. Com o treinamento, os erros e os triunfos, ela seguiu adiante. Foi nesse momento que uma jovem cheia de fé e poder estendeu a mão para o fogo, assumiu a espada e o escudo. E se tornou A Escolhida.

Magias começaram a ascender.

# CAPÍTULO 1

Uma tempestade se espalhou. Caiu ao redor dela com uma chuva de vento selvagem e cortante, raios e trovões estrondosos. A água rodopiou dentro dela, uma torrente de raiva que ela sabia que precisava ser contida.

Ela traria a morte naquela noite, através de sua espada, seu poder, suas ordens. Cada gota de sangue derramado estaria em suas mãos – era o peso do comando e ela o aceitava.

Ainda não havia completado 20 anos de idade.

Fallon Swift tocou no bracelete que usava, o que ela havia criado a partir de uma árvore que destruíra em um acesso de fúria. Nele, ela gravara palavras para se lembrar de nunca destruir nada por raiva.

*Solas don Saol.*

Luz para a vida.

Ela traria a morte naquela noite, mas ajudaria outros a viver.

Mesmo com a tempestade, ela analisou o local. Mallick, seu professor, a levara a um lugar parecido em seu aniversário de 14 anos, mas naquela época estava tudo deserto, restando apenas o cheiro ruim de magias sombrias, restos carbonizados de mortos, gritos abafados de moribundos já dissipados. Agora, ela via mais de seiscentas pessoas, 280 subordinados e 332 prisioneiros.

De acordo com informações que recebera, 47 desses prisioneiros tinham menos de 12 anos.

Fallon conhecia de cor cada centímetro do complexo – o centro de contenção –, cada cômodo, cada corredor, cada câmera e alarme. Fizera mapas detalhados, passara meses planejando o resgate.

Nos três anos desde que havia começado a formar seu exército, desde que ela e sua família saíram de casa para se instalarem em Nova

Esperança, essa seria a maior tentativa de resgate feita pelas forças de resistência.

Se ela fracassasse...

Alguém a tocou no ombro, dando-lhe a estabilidade de que sempre precisava. Ela se virou para o pai.

– Vai dar certo – disse Simon.

Fallon soltou um suspiro.

– Agora vou encantar as câmeras de segurança – murmurou ela, comunicando-se com os elfos por telepatia, para que eles passassem adiante a mensagem.

Agora, quem estivesse nos monitores de segurança veria apenas as árvores, a chuva e o chão pantanoso.

– Desativem os alarmes – ordenou Fallon.

Enquanto a tempestade soprava, ela e outras bruxas trabalharam meticulosamente no feitiço.

Quando o sinal de tudo pronto percorreu as fileiras, ela ignorou a pontada de tensão e deu a ordem.

– Arqueiros, ataquem.

As torres de guarda tinham que ser tomadas de maneira rápida e silenciosa. Ela sentiu Tonia, arqueira principal, amiga, sangue do seu sangue, encaixar uma flecha no arco e soltá-la.

Com os olhos concentrados, ela viu flechas serem disparadas, homens caírem nas torres dos quatro cantos dos muros da prisão.

Ao entrar, ela abriu os portões eletrônicos, desarmando-os com seu poder. Depois de seu sinal, tropas avançaram pela abertura; elfos escalaram muros e cercas; metamorfos saltaram, prontos para tudo; fadas voaram, suas asas emitindo um leve ruído.

Sincronia, pensou ela, enquanto falava com o comandante elfo Flynn e com Tonia em sua mente. Eles atacariam as três portas ao mesmo tempo, cada líder de equipe concentrando suas tropas em prioridades: destruir as comunicações, eliminar a segurança, tomar o arsenal, proteger o laboratório. Acima de tudo, proteger todos os prisioneiros.

Depois de um último olhar para o pai, vendo a coragem e a determinação no rosto em que confiava completamente, ela deu a ordem.

Puxando a espada, ela golpeou as fechaduras das portas principais, avançou e abriu as que vinham depois.

Parte de sua mente se sobrepunha ao presente, fazendo-a comparar o lugar atual à prisão de Hatteras, às visões que tivera de lá aos 14 anos. Tudo tão parecido.

Mas ali os soldados estavam vivos e armados. Enquanto os tiros ressoavam, ela atacou, inflamando as armas e deixando os homens com as mãos em carne viva, gritando de dor. Golpeava com a espada enquanto se protegia com o escudo para avançar contra o inimigo.

Durante a luta, Fallon ouvia gritos, gemidos, pedidos de socorro de trás das portas de aço, e sentiu o medo, a terrível esperança, a dor e a confusão dos prisioneiros.

Encharcada de suor, ela derrubou um soldado enquanto ele corria para o comunicador, cortou o rádio com a espada e lançou um raio capaz de paralisar o sistema inteiro.

Uma chuva de faísca, monitores apagados.

Botas soaram nas escadas de metal e a morte, mais morte, os encontrou junto com as flechas que cortavam o ar. Enquanto seguia para a porta de ferro que alguém dentro da prisão conseguira trancar, Fallon bloqueou uma bala com o escudo, mandando-a de volta para o atirador.

Ela abriu a porta com força, golpeando dois soldados que estavam do outro lado. Saltando sobre o fumegante metal contorcido, fendeu com a espada uma terceira pessoa antes de correr para as escadas que levavam para o andar inferior.

Gritos de guerra a seguiram. Suas tropas se espalhariam e invadiriam tudo: escritórios, refeitório, cozinha, enfermaria.

Mas ela e seu grupo avançaram em direção à câmara de horrores do laboratório. Lá, outra porta de ferro. Ela começou a perfurá-la com seu poder e parou a um palmo da explosão, sentindo que havia algo mais, algo sombrio.

Magias sombrias e letais.

Fallon levantou a mão para que o grupo parasse. Alta em suas botas e seu colete de couro feitos pelos elfos, os cabelos pretos curtos, olhos embaçados pelo poder, Fallon se forçou a ser paciente, analisou o local e procurou com atenção.

– Afastem-se – ordenou.

A Escolhida colocou o escudo no ombro, embainhou a espada e pousou as mãos na porta, nas fechaduras, na estrutura profunda, no metal grosso.

– É uma armadilha – murmurou. – Se empurrarmos, vai explodir. Afastem-se.

– Fallon...

– Afaste-se – disse ela ao pai, empunhando novamente o escudo e a espada. – Eu poderia desarmar, mas demoraria muito. Tem que ser agora. Em três, dois...

Fallon lançou seu poder, luz contra a escuridão.

As portas explodiram, vomitando fogo, uma chuva de estilhaços flamejantes cortando o ar. Pedaços de metal atingiram seu escudo, zunindo e indo parar na parede atrás de Fallon. Ela desviou de um pulo, em meio à torrente de detritos.

Viu um homem: nu, olhos vidrados, sem expressão, estendido sobre uma mesa de exames à qual estava preso. Um outro, de jaleco, se jogou para trás, pegou impulso no chão com as mãos e escalou a parede em alta velocidade.

Ela lançou seu poder no teto e derrubou o homem de jaleco, enquanto Simon se esquivava do golpe de bisturi desferido por um terceiro homem, antes de derrubá-lo com um soco.

– Procurem outros – ordenou Fallon. – Peguem todos os registros. Dois ficam aqui de guarda, os outros vão percorrer o resto do andar.

Ela se aproximou do homem sobre a mesa.

– Você consegue falar?

Fallon ouviu a mente dele, a luta para formar palavras.

*Eles me torturaram. Não consigo me mexer. Me ajude. Você vai me ajudar?*

– Estamos aqui para ajudar.

Ela observou o rosto do homem enquanto embainhava a espada. Bloqueou o caos da luta que acontecia nos andares acima enquanto mantinha a mente ligada à dele.

– Tem uma mulher aqui! – gritou Simon. – Drogada e ferida, mas respirando.

*Eles nos machucam, nos machucam. Nos ajude.*

– Vamos ajudar. – Fallon pousou a mão em um dos grilhões para fazê-lo se abrir. – Há quanto tempo você está aqui?

*Eu não sei. Não sei. Por favor, por favor.*

Ela deu a volta na mesa para soltar o grilhão do outro pulso, pensando se ele tinha escolhido a escuridão antes ou depois de ir parar ali.

O homem se levantou com alegria no rosto enquanto a atacava com um raio. Ela simplesmente o rebateu com o escudo, perfurando-o com seu próprio mal.

– Acho que nunca saberemos – murmurou ela.

– Meu Deus, Fallon! – exclamou Simon, colocando-se de pé, de arma em punho, a mulher em seu ombro.

– Eu precisava ter certeza. Você pode levar essa mulher a um socorrista?

– Posso.

– Vamos verificar o resto da área.

Quando terminaram, a contagem era de 43 prisioneiros inimigos para transportar. Os outros seriam enterrados. Paramédicos entraram para tratar os feridos de ambos os lados, enquanto Fallon começava o laborioso processo de verificar os que estavam nas celas.

Alguns podiam ser como os do laboratório, ela sabia disso. Outros podiam ter tido a mente corrompida, e uma mente corrompida podia significar perigo para o resto.

– Pare um pouco – sugeriu Simon, enfiando um café na mão dela.

– Alguns estão bem instáveis.

Ela engoliu o café quase todo enquanto observava o pai. Ele havia limpado o sangue do rosto, os olhos castanhos estavam serenos. Simon fora um soldado havia muito tempo, em outra época. Agora, voltara a ser um.

– Eles precisam ser transferidos para um dos centros de tratamento antes de os liberarmos – disse Fallon. – Mas isso me dá a sensação de que assim os mantemos prisioneiros, por que será?

– Você não deveria se sentir assim, porque não é verdade. Alguns deles nunca mais vão voltar a ser como eram, Fallon, e mesmo assim vamos deixar que todos voltem para casa, a menos que representem um perigo real. Agora me diga, como você sabia que aquele desgraçado na mesa do laboratório não era confiável?

– Primeiro porque ele não era tão poderoso quanto pensava, então a verdade vazou dele. Mas o maior indício foi o feitiço na porta. O outro mágico no laboratório era um elfo. Um elfo do mal – disse ela, com um leve sorriso. – Os elfos são bons em passar pelas trancas, mas não conseguem encantá-las. Então eu senti o pulso daquele homem quando soltei o primeiro grilhão, e estava forte. Não estaria se ele estivesse sob um poder paralisador.

– Mas mesmo assim você abriu o segundo.

Ela deu de ombros.

– Ele mesmo teria aberto. Eu queria tentar interrogá-lo, mas... Enfim.

Ela bebeu o restante do café e deu gracas à mãe e às outras bruxas que criaram os Trópicos para cultivar os grãos.

– Você sabe como está a mulher que eles soltaram da mesa?

– É uma fada, só que nunca mais vai conseguir voar. Cortaram a maior parte da asa esquerda dela. Mas está viva. Sua mãe está com ela na unidade móvel de atendimento.

– Ótimo. A fada teve sorte por cortarem sua asa e não a matarem de uma vez. Depois que os prisioneiros feridos forem tratados, preciso que você os interrogue. Eu sei que é difícil para você. Eles são soldados, e a maioria está apenas seguindo ordens...

– São soldados – disse Simon – que não impediram ou até incentivaram enquanto prisioneiros eram torturados, enquanto mantinham crianças em celas. Não, minha querida, não é difícil para mim.

– Eu poderia fazer isso sem você porque é meu dever, mas não sei como.

Ele deu um beijo na testa da filha.

– Você nunca vai precisar aprender.

Ela conversou com crianças mágicas que haviam sido arrancadas de pais não mágicos, reuniu duas cujos pais haviam sido trancados em outra cela.

Conversou com gente que estava presa fazia anos e com gente que tinha chegado apenas dias antes.

Verificou cada um dos registros extremamente precisos mantidos pelo – agora morto – comandante da prisão e conferiu os horríveis relatórios de experimentos realizados no laboratório.

Os dois Incomuns Sombrios – o bruxo e o elfo – que trabalhavam lá haviam ocultado sua natureza, por isso o serviço de inteligência de Fallon não detectara nenhum mágico na equipe.

O serviço de inteligência tinha um limite, pensou ela, enquanto marcava o bruxo como morto e o elfo como prisioneiro de guerra.

A tempestade passou e o alvorecer chegou enquanto Fallon fazia uma última varredura do edifício. As equipes de limpeza já haviam removido o sangue do piso de concreto, das paredes e das escadas. A equipe de materiais recolhera tudo o que valia a pena levar: comida, equipamento, veículos, armas, roupas, sapatos, botas e suprimentos médicos. Tudo seria registrado e distribuído conforme o necessário ou armazenado.

A unidade de sepultamento abriu covas. Túmulos demais, pensou Fallon quando saiu, atravessando o chão lamacento. Mas hoje não tinham cavado nenhuma para seus companheiros, e isso fazia daquele um dia bom.

Flynn surgiu da floresta, acompanhado sempre por seu lobo, Lupa.

– Sete dos prisioneiros precisam de mais tratamento – avisou ele. – Sua mãe está ajudando no transporte para Cedarsville, que é a clínica mais próxima capaz de tratar os ferimentos. O resto vai para o centro de detenção de Hatteras.

– Ótimo.

Fallon notou como Flynn era rápido – afinal, ele era um elfo –, eficiente e leal, uma pessoa em quem ela podia confiar; ele conhecera a mãe e o pai biológico de Fallon quando era apenas um adolescente.

Agora um adulto, era um dos seus comandantes.

– Precisamos de um pequeno destacamento de segurança rotativa aqui – continuou ela. – Hatteras está quase atingindo a capacidade máxima, por isso precisaremos desta instalação. E eles podem vir verificar, ou simplesmente trazerem outra carga de prisioneiros.

Ela repetiu vários nomes para o destacamento, incluindo o de seu irmão Colin.

– Vou fazer isso – disse Flynn. – Mas Colin foi atingido na operação, então...

– O quê? – Ela se virou para Flynn e agarrou o braço dele. – E eu só estou sabendo agora?

– Você pode ser A Escolhida, mas a mãe da Escolhida pode ser bastante assustadora. Por isso, quando ela diz "não conte", eu não conto. Ele está bem – acrescentou Flynn rapidamente. – Levou um tiro no ombro direito, mas está fora de perigo e se recuperando. Você acha que sua mãe iria cuidar de inimigos feridos se o próprio filho não estivesse bem?

– Não, mas...

– Ela não queria que você se distraísse, nem ela nem seu irmão. Ele está mais chateado do que machucado. Seu pai já o enfiou no veículo da unidade que está voltando para Nova Esperança.

– Ok, tudo bem. – Mesmo assim, Fallon passou as mãos pelos cabelos curtos, frustrada. – Droga.

Alto e magro, com os olhos de um verde intenso, Flynn fitou o prédio e disse:

– Libertamos 332 e não perdemos ninguém. Ninguém será torturado naquele buraco do inferno outra vez. Reconheça a sua vitória, Fallon, e vá para casa. Estamos seguros aqui.

Fallon assentiu e entrou na floresta, respirando o cheiro de terra úmida e folhas molhadas. Naquela área pantanosa do que um dia fora o estado americano da Virgínia, perto da fronteira com a Carolina do Norte, os insetos zumbiam sem parar, e o que ela sabia ser sumagre crescia espesso como paredes.

Fallon foi lentamente até o meio do círculo de sol da manhã para chamar Laoch.

Ele desceu e aterrissou, enormes asas brancas e prateadas, o chifre de prata brilhando.

Cansada apesar da vitória, Fallon descansou o rosto no pescoço forte do animal. Naquele instante, ela era apenas uma menina, com feridas que doíam, os olhos cinza fechados, o sangue dos mortos na blusa, na calça e nas botas.

Então montou em Laoch, na sela de couro dourado. Não usava rédeas nem freios no alicórnio.

– *Baile* – murmurou. Casa.

E ele se elevou no céu azul da manhã para levá-la.

Quando Fallon chegou, em uma casa grande entre o quartel de Nova Esperança e a fazenda onde Eddie e Fredinha criavam os filhos, encontrou o pai esperando por ela na varanda, as botas no parapeito, uma caneca de café na mão.

Ele havia tomado banho, os fartos cabelos castanhos ainda estavam úmidos. Simon foi até ela e pôs a mão no pescoço de Laoch.

– Entre e vá ver seu irmão. Ele está dormindo, mas você vai se sentir melhor em vê-lo. Vou cuidar de Laoch, depois tomaremos nosso café da manhã. Está no forno para não esfriar.

– Você sabia que ele tinha sido ferido.

– Eu sabia que ele estava machucado e sabia que estava bem. – Simon fez uma pausa quando ela se sentou. – Sua mãe mandou que eu não contasse nada até você terminar. Ela disse que era para ser assim, e quando sua mãe diz isso...

– É isso. Vou ver o Colin e depois vou tomar um banho. Esse café da manhã vai cair bem. E Travis? E Ethan?

– Travis está no quartel, treinando alguns recrutas. Ethan está na casa de Eddie e Fredinha ajudando com o gado.

Agora que sabia onde estavam os outros irmãos, Fallon foi ver Colin.

Entrou, encaminhou-se para as escadas da casa que seria sempre só uma casa – a fazenda onde nascera e crescera seria sempre seu lar. Mas aquele lugar, assim como a cabana na floresta onde fora treinada por Mallick, servia a um propósito.

No quarto, Colin estava esparramado na cama, usando apenas uma cueca larga velha não muito apresentável. Roncava heroicamente.

Ela se aproximou e o tocou de leve – bem de leve – no ombro direito. Rígido e dolorido, observou ela, mas uma ferida limpa e já quase curada.

Sua mãe tinha grandes poderes, Fallon lembrou a si mesma. Ainda assim, ficou ali por mais um minuto, tocou os cabelos do irmão. Eram de um loiro mais escuro que o da mãe deles e vinham formando o que ele chamava de trança de guerreiro, curta e cheia.

Ele tinha corpo de guerreiro também, musculoso e forte, o ombro esquerdo com a tatuagem de uma serpente enrolada (feita aos 16 anos, sem a permissão dos pais).

Fallon ficou parada em meio ao caos do quarto dele. Colin ainda colecionava qualquer pequeno tesouro que o atraísse. Moedas estranhas, pedras, cacos de vidro, fios, garrafas velhas. Aparentemente, nunca aprendera a pendurar ou dobrar uma única peça de roupa.

De seus três irmãos, ele era o único sem magia. E, dos três, o que parecia ter nascido para ser soldado.

Por fim, ela saiu, deixando-o dormindo. Desceu as escadas até o térreo e depois mais um lance, para seu próprio quarto, no nível mais baixo.

Ao contrário do de Colin, o quarto dela era escrupulosamente arrumado. Havia mapas presos nas paredes – desenhados à mão ou impressos, antigos e novos. Na arca, aos pés da cama, ela guardava livros: romances e biografias, livros de história, de biologia, de magia. Na escrivaninha guardava arquivos sobre exércitos, civis, treinamentos, bases, prisões, suprimentos alimentares e médicos, manobras, feitiços, escalas de tarefas.

No suporte ao lado da cama havia uma vela branca e uma bola de cristal: presentes do homem que a treinara.

Ela tirou as roupas e as jogou no cesto. E, com um suspiro profundo, entrou no chuveiro para se livrar do sangue, do suor, da sujeira e do cheiro da batalha.

Vestiu uma calça jeans puída nos joelhos, que mal chegava aos tornozelos de suas longas pernas, e uma camiseta larga em seu corpo esguio. Calçou seu segundo par de botas até que pudesse limpar o que tinha usado na batalha.

Pendurou a espada e depois subiu para tomar o café da manhã com o pai.

– Sua mãe voltou – disse ele, enquanto ia pegar os pratos no forno. – Está na clínica.

– Vou lá depois do café.

Ela optou por suco, pois queria algo gelado.

– Você precisa dormir, querida. Está acordada há mais de 24 horas.

Ovos mexidos, bacon crocante. Comeu com voracidade.

– Você também – respondeu Fallon.

– Eu dormi um pouco no caminho de volta. E antes de você chegar tirei uma boa soneca de varanda, como dizia meu pai.

Ela pegou mais uma porção dos ovos.

– Eu não tive um arranhão. Nem um único arranhão. Os soldados que conduzi se feriram. Colin se feriu. Eu não tenho um arranhão.

– Você já se feriu outras vezes. – Ele colocou a mão sobre a dela. – E vai se ferir de novo.

– Eu preciso ver os feridos, e eles precisam me ver. E os resgatados. Depois eu durmo.

– Vou com você.

Ela olhou para o teto, pensando no soldado que dormia.

– Você devia ficar com Colin, pai.

– Vou chamar Ethan para ficar com ele. Sua mãe disse que Colin provavelmente vai dormir até de tarde.

– Ok. Me dê uma prévia sobre os prisioneiros – disse ela.

O pai suspirou.

– Tem de tudo. Uns mais durões, com muito ódio e medo de magias. São mais velhos e duvido que a gente consiga reeducá-los. Mas dá para mudar a cabeça de alguns dos mais jovens.

– Eles precisam ver as gravações do laboratório. Precisam ver pessoas sendo drogadas, amarradas, torturadas, usadas como cobaias só porque são diferentes.

Embora o que tivesse visto na prisão fizesse seu estômago se revirar, Fallon continuou comendo. Precisava de combustível.

– Vamos torcer para que isso funcione com eles.

Simon não pôde deixar de perceber a amargura na voz da filha e tocou a mão dela mais uma vez.

– Concordo. Mas temos que aguardar uns dias. Muitos deles acham que vamos torturá-los e executá-los, e com o tempo vão ver que tratamos nossos prisioneiros com humanidade e decência.

– Mostrar a eles o contraste – concluiu ela. – Muito bem. Mas alguns nunca vão mudar, não é?

– Nunca.

Fallon se levantou e levou os pratos dos dois até a pia.

– Não faz sentido perguntar por quê, mas eu continuo voltando a uma questão. Vinte anos atrás, o mundo que você conhecia, que mamãe conhecia, terminou. Bilhões de pessoas tiveram mortes terríveis por causa da Catástrofe. Nós somos o que resta, pai, e estamos nos matando.

Ela se virou para encará-lo, aquele homem bom que a ajudara a vir ao mundo, que a amava, que lutava ao lado dela. Um soldado que se tornara fazendeiro, agora um fazendeiro que levava de novo a vida de um soldado.

Embora não tivesse magia, ele carregava em si toda a luz pela qual Fallon lutava.

– Você não teve ódio nem medo – continuou ela. – Você abriu sua casa, depois sua vida, para uma estranha, uma bruxa, alguém que estava sendo caçada. Você poderia ter se recusado a recebê-la, a mim, que estava dentro dela, mas não fez isso. Por quê?

Tantas respostas, pensou Simon. Ele enfim se decidiu por uma.

– Ela era um milagre, assim como você dentro dela. O mundo precisava de milagres.

Ela sorriu para o pai.

– Eles vão ter que entender, estejam prontos ou não.

Ela foi à cidade com o pai, levando a égua, Grace, para lhe dar um pouco de atenção e exercício. As colinas se estendiam ao redor deles, verdes pelo verão, repletas de flores silvestres em crescimento. Fallon inspirou o cheiro de terra recém-semeada, ouviu os gritos de treinamento e o ruído de metal vindos do quartel dos recrutas.

Um pequeno bando de veados surgiu do meio das árvores para abrir caminho por um trecho íngreme, repleto de árvores. Acima, o céu se mostrava suave, de um azul esperançoso, após a tempestade da noite.

A estrada estava livre de carros e caminhões abandonados – todos laboriosamente rebocados para uma garagem periférica, para serem consertados ou desmontados e levados a Nova Esperança.

Casas, refletia ela, a maioria agora em bom estado de conservação, grande parte delas ocupada. As que não puderam ser recuperadas haviam sido – assim como os veículos – desmontadas para que suas peças fossem aproveitadas. Madeira, canos, telhas, fiação, qualquer coisa que pudesse ser usada. Na terra recuperada, gado de corte, vacas leiteiras, cabras, ovelhas, algumas lhamas, além de cavalos, pastavam atrás de cercas cuidadosamente colocadas.

Numa curva da estrada, a força da magia ressoava dos Trópicos que sua mãe ajudara a criar. Ali cresciam bosques de frutas cítricas, oliveiras, palmeiras, café, pimenta e outras ervas e especiarias. Os trabalhadores nos destacamentos das colheitas pararam para acenar.

– Milagres – disse Simon.

Depois de passar pelo posto de segurança, entraram em Nova Esperança. Um lugar que, no auge da Catástrofe, estava ocupado apenas pela morte e por fantasmas. Agora a cidade prosperava, com mais de duas mil pessoas e uma árvore memorial aos mortos. Os jardins e estufas comunitários, locais de dois ataques cruéis, continuavam a florescer e crescer. A cozinha comunitária, que a mãe de Fallon havia instalado antes de dar à luz, servia refeições diárias.

A Academia de Magia Max Fallon (nomeada em homenagem ao seu pai biológico), as escolas, a prefeitura, as lojas abertas para trocas, as casas ao longo da rua principal, a clínica, a biblioteca, a vida recuperada com suor, determinação e sacrifício.

Tudo aquilo não seria outro tipo de milagre, ela se perguntava?

– Você sente falta da fazenda – afirmou ela, enquanto guiavam os cavalos para os varões e cochos.

– Eu vou voltar para lá.

– Você sente falta da fazenda – repetiu Fallon. – Você foi embora de lá por mim, então toda vez que entro em Nova Esperança fico feliz que você tenha feito isso por um lugar bom, por pessoas boas.

Ela desmontou e fez um carinho em Grace antes de prender as rédeas.

Caminhou com o pai para o prédio da antiga escola primária, que agora abrigava a Clínica Nova Esperança.

Eles haviam feito mudanças ao longo dos anos – através do cristal, Fallon voltara para ver como tinha sido o início de tudo. O hall de entrada tinha cadeiras para os que aguardavam um exame ou uma consulta. Havia uma seção de brinquedos e livros, coletados em casas abandonadas.

Duas crianças pequenas brincavam com blocos e uma delas tinha asas, que batiam de alegria. Uma mulher grávida fazia tricô, o novelo de lã apoiado na barriga. Um adolescente estava esparramado em outra cadeira, com ar entediado. Um velho estava sentado, curvado, sua respiração um chiado estridente.

Quando viraram o corredor na direção das salas, Hannah Parsoni – filha da prefeita e irmã de Duncan e Tonia – vinha pelo corredor direito, com uma prancheta na mão e um estetoscópio no pescoço.

Ela usava os cabelos cheios, de um tom escuro de loiro, presos em um rabo de cavalo comprido. Seus olhos, que já eram de um castanho afetuoso, se aprofundaram de prazer ao ver Fallon e Simon.

– Estava querendo mesmo falar com vocês. Estamos lotados, então só tenho um minuto. Rachel me colocou para cuidar dos pacientes agendados e os da emergência, mas antes eu ajudei na primeira triagem dos feridos. Não perdemos ninguém. Algumas das pessoas que vocês libertaram…

A compaixão que Hannah emanava era tão intensa que Fallon sentiu as vibrações na pele.

– Algumas vão precisar de tratamento prolongado e apoio, mas não tem nenhuma em situação crítica. Lana é… Ela é incrível. Como está Colin?

– Dormindo – respondeu Simon.

– Sem febre, sem infecção – acrescentou Fallon.

– Não deixe de avisar sua mãe. Ela sabe, mas ficará feliz em ouvir.

Com seu jeito de sempre querer oferecer algum cuidado, Hannah tocou os dois.

– Vocês parecem muito cansados.

– Talvez eu devesse… – começou Fallon, levando a mão ao rosto.

Mas Hannah segurou a mão dela, com delicadeza.

– Fazer um feitiço para disfarçar? Por favor, não. Eles precisam ver seu esforço. Precisam saber quanto custa a liberdade. Precisam saber que você paga parte do preço.

Depois de apertar carinhosamente a mão de Fallon, ela seguiu em frente.

– Ei, Sr. Barker, vamos lá para eu dar uma olhada no senhor.

Ele se irritou, chiou.

– Eu posso esperar a médica.

– Por que não damos uma olhada? Eu posso adiantar para Rachel.

Calma e persuasiva em vez de se mostrar ofendida, percebeu Fallon. Assim era Hannah. Ela estudava e praticava a medicina havia anos, na verdade desde criança, e já havia atuado como médica de campanha nos resgates.

A paciência, Fallon notou, era apenas uma das formas que a magia de Hannah assumia.

Ela então viu a moça no escritório administrativo, digitando rapidamente em um computador – habilidade que Fallon ainda precisava aprimorar. A moça era April, uma fada, mais ou menos da idade de Fallon. Fora ferida no ataque nos jardins, dois anos antes.

Um ataque instigado por alguém do próprio sangue de Fallon, sua prima, filha do irmão de seu pai biológico e a esposa dele. Incomuns Sombrios, que a queriam morta acima de tudo.

April sorriu ao vê-la.

– Olá. Estão procurando Lana?

– Eu queria ver os feridos… qualquer um que esteja disposto a falar comigo.

– Os resgatados que foram tratados e liberados estão no auditório da escola. As equipes liberadas foram para casa ou para o quartel. O resto está na enfermaria. Jonah e Carol estão fazendo rondas, enquanto Ray está monitorando os que liberamos na triagem clínica. Foi uma manhã intensa. E neste exato momento… – ela abriu seu brilhante sorriso de fada – … Rachel e Lana estão trazendo um bebê ao mundo.

– Um bebê?

– Uma das prisioneiras…

– Lissandra Ye, metamorfa de lobos – concluiu Fallon. Tinha lido todos os relatórios. – Mas faltavam quase oito semanas ainda...

– Ela entrou em trabalho de parto no caminho para cá. Não tinha o que fazer. Eles montaram um tipo de UTI neonatal para isso, da melhor maneira possível. Mas percebi que Rachel estava preocupada, apesar de Jonah ter dito que não viu a morte. – Demonstrando preocupação, April fez uma pausa. – Ele veria, não é? Jonah saberia.

Fallon assentiu.

Ao saírem da sala, ela comentou com o pai, em voz baixa:

– A morte não é a única consequência. Lissandra Ye passou 14 meses naquela prisão. Foi estuprada lá dentro, e eles continuaram com os experimentos depois que ela engravidou.

– Você precisa confiar em sua mãe e em Rachel.

– Eu confio.

Pegaram outro corredor. Salas de aula convertidas em salas de exames, de tratamento, de cirurgias, em depósitos de material e medicamentos.

Parto. Ela colocou a mão numa porta, sentiu o poder que fervilhava lá dentro. O poder de sua mãe. Ouviu a voz calma e reconfortante de Rachel e os gemidos da mulher em trabalho de parto.

– Eu confio – repetiu.

Como aquele destino estava nas mãos de outras mulheres, Fallon seguiu até o amplo refeitório convertido em enfermaria para pacientes que precisavam de tratamento ou observação continuada.

Cortinas – tanto reaproveitadas quanto tecidas – separavam os leitos, criando um efeito estranhamente festivo de cores e estampas.

Os monitores apitavam. Não era suficiente, não para tantos pacientes. Ela sabia que seria feito um rodízio conforme a necessidade.

Viu Jonah. Demonstrava o cansaço real que sentia, trocando uma bolsa de soro.

– Comece do lado de Jonah – sugeriu Simon. – Vou começar com a ala de Carol.

Fallon foi até Jonah e a estranha, que estava deitada. Sob seus olhos fechados havia círculos escuros e fundos. Sua pele tinha uma tonalidade acinzentada e seus cabelos, bem pretos, haviam sido cortados de forma grosseira, como um capacete.

– Como ela está? – perguntou Fallon.

Jonah esfregou os olhos cansados.

– Desidratada, desnutrida. Como todos os outros. Cicatrizes de queimadura, antigas e recentes, em mais de trinta por cento do corpo. Teve os dedos quebrados e ficou por isso mesmo. Sua mãe atuou nisso, e achamos que ela vai conseguir recuperar o movimento das mãos. Os registros mostram que ela estava lá havia mais de sete anos, era uma das prisioneiras mais antigas.

Fallon olhou para o histórico. Naomi Rodriguez, 43 anos. Bruxa.

– Os registros listavam um elfo que ela tomou sob seus cuidados.

– Dimitri – disse Jonah. – Ele não sabe o próprio sobrenome, não lembra. Tem 12 anos. Está bem, na medida do possível. Finalmente concordou em ir com duas das mulheres que conseguimos libertar.

– Ok. Eu quero...

Ela parou de falar quando a mulher abriu os olhos e a encarou. Olhos quase tão escuros quanto as sombras sob eles.

– Você é A Escolhida – disse a mulher.

– Sou Fallon Swift.

Fallon pegou a mão da mulher quando notou que ela procurava a sua. Não havia dor física, percebeu, os médicos haviam cuidado disso. Mas não chegaram nem perto dos ferimentos da alma.

– Meu menino...

– Dimitri está bem. Vou vê-lo daqui a pouco.

– Vamos trazê-lo aqui para ver você – acrescentou Jonah. – Assim que conseguirmos. Ele está seguro, e você também.

– Colocaram uma arma na cabeça do menino, então eu tive que ir com eles. Disseram que iam libertá-lo se eu fosse, mas me enganaram. Eles são cheios de mentiras. Me drogaram, a mim e ao meu menino. Ele era só um garoto. Não me deixavam vê-lo, mas eu o sentia e ouvia. Nos mantinham drogados para nos impedir de usar nosso poder. Às vezes passávamos horas, até dias, amordaçados, com os olhos vendados, algemados. Nos levavam àquele chacal e aos demônios dele para nos torturar. Alguns pareciam desconfortáveis em fazer isso, mas nos levavam assim mesmo. E eles sabiam o que ele fazia conosco.

Naomi fechou os olhos novamente. Lágrimas escorreram pelo seu rosto.

– Eu perdi a fé.

– Não há nenhuma vergonha nisso.

– Eu queria matar, no início vivia pela esperança de matar a todos. Depois, só queria morrer, acabar com aquele sofrimento.

– Não há nenhuma vergonha – repetiu Fallon, e os olhos angustiados de Naomi se abriram novamente.

– Mas você veio, mesmo eu já não tendo mais fé.

Fallon se inclinou.

– Você me vê? Você enxerga a luz em mim?

– É como o sol.

– Eu vejo você, Naomi. Vejo a luz em você. – Quando Naomi balançou a cabeça, Fallon tocou o rosto da mulher, deixando um pouco daquela luz entrar. – Eles fizeram sua luz diminuir um pouco, mas eu a vejo. Eu vejo a luz que brilhou, que atraiu um menino assustado, um menino pequeno, confuso e de luto, e lhe deu um lar. Eu vejo a luz que estava disposta a se sacrificar pelo garoto. Eu vejo você, Naomi.

Fallon se endireitou.

– Agora descanse e se recupere. Vamos trazer Dimitri para ver você.

– Eu vou lutar ao seu lado.

– Quando você se recuperar – disse Fallon, e foi até o leito seguinte.

Ela levou quase duas horas nisso. Brincou com um soldado que alegou que ser baleado, chutado e pisoteado era apenas mais um dia em sua vida. Confortou os atormentados, tranquilizou os assustados.

Antes de sair, viu o garoto magro de pele escura sentado ao lado da cama de Naomi. Hesitante, ele lia para ela, com uma voz enferrujada pelo desuso, um livro infantil que pegara na área de espera.

Ao sair para tomar um ar, Fallon viu que o pai havia feito o mesmo. Chegou na hora em que ele estava beijando Lana.

– Sabe, vocês não precisam nem se preocupar em encontrar um lugar privado para ficarem sozinhos. Vocês têm uma casa inteira.

Lana voltou os olhos azuis para a filha e sorriu.

– Minha menina chegou. – Ela foi depressa até Fallon e a abraçou com força. – Você está tão cansada!

– Não sou só eu.

– É verdade. – Lana a soltou. – Não perdemos ninguém. Graças a você.

– Nem o bebê prematuro?

– Nem ele. Foi difícil, mas finalmente consegui fazê-lo se virar. Rachel queria evitar uma cesariana, mas ele estava fora de posição.

– Ele?

– Brennan, 1 quilo e 100, 40 centímetros. Rachel ainda está monitorando a ele e a mãe, mas está tranquila. Ela é uma mulher de fibra.

– Assim como você. Agora vá para casa, dê uma olhada em Colin e durma um pouco.

– Já vou. Assim que acabar o turno aqui, vamos todos para casa.

– Preciso conversar com as pessoas no auditório antes de ir.

Lana acariciou os cabelos da filha.

– Você vai perceber que alguns deles precisam de mais tempo para se acostumar. Katie está trabalhando em moradias. Tem muitos que ainda não podem ficar sozinhos.

– Temos voluntários para receber alguns – lembrou Simon. – Os que parecerem mais equilibrados podem ficar com algumas das casas que preparamos antes do resgate. Mas alguns podem apenas querer ir embora.

– Eles não deveriam, ainda não, mas...

– Eu falo com eles – prometeu Fallon, guiando a mãe para os cavalos. – Quer disparar?

– Na verdade, uma cavalgada seria agradável. – Lana esperou até Simon montar, ergueu a mão e girou atrás dele, como se tivesse cavalgado a vida toda, logo ela, que nascera e crescera em Nova York. – Vá logo para casa – disse ela, aconchegando-se nas costas de Simon e se segurando nele.

O amor, pensou Fallon enquanto partiam. Talvez esse fosse o maior milagre. Senti-lo, oferecê-lo, experimentá-lo.

Ela se aproximou de Grace e cavalgou em direção à escola, torcendo para conseguir convencer os torturados, os exaustos e os doentes do coração a acreditar.

# CAPÍTULO 2

Quando chegou em casa, Fallon viu Ethan saindo dos estábulos, os cães Scout e Jem trotando nos calcanhares do irmão, como sempre. Seu recente surto de crescimento ainda provocava um pequeno sobressalto na irmã. Ela se lembrava claramente do dia em que ele nascera, em casa, na mesma cama grande onde ela, Colin e Travis vieram ao mundo.

Ele soltara um grito que, aos ouvidos dela, soara como uma risada. Quando foi autorizada a segurá-lo pela primeira vez, ele a encarou com aqueles olhos profundos de recém-nascido, e Fallon jurou – e ainda jurava – que ele tinha sorrido.

Ethan era o bebê da família, e seu caráter radiante já se revelara naquele primeiro grito misturado a uma gargalhada — e em todos os dias desde então. Mas agora, Fallon admitia com alguma relutância, ele não era mais um bebê.

Embora sua estrutura física permanecesse leve, ele ganhara músculos. Tinha os cabelos cor de caramelo da mãe e lindos olhos azuis, mas parecia que herdara a altura do pai, como se tivesse crescido vários centímetros no que pareciam ser apenas cinco minutos.

Quando desmontou, Fallon sentiu o cheiro de estábulo que emanava do irmão. Ele devia ter acabado de limpar o local.

– Como está Colin?

– Mamãe disse que ele está bem. Dormiu o tempo todo que ela e papai estiveram fora. Deve estar dormindo ainda. – Enquanto a olhava, Ethan pegou as rédeas de Grace e os cães saltaram, se inclinaram e pediram atenção a ele. – Você também devia ir dormir.

– Eu vou. E Travis?

– Apareceu em casa, mas só para verificar se estava tudo bem. Assumiu a agenda de Colin com os recrutas, então teve que voltar.

Seu irmão do meio podia não ter perdido a propensão a uma boa brincadeira, mas levava a sério as obrigações. Travis sempre dava conta do recado.

Quando se tratava de animais, Ethan entendia seus pensamentos, sentimentos, necessidades. Esse era o seu dom. Enquanto acariciava os cães e a égua ao mesmo tempo, ele disse:

– Grace está feliz porque você a levou para um passeio. Agora ela está querendo uma cenoura.

Fallon visualizou o jardim, as fileiras de cenouras, as lanças alaranjadas fincadas no chão, as folhas verdes no alto delas. Escolhendo uma, deixou as palavras se formarem em sua mente e fez um gesto com a mão.

E lá estava uma cenoura fresquinha, recém-colhida. Ethan riu.

– Escolheu bem.

– Tenho praticado.

Fallon limpou a terra da cenoura na perna da calça e a ofereceu a sua meiga e leal égua.

– Isso vai acalmar Grace, ela vai ficar satisfeita – afirmou Ethan. – Vá dormir um pouco, Fallon. Mamãe me pediu para dizer que tem macarrão, caso você esteja com fome. Eles também foram dormir.

– Beleza. Obrigada, Ethan.

Ele começou a levar Grace para longe, mas fez uma pausa.

– Quando Eddie voltou... quando eu estava ajudando Fredinha com a fazenda, e ele voltou... disse que o que eles fizeram com as pessoas que você resgatou foi uma abominação. Essa foi a palavra que ele usou.

– Foi mesmo. É exatamente essa a palavra.

– Ele disse que tinha crianças pequenas trancadas lá.

– Tinha. Agora elas estão livres e ninguém mais vai machucá-las.

Aqueles adoráveis olhos azuis, tão parecidos com os da mãe, ficaram nublados.

– Isso nunca faz nenhum sentido, sabe? Ser cruel nunca faz sentido.

Para Ethan, pensou ela enquanto caminhava na direção da casa, a primeira e a última opção sempre seriam a bondade. Ela odiava saber que ele treinava todos os dias para a guerra.

Pensou em comer o macarrão, mas sentiu que o cansaço era maior que a fome, então foi direto para o térreo.

E encontrou Colin esperando por ela na sala. Devia ter acordado com fome, pois havia sobre a mesa uma tigela, um prato e um copo vazios.

Bom sinal, pensou Fallon, assim como o rosto corado e o brilho em seus olhos castanhos.

– Como está o ombro?

Ele levantou levemente o ombro bom e depois o braço na tipoia.

– Tranquilo. Mamãe falou para eu usar essa coisa idiota pelo resto do dia, talvez amanhã também, para não estragar tudo. Uma chatice.

– Ela faria você usar uma ainda mais apertada se você estragasse tudo.

– Eu sei. – Ele podia ser um soldado destemido, mas não era burro de desobedecer à mãe. – A batalha foi tensa, sabe?

Ela o deixou falar. Sabia que Colin precisava disso, assim como a maioria das pessoas que ela visitara na clínica.

– A gente estava quase no final, sabe? Os caras estavam de joelhos, Fal, de joelhos. Nessa hora você estava na câmara de tortura, não é? Eddie disse que você estava lá embaixo.

Ele andava enquanto falava – um hábito que ela entendia, pois fazia o mesmo.

– Algumas fadas estavam tentando abrir as celas, porque nós tínhamos tudo sob controle. Dava para ouvir alguns prisioneiros, drogados e imundos, pedindo ajuda. E crianças chorando. Meu Deus.

Ele fez uma pausa e prosseguiu:

– Meu Deus. Crianças... Ainda não digeri isso. Enfim, aí um cara caiu e levantou as mãos. Eu não ia neutralizar um cara que estava se rendendo, então fui tentar pegar as armas dele. Ele tinha colocado tudo no chão, juro por Deus. E aí um outro atirou nele e em mim.

Sendo um soldado até os ossos, que formara um forte grupo de irmãos e irmãs de armas, a repulsa de Colin veio junto com um acesso de fúria.

– Ele atirou no próprio aliado. No próprio aliado, Fallon, e desarmado. Quem faz uma coisa dessas?

– Crentes verdadeiros – respondeu ela. – Não subestime um crente verdadeiro.

– Bem, seja qual for a crença daquele filho da mãe, deve estar queimando no inferno agora. Ele atirou no próprio aliado, um homem com as mãos para cima. Não representava nenhuma ameaça. Enfim. – Colin fez de novo aquele dar de um ombro só. – Nós os libertamos. Você esteve com Clarence?

– Estive. Ele está bem.

– Ah, que bom. Que bom. Eu vi quando ele foi atingido, mas não consegui chegar a tempo.

– A maioria dos nossos feridos foi tratada e liberada. Os outros precisam de um pouco mais de tempo na clínica, mas vão ficar bem.

– É, mamãe me contou. Acho que vou à cidade ver como todos estão.

– Avise Ethan para que ele possa avisar mamãe e papai se eu ainda estiver dormindo – pediu Fallon.

– Claro.

Com a mão livre da tipoia, ele empilhou o prato, a tigela e o copo e os equilibrou para levar à cozinha. Então seus olhos encontraram os dela, de guerreiro para guerreiro.

– Foi uma boa missão. Libertamos 332 prisioneiros.

– Na verdade, 333. Uma delas acabou de dar à luz.

– Não brinca! – Ele sorriu. – Muito bem. A gente se vê mais tarde.

Ela voltou para o quarto. Colin fora criado como fazendeiro, adorava basquete, se gabava de suas habilidades e gostava de colecionar pequenos tesouros. Uma vez, alegou que seria presidente. Não seria, pensou Fallon, enquanto se despia. Ele era, e sempre seria, um soldado. E um soldado incrivelmente bom.

Ela vestiu a camiseta grandona que usava para dormir fazia anos e uma cueca. Depois de inúmeras lavagens, a imagem do homem com um violão na camisa parecia um fantasma, de tanto que havia desbotado. O pai dela o chamava de O Chefe e disse que ele tinha sido – ou ainda era, quem poderia saber? – uma espécie de trovador do rock.

Ela não tinha nenhum talento musical, mas sabia o que significava ser o chefe.

Fallon enfim se deitou, agradecendo aos deuses por não ter perdido na batalha ninguém que amava ou que comandava. As vozes, as histórias e os pesadelos das pessoas que ela ajudara a salvar ecoavam em sua mente, assim como seus medos, sua gratidão e suas lágrimas. Ela ordenou a si mesma que os fizesse calar.

E adormeceu.

Acordou ao luar, no frio do outono. Um nevoeiro se espalhava pelo chão, uma fumaça fina serpenteando por entre o círculo de pedras. Uma geada brilhava na grama alta do campo, formando pontas afiadas como diamantes.

O bosque que se estendia além se agitava, o vento gemia.

– Bem… – Ao lado dela, Duncan examinava o campo, depois se virou para observá-la com seus olhos verde-escuros. – Isso foi inesperado. Você me puxou para cá?

– Não sei.

Ela não o via fazia quase dois anos e o último encontro fora breve, quando ele voltou a Nova Esperança para reportar. Sabia que ele voltaria no Natal para ver sua família porque Tonia mencionara isso.

Ele havia saído de Nova Esperança dois anos antes, em outubro, depois da batalha nos jardins, quando perdera um amigo que fora como um irmão para ele. Nessa mesma batalha, ela conseguira derrubar o irmão de seu pai, irmão e assassino, e Simon acabara com ele.

Duncan havia partido para ajudar a treinar tropas, para trabalhar com Mallick, que fora o professor de Fallon, em uma base suficientemente longe para dar tempo e espaço aos dois.

– Bem… – repetiu ele. – Já que estamos aqui… – Ele manteve a mão no punho da espada enquanto falava, enquanto voltava a examinar a floresta, as sombras, a noite. – Ouvi dizer que a missão de resgate atingiu seu objetivo. E ele era bem grandioso.

Ele voltou o olhar para Fallon mais uma vez e disse:

– A gente podia ter ajudado.

– Tínhamos um número bom. E mais pessoas estão chegando. Você…

Ela notou que o cabelo dele estava mais comprido. Mechas formavam cachos na altura da gola do casaco. Também não tinha se dado ao trabalho de fazer a barba.

Ela desejou que não lhe caísse tão bem. Desejou não sentir aquele… anseio por ele.

– Eu? – disse ele.

– Estou desorientada. Não gosto disso. – Ela ouviu um quê de raiva na própria voz, mas não se importou. – Talvez você tenha me puxado para cá.

– Não sei. Só sei que não foi intencional. Para mim era uma noite de verão e eu estava no quarto pensando em terminar um dia longo com uma cerveja. Temos uma pequena cervejaria, muito boa, na base. E você?

Ordenando-se a se acalmar, ela respondeu à mesma altura.

– Verão, o dia após o resgate. Eu tinha acabado de chegar em casa. Estava dormindo. Poderia ser noite agora.

– Ok, então provavelmente estamos no mesmo tempo, nos dois sentidos. Não é verão aqui. É a terra dos MacLeods, a terra dos ancestrais de minha mãe. O primeiro escudo, aquele que meu avô quebrou.

– A escuridão quebrou o escudo. O garoto, e o homem que ele se tornou, foi uma ferramenta inocente. Ele era inocente.

A voz de Fallon mudou, ficou mais grave, quando ela foi tomada por uma visão. Ela se transformou, começou a brilhar. Duncan já vira aquilo acontecer.

– Lá vem ela – murmurou ele.

– Você vem dele, Duncan dos MacLeods. Eu sou dele, pois nós somos dos Tuatha de Danann. Como nosso sangue e a mancha do sangue daquele que espera abriram o escudo para as magias, tanto de luz quanto sombrias, da mesma forma o sangue o fechará novamente.

– De quem? – perguntou ele.

– O nosso.

– Então vamos começar – comentou ele, puxando a faca da bainha no cinto, pronto para fazer um corte na palma da mão.

– Ainda não! – Ela agarrou o braço dele, e Duncan sentiu o poder nela, pulsando através dele. – Você corre o risco de abrir tudo, arrisca o fim de tudo. Fome e inundação, terra queimada e as cinzas do mundo. Tem muito mais por vir. Magias ascendendo, de luz e sombrias, sombrias e de luz. A tempestade rodopiando, espadas golpeando.

Ela colocou a mão no peito dele, na altura do coração, e Duncan sentiu a força. Cada músculo de seu corpo tremia quando os olhos dela, nublados pelas visões, encontraram os dele.

– Estou com você, na batalha, na cama, na vida, na morte. Mas não esta noite. Está ouvindo os corvos? – perguntou ela.

Ele olhou para cima, observou-os circulando.

– Sim. E ouço também.

– Eles esperam, ele espera, nós esperamos. Mas a hora está chegando.

– Espero que não demore – murmurou ele.

Ela sorriu e algo em seu olhar era malicioso, sedutor e cheio de poder.

– Você pensa em mim.

– Penso em muitas coisas. – Deus, ela o fez salivar. – Talvez você devesse sair desse estado.

– Você pensa em mim – repetiu ela, e deslizou as mãos pelo peito dele até enlaçar seu pescoço. – E nisso.

O corpo dela se moldou ao dele; sua boca roçou a dele uma vez, duas vezes. Provocando, seduzindo. Uma maldita risada em sua garganta. Ele doía em todos os lugares ao mesmo tempo, e queria, precisava. Era mais do que podia suportar.

– Para o inferno com tudo. Tudo.

Um som de triunfo surgiu na garganta dela quando ele beijou os lábios que lhe eram oferecidos.

Ela trazia o sabor da natureza, e o fez desejá-la. O selvagem e o livre, o desconhecido, o sempre conhecido. Desesperadas, suas mãos correram pelo corpo dela, que estava por cima dele – finalmente –, enquanto ele aprofundava o beijo.

Corvos circulando no alto, as pedras nadando pelo nevoeiro, o vento como uma música louca soprando sobre o campo e a floresta.

Com o coração batendo como trovões, ele a teria arrastado para aquele chão coberto de gelo e a tomado na porta da catástrofe.

Mas ela o derrubou e se colocou de pé com um repentino choque.

Com a respiração ofegante, Duncan viu que as visões haviam acabado. Quem o olhava de volta era uma mulher muito irritada.

– O que é que você estava pensando? Acha que viemos aqui para que você pudesse vir para cima de mim e...

– Não sei por que estamos aqui, mas você não vai colocar a culpa em mim – retrucou Duncan. – Foi você que começou. Você veio para cima de mim.

– Eu...

Ele observou a raiva se transformar em confusão e então, para sua satisfação, em choque e vergonha.

– Eu não sabia o que estava fazendo.

– Até parece. Você sempre sabe o que está fazendo, com ou sem visões. – Ele permaneceu tão tenso, tão carente que teve que lutar para não tremer. – Essa história de visão não cola comigo.

– Desculpe. – Ela disse isso com severidade, mas disse. – Não sei por que eu...

– Não vem com essa. Nós dois sabemos o porquê. Mais cedo ou mais tarde vamos terminar o que começamos e aí veremos se vai resolver ou não. Enquanto isso…

– Eu não sou uma enrolona.

– Uma o quê?

Ela continuava com muito calor, percebeu. Um calor que vinha do desejo (não era tão teimosa a ponto de não reconhecer ) e do constrangimento.

– É como Colin chama as garotas que procuram os garotos e depois os desprezam só porque podem. Eu não sou assim.

Mais calmo, ele a encarou de novo.

– Não, você não é assim. A gente sente o que sente, você e eu. Foi um dos motivos para eu ir embora: porque não estou pronto para sentir isso. E acho que acontece a mesma coisa com você.

– Seria mais fácil se você ficasse com raiva.

– Seria mais fácil se você me deixasse ter você. Que pena para nós dois. – Ele ergueu o rosto e observou os corvos voando em círculos. – Já estivemos aqui antes.

– Sim. E viremos novamente. O que fizermos então, o que fizermos entre o agora e a nossa volta, e depois? Tudo importa muito. Não posso pensar em… sexo.

– Todo mundo pensa em sexo – disse ele distraidamente. – Eu disse que voltaria a Nova Esperança e vou voltar. Eu disse que voltaria para buscar você e vou fazer isso.

Ele sacou a espada, inflamou-a, disparou contra os corvos. Virou-se de novo para Fallon quando as aves pegaram fogo e caíram.

– Você também pensa em mim.

Ela acordou na cama, a luz do verão penetrando suavemente pelas janelas. Com um suspiro, levantou-se para se vestir e ir ao encontro da família.

Duncan voltou para seu alojamento com o mesmo solavanco rude com o qual saíra.

– Que merda!

Ele se deixou cair ao lado do beliche para recuperar o fôlego. Não era como disparar, pensou. Disparar trazia um pequeno vigor ao sangue, mas aquilo, tanto ir quanto vir, era como ser lançado de um canhão.

Não gostou nem um pouco da sensação.

Precisava de uma cerveja, talvez de uma boa caminhada. Precisava de suas mãos em Fallon novamente. Não, não, ele queria suas mãos sobre ela, e isso era uma necessidade muito diferente.

Ele se mantivera longe de Fallon por quase dois malditos anos, lembrou a si mesmo, e começou a andar pelo quarto da casa que dividia com Mallick. Teria se mantido longe por mais tempo se ela não o tivesse puxado.

Não era culpa dela, não de todo. Ele não era idiota de pensar assim. Os dois haviam sido apanhados por alguma coisa – era melhor simplesmente deixar isso pra lá.

Quantas vezes ele estivera naquele lugar em sonhos, em visões? A dança nas pedras, os campos, a floresta. Ele nunca estivera dentro da fazenda onde os MacLeods viveram por gerações antes da Catástrofe, mas a conhecia.

Tonia a conhecia e contara isso a ele.

Será que Fallon conhecia? Deveria ter perguntado. Se aparecesse naquele campo novamente, iria até a casa, procuraria seus fantasmas. Procuraria a família que trabalhara a terra, vivera e morrera por lá durante várias gerações.

Sabia o nome deles porque a mãe lhe contara. Seus nomes e suas histórias. Mas não era suficiente.

Prendeu a espada no corpo. Estranho, pensou. Ele a usara antes, mas a tirara para tomar banho depois de um longo dia de treinamento. Estava usando a jaqueta de couro de que tanto gostava – uma que encontrara quando ele e algumas tropas dispararam para o Kentucky em uma missão de reconhecimento.

Vestido de acordo com o clima mas também para defesa, refletiu. Fallon também, ele se lembrou. Colete de couro marrom sobre um suéter, calça de lã. Ela com certeza não estava dormindo com aquelas roupas.

Hum, interessante. Para ele, magias eram infinitamente interessantes. Uma ciência, uma arte, uma maravilha, tudo isso embrulhado com poder.

Ele olhou para a pilha de livros, a maioria emprestada a ele por Mallick. Estude, dissera-lhe o homem, muitas e muitas vezes. Leia e aprenda, olhe e veja, treine e faça.

Seu Yoda pessoal.

Como ele sentia falta das noites de DVD em casa...

Vagou pelo quarto, olhando para os esboços que prendera nas paredes. A mãe, as irmãs, amigos, Bill Anderson do lado de fora da Bygones.

A árvore memorial. Ali havia o nome do pai e o do homem que assumira esse papel por um breve tempo.

O homem que a mãe amara por aquele breve tempo. E Austin lhe dera um conjunto de arte – ainda mais valioso que a jaqueta de couro. Por muito tempo ele usara os lápis de cor, o carvão, os pastéis, até terminarem. Mas encontrou mais.

Mallick o surpreendera, pois Duncan esperava que ele fosse um supervisor difícil, que zombasse de seus esboços e reclamasse do desperdício de papel e material.

Em vez disso, Mallick encontrou um alquimista capaz de criar mais.

A arte, disse ele, era um dom.

É claro, não fazia nenhum mal o fato de Duncan saber desenhar mapas também – com detalhes. Ou que conseguisse recriar uma base inimiga no papel para ajudar a planejar uma missão.

Ainda assim, Duncan não havia mostrado a ele os desenhos que fizera de Fallon. Nem mesmo o que fizera dela empunhando a espada e o escudo do fogo no Poço de Luz.

Quase abriu a gaveta onde guardava os retratos dela, mas desistiu. Só lhe traria problemas. Passou os dedos pelos cabelos pretos despenteados, achou que já estavam decentes e saiu para a sala, onde Mallick estava sentado junto à lareira.

Ele sabia que Mallick havia escolhido o que era basicamente uma cabana de férias por causa da lareira, das árvores e de um terreno que ele usava para um jardim, para apicultura. Havia ainda um cômodo para sua oficina.

Duncan, que se considerava muito bem versado em magia – afinal, ele mesmo ensinara magias aos mais jovens em Nova Esperança –, aprendera muito naquela oficina.

O lugar não era grande coisa, precisavam fazer feitiços no inverno para não morrerem congelados, mas cuidavam de tudo suficientemente bem. Talvez nenhum dos dois soubesse cozinhar de verdade, mas não passavam fome.

– Vou sair para tomar uma cerveja.

– Vinho é melhor – disse Mallick. – E me conte sobre Fallon.

Duncan parou.

– Você nos enviou para lá? Não acredito!

– Não, mas eu vi vocês no fogo.

– Você não nos enviou?

– Não.

Inclinando-se para a frente, Mallick serviu o segundo copo da bebida, um bom vinho que ajudara a fazer no outono anterior.

Duncan se sentou do outro lado do velho sofá. Preferia uma cerveja, mas vinho também servia em casos de emergência.

Ele engoliu em seco e avaliou Mallick.

O homem não mentia, então ele não ia duvidar. Agora, estava sentado, paciente – sempre demonstrava a paciência de um maldito gato diante do buraco de um rato. Um cinza coloria seus cabelos escuros, mais compridos que os de Duncan. A faixa branca em sua barba acrescentava um tipo estranho de... vitalidade. Ele mantinha o corpo de soldado em forma.

Duncan achava que ele tinha uma excelente aparência para um cara com alguns séculos de idade.

– Eu estava pensando na cerveja quando de repente... Bum! Lá estávamos nós. Ela me disse que estava dormindo. E merecia, pelo que Tonia nos contou.

– Continue.

– Enquanto estávamos lá, ela teve uma visão.

Mallick assentiu.

– Me conte. Eu vi, mas não ouvi.

Em vez da cerveja e da caminhada, Duncan ficou bebendo vinho junto à lareira, contando sobre as visões.

– O sangue dela, o meu, o de Tonia, provavelmente por sermos gêmeos. Nenhuma surpresa nisso. Como e quando, esse é o mistério. Visões são um problema na maioria das vezes. Mais perguntas do que respostas, com toda aquela besteira enigmática.

– As respostas estão lá – corrigiu Mallick. – Você vem dos Tuatha de Danann, como Fallon. Como seu avô. O sangue dele, sangue inocente, desempenhou um papel na abertura do escudo. O seu sangue e o da Escolhida vão fechá-lo.

Duncan pegou mais um pouco de vinho.

– Como e quando? – repetiu ele.

– Coragem e fé. São esses dois elementos que levarão ao como. Quando você os tiver, quando tudo o que tiver que ser feito tiver sido feito, isso o levará ao quando.

Mais frases enigmáticas, pensou Duncan.

– Eu coloquei a minha vida em risco e vou fazer isso de novo. Ela também. O mesmo acontece com o povo de Nova Esperança, e o povo daqui, em cada uma das bases que estabelecemos. O mesmo acontece com as pessoas que estão lutando e que não conseguimos alcançar.

– Os deuses são gananciosos, menino – comentou Mallick, com suavidade.

– E eu não sei? Não pergunto por que algumas... qual é o sentido de algumas pessoas matarem, torturarem, escravizarem outras. Elas simplesmente fazem isso.

– Medo, ignorância, sede de poder.

– Apenas palavras. – Duncan as dispensou como faria com uma fina camada de poeira. – É a natureza, para alguns é apenas o seu jeito de ser. Eu li as histórias. As pessoas faziam o mesmo desde a época em que as histórias aconteceram. Antes que a magia esmaecesse e depois. Talvez mais ainda depois. O mundo acabando e eles ainda fazem isso.

– A vida é longa.

Duncan sorriu com malícia.

– Só se for a sua.

Achando graça, Mallick balançou a cabeça.

– A vida de todos, dos mundos, dos deuses, dos mágicos e dos homens. Mas como a minha tem sido longa, posso lhe dizer que houve momentos de harmonia e equilíbrio, e há sempre o potencial para isso. Fé e coragem constroem esse potencial.

– Fé nos deuses e suas besteiras enigmáticas?

– Fé na luz, menino. É o que ela contém e oferece. Você lutaria e morreria por suas crenças, seus ideais, para defender os inocentes e oprimidos. Porém, depois da batalha, o sangue, as guerras, você viveria por eles? Luz para a vida.

– *Solas don Saol* – traduziu Duncan, pensando nas palavras gravadas no bracelete de madeira que Fallon usava.

– A Escolhida entendeu que a luta não será suficiente. – Inclinando-se para a frente, Mallick pegou mais um pouco de vinho. – Você não me contou sobre o resto do seu tempo com ela.

Irritado, Duncan decidiu que poderia beber um pouco mais.

– Não foi relevante – respondeu Duncan. – E você mesmo viu.

Mallick não disse nada, apenas tomou mais um gole de vinho. Maldita paciência de gato e rato.

– Foi ela que me beijou. Eu mantive as mãos longe dela até ela me beijar. E tirei quando ela disse não. Só que ela não disse não. Ela nunca diz não exatamente. E eu não vou falar sobre isso com você. É esquisito.

– Você é jovem e saudável, como ela. Isso por si só cria atração. Mas há mais entre vocês do que um desejo de liberação física, e vocês sabem disso.

– Liberação física – repetiu Duncan, esfregando o rosto com as mãos. – Deus do céu!

– Você acha que, por não me entregar aos prazeres da carne, eu não entendo o que é desejo?

– Eu não quero... – Baixando as mãos, Duncan o encarou, aqueles olhos verdes fascinados e horrorizados. – Nunca? Você nunca transou, quer dizer, nunca mesmo? Não, não, não me responda. Que coisa mais esquisita.

– Corpo – prosseguiu Mallick, tranquilamente –, mente, espírito. Há quem encontre um parceiro nesses três aspectos.

– Eu não estou procurando uma parceira.

Mallick assentiu e tomou mais um gole.

– Quando você não olha, não vê.

Chega, pensou Duncan enquanto se levantava. Já chega.

– Vou dar uma volta.

Mallick ficou onde estava quando Duncan saiu. O menino precisava refletir, pensou. Ele também verificaria as sentinelas, os níveis de segurança, os novos recrutas.

O garoto era um soldado nato, um líder nato, embora ainda tivesse muito a aprender.

Esqueceria sua frustração e sua gente, assim como, com o tempo, mesclaria sua considerável coragem a uma fé em que ainda não confiava. Ele seguiria para onde precisava estar.

O mundo dependia disso.

# CAPÍTULO 3

Fallon passou um tempo com seus mapas, estudou imagens na bola de cristal – e entrou nela para obter mais informações. Por hábito, ela treinava antes que sua família se levantasse, no escuro, antes do amanhecer, lutando contra fantasmas que conjurava.

Ao longo do dia, ajudava a preparar bálsamos, poções e tônicos, porque havia necessidade constante deles e porque fazê-los exigia aprimoramentos regulares, tal como uma boa ferramenta. Participava de grupos de caça, de exploração e de buscas, habilidades que também exigiam prática.

Aprendera com os pais que não podia liderar uma comunidade sem fazer parte dela. Com Mallick, aprendera que treinar, estudar e observar eram tarefas que nunca terminavam.

Enquanto caminhava para o quartel, o ar cantava com o som de aço contra aço, o ruído das balas fictícias (a munição real continuava preciosa demais para ser usada em treinamento) e o zumbido de flechas sendo disparadas.

Observou soldados e recrutas travarem batalhas simuladas, com Colin gritando ordens e insultos com igual fervor.

– Riaz, você morreu, porra! Tá com pedra dentro das botas? Anda, mexe esses pés! Levanta essa bunda daí, Petrie. Quer recuperar o fôlego, é? – Ela o ouviu com tamanha incredulidade que riu quando ele agarrou a espada de Petrie e usou a lâmina encantada para "cortar" a garganta do rapaz. – Tente respirar sem traqueia. Agora faça cinquenta flexões.

Petrie, que devia ter duas vezes a idade de seu irmão, rolou para o lado. Ele podia até ter resmungado (discretamente), mas começou a contar as flexões.

A marca no pulso de Petrie brilhava de suor. Ele treinava, pensou ela, e recebia ordens de um adolescente porque sabia o que era ser um escravo dos Guerreiros da Pureza.

A seita formada pelo fanático Jeremiah White marcava os mágicos com um pentagrama na testa. Depois os torturava e executava. Em nome de um deus impiedoso, pessoas como Petrie, os não mágicos, eram marcadas como escravos e usadas.

Por isso Petrie treinava, fazia as cinquenta flexões, pegava a espada de treinamento e revidava.

Alguns não faziam isso. Alguns libertados da escravidão ou da morte iminente não pegavam em espada nem arco. Era a escolha deles, pensava Fallon. Havia outras maneiras de revidar. Plantar, construir, cuidar do gado, ensinar, costurar, tecer, cozinhar, tratar dos doentes ou feridos, educar as crianças.

Muitas maneiras de lutar.

Petrie havia escolhido a espada. Enquanto ele suava para cumprir as cinquenta flexões – os braços tremendo nas cinco últimas –, ela enxergou o soldado em potencial.

Ele treinaria, pensou novamente, depois deu uma olhada na direção de onde vinham gritos.

Travis falava com outro esquadrão na floresta, através do campo e da última e brutal seção da pista de obstáculos. Uma garota mantinha a liderança: devia ter uns 16 anos, julgou Fallon, a pele muito branca agora corada pelo esforço. Traços delicados e uma determinação feroz em olhos exóticos, enquanto passava por cima dos pneus velhos. Ela tinha uma mecha vermelha – em sinal de desafio – nos cabelos. O longo rabo de cavalo preto balançava ao ritmo de seus saltos na parede de cordas.

Ela a escalava como se fosse um lagarto em uma pedra, observou Fallon com aprovação. O suor encharcava sua blusa, descia pelo rosto, mas ela passou por cima das cordas, subiu uma rampa estreita para saltar para a parede seguinte, encontrou apoios para as mãos, virou-se, abaixou-se e então cruzou velozmente a linha de chegada.

Um observador declarou seu tempo: 23 minutos e 41 segundos.

Impressionada, Fallon se aproximou e lhe ofereceu um cantil de água, enquanto outros dois recrutas alcançavam a parede final.

– Obrigada.

– Marichu, certo? – disse Fallon.

– Isso.

– Você fez um tempo excelente.

– O recorde ainda é seu, 21:12 – disse Marichu, limpando o suor do rosto. – Vou bater isso.

– Você acha mesmo?

– Tenho certeza. – Ela devolveu o cantil. – Quero sair na próxima missão.

– Há quanto tempo você está aqui? Três semanas?

– Cinco. Estou pronta.

– Isso depende dos seus instrutores, e ainda faltam três semanas para você completar o mínimo de oito.

– Estou pronta – repetiu Marichu, afastando-se para se alongar.

Fallon esperou por Travis, aguardando até que ele visse o último homem terminar o percurso, até que ordenasse que seu esquadrão fosse para os chuveiros antes da rodada seguinte: táticas, aula em sala, que seu pai ensinaria em seguida.

– Marichu – disse Fallon.

Travis assentiu, bebeu água. Alto e magro, com os cabelos riscados pelo sol e ultimamente ostentando um trio de tranças finas no lado esquerdo, ele olhou para Marichu, que se dirigia ao quartel junto com os outros.

– Forte, inteligente e muito rápida. Rápida como um elfo. Quer dizer, como um elfo lento.

– Mas ela não é uma elfa. É fada.

– Sim. Ela é a tal que escapou dos GPs antes que a levassem a um dos complexos. Mas não antes de a estuprarem, espancarem e quebrarem uma de suas asas além da possiblidade de reparo.

– É, eu lembro.

– Estava em péssimas condições quando a encontramos, disse que estava vindo para cá. Estávamos eu, Flynn, Eddie e Starr. Febre por infecção, desnutrida, ainda com muitas dores. Mas mesmo assim levava um espeto que tinha afiado no formato de lança e teria arrancado nossas entranhas, mas conseguimos convencê-la de que éramos os mocinhos.

– Eu não estava aqui quando você a trouxe. Os curandeiros tentaram consertar a asa dela, mamãe tentou…

– Não deu. Tinha muito tempo já. Difícil para ela, mas devo dizer que a garota já compensou essa falta. Ela é boa com o arco… Não é ótima, mas pode vir a ser. Ainda é desajeitada com a espada, mas... tem velocidade, resistência, agilidade. Ninguém do grupo dela chega nem perto.

– Pensamentos, sentimentos?

Ele deu um suspiro. Fora criado para não se intrometer nas questões particulares dos outros – não que não tivesse feito isso de vez em quando. Agora, desde que Petra havia se infiltrado e atacado, fazia parte de seu trabalho.

– Ela é boa em bloquear minhas tentativas de invadir, tenho que confessar. Mas acho que está revoltada. Tem determinação, mas também muita revolta. Está a fim de briga. Gosta de aprender a montar, quer aprender a dirigir. É coisa normal, Fallon. Não tem nada escondido lá, eu sinto isso. Ah, e ela percebeu que Colin tem uma queda por ela.

– O quê?

– Ele não se manifesta porque ela é muito nova e é recruta. Mas tem alguma coisinha ali. Eu vi sem invadir. Enfim...

– Enfim... – repetiu ela, por falta do que dizer. – Quantos estão prontos para uma missão?

– Isso você vai ter que perguntar ao papai.

– Vou fazer isso. A ele e a Poe, Tonia, Colin e todos os instrutores. Mas agora quero saber de você.

Ele enfiou os polegares nos bolsos da frente enquanto refletia. O fato de ele pensar com cuidado era o motivo pelo qual ela lhe perguntara primeiro.

– Quatro, talvez cinco. Anson, Jingle, Quint, Lorimar... e talvez Yip. Não mágico, elfa, bruxa e metamorfo. Nessa ordem.

– Ok, obrigada. Até mais tarde.

Ela foi para onde o grupo de tiro com arco de Tonia estava se revezando.

Tonia era gêmea de Duncan, e ficava impossível olhar para ela e não o enxergar, embora as feições de Tonia fossem mais delicadas e os olhos fossem de um azul de verão, não de um verde-floresta. A umidade fazia seus cabelos se enrolarem loucamente, como se lutassem para se libertar da faixa.

Ela encaixou uma flecha no arco, deixou-a voar. E acertou o coração do espantalho bem no centro.

– Como estão as coisas?

Tonia carregou outra flecha.

– Nada mal. Tem um ou dois no grupo que terminei de treinar que provavelmente não atirariam uma flecha ou um raio no próprio pé.

– Você está treinando Marichu?

– Claro. A garota tem potencial, estou pensando em passar os exercícios dela para besta em vez de arco, acho que se sairia melhor. Ela tem força. Tende a abaixar o ombro esquerdo, deve ser por conta da asa mutilada. Mas vai melhorar.

Tonia disparou uma terceira flecha. A segunda havia perfurado a cabeça do espantalho, bem entre os olhos. A terceira se cravou direto na virilha.

– Esse não vai ter filhotes de palha – disse Tonia, sorrindo. – Vai rolar música nos jardins hoje à noite. Que tal sairmos juntas? – Antes que Fallon pudesse responder, Tonia colocou a mão no braço dela. – Nós merecemos, Fallon. Não vamos deixar que Petra ou a maldita mãe dela tire isso de nós. Você mesma já disse isso.

– É, eu disse.

Petra. Prima, filha do irmão e assassino de seu pai biológico. Sangue do seu sangue.

Fallon afastou aqueles pensamentos.

– Eu disse mesmo – repetiu. – Não, não vamos deixar.

– Mas você quase nunca vai. E tem um cara em quem estou de olho. Você podia me dar sua opinião.

Fallon invejava a facilidade e a naturalidade com que Tonia conseguia "ficar de olho" em um cara. E se a parte que envolvia ficar de olho desse certo, ela logo passava para o próximo passo.

– Quem é o cara?

– Anson, um recruta, veio do Tennessee. Sotaque muito fofo, barriga sarada e até agora não fez nada idiota.

– Travis disse que ele estava pronto para lutar.

– Concordo. Então, vamos comigo hoje para você ver Anson. Eu e Hannah vamos.

– Da próxima – respondeu Fallon, com firmeza. – Hoje não posso.

– Você tem mais algum plano na cabeça?

– Tenho. Ainda estou trabalhando nos detalhes e preciso conversar com meu pai, com Will, com alguns outros, inclusive com você. Para começar, quantos você acha que estão prontos para uma missão?

– Entre os recrutas? Muitos ainda são inexperientes. – Tonia sinalizou para que Fallon andasse com ela para recuperar as flechas. – Eu diria Anson, com seu abdômen musculoso. Ele tem quase dois meses de treinamento, um destemido NM, ou seja não mágico, mas não idiota. Tem Quint, que chegou mais ou menos na mesma época. Bruxo, excelente espadachim. Ainda está aprendendo a explorar suas mágicas, mas as mantém bem guardadas.

– Só os dois?

– Deixa eu pensar... – respondeu Tonia, limpando o suor da testa. – Tem também a Sylvia... Não. Ainda não. Merda, Hanson Lorimar. Gosta de se exibir e me irrita até me deixar louca, mas é sólido. Também é NM. Tem a Jingle, uma elfa muito veloz. Um pouquinho boba, mas dá conta do recado quando é preciso

– E quanto a Yip?

– Metamorfo. Pode ser. Qual é a missão?

Fallon ainda tentou fugir das perguntas, mas com Tonia podia falar.

– O enclave dos Guerreiros da Pureza, em Arlington.

Tonia arregalou os olhos.

– Arlington? É enorme e fica bem perto de Washington.

– Isso aí.

– Dizem que eles formaram alianças com os Incomuns Sombrios e os Rapinantes e que fortificaram a porra toda.

– Também.

Assim como Travis, Tonia pensou por um tempo. Um gaio gordo alçou voo, pousou no espantalho que ela havia matado e o bicou.

– Fallon, estou com você, mas não temos gente suficiente para fazer uma coisa dessas.

– Estou trabalhando nisso. Não conte a ninguém até eu falar com meu pai, com Will e alguns outros.

– Tudo bem. Se conseguíssemos tomar Arlington...

– Seria um grande chute na bunda deles – completou Fallon. – Essa é a ideia.

Com o pai, Colin, Poe, todos cumprindo o dever como instrutores, ela voltou para casa.

Para sua grande surpresa, encontrou a mãe, Fredinha, Arlys e Katie nadando na piscina do quintal.

– Pegou a gente em flagrante! – exclamou Lana, com uma risada. – Então entra aqui também.

– O que vocês estão fazendo?

– Reunião do comitê – respondeu Katie.

Prefeita e uma das fundadoras da cidade, Katie jogou a cabeça para trás e riu. Eram dela os cachos pretos de Tonia e os olhos verdes de Duncan.

– Alguém já andou bebendo – concluiu Fallon.

– Ah, sim, é verdade! – respondeu Fredinha, nua, esvoaçando as asas e sacudindo o cabelo ruivo cacheado, depois voltando a mergulhar.

– Vem, querida, faça uma pausa também. Os dois mais novos de Fredinha estão cochilando – disse Lana, apontando para um ponto na sombra onde os caçulas de Eddie e Fredinha dormiam em uma manta. – As outras crianças estão fazendo o que as crianças fazem em dias quentes de verão.

– E nós estamos na nossa festinha particular – concluiu Arlys.

Jornalista de Nova Esperança, trabalhadora incansável e fundadora da cidade, Arlys não estava nua. Usava uma blusa curta e calcinha enquanto boiava alegremente de costas.

– Nem lembro quando foi a última vez que nadei numa piscina só porque me deu vontade – acrescentou ela.

Fallon se deu conta de que nunca tinha visto as quatro tão relaxadas. E se perguntou se de vez em quando faziam aquelas festinhas particulares quando ela não estava por perto.

Elas mereciam.

– Entre também! – Fredinha fez um sinal com as mãos e acrescentou pequenas fontes à água. – Estamos conversando sobre homens. E sexo. Eu realmente gosto de sexo. Me faz ficar toda brilhante.

– Eu não transo há... Sei lá quanto tempo. Os homens com quem eu faço sexo acabam mortos – disse Katie, e bateu a mão na boca enquanto uma risada explodia e Fredinha se aproximava para envolver um braço em volta dela. – Ora, não tem graça. É apenas a verdade. Não estou triste. Eu amei os dois. Você sabe como é isso, Lana.

– Sei.

– Eu estava pensando em fazer sexo com Jess Barlow – acrescentou Katie.

Arlys afundou e apareceu cuspindo água.

– Jess Barlow!

– Estava pensando. Mas, meu Deus, eu não quero que ele morra. – Katie riu de novo, afastou para trás os cabelos molhados. – Mas como é mais luxúria do que amor, pode ser.

– Ele é um bom soldado – afirmou Fallon, tentando ajudar.

Katie respondeu, com uma piscadela:

– Eu estava pensando é que ele tem uma bela bunda, querida.

– Ah. Tá. – Ela podia sentir a diversão de sua mãe enquanto Lana andava pela água e sorria. – Eu diria que Mark McKinnon tem uma melhor e também não é casado.

Arlys soltou uma gargalhada. Katie balançou a cabeça.

– Ele tem mesmo uma bunda mais bonita – admitiu Katie –, mas é no mínimo dez anos mais novo que eu.

– Que diferença isso faz?

– Essa é a minha garota! – disse Lana. – Mark McKinnon. – Ela apontou para Katie. – Vá em frente.

– Eu não poderia... Ou talvez.

– Tente não fazer com que ele morra – acrescentou Fallon, e, depois de um espanto geral, as quatro mulheres quase se acabaram de tanto rir.

– Agora você é oficialmente um membro do nosso grupo. – Arlys mandou um respingo de água na direção de Fallon. – Entre na piscina, amiga.

Ela precisava ir à cidade, precisava conversar com Will, verificar os que haviam sido resgatados. Precisava... Ah, para o inferno!

Fallon soltou a espada e tirou as botas. Depois de um momento de consideração, se despiu, como a mãe e Fredinha. E, apenas pelo prazer, pulou, rolou duas vezes no ar e mergulhou.

Mais tarde, enquanto ia para a cidade, Fallon pensou em quanto ela havia desfrutado daquela meia hora de brincadeiras com um grupo de mulheres. O círculo de sua mãe – só faltara Rachel, que não conseguira fugir da clínica, e Kim, que tinha uma aula de fitoterapia naquele horário.

Ela conhecia o poder da mãe, a força da mãe. Dependia disso. Quanta força e vontade levaram Lana Bingham, com uma criança no ventre, com dor no coração, a deixar Nova Esperança e aquele círculo? Fugir para salvar a criança e a todos, deixando para trás tudo o que construíra?

Mais força do que tinha qualquer pessoa que Fallon já conhecera.

Pensou nas outras mulheres. Fallon conhecia suas histórias.

Katie, que perdera o marido, os pais e toda a família, exceto os gêmeos em seu ventre. Precisara de força para sobreviver, e mais força e compaixão para assumir outra bebê, cuja mãe não havia sobrevivido, como se fosse sua.

Com a ajuda e a amizade de Jonah e Rachel, Katie escapara de Nova York com os três filhos.

Arlys Reid, intrépida repórter, vira colegas de trabalho adoecerem e morrerem na Catástrofe, vira sua cidade ruir, o mundo desmoronar. Mas, junto com algumas almas corajosas, entre elas Fredinha, continuou a transmitir as notícias pelo maior tempo possível.

Tendo como fonte Chuck, hacker e guru de TI, Arlys descobriu verdades e desmascarou mentiras. Quantas vidas ela salvara dizendo a verdade?, perguntou-se Fallon.

Como teria sido para Fredinha descobrir a magia dentro de si, criar asas? Para alguns, o surgimento de poderes trouxera loucura ou os fizera sombrios.

Para Fredinha, trouxera deleite, uma paixão por espalhar sua alegria e uma devoção para defender e proteger todos.

Sua mãe havia escolhido bem aquele círculo de amizades. Sem elas, sem os sacrifícios que fizeram, sem a vontade não de apenas sobreviver, mas de reconstruir, não existiria Nova Esperança.

Sem Nova Esperança e comunidades como ela, a luz diminuiria e a escuridão prevaleceria.

Ela pretendia montar Laoch para ir até a delegacia falar com Will Anderson, mas o viu na calçada, conversando com duas pessoas: Anne e Marla, ela se lembrou, tecelãs que criavam lhamas. Will se agachou ao nível do menino que elas haviam acolhido – depois que Petra matara a mãe dele. O garoto devia ter uns 5 anos, calculou Fallon, e conversava alegremente com Will enquanto examinavam um cavalinho de brinquedo.

Mas, quando ela se aproximou, montada em Laoch, o menino se escondeu atrás de sua mãe e ficou espiando.

– Está tudo bem, querido. – Anne acariciou os cachinhos dele. – É a Fallon. Você se lembra dela. Ele fica tímido até conhecer as pessoas.

– Tudo bem. Não quero interromper.

– Acabamos de chegar à cidade para entregar algumas meias – disse Marla. – E paramos na Bygones. Elijah repetiu todo o alfabeto para o Sr. Anderson e ganhou um prêmio.

– Que cavalo legal! – Assim como Will havia feito, Fallon se agachou. Mas não se aproximou. – Meu pai fez um cavalo de madeira para mim quando eu era pequena. Eu ainda tenho ele. E agora tenho esse grandalhão também.

Ela sorriu para o garoto e depois murmurou algo para Laoch em irlandês.

Ele abriu as asas.

– Asas como as suas, Elijah. Eu vejo a luz em você.

Ele abaixou a cabeça, mas ela viu seu sorriso tímido e doce. E as asas, uma rápida vibração azul.

Anne cobriu a boca com a mão enquanto seus olhos se enchiam de lágrimas.

– Ele nunca... A gente não fazia ideia. Ah, Elijah, como suas asas são lindas!

– Até pensamos nisso – disse Marla, inclinando-se para dar um beijo na cabeça de Elijah. – Mas ele nunca mostrou nenhum sinal.

– Leva tempo para alguns, especialmente... – Fallon deixou o assunto de lado quando Anne levantou o menino e o apoiou no quadril.

– Isso, especialmente. Acho que hoje à noite, depois do jantar, teremos uma festa do sorvete com Clarence e Miranda.

– Sorvete! – Elijah riu. – *Molango!*

– Isso mesmo, morango. Vamos treinar esses Rs mais tarde. Venha, Marla, vamos levar nosso homenzinho para casa. Fallon, Will: foi bom ver vocês.

Elas colocaram Elijah no banco de uma bicicleta. Marla também subiu. Anne foi em outra. Com um aceno, eles partiram, as asas de Elijah ainda tremulando.

– São pessoas boas – comentou Will. – Assumir três crianças sofridas e formar uma família... Três garotos mágicos. Você viu que ele é uma fada?

– A luz dele é suave e tímida. E doce – acrescentou Fallon. – Muito doce.

– A mãe dele foi um dos resgatados do culto antimagia. Como foi treinada e sofreu lavagem cerebral para acreditar que a magia era algo ruim, ela teria ensinado isso a ele, teria tentado reprimir o que ele era.

– Eu me lembro disso. Petra fingiu vir do mesmo culto e morou com elas. Só Deus sabe o que ela tentou ensinar ao menino. Elas são pessoas boas, são as mães dele agora. Se tivessem reagido de maneira diferente, com a medida errada de força, ele poderia ter tentado esconder sua natureza novamente, em vez de abraçar quem realmente é.

– Sorvete de morango nunca faz mal. Você está pensando em alguma coisa – acrescentou Will.

– Eu vim à cidade para falar com você.

– Podemos ir até a estação ou simplesmente ir para casa. Eu estava indo ver Chuck. Tentando encontrar minha esposa.

– Ah, ela está lá em casa. Tendo um... encontro com mamãe, Fredinha e Katie. Vamos encontrar Chuck. Ele pode ser útil à conversa.

– Claro.

Ela se virou para Laoch e o acariciou. Ele se ergueu e alçou voo.

– Ele nunca envelhece. – Protegendo os olhos com a palma da mão, Will observou Laoch voar. – Aonde ele está indo?

– Aonde quiser. Vai voltar quando eu precisar dele. – Assim como seu lobo e sua coruja. – Você acha que os resgatados estão se aclimatando? Não é essa a palavra. Parece vocabulário de culto, não é?

– Eu entendi o que você quis dizer. Os médicos criaram um método de terapia, de grupo e individual. Fisicamente, alguns ainda precisam de algum tempo para se curar. Emocionalmente, vai demorar mais ainda. Você conhece a Marlene, não conhece?

– Planejadora de cidades.

– Isso. Ela está trabalhando com um grupo de crianças de uma das casas. Além disso, um dos resgatados era terapeuta antes da Catástrofe. Ele ainda está um pouco instável, mas parece uma boa ideia ter um deles trabalhando com o próprio grupo.

– Parece mesmo. – A resiliência, pensou ela, tinha luz própria. – Quantos deixaram Nova Esperança?

– Três até agora.

– Um número menor do que eu imaginava. E o bebê, a mãe?

– Ambos estão bem, de acordo com Jonah. Estive com ele mais cedo.

Eles andaram pelos fundos da casa onde Rachel e Jonah moravam com os filhos e foram para a entrada do porão de Chuck.

Antes de entrarem e seguirem para o andar de baixo, Fallon sentiu o cheiro de grama recém-cortada e ervas banhadas pelo sol.

Lá dentro, sentiu o cheiro de sal e de algo açucarado.

Chuck estava sentado na frente de monitores, teclados e caixas eletrônicas estranhas, interruptores e joysticks.

Fallon sabia falar inúmeras línguas, tinha dentro de si todos os feitiços que um dia foram escritos, mas o mundo dos computadores representava um mistério para ela.

Ela adquirira um pouco de habilidade, com a ajuda de Chuck, desde que chegara a Nova Esperança, mas até então tinha passado a vida toda longe de qualquer tipo de tecnologia de informática.

– Quem está entrando no esconderijo do mestre? – indagou Chuck, sorvendo algo açucarado de seu copo. – Oi, pessoal.

– Os aprendizes não vieram hoje? – perguntou Will, pois Chuck tinha vários.

– Aula suspensa. É verão, cara. E meus melhores rapazes e moças estão trabalhando sozinhos com alguns dos presentes que vocês trouxeram de volta das masmorras. Vocês fritaram um monte deles.

– Estávamos um pouco mais focados em questões de vida e morte – lembrou Fallon.

– Eu sei, eu sei. Bem, os componentes também são gente. Enfim, pedi a Hester para tentar reviver algumas partes com um pouco de suas mágicas. – Ele estendeu a mão para uma tigela de batatas fritas. – Querem? Tem mais. Consertei um Playstation antigo na casa da Fredinha ontem e ganhei essas batatas fritas.

– Não, obrigado – disse Will –, mas eu bem que aceitaria alguma coisa gelada, se você tiver.

– Cerveja?

– Ainda estou de serviço.

– Limonada, então.

– Beleza.

Will foi até a geladeira de Chuck e pegou o jarro.

– O que você está monitorando?

– Uma base de GPs em Utah. Uma nova. Eles estão se preparando.

– Se ramificando – acrescentou Will.

– O que estou captando é que nosso maluco favorito, Jeremiah White, enviou uns vinte deles de Michigan, que se encontraram com um grupo do Kansas e que depois se juntaram a alguns novos recrutas em Utah para montar a tal base. Eles perderam cerca de quinze por cento até chegar lá.

Mas arrebanharam a maioria de uma comunidade em Nebraska, de um assentamento agrícola, mágicos e não mágicos. Eles acham que vão ter a base protegida, ou seja, o alojamento, o armamento, os suprimentos e tudo mais, até o final da semana. Para que possam realizar sua primeira rodada de execuções no domingo.

Ele empurrou a tigela de batatas para o lado.

– Filhos da puta.

– Nós nunca tentamos resgates tão longe daqui – comentou Will com Fallon. – Eles ainda não estão seguros, mas…

– A hora é agora. Não deve ter nenhum Incomum Sombrio entre eles.

– Se houvesse – afirmou Chuck –, não levariam dias para se instalar. Então não tem ISs.

Ela tirou Arlington da cabeça por um momento.

– Você consegue obter as coordenadas exatas?

– Estou tentando.

– O quanto você está confiante nos seus números?

– Estou confiante de que é isso que eles estão relatando para Arlington. Tenho captado partes de conversas há algum tempo, mas não era muita coisa antes de hoje cedo. E, como Will disse, eles estão muito mais longe do que qualquer coisa que já tentamos. Estou anotando todas as informações, mantendo o controle quando possível.

Um novo plano, ainda mais ambicioso, começou a se formar na mente de Fallon.

– Precisamos de tudo o que você tem. Vamos levar para Mallick e Duncan. Os dois já dispararam para mais longe de Utah e vão saber quem da base é capaz de enfrentar os caras de lá.

Ela pegou a limonada das mãos de Will, mas a deixou de lado enquanto andava em círculos na grande sala cheia de eletrônicos, monitores e telas, com prateleiras de cabos e peças de reposição.

E os bonecos que haviam sido recolhidos e que Chuck chamava, com orgulho, de *action figures*.

– Duncan pode levar dois com ele para explorar, obter as informações do local, as instalações, a segurança.

– Elfos e metamorfos costumam ser melhores para isso – disse Will.

– Claro. Ele sabe disso. Confirme toda informação que tiver, Chuck. Até o final da semana, foi o que você disse, não foi?

– Eles estão relatando que estarão totalmente operacionais na sexta-feira – confirmou Chuck.

– Isso dá a eles três dias. É pouco tempo, mas pode funcionar. Os prisioneiros vão revidar. Eles são uma comunidade, então vão lutar com gana. E uma vez que acertarem...

Sim, sim, ela conseguia imaginar. Ver como poderia ser feito. O destino tinha acabado de jogar uma oportunidade em seu colo.

– Quando atacarmos, não vamos desligar a comunicação deles com a base.

– Eba!!! – Chuck deu um soco no ar. – Mais brinquedos para mim.

– Não vamos cortar os comunicadores. Vamos deixar que avisem sobre o ataque... para Arlington. E quando eles fizerem isso, quando Arlington estiver focada nisso, nós atacamos Arlington.

Will abaixou o copo.

– Desculpe, o que você disse? Que vamos atacar Arlington?

– Isso mesmo. Era sobre isso que eu queria falar com você. Pensei em coordenar um ataque para a próxima semana, mas a hora chegou. – Fallon ponderou por um instante. – E mais: tem uma base na Carolina do Sul que estamos monitorando.

– Isso, perto de Myrtle Beach, mas é mais um posto avançado, quase um local de férias para os bons GPs – acrescentou Chuck.

– Ainda não fomos tão longe, esse local não está no topo da lista. Mas agora... – Ela deu outra volta pela sala. – Atingimos os três simultaneamente.

– Puta que pariu, Fallon. – Will, um homem que sobrevivera à Catástrofe e a todos os seus horrores, que lutava contra ISs, GPs, Rapinantes, comandava tropas, que servia como a lei da cidade, sentou-se. Despencou na cadeira.

– Eles nunca esperariam isso – disse Fallon. – Eles vão receber avisos sobre ataques em duas bases distantes. Vai haver correria e distração. Ainda mais por ser uma base murada, um condomínio fechado sofisticado que eles fortificaram.

– Eles têm ISs – lembrou Chuck, puxando pensativamente o cavanhaque que tingira de magenta. – Você me ajudou a derrubar os escudos que os ISs deles colocaram, para que eu pudesse obter algumas informações, mas eles têm ISs, Rapinantes e, com base nas informações que consegui, possuem ex-militares experimentes. Ex-policiais. É o ponto principal deles para a guerra em Washington. Eu sei que já discutimos isso...

– Vocês discutiram isso? – interrompeu Will.

– Na teoria – explicou Fallon. – E eu conversei com meu pai sobre isso ontem à noite. Estava planejando de outra maneira, mas isso é melhor. É mais do que um resgate. Claro, tirar as pessoas é sempre a prioridade. Mas isso é mais. Três bases, armas, equipamentos, suprimentos... e abalar a organização de White. Sua reputação. Sua rede.

– Duncan e Mallick para Utah, Thomas e Minh para a Carolina do Sul – decidiu ela, pensando na comunidade elfa e na base estabelecida perto da cabana de Mallick. – E nós no alvo principal. Nós atacamos Arlington. – Ela olhou em volta. – Preciso de um mapa.

– Eu tenho um... em algum lugar.

Em vez de esperar que Chuck encontrasse algo que não era eletrônico ou comestível, ela disparou para seu quarto e disparou de volta com um mapa.

– Pronto, vou mostrar para vocês como eu vejo a situação. Aí vocês me ajudam a melhorar o plano.

# CAPÍTULO 4

Com um tempo tão curto e um objetivo tão ambicioso, Fallon organizou uma reunião já naquela noite, chamando os principais membros da comunidade para se juntarem a ela em sua casa.

Lana organizou um cardápio, pois jamais consideraria fazer qualquer tipo de reunião sem comida. Quando Fallon terminou seus preparativos, encontrou a mãe fazendo os dela na cozinha de verão, ao ar livre.

– Desertada pelos homens? Eu ajudo você.

– Pepinos, tiras finas, enroladas – orientou Lana.

– Entendido. – Enquanto trabalhava, Fallon sentiu o clima. – Você está preocupada com o escopo dessas missões, o momento certo, mas…

– É claro que estou. – Com as mãos ocupadas, Lana selecionou os legumes que havia transformado em arte. – Três dos meus filhos, meu marido, meus amigos, todos vão para a guerra em questão de dias.

Enquanto a ansiedade vazava, Lana continuava espalhando diferentes patês nas bolachas salgadas que assara com ervas e alecrim ou temperadas com alho.

– Não posso deixar Travis para trás, não dessa vez. Ele…

– Eu sei, Fallon. Eu sabia que esse dia chegaria desde que ele começou a treinar na fazenda. O que eu não sei, o que eu não compreendo, é por que você conversou com seu pai sobre isso, com Will, Chuck, ao que parece com todo mundo, menos comigo.

– Eu só conversei com papai seriamente sobre Arlington ontem à noite, depois de pensar nos detalhes. Pedi a ele que não dissesse nada até que eu tivesse falado com…

– Todo mundo.

– Mãe. – Fallon largou o cortador e se virou. – Eu precisava conversar sobre os recrutas com Travis, com Tonia, ter uma noção se poderíamos levar algum deles, se algum estava pronto para... entrar na luta se perdermos gente nessa missão.

– E mesmo assim você não...

– Deixa eu terminar, por favor.

Uma abelha zumbiu, pairando sobre os biscoitos. Fallon apenas lançou um olhar de aviso para afastá-la.

– Eu voltei para casa depois de conversar com eles e dar uma olhada em tudo. Sabia que você tinha uma reunião com Arlys, Katie e Fredinha sobre o estabelecimento de casas permanentes para os novos resgatados. Queria conversar com vocês quatro sobre Arlington, mas vocês estavam se divertindo um pouco, tirando um tempo de folga, e eu não quis estragar tudo.

Lana parou o que estava fazendo e se virou para a filha.

– Desculpe. Eu devia ter entendido.

– Vocês pareciam tão felizes, entusiasmadas com o vinho e a amizade... Eu realmente queria que você tivesse aquele momento. Eu também queria um pouco. E tive, com vocês.

– É verdade. – Lana a abraçou. – Fico feliz que você tenha agido assim, e me desculpe.

– Tudo bem, mãe. Isso é difícil, é confuso e... Pensei em vocês quatro quando saí. Pensei em tudo o que você fez, o que enfrentou, venceu, realizou. Seu círculo de amigas... não exatamente completo, já que Rachel e Kim não puderam estar ali, mas... Todas vocês são verdadeiras heroínas para mim.

– Um dia. – Lana passou a mão pelos cabelos de Fallon. – Um dia, meu círculo e o seu vão se divertir com vinho e amizade e conversar sobre relacionamentos e sexo.

– Espero ter alguma experiência com os dois últimos até então, para poder acrescentar alguma coisa à conversa.

– Você vai ter. Mas, hoje, vamos fazer o que precisa ser feito.

– Começando pela comida.

Lana riu.

– Sempre.

Então, em uma abafada noite de verão, os Primeiros de Nova Esperança se reuniram no pátio. Tinham deixado as crianças mais novas com as babás ou os irmãos mais velhos. Os membros da geração posterior se reuniram com eles para comer, beber e conversar sobre guerra.

Do outro lado do campo, verde por causa do verão, as vacas mugiram quando as primeiras estrelas começaram a cintilar. Felpudas novamente após a tosa, ovelhas pontilhavam as colinas suaves como pequenas nuvens. Nos galinheiros, as aves cantarolavam enquanto iam dormir.

Mais adiante, ela viu Faol Ban deslizar como uma fumaça branca através das árvores, onde Taibhse se instalara, sábio e silencioso, em um galho. Sobre as colinas ocidentais, o sol fervia lentamente, percorrendo o seu caminho em direção aos picos arredondados.

Ela observou Jem e Scout brincando com o cachorro de Eddie, chamado Hobo, enquanto o velho Joe, sempre fiel, cochilava a seus pés.

Não era como a festinha particular de sua mãe naquela tarde, pensou Fallon, mas ainda assim era um círculo de amigos.

– Vou começar dizendo que conversei com Mallick e com Thomas.

– Por rádio? – perguntou Katie.

– Não, eu disparei. Queria falar com os dois pessoalmente.

– Você viu Duncan?

– Não, sinto muito. Ele tinha saído para algumas manobras. Expliquei o plano aos dois e eles concordam que pode ser feito. Eles vão trabalhar em táticas, logística, observação, e nós continuaremos a coordenar. Não por rádio ou computador – acrescentou Fallon. – Eu sei que Chuck tem isso sob controle, e nós adicionamos escudos, mas, se alguma de nossas mensagens vazar... bem, vai dar tudo errado.

– Não me incomodo. – Chuck colocou um morango gordo na boca. Ele usava sandálias de corda trançada com solas feitas de tiras de pneus velhos. – Eles têm bons hackers. Eu sou melhor, mas eles têm alguns bons. Vou continuar monitorando as três bases. Não é possível obter muita coisa direto de Arlington, mas eu tenho uma linha clara com os outros, e isso leva de volta a Arlington. Qualquer mudança e você vai ficar sabendo.

– E vamos nos adaptar a elas – confirmou Fallon. – Até atacarmos. Hoje mais cedo, Will e eu definimos as linhas gerais e algumas mais detalhadas. Para começar.

Ela levantou as mãos, evocou o poder, enquanto as espalhava pelo ar.

O mapa que havia desenhado surgiu, parado no ar como se estivesse preso a uma parede.

– Excelente – comentou Eddie, e mordeu um biscoito.

– Tonia e eu trabalhamos nisso. Bases-alvo em vermelho, as nossas em azul. Vou ter mapas mais detalhados depois que os alvos forem explorados.

– O que é o verde? – perguntou Flynn.

Ele nunca usava sandálias, observou Fallon, mas botas resistentes, provavelmente confeccionadas por ele mesmo.

– Locais onde talvez possamos realocar os resgatados. Estamos usando quase toda a capacidade de Nova Esperança, considerando moradias, suprimentos e remédios. E precisamos começar a estabelecer bases mais ao sul, a oeste, ao norte. Colin, você e papai precisam remover algumas das nossas tropas experientes, pedir voluntários para se mudarem. Também precisaremos que o conselho da cidade converse com pessoas qualificadas e experientes, das quais possamos abrir mão, para ajudar nisso. Tonia e eu vamos falar com alguns dos resgatados, e Hannah, Rachel e Jonah precisam identificar pessoas com experiência médica que possamos realocar e descobrir se podemos deixar que levem algum material. Se não pudermos, vamos tentar encontrar alguns à medida que avançarmos.

Ela voltou ao mapa e continuou:

– O grupo em Utah levado pelos GPs se estabeleceu em Nebraska. Uma comunidade agrícola e, pelas informações que recebemos, eles têm pouca segurança e defesa. Podemos mandá-los de volta para Nebraska, mas vamos estabelecer uma base.

– É um longo caminho – comentou Rachel.

Ela segurava um copo de vinho, mas ainda não tinha bebido nada. A seus pés estava um pequeno kit médico que levava a todos os lugares.

– Podemos alternar voluntários, mas precisamos de um bom contingente para construir e garantir a segurança não apenas de uma comunidade, mas de uma base que possa se defender contra GPs, Rapinantes e as forças do governo que ainda caçam gente com magia. Precisamos do mesmo na Carolina do Sul. Tem uma floresta aqui. – Fallon apontou para o mapa. – E acesso ao mar. Podemos começar tudo outra vez.

– As estradas precisam ser desobstruídas – observou Arlys, fazendo uma pausa em suas anotações e franzindo o cenho para o mapa.

– E consertadas – acrescentou Poe. – E as pontes também, se tiver. É preciso água, energia, esgoto ou fossa séptica. O básico.

– Combustível, madeira, ferramentas – acrescentou Kim.

– Vamos transportar o que conseguirmos, vamos explorar. Construir. Deve haver muita caça em ambas as regiões, e as terras a oeste são bem produtivas. Vamos preparar terras para agricultura no sul, se necessário. Temos que planejar isso, porque senão, se acertarmos nossos alvos e salvarmos as pessoas... não vamos ter onde instalar todo mundo. E precisamos começar a crescer. Depois que estabelecermos essas bases, eles vão poder explorar e resgatar onde não tivermos explorado.

– Você está falando em fazer muito em bem pouco tempo – comentou Will, ajeitando o boné que Fallon sabia que sua filha havia feito para ele na aula de artesanato. Era um boné verde, com os dizeres HOMEM DA LEI bordados em branco.

– Eu sei. As novas bases seriam rudimentares, pelo menos no começo, mas precisamos reivindicar nosso terreno para então construir. Do mesmo jeito que vocês fizeram aqui em Nova Esperança. Precisamos de mais gente como vocês, mais gente como meu pai, como Thomas, Troy e outros que minha família e eu encontramos no caminho para cá. Vocês ainda não conhecem Thomas, Troy nem esses outros, mas eles construíram comunidades, sociedades, e vão lutar para protegê-las, porque, assim como vocês, eles sabem que a sobrevivência vem em primeiro lugar mas não é suficiente.

– Nós não conhecemos o mundo que vocês conheceram – disse Tonia, levantando-se. – Só o conhecemos pelos livros, DVDs, ou pelo que vocês nos contam. Éramos bebês, ou nem éramos nascidos naqueles primeiros anos em que todos os dias eram de vida ou morte, quando tudo o que vocês conheciam se foi. Mas conhecemos este mundo e o que é preciso para viver nele.

– Nós vimos o que vocês fizeram – disse Travis, também se levantando. – Na fazenda, meu pai, a cooperativa, a vila lá perto. Aqui em Nova Esperança, e em todos os lugares onde encontramos pessoas lutando para construir uma vida. Aqui estamos nós, sentados juntos, nos sentindo seguros em uma noite agradável, com a fazenda de Eddie ali, o quartel para lá. Não podemos ter um sem o outro – disse ele, apontando primeiro para a fazenda e depois para o quartel. – Como Tonia disse – prosseguiu ele –, nós conhecemos este mundo e o que é preciso para viver nele porque vocês nos deram este mundo, lutaram por ele e nos ensinaram a viver.

Mas o mundo vai além da fazenda onde morávamos, vai além de Nova Esperança e dos lugares entre um e outro. Se não os tomarmos para a luz, eles os tomarão para as trevas.

– Vocês têm razão – disse Hannah, com um suspiro. – Às vezes eu fico imaginando como seria se Nova Esperança fosse o mundo. Se só existisse isso. Nossas casas, nossos vizinhos, o trabalho na clínica. Aprender a ser médica, encontrar os amigos, música nos jardins em uma noite como esta. Então eu me lembro de outra noite como esta nos jardins. Lembro quando alguém que eu pensava ser uma amiga destruiu o nosso lar. Penso em Denzel, em Carlee e em todos que ela matou. Penso no que fazemos, Rachel e Jonah, na clínica, depois de cada missão. Vocês me ensinaram tudo.

Hannah suspirou e continuou:

– Eu não tenho magia como Fallon, Tonia, Travis. Não sou um soldado como Colin. Mas sei o que precisa ser feito, porque vocês me ensinaram.

– Basicamente – disse Colin após uma pausa –, estamos dizendo que é hora de dar uns bons chutes na bunda deles.

Isso provocou uma risada geral, relutante em alguns cantos, porém uma risada.

– Você não está errado – disse Fallon. – Chutes na bunda estão na lista. Assim como resgatar, treinar, tomar a base, construir e expandir.

– Ok. – Katie levantou as mãos em um gesto de rendição. Seus olhos, os olhos de Duncan, pensou Fallon, passearam pelo grupo. – Primeiro, devo dizer que tenho orgulho de vocês. Segundo, parece que você está nos dizendo que é hora de passar adiante a tocha.

– Não. Eu não quero que você passe a tocha – Fallon se apressou em responder. – Espero muito que você não faça isso.

– Precisamos de mais tochas – arrematou Simon, fazendo com que Fallon suspirasse aliviada.

– Isso. Precisamos de mais tochas. Elas trazem a luz.

– A luz vai se espalhar – afirmou Lana.

Fallon sentiu a visão tomar sua mãe no instante em que a tomou também.

– A partir da fonte da Escolhida e além dela. – A visão tomou conta de Fallon, espalhou-se com as palavras que ela pronunciou. – O fim terminou, o início começou. Os cinco elos juntos, para o bem ou para o mal.

Fallon e a mãe continuaram, juntas:

– A escuridão virá, com sangue e morte, em loucura e trapaça. A escuridão vive para extinguir a luz. Ela monta em uma besta escura para trazer tristeza e perda. Você derramará lágrimas, minha filha, filha dos Tuatha de Danann, e a escuridão beberá suas lágrimas. Você conhecerá o desespero, e a escuridão se alimentará do seu coração. Essa é a tristeza da sua mãe.

Depois de um breve momento, as duas continuaram:

– Luz contra trevas, vida contra a morte, sangue contra sangue. Nós nos elevaremos, nos elevaremos, nos elevaremos, e quando a tempestade passar, se a luz se mantiver, os cinco permanecerão juntos. Os cinco elos juntos para nunca mais se separarem. Quem cavalgar pela tempestade e ficar de pé trará o bem ou o mal para todos.

Com as visões desaparecendo, Fallon agarrou a mão de Lana e disse:

– Eu não vou fracassar. Não posso.

– A besta negra é real. Um cavalo negro. Não, um dragão – respondeu Lana.

– Com um pentagrama vermelho invertido. – Fallon passou o dedo pelo centro da testa. – Eu vi. Não posso dizer a você que não se preocupe, porque não faria sentido, mas peço que acredite em mim.

– Se eu não acreditasse, teria desafiado os deuses e segurado você na fazenda – disse Lana.

– O que são esses tais de cinco elos? – perguntou Eddie.

– O símbolo de Fallon – respondeu Fredinha. – Quer dizer, o símbolo celta de cinco elos. Eu digo que é de Fallon porque está na espada dela.

– Os quatro elementos – explicou Fallon –, ligados pela magia. Dependendo de quem vença, esses elos pendem para o bem ou para o mal.

– Então a gente precisa vencer – disse Colin.

– Isso mesmo. Vamos começar a acender as tochas. Tonia, Flynn e eu vamos explorar Arlington hoje à noite.

– Hoje? – Katie teve um sobressalto na cadeira. – Mas ainda nem começamos a nos organizar.

– Tem muita coisa a ser organizada em pouco tempo. Podemos disparar Flynn. É sempre mais fácil com outro mágico. Duncan, Mallick e mais alguém do grupo deles vão investigar a base de Utah. Thomas e mais dois vão para a Carolina do Sul. Depois disso, reunimos as informações e elaboramos os planos de ação. Vamos nos organizando. Enquanto isso, temos uma... vou ter trabalhar com poucas informações outra vez... temos uma ideia da configuração de Arlington, a partir do que Chuck montou e do que montamos através de uma série de feitiços de visão.

– Eu podia ter ajudado você com isso – disse Lana.

– Eu sei – respondeu Fallon. – Comecei a fazer os feitiços porque não conseguia dormir, mas percebi que a necessidade de fazê-los era o *motivo* para eu não estar conseguindo pegar no sono.

Fallon ergueu outro mapa e continuou:

– Os problemas são a distância para a verificação e os escudos dos IS. Existem áreas que só entendemos na base dos palpites e da lógica. Os ISs que trabalham com eles são altamente qualificados, por isso eu não quis arriscar deixar alguma pista que pudessem descobrir.

– É maior do que eu pensava – comentou Will, levantando-se para se aproximar do mapa.

– Catorze hectares murados e blindados. Eu marquei os postos onde ficam os guardas, e eles têm sentinelas 24 horas por dia. Segurança adicional com os escudos de magia sombria. Vi dois cervos caírem quando chegaram a um metro do muro. Quando estivermos prontos, não vamos nos preocupar com rastreios ou alertas, vamos eliminá-los.

– Será que conseguimos? – perguntou Kim, uma mulher com coragem e inteligência, que Fallon respeitava. Ela também se levantou e se aproximou dos mapas. – Não faz sentido perder pessoas antes de atravessarmos o muro.

– Vamos derrubar tudo. Nem todos os edifícios estão fortificados ou blindados. Isso exige muita energia e muitos suprimentos, mas podemos apostar que as prisões... eles possuem duas... o arsenal e outros edifícios importantes têm escudos e fortificações – disse Fallon.

Ela examinou as configurações, seção por seção, e pediu a Chuck que relatasse as informações que conseguira recolher.

– Então, achamos que eles têm quatro ou cinco centenas de soldados na base em todos os momentos. E talvez mais uns cinquenta Rapinantes, que fizeram um acordo para poder usar a base entre um ataque e outro.

Fallon assentiu para Poe e disse:

– Eles usam um sistema rotativo, fazem alguns treinamentos lá, possuem esquadrões para atacar e prender Incomuns. Pelo que já descobrimos, os Rapinantes não atuam na segurança e nem na força de trabalho básica.

– Eles criam alguns animais – acrescentou Chuck. – Têm ovos e leite fresco para complementar a caça. E cultivam alguns alimentos, tudo isso usando trabalho escravo. São muitas bocas para alimentar, vestir e tal. Os Rapinantes trazem suprimentos e usam a base.

– Calculamos que eles mantêm pelo menos cem escravos – prosseguiu Fallon. – Parece que fazem rodízio com eles também. Quando precisam de mais em outro local, transportam um grupo. Não temos como estimar o número de prisioneiros no momento. Enquanto eles realizam execuções semanais, de acordo com uma tradição de merda que criaram... – Ela olhou para a mãe. – Desculpe.

– Considerando o assunto, não posso reprovar seu linguajar.

– Eles realizam as execuções públicas todos os domingos, mas, pelo que conseguimos descobrir, executam apenas um prisioneiro. A base serve como um centro de acolhimento para qualquer um que eles capturem entre, muito provavelmente, a Virgínia, a Carolina do Norte e a Virgínia Ocidental, talvez até o leste do Tennessee.

– Estão vendo? Eles atraem as pessoas – explicou Chuck – e aí, se outras bases deles estiverem com pouca gente para o evento alto-astral de domingo, enviam alguns para lá.

– Além disso, eles trazem qualquer pessoa, civil ou mágica, que capturam nas missões em Washington... O governo ainda finge controlar a cidade. James Hargrove continua como presidente.

– Filho da puta – disse Chuck. – E não me desculpo pelo palavrão.

– Esse governo não é democracia – continuou Fallon. – Hargrove é um autocrata dirigindo o show com os militares.

– Não conseguimos obter muita coisa de dentro da Casa Branca – explicou Chuck. – Mas os comentários voam. Mais execuções, só não públicas.

– O verniz de civilização – acrescentou Arlys. – Mas está claro que Hargrove rasgou a Constituição e que a intenção dele é acabar com os mágicos a qualquer preço.

– Experimentos científicos, centros de contenção, cofres cheios de tesouros... – prosseguiu Chuck. – É tudo boato, mas não se pode descartar. Está bem claro que Hargrove vive na riqueza e no conforto e gosta disso.

– Ele detém o poder em uma cidade morta – disse Fallon, que tinha estado lá e sentido isso. – A resistência continua lutando, teve algumas vitórias. E os Incomuns Sombrios querem destruir dos dois.

– White quer tomar a capital – comentou Simon. – Existem muitos lugares como Arlington, há vinte anos afastados daquela zona de guerra... Ele escolheu estrategicamente, fez uma aliança com os Rapinantes para não precisar se preocupar. White se associou aos ISs pelo poder, mas também para que não o persigam.

– Concordo, mas White está errado em pensar que se livrou dos ISs. Vão atrás dele quando não o considerarem mais útil. Mas eu concordo: White quer a capital.

– É um símbolo, um lugar de poder. Se White tomar a capital e executar Hargrove publicamente junto com alguns generais, vai ser uma afirmação importante.

– Hargrove é mais um comandante-chefe do que presidente, é mais militar – disse Travis.

– Ele foi militar – afirmou Fallon. – Serviu durante a Catástrofe e comandou as forças que varreram Nova York, Chicago e Baltimore.

Ela sabia mais coisas sobre ele, muito mais, mas não disse.

– Eles querem a cidade, Hargrove e o maior número possível de funcionários importantes. Mas também querem os mágicos, sombrios ou de luz, presos ali. Querem a localização de outros campos de contenção. Por mais que White queira a capital, seus símbolos, sua estrutura e tudo o que resta de seus recursos, seu principal objetivo ainda é nos destruir.

– Ele vai morrer decepcionado – disse Simon.

Fallon sorriu.

– Vai. Porque ele não vai tomar a cidade. Nós é que vamos.

– Muito bem. – Jonah pegou a cerveja que tinha deixado de lado. – Mesmo se conseguíssemos nos juntar à resistência, estaríamos em desvantagem de cem para um. Já tratamos fugitivos da capital na clínica, é um banho de sangue diário.

– Hoje estamos em menor número, mas não vamos estar quando tomarmos a cidade, e *vamos* conseguir. Começa aqui. – Fallon voltou ao primeiro mapa. – Com Utah, Carolina do Sul e Arlington.

Fallon esperou escurecer para ir embora, com Tonia e Flynn, Lupa caminhando ao lado dele.

– Eu queria deixar Lupa com Joe e Eddie, mas... – Flynn passou a mão na cabeça do animal. – Ele se recusou.

– Ele é bem-vindo.

Flynn tinha um rifle no ombro e uma faca no cinto. Fallon estava com a espada e o escudo. Tonia levava o arco e a aljava, além da faca.

Fallon levantou o braço e a coruja branca veio da escuridão para pousar.

– Ok. Quem é melhor em explorar do que uma coruja? – comentou Tonia. – Você sabe que deixamos todos bem preocupados hoje.

– Eu queria muito que tivéssemos mais tempo, mas não temos. Flynn, você que está com eles desde o começo, o que acha?

– Eles vão lidar bem com isso. É difícil, vocês são filhos deles, mas eles vão dar um jeito.

Ele nunca tinha se casado, pensou Fallon, embora tivesse alguns casos aqui e ali. Ela se perguntou por quê.

*Ninguém tocou meu coração,* disse ele na mente dela, e deu um sorrisinho quando ela ficou vermelha, envergonhada.

*Desculpe.*

– Então vamos começar – disse Fallon em voz alta. – Mas antes quero explicar algumas coisas: estou mirando um local a uns 800 metros da base. É uma estimativa, mas não quis me arriscar a entrar no cristal para conseguir mais precisão, porque podia deixar um rastro.

– Não vamos deixar esse rastro hoje à noite? – perguntou Tonia.

– Vou usar um feitiço de camuflagem. – Fallon tirou do bolso algibeiras com amuletos e colocou as mãos em um braço de Tonia e em um de Flynn. – Mantenham isso com vocês – disse, e entoou: – Seja amigo ou inimigo, nos escondemos de sua visão. Na luz interior temos abrigo, mas sem vestígios na escuridão. Que ele nos olhe e não nos veja. Assim é meu desejo, que assim seja.

– Vamos ficar invisíveis? – Tonia guardou a algibeira no bolso e deu um tapinha em Fallon. – Cara, isso é muito legal!

– Não invisíveis, embora ainda seja legal. Mais como sombras, formas. Feitiços de busca mágica devem passar por cima de nós.

– Devem?

– Existem feitiços para neutralizar camuflagem. Mas temos que arriscar. Qualquer problema, disparamos de volta. Não podemos colocar toda a missão em risco. Prontos?

Eles dispararam.

Viram-se em uma estrada deserta que atravessava um terreno com casas vazias. Algumas tinham sido totalmente queimadas, um desperdício de recursos e abrigo. Alguém mais empreendedor e prático havia desmontado algumas e outras ainda estavam de pé, os vidros da janela quebrados, as portas removidas ou abertas.

Enquanto examinava o que havia sido um bairro, Fallon sentiu.

– Eles deixaram os mortos – afirmou.

– Onde?

Com a mão na empunhadura da faca, Tonia observou a área.

– Nas casas. Ainda há restos mortais da Catástrofe em algumas casas. Crianças brincaram aqui um dia. Amigos se reuniram nos quintais, como fizemos hoje à noite. Agora só há ratos.

Ela avistou um túnel através do gramado alto e coberto de mato, enquanto caminhavam.

– Quase um quilômetro – observou Flynn. – E ainda existem algumas moradias, dá para fazer reparos simples. Quando tomarmos a base, podemos usar este lugar como posto avançado, um ponto de controle.

Eles seguiram pela estrada e chegaram ao que havia sido um pequeno parque. As árvores ali eram mais espessas e criaturas selvagens cresciam como que em esplendor enlouquecido.

– Devem ser cobras – concluiu Tonia.

– Sim.

Viram cervos. Uma raposa vermelha e um gambá vagaroso atravessaram um riacho estreito, entupido de destroços.

Fallon e Flynn pararam e inclinaram a cabeça.

– Orelhas de elfo – murmurou Tonia. – Vocês dois. O que estão ouvindo?

– Um motor – afirmou Flynn, olhando para Fallon e assentindo.

Lupa ficou ao lado dela enquanto seu dono se fundia à escuridão.

– Ele vai ver o que é – comentou Fallon. – A base deve estar a apenas algumas centenas de metros a leste, e o motor está vindo da estrada que leva até lá.

Seguiram em frente, mantendo-se nas sombras enquanto as luzes de segurança do complexo brilhavam no escuro.

Flynn retornou.

– Caminhão de carga, sozinho, liberado pelos portões principais. Os postos de guarda estão no mesmo lugar do seu mapa. Os muros devem ter uns bons 7 metros de altura. Não vamos conseguir ver nada por cima deles e estaremos em terreno aberto se avançarmos mais uns 6 metros. Eu posso explorar o perímetro, ver se há um ângulo melhor, um terreno mais alto.

– Precisamos subir mais, mas não no chão. Vamos nos separar. Flynn observa o lado leste; Tonia, o oeste. Vamos nos encontrar no lado norte. Precisamos conhecer o terreno, ver se existem outros postos de sentinelas ou medidas de segurança, pontos fracos em potencial. Vocês sabem o que fazer. Tonia vai disparar vocês de volta até aqui.

– E você? – perguntou Tonia.

– Eu vou subir.

– Você agora voa também?

– Taibhse voa, eu vou ver pelos olhos dele.

– Você vai se fundir a ele – disse Flynn, enquanto Tonia balançava a cabeça em fascínio.

– Então é melhor a gente ficar. Você ficaria vulnerável com o corpo aqui e o espírito lá. E você me disse que ainda não conseguia fazer uma fusão perfeita.

– O deus da coruja é meu por uma razão. E Faol Ban vai me proteger.

– Pelo menos Lupa fica – insistiu Flynn.

– Está bem. – Fallon levantou o braço para que Taibhse, alçando voo do galho de árvore onde estava, pousasse suavemente. – Façam como eu disse. A gente se reencontra aqui. O que conseguirmos descobrir hoje à noite vai fazer a diferença entre o sucesso e o fracasso.

– Você pode falar por telepatia com nós dois – disse Tonia. – Qualquer problema, é só chamar.

– O mesmo vale para vocês.

Fallon esperou e, quando ficou sozinha com a coruja, olhou dentro dos olhos dela.

– Eu sou sua, você é minha. Você é sabedoria e paciência. Você é o caçador. Meu coração bate com o seu, meu sangue flui com o seu. Seja meus olhos.

Quando ela olhou nos olhos dele, viu a si mesma como uma sombra em meio às sombras.

– Seja meus ouvidos.

Ela ouviu todos os sussurros da noite. A respiração de um rato, o rastejar de uma aranha sobre uma folha, o caminhar de uma raposa pela grama.

– Taibhse, o sábio, meu espírito se une ao seu. Seja minhas asas.

Ela se levantou dentro dele, através dele, e, com um grande abrir de suas asas, subiu, elevou-se, para o alto, acima das árvores. Sentiu o ar passar por ela, sentiu o cheiro do rato, da aranha e da raposa abaixo.

Por um momento a emoção tomou conta de Fallon, a liberdade de voar, o poder de uma visão que identificava um esquilo aninhado em uma árvore, e a união que lhe permitia planar.

A ardência do combustível, o odor de magias sombrias, o cheiro de um homem.

Viu o elfo ao leste, a bruxa a oeste, sombras se movimentando nas sombras.

Circulou acima das casas, das ruas que as conectavam. Um jardim cercado, animais confinados. Notou os guardas em seus postos do lado de fora das construções, registrou na mente o mapa do que via.

Quatro homens descarregavam o caminhão que Flynn tinha visto. Prisioneiros. Fallon sentiu o cheiro de sangue fresco, viu quando eles foram arrastados para uma edificação vigiada. Alguém dirigiu o caminhão pelo complexo. Outra área protegida, outro portão.

Contou os veículos dentro da cerca e os tanques de combustível.

Um grupo de Rapinantes – quatro, cinco, seis, sete – estava sentado do lado de fora, atrás de uma casa grande com telhado em ponta. Dois deles fumavam alguma coisa que obstruía o ar. Outros bebiam… uísque, talvez?

Com os ouvidos de Taibhse, ela ouviu suas vozes, ásperas e bêbadas. Celebravam um ataque bem-sucedido naquele dia. Dois mortos, três escravos para negociar com os GPs.

Outro puxava uma mulher por uma trela. Fallon viu a marca de escrava em seu pulso, as feridas em seu corpo nu. Uma das Rapinantes levantou-se, aproximou-se e deu um soco na barriga da escrava que a teria feito dobrar o corpo se a trela não a tivesse puxado de volta.

– Tira o olho do meu homem, vagabunda.

Risos estrondosos, exigindo uma luta entre as duas.

A mulher deu outro soco na escrava.

– Vê se não machuca ela muito, Sadie – avisou um dos homens, enquanto soprava fumaça. – Temos que devolver de manhã.

– Ela estava olhando para você. – Sadie puxou uma faca. – Talvez eu arranque os olhos dela.

– Só alugamos ela para a noite. Não faz sentido pagar por uma compra. Vem cá e traz essa sua bunda gostosa de volta. Quem ganhou a primeira vez?

Um outro homem se levantou e esfregou o saco.

– Tá bem, leva ela lá para dentro, começa a usar o que pagamos.

Sadie virou a faca na frente do rosto da escrava, depois cuspiu nela antes de se virar.

O espírito de Fallon queimava. Ela poderia ajudar a escrava. Mas, se o fizesse, arriscaria todos os outros que poderia salvar. Com o coração partido, ela se afastou.

Ela se lembraria deles, prometeu. Sadie e os outros, ela se lembraria. E torceu, com todas as suas forças, para que ainda estivessem na base quando ela liderasse o ataque.

Viu um homem de preto sair de um prédio e sentiu o poder dele, o terrível gume do poder. Quando entendeu que ele também sentia o dela, que ele hesitava e começava a levantar o rosto para o céu, Taibhse voou para longe.

Fallon se separou da coruja. Os lobos estavam ao seu lado, Flynn e Tonia a esperavam.

– Você demorou – comentou Tonia.

– Muita coisa para ver. Não aqui – disse Fallon rapidamente. – Eles têm um IS poderoso, talvez ele tenha sentido o meu cheiro. Se isso aconteceu, ele vai investigar. Vamos voltar agora mesmo.

Ela agarrou a mão de Flynn, chamou Taibhse para pousar em seu braço e, com Tonia, disparou para casa.

# CAPÍTULO 5

Duncan nunca tinha visto nada parecido com Utah.

Já tinha ido ao oeste, quando ele, Tonia e Fallon procuravam ogivas para transformar e destruir, mas o tempo que passaram ali tinha sido no interior bem profundo das bases.

Mas Duncan não vira a terra estranha e interminável, os topos irregulares das montanhas, as fascinantes esculturas de rocha e os desfiladeiros profundos cortados por rios sinuosos.

Não sentira o calor escaldante nem testemunhara a beleza misteriosa do céu noturno do deserto inundado de estrelas.

Tinham vindo, ele e Mallick, para explorar a base inimiga – o que restara dela –, mas Duncan obteve muito mais do que planos de batalha ou logística. Encontrou uma resposta.

Quando se perguntou o que levara pessoas a se estabelecer em uma terra tão inóspita, ele entendeu.

Assustadora ou não, havia beleza e a pura extensão do espaço. Queria voltar ali durante o dia, ver de que cores a luz pintaria a terra abrasadora, as espirais de pedra, os picos rugosos.

Algo levara as pessoas a deixar o verde do leste e viajar para tão longe, em condições tão hostis, até os marrons e o dourado queimado do oeste, para construir cidadezinhas desertas, com alguns arbustos, como a que os ISs usavam agora.

Com Mallick, Duncan estudou o alvo: um amontoado de construções, metade delas em grave estado de degradação. Caminhões, bicicletas, uma pastagem com meia dúzia de cavalos, uma única vaca leiteira, umas galinhas.

E uma sentinela dormindo em serviço.

Não falaram muito enquanto circulavam silenciosamente o alvo. Sons eram carregados com facilidade no ar do deserto. Duncan ouviu gritos de coiotes, lobos e a conversa entediada de três homens jogando cartas em uma mesa de piquenique.

Sentiu magias no ar, magias sombrias, lutando, vindas do prédio atrás do jogo de cartas. Prisioneiros, pensou, drogados ou feridos, ou ambos.

A fúria venceu o assombro.

– A gente podia salvar alguém hoje à noite, nós mesmos – sussurrou Duncan para Mallick. – São todos uns imbecis.

Mallick assentiu.

– Sem dúvida, mas não é a nossa função, não hoje.

– Eu entendo, mas, cara, é difícil ir embora. Vou me aproximar e dar uma olhada mais de perto, atrás do prédio onde estão presos os mágicos.

– Seja rápido e silencioso.

Ele podia disparar, mas isso não lhe daria detalhes sobre o terreno, então se movimentou rapidamente no chão duro, mantendo-se fora do alcance das luzes de segurança que funcionavam com bateria.

Ao se aproximar, percebeu que o prédio havia sido – e ainda era – uma prisão, com janelas gradeadas, sem porta nos fundos.

Espiou, viu um trio de pequenas celas, uma porta interna trancada separando-as do resto do edifício.

Pelo que conseguiu contar, 26 pessoas, incluindo crianças, todos caídos em estupor. Viu marcas frescas nas testas, feridas recentes, outras antigas, sangue seco. Pés descalços, feridos por serem forçados a andar só Deus sabe quantos quilômetros. Cabelos tosquiados tão curtos e sem cuidado que o couro cabeludo mostrava cortes.

Viu dois potes sujos no chão do lado de fora de uma cela e, dentro deles, luzes fracas.

Quando ouviu as fechaduras da porta interior deslizarem, abaixou-se depressa.

– Eu falei que eles estavam todos desmaiados.

– Recebemos pedidos para conferir a cada quatro horas, então conferimos a cada quatro horas. Agora suba e faça o mesmo nos alojamentos dos escravos. E vê se mantém o pau dentro da calça dessa vez.

– Para que ter escravos se a gente não pode se divertir um pouco com eles?

– O comando me fez responsável, e os escravos são para trabalho, não para recreação. Se quer trepar, use uma das vagabundas daqui antes de as enforcarmos. Agora vá fazer a maldita conferência nos alojamentos dos escravos.

– Tá bem, tá bem.

Duncan ouviu um deles sair e o outro ir mais para o fundo na sala.

– Sonhem com o inferno – murmurou o homem. – Porque vocês voltarão para lá em breve. Vamos mandar cada um de vocês, filhos e filhas do demônio, de volta para o inferno. Vamos tomar de volta o nosso mundo.

Ele ficou lá em silêncio por um minuto inteiro.

– Vamos começar a construir a forca amanhã, bem ali.

Ele foi até a janela abaixo da qual Duncan estava agachado e olhou para fora.

– Bem onde vocês possam ver todos os dias e saber o que está por vir. Vamos limpar a Terra dessa abominação com um laço no pescoço de cada um.

O homem saiu e trancou a porta.

Quando terminaram a missão e dispararam de volta para a cabana, Duncan pegou uma cerveja da geladeira e serviu vinho para Mallick.

– Vou desenhar o que vi. Se eles não receberem reforços antes de atacarmos, podemos vencer com cinquenta soldados, no máximo.

– Concordo. Bloqueamos o acesso deles às armas. Ainda estão mal organizados e não fortificados.

– Eles acham que estão fora do radar… É assim que se diz, não é? Não imaginam que sabemos sobre eles, acham que têm tempo de sobra para se estabelecer. Estão dando um tempo, algo assim, depois da viagem até lá.

Ele tomou um longo gole da cerveja.

– Vinte e seis prisioneiros, todos drogados, quase todos feridos. Não deu para ver a gravidade. Pelo menos um dos GPs é um crente verdadeiro.

Calmo como um lago, Mallick tomou um gole de vinho.

– Você está com raiva, e a raiva embaça o bom julgamento.

– Eles deixam as fadas em malditos potes no chão. Uma das crianças nas celas não devia ter mais do que 3 ou 4 anos. É óbvio que estou com raiva. Você e eu podíamos acabar com aquilo. – Ele levantou a mão antes que Mallick pudesse responder. – Eu entendo por que não fizemos isso, entendo por que não podíamos fazer. É um plano brilhante, que pode nos levar até Arlington. Mas isso não significa que não foi difícil sair de lá depois do que eu vi.

Com os pensamentos tão ásperos quanto a barba que crescia em seu rosto, Duncan caiu em uma cadeira.

– Eles vão começar a construir a forca amanhã. Pode ser que usem antes de chegarmos.

– Pense estrategicamente – aconselhou Mallick.

– Eu sei. Mas não existe nenhuma lei que me impeça de ficar puto. Eu sei que não podemos salvar todo mundo. Aprendi isso bem no início.

Mas aquilo o destruía, sempre.

Mallick se sentou e tomou um gole de vinho.

– Me avise quando terminar de se enfurecer para que possamos começar o trabalho necessário para salvar quem pudermos.

Duncan observou o feiticeiro, a barba de listras brancas, os olhos escuros, a postura imperturbável.

– Você é um sujeito frio, Mallick. Admiro isso. Pelos meus cálculos, eles têm 52 soldados.

– Sua contagem está incorreta. São 54.

Duncan poderia ter argumentado, mas sabia que Mallick não deixava passar nada. Nunca.

– Ok, 54. A maioria carrega revólver ou armas longas. Todo mundo que vi tinha uma faca. Não vi espadas.

– Eles têm três armazenadas no prédio que usam para guardar as armas.

Os olhos de Duncan se estreitaram.

– Como você sabe disso?

– Eu olhei. Enquanto você checava os prisioneiros, eu entrei. Contei as armas armazenadas.

– Você disse que não era para entrar.

– Eu disse que não era para *você* entrar – corrigiu Mallick, imperturbável. – Tive uma oportunidade e a aproveitei. E agora sabemos que eles têm três espadas, mais dez daquelas armas mais longas, mais doze revólveres e munição. Munição insuficiente para todas as armas.

Duncan guardou o ressentimento para mais tarde.

– Eles estão com pouca munição. É bom saber.

– É possível que haja armas e munições em outros locais.

– Eu teria – concordou Duncan. – Teria pelo menos mais uma arma além da que carrego onde durmo, e pronto. Eu poderia manter uma ou duas em alguns dos veículos. Mas a questão é que eles não estão muito bem armados e, como você disse, ainda não estão tão bem organizados.

– E como você tomaria a base?

– Depende. Estamos coordenando dois ataques com os outros. Fallon vai atacar Arlington depois do anoitecer, mas ainda pode estar claro em Utah. Isso é importante.

– Ela deve ter considerado isso no planejamento. Suponho que atacaremos à noite.

– Sim, ela considerou. – Duncan teve que concordar: Fallon era outra que raramente deixava passar alguma coisa. – Ok. Retiramos a sentinela... ou sentinelas, caso eles coloquem mais. Com rapidez, em silêncio, assim como os arqueiros ou elfos com espadas. Entramos pelo oeste e pelo leste, cobrimos a prisão, os alojamentos dos escravos e o arsenal primeiro. Protegemos os prisioneiros, nós os libertamos. Protegemos as armas e os veículos. Neutralizamos quaisquer forças inimigas necessárias para alcançar esses objetivos.

– Você deseja que o inimigo morra ou que os prisioneiros sejam libertados?

– Isso é uma pegadinha?

Nas sobrancelhas arqueadas de Mallick, um silêncio. Duncan soltou um suspiro.

– Ok, tudo bem. Eles não têm ISs, a menos que tenham alguns se passando por civis. Então, podemos sobrecarregar todos com poder, neutralizar tudo e reduzir a contagem de corpos. Retirar a sentinela ou sentinelas com um soco poderoso. Atacar, proteger, entrar. Fallon quer dar a eles um tempo para enviar um SOS, e isso é parte da esperteza aqui. Nós os deixamos fazer isso e depois derrubamos as comunicações.

Ele tomou mais um gole de cerveja.

– Mas não vou arriscar ninguém para poupar inimigos. Se for necessário, vamos eliminá-los.

– Então estamos de acordo. Faça o seu mapa. Vamos traçar a estratégia e selecionar nossas tropas. Pela manhã levamos o mapa e o plano para Fallon.

Duncan ficou olhando para a cerveja.

– Não precisamos ir os dois. Vá você à reunião. Eu fico aqui trabalhando com a equipe que montamos.

– Boa ideia.

Mallick podia ser digno demais para dar um sorriso malicioso, mas Duncan o sentiu em seu tom de voz.

– Vai chegar minha vez, meu velho. Só não é agora. Eu vou lutar por ela e com ela. Vou lutar pela luz até o meu último suspiro. Mas não vou ficar com uma mulher só porque os deuses planejaram isso. Eu escolho quem, quando e onde.

– É tudo uma questão de escolha, garoto.

– Ah, é? – Levantando-se, Duncan começou a andar de um lado para o outro. – Quem coloca esses sonhos na minha cabeça, esses sentimentos em mim?

– Como é que você pode não saber a resposta?

Ele gesticulou com a cerveja.

– Você está dizendo que eu faço isso comigo mesmo. Não é verdade. Minha mãe diz que fiquei todo animado e feliz quando Lana apareceu, antes ainda de Fallon nascer. E o problema é que eu meio que me lembro disso.

– Reconhecimento. De luz para luz, de sangue para sangue. O resto, se for para ser, é com você e com ela.

– Ah, é? E se eu decidir, sabe como é, que sou mais apaixonado por aquela loira ou ruiva do que pela Escolhida? A gente perde essa conexão? Como a conexão é importante, ela é a chave para colocar um fim nisso. Eu sei. Fallon sabe. E eu tenho certeza de que isso a irrita tanto quanto a mim.

– Então ela seria tão tola e míope quanto você.

*Ele ainda tem muito a aprender*, pensou Mallick. Muito.

– Sua conexão é seu sangue, sua luz, sua ancestralidade, e não é o sexo que une vocês. Ou você acha que Tonia e Fallon devem estar fadadas a se unir dessa maneira também? Ou vocês três…

– Epa. – Sinceramente chocado, Duncan estendeu a mão como um sinal para ele parar. Raios de luz brilhavam na ponta de seus dedos. – Tonia é minha irmã.

– Sua irmã gêmea. O mais perto possível de você. A luz dela se conecta à sua, assim como o sangue dela. Nada pode quebrar isso. A sua luz, a luz de Fallon. O sangue dela, o seu. É um vínculo inquebrável. Você vai para a cama com quem escolher, assim como ela.

Duncan se sentou novamente.

– Não está decretado? Porque pensar que talvez esteja me deixa uma pilha de nervos.

– Os deuses não amarram você, Duncan.

– Você não está amarrado?

– Eu fiz um juramento. Escolhi ficar amarrado. Então a opção foi minha. Nunca vou quebrar minha promessa.

Duncan contemplou sua cerveja antes do último gole. Se ele tinha certeza de que sabia alguma coisa sobre Mallick, era que o sujeito nunca mentia.

– Está bem, então. Quando eu voltar para ela, e vou voltar, será porque era isso o que eu queria.

– Lembre-se, meu rapaz, que ela também tem uma escolha. Agora se acalme e desenhe o mapa. Ainda temos um trabalho a fazer.

Duncan obedeceu. Desenhou mapas e, com Mallick, traçou o plano de ataque. O momento exato, as instruções e os números.

Selecionaram cuidadosamente as tropas, unindo mágicos e não mágicos, definiram uma zona de segurança aonde levariam os prisioneiros e quaisquer feridos e um sistema para transportá-los para o leste, deixando um contingente em Utah.

Seria a primeira base no Oeste que estabeleceriam.

Muito tempo depois de Mallick ter ido se deitar, Duncan ainda não conseguira dormir. Por fim, sentou-se à mesa e desenhou a área que tinha visto, aquele céu deserto, aquelas colinas e planaltos que, aos seus olhos, eram tão belos.

Não sentiu a visão levá-lo, mas ficou preso nela, a mão escolhendo os lápis, movendo-os sobre a página, desenhando, sombreando, detalhando o que ia se formando em sua mente.

Mais do que via aquelas imagens. Ele as ouvia, as cheirava, as sentia.

Quando saiu da visão, seus dedos tinham câimbras, seu braço doía. Havia usado um de seus preciosos lápis até virar um toco, apontara também um segundo.

O desenho – e ele sabia que nunca tinha feito nada tão perfeito – estava completo. As torres altas. Os escombros, a fumaça, os corvos voando em círculos no ar espesso. Ruas, os veículos que as congestionavam. Os corpos, alguns rasgados em pedaços nas calçadas ou espalhados em meio ao vidro quebrado de janelas e portas.

Ele desenhou um cachorro deleitando-se com o que havia sido um homem, seu focinho imundo de sangue fresco e coagulado, rosnando.

Algo maior, ainda mais escuro que os corvos, voava acima e raios pareciam provocar rachaduras no céu.

Ele estava lá, a espada desembainhada, manchada de sangue. Ela ao seu lado. Fallon Swift, a espada na mão, manchada como a dele.

Estavam juntos na carnificina, na fumaça e na tempestade. E se olhavam.

– Nova York – murmurou ele.

Ele só sabia porque a visão lhe trouxera o conhecimento. Afinal, tinha apenas 1 dia de vida quando a mãe fugira da cidade com ele e suas irmãs.

Mas agora sabia que iria até lá, lutaria lá. E ficaria ao lado de Fallon.

Guardou o desenho. Sentindo-se de repente cansado demais, esparramou-se na cama. Sonhou com ela, mas os sonhos desapareceram com a manhã.

Considerando o espaço e a localização, Fallon estabeleceu o andar mais baixo da casa de sua família como uma sala de guerra. Até que pudesse construir ou achar coisa melhor, ela usava como mesa uma folha recuperada de compensado sobre cavaletes. Com a ajuda de Ethan, trouxe várias cadeiras extras.

Como as aulas estavam suspensas por conta das férias de verão, Fallon pegou emprestada uma lousa, conseguiu giz feito de casca de ovo triturada e farinha.

No quadro, anotou os três alvos e, sob Arlington, listou as tropas de combate de Nova Esperança, por nome e classificação, que ela, o pai e Will – com alguma contribuição de Colin – haviam escolhido. Depois, as tropas de apoio: socorristas, médicos, transporte.

De acordo com suas melhores informações e estimativas, listou quantas tropas e recursos eles acreditavam que o inimigo tinha, o número de prisioneiros que possuíam magia e o número de escravos.

Sobre a mesa, fixou o mapa da base e usou peças de xadrez emprestadas de Poe e Kim (pretas para o inimigo, brancas para suas forças) para designar as posições das tropas.

Quando Simon desceu, uma caneca de café em cada mão, observou o trabalho da filha.

– Você está aqui há um bom tempo e o dia mal amanheceu. Eu poderia ter ajudado.

– Fazer isso me ajuda a ficar mais concentrada. Esse café também vai me ajudar.

– Você fez um bom trabalho.

– Tive bons professores. Peguei as peças de xadrez de Kim, mas não tenho o suficiente para três alvos. Peguei isso aqui com Bill, na Bygones. Ele não aceitou nada em troca.

Ela mostrou a Simon um contêiner de soldados de plástico e animais selvagens.

– Imaginei que somos os soldados e eles são os animais. Não é muito bom para os animais, mas…

– Tudo bem, funciona. Está nervosa?

– Pensei que estaria, mas é mais a ansiedade de começar logo. Eles vão chegar daqui a pouco: Mallick, Thomas, Troy, Mae Pickett, Boris, Charlie de lá de onde morávamos, junto com os Primeiros de Nova Esperança. É a primeira vez que todos estarão no mesmo lugar, ao mesmo tempo.

– E a maioria deles está acostumada, mais ou menos, a ter autonomia.

– Tem isso também.

– Nós escolhemos boas pessoas para liderar, Fallon. Agora é hora de você usar os pontos fortes dessas pessoas, equilibrar os pontos fracos e seguir em frente.

Will e Arlys chegaram primeiro, depois outros entraram. Fallon decidiu esperar até que os líderes de todas as bases chegassem para começar com as apresentações. E os agradecimentos. Alguns lutariam juntos pela primeira vez, ou enviariam aqueles sob seu comando para lutar sob outro líder.

Agradecer era importante.

Ela saiu, pensando em se recompor e se preparar para a parte da diplomacia. Algo em que o pai era muito melhor do que ela.

Enquanto se preparava, as vozes flutuando através da janela aberta atrás dela, o primeiro grupo de fora de Nova Esperança disparou.

Thomas, Minh, com Sabine e Vick – duas das bruxas que Fallon havia pedido para se juntar à colônia de elfos. E mais um.

Na última vez que ela vira Mick, ele havia ficado na beira da floresta que cercava a cabana de Mallick, sua mão acenando adeus quando ela partiu de volta para casa.

Ele fora seu primeiro amigo fora de casa, o primeiro elfo com quem formara um vínculo. Fora seu primeiro beijo.

Agora, ele sorriu para ela, um sorriso largo, aqueles olhos verdes brilhando como folhas. Seus cabelos cor de bronze estavam mais longos, presos em três tranças finas de cada lado da cabeça. Seu rosto estava mais fino, e ele exibia um cavanhaque.

Mas parecia o mesmo.

– Mick!

Ela saltou para a frente, para abraçá-lo. Ele a balançou, rindo.

Mais forte, percebeu, e mais definido. Um soldado, agora, que ainda usava o bracelete trançado com os encantos que ela havia feito para ele como presente de despedida.

– Fallon Swift. – Ele a afastou um pouco para olhar seu rosto. – Você está ótima.

– Você também – disse ela, puxando o cavanhaque dele.

– Thomas, Minh. – Ela os abraçou, trocou apertos de mão com os outros. – Vocês estão bem? E todo o resto?

– Estamos bem – respondeu Thomas. – E preparados.

– Vou levar vocês lá para dentro. Quero que conheçam meus pais e os outros. – Ela agarrou a mão de Mick. – Precisamos recuperar o atraso.

Outros chegaram, e ela fez o possível para cumprimentar cada um pessoalmente, para fazer as apresentações. E avaliar reações e humores.

Então Mallick entrou, sozinho.

Ela foi até ele.

– Mallick, o Feiticeiro.

– Fallon Swift.

Ela lhe deu um beijo no rosto e deu um passo para trás.

– Você veio sozinho.

– Sim. Trouxe o mapa da base em Utah e arredores.

– Tudo bem.

Ela se virou, levou o mapa para a mesa para prendê-lo junto ao dela e ao que Thomas trouxera.

Fallon olhou para todos os que estavam reunidos. Elfos, fadas, bruxas, metamorfos, fazendeiros, professores, mães, pais, filhos, filhas.

Todos eram soldados.

– Vamos começar. Aqui, trabalharemos juntos para coordenar três ataques simultâneos contra bases inimigas. Vamos tomar essas bases, libertar todos os prisioneiros, proteger e fortalecer esses locais e tomar todos os bens dentro delas como nossos. Enviaremos uma mensagem para Jeremiah White e todos os que o seguem: vamos acabar com o reinado de medo e brutalidade. E essa mensagem chegará a todos os que ameaçam a luz e a vida dos outros. Nós estamos aqui hoje, os que possuem e os que não possuem magia, juntos pelo mesmo objetivo: vencer a escuridão.

Ela fez uma pausa.

– Thomas – continuou –, pode relatar pra gente os resultados da sua missão de aferição?

Ela ouviu os detalhes, observando-o apontar para áreas no mapa, dando uma estimativa do número de inimigos e prisioneiros.

Assentindo, acrescentou as informações ao quadro.

– De quantos soldados e forças de apoio você vai precisar para tomar a base?

Para sua surpresa, Thomas olhou para Mick, que assumiu o comando.

– Podemos tomá-la com sessenta. Setenta seria melhor, porque o local é espalhado. Veja bem, nós… – Ele foi para o mapa, pegou um dos soldadinhos e deu seu sorriso largo e peculiar para o brinquedo. – Legal. Eles têm postos de sentinela aqui, aqui, aqui.

Ela não comentou o fato de ele ter usado os soldados de brinquedo para representar o inimigo. Sem dúvida, Mick preferia ser representado por um leão ou um tigre.

Mas sua estratégia ficou clara quando ele moveu as peças.

– Eles têm quatro barcos: dois a vela. Poderíamos cortar qualquer tentativa de fuga pela água se tivéssemos, digamos, de três a cinco tritões e sereias.

– Vamos conseguir esse número – prometeu Fallon.

– Isso os isola para o leste – continuou ele. – Eles mantêm os prisioneiros aqui. É basicamente uma cabana fortificada na praia. Um guarda. Os escravos estão nesse nível da base principal.

– Antes era um hotel.

– Muitos quartos – concordou ele. – Os GPs superiores ocupam o último andar.

– Por conta dos campos de visão – explicou Poe. – E do status.

– Sem dúvida.

Mick descreveu o complexo, ponto por ponto.

– Como eles conseguem energia? – perguntou Fallon.

– Eles têm três geradores, alimentados por bateria e magia – respondeu Sabine.

– Eles têm ISs?

– Não. – Sabine tinha a pele dourada, olhos escuros e usava os cabelos tão pretos quanto as asas de um corvo soltos até a cintura. – Talvez eles torturem as bruxas para ajudá-los a obter energia ou tenham usado os ISs em algum momento.

– Precisamos cortar a energia. Você consegue fazer isso?

– Eu posso revogar as mágicas. Vou precisar de outra bruxa para conseguir isso. Mas Minh disse que, se as baterias estiverem carregadas, ainda vão funcionar. Não sei como desativá-las.

– Vamos arranjar alguém para fazer isso com você. – Fallon tomou notas. – Com a energia desligada, *depois* do ataque inicial, depois que eles tiverem tido tempo de emitir o alarme, os líderes vão ter que chegar ao local da batalha pelas escadas.

Quando Mick terminou o relatório, Fallon voltou ao quadro.

– Setenta soldados, incluindo quatro tritões e doze de apoio, para cuidados médicos e transporte dos resgatados. Quantos você tem prontos para a missão?

– Cinquenta – respondeu Thomas. – Temos os doze adicionais, mas apenas cinquenta prontos o suficiente para esse tipo de missão.

– Outros vinte necessários. Mallick?

Ela ouviu sem comentar enquanto ele fazia seu relato. Não se permitiu imaginar por mais de um momento por que Duncan não tinha vindo.

Quando ele terminou, ela se virou para o quadro.

– Você precisa de cinquenta. Quantos tem?

– Temos os cinquenta.

– E os oito de apoio?

– Temos.

– Ótimo. – Ela respirou fundo. – Arlington.

Agora ela sentiu as dúvidas, uma mudança de humor vinda de vários cantos.

– Eu preciso dizer uma coisa. – João Pequeno, um homem grande que ela recrutara em grande parte por ter lhe dado uns bons chutes no saco, pigarreou. – Atacar essas duas bases faz sentido. Um belo golpe duplo. E assumir os locais nos dá mais espaço para crescimento. Mas Arlington... – Ele balançou a cabeça. – É difícil imaginar, para dizer a verdade. Ninguém conseguiu abalar aquela base. O governo já tentou, pelo que ouvi dizer.

– Nós não somos o governo – respondeu Fallon, em meio a alguns murmúrios de concordância com João Pequeno. – Arlington é o objetivo principal, além de libertar os prisioneiros. Conquistar esse lugar pode não quebrar a coluna dos Guerreiros da Pureza, mas decepa um braço.

– Se a gente se meter lá e não conseguir tomar o lugar, vamos decepar nossos dois braços. E as pernas.

Ela esperava objeções, meio que esperava que o pai assumisse o debate. Mas ele permaneceu calado, manteve o olhar fixo no dela.

Tudo bem então, pensou Fallon.

– Enquanto eles tiverem Arlington, vão estar na vantagem. A posição estratégica, o tamanho da base e os recursos, o campo de treinamento. Precisamos disso em nossas mãos. E vamos conseguir.

– Bem. – Mae Pickett afastou os longos cabelos grisalhos. – Eu entendo por que você quer isso, mas me parece que está sonhando alto demais, e você não tem muita experiência nisso. Muitos de nós temos menos ainda. Talvez seja melhor avançarmos a pequenos passos por um tempo.

– Estou vendo os números ali em cima – acrescentou Pequeno. – Os que você escreveu debaixo da palavra Arlington. É um número alto. E ouvimos falar que eles têm lançadores de foguetes e Incomuns como aliados, que podem fritar uma pessoa só com um olhar. Alguns deles voam como morcegos. Eu gosto muito de uma boa luta, mas já estamos com as nossas mãos bem ocupadas. Talvez seja melhor analisarmos a situação por algum tempo, levar alguns meses para treinar mais homens, obter uma melhor configuração do local. Podemos pensar nisso de novo mais tarde.

– Atacaremos todos os três amanhã à noite.

– Amanhã? – Isso não apenas colocou Pequeno em seu lugar, mas deu início a murmúrios e resmungos. – Escute aqui, menina...

– Aqui está a luz. – Fallon sacou a espada, que ardeu em fogo. – Aqui está a tempestade. – O ar na sala tremia com suas palavras. – Você não está preso, portanto pode escolher. Luta ou fuga, coragem ou cautela. Você acha que isso é o começo? O começo foi muito, muito tempo atrás, quando os homens se afastaram das magias. Quando a fé perdida se transformou em ódio e medo. Quando a escuridão rastejou por toda parte.

– Está bem. – Pequeno deu um tapa no ar em turbilhão. – Mas tire esse vento daqui.

Ela o deteve com um olhar de olhos cinzentos transformados em fumaça.

– Os escudos são sete e um está aberto. O que foi derramado matou suas mães, seus filhos, e vocês ainda duvidam. Eles se alimentam do seu medo em banquetes, e vocês ainda questionam a coragem. Olhem e vejam, olhem e vejam o que acontecerá se o próximo se abrir.

Ela estendeu a mão. No local onde estava o quadro-negro surgiu uma janela e, através dela, a loucura.

Homens derrubando homens em campos onde as colheitas estavam mortas. Crianças se amontoando, os olhos vidrados e a barriga distendida dos famintos. Um céu rasgado por raios, vermelhos e pretos.

E os corvos, sempre os corvos, gritando em triunfo enquanto o mundo ardia e sangrava.

– Eu vou atacar com a luz contra a escuridão, e a fenderei até que o sangue fique negro no chão. Vou queimar o sangue e trazer uma tempestade para afastar a fumaça. Vamos acertar esse golpe, um, dois, três, no deserto, à beira-mar, perto dos gritos de batalha da cidade morta. Antes do amanhecer, o estandarte da Escolhida tremulará.

Quando sentiu o poder diminuir, ela embainhou a espada.

– Ok então. – Eddie esfregou a mão de Fredinha. – Arlington.

Dando a Eddie um aceno de aprovação, Mick repetiu:

– Arlington.

Colin se aproximou de Fallon e também disse:

– Arlington.

Enquanto outros faziam o mesmo, João Pequeno coçou o queixo.

– Você já tinha me derrotado uma vez. Acho que agora fez de novo. Arlington.

# PROPÓSITO

A pressão cortante da necessidade.
– William Shakespeare

# CAPÍTULO 6

Com o plano decidido, Fallon voltou a analisar os números.

– Temos dez de Mae e dez de Troy adicionados às tropas de Thomas. Boris, Charlie, acrescentam o resto à de Nova Esperança. Precisamos de voluntários para se realocar, proteger e manter essas bases, recrutar a partir desses locais e treinar.

– Temos quinze que concordam em ir para a Carolina do Sul – declarou Thomas.

– Vamos precisar de muito mais para começar, e pelo menos um com conhecimento técnico e dois com conhecimentos médicos.

– Ray iria – disse Rachel. – Vamos sentir falta dele aqui, mas ele veio me falar que gostaria de ir. Ele nasceu mais ou menos perto dali.

– Podemos enviar um curandeiro. – Troy cruzou as mãos. – Dessa forma eles teriam também uma bruxa. Mae, você tem o Benny.

– Tenho. Ele não é mais do que uma criança, mas entende todo esse negócio de computador e tudo mais. Ele iria.

– Quem você colocaria no comando, Thomas?

– Mick.

Fallon fez menção de se opor. Em uma parte de sua mente, ele ainda era o garoto pateta que pulava das árvores e corria pela floresta. Mas agora ele era mais que isso, pensou, enquanto olhava para ele. Muito mais.

– Ótimo. Mallick?

– Quarenta. Temos isso, mais os médicos e técnicos. Precisaríamos de material de construção. Tem muita coisa em mau estado.

– Vamos providenciar. Quem você vai colocar no comando?

– Duncan. Pelos próximos seis meses, assim estimamos.

Ela sabia disso, já sabia. Mas ouviu o som rápido da angústia de Katie.

– Parece longe. – Fallon foi até ela e pegou sua mão enquanto Hannah pegava a outra. – Mas mesmo de lá ele vai poder estar com você num instante. E Tonia pode levar você para vê-lo, para ver onde ele está. Pode levar vocês duas – acrescentou, incluindo Hannah.

– Ele está pronto e disposto a isso? – perguntou Katie a Mallick.

– Pronto e disposto. Você pode se orgulhar do filho que criou.

– Eu me orgulho. Eu queria... Hannah e eu gostaríamos de ir lá, ver onde ele está, quando for possível.

– Vamos providenciar isso – disse Fallon, e continuou: – Precisamos de duzentos, no mínimo, para Arlington. Eu gostaria de pessoas de todas as bases. Até recrutas inexperientes, já que teremos o campo de treinamento. Quatro médicos para começar, pelo menos um deles uma bruxa com experiência e habilidades de cura. Três técnicos.

Com os números resolvidos, ela se virou. Sabia que alguns ainda tinham dúvidas, mas lutariam.

– Três horas da manhã para a Carolina do Sul e Arlington. Uma da manhã para Utah. Vamos aproveitar a escuridão para derrotar as trevas. O que vocês precisarem... tropas, armas, apoio... será enviado ao cair da noite. Obrigada pelo que fizeram, pelo que estão fazendo e pelo que vão fazer.

Lana, que não tinha falado nada até o momento, se levantou.

– Por favor, subam antes de irem para casa. Temos comida e bebida.

Como não podia deixar de ser, pensou Fallon.

– Podemos dar uma palavrinha primeiro? – disse ela a Mallick.

Quando ele foi para o lado de fora, aproveitou parte daquele momento para olhar ao redor. Sorriu para a colmeia.

Ouviu as abelhas zumbirem, inspirou o aroma de verde, a doçura das flores, das ervas, dos alimentos amadurecendo dentro e acima do solo, em galhos.

Observou, achando graça, um pica-pau grande, com seu penacho vermelho, começar a bicar loucamente um bolo do alimentador.

– Sebo – disse Fallon. – Papai construiu o alimentador, mamãe faz o sebo. Os pássaros são loucos por isso.

– Não é a sua fazenda, mas ainda é um lugar muito bom. E você fez tudo muito bem aqui. – Ele apontou para o quartel. – Eu gostaria de ver seus campos de treinamento antes de ir embora.

– Levo você e qualquer um que queira visitar. Temos soldados fortes e qualificados. Estamos prontos para Arlington.

– Não tenho dúvida.

– Mas você sabia que João Pequeno estava inseguro quanto aos planos.

– Sim, como os outros. – Ele se voltou para ela. – Se você não puder aliviar a insegurança deles ou convencê-los a seguir você mesmo com dúvidas, como vai liderar?

– Eu fiz isso? Aliviei ou convenci? O suficiente para quem está inseguro continuar me seguindo, mesmo enquanto enterramos nossos mortos? Porque isso vai acontecer depois de Arlington. E batalhas ainda mais difíceis virão.

– Guerra é perda. – Ele segurou o ombro de Fallon quando ela começou a balançar a cabeça. – Não combater essa guerra significa perder tudo. Perca isso de vista e seremos derrotados. Perca a fé em si mesma e ninguém mais terá fé em você. Você sabe disso.

– Eu sabia disso aos 13, 14 anos, quando você me treinou, quando peguei a espada e o escudo. É quase como uma gravura em um livro, ou palavras em uma página. Usar minha espada, como tenho feito, meus poderes, como tenho feito, para derramar sangue, tomar vidas, isso não é pouca coisa, Mallick

– A guerra nunca deve ser uma questão pequena.

– Vou usar minha espada e meus poderes nessa guerra. Vou conduzir os homens para a batalha, e alguns para a morte. E nunca, nunca considerarei uma única morte por minha mão, uma única morte por minha ordem, uma tática. Se eu não sentir o peso de cada vida perdida, o que teremos ganhado? Quem seremos nós no final?

A mão no ombro dela se suavizou.

– Você aprendeu bem. Aceite o peso e continue a lutar.

– Por que Duncan não veio? – Ela não tinha intenção de perguntar, mas as palavras lhe escaparam. – A mãe dele está com saudades. E Hannah. Tonia pelo menos o vê de vez em quando.

– Ele sentiu que seria mais útil se ficasse por lá, trabalhando com aqueles que escolhemos para a missão.

– Como também sente que seria melhor servindo em Utah por seis meses?

– Exatamente.

– Você concorda?

– Concordo. Os que estão sob o treinamento e o comando de Duncan confiam nele e o respeitam. E ele vai levar consigo tudo o que aprendeu em Nova Esperança para construir lá. O Oeste é vasto e, em grande parte, vazio. Você encontrará uso para o lugar. Ele o encontrará para você.

– Então veremos o que ele consegue fazer em seis meses. Vá comer, Mallick. Já segurei você aqui por tempo demais, é melhor ir agora mesmo para a cozinha da minha mãe. Podemos ver os quartéis antes de você ir.

– Você vai comer?

– Vamos deixar que eles aproveitem um pouco de hospitalidade sem a Escolhida por perto.

Fallon foi em direção à colmeia. Tinham construído aquela e mais uma no quartel. Era o suficiente, já que Fredinha tinha quatro na fazenda ao lado, além de outros moradores que também tinham as suas.

Fallon pensou em como o pai a havia ensinado a construir as colmeias, como aprendera, com o que pulsava dentro de si, a chamar a rainha e o enxame.

Fallon ensinara Mallick a construir uma colmeia, chamara o enxame para ele, lhe ensinara a cuidar dela, a colher mel e própolis.

Eles precisariam de colmeias nas novas bases. Será que Duncan sabia construir uma, chamar a rainha, cuidar dela e reunir as outras?

Ela estendeu o braço. Dezenas de abelhas vieram voando, cobriram sua mão e seu pulso.

– Isso sempre me assustava – disse Mick, logo atrás dela.

– Precisamos delas mais do que elas precisam de nós. – Ela enviou as abelhas de volta. – É muito bom ver você, Mick. Nas duas vezes que voltei para conversar com Thomas, você estava caçando, de vigia ou fazendo explorações.

– Escolheu momentos errados para visita. Mas é bom ver você também. E ver tudo isso. Eu queria conhecer toda a comunidade, a cidade e tudo mais, mas, bem, fica para a próxima.

– Fica para a próxima.

– Você sempre falava que sua mãe era uma ótima cozinheira. Cara, você tem razão. – Ele deu um tapinha na barriga e estendeu um biscoito para ela. – Trouxe aqui para você.

– Obrigada.

– Gostei do seu pai e dos seus irmãos. Você tem mais um irmão, certo?

– Ethan, o caçula. Nós o mandamos para a cidade, com os filhos de Fredinha, por causa da reunião. Eles ainda são jovens demais para lutar.

– Mas não por muito tempo, pensou Fallon. – Eles treinam, mas hoje estão ajudando nas hortas comunitárias.

Ela gesticulou com o biscoito, indicando o quartel, e os dois seguiram naquela direção.

– Como estão Twila, Jojo e Bagger e, bem, todos eles?

– Estamos bem. Temos cuidado da cabana, dos jardins e tudo mais. A tribo das fadas e os metamorfos também. Agora há mais de nós e alguns normais.

– Normais?

– Como seu pai e Colin.

– Não mágicos.

– Isso. Ei, ali o Taibhse!

Em seu galho, a coruja dirigiu a Mick um olhar frio como gelo.

– Ele ainda está chateado comigo porque tentei acertar a maçã. Cara, isso faz anos!

Ela também se lembrou da senda das fadas, com sua adorável luz verde, o lago, a grande coruja branca e sua maçã dourada. E seu horror ao pensar que o jovem elfo pretendia acertar uma flecha na coruja. Foi quando ela saltou, a primeira vez que seus poderes a levaram tão alto. Ao desviar a flecha, derramando o próprio sangue, a coruja se unira a ela.

E, estranhamente, esse fato deu início à sua amizade com Mick.

– Onde estão Faol Ban e Laoch?

– Estão aqui. Eles vão comigo para Arlington. – Ela se virou para Mick. – Vamos tomar Arlington.

– Eu sei. Já acreditava nisso antes de virmos, agora acredito ainda mais.

Aquela fé simples a comoveu.

– E você quer ir para a Carolina? Deixar o campo dos elfos, construir nossa base lá?

– Eu nunca vi o mar. Sabine já nos levou bem alto nas colinas, nos vales, mas o mar? Cara, é o mar! Sabine e meu pai se juntaram.

– Hã... quê?

– Isso mesmo, eles, você sabe, estão juntos. Eu estou bem com isso. Ela faz meu pai feliz. E ela é inteligente, meio calma, como ele. Eles dão certo juntos, eu acho.

– Que bom.

– De qualquer forma, aqui é o mais longe que ela já me mostrou até agora, e que passeio! Eu gostaria de ver o mar. Aprendi muito – contou ele, olhando para os grupos que trabalhavam nos campos de treinamento. – Nós treinamos, daquele jeito mesmo. Minh exige muito de todos nós. Nós construímos. Como eu disse, existem mais de nós agora. A primeira opção era Minh, mas ele e Orelana não querem arrancar os filhos da vida que já conhecem. Ainda não. Eu sou a segunda opção, mas...

– Não para mim. – Ela tocou seu braço. – Mesmo quando éramos quase crianças, os outros seguiam você. Quando seu acampamento ficou doente, foi você, também doente, quem conseguiu ir até nós e pedir ajuda.

– Eu não sabia muito bem o que você ia achar de eu comandar uma base.

– Então digo a você que sei que a base e as pessoas nela estarão em boas mãos.

– Isso significa muito para mim. Ah, Fallon, que saudade eu estava de você!

Mick pegou a mão dela e ela percebeu, viu nos olhos dele.

O que ele sentira por ela quando menino, o que sentira com aquele primeiro beijo, ainda pulsava dentro dele. Ela desejou poder retribuir, sentir o mesmo por ele, desejá-lo como ele a desejava.

Mas, como não podia, Fallon apertou forte a mão dele. Um aperto de amizade.

– Senti sua falta.

E embora ela soubesse que isso o machucava, virou-se para voltar à casa e relembrou, como amiga, as aventuras que viveram quando mais novos.

Depois que eles saíram, depois que ela levou Mallick para conhecer o quartel, Fallon se sentou com os pais e comeu a salada de macarrão que a mãe colocara à sua frente.

– Achei que tudo correu muito bem.

Fallon olhou para a mãe entre uma garfada e outra.

– Você não falou muito.

– Eu não tinha nada a acrescentar. Você sabia o que e como dizer. Você sabia o que mostrar a eles quando eles precisavam ver alguma coisa. – Enquanto falava, sentada à mesa ao ar livre, no calor do verão, Lana catava o feijão que faria para o jantar. – Eu vi o que você mostrou a eles e, pior, em minhas próprias visões.

– Você nunca disse isso.

– Quero que saiba que entendo o que está em jogo. Eu não participo das batalhas como você...

– Você luta todos os dias.

– Não como você, há muito tempo que não. Mas eu sei defender a mim e aos meus. É por isso que vou para Arlington. Espere – disse ela, antes que Fallon pudesse objetar. – Seu pai e eu já discutimos isso várias vezes e eu venci.

– Estou chamando de nocaute técnico – acrescentou Simon.

– Uma vitória é uma vitória. Rachel, Hannah e eu vamos montar as estações médicas móveis. Sabemos lutar se for preciso, mas o mais importante é que haverá muitas baixas de ambos os lados. Você precisa de nós.

Ela não podia suportar aquilo, não podia. A mãe catando os feijões que cozinharia para o jantar e conversando sobre ir à guerra.

– Estou levando seu marido, dois de seus filhos. Já estou enviando dois dos filhos de Katie para lutar. Jonah e Rachel têm três filhos, ainda jovens. Um deles deve ficar em Nova Esperança.

– Nós somos necessários. Jonah e Rachel fizeram arranjos para os meninos, se algo acontecer a eles. Assim como Poe e Kim. Foram necessárias discussões consideráveis para convencer Fredinha e Arlys a ficar para trás. As crianças pesaram nessa decisão.

– Nós fomos a primeira onda – acrescentou ela. – Você não vai deixar a gente fora disso.

– Hannah não é uma guerreira.

– Ela pratica medicina. Médicos vão à guerra porque soldados vão à guerra. Meu poder não alcança o seu, Fallon, mas não é desprezível. Confie nisso e em mim.

– Você não vai conseguir mudar a cabeça dela – avisou Simon. – Então vamos falar sobre o que ficou de fora da reunião. Você não disse quem tem em mente para comandar Arlington.

– Precisamos de uma equipe de líderes lá, considerando o tamanho e a localização. Minha primeira escolha teria sido você. – Ela pegou a mão da mãe quando os nós dos dedos dela ficaram brancos. – Mas você é necessário aqui. Então, perguntei a Mallick se ele iria e, como Duncan vai ficar em Utah, quem ele colocaria em seu lugar. Ele me surpreendeu nomeando João Pequeno. Então... vou confiar nele quanto a isso. Mallick vai para Arlington junto com Aaron e Bryar, se eles concordarem. Vamos precisar de instrutores, professores. Tem uma elfa, Jojo, a melhor caçadora e exploradora que já conheci. Thomas vai perguntar a ela. E… eu quero perguntar a Colin.

Ela ouviu o suspiro da mãe – resignação, não surpresa – quando Simon pegou a mão de Lana.

– Já esperávamos isso.

– Eu queria poder argumentar que ele é jovem demais para liderar – disse Lana –, mas não é. Então, mais uma vez, envio um dos meus filhos para Mallick.

– Tudo o que vocês dois ensinaram a ele, tudo o que ele aprendeu desde que viemos para cá, ele vai levar consigo. Se você me pedir para escolher outra pessoa, eu escolho.

– Ele ia querer isso – disse Lana. – Vai querer. Pedi a você que confiasse em mim. E eu confio em você. Vá falar com ele.

– Tudo bem. – Ela se levantou para levar o prato para a pia. – Então vou conversar com Aaron e Bryar, depois passo na clínica e falo com Rachel e Hannah sobre o serviço médico móvel.

Ela selou Grace para a viagem à cidade, depois cavalgou até o quartel.

Colin, as mãos na cintura, uma expressão de repulsa no rosto, repreendia dois recrutas por uma luta corpo a corpo malsucedida.

Ela o deixou recitar toda a sua lista de insultos (covardes, cérebros de merda, filhinhos de mamãe e assim por diante) e fez sinal para ele.

– Clipper, assuma aqui. E se um desses molengas não der um bom soco, você dá um soco em cada um.

Ele foi até ela.

– Seja rápida, ok? Ainda estou atrasado por causa da reunião hoje cedo e tenho que fazer exercícios com o pelotão de Arlington.

– É sobre Arlington… quer dizer, depois de Arlington. Pedi a Mallick que se instale lá.

– Boa escolha.

– E alguns outros – prosseguiu ela –, incluindo Aaron e Bryar.

– Hum. – Ele refletiu sobre a proposta enquanto observava a lamentável demonstração de luta corpo a corpo, de acordo com seus padrões. – Sim, eu entendo. Eles têm dois filhos, mas fariam tudo certo. Ambos são inteligentes, bons professores, engenhosos.

– Eu gostaria que você fosse. Para ajudar a proteger, manter a base, treinar. Liderar.

Ele se virou para Fallon lentamente. O velho Colin teria pulado com um "É claro que eu vou!". E ela ainda podia ver isso nele. Mas, acima de tudo, o homem que ele se tornara refletiu.

– Por quê?

– Porque você é inteligente, um bom treinador, engenhoso. É um excelente soldado e conhece algumas coisas de TI. Porque manter Arlington é tão importante quanto tomá-la. E eu acredito que você é capaz de fazer isso.

– E Travis?

– Preciso dele aqui, pelo menos por enquanto. E preciso de você lá.

– Então acho que preciso fazer as malas. Só que... – Ele esfregou o rosto. – Mamãe e papai podem ser um problema.

– Não, já conversamos, e a escolha é sua.

Ele esperou alguns instantes, olhou em volta e, por fim, disse:

– Eu gosto daqui. Gosto das pessoas. Gosto até desses recrutas idiotas. Eu amo a fazenda, sabia? Mas nunca vou ser um fazendeiro de verdade.

– Também nunca vai ser presidente – disse ela, fazendo-o rir. – Você é um soldado, Colin.

– Ora, soldados podem ser presidentes. Vou manter Arlington por você. Mas tem uma coisa. Qual vai ser a minha patente?

– Desde quando nós temos patentes?

– Desde agora. Qual é a minha?

– Que tal Babaca de Cinco Estrelas?

Ele deu um soquinho no braço dela.

– Eu gosto de Comandante ME.

– ME?

– Mais Excelente.

Ela revirou os olhos.

– Escolha dez recrutas dispostos e capazes para ir com você. Se eles tiverem família, elas precisam estar dispostas a deixá-los ir ou a ir com eles.

– Entendi. Meu Deus, está vendo aqueles dois? Preciso voltar. – Ele se afastou e olhou para trás para acrescentar: – Não vou decepcionar você.

– Eu sei disso.

Ainda o observando, Fallon montou em Grace. Em seguida, virou a égua e cavalgou em direção à Nova Esperança.

Quando passou pelas hortas comunitárias, viu grupos de voluntários arrancando ervas daninhas, outros colhendo legumes e frutas em cestas tecidas por mais voluntários e artesãos.

Crianças pequenas demais para ajudar, ou para ajudar por muito tempo, brincavam em balanços e escorregadores, gangorras e trepa-trepas, todos resgatados, reparados ou construídos a partir de peças antigas. Os membros do que Nova Esperança chamava de Triplo C (Centro Comunitário das Crianças) mantinham o olhar atento.

Os pais, ela sabia, trocavam o serviço de babá por outros serviços, comida ou artesanato. Ela viu uma fada, de não mais que 3 anos, experimentar suas asas. Um dos observadores a pegou antes que ela subisse muito alto ou voasse para longe.

O sistema funcionava, pensou Fallon, enquanto continuava em direção à clínica. Assim como a troca por serviços médicos, ou por leite, por ovos, por manteiga e outros produtos produzidos nas fazendas, a lã tosquiada, os panos tecidos.

Ela vira isso funcionar em outras comunidades, assim como vira em algumas a falta de liderança e estrutura. E em outras ainda, uma sutil segregação e falta de confiança entre os mágicos e os não mágicos.

Vencer a guerra não seria o único desafio. Estabelecer aquela estrutura, aquela confiança, essa seria outra batalha.

Depois de amarrar Grace, ela entrou na clínica, passou pela área de espera, que tinha poucas pessoas naquele dia, e virou-se para a mesa de April.

– Preciso falar com Rachel quando ela estiver livre. Hannah também, se possível.

– Rachel está com uma paciente. Acho que Hannah está fazendo a ronda na maternidade e na pediatria. Siga em frente e vire à direita – disse April, indicando a direção com um gesto.

– Obrigada.

Fallon atravessou o corredor, passando pelas salas de exames e de consultas, além de uma enfermaria. Contou apenas três leitos ocupados, um bom sinal. Quando virou à direita, ouviu o choro irritado de uma criança e a voz suave de Hannah.

– Alguém quer a mamãe. Está na hora de comer, não é, coisinha linda?

Fallon entrou em um cômodo que um dia fora uma sala de aula e viu Hannah pegar uma criança de um dos berços, toda enrolada em cobertores. No berço próximo, outro bebê, com uma touquinha de tricô azul, dormia calmamente.

Do outro lado da sala, uma mulher estava sentada em uma cadeira de balanço com um bebê muito pequeno no peito.

Hannah abraçou o bebê que chorava, acariciou as costas dela enquanto sorria.

– Bem-vinda ao local mais feliz da clínica, Fallon. Está procurando Rachel?

– E você.

– Eu só preciso levar esta bonequinha para a mãe dela. Estamos dando um descanso às nossas mães, mas tem gente aqui com fome. Se você me der alguns minutos, vou procurar Rachel assim que Jasmine estiver acomodada.

– Claro. Eu vou com você.

– Fallon Swift. – Na cadeira de balanço, Lissandra Ye mudou cuidadosamente o bebê para o outro seio. – Posso falar com você?

– Claro.

– Não vou demorar – avisou Hannah, levando o bebê para fora.

– Ele só pode ficar fora dali por pouco tempo – disse Lissandra, olhando para a incubadora. – Ainda é muito pequeno. Meu leite não foi suficiente para que ele crescesse, mas sua mãe me ajudou, e agora… ele tem quase 2 quilos e 300. Rachel disse que ele não vai precisar da incubadora quando estiver um pouco maior.

– Isso é ótimo. – Fallon se aproximou. – Ele é muito lindo.

Diante daquelas palavras, os olhos de Lissandra marejaram. Lágrimas foram derramadas.

– Eu sinto muito. – Fallon puxou uma segunda cadeira e colocou a mão no braço de Lissandra. – Você está preocupada, mas ele está em boas mãos aqui.

– Eu sei disso. Eu confio. No começo, não acreditava que ele sobreviveria. Era tão pequeno! Nem tinha certeza se queria que ele vivesse. Sinto vergonha disso.

– Não deveria sentir.

– Ele é meu, entende? Ele é meu, mas... Não foi só um que me estuprou e não foi só uma vez. Não consegui me defender. Eles nos davam drogas para que não pudéssemos lutar, mas eu sentia tudo... e via. Eles deixavam os guardas nos pegarem quando quisessem.

Fallon já ouvira histórias parecidas antes, muitas vezes. Mas eram histórias que nunca perdiam a capacidade de chocar e enfurecer.

– Você está segura agora. Você conversou com os conselheiros aqui?

– Conversei, sim. Não foram só os guardas. O Torturador. O Incomum Sombrio no laboratório. Ele...

Compreendendo agora, Fallon se recostou.

– Você está preocupada que ele possa ser o pai, que o sangue dele esteja na criança.

– Ele é meu. – Mesmo através das lágrimas, ela disse aquelas palavras com fúria. – Dei a ele o nome do homem que morreu tentando me salvar. Brennan. Ele é meu filho, e não importa o que ele seja, eu vou continuar amando essa criança. Eu pensei que... que não conseguiria amar esse bebê, mas ele é meu filho. Ainda assim, eu preciso saber. Se ele carregar a escuridão dentro dele, eu tenho que saber para poder ajudar, para fazer com que ele lute contra isso. Por favor, você consegue enxergar. Você consegue enxergar, saber e me dizer.

– A escuridão é uma escolha, Lissandra, assim como a luz é uma escolha.

– Por favor.

O bebê estava quieto, a boca frouxa, pois o leite e o calor o haviam feito adormecer. Com os olhos cheios de esperança e lágrimas, Lissandra o estendeu para Fallon.

– Por favor.

Que tormentos aquela mulher já havia sofrido? E quantos mais ela suportaria sem respostas, sem o conforto do conhecimento?

Então Fallon pegou a criança. Seus irmãos, lembrou, pareciam tão pequenos para ela quando nasceram. Mas, comparados ao filho de Lissandra, eles eram robustos.

– Brennan – sussurrou Fallon –, filho de Lissandra. Eu o vejo.

Ela olhou para ele, olhou dentro dele, colocou a mão em seu peito, onde seu coração batia sob a palma de sua mão.

– Eu vejo a luz em você. – Abaixando a cabeça, ela passou os lábios sobre a cabeça coberta de penugem do menino. – Eu vejo você.

Com um sorriso, ela olhou para Lissandra.

– Este é seu filho, e ele guarda a luz.

– Você jura?

– Juro. Ele é inocente, como você. Inocente, e ele é seu filho. Ele é o seu bebezinho.

A alegria brilhou através das lágrimas.

– Ele é... como eu?

– Isso mesmo.

– Você o abençoaria?

– Eu não...

– Por favor.

– Ah... – Seguindo o seu instinto, Fallon tocou os dedos na cabeça do bebê, nos lábios e novamente no coração. – Bênçãos de luz sobre você, Brennan, filho de Lissandra.

Ela repetiu as palavras em mandarim.

Agora, Lissandra sorria.

– Não ouço ninguém falar mandarim desde que minha avó morreu. Agradeço muito, não tenho palavras para expressar. – Lissandra pegou a criança de volta, comovida. – Não tenho palavras para expressar. Você foi abençoado pela Escolhida – murmurou ela para a criança.

Quando Fallon se levantou, Rachel entrou.

– Dê a ele um pouquinho de contato pele com pele, Lissandra, depois você pode trocar a roupa dele antes de o levarmos de volta ao berçário.

– Ele mamou bastante.

– Vamos pesá-lo mais tarde, mas talvez amanhã ele já possa ir para um berço comum.

– Ouviu isso, bebê? Você vai subir de nível!

– Uma das enfermeiras vai estar aqui para ajudar você.

Lissandra assentiu, mas olhou para Fallon.

– Eu posso lutar. Eu vou lutar por você. Eu vou lutar por ele.

– Eu vou lutar por ele – disse Fallon. – Ele precisa que você cuide dele. Até outro dia.

Ela saiu com Rachel. Hannah as esperava à porta.

– Isso foi tão importante quanto qualquer cuidado médico que pudemos oferecer aos dois.

– Ela é forte – afirmou Fallon.

– E ficará ainda mais forte agora. Você queria falar comigo?

– Queria conversar com você e Hannah sobre os serviços médicos móveis. É preciso um grande impulso para disparar suas equipes e seus equipamentos para a zona segura em Arlington.

– Lana já conversou conosco, mas podemos terminar essa conversa na minha sala. Quero mostrar os projetos que acabamos de receber.

– Projetos?

– Para a expansão da clínica. – Rachel, uma nuvem suave de cachos ao redor do rosto, tênis desgastados nos pés, liderou o caminho. – Eu sei que não é uma prioridade em sua mente no momento, mas é sempre uma prioridade para nós.

– Eu não sabia que vocês queriam expandir.

– Precisamos mais do que queremos. Conversamos com Roger Unger semanas atrás. Ele era arquiteto antes da Catástrofe, estava apenas começando. Ele tem ensinado a alguns alunos interessados.

– Precisamos de pessoas que saibam projetar e construir.

– Jonah e eu gostamos dos projetos dele. Talvez a gente precise fazer algumas mudanças, mas tem exatamente o que precisamos. Estamos pensando... é melhor sempre sonhar alto... em fazer daqui um complexo médico, trazendo a parte odontológica, as coisas básicas que conseguimos montar em oftalmologia.

Batendo nos óculos de leitura presos ao bolso da blusa, ela continuou:

– Um longo caminho a percorrer, mas temos um começo. Os herbalistas... e Kim concorda também... os químicos. Os curandeiros. Tudo em um só lugar, em vez de se espalharem pela cidade. Vamos precisar de mais equipamentos, mais camas, mais funcionários, mas não podemos pensar nisso enquanto não tivermos o espaço.

– Parece... ambicioso.

– Tanto quanto tomar Arlington.

Fallon conseguiu dar uma meia risada.

– Você tem razão. Vamos conversar sobre Arlington, mais uma vez. Depois eu gostaria de ver os projetos.

Projetos, pensou Fallon mais tarde, enquanto voltava para casa, significavam esperança, otimismo e determinação. Eles precisariam de tudo isso para vencer, para sobreviver e construir os novos lugares.

Ela pretendia levar tudo aquilo para Arlington, e além.

# CAPÍTULO 7

Uma meia-lua surgiu sobre a base enquanto ela estava com os homens e as mulheres que levaria à batalha. Com espadas, com flechas, com balas, com dentes, garras e punhos, eles lutariam ao lado dela em uma noite tão abafada que o ar estava pesado.

No sul, na praia, eles lutariam. E a mais de 3 mil quilômetros de areia a oeste, no deserto, eles lutariam.

Lutariam e dariam o próximo passo na jornada iniciada séculos antes.

– Agora – murmurou Fallon, e então a ordem passou de um lugar para outro, para o sul e para o oeste.

Erguendo as mãos, ela pensou nas lições que Mallick lhe ensinara em uma prisão deserta. Paciência, silêncio, controle.

Deslizou seu poder pelas magias sombrias que circundavam a base como um fosso mortal. Forte, encharcado de sacrifício de sangue, prosperando na carne e nos ossos de qualquer criatura que pudesse cruzar suas mandíbulas abertas, a base flutuava no olho de sua mente.

Sombria e borbulhante.

– Pelo sangue dos inocentes mortos, eu clamo. Ouço seus gritos, provo suas lágrimas.

Ela ouviu os gritos. Ela provou as lágrimas.

Tristes. Amargas.

– Eu sou a sua espada. Nós somos a sua justiça.

As magias sombrias arranharam com suas garras, se remexeram e rosnaram quando ela as empurrou. Borbulhando a sua escuridão, pulsando com o calor.

– Deixe a luz dos supliciados tremer, queimar e reluzir, para as correntes ela abrir. Corpos sacrificados que a escuridão quis recrutar, que a luz sobre seus espíritos possa se derramar.

Ela os ouviu gritando, sentiu o poder se elevar, enquanto os músculos tremiam para segurá-lo, abraçá-lo.

E sentiu a mão do pai nas costas, arrebatado por aquela força, aquela fé.

– Nesta noite, a esta hora, clamo pelo poder dos abatidos. Ouçam-me, juntem-se a mim para limpar o sangue aqui vertido.

O feitiço é desfeito, com a sua, a minha, a nossa luz. E assim, em silêncio, no fogo do inferno ele se introduz.

Com suor descendo pelas costas, Fallon assentiu.

– Caiu – disse. – Troy.

A bruxa e seu clã encantaram as câmeras de segurança. Até mesmo aqueles poucos minutos adicionariam vantagem.

– Arqueiros.

Flechas eram miradas para proporcionar a morte silenciosa daqueles que vigiavam nas torres.

– Primeira onda, avante.

Quando os elfos saíram da escuridão para escalar os muros, Fallon lançou seu poder contra os portões. Sentiu as fechaduras cederem, virou-se para encontrar os olhos do pai.

– Portões conquistados. Segunda onda, avante.

E então Fallon voou em Laoch, mergulhou para a base. Enquanto suas forças eram jogadas em direção aos portões, ela chamou a terceira onda. Fadas voaram para a prisão, para as celas dos escravos.

Nenhum alarme soou, ainda não, quando Fallon pousou. Uma equipe de elfos seguiu para o QG e a central de comunicações. Metamorfos avançaram para o arsenal. Como desejava salvar os tanques de combustível em vez de destruí-los, ela os cercou com fogo frio.

Quando os primeiros gritos soaram, o primeiro som de batalha surgiu, as primeiras balas voaram, Fallon sacou a espada e girou sobre Laoch. Avançou com ele contra o ataque inimigo, a espada zunindo, golpeando, seu sangue tão frio quanto o fogo que havia conjurado.

Gritos rasgaram o ar. Quando as balas atingiram seu escudo, ela invocou seu poder de fazer com que chamas engolissem as armas. Cada uma que era inutilizada representava uma a menos a ser usada contra o seu povo.

Fallon ouviu o furioso e rápido estrondo de disparos automáticos, seguiu direto para ele e para o homem que pulverizava o ar com balas. No instante em que ele se virou, Laoch o empalou.

Ela ouviu os gritos das mulheres, os berros das crianças, enquanto fadas arriscavam a própria vida para levá-las a um lugar seguro. Ouviu os gemidos dos feridos, saltou de Laoch para derrubar um inimigo antes que ele pudesse cortar a garganta de um dos seus que estava sangrando.

Ela viu um metamorfo levar uma bala enquanto pulava, abriu caminho até ele enquanto falava telepaticamente com Travis.

*Precisamos de mais transporte médico.*

*Estou tentando*, respondeu ele.

*Mais rápido.*

Fallon correu para onde havia mais tiros, uma enxurrada deles, vindos de um dos edifícios fortificados. Balas sacudiam seu escudo enquanto ela abria caminho. Com uma dose de poder, ela derrubou a porta e se elevou no ar, como uma vez fizera, quando criança, na senda das fadas.

Mas dessa vez ela se ergueu com uma espada flamejante, disparou uma corrente de fogo no abrigo do atirador. Deu a volta no ar, como Mick lhe ensinara, e pousou. Cinco vieram para cima dela de uma só vez.

Eliminou o primeiro com um movimento da espada nas pernas do inimigo antes de ele saltar. Fez o outro quase voar com um golpe certeiro do escudo. Bloqueou uma espada, girou, subiu e desceu no ar dando chutes com os dois pés.

Golpes a atingiram, mas ela fora treinada para lutar com dor. Revidou com a espada, afastou-se depressa do golpe de uma faca. Com um lance da lâmina, arrancou o braço de um e, com os gritos dele ecoando em seus ouvidos, dirigiu a ponta da espada para o coração do outro.

Através do fedor, da fumaça, dos gritos, eles lutaram. Corpos, tantos corpos espalhados pelo chão. Ela afastou qualquer pensamento daquela carnificina e do custo, porque sentia, *sabia* que a maré havia se virado a seu favor.

Alguns dos inimigos correram para os portões, abandonando o campo de batalha. Eles encontrariam outro pelotão de seus soldados, pensou Fallon, e teriam a chance de se render.

*Todos os prisioneiros e escravos em segurança*, disse Travis em sua mente.

Com o escudo, ela se defendeu de uma flecha a centímetros do coração, puxou-a para fora e atirou-a de volta para o arqueiro com uma chicotada de poder.

Colin correu até ela.

– Temos cinquenta na prisão. Alguns desertores passaram, mas temos cerca de uma dúzia deles. Estão acabados.

Mais uma vez, seu escudo bloqueou uma flecha, mas essa atingiria seu irmão.

– Não exatamente.

– Só falta limpar a área.

Mesmo com o sorriso largo no rosto, ela sentiu.

– Fique atrás de mim.

– Que bobagem.

– Não discuta.

Ela se virou para encarar a escuridão.

Ele era alto, tinha bem mais de 1,80 metro. Estava vestido de preto e o ar ao seu redor ondulava conforme ele se movia. Ele lançou um raio em sua direção, facilmente bloqueado.

E ele sorriu.

Ela o viu, claramente, derramando o sangue dos sacrificados no chão, queimando o fogo sombrio, cantando obscenidades para criar o fosso.

– Esses não são nada. – Ele abriu os braços, indicando os caídos. – Ferramentas e ingênuos a serem usados e descartados.

Uma flecha zuniu, caindo com um golpe que ondulou o ar. Ele se curvou para recuperá-la, olhou para Tonia no telhado. Lançou-a de volta para ela com a força de um só braço.

Fallon a varreu com seu próprio poder, partindo-a em pedaços.

Ele riu.

– Ela sabia que você viria, teria que vir para tentar salvar esses seres deploráveis. Ela sabia que você sangraria por eles. Sua prima mandou um oi.

Ele lançou um poder que sacudiu os ossos de Fallon quando atingiu seu escudo.

– Vá embora – ordenou ela a Colin.

– Eu não vou deixar você para…

– Vá embora. E retire as tropas. É uma ordem.

O irmão dentro dele quase se recusou, mas o soldado obedeceu.

– Você é o que ela enviou? – perguntou Fallon, mantendo um tom de voz levemente interessado.

– Eu sou Raoul, o Mago Sombrio. Estou vinculado a Petra pelo sangue, imbuído de poderes sombrios e gloriosos pelo que nela vive. Eu sou o matador da Escolhida, em nome dela.

– Raoul, o Mago Sombrio? – Agora ela acrescentou um tom de desprezo. – Você deve estar brincando.

– Queime, queime, queime! – Ele girava as mãos em círculos no ar enquanto gritava o feitiço. – No fogo e na fome do inferno.

Um fogo preto atingiu o escudo de Fallon e a circundou. Ela sentiu a pulsação do calor, da alegria sombria. Algumas pessoas correram para defendê-la. Enquanto ela os mandava recuar, Raoul soltou um chicote de relâmpagos. Lançou-o em direção a Flynn, rápido e mortal. Antes que ele fosse atingido, Lupa saltou para protegê-lo.

E caiu ensanguentado e queimado no chão.

Ela ouviu o grito de lamento de Flynn como um coração se partindo dentro de sua cabeça. Com raiva, jogou poder no fogo ao seu redor, bateu nele com ferozes punhos de luz.

A risada maligna ecoou quando ele puxou um raio do céu, batendo com ele no chão como se fosse chuva. Fallon empurrou através do fogo agonizante, acertando raios com sua espada, jogando-os para cima com seu escudo.

Ele cantou, retirando fumaça do chão que sibilava e estalava como cobras.

– Sua luz diminui e morre! – gritou ele. – E a carcaça que restar de você eu estenderei aos pés de Petra.

Fallon invocou seu poder, puxando-o, enquanto avançava pelo campo ensanguentado. Jurou ter ouvido a espada em sua mão cantar.

– Pelo sangue do meu sangue. – O calor a encharcou, mas ela seguiu em frente. – Pela carne da minha carne, o osso dos meus ossos. Pela luz da minha luz, seja amaldiçoado.

Quando ela o golpeou, quando o riso dele se tornou um grito agudo, ela sentiu o choque sacudir seu corpo, quase roubando seu fôlego.

Ele caiu, a respiração borbulhando, dizendo:

– Ela será a sua desgraça.

– Não. Eu serei a dela. Como sou a sua.

Fallon mergulhou a espada nele e tudo terminou.

Ela ergueu a espada bem alto, chamou a luz fria da lua para limpá-la. Depois de limpa, colocou a ponta ao chão. Então o chão tremeu e clareou com uma luz como a do meio-dia, antes de se apagar e se tornar a luz das estrelas.

– Este lugar é agora o lugar da luz. Nós reivindicamos este lugar. Luz para a vida.

Houve aplausos, mas ela os atravessou com lágrimas no rosto em direção a Flynn.

Ele estava de pé, segurando o lobo que havia dado a própria vida para salvá-lo. Viu seu coração partido dentro de seus olhos.

– Eu sinto muito. Sinto muito mesmo.

– Ele morreu como um guerreiro, um herói. Ele morreu a…

Quando sua voz falhou, Flynn pressionou o rosto no pelo ensanguentado de Lupa.

– Ele morreu a serviço da Escolhida – disse Starr, aproximando-se de Flynn. Embora sua voz tremesse, ela prosseguiu: – Pela luz que ela representa. A luz pela qual lutamos.

– Venha. – Ela, que raramente tocava ou se permitia ser tocada, colocou um braço em volta dos ombros de Flynn. – Vamos levá-lo para casa.

Ao ouvir outro grito, Fallon se virou com os olhos borrados de lágrimas para Colin, que prendia em um mastro um pano branco com o símbolo de cinco elos prateados.

A marca dos GPs ficou no chão, pisoteada na terra. E eles levantaram o símbolo da Escolhida sobre Arlington.

As fadas voaram para transportar feridos, embora agora, com a base sob controle, mais curandeiros corressem para tratar alguns nos lugares onde estavam caídos.

Fallon ordenou que sentinelas tomassem seus postos e equipes procurassem em cada casa e edifício, cada galpão e estrutura, para se certificar de que não estavam abandonando nenhum inimigo ou ferido.

Ou mortos.

Ela procurou pelo pai enquanto fazia varreduras, até o coração começar a pulsar na garganta.

Quando viu Will liderando uma equipe para fora de uma casa fortificada, avisando que estava tudo vazio para que uma das bruxas pudesse fazer tremeluzir um símbolo de cinco elos na porta, correu até ele.

– Eu não vi meu pai. Preciso…

– Ele está bem. Levou um golpe, mas…

– Cadê ele? Foi muito ruim? Minha mãe...

– Respire – disse Will. – Juro que ele está bem. Nós o levamos, você sabe, pelo ar até o serviço móvel. Sua mãe cuidou dele. Uma flecha o atravessou de um lado a outro, lado direito, mas pegou praticamente só na carne.

– Ninguém me avisou.

– Ele me fez jurar que não diria. Acabei de saber, por um dos médicos, que ele está de pé e já está voltando. – Ele acrescentou um sorriso e um toque no ombro de Fallon. – Sua mãe o liberou.

– Tudo bem. – Ela respirou fundo, como Will sugeriu. – Eddie, Aaron? – perguntou.

– Estão bem. Perdemos alguns, Fallon, e será difícil levar essas perdas de volta a Nova Esperança.

O peso já estava em seu estômago, como pedras.

– Preciso de nomes e números, vítimas e feridos, o mais rápido possível.

– Pode deixar. Vamos contar você entre os feridos? Você está sangrando aqui e ali e tem algumas queimaduras.

– Vou cuidar disso depois que os outros forem tratados. Precisamos...

Fallon parou de falar, só conseguiu murmurar um trêmulo "Pai!" e correu até Simon.

Ele a abraçou tão forte quanto ela.

– Estou bem. Mas você... Ele a puxou de volta. – Você precisa de um médico.

– Depois que todo mundo tiver sido tratado. Não é nada. Você está pálido. Deixa eu ver.

Ela puxou a camisa dele antes que ele pudesse evitar, observou a ferida do lado direito. Colocou a mão no local.

– Está limpa e curando. Mas você está pálido, perdeu muito sangue. Deveria descansar até...

– Estou bem o suficiente, e sua mãe concordou.

Ela observou o rosto dele, viu um pouco de dor.

– Depois de quanta discussão?

– Eu ganhei. Já estão comentando sobre o modo como você terminou isso, e eu quero ouvir tudo mais tarde, de você. Quero dizer agora que sua mãe, Travis, todos nos serviços médicos e de apoio estão bem.

O sangue dela gelou.

– O que isso significa? O que aconteceu?

– Um punhado de desertores atravessou as linhas. Eles acharam que pegariam uma das unidades móveis e escapariam. Não conseguiram, mas houve uma luta. Sua mãe, Travis, Rachel, Hannah, Jonah e alguns outros lutaram e deram um bocado de trabalho.

– Mamãe foi ferida?

– Não apenas não se feriu como ela e os outros protegeram os feridos, as unidades móveis e fizeram sete prisioneiros. Assuma a sua vitória, menina.

– O Incomum Sombrio matou Lupa. Ele… eu não consegui impedir a tempo.

Simon franziu a testa.

– Eu sinto muito. Sinto muito mesmo. E Flynn?

– Ele e Starr vão levar Lupa para casa. Vamos levar nossos mortos. E cremar os mortos inimigos. Há muitos para enterrar, e levaremos os nossos para casa.

Ela olhou em volta, viu Taibhse empoleirado no mastro acima da bandeira. Mandou sua mente para Faol Ban, encontrou-o onde pedira que ficasse, ajudando a proteger os feridos. E viu Laoch voltando para ela depois de levar os últimos feridos para o serviço médico.

Todos os dela, pensou, vivos e bem. Mas outros…

– O sangue deles santifica a terra.

Ainda segurando a mão dela, Simon sentiu o aumento de seu poder e viu outros que trabalhavam para limpar e para reunir os mortos pararem de repente. A voz dela clamou, se ergueu, chegou a cada ouvido.

– Neste lugar, onde uma vez a escuridão governou com crueldade e fanatismo por um deus falso e perverso, colocarei uma pedra branca, pura e polida. Nesta pedra esculpirei os nomes de todos os que morreram em nome da luz e da retidão, pelo bem dos inocentes. Eles serão lamentados. Serão honrados. Serão lembrados.

Suspirando, ela se voltou para o pai.

– Você pode ajudar a reunir os nomes?

– Claro.

Ela ficou em meio à fumaça e, lembrando-se da própria visão, levantou os braços para limpar o ar do cheiro ruim que o dominava.

– Preciso trazer Chuck para verificar a tecnologia e preciso de um relatório de Thomas e um de Mallick. Troy e alguns outros podem adicionar camadas de segurança mágica para afastar os inimigos. Precisamos de um inventário de armas, suprimentos, equipamentos, remédios.

– O que você precisa é de um quartel-general temporário. Use o deles por enquanto. Colin já está no inventário de armas, eu o vi quando estava vindo para cá.

Apenas execute a próxima tarefa, disse Fallon a si mesma. Execute a próxima tarefa e, quando isso tiver sido feito, passe para a seguinte.

– Se puderem ficar sem Jonah ou Hannah lá nos serviços móveis, eu gostaria que um deles se encarregasse de fazer o inventário de equipamentos e suprimentos médicos.

– Vou mandar alguém até lá. Colocaremos equipes no restante do inventário. Querida, faça um favor ao seu pai e deixe que um dos médicos trate você.

– Eu posso fazer isso. Vou me ajeitar no QG. Preciso do Chuck.

– Vou pedir que ele seja trazido. Fallon, você fez o que ninguém foi capaz de fazer em uma década ou mais desde que White e seus GPs tomaram este lugar.

– *Nós* fizemos – corrigiu ela.

– Tem razão. E você estava certa sobre lutar por este lugar. Não esqueceremos os mortos, mas não se esqueça disso. Você tinha razão.

Ele apontou para onde uma equipe já havia começado a desmontar o cadafalso.

– Coloque sua pedra ali. Coloque ali, onde os miseráveis realizavam suas malditas execuções públicas.

– Sim. – *Graças a Deus por ele*, pensou Fallon. *Graças a Deus pelo homem que pode ver, sentir e saber.* – Sim, vou colocá-la ali.

Quando ela atravessou a base, Tonia surgiu ao seu lado.

– Obrigada pela salvaguarda – disse Fallon.

– Sempre.

– Ele era mais forte do que eu imaginava. Foi erro meu. Maldita Petra.

– A morte dele não significa nada para ela. Ela simplesmente encontrará outro. Ela já tem outros.

Com Tonia, ela atravessou uma calçada e subiu três degraus até uma passarela pavimentada que levava a uma ampla varanda coberta.

– Eu conversei com Duncan – disse Tonia, tocando a têmpora. – Utah é nossa.

Fallon sentiu dois impulsos, de júbilo e apreensão.

– Quantos mortos?

– Zero. Nenhum. Alguns feridos, mas nenhuma morte do nosso lado. Dunc disse que a segurança deles era uma piada e que metade do inimigo estava bêbado ou chapado de mescalina, o que é proibido para os GPs. Não acho que White tenha mandado o seu melhor. Na verdade, acho que Dunc ficou um pouco decepcionado por ter sido tão fácil.

– O próximo não será. – Fallon parou na varanda. – Vou precisar de um relatório completo e detalhes do que eles fizeram e estão fazendo pela nossa segurança lá. Os suprimentos, os prisioneiros, os resgatados, tudo isso.

– Ele sabe. Quando terminarem o inventário, obtiverem os números e tudo o mais, Mallick voltará para se reportar diretamente a você.

– Ótimo. Agora vou verificar com Mick, e vamos torcer para que as notícias também sejam positivas. Enquanto isso a gente monta nosso QG aqui.

Ela abriu a porta.

Quando entraram, Tonia ficou boquiaberta.

– Meu Deus… Uau!

A entrada ocupava três andares abertos, de pisos reluzentes. Uma escadaria ornamentada se dividia no segundo andar para a direita e a esquerda. No alto pendia um enorme lustre de cristal.

Quadros em molduras ornamentadas cobriam as paredes.

Quando Fallon seguiu em frente, viu uma espécie de sala de estar aberta à esquerda, com dois sofás iguais, cobertos com tecido sedoso, cadeiras com pernas curvas, mesas de madeira polida, luminárias com mais cristais brilhantes.

– Eu nunca vi nada assim – comentou Tonia, enquanto seguia para a direita.

Havia uma lareira emoldurada com pedras brancas salpicadas de prateado entre altos pilares brancos. A sala tinha um piano dourado, mais sofás, mais cadeiras, mesas e luminárias, mais obras de arte.

Algumas peças haviam sido quebradas antes ou durante a batalha. A persiana de aço da ampla janela da frente, comprometida durante a luta, pendia torta. Sangue manchava o tapete colorido e havia caído um pouco no piso lustroso.

– Luxo – comentou Fallon. – Os líderes viviam no luxo, roubando o que quisessem, decorando suas casas. E olha só. – Ela foi até a janela. – Eles ficavam aqui sentados, em seu palácio roubado, vendo a multidão aplaudir enquanto enforcavam aqueles como nós.

– Não mais.

– Não, não mais. Vamos deixar o que for necessário, pegar o que não for para distribuir onde for necessário, ou armazenar até que seja.

Fallon continuou a explorar o local, maravilhada com o espaço e a mobília de uma sala de jantar. Outra lareira, em pedra verde, que ela conhecia como malaquita, uma mesa comprida e lustrosa, grande o suficiente para acomodar vinte pessoas, cercada por cadeiras de encosto alto e assentos sofisticados. Aparadores exibiam castiçais e tigelas de prata.

Uma cozinha que certamente faria sua mãe chorar de alegria, apesar do sangue no chão, das portas de vidro quebradas que davam para um pátio de pedra, uma piscina, um jardim, uma fonte.

Uma cozinha, pensou, onde escravos haviam cozinhado e servido.

Ela abriu uma porta.

– Uma despensa, bem grande e com mantimentos suficientes para alimentar cinquenta pessoas por uma semana.

– O mesmo com esta geladeira. – Tonia abriu outra porta. – É uma espécie de lavanderia. Tem uma cama aqui, algemas. Eles mantinham um escravo pessoal.

– Não mais – repetiu Fallon novamente, e abriu outra porta. – Leva para o térreo.

Embora soubesse que a casa havia sido examinada, ela levou a mão à espada quando começaram a descer.

– Centro de comunicação. Que maravilha – disse Tonia, com um sorriso malicioso. – Chuck vai ficar maluco. Cara, porra, Fallon, está tão cheio de brinquedos quanto as usinas nucleares que atacamos!

– Eles trabalharam duro para montar isso. – Fallon observou os controles, monitores, rádios, componentes. – Agora vamos usar tudo isso contra eles.

– Deve estar cheio de dados, registros, locais, tudo. Chuck vai descobrir.

– Essa é a magia dele.

Fallon viu que a batalha havia chegado ali com muito sangue, pois o local tinha cadeiras derrubadas e buracos de bala nas paredes.

Foi até a porta quebrada e saiu para a noite úmida. Fechando os olhos, comunicou-se com Mick.

*Cara, estamos esperando para saber das coisas por aí*, disse ele. *Você está bem?*

*Tomamos Arlington.*

*Cacete! O que você...*

*Mais tarde. Preciso de um relato da situação.*

*Bem, tomamos a Carolina... ou pelo menos essa parte dela. E Utah?*

*Também.*

*Conseguimos!*

*Baixas?*

Ela sentiu a hesitação dele e se preparou para o pior.

*Oito. Dezesseis feridos. Perdemos oito, Fallon. Perdemos Bagger.*

Ela sofreu pelo elfo que conhecera quando criança, pelo garoto que adorava piadas.

*Sinto muito, Mick.*

*Eles perderam mais, garanto. Muito mais.*

Ela olhou para trás quando ouviu a voz de Chuck:

– Ah, minha belezinha gostosa, vem pro papai!

*Preciso que Thomas, ou qualquer um que você possa poupar, entre e me dê relatórios completos.*

*Assim que estivermos totalmente seguros. A bandeira da Escolhida tremula aqui agora.*

*Você tem o controle das comunicações deles?*

*Sim, temos, e o pessoal de TI está em cima delas.*

*Preciso que você envie uma mensagem no meu sinal.*

*O que e onde?*

Ela disse a ele, depois voltou para retransmitir o mesmo a Tonia, para que ela avisasse Duncan.

– Você consegue configurar isso aí para que eu possa enviar uma mensagem? – perguntou Fallon a Chuck.

– Pode apostar!

– E consegue fazer com que chegue a qualquer um com um aparelho receptor?

– Com o que eu tenho aqui, o alcance vai ser grande. E Você e Tonia podem impulsionar o sinal. Você não deve se lembrar, Tonia, de como você e Duncan impulsionaram nossa primeira transmissão de Nova Esperança.

– Lembro, sim. Pelo menos em parte.

– Diga a Duncan que faça o mesmo lá onde ele está – disse Fallon, enquanto comunicava a ideia a Mick. – De quanto tempo você precisa, Chuck?

Ele já estava trabalhando nos controles.

– Só um segundo. Você quer visual ou só áudio?

– Tudo. Espere. – Ela levou as mãos ao rosto, fez um feitiço para mascarar sangue, hematomas e queimaduras. – Não é por vaidade – explicou.

– Você vai aparecer sem nenhum machucado – disse Tonia. – Intocada. Qualquer sangue que se veja na Escolhida é sangue inimigo. Boa tática.

– Dez segundos a partir da minha indicação – disse ela a Tonia, Chuck e Mick. – Liguem.

Enquanto os controles se acendiam e os monitores brilhavam, Chuck riu.

– Tomem cuidado, meninas. Estaremos prontos quando vocês estiverem.

– Podem começar a contar – disse Fallon.

– Dez, nove, oito... – começou Chuck.

E abriu os canais.

– A todos que se reúnem em paz, a todos que desejam a paz, que protegem, defendem, que sofreram ou derramaram sangue para proteger ou defender, ouçam minha voz e saibam que há esperança. Saibam que a luz está com vocês, possuam magia ou não. Para os agricultores, os construtores, os professores, os soldados, as mães, os filhos, os pais e as filhas, saibam que a luz representa vocês, luta por vocês. Levantem-se, levantem-se contra os que oprimem, contra os que perseguem e escravizam. Saibam que para cada um que procura destruir vocês, enviaremos vinte para detê-lo.

Fallon tomou fôlego e continuou:

– Ouçam a minha voz, perseguidores e opressores. Ouçam e saibam, Guerreiros da Pureza, Incomuns Sombrios, caçadores de recompensas, Rapinantes, qualquer um que caça e aprisiona, tortura e mata: o tempo de vocês está acabando. O que vem da escuridão morrerá na escuridão.

Ela sacou a espada e a encheu de luz.

– A luz os fará arder em chamas. Hoje a luz rompeu as correntes dos que estavam presos nas praias da Carolina, no deserto de Utah, expulsaram a escuridão para reivindicar esses lugares em seu nome. Hoje a luz brilhou na escuridão de Arlington, e ela é nossa. Tenham medo de mim, todos os que derramam sangue inocente, todos os que procuram viver à custa da escravidão, tenham medo, todos os que escolheram as trevas. Tenham medo de mim e de todos os que seguem a luz, pois acabaremos com vocês.

Ela ergueu o braço e uma bola de fogo ardeu na palma de sua mão.

– Aqui está a chama para queimar a escuridão e todos os que a seguem. – Ela fechou a mão em torno das chamas, abriu-a novamente. Agora segurava uma pomba branca. – E aqui está a esperança oferecida a todo o resto. Eu prometo ambos, a chama e a pomba. Eu sou Fallon Swift. Eu sou A Escolhida.

Ela assentiu para Chuck. A mão dele tremia um pouco quando ele encerrou a transmissão.

– Belo discurso – ele conseguiu dizer.

– Sim. E belo truque – acrescentou Tonia, encostando a ponta do dedo no peito da pomba.

– Me veio na hora. – Fallon soltou a pomba e fez um gesto para libertá-la através da porta quebrada. – Exagerei?

– Quer saber? Se eu fosse um dos caras do mal… – Chuck soltou uma risada. – Teria me borrado todo.

– Ótimo. – Fallon colocou a mão no ombro dele. – Era isso o que eu queria.

– Acertou em cheio.

# CAPÍTULO 8

Enquanto Fallon estabelecia um quartel-general em Arlington, Duncan fazia o mesmo em Utah. Ao contrário dela, ele não tinha nada de luxo, e já havia começado uma lista do que precisava construir e de como manter uma base de operações viável.

Precisariam de suprimentos para construir abrigos melhores e um domo agrícola para o cultivo de frutas. Mais galinhas, vacas, algumas cabras, porcos, o que significava galinheiros e pastagens e algum tipo de celeiro. Embora ele soubesse cuidar de animais, teria que ter alguém na base que soubesse mais sobre o assunto.

Ele delegaria fadas para começar a cultivar legumes, ervas e grãos onde quer que desse, mandaria batedores para recolher o que pudessem encontrar, possivelmente conversando com as comunidades vizinhas, quando e se encontrassem alguma.

Farinha, açúcar, sal – itens básicos que teriam que disparar de Nova Esperança até encontrarem uma maneira de produzir localmente. Estava começando do zero, pensou, como sua mãe e os Primeiros de Nova Esperança haviam feito.

Pelo menos ele tinha um modelo para seguir e tropas experientes.

O arsenal serviria por enquanto, calculou, mas seria bom acrescentar alguns itens.

Munido de suas listas e mapas, ele se sentou no que era quase uma cabana. A estrutura mais segura – à qual ele acrescentara camadas extras de segurança – agora servia de prisão, não para escravos ou mágicos torturados, mas para inimigos capturados.

Precisava deles fora da base o mais rápido possível, e anotou sugestões para campos de prisioneiros.

Mallick entrou.

– Vou enviar equipes de caça, observação e exploração assim que amanhecer. Acho que as fadas que estão conosco podem começar a cultivar alimentos, para nós e para os animais, mas talvez precisemos de algum tipo de domo agrícola para as árvores frutíferas.

– Vou perguntar sobre isso quando chegar a Nova Esperança.

Mallick olhou para onde Duncan havia empilhado garrafas de uísque, gim, cerveja, vinho.

– Achei que fosse mais seguro manter isso aqui comigo. Ficaremos com algumas. Os soldados precisam de um pouco de diversão, e algumas bebidas podem ser usadas como remédio. E podemos trocar o restante se encontrarmos vizinhos.

Com um aceno, Mallick pegou uma garrafa de vinho, abriu e cheirou.

– O cheiro é horrível. Mas…

Ele encontrou taças, ergueu uma sobrancelha para Duncan.

– Claro, por que não? Vou te passar uma lista das necessidades mais urgentes e uma das eventuais, para que você leve a Nova Esperança.

– Certo. Você agiu bem esta noite.

Duncan pegou a taça de vinho e bateu na de Mallick, fazendo um brinde.

– Você também. Embora não tenha sido nenhuma grande luta.

– Porque nos preparamos, planejamos e seguimos o plano.

– E porque o inimigo era, na maior parte, um bando de idiotas bêbados.

– É verdade, mas até idiotas bêbados podem matar. Não perdemos ninguém. Na Carolina do Sul, perdemos oito. – Ele se sentou com o vinho e olhou para seu cálice antes de beber. – Em Arlington, perdemos 63, mais 98 feridos.

Duncan pousou a taça, levantou-se e foi até a janela.

– Tonia disse que foi difícil. Contou que Flynn perdeu Lupa. Eu sei que Lupa e Joe, do Eddie, viveram mais do que viveriam normalmente por causa de tratamentos mágicos e curas, mas mesmo assim… Não consigo imaginar Nova Esperança sem o lobo de Flynn. – Ele se virou e perguntou: – Você tem os nomes dos mortos e dos feridos?

Mallick colocou um papel na mesa, então Duncan se virou outra vez.

Enquanto lia, pegou a taça e bebeu o vinho.

– Você provavelmente os conhece – comentou Mallick.

– Estudei com dois deles. Len e eu jogávamos basquete, apostávamos corrida. Saí com Marly algumas vezes. Ben Stikes tocava aquele negócio…

ukulelê... na varanda de casa. Margie Frost deu aulas de química para mim e Tonia. Eu os conhecia. Conhecia todos eles.

E podia vê-los, ouvi-los. Conhecia suas famílias, seus amigos. Lembrou-se de que namorou Marly principalmente porque ela o conquistara com sua risada rápida e contagiante.

– Isso a entristece.

Duncan apertou os olhos por um instante.

– Tem que ser assim. Não pode ser fácil.

– Tem razão.

– Não quero dizer que ela mereça...

– Eu entendi, garoto. Eu treinei Fallon, vi quando ela se tornou A Escolhida. E, embora eu tivesse dedicado minha vida exatamente a isso, quando chegou a hora, lamentei por ela, pelo peso que carregaria.

– Você aprendeu a amar Fallon.

– É verdade. Uma evolução inesperada. – Mallick bebeu mais um gole. – E hoje, embora seja outro começo e não um fim, ela mostrou quem é.

– Ela pediu um ataque. Não aqui. Não valemos a pena neste momento. – Embora Duncan tivesse certeza de que um dia valeriam. – Provavelmente não na Carolina do Sul. Mas em Arlington.

– Era o que ela pretendia. Ela vai assumir o risco.

– Eu sei. Tenho problemas com ela em relação a isso, mas acredito nela, por completo.

– Eu também sei disso. Você é um orgulho para o seu sangue, Duncan.

– Uau. – Sinceramente surpreso, Duncan procurou por palavras. – Isso pede mais uma bebida.

Com uma risada, Mallick serviu mais vinho para os dois.

– Vou fazer deste lugar uma fortaleza, e daqui vamos expandir para o oeste. Diga a ela... Merda, não sei o que quero dizer a ela.

– Você vai saber quando se encontrarem.

– Não sei. Talvez.

Naquele momento, Duncan pensou que deveria se concentrar em criar a tal fortaleza, alimentar, vestir, treinar as tropas que a sustentariam.

– De uma coisa eu sei – disse Duncan, e deu de ombros. – Vou sentir saudades de você. Olha que evolução inesperada!

– E eu, também inesperadamente, vou sentir sua falta.

Mallick levantou a taça.

– Um brinde à luz e ao inesperado.

Duncan bateu sua taça na de Mallick mais uma vez e tomou outro gole de vinho.

Fallon ficou em Arlington por duas semanas, ajudando a organizar e providenciar moradia e treinamento, supervisionando a transferência de prisioneiros e trabalhando para realocar quaisquer ex-escravos e mágicos capturados que optassem por ir embora.

Quando muitos optaram por permanecer – para viver, trabalhar, treinar lá –, ela supervisionou a redistribuição de suprimentos e mobiliário dentro da base.

Voluntários limparam as casas nos arredores, retiraram os restos mortais, os ratos, fizeram consertos.

Ela usou o plano de Kate em Nova Esperança para atribuir tarefas (habilidades e experiência prévias ou interesse no cargo) para criar inscrições voluntárias.

O ataque ocorreu no alvorecer do terceiro dia após sua transmissão. Preparadas para isso, as forças que agora chamavam a si mesmas de Luz pela Vida repeliram os GPs em menos de uma hora. Na opinião de Fallon, foi mais uma torrente furiosa e arrogante do que um ataque estruturado.

Haveria outros, mas, ao fim de duas semanas, ela confiou em Colin e em suas tropas para defender a base e as pessoas que se instalaram nos arredores.

Fallon e Colin estavam juntos à pedra branca que fora colocada no lugar da forca. Fallon a modelara como uma torre, para simbolizar uma subida, e, com sua luz, esculpira o nome de todos os que deram a vida para tomar aquele território.

Abaixo dos nomes, ela gravara o símbolo de cinco elos e acrescentara a expressão LUZ PARA A VIDA.

Alguém já havia plantado flores na base, e elas desabrocharam brancas como a pedra.

– Mallick ficará indo e voltando da base pelas próximas duas semanas. Você sabe como chamá-lo, ou a mim, se precisar. E quero aqueles relatórios semanais, detalhados.

– Já falamos disso, Fallon. Relatórios semanais detalhados. Qualquer coisa incomum ou digna de nota resultante de missões de reconhecimento, você ficará sabendo o mais rápido possível.

– Eles atacarão de novo. Os GPs e, muito provavelmente, o governo, ou as forças armadas da capital. Fique de olho nos céus, Colin.

Ela soltou um suspiro. Tinha que confiar que ele estava pronto. Ela já havia enviado Taibhse e Faol Ban de volta a Nova Esperança, agora era hora de se juntar a eles.

Então se virou para Colin.

– Escute Mallick. Aprenda com ele. Você está no comando... mas não é o presidente.

Ele deu um sorriso largo e disse:

– Eu gosto de batalhas mais do que de política.

– Isso está na cara, mas não se esqueça da política. Treine-os bem, Colin.

Fallon olhou em volta, para os soldados e recrutas nos campos de treinamento, os voluntários trabalhando nos jardins, cuidando dos animais. Risos saíam da casa que usavam como escola, o cheiro do pão fresco vinha do local designado como cozinha comunitária.

Esse lugar já é mais que uma base, pensou. É uma comunidade em formação.

– Treine todos muito bem – repetiu. – Em um ano tomaremos a capital, tomaremos Washington.

– Estaremos prontos.

Ela abraçou forte o irmão.

– Mantenha todos a salvo – pediu ela. Em seguida, montou em Laoch. – Você ainda é pelo menos um pouquinho idiota, mas eu te amo mesmo assim.

– Digo o mesmo.

Laoch abriu as asas e se ergueu sobre Arlington, circulou uma vez, depois subiu mais alto, em direção a Nova Esperança.

Fallon preferiu voar a disparar, e usou o voo para fazer mapas mentais da terra que via abaixo. Muitas estradas ainda obstruídas ou intransitáveis de tanta destruição. O que um dia foram cidades, o que eles chamavam de subúrbio, conjuntos residenciais, centros de compras, tudo permanecia praticamente deserto. A própria terra assumira o controle nas duas décadas desde a Catástrofe, de modo que o mato crescia espesso e alto, as árvores se espalhavam como ervas daninhas. Acima delas, através delas, a vida selvagem vagava em rebanhos e matilhas, e Fallon imaginou os rios e córregos abaixo ocupados por peixes e patos.

Com a louca missão de erradicar os mágicos, escravizar, os Guerreiros da Pureza haviam feito pouco ou nada para cuidar da terra, para construir. Rapinantes invadiram e deixaram a destruição em seu rastro. O governo parecia focado em reinar, em vencer as batalhas nas principais cidades e também, ela sabia, em conter os que possuíam poderes, pois se recusavam a aceitá-los.

Ela não cometeria os mesmos erros.

Virando para o oeste, observou as colinas, as florestas, os cursos de água, as terras não cultivadas, os campos cobertos de mato e os prédios – casas, vastas áreas comerciais e centros de serviços.

Por duas vezes, fez Laoch descer um pouco para ver mais de perto, quando percebia sinais de ocupação. Uma trilha, algumas casas em bom estado, uma vaca em um cercado.

Marcou os locais mentalmente e continuou a jornada para casa.

Quando aterrissou, Ethan deu um grito. Junto com Max, seu melhor amigo, e uma matilha de cães, foi correndo ao encontro da irmã.

Sob uma touca esfarrapada e desbotada, os cabelos de Ethan estavam úmidos de suor. Os dois meninos cheiravam a cavalos, cães e sujeira. Max, atrevido como o pai, correu em meio aos cães para colocar a mão no pescoço de Laoch.

– Estávamos esperando você – disse Ethan. – Mamãe disse que você voltaria hoje.

– Estamos ajudando papai e Simon com o feno. – Max gesticulou para o campo e a enfardadeira, que sempre precisava de reparos. – Mas eles disseram que a gente podia vir para cá quando víssemos você lá em cima. Sua mãe fez tortas de cereja e a minha vai colher milho doce.

– Vamos fazer um churrasco. – Ethan já havia pegado os alforjes de Fallon. – Porque você voltou.

– Milho doce e tortas de cereja? – Fallon desmontou. – Quando vamos comer?

Como nada os agradaria mais, ela entregou Laoch aos meninos. Eles o refrescariam e cuidariam dele como se fosse um rei.

Fallon arrastou suas sacolas para a cozinha.

Tortas com recheio bem vermelho de cereja, visível através das crostas douradas em forma de treliça, pão fresco e perfumado no ar, embrulhado em um pano no balcão. Flores silvestres em uma jarra, pêssegos amadurecendo em uma tigela, ervas em vasos florescendo no peitoril da janela.

Depois da batalha e do sangue, do trabalho e das preocupações, ali estava o seu lar.

E aquilo, ela percebeu, era o que precisava levar ao mundo, tanto quanto a paz.

Deixou de lado as sacolas, aquilo podia esperar. Abriu a geladeira e encontrou outro jarro. E, agradecida, encheu um copo com a limonada feita pela mãe para se livrar do calor e da sede da viagem.

Travis entrou, quase tão suado quanto Ethan.

– Eu vi você chegando. – Ele pegou um copo. – Tinha um negócio para terminar, mas quis passar aqui antes. Está tudo bem com Colin, com Arlington?

– Ele está bem. A base está segura.

– Não tive a chance de falar com você direito. – Ele bebeu limonada com avidez. – Fizemos bom uso de algumas das coisas que você mandou para cá. Já mobiliamos e estocamos duas casas. A prefeita, o conselho e os comitês estão ajudando as pessoas que querem se instalar aqui. – Ele pegou um pêssego (não totalmente maduro como gostava). – Os funerais aconteceram na semana passada. Foi difícil.

– Eu deveria ter vindo.

– Todo mundo sabia por que você não estava aqui. Vamos fazer um memorial. O conselho votou a favor, já que sempre temos o anual, na manhã do dia 4 de julho, mas vamos fazer um para a colocação das estrelas. Agora que você voltou.

– Ótimo. Muito bem.

– Os últimos feridos receberam alta alguns dias atrás. A maioria já está de volta aos treinamentos. Foi difícil – repetiu ele, falando depressa entre uma e outra mordida no pêssego. – Mas tomar três bases... e, meu Deus, Arlington... e sua transmissão depois? – Balançando a cabeça com satisfação, Travis gesticulou com o pêssego. – Arlys imprimiu, palavra por palavra, e colou na parede. Enfim, o clima por aqui está animado. Na última semana, conseguimos mais catorze recrutas vindos de fora. Mick acabou de enviar a notícia de que conseguiu mais dezoito. Dezoito.

– E Duncan?

– Ele está bem longe, mas Tonia me disse que ele tinha sete, pela última contagem. Ela vai se encontrar com você assim que conseguir escapar. E tem mais: um deles é médico, ou era... um residente quando a Catástrofe chegou.

– São boas notícias, e precisaremos analisar tudo isso. Mas agora...

– Já vou explicar. – Ele levantou as mãos, uma segurando o pêssego comido pela metade. – Primeiro, estávamos um pouco ocupados lidando com os desertores e impedindo que os feridos e os médicos fossem atacados.

– Motivo pelo qual você deveria ter me avisado.

– Ocupados – repetiu ele – e com tudo sob controle. Além disso, no meio de tanta coisa? – Dando de ombros, ele mordeu o pêssego mais uma vez, e a fruta ainda não muito madura quebrou-se como uma maçã. – Mamãe foi... uau, simplesmente uau. Eu nunca tinha visto nossa mãe em plena batalha, sabia? O problema foi que ela fez papai perder a consciência, como se fosse um transe, para poder tratar o ferimento de bala. Aqueles GPs foram para cima para tentar chegar aos serviços móveis e escapar, e mamãe... *Pof! Pof, pow!*

Para demonstrar, ele fechou um punho, depois o outro. E continuou:

– Sério, ela acabou com três deles num piscar de olhos. E, tenho que dizer, Rachel também não é mole, não. Pegou um bisturi, deu uma cotovelada num cara depois cortou o sujeito. E Hannah? – Ele jogou o caroço de pêssego na composteira da cozinha, virou-se para lavar as mãos e continuou: – Você sabe, eu trabalhei com ela no treinamento de combate, autodefesa. Vamos apenas dizer que aquilo não era o melhor lugar para ela, sabe? Ela estava passando de um serviço para o outro quando eles nos atingiram, e eu gritei para ela entrar, se proteger, proteger os feridos. Mas ela foi lá e *pow, pow, pof, bam.* Cara, ela é uma fera quando está encurralada. Chutou o saco deles. Uma feroz chutadora de sacos.

– Hannah?

Fallon sinceramente não conseguia imaginar sua amiga tão amorosa, de coração tão grande, chutando testículos.

– Pode apostar! Não levamos mais que um minuto, no máximo dois, para prender todos. Hannah estava sangrando um pouco. O cara, que deve estar com as bolas ainda cheias de hematomas, conseguiu dar um soco na cara dela. Então Jonah e eu estávamos protegendo os desertores, e mamãe me falou para eu não avisar você, para esperar. Rachel estava examinado Hannah e concordou. Hannah estava feliz, toda animada porque estávamos todos bem e me disse para não contar nada, aí Jonah disse o mesmo. Mamãe me deu aquele olhar. Você sabe, aquele que diz "não se mete comigo", e voltou a cuidar do papai.

Eles eram maioria e tinham razão.

– Talvez. – Com suas palavras e gestos, Travis a levara para o meio dos acontecimentos e assim ela pôde entender a decisão tomada. Ela se recostou no balcão. – Talvez, mas o inimigo não deveria ter conseguido entrar, e essa é uma fraqueza que vamos consertar.

– Eles estavam assustados, Fallon. Todos eles. Mesmo se eu não tivesse visto, e eu vi, dava para sentir. E, poxa, nós vencemos. Preciso voltar, mas seja bem-vinda. Grande festa hoje à noite.

Ele olhou para as tortas.

– Nem pense nisso – disse Fallon.

– Tarde demais, mas não sou burro de despertar a poderosa ira de mamãe.

Ele abriu a porta, mas se virou antes de sair.

– Mas, se precisássemos de você, nem a poderosa ira de mamãe teria me impedido de chamar minha irmã.

Satisfeita, Fallon lavou os dois copos e foi para o quarto desfazer as sacolas de viagem.

Quando Lana chegou em casa, trazendo suprimentos, Fallon pulou do balcão da cozinha, onde havia se instalado para desenhar seus novos mapas.

– Minha filhinha!

Antes que Fallon pudesse pegar as sacolas de pano, Lana as colocou no chão e a abraçou.

– Eu queria estar aqui quando você chegasse, mas Rachel precisava de ajuda na clínica.

– O que aconteceu?

– Não, não, não é nada. – Lana recuou, segurando o rosto de Fallon para observá-la. – É só que as aulas vão começar em breve e eles estão fazendo check-ups em todos. E Rachel queria me mostrar algumas mudanças nos planos para a expansão. Sente aí enquanto eu guardo essas coisas e me conte como está seu irmão.

– Você senta e eu guardo.

Fallon fez com a que mãe se sentasse em um banquinho. Encontrou nas sacolas azeitonas dos Trópicos, óleo da prensa que o pai ajudara a construir, pimenta em grãos, café e um saco de sal.

– Colin está totalmente adaptado – contou Fallon. – As tropas o respeitam, o que é muito importante, mas também gostam dele. Transformamos aquela porra daquele palácio… – Ela se conteve. – Desculpe.

– Acho que já passamos da fase em que eu posso repreender você por falar palavrão.

Mesmo assim, pensou Fallon.

– Aquele QG era um verdadeiro palácio! Tiramos tudo o que era desnecessário.

– E boa parte foi usada aqui e em outros lugares.

– Tinha sete quartos, e transformamos outros cômodos em mais quartos. Alojamos as tropas lá. Mallick terá um quarto também, com uma espécie de salão para a oficina dele. Colin ficou com um quarto só para ele, embora seja pequeno. Está tudo certo. Montamos também outros alojamentos e moradias civis.

Fallon continuou contando em linhas gerais o que vinham realizando enquanto guardava a comida e depois se sentou.

Impressionada, Lana assentiu em aprovação.

– Você está combinando os modelos de Nova Esperança e da nossa cooperativa.

– Eu sei que eles funcionam e sei implementar os dois. Precisamos daquelas estruturas fortificadas em locais como Arlington, principalmente para treinamento e para manter as pessoas em segurança. Quando Mallick voltar para lá…

– Ele não está lá agora?

– Pedi a ele que ajudasse Mick por alguns dias, depois visitasse nossas outras bases antes de vir para cá e me passar todas as informações. Só então ele vai para Arlington. Colin é muito responsável, mãe.

– Eu sei. Mas acho que ele precisa ganhar um pouco de disciplina e vivência com Mallick.

– Confie em mim, ele vai aprender.

– Eu fiquei tão chateada com Mallick quando ele levou você embora... E agora estou dependendo dele para ajudar outro filho meu. A vida é muito estranha e cheia de reviravoltas.

– Eu preciso dele com Colin, mas também preciso do olhar dele para as nossas outras bases.

Lana olhou para os mapas incompletos de Fallon.

– Você escolheu locais para outras?

– Para bases, fortificações e comunidades que eles podem proteger... e algumas que vão precisar se proteger sozinhas. Depois que Duncan tiver a base de Utah totalmente segura e operacional, vamos precisar expandir para lá. O mesmo vai acontecer com Mick no sul. E daqui até Arlington.

Fallon passou o dedo no mapa.

– Existem tantos recursos inexplorados, tanta terra que deveria ser cultivada e colocada em uso... Tantas estradas, muitas delas inutilizáveis... Edifícios que precisam ser demolidos para conseguirmos materiais para construir as bases e comunidades. Muitas pessoas ainda vivem escondidas, saindo só para caçar. Precisamos reunir todas elas.

– Você já deu um bom primeiro passo para isso.

– Não é o suficiente. – Fallon começou a andar de um lado para o outro. – Nem cheguei perto do suficiente. Preciso duplicar nossas tropas de combate, no mínimo, para tomar a capital. Preciso...

Ela parou e se virou para a mãe.

– Não precisamos discutir tudo isso agora. Quero contar como me senti ao entrar nesta sala e ver tortas no balcão, pão fresco e limonada, flores.

Fallon foi até Lana e pegou as mãos dela.

– Isso me lembrou que nem tudo são batalhas, guerras e luta contra a escuridão. Porque existem lugares como este, onde a escuridão é vencida. Onde as pessoas vivem, as crianças vão à escola e os vizinhos fazem churrascos. Eu preciso me lembrar disso. Preciso que você me lembre disso quando eu esquecer o que me levou a tirar a espada do fogo. Às vezes tenho medo de esquecer.

– Não, você não vai esquecer. Mas às vezes tenho medo de que você esqueça de construir uma vida para si. Se não comer tortas, dançar, rir com os amigos e, meu Deus, fizer amor com um homem de quem goste, vai esquecer o que significa viver. Apenas viva, Fallon.

Fallon levou a mão da mãe ao rosto.

– Eu bem que gostaria de um belo pedaço de torta agora.

– Isso foi muito esperto de sua parte.

– Funcionou?

– Ferva água para o chá – decidiu Lana. – Nós duas vamos comer torta.

Depois disso, Fallon festejou com os vizinhos, riu com os amigos, dançou. E simplesmente viveu.

No dia seguinte, Fallon visitou todos que haviam perdido alguém na batalha de Arlington. A dor deles rasgou seu coração, ao mesmo tempo que a força dos enlutados a deixava humilhada. Precisava se lembrar daquilo também. Chegaria o dia em que haveria mortos demais para ela visitar e consolar todas as famílias.

Ela compareceu ao memorial e não escondeu as lágrimas. Quando viu Flynn pendurar a estrela de Lupa, perguntou-se como o coração dele se manteria inteiro.

A pedido de Flynn, Fallon caminhou com ele pela floresta, vagou com ele no silêncio, enquanto Faol Ban caçava nas sombras e Taibhse voava por entre as árvores.

– Eu queria contar uma coisa para você – disse Flynn. – Pensei em ir embora, talvez para Utah, com Duncan. Para algum lugar tão diferente que eu não visse Lupa em todos os lugares por onde ando.

– Aonde você quiser ir...

– Eu estou aqui – disse ele. – Este é o meu lugar. Max, sua mãe, Eddie, Poe, Kim, eles ajudaram a me criar. Ajudaram a construir este lugar. É a minha casa. Eu não tinha mais família, mas eles me deram uma família e esta casa. Eu esperei por você e vou lutar por você. Mas... uma parte de mim morreu com ele. Você entende?

Ela viu o lobo de Flynn deslizar através das sombras como uma fumaça branca, sentiu seu coração bater, conheceu seu espírito.

– Sim, eu compreendo.

– Sua mãe deu a Lupa esses últimos anos. Ela o manteve vivo, com vitalidade, e, quando chegou a hora, ele se foi. Eu sempre serei grato. Ele morreu para me salvar. Vou usar a vida que ele salvou para lutar. Me dê uma missão.

Teria sido o destino, pensou ela, que colocara aquele pedido a seus pés?

– Escolha uma dúzia de soldados, não apenas habilidosos em batalha, mas que entendam o que é necessário para formar uma comunidade segura – disse Fallon. – Você vai precisar explorar e recrutar ao longo do caminho. Do jeito que fez vinte anos atrás, a caminho de Nova Esperança.

– Onde? – foi tudo o que ele perguntou.

– Eu tenho um mapa e vou lhe mostrar aonde você precisa ir. Você vai precisar de cavalos, porque não vai ter como passar de carro por muitas das estradas e porque não vai ter combustível. Planejei tudo isso com meu pai, então, quando você tiver os doze, traga-os até nós. A missão vai levar semanas, Flynn, talvez mais.

– Não tem problema.

– Depois de dar início ao que é preciso, você vai voltar.

Algo mudou dentro dela, um peso foi tirado. Ela se virou para ele e disse:

– Você não vai voltar sozinho.

Antes de enviar homens para uma missão, uma jornada de quase 5 quilômetros, Fallon quis refinar o mapa e dar outra olhada na localização, no terreno e no caminho.

Levou Grace de volta para casa a fim de reunir as coisas de que precisava. Uma hora, pensou, enquanto empacotava o mapa e o material para desenhar mais. Duas, no máximo, se descobrisse a segunda locação na qual já pensara.

Decidiu voar para lá, depois para o segundo. E disparar de volta.

Para isso, precisaria da coruja, do lobo e de Laoch. O que não conseguisse ver, sentir ou ouvir, eles conseguiriam.

Quando saiu para chamar seus companheiros, Tonia surgiu ao lado dela, tendo disparado de algum lugar.

– Eu tive um pressentimento – disse Tonia.

– Sobre?

– Ouvi uma conversa entre ele, Starr e alguns outros. Você vai enviar Flynn para construir outra base. Achei que você daria mais uma olhada em tudo antes de dar o ok.

– Achou certo.

– Eu vou com você. Dois pares de olhos. Quer dizer... – acrescentou ela quando Taibhse pousou no braço de Fallon. O alicórnio trotava com o lobo ao lado. – Mais um par.

– Eu vou a dois lugares: o de Flynn e sua equipe, e a outro que acho que posso usar no futuro.

– Estou pronta. – Tonia pegou o chapéu de aba larga e plana que levava pendurado nas costas por uma tira e colocou-o. – E o problema é que, depois do memorial, eu preciso fazer alguma coisa.

– Sem problema. Vai ser bom ter a sua opinião sobre isso.

Fallon sinalizou para Faol Ban e o lobo pulou agilmente nas costas de Laoch antes de ela montar também. Tonia montou atrás dela.

Quando levantaram voo, Tonia elevou o rosto ao vento.

– Eu nunca me canso disso. Então, qual é o plano?

Fallon soltou Taibhse para que ele pudesse voar.

– O primeiro lugar, onde eu quero que Flynn fique, era uma cidade pequena. Menor que Nova Esperança. No sopé das montanhas, então a terra é montanhosa e áspera. Perto tem um rio, e a ponte está quebrada, intransitável. Algumas terras são arborizadas e outras, embora rochosas, são cultiváveis. E quando eu passei por cima e marquei o local, não vi sinal de gente. Vi algumas casas e prédios, alguns destruídos demais, mas muitos são de pedra ou alvenaria. As ruas são estreitas e há alguns veículos queimados ou abandonados.

– Rapinantes?

– Provavelmente. No momento, só dá para chegar lá a cavalo ou de moto. Ou atravessando o rio... com um pequeno barco ou a nado.

– Então o lugar já tem algumas defesas próprias.

– Isso mesmo. E terra cultivável, floresta para caça, moradia... É afastado, mas fica a menos de 100 quilômetros de Washington.

– Excelente. E o segundo lugar?

– A leste da capital. É uma terra boa, muito plana, mas com alguns pântanos. Vias navegáveis. Rios, baías, enseadas, algumas praias. Cabanas, casas antigas e outras construções. Vi algumas pequenas comunidades, mas com defesas limitadas. Nômades mais que colonos, eu acho. Se escondendo.

– Tudo bem. – Tonia olhou para baixo enquanto voavam. – Tanto espaço. Tantas estradas... Não consigo imaginar como era quando estavam cheias de gente dirigindo para algum lugar. Como aqueles.

– Comboio militar. – Fallon avaliou os três caminhões que seguiam para o leste. – Blindados. Provavelmente levando tropas para Washington.

– Recrutados. É assim que estão fazendo agora. Eles recrutam os fisicamente aptos quando os encontram e caçam pessoas como nós. Não faz nenhum sentido. Se eles unissem forças conosco, em vez de nos caçar, poderíamos enfrentar os Incomuns Sombrios.

– Todas as magias, sombrias ou de luz, são iguais para eles. Nós temos poder. Eles têm medo disso, mas também o desejam.

– Um dos novos recrutas foi capturado no início do ano passado. Estava viajando com um grupo quando foram pegos em uma invasão repentina, cada um foi para um lado. Ele quebrou o tornozelo. Um esquadrão militar o encontrou e escolheu. "Aliste-se ou morra", disseram. Um não mágico, cerca de 16 anos. Quem faz isso, Fallon?

– Eles fazem.

– É, eles fazem. E temos ouvido cada vez mais histórias sobre alguns dos que eles pegam, recrutam e forçam a lutar. Eles trancam a família dos recrutas, fazem muitas ameaças. Enfim, ele se alistou, trataram o tornozelo dele, o colocaram em treinamento. Eles os fazem assistir a uns filmes, sabe? Filmes de ISs matando pessoas e cenas antigas da Catástrofe.

– Lavagem cerebral.

– Com ele não funcionou, mas ele foi inteligente o suficiente para bancar o bom soldado. Na primeira chance que teve, escapou. Um de nossos grupos de exploração o encontrou sozinho, faminto, e o levou para Nova Esperança. Kim estava com eles, disseram que o rapaz estava morrendo de medo, pensei até que fossem levar o menino de volta. Então demos a ele uma escolha.

– Ficar, ser parte da comunidade – disse Fallon –, ou receber suprimentos necessários para seguir em frente.

– Ele ficou.

– Outros vão fazer o mesmo. E precisamos de lugares seguros para eles. Este será um.

# CAPÍTULO 9

Tonia olhou para baixo novamente enquanto voavam, traçando um círculo no ar. Viu o rio, largo e marrom como chá, a terra alta, as ruas estreitas e casas que iam surgindo. Bosques densos cresciam por perto, algumas folhas tingidas com as primeiras cores do outono. Viu a sombra de um coiote de pernas longas enfiar-se de volta no meio das árvores e um pequeno rebanho de veados abrir caminho pelo terreno rochoso e áspero.

– Plantar vai ser um desafio – concluiu Tonia. – Mas assim, eu sou boa em várias coisas, plantar não é uma delas. E você tem razão, algumas defesas naturais podem ser aproveitadas.

Quando elas pousaram, o lobo logo saltou para o chão e começou a explorar a área, enquanto a grande coruja voou em direção às árvores.

– Você viu como a estrada serpenteia? É um zigue-zague. Daqui, a sentinela vai ver qualquer um que tente se aproximar. Aquele prédio é uma igreja antiga? – Fallon desmontou e apontou para uma estrutura desbotada, toda de tijolos, com uma torre alta, cinza e suja pelo tempo e pelo abandono. – O ponto mais alto, perfeito para uma sentinela.

– Uma boa parte da estrada sofreu erosão, principalmente nas áreas mais baixas. – Assim como Fallon, Tonia olhava para a terra procurando os pontos de defesa e ataque. – Acrescente uma barricada. Acesso e cobertura para uma força avançada pela floresta, mas isso pode ser reforçado.

– E os campos são bem abertos. Não tem como alguém atravessar sem ser visto.

Plantar trigo, grãos, pensou Fallon, construir um moinho à beira do rio.

Ela subiu para a igreja. As portas, como a torre, haviam sido brancas um dia. Alguém, muito tempo antes, havia escrito nelas a palavra

CATÁSTROFE. Agora, a desesperada tinta vermelha se desvanecia sobre o cinza.

Dobradiças protestaram com gritos enferrujados quando ela abriu as portas.

Mais cinza. O ar, as paredes, as janelas. Alguém havia tentado, sem muito sucesso, queimar os bancos, mas eles permaneciam de pé, embora deteriorados e carbonizados.

No altar, restos mortais dissecados.

– Não foram os Rapinantes. – A voz de Tonia ecoou no ar almiscarado. – Se tivessem sido eles, estaria tudo destruído.

– Não, não foram os Rapinantes. Ele está aí há muito tempo.

Ela se aproximou e se abriu.

– Um pesadelo, um castigo de Deus, alguns pensaram. Mas o deus de quem? Levou tudo, cada alma, através da doença ou da loucura que a acompanhava. Corvos circulando, fumaça subindo. Ah, os gritos, as terríveis risadas que nenhuma oração poderia superar. Mesmo aqui, neste local de culto, a Catástrofe se arrastou e cravou suas garras. Muitos para enterrar, e o cheiro de carne queimada sobe com a fumaça, sobe até os corvos e me chama. Me chama, me faz promessas, mente. Não há salvação. Apenas a morte.

– Não. – Tonia tocou o braço de Fallon para trazê-la de volta. – Não olhe mais. Isso não ajuda.

– Ele era um de nós, e o poder que surgiu dentro dele o aterrorizou. O que despertou em seu interior o aterrorizou, porque ele queria entender. Tentou queimar a igreja. O fogo é a primeira habilidade que vem para a maioria, mas ele estava com medo e foi o último, o único que sobreviveu. Ele se enforcou de medo e desespero.

– Vamos tirá-lo de lá. Vamos enterrar seus restos.

– Vamos. Não há ninguém aqui e ninguém apareceu desde que ele fez isso. Talvez o que ele fez, ou tentou fazer, antes de tirar a própria vida tenha mantido a escuridão afastada.

Tonia levantou a mão, usou seu poder para abrir uma janela e permitir que o sol entrasse.

– Vamos trazer a luz de volta.

Elas o enterraram no chão pedregoso atrás da igreja e, quando terminaram, desceram até o rio.

– Estou feliz por você ter vindo – disse Fallon.

– Eu quero estar sempre aqui para apoiar você. Não só porque você é a Escolhida, ou porque temos ancestrais em comum, mas porque somos amigas.

– Você e Hannah são as primeiras amigas... meninas... que eu tive. Eu sempre quis uma irmã, mas só vinham irmãos. – Ela se descobriu capaz de sorrir novamente. – Havia algumas meninas em outras fazendas e na aldeia, mas...

– Seus pais precisavam ter cuidado.

– Isso mesmo, então eu nunca me aproximei de outras meninas. Fiquei acostumada demais com garotos, eu acho.

Ela viu uma libélula, iridescente ao sol, mergulhar na superfície do rio, criando ondulações. Em algum lugar nas árvores, um pica-pau martelava freneticamente.

O som ecoava para sempre no vazio.

– Então eu fui morar com Mallick. Mick foi meu primeiro amigo de verdade, de fora da minha família. Hoje, quando olho para trás, não sei o que teria feito sem ele. Sempre estive cercada de meninos.

– Duncan gosta de reclamar que está sempre cercado por meninas. E a gente adora atormentá-lo por isso. Você sabe que pode contar comigo, não sabe? Não apenas na batalha.

– Eu sei. Você e Hannah. Hannah, a Chutadora de Sacos.

Tonia riu e jogou o chapéu para trás.

– Ela está curtindo esse apelido. Que tal nós três pegarmos uma garrafa de vinho hoje à noite, irmos a algum lugar sem garotos por perto e nos divertirmos?

Fallon se abaixou e arrancou uma flor minúscula, amarela como manteiga, da beira do mato. Libélulas, pica-paus, flores silvestres. Havia vida e beleza mesmo no vazio.

– Boa ideia. Vamos fazer isso.

Elas levaram um tempo para explorar mais a cidade, para adicionar detalhes importantes aos mapas de Fallon, antes de seguir para o norte e o leste.

Contornaram Washington, a fumaça e os corvos circulando.

A hora estava chegando, pensou Fallon, quando encontraria as forças ali, todas elas. Viriam do sul, oeste, norte, leste, dez mil soldados fortes.

E quando libertassem os detidos em gaiolas, laboratórios e campos, o exército aumentaria.

– Sua mente está fervendo – comentou Tonia. – Está zumbindo.

– Eles lutam por nada aqui. Não conseguem parar. A cidade está morta, um monte de escombros sobre ossos carbonizados, mas eles não param. Quando tomarmos o lugar, só restarão fantasmas e o anel oco do falso poder.

Ela deixou aquilo para trás, voou para o sul.

– Olha só, alguns acampamentos espalhados pelas colinas. Nada permanente ou estruturado.

– Bons esconderijos – comentou Tonia. – Estradas ruins, e os invernos devem ser difíceis. Um metro de neve, as estradas só seriam transitáveis em um bom cavalo ou com combustível suficiente para dirigir um tanque como o de Chuck, ou um limpa-neve.

– Muita caça, madeira e água – comentou Fallon, circulando a área.

– Muita água... muitos peixes, provavelmente mexilhões, caranguejos, mariscos. Se conseguirmos alguns barcos, teremos frutos do mar.

– Tritões e sereias – apontou Fallon, e observou as belas caudas brilharem enquanto mergulhavam. – Bons guerreiros.

Elas continuaram, passaram sobre um penhasco. Um terreno bom e alto, julgou Fallon.

– Sem energia – observou ela –, mas aquelas cabanas parecem resistentes. Estou vendo uma clareira ali. Vou descer.

O ar brilhava, fresco, limpo e mais frio do que antes. Ela sentiu o cheiro de pinho e água de um riacho, uma pitada de fumaça de um acampamento a alguns quilômetros a oeste.

Caminhou em direção a uma cabana que lembrava aquela onde passara a primeira noite com Mallick a caminho da casa dele.

– Uma cabana de caça, provavelmente, ou um local de férias. De madeira, bem construída. Não tem energia elétrica, mas podemos restaurar.

Ela viu o lampejo vermelho de uma raposa, um cervo correr, pegadas de urso.

– Isso é bem legal. – Tonia deu uma volta. – Eu não sou muito ligada na natureza, mas isso é bem legal.

Fallon fez um gesto em direção à porta, abrindo-a quando Tonia se aproximou.

– Os exploradores a deixaram vazia. Nômades, provavelmente, já que deixaram os móveis mais pesados e não há sinal de que alguém tenha ficado aqui por muito tempo. As cinzas na lareira são antigas e estão frias.

– As outras cabanas por aqui devem estar nas mesmas condições. Sem suprimentos, mas com paredes firmes, teto, lareira para aquecimento. Uma cozinha pequena. – Tonia girou a torneira enferrujada de uma pia rasa. – Sem água corrente, mas podemos dar um jeito nisso também.

– Um banheiro, vaso sanitário e chuveiro. Útil, e mais do que eu tive durante um ano com Mallick.

Tonia ficou boquiaberta.

– É sério? Um *ano*?

– Terrível. Este lugar é melhor do que eu pensava – concluiu ela, enquanto saía, avançando por uma trilha coberta de vegetação para outra cabana. – Isolado, mas estratégico. Podemos colocar o básico em funcionamento, adicionar segurança, sentinelas, comunicações. Limpar parte da terra para um jardim decente, uma estufa, colmeias, fortificar as cabanas e usar uma como arsenal. Talvez colocar aqueles barcos nas vias navegáveis. Podemos disparar ou trazer suprimentos pelo ar. Há muita madeira para construir mais cabanas, para usar como combustível. Vamos ver quantas...

Ela parou de repente, olhou para Tonia.

*Estou ouvindo pessoas*, disse Tonia em sua mente. *Ao norte e ao sul. Umas 35. Espere.*

Não querendo assustar quem ouvisse mas pronta para se defender, Fallon falou:

– Não estamos aqui para ferir ou roubar. Vocês não precisam ter medo, a menos que ataquem. Se vierem para cima, podem ter medo.

– Conversa fiada de duas garotinhas pequenas.

O homem que entrou na clareira fazia João Pequeno parecer baixo. Ele tinha mais de 2 metros de altura, um corpo definido e musculoso, usava botas e um colete de couro manchados e calça jeans puída nos joelhos.

Seu rosto era como ébano esculpido, uma barba preta que ia até o peito, cabelos pretos em uma série irregular de tranças.

E uma flecha encaixada no arco.

Alguns dos que estavam atrás dele seguravam lanças ou arcos de madeira. Um segurava uma espada de uma maneira que indicava que ele não sabia usá-la.

– Qualquer um seria pequeno perto de você – disse Fallon com tranquilidade, mantendo as mãos ao lado do corpo. – Esta terra é sua?

– Estamos sobre ela.

– Nós também. Se é sua a terra, você não fez muito uso dela. Ainda assim, não precisa se defender. Não estamos aqui para lutar.

Ele abriu um sorriso largo, mostrando o espaço onde lhe faltava um dente.

– Por que você lutaria? Vocês estão em menor número. Menina magricela com uma espada grande, é melhor voltar do jeito que você veio antes que a gente tenha que machucar você.

– Quer saber? – Tonia colocou a mão na cintura em um gesto de desafio. – Não gosto de ser ameaçada por passear no bosque. E você? – perguntou ela a Fallon.

– Também não gosto.

Faol Ban veio das árvores, rosnando baixo. Quando o grandalhão girou e puxou o arco, Taibhse desceu e arrancou as flechas com suas garras.

– Se algum de vocês ameaçar o que é meu, vai se arrepender – disse Fallon, e depois falou algo em irlandês aos seus animais. O lobo entrou nas sombras; a coruja se empoleirou em um galho alto. – É assim que você trata estranhos que cruzam o seu caminho?

– Estranhos que tentam pegar o que temos, nos vendem como escravos.

– Não roubamos. E libertamos escravos.

O lábio do homem se curvou sobre o dente que faltava.

– Garotas magricelas com um lobo e uma coruja treinada libertam escravos?

– Algum de vocês tem magia?

O rosto dele endureceu e, apesar da coruja e do lobo, ele tirou outra flecha da aljava.

– Vão embora. Vão enquanto ainda conseguem andar.

Fallon invocou seu poder, apenas o suficiente para obter uma vantagem. Quando ela o fez, quando o homem grande e as pessoas atrás dele recuaram, ela ouviu o choro rápido de um bebê.

Ela se afastou rapidamente.

– Há crianças com você.

Com uma expressão feroz, ele pegou uma lança do homem ao seu lado.

– Você nunca vai levar nossas crianças.

– Ora, pelo amor de todos os deuses. Nós não machucamos crianças e nem as levamos. Espere.

Ela levantou a mão, ondulou o ar entre eles e sacou a espada. Empurrou-a para o alto, encheu-a de luz para que brilhasse prateado.

– Eu sou Fallon Swift. Prometi defender a luz, proteger os inocentes. Eu venho para destruir as trevas, para derrubar todos os que querem prejudicar aqueles que desejam a paz. Com esta espada, vou liderar a batalha junto com aqueles que escolherem me seguir. E vamos destruir todos os que se colocarem contra nós.

– Ela é muito boa nisso também – comentou Tonia. – Vamos lá, pessoal. Vocês nunca ouviram falar na Escolhida?

– Isso é história que contamos para as crianças quando elas não querem dormir.

– Não.

Uma mulher, uma criança segurando sua mão, um bebê no peito preso por uma faixa, abriu caminho.

– Liana, volte!

– Não. Eu disse que não era só uma história. Kilo, por que você não me escuta? – Ela colocou a mão no braço do homem grande, depois se virou para Fallon. – Você é A Escolhida.

– Sou. E vejo a luz em você, seu sangue élfico.

A mulher tinha olhos escuros como a noite. Seu rosto sombrio exibia uma longa cicatriz na face esquerda.

– E em você. – Fallon se agachou até o nível do menino com cabelos densos e macios como uma nuvem negra. – Você me vê? Você vê a luz em mim?

O garoto riu, depois encostou o rosto timidamente na perna da mãe e ficou espiando.

– Ele está com fome.

Ela chamou Laoch. Quando o alicórnio pousou na clareira, as pessoas ofegaram, murmuraram e por fim se aproximaram.

– Não trazemos nenhum perigo, nenhuma ameaça. Tonia, pegue o pêssego no meu alforje.

Tonia levou a fruta para ela, mantendo o olhar tranquilo e inalterado no rosto de Kilo.

– Posso dar a ele? – perguntou Fallon a Liana.

– Sim. Sim, claro. Obrigada. Diga obrigado, Eli.

Ele sussurrou, ainda timidamente agarrado à mãe. Mas estendeu a mão para pegar o pêssego depois que Fallon imitou uma mordida.

Quando ele cravou os dentes na fruta, seus olhos arregalados e o longo *hummm* que ele deixou escapar quando o sumo escorreu pelo queixo fizeram Fallon rir.

– É tudo o que tenho, mas podemos trazer mais.

– Por quê? – perguntou Kilo.

Ainda agachada, Fallon lhe lançou um olhar de pura irritação.

– Porque seu filho não precisa passar fome, seu povo não precisa ter medo. Porque não somos seus inimigos. – Ela se levantou. – Eu vou perguntar de novo: esta terra é de vocês?

– Estamos acampados aqui, até irmos embora para acampar em outro lugar.

– Quantos vocês são?

Quando ele cruzou os braços, Liana suspirou.

– Kilo, se você não confia nela, confie em mim. Eu vejo quem e o que ela é. O que elas são.

– Somos 36 – murmurou ele.

– Oito são crianças – acrescentou Liana. – E uma de nós trará um bebê para o mundo em breve.

– Vocês têm médicos, curandeiros?

– Faço o que posso – respondeu Liana. – Mas não é o suficiente. A grávida precisava descansar, então paramos aqui, faz só algumas horas. Não está vendo o milagre, Kilo? Faz só algumas horas…

– Não tem milagre nenhum.

Fallon levantou um braço e a coruja pousou nele. Faol Ban saiu da floresta para ficar ao seu lado. Ela gesticulou para Laoch.

– Um líder, mesmo teimoso, deve acreditar nos próprios olhos. Você ficaria se tivesse suprimentos, defesas, mais pessoas e armas? Se as cabanas daqui pudessem ser arrumadas e transformadas em moradias?

– Um alvo em movimento é mais difícil de acertar.

– Por quanto tempo você pretende ser um alvo? – retrucou ela. – Por quanto tempo mais você quer que seus filhos sejam alvos? Se vocês ficarem, eu posso, e vou, enviar suprimentos, armas, mais pessoas que possam treinar o seu pessoal para lutar, ensinar a plantar, pescar, construir uma comunidade, e uma com segurança. Leite – disse ela a Liana. – Frutas, verduras, cobertores, roupas.

– O que você quer por tudo isso que vai trazer? – questionou Kilo.

– Um exército. A guerra está chegando. Eu vou formar esse exército, com ou sem vocês. Vou trazer suprimentos, quer você fique ou não, porque seu pessoal precisa deles. Não importa sua decisão, vou construir aqui, neste lugar, porque serve à minha causa. E se você ficar, ou mesmo se for embora, eu vou lutar por você. Ela lutará por você – disse Fallon, colocando a mão no ombro de Tonia. – O exército que criarmos lutará por você.

– Resumindo: ou lidere, ou siga, ou saia do caminho – disse Tonia, dando de ombros.

Quando ele deu um sorriso sarcástico, Tonia avançou e deu um soquinho no peito dele, que era duro como um muro.

– Deixa eu te dizer mais uma coisa, imbecil.

– Tonia...

– Chega, foda-se a diplomacia. Meninas magrelas porra nenhuma. Aquela magricela ali liderou esta magricela aqui e um exército de pessoas que não são grandes, não são paredões de pedra, para Arlington e venceu.

– Até parece – foi a resposta de Kilo, enquanto outros resmungavam e murmuravam.

Mas alguém abriu caminho entre o grupo e se aproximou delas. O sujeito também tinha cicatrizes e mancava, apoiando-se em um cajado, mas a mão que tocou Fallon no braço tinha força.

– Arlington? Eles levaram minha irmã. Me deixaram para morrer e a levaram. Os GPs a levaram para Arlington.

– Quando?

– Encontramos Sam no inverno passado – explicou Liana. – Ele estava gravemente ferido. Achamos que não sobreviveria.

– Mas vocês não o deixaram para trás. Vocês o ajudaram.

– Talvez o grandão não seja um completo idiota – murmurou Tonia.

– Sua irmã foi levada? Ela tem magia?

– Não. Por favor, ela se chama Aggie. Agnes Haver. Por favor, eles a levaram.

– Se ela estava lá, foi libertada. Nós libertamos todos os escravos. Vou encontrar sua irmã, promover o encontro de vocês. Eu tenho os nomes de todos. Nós tomamos Arlington – disse ela a Kilo. – E mais de sessenta que lutaram comigo morreram para libertar pessoas como a irmã dele. Lutaram e morreram para conquistar um lugar de tormentos e crueldade, transformar aquele lugar e trazer a luz. Não desonre os mortos. Se você é capaz de fazer isso, não é digno de liderar nem de nos seguir. Então, pode sair do caminho.

Ela deu um passo para trás e atraiu seus animais.

– Vou enviar suprimentos e, se Aggie estava em Arlington, vou trazê-la.

Ela assentiu para Tonia e as duas dispararam.

– O homem é um gigante – comentou Tonia no minuto em que se viram atrás da casa de Fallon. – E um completo imbecil.

– Mesmo assim, ele manteve mais de trinta pessoas vivas, inclusive crianças, e quando se deparou com um estranho já quase morto não passou por cima. De um jeito ou de outro, o local funciona. Vamos começar a construí-lo muito mais cedo do que eu pensava. É preciso seguir os sinais quando eles batem no meio da nossa cara.

– Quem você pensa em enviar para lá?

– Poe e Kim. Os filhos deles têm idade suficiente para ir, ou para ficar no quartel por algumas semanas. Ou meses, dependendo. Poe e Kim são fortes, espertos, experientes e não aceitam nenhum desaforo.

– Tem razão. Além disso, Poe... – Tonia deu um sorriso malicioso. – Ele não é um gigante esquisito como aquele Kilo, mas, cara, é muito musculoso e aguenta qualquer tranco. Isso impõe respeito nos imbecis. E o cérebro lógico de Kim dá conta do resto. Vou conversar com eles.

– Se eles não quiserem ir... – começou Fallon.

– Eu sinto que vão querer. É exatamente o tipo de desafio que eles aceitariam.

Fallon achava o mesmo e, como a conexão de Tonia com o casal era muito antiga, decidiu deixar a abordagem para a amiga.

– Precisamos enviar um curandeiro e pelo menos doze especialistas em luta e construção – disse Fallon. – Três para ajudar a estabelecer plantações, uma estufa.

– Vou falar com minha mãe. Ela vai saber quem pode ir.

– Não precisa ser todos de Nova Esperança. Eu posso buscar gente de outras bases. Mas, sim, pergunte a Lana quem ela acha que seria melhor nesse tipo de situação. Preciso procurar na lista de nomes e ver se encontro Agnes Haver.

– Você vai encontrar. Confie nos sinais. Que viagem, Fallon. Obrigada pela carona.

O sol poente ardia vermelho através das árvores quando Fallon voltou à clareira. Dessa vez, ela levou outros quatro mágicos, uma escrava liberta-da e suprimentos.

Kilo estava sentado junto a uma fogueira. Ele se levantou com uma lança na mão.

Não falou nada quando Sam soltou um grito e foi correndo abraçar a irmã.

– Aggie! Meu bom Deus, Aggie!

– Você está vivo! Pensei que tivessem matado você. Sam. Sam.

– Ela precisa se sentar, beber alguma água – disse Fallon. – Mesmo com o tônico, os não mágicos podem ficar um pouco tontos e trêmulos quando disparam.

– Leve sua irmã para a cabana, Sam – disse Liana, que também se levantara. – Vamos cuidar dela lá dentro.

Com lágrimas escorrendo, Sam se virou para Fallon.

– Eu vou lutar por você.

– Cuide de sua irmã por enquanto.

Kilo observou-os ajudar Aggie a entrar na cabana.

– Você mantém sua palavra.

– Sempre. Trouxe alguns suprimentos básicos e uma curandeira. Magda também é uma soldada habilidosa. Você tem três outros soldados qualificados. Buck pode ajudar você a construir uma estufa e plantar, se você optar por ficar. Carolyn e Fritz podem ajudar a começar a fortificar seus abrigos. Mais pessoas virão, mas vão levar alguns dias, provavelmente duas semanas para chegar aqui.

– Eles não podem simplesmente...? – perguntou ele, estalando os dedos.

Fallon sorriu.

– Poe e Kim estarão no comando. Eles sobreviveram à Catástrofe, são guerreiros ferozes e ajudaram a construir uma comunidade. Vão construir outra aqui. Os filhos deles virão também. São bons soldados. Jovens, mas bons soldados. Eles ajudarão a treinar quem ficar. Estão trazendo cavalos, uma vaca leiteira, galinhas e mais remédios. Kim também é especialista em ervas.

Ela olhou em volta.

– Não sei se vocês já têm isso, mas com o tempo terão professores, tecelões, fazendeiros, técnicos e pescadores. Até que possam se sustentar por si mesmos, traremos o que for preciso. E, com a nossa ajuda, em vez de ser o alvo, você será a flecha.

Liana chegou à porta da cabana.

– A curandeira pode vir aqui? A bolsa de Kara arrebentou. Já ajudei a fazer partos antes, mas...

– Estou indo. – Magda bateu na maleta que carregava. – Uma nova vida. Essa é a melhor parte do trabalho. Bênçãos de luz sobre você, Fallon.

– E sobre você, e sobre a nova vida que ajudará a trazer. Carolyn, por que não pega alguns cobertores e um pouco de chá e mel? Onde você gostaria que colocássemos o resto?

– O resto? – perguntou Kilo.

– Pão, manteiga, queijo, ovos, alguns grãos, legumes e outros alimentos. Também trouxemos mais cobertores, meias, blusas, alguns utensílios de cozinha, facas, espadas e flechas. O básico – disse Fallon. – Por enquanto, você pode escolher uma das cabanas para guardar alimentos, outra para os demais suprimentos e uma terceira para armas.

– Você traz tudo isso, diz que a gente deve aceitar, mesmo que não lutemos por você?

– Lutar é uma escolha. Comida, abrigo e roupas são necessários para a vida. Quanto às armas, se você decidir não lutar, elas ficam conosco, mas o resto você pode pegar o que puder carregar.

– Se ficarmos, se lutarmos, esta terra vai ser nossa? Vai ser o nosso lugar? Você vai nos ajudar a construir e defender?

– Isso mesmo.

Ele se aproximou mais e estendeu a mão enorme.

– Combinado.

Ela ajudou a organizar os suprimentos, ficou para uma refeição de ensopado com alguns dos legumes e ervas que trouxera.

Reconhecendo o sotaque do senhor ao seu lado, conversou com ele em espanhol enquanto comiam.

Quando ofereceu vinho, a garrafa passou de mão em mão ao redor do fogo. Supôs que os copos que trouxera só seriam usados mais tarde.

Quando o choro de um recém-nascido soou na cabana, a garrafa circulou mais uma vez.

Liana apareceu à porta e gritou:

– Uma menina! Uma menina linda e saudável! Ela será chamada Saol, em homenagem à luz.

– Luz para a vida – murmurou Fallon, em seguida pegou a garrafa que Kilo lhe passou e a ergueu em um brinde. – A uma nova vida. À luz que há nela.

E bebeu.

# CAPÍTULO 10

Com o outono carregando ventos frios, Fallon viajou para as duas bases emergentes. Quando necessário, levava suprimentos, pessoal, projetos de Nova Esperança, de Arlington, até mesmo do local que Mick havia chamado de "A Praia".

Com Poe, Kim e o pessoal de Kilo, ela montou o lugar que denominou de Vista da Baía. Com Flynn e Starr, Vista da Floresta. Quando o final de outubro foi se aproximando, Fallon tinha bases rodeando Washington por três lados e planejava abrir a quarta.

– Floresta de Rock Creek. – Ela mostrou o lugar ao pai no mapa.

– Perto e sem o rio como um limite natural. Se o pessoal de Washington souber que você está se movendo para lá...

– Tem que ser uma operação secreta. É um lugar arborizado, grande parte é desabitada. A maioria dos que escaparam da capital foi para lá. Teremos o que caçar, um bom riacho e casas próximas. Está vendo isto aqui? Era uma escola, um campus de bom tamanho, e seus prédios continuam praticamente intactos.

– Você já foi lá?

– Mais de uma vez. Estrategicamente, é feito sob medida para uma base de reconhecimento. Aqui? – Ela moveu o dedo sobre o mapa. – Uma cidade pequena, deserta, desperdiçada, faz fronteira com Washington. Vamos deixar essa cidade quieta por enquanto, mas depois será útil.

– Depois que tomarmos a capital.

Fallon não ouviu um *se tomarmos*, não de seu pai.

– Certo. Thomas tem quase 150 em seu acampamento agora, o abrigo das fadas tem mais de sessenta, o dos metamorfos quase o mesmo. Eu perguntei quantos poderiam dispensar e somamos cem. Cem – repetiu ela – pessoas habilidosas em se misturar às florestas, que vão viver dentro da mata em Rock Creek. Ninguém se move mais rápido que um elfo, e metamorfos e fadas não ficam muito trás.

– Quando estivermos prontos, atacaremos de todas as direções.

– Todas.

Ela pegou seu mapa da capital e repassou com seu pai as táticas, os momentos propícios, os movimentos das tropas.

Fez uma pausa e respirou fundo.

– E com as forças de Duncan, menos aquelas que ficarão para defender Utah, as de Troy e as forças de Nova Esperança, atacaremos aqui.

Simon olhou para a filha quando ela apontou um dedo para o mapa.

– Meu Deus, Fallon, pelo meio? Pela Pennsylvania Avenue?

– Nós dispararemos. Cinco mil soldados.

Ele teve que se sentar.

– Você pode fazer isso? Cinco mil?

Ela sorriu.

– Vai demandar muito tônico para os NMs, mas, sim, consigo. Cinco mil dentro das linhas, outros cinco mil furando as linhas de todas as direções.

– Nós teremos mais soldados do que eles quando você adicionar as forças de resistência que estiverem se formado dentro ou ao redor da cidade. – Enquanto calculava, Simon se levantou e começou a andar de um lado para o outro da cozinha. – Ainda assim, é o território deles, as estruturas, as estradas... Eles têm tanques e veículos blindados e acesso a algumas armas pesadas. Mas...

Ele parou, deu um suspiro e continuou:

– Um ataque-surpresa coordenado? É audacioso, querida. Pode funcionar.

– Precisamos que funcione. Vamos precisar de mais de dez mil para tomar Nova York, para tomar o Oeste, para atravessar oceanos. A tomada de Arlington aumentou nossos números e nossos ativos. É inspirador. Tomar Washington, a capital do país, e derrotar a sede de um governo que caça seu próprio povo e paga recompensas para quem sequestra crianças só porque são diferentes? Isso é um golpe bem no coração do inimigo.

– Quando?

– Temos muita coisa a fazer, porém... Embora esteja mais longe do que eu esperava, eu acho que podemos fazer. Arlington mudou tudo. Dia 2 de janeiro.

Entendendo, ele assentiu.

– O dia em que o primeiro morreu. O dia em que o pai de Katie morreu da Catástrofe.

– E o dia em que fui concebida. Magias começaram a sua ascensão, tanto as de luz quanto as sombrias. Outro símbolo, eu acho.

Ela sabia disso em sua cabeça, em suas entranhas, em seu sangue.

– Dois de janeiro.

Duncan realizou o ritual de Samhain – era preciso respeitar ritos e tradições – mas não obrigou todos os habitantes a participar, era algo opcional. Também era preciso respeitar que parte da base, e muitos dos NMs nela, não queria clamar a deuses e ancestrais mortos.

Mas quando ele lançou o círculo, acendeu as velas, levou comida e flores ao altar, ficou surpreso ao ver quantos saíram para participar ou para assistir.

Ele concluiu que, como ele, as pessoas também perceberam que um bando de 83 em uma base no deserto poderia usar toda ajuda que pudesse obter.

Então Duncan disse as palavras, chamou os elementos, deixou o poder passar através dele, sair dele. Pensou em seus avós, no pai que não conhecera, no homem que havia atuado – muito brevemente – como um pai para ele. Em Denzel, que tinha sido um irmão. Em Marly e Len, em todos os que haviam perecido na luta.

O vento soprou e se agitou naquele vasto espaço, as vozes se ergueram, como se fossem colinas, na direção de um céu vermelho como sangue, derramado pelo sol poente.

E ele a sentiu, pela primeira vez em semanas ele a sentiu no sopro e na agitação, ouviu-a em meio ao levantar de vozes. Ela também teria lançado o círculo, acendido as velas, levado a comida e as flores. Assim como conhecia os próprios pensamentos, ele sabia que ela também pensaria no pai que jamais conhecera, nos perdidos, nos caídos.

Por um momento, ele se viu quase dolorosamente ligado a ela, como se estivesse agarrando a sua mão. Naquele instante quase doloroso, eles se juntaram em oração e propósito.

E então ela se foi.

Por hábito, ele patrulhou a base após o anoitecer. Os 82 que estavam com ele sabiam quais eram suas tarefas, mas ele patrulhava porque isso o mantinha ocupado e mantinha os soldados sempre alertas. Ele tinha sentinelas armadas que trocavam de turno de seis em seis horas, havia transformado a base malcuidada dos GPs em uma base segura e fortificada, autossustentável, com jardins, gado, energia eólica e solar, uma cabana de suprimentos, um arsenal, enfermaria e tropas disciplinadas.

Alguns ainda inexperientes, pensou, mas as horas de treinamento, as atividades de exploração, limpeza, culinária e treinamento os havia deixado mais preparados.

Ainda assim, alguns deles eram novatos, e ele precisaria de todos, maduros, bem maduros, até o segundo dia de janeiro.

Ele ouvira isso no vento. Ela provavelmente lhe enviaria uma mensagem, embora tivesse certeza de que Fallon também o sentira de maneira tão tangível quanto ele a sentira. Mas Fallon enviaria uma mensagem, de um jeito ou de outro, e ele prepararia aqueles soldados para o ataque à capital.

Ainda não havia um número suficiente, e isso o preocupava. Nem todos os que eles haviam libertado permaneceram. Grande parte, mas não todos, e as explorações só lhe trouxeram mais alguns.

Ele sabia que havia mais, sentia isso. Observando. Esperando pelo que nem ele sabia o que era.

Inquieto, nervoso, levemente irritado por razões que não conseguia identificar, Duncan pegou sua moto. Seguiria por alguns quilômetros, daria a si mesmo um tempo sozinho, deixaria o vento e a velocidade afastarem seu mau humor.

Atravessou um posto de controle e acelerou a moto na estrada longa e plana. Desde o início, ele havia gostado das paisagens, aromas e sons do Oeste. Os desfiladeiros que ecoavam, os rios velozes com suas corredeiras selvagens, o brilho puro das estrelas. Mas, naquela noite, ele sentia saudades de casa, dos campos, florestas, montanhas, família e amigos. Tudo o que lhe era familiar.

No tempo que passara trabalhando com Mallick, ele conseguia roubar uma ou duas horas de vez em quando para disparar para casa. Mas ali, no comando, não podia se dar a esse luxo.

O domo agrícola acabara de começar a dar frutos. Coiotes e gatos selvagens significavam a necessidade de vigilância constante do gado. Explorar sozinho era um trabalho cansativo.

Ele sabia que não devia sair assim, mas, meu Deus, precisava muito de um passeio.

Duncan precisava dar início ao treinamento corpo a corpo. Tomar a capital significaria lutas na rua, lutas feias e sangrentas. Ele se perguntou se poderia encontrar uma maneira de evocar a ilusão de ruas, prédios e escombros. Ajudaria se ele tivesse uma ideia clara de como era a cidade. Com certeza não se pareceria mais com o que havia nas antigas fotos e DVDs.

Pensativo, ele quase deixou passar aquele brilho de poder na atmosfera. Mas seu instinto entrou em ação. Diminuiu a velocidade da moto e ficou atento.

Observando, pensou. Esperando.

Bem, que se dane.

Ele parou a moto e desceu. Colocou a mão no punho da espada.

– Se você precisar de ajuda, eu posso oferecer. Se você quiser lutar, estou às ordens. Seja como for, tenha colhões e apareça.

– Não estou interessada em ter colhões. – Ela saiu do meio da escuridão, montada em um cavalo forte e musculoso, como se tivesse aberto uma cortina. – Mas não tenho problema em tirar os de um homem, se necessário.

– Eu acho que vou ficar com os meus.

Devia ter pouco menos de 30 anos, pensou ele, e tão bonita que lhe deu vontade de desenhar aquelas maçãs do rosto saltadas, os olhos profundos, a longa trança preta que chegava até a cintura. Ela carregava um arco e aljava e montava o cavalo sem sela.

– Eu posso deixar você ficar com as bolas e apenas pegar a moto.

– Não.

Duncan sentiu o movimento atrás dele, invocou seu poder de volta, ouviu o som da respiração interrompida.

– Bons reflexos – disse ela. – Mas péssimo cérebro para vir tão longe sem companhia.

Outra dúzia de cavaleiros atravessou a cortina para flanqueá-la. Com um estalar de dedos, ele tinha a espada na mão, colocando uma linha de fogo entre eles.

A maioria dos cavalos se assustou, mas não o dela. Ela e sua montaria permaneceram firmes.

– A sua vida vale uma moto? – perguntou ela.

– A sua vale? – Ele começou a examinar os rostos, parou em um, o de uma garota de uns 15 anos. – Você estava com os GPs. Eles fizeram de você uma escrava. Kerry… não… Sherry. Eles a machucaram. Eles a caçaram. – Ele olhou de volta para a líder. – Eles a marcaram e… fizeram coisas ainda piores. Ela é uma das suas?

– Ela cavalga conosco.

– Então você sabe que nós não a machucamos e que acertamos as contas com quem o fez. Nossos médicos a trataram, mas ela pegou um cavalo, fugiu do acampamento antes do amanhecer. Nós procuramos por você – disse ele à garota – para ajudar, para dar suprimentos se você quisesse partir, mas não conseguimos encontrar seu rastro.

– Por que ela ficaria com você? Você poderia ter feito o mesmo que os outros.

Irritado, o olhar de Duncan voltou para a líder.

– Você sabe que não é assim. Que tipo de idiotice é essa? É assim que você trata as pessoas que resgatam outros dos GPs?

Ela o estudou, ereta sobre o cavalo, como uma das flechas em sua aljava.

– Você não matou todos eles. Por quê?

– Os que não matamos se entregaram ou deixaram de ser uma ameaça. Agora, estão na prisão.

– Onde?

– No Leste. Eles não vão machucar você de novo – disse ele à garota.

– Por que você se importa? Ela não é uma de vocês.

– Você não me parece ser nenhuma idiota – retrucou ele – mas essa é uma pergunta estúpida e ignorante.

As sobrancelhas dela se arquearam sobre aqueles intensos olhos escuros.

– Seus ancestrais massacraram os meus, roubaram nossas terras, trouxeram doenças e fome.

– Talvez. A família da minha mãe veio da Escócia. Os ingleses massacraram nosso povo, roubaram nossas terras, queimaram nossas casas. Mas se um inglês estiver pronto para lutar comigo contra os GPs, os ISs e o resto desses filhos da puta, não dou a mínima para o que seus ancestrais fizeram com os meus. Isto é o agora.

Ele olhou de novo para a garota e continuou:

– Estou feliz que você esteja bem e, pelo que parece, estará segura com ela.

– Pelo que você luta? – perguntou a líder. – Por quem você luta?

Duncan resmungou "Merda" quando sentiu a visão tomar conta dele. Resignado, deixou-se levar.

Ele levantou a espada e disparou um raio de luz no céu antes que ela ardesse em fogo.

Dessa vez, o cavalo da moça tremeu e ela o controlou com um murmúrio, um aperto de joelhos.

– Eu sou Duncan dos MacLeods, filho dos Tuatha de Danann. Eu sou a espada que corta a escuridão, irmão da flecha que a perfura. Eu tenho o mesmo sangue que A Escolhida e estou comprometido com ela. Eu luto com ela, luto por ela. Minha luz para a vida. Minha vida por ela e por todos que lutam ao lado dela contra a escuridão.

Abaixando a espada, ele passou a mão ao longo da lâmina para apagar a chama.

– Entendeu?

Ela desmontou, caminhou até o muro baixo de chamas.

– Então, Duncan dos MacLeods, você é exatamente quem eu estava procurando. – Ela estendeu a mão. – Eu sou Meda da Primeira Tribo. Lutaremos com você. Nós lutaremos com A Escolhida.

Mais uma vez ele confiou no instinto. Deixou as chamas entre eles morrerem, apertou a mão dela.

– Bem-vinda à guerra.

Fallon o sentira, e isso a deixou inquieta. Sentiu a angústia de Duncan quando perderam a ligação. Uma espécie de luto pela intimidade que ela não estava preparada para ter.

Assim como ele, ela se sentiu inquieta depois do ritual. Ansiava, como fizera todos os anos desde que ele viera até ela, que seu pai biológico aparecesse novamente. Mas sabia que não seria assim.

Ainda não.

Ela inventou desculpas e escapuliu das festividades da cidade, das fogueiras, das abóboras esculpidas, das guloseimas feitas para crianças fantasiadas e da música nos jardins.

Disse a si mesma que precisava voltar para seus mapas, seus planos, refinar todas as táticas de batalha. Mas sabia que estava mentindo, estava tentando se enganar.

Havia chegado a hora, ela pensou, de fazer mais do que planejar. Hora de ver, hora de ser, hora de dar o próximo passo.

Arriscado, mas valeria a pena, decidiu. Primeiro, ela olharia no cristal, observaria se o caminho estava livre.

Em casa, acendeu a vela que Mallick lhe dera quando era criança. No silêncio, com apenas aquela luz, ela colocou as mãos no cristal.

– Abra agora e desanuvie para mim. Deixe-me ver o que preciso ver.

Nuvens rolaram, um vento soprou para separá-las. Em seguida, cores, formas, espaço.

– Mais – insistiu, deslizando a mão direita, observando, observando, antes de deslizar a esquerda. Puxando para cima, esperando, estudando, e puxando para baixo.

Passou quase uma hora com o cristal, mais uma vez, desenhando um mapa detalhado até que, satisfeita, foi ao seu armário.

Lá dentro, ela guardava o Livro dos Feitiços, poções, encantos, ferramentas. Embora no dia em que ela se tornara A Escolhida, todos os feitiços do livro passassem a viver dentro dela, Fallon considerou aquele importante o suficiente para que fosse melhor conferir.

Passou a mão sobre o livro para que ele se abrisse para o feitiço em sua mente. Com o cuidado e a precisão que aprendera com a mãe e com Mallick, reuniu o que precisava. Fazendo flutuar um pequeno caldeirão sobre a mesa e acendendo o fogo, ela acrescentou ingredientes, mediu outros e disse as palavras.

Ali o poder corria através dela, quente e líquido. Ali ela verteu o líquido, enquanto o feitiço se fundia com uma batida pulsante, enquanto uma torre de fumaça azul-clara subia, fina e reta como uma agulha.

Apagou o fogo, esfriou o caldeirão, colocou o que havia criado dentro de uma algibeira.

– Vai dar certo – disse ela em voz alta, amarrando a algibeira no cinto.

Mais uma vez, ela verificou o cristal. Concentrou-se.

É hora, ela pensou novamente. Era hora.

– Para lá vou partir, os poderes a fluir, através de você, em você, se trespassa a vidraça. Através de você, em você, vencendo escudos, negros e brancos, soltando qualquer aldraba, dou início a essa jornada. Leve-me para onde eu tudo veja. Assim é meu desejo, que assim seja.

Enquanto dizia as últimas palavras, enquanto estava dispensando seu poder, Tonia e Hannah entraram em seu quarto.

– Mas que... – exclamou Tonia.

Então a força louca que Fallon desencadeou envolveu as três.

– Merda – Tonia terminou a frase quando o puxão se soltou e as largou. – Mas o que...

Ela parou e caiu, enquanto Hannah deslizava sem forças até o chão.

– Droga. Fiquem paradas, fiquem quietas – ordenou Fallon. – Eu já volto.

Em um estalo do vento, ela desapareceu. Dez segundos depois, enquanto Tonia dava uns tapinhas no rosto pálido de Hannah, Fallon voltou de repente.

– Ela está com frio. Meu Deus. Isso não foi uma simples disparada. Foi diferente, e muito mais.

– Precisamos acordar Hannah, você tem que dar este tônico a ela. Todinho. Depressa.

Fallon empurrou a pequena garrafa para Tonia e pôs uma das mãos no coração de Hannah, outra na testa.

Quando os cílios de Hannah tremeram, quando ela gemeu, Fallon ordenou:

– Faça com que ela beba.

Hannah engoliu por reflexo, engasgou-se um pouco, cuspiu e depois acordou.

– Mas que diabos aconteceu?

– Eu puxei vocês comigo, através do cristal. É mais forte que um disparo e vocês não estavam preparadas.

E Hannah ainda não está bem, percebeu Fallon, quando as pupilas da amiga transformaram seus olhos em luas escuras.

– Fique abaixada por mais um minuto. Eu não poderia arriscar um disparo – prosseguiu Fallon. – Eles teriam escudos conjurados por ISs ou por mágicos que forçaram ou coagiram. Eu precisava passar por eles sem emitir alertas ou deixar rastros.

Ela se sentou sobre os calcanhares.

– Teremos que esperar que isso funcione para vocês duas.

Enquanto ajudava Hannah a se sentar e mantinha um braço em volta dela, Tonia olhou ao redor da sala.

– Meu Deus. Nós estamos onde eu acho que estamos?

– Na Casa Branca. Salão Oval.

– No agora?

– No agora mesmo. Eles perderam o Capitólio, mas fortificaram e protegeram a Casa Branca. Estão administrando quase tudo daqui, segundo as informações que Chuck conseguiu.

– Onde está aquele desgraçado do Hargrove?

– Na Residência Executiva. Eles têm facilmente mil guardas militares e civis dentro e ao redor do prédio, pelo que vi através do cristal. Construíram uma base militar no que eu acho que costumava ser o Roseiral. Tudo magicamente protegido. Por fora, pelo menos.

Tonia parou de olhar para tudo boquiaberta e se virou para Fallon.

– E nós estamos dentro.

– Exatamente.

– Vamos capturar Hargrove?

– Não dessa vez. Não vamos deixar vestígios – disse Fallon antes que Tonia pudesse discutir. – Antes de capturar Hargrove e tomar Washington, vamos conhecer seus movimentos, seus planos, seus números e, se a deusa brilhar, a localização de todos os seus centros de contenção. Eu conjurei aparelhos de escuta.

– Grampos. Estou bem. – Hannah afastou Tonia. – Talvez ainda esteja um pouco tonta, mas bem. Grampos – repetiu ela. – Eles não fazem varreduras de rotina pra isso?

– Mas não vão encontrar estes. Escolhi o que sinto que são os locais mais estratégicos, começando por aqui.

– A porra do Salão Oval – disse Hannah, espantada. – Parece mais uma sala do trono do que um escritório de trabalho.

Tonta ou não, pensou Fallon, a observação de Hannah atingira o alvo. Ela se virou e olhou para as luxuosas cortinas douradas – material suficiente para fazer roupas e cobertores para uma dúzia de pessoas –, o tapete com o selo presidencial para um homem que não havia sido eleito. Todos os móveis de madeira polida e lustrosa, muita seda. Os quadros em molduras ornamentadas.

Não havia nada diferente da acumulação de beleza e luxo que encontrara em Arlington. Apenas mais do mesmo, e para o ego e a ambição de apenas um homem.

Ele não ficaria ali, prometeu a si mesma. Não depois do dia 2 de janeiro.

– Seremos rápidas e silenciosas. Se tiver algum problema, qualquer um, Tonia, você dispara de volta com Hannah.

– Nós não vamos deixar você aqui – respondeu Hannah.

– Vou voltar pelo caminho que viemos, pelo cristal. A ideia é que eu leve nós três, se possível. Não podemos arriscar o 2 de janeiro.

– Estou vendo câmeras – apontou Tonia. – Eles têm segurança aqui.

– Eu cuidei disso – garantiu Fallon. – Vamos nos focar em uma área de cada vez. Plantamos o dispositivo, vamos para o próximo.

Ela abriu a algibeira e tirou uma folha longa e fina.

Tonia a olhou e disse:

– É sério?

– Ele mantém duas plantas, está vendo ali? Flanqueando aquela porta.

Ela foi até uma das plantas e deslizou o dispositivo entre as folhas. Enquanto ela dizia as palavras, o grampo se encaixou.

– Bom. Muito bom. Que idioma era aquele?

– Aramaico antigo. É uma tamareira. – Fallon deu de ombros. – Ela se encaixa e a planta ajuda a protegê-la das varreduras, e é improvável que eles consigam quebrar um feitiço selado em aramaico.

Hannah olhou mais de perto.

– É orgânico.

– Isso também ajuda. Vai captar o que quer que seja dito nesta sala. Se eu fiz tudo certo, Chuck pode nos ouvir.

– Ele vai ter um orgasmo – decidiu Tonia. – Onde vai ser o próximo?

– Era chamada de Sala de Gerenciamento de Crises. Agora, eles chamam de Sala de Guerra. – Fallon pegou um pedaço de madeira entalhada pintada em ouro. – Há um retrato pintado de Hargrove na parede dos fundos, emoldurado.

– Qual seria o idioma para isso? – Hannah se perguntou.

– Hargrove é o nome de um lugar em inglês antigo, então…

– Vamos canalizar Chaucer.

– Essa é a ideia. Se conseguirmos apenas esses dois, já será excelente. Tenho outro, para o escritório do chefe de gabinete, algo para a Residência, se possível, outro para a cozinha.

– A cozinha?

– Fofocas da equipe. Eles ouvem coisas e fofocam. – *Estamos demorando muito*, pensou Fallon. *Tempo demais.* – Vocês devem disparar de volta enquanto eu coloco o próximo.

– Não apenas não vamos abandonar você, como não vamos deixar toda a diversão só para Fallon, não é, Hannah?

A poção havia devolvido a cor às bochechas dela. Agora seus olhos brilhavam.

– Estou dentro.

– Se você me ensinasse o feitiço, poderíamos nos separar, cobrir mais terreno em menos tempo.

– Não, vamos ficar juntas, plantar o que pudermos com o mínimo de movimento possível. Quanto mais movimento, maior a chance de acionar algum alarme que eu não tenha visto, ou dar de cara com um guarda. Depois nós disparamos. Vai ser um pouco difícil para você, Hannah, mas não posso me arriscar e deixar você aqui até terminarmos.

– Eu aguento.

– Vai ter que aguentar.

Fallon pegou a mão de Hannah e concordou.

Vinte minutos depois, Hannah sentou-se pesadamente na cama de Fallon. Depois, relaxou e se deitou.

– Estou bem. Um pouco trêmula. E foi incrível. Tudo. Estive dentro da Casa Branca e ajudei a plantar grampos mágicos. Podemos beber um monte de vinho agora?

– Foi por isso que viemos pra cá e não pra casa – lembrou Tonia. – Fallon, eu sei que você provavelmente quer contar tudo isso para Chuck, mas o fato é que Hargrove, e quem quer que esteja dividindo a cama dele, já foi se deitar para dormir e os outros locais que grampeamos estavam vazios e trancados. Eles protegem até a cozinha à noite. Vamos tomar alguma coisa para brindar as garotas furtivas que se infiltraram na maldita Casa Branca.

Tonia tinha razão, admitiu Fallon.

– Ok. Explicar tudo para Chuck assim que acordarmos amanhã já será bom o bastante. – Ela liderou o caminho para sua própria sala de guerra, pegou uma garrafa de vinho da despensa e alguns copos. – Parece que não tem ninguém em casa.

– Não deve ter – disse Hannah. – Seus pais estavam indo para a nossa casa, muita gente foi. Sua mãe disse que devíamos vir aqui, convencer você a não trabalhar hoje à noite.

Dando uma risada, Tonia pegou a garrafa e serviu a todas generosamente.

– Não conseguimos, não foi? É sempre assim quando você vai a algum lugar através do cristal?

– Não. Geralmente é mais como deslizar para dentro de uma piscina. Uma piscina muito profunda. Mas com o que aconteceu, eu precisei de um impulso maior para atravessar as barreiras.

– Definitivamente, um grande impulso – comentou Hannah, bebendo um bom gole de vinho.

– Seus olhos reviraram, depois... – Sorrindo com ironia, Tonia fez uma curva lenta com a mão. – Na verdade, até quando desmaia você é graciosa. É irritante.

– É classe. Muita classe. – Desabando em uma cadeira, Hannah suspirou, tomou mais um gole de vinho. – Eu nunca fiz nada parecido com o que fizemos esta noite. É emocionante.

– Você já esteve em batalhas – disse Fallon. – Tratando feridos. E chutando o saco dos GPs.

– É diferente. Você não pensa, apenas age. Você faz o que você foi treinada para fazer. Mas isso? Você tem que pensar, a cada segundo, no que está fazendo, no que está ao seu redor, em vez de como parar o sangramento ou grudar um osso. E as mágicas. Estou por perto delas o tempo todo, claro, mas nunca estive *dentro* dela, não tão, você sabe, não tão intimamente. É o único momento, além das vezes que assisto ao que os curandeiros podem fazer, que eu desejo possuir um pouco disso.

– Você é médica – disse Tonia. – Salva vidas, alivia a dor, essa é a sua magia. E é incrível.

– Eu vi você – comentou Fallon com doçura. – Na noite em que Petra atacou, quando aqueles malditos pais dela atacaram. Eu vi você lá embaixo, cobrindo alguém com seu próprio corpo. Você é uma médica e uma guerreira.

– Uma guerreira chutadora de bolas – acrescentou Tonia.

– Eu não tinha uma espada comigo. Mas obrigada. Enfim, eu não quis dizer que sinto inveja. Bem, talvez eu tenha tido alguns momentos de inveja quando éramos crianças…

– Mamãe! Olha ela! Tonia está fazendo o filhotinho do cachorro voar de novo.

Hannah revirou os olhos.

– Eu tinha 6 anos.

– Sete.

– Tanto faz. E você não tinha nada que fazer o filhote voar.

– Ele gostava.

– Isso é o que você acha. Enfim. – Hannah exagerou a palavra enquanto gesticulava com o copo. – Como uma NM, posso dizer que sei que a magia é divertida, poderosa e importante. Mas também é uma responsabilidade pesada. Estou feliz por não ter que carregá-la. Vocês duas nasceram para isso. Eu acho… não, eu tenho certeza… que nasci para ser médica. Às vezes, penso em minha mãe biológica. Imagino que você pense em Max algumas vezes, Fallon.

– Sim. Pensei nele hoje à noite.

– Como Duncan e Tonia pensam no pai deles. Talvez hoje à noite, em especial. Quando eu penso nela, tenho certeza de que seu destino era sobreviver tempo suficiente para me trazer ao mundo. Deve ter sido terrível para ela, para todos eles, mas ela sobreviveu até que eu pudesse viver. E mamãe estava lá, bem ali, Rachel e Jonah, os dois bem ali, e acredito que tinha que ser assim.

Tonia estendeu a mão para apertar a da irmã.

– Tinha que ser assim.

– De fato. Eles nunca teriam deixado um bebê indefeso para trás, mas fizeram mais. Mamãe fez muito mais. Ela me fez dela, e não apenas me manteve viva, mas me amou. Ela me deu uma vida, e eu tenho que usar essa vida para salvar outras pessoas. Estamos todas aqui para isso.

Hannah pegou a garrafa e serviu outra rodada.

– E hoje à noite? Nós, furtivamente, mandamos ver.

– Ela fala muito quando bebe – comentou Tonia.

– Já percebi isso.

– Eu falo mesmo – concordou Hannah. – Mas, que merda, você *viu* tudo aquilo? No escritório, na… como se chamava?… Residência Executiva? Quem raios esses merdas pensam que são? Vivendo como príncipes enquanto pessoas, tantas pessoas, ainda lutam para alimentar seus filhos?

– E Hannah Desbocada lança a palavra merda aos quatro ventos.

– Bem, que todos eles se fodam!

– Vamos providenciar isso, ora se vamos – Fallon assegurou a ela, gostando da Hannah Desbocada.

– Boa. Você acha que tem alguma pizza? A gente podia comer pizza e falar sobre homens.

– Tipo como Justin olha para você com cara de cachorro pidão.

Hannah lançou um olhar frio para a irmã.

– Ele ainda é um menino. Eu disse homens. Não como Garrett, que ainda olha com olhos de cachorrinho para você, mas mais como Roland, que eu vi você beijando há algumas noites.

– Esqueça Roland. Ele beija desengonçado. Eu não gosto de beijos desengonçados. A gente podia conversar sobre todos os caras que olham com cara de cachorrinho para Fallon.

– Para mim? – O sorriso malicioso que começara enquanto ouvia as irmãs se transformou em choque. – Como assim?

– Eu poderia citar meia dúzia de pessoas que a engoliriam como se fosse o sorvete colorido de Fredinha.

– Isso é ridículo, e eu não tenho tempo para isso de qualquer forma. – Mas agora ela se perguntava. – Nós temos pizza. – Ela se levantou, pegou a garrafa e a levou. – Vamos subir e comer. Nós merecemos.

Fallon parou na base da escada.

– Talvez você deva me fazer uma lista desses caras.

Tonia riu, passando um braço em volta dos ombros de Fallon.

– Vai ser bem longa.

# BATALHA E SANGUE

Já não brame da guerra a voz de bronze.

– John Milton

# CAPÍTULO 11

Fallon já esperava levar uma reprimenda dos pais por conta de sua missão de implantar grampos na Casa Branca. Só não esperava que as broncas viessem de todas as direções.

– Vocês poderiam ter sido pegas, ou coisa pior. E a gente não ia nem saber onde vocês estavam, ou o que aconteceu.

– Mas não fomos pegas – respondeu Fallon para a mãe. – Eu tomei cuidado.

– Um dos cuidados – retrucou Simon – foi não nos contar?

Ela esperava apelar para ele como soldado, mas naquele momento ele era apenas um pai.

– Tinha que ser feito. Eu estava preparada. Tomei cuidado.

– Tanto cuidado que acabou levando Tonia e Hannah com você.

Talvez sua mãe tivesse razão nesse ponto, mas…

– Elas entraram bem na hora. Eu me adaptei. E as informações que vamos obter são inestimáveis.

– Assim como você. Não apenas para mim e seu pai. Para todos.

Fallon se perguntou como seus pais conseguiam esquecer os anos de treinamento, seu bizarro destino, e fazer com que ela se sentisse como uma criança de 8 anos levando bronca.

– Eu fiz o que sabia que precisava ser feito para tomar Washington e minimizar o número de vítimas. Ainda vou fazer outras coisas que vão deixar vocês dois preocupados e incomodados. Vocês precisam confiar em mim.

– Confiança é uma via de mão dupla, Fallon. Você fez o que achou que tinha que fazer, mas não confiou em nós. – Simon manteve o olhar firme na filha e pousou a mão no ombro da esposa. Uma frente unida. – Nós não merecemos isso.

Aquilo já tinha sido ruim o suficiente, mas ela teve que sofrer a mesma reação de quase todos os Primeiros de Nova Esperança: o olhar triste de Fredinha, a sensação de afronta de Arlys, a raiva de Katie – ok, com razão – por ter as duas filhas envolvidas sem seu conhecimento.

Até mesmo a reação extremamente negativa de Chuck.

– Você sabe que existe uma maneira infalível de baixar o moral e prejudicar uma força adversária? Qualquer videogame... e, bem, a história também, prova isso. É só tirar o cabeça, o líder. Você arriscou isso, menina.

– Por Deus, você também? Meus pais estão chateados comigo e eu ainda levei a maior bronca do Will. Imaginei que pelo menos você estaria do meu lado.

– Todo mundo está do seu lado. Lembre-se disso da próxima vez.

Ele olhou para ela. O nerd de cabelos platinados com mechas roxas e uma minúscula barbicha a fez perceber que não apenas os pais podiam fazer alguém se sentir uma idiota de 8 anos.

E foi a gota d'água.

– Quer saber? Eu já aguentei o suficiente dessa *droga* por hoje. – Ela jogou as mãos para cima, o jorro de sua ira fazendo luzes estalarem na ponta dos dedos. – Não fui eu quem trouxe a Catástrofe, não pedi para ser a droga da salvadora do mundo e nem passar a vida lutando, mas essa é a realidade. É assim que esse mundo nojento e insuportável funciona. Então, quando eu faço uma operação de alto risco com uma alta recompensa, não gosto de ser tratada como uma criança que perdeu o toque de recolher só porque deixei de avisar a toda essa gente chata. Eu *sou* a líder e a cabeça é minha.

Ela chutou uma cadeira porque estava ali. O móvel levitou uns 30 centímetros, tremeu e caiu com um baque.

– E é assim que as coisas são.

Chuck não disse nada até terminar de beber um pouco do suco de manga com *ginger ale* do qual tinha virado o maior apreciador.

– Está se sentindo melhor?

– Nem um pouco.

– Que pena. Essa é a situação que eu mais detesto. Ser colocado na posição de ter que pensar e agir como um adulto durão.

– Então não faça isso!

– Ops. Estou do outro lado agora e, já que estou, vou dizer que você pode fazer um pouco de *mea culpa* para suavizar isso, ou pode ir voar naquele seu cavalo enorme até seu nariz sangrar de tanta altitude. Você ficou com o peso da liderança, bem, é uma merda para você, mas um líder que não respeita seus liderados não recebe muito respeito em troca.

– Droga. – Ela queria chutar a cadeira de novo, mas já estava se sentindo uma idiota. – Eu respeito você, todos eles, principalmente os Primeiros. Respeito muito. E não tinha muita certeza de que conseguiria fazer até que funcionou, então precisei agir, não convocar uma reunião. E... – Ela pensou nas palavras do pai. – Uma via de mão dupla.

Talvez ela chutasse a cadeira de novo.

– Você não está errada.

– Então quando eu... O quê?

– Você não está errada – repetiu Chuck, bebendo mais suco. – Nós também não estamos. Um pouco daqui, um pouco dali. Além disso, eu já usei toda a minha cota de comportamento adulto da semana. Quero dar uma olhada nisso.

Ele girou o corpo para a estação de trabalho e esfregou as mãos em ansiedade. Eddie entrou.

– Aí vem mais um – resmungou Fallon.

– Já acabamos a surra. – Chuck pensou melhor. – Não quis que isso soasse... estranho.

– Então eu vou apenas concordar com o que foi dito. – Eddie deu a Fallon um tapinha leve na cabeça antes de se virar para Chuck. – Já pegou alguma coisa?

– Estou prestes a começar a tentar fazer exatamente isso.

– Antes de você começar, Fredinha está trabalhando em uma coisa. – Ele levantou um frasco selado cheio de um líquido escuro. – Queria que você experimentasse.

– Pode deixar. O que temos aqui?

– Me diga você.

Quando Eddie abriu o frasco, ouviu um assobio, bolhas subiram. Quando ele derramou um pouco em um copo, o ar acima dele brilhava.

Chuck o pegou, cheirou.

– Não pode ser. – Ele olhou para Eddie com uma expressão que Fallon considerou ser de uma esperança desesperada. – Não pode ser. Pode?

Ele tomou um pequeno gole de teste. Fechou os olhos e choramingou um pouco antes de tomar outro gole maior.

– É um milagre. Um verdadeiro milagre.

Levantando-se, ele dançou, rebolando e sacudindo os ombros.

– Que raios é isso?

– Prove o milagre!

Curiosa, Fallon pegou o copo e tomou um gole.

– Hum, é bom. – Forte, doce, diferente de tudo que ela já provara. A bebida provocou uma acelerada em sua mente. – O que é isso?

– A versão de Fredinha para Coca-Cola – respondeu Eddie, com um sorriso. – Ela está trabalhando nisso desde que conseguimos formar os Trópicos. Sua mãe ajudou um pouco e eu tenho experimentado. Acho que conseguimos.

– É melhor, ainda melhor que a Coca-Cola clássica. Ah, quanto tempo! Volte aqui pro papai. – Ele pegou o copo e bebeu de novo. Dançou de novo. – Melhor ainda. É CCF. Coca-Cola da Fredinha.

– Eu gostei.

Chuck olhou para o frasco.

– Posso ficar com isso?

– É todo seu, cara.

– Sinto lágrimas chegando. Vou dizer uma coisa para vocês: armado com a CCF, eu vou botar para quebrar neste trabalho aqui. – Ele esvaziou o copo. – Uau, é melhor ir devagar.

Chuck se ajeitou na cadeira e esfregou as mãos mais uma vez antes de começar a trabalhar nos teclados.

– Esses códigos que você escreveu, quão precisos eles são? – perguntou Chuck a Fallon.

– O máximo possível. Não é o meu maior ponto forte, mas sei que são bons.

– Vamos começar com o Salão Oval. Ou seja, se você procura alguma coisa, vá direto ao ouro.

Ela esperou enquanto ele digitava códigos, remexia, fazia coisas que ela jamais entendera. Através dos alto-falantes não veio nada além de um constante zumbido eletrônico.

– Acho que estou vendo o problema. Só mais um segundo.

Ele ajustou o código duas vezes, e o zumbido se transformou em uma espécie de estrondo.

– Grampos mágicos. O que é esse mesmo?

– Folha.

– Hum. Bisbilhoteiros orgânicos. Esses troços aí me deixam meio puto. Dê um pouco de impulso aí, cara. Só um pouquinho. Vou me conectar com as mágicas, está entendendo?

– Talvez.

Fallon se aproximou. O estrondo se tornou uma explosão.

– Afaste-se... foi demais. Apenas, tipo, um toque.

– Ok.

De explosão a chiado, de chiado a murmúrio.

– Consegui. Consegui. Pode diminuir um pouco. Aqui vamos nós.

*Já cansei dessa merda, Carter.*

*Senhor presidente... Comandante... se eu pudesse...*

*Eu falei que cansei disso. Estamos gastando muitos recursos por muito pouco. Quero resultados e recebo desculpas e demandas por mais recursos.*

*Mas se o senhor cortar nossos recursos, retirar mais pessoal do projeto MUNA, será o mesmo que nos desativar. Já estamos reduzidos até o osso.*

*Essa é a ideia, Carter.*

*Senhor, o que aprendemos e podemos aprender, o progresso que fizemos e vamos fazer, é essencial para controlar a ameaça dos Incomuns. Nossa pesquisa...*

*Não produziu resultados tangíveis em mais de vinte malditos anos. Os assim chamados líderes que estavam sentados a esta mesa desperdiçaram anos em seus debates, negociações, comprometendo-se com* cientistas *como você. Uns fracotes, todos eles. Covardes e fracos. Eu dei uma chance a você, Carter, contrariando a lógica.*

*Se o senhor achar possível...*

*Estou sentado nesta cadeira porque eu tenho coragem!* A voz de Hargrove aumentou. *Estou cansado de perder tempo, cansado de mimar aquelas aberrações da natureza. Nossos recursos e pessoal serão mais bem utilizados erradicando a ameaça de uma vez por todas. Contenção, pesquisa, experimentação? Para quê? Para que esses monstros possam continuar se reproduzindo, atacando nossas cidades, nosso povo?*

*Sem nosso trabalho, sem ciência, nunca entenderemos o fenômeno.*

*Foda-se a sua ciência de merda e foda-se o fenômeno. É hora de acabar com eles.*

*Comandante Hargrove, senhor, temos mais de duzentos espécimes só em nossas instalações aqui e acreditamos que estamos perto de criar um soro capaz de esterilizar os Incomuns, impedindo-os de se reproduzir.*

*Você disse isso seis meses atrás.*

*Estamos mais perto. Só mais alguns meses.*

*Vou dar mais dois. Se você não conseguir, Carter, não vou apenas diminuir seus recursos, mas vou acabar com o que você está fazendo e neutralizar os seus espécimes junto com os das outras instalações. Cada um desses malditos.*

*Sim, senhor. Obrigado, senhor.*

*Ciência é a puta que pariu. Debra!*

Uma voz fraca respondeu: *Sim, comandante Hargrove.*

*Entre em contato com aquele idiota do Pruitt e diga que eu quero um relatório sobre o progresso das nossas negociações com White e os GPs até o final do dia. E se ele continuar me enrolando, é melhor se lembrar bem do que aconteceu com o idiota que ele substituiu. Vou dar uma olhada nos campos de treinamento, ter uma conversa para animar as tropas. Envie minha segurança. Agora!*

Fallon ouviu um movimento, portas se abrindo. Sim, fechaduras sendo abertas. Som de tiros, ordens berradas antes que as portas se fechassem e fossem trancadas novamente. E silêncio.

– Santo Deus! – Chuck soltou um longo suspiro. – Como diabos eles o colocaram no comando?

– Medo – respondeu Fallon. – Medo de nós, medo de outra praga, medo do poder.

– Talvez, pode até ser, mas a maioria das pessoas não é como ele. – Eddie esfregou o rosto porque parecia entorpecido. – Não como ele e White, não a maioria. Ele está falando sobre esterilizar pessoas. Está falando de genocídio.

– Nós não somos pessoas para ele. Somos aberrações.

– Meus filhos – disse Eddie. – E os filhos de tantas outras pessoas. Eles não vão tolerar isso.

– Eles precisam saber sobre isso primeiro, e saberão. – *As broncas que se fodam*, pensou Fallon. Ela conseguira aquilo de que precisavam. – Ele deu a Carter, aquele torturador, dois meses. O que ele não sabe é que isso é tudo o que ele tem. Ele nunca vai tocar nos seus filhos, Eddie.

– Pode apostar que não.

– Continue monitorando, Chuck, todos os dispositivos. Ele está pensando em se ligar aos GPs. Vamos querer saber como ele vai se sair. Sabemos que eles têm mais de duzentos mágicos presos na casa Branca. E deve haver mais em outros locais.

Ela olhou para a frente e continuou:

– Dois meses e, juro por tudo o que eu sou, vamos acabar com eles.

Dezembro trouxe a primeira neve e a preparação para o Yule, o Natal e o Ano-Novo. E a batalha que estava por vir. Nova Esperança pendurou suas guirlandas, queimou suas toras, decorou suas árvores, trocou presentes. E treinou incansavelmente.

Na brilhante tarde da véspera de Natal, Fallon se encontrou com Arlys depois de sua transmissão semanal.

– Foi boa – afirmou Fallon. – Esperançosa e forte.

– Se não pudermos ter esperança no Natal, quando teremos? Chuck, posso usar a sala?

– Pode, claro. Tenho algumas compras de Natal para terminar. Hargrove está de férias – acrescentou. – Ele está organizando festas chiques para personagens-chave de sua maldita ditadura. Não há muita coisa acontecendo de qualquer maneira, mas estamos monitorando.

– Deixe que ele coma, beba e se divirta – decretou Fallon. – O tempo dele está quase acabando.

Quando Chuck saiu, Arlys se levantou para caminhar pelo porão.

– Chuck tocou gravações de alguns trechos importantes que eu perdi. Você já sabe que Hargrove sente que está perto de um acordo com White.

– Ele não vai finalizar esse acordo antes de atacarmos, então isso não vai ajudar em nada.

– Ele também planeja assassinar White depois do acordo. Vai alegar que foi um de nós e ainda vai dar um bode expiatório para a execução.

– Isso não vai acontecer.

Arlys continuou a andar de um lado para o outro, pegou um dos bonecos de Chuck, depois o recolocou no lugar.

– O governo mentiu durante a Catástrofe, e logo depois dela também. Mas acredito, preciso acreditar, que eles mentiram em uma tentativa equivocada e até presunçosa de controlar o pânico. O que está acontecendo agora é diferente. Hargrove é um psicopata e tão obcecado quanto Jeremiah White.

Ela apontou para o monitor e Fallon leu tanto tristeza quanto confusão em seu rosto.

– Eu entendo por que não posso transmitir nada do que descobrimos através dos grampos, mas isso me lembra o passado, Fallon. Isso me leva de volta a quando eu estava sentada à mesa do âncora em Nova York, sabendo que estava mentindo para qualquer um que estivesse escutando.

– Você não está mentindo agora. Depois que tomarmos Washington você poderá transmitir tudo.

– Eu entendo as razões. Até concordo com elas. Meu Theo, meu menino, está indo para a guerra.

Arlys pressionou a mão nos lábios e acenou para Fallon não se aproximar quando ela deu um passo em sua direção.

– Estou aterrorizada. Eu conheço Will, sei que ele vai cuidar de Theo da melhor maneira que puder, mas meu filho, meu coração, vai para a guerra, e estou aterrorizada. O mais velho de Rachel também.

– Eu sei. Acabei de falar com ela. Eu estava vindo falar com você antes mesmo que você me pedisse para vir. Eu não tenho filhos, mas sei como é para você. Vejo isso na minha mãe e sei que é a coisa mais difícil que pode haver.

– Eu acredito em você. Acreditei em você antes de você nascer, quando eu vi através da Lana. Eu acredito em você. – Ela soltou um suspiro. – Eu sei por que Theo está indo. Eu sei por que não posso transmitir os horrores que Hargrove perpetua, os horrores que ele planeja. Mas posso transmitir o que nós fizermos em relação a isso. Quero que você me incorpore quando atacarmos a capital.

– Você pode transmitir a partir daqui... – começou Fallon.

– Ouvindo o relato de outros, quando alguém for capaz de me dizer alguma coisa, qualquer coisa. Não é bom o suficiente – disse Arlys, com firmeza na voz. – Eu vou, e vou dizer às pessoas, mostrar o que conseguir, enquanto estiver acontecendo. Vou mostrar a eles, quando você entrar no centro de contenção, o que Hargrove e seu governo desgraçado fizeram. Vou mostrar você, Fallon. Vou mostrar A Escolhida a todos eles. Para a maioria das pessoas, ver é crer. Você precisa disso, e eu tenho esse direito.

– Você conversou com Will a esse respeito? – Ao ver o olhar frio de Arlys, Fallon revirou os olhos. – Não por ele ser homem. Porque ele é seu companheiro e é um comandante.

– Sim, conversamos. Ele não teve um único argumento que superasse o meu. Você também não tem.

– Não, não tenho. Você é amiga da minha mãe. Eu acredito em você. Eu acreditei em você antes de conhecê-la, porque a vi através dela. Mas você não pode levar o Chuck.

– Eu compreendo. Ele não vai gostar, mas sabe que é essencial aqui. Eu quero mais uma coisa.

– O quê?

– Quero entrevistar Hargrove depois que você o capturar. Sei que você o quer vivo e, se ele estiver vivo no final disso tudo, quero uma entrevista.

– Essa é fácil.

Quando saiu, Fallon ficou parada à luz do sol de inverno, olhando para os bonecos de neve que as crianças haviam construído nos pátios dianteiros e laterais, para as guirlandas alegres nas janelas ou portas. Menorás artesanais adornavam algumas janelas. Não havia aulas, e ela ouviu gritinhos de alegria vindos de perto, enquanto as pessoas passeavam em trenós ou jogavam bolas de neve.

Ela se virou quando uma daquelas bolas de neve atingiu o meio de suas costas.

E quase se abalou quando viu Duncan bater a neve das mãos enquanto vinha até ela.

– Só um covarde atira pelas costas.

– Ou um oportunista – retrucou ele. – Era bom demais para eu perder.

– Eu não sabia que você estava aqui.

– Só por algumas horas. Você parece bem. Já faz um bom tempo.

– Um bom tempo.

– Eu estava indo para a sua casa, mas Hannah disse que você estava na cidade. Vamos dar uma volta.

Ela entrou no mesmo ritmo que ele. Ele parecia... mais durão. Mais desenvolvido.

– Conseguiu todas as informações?

– Consegui, hoje de manhã. Estou ansioso para acabar com os planos deles. As meninas corajosas grampearam a Casa Branca. Que pena que eu perdi essa.

– Tinha que ser feito.

– Claro. – Enquanto Fallon deixava alguma satisfação tomar conta dela, ele prosseguiu: – Pena que você não pensou nisso antes. Conseguimos recrutar com base em boatos... quer dizer, estamos encarando como boatos... de que Hargrove e White estão tentando fazer um acordo.

– Se isso aí se espalhar...

– Não somos idiotas, Fallon. Estamos dizendo que conseguimos isso de um GP capturado.

– Seus números aumentaram com sua aliança com a Primeira Tribo, com Meda.

– Mais do que números. Eu nunca vi ninguém que pudesse cavalgar ou lutar como a Primeira Tribo. – Suas palavras poderiam ter sido ditas sem muita atenção, mas a admiração brilhou em seus olhos. – Eles estão nos ajudando a treinar. Tínhamos alguns soldados que mal conseguiam se equilibrar em cima de um cavalo até o mês passado. Agora, estão cavalgando igual aos caubóis.

– Você tem 442 agora.

– Na verdade, 503. Adicionamos mais alguns nos últimos dias. Achei melhor contar a você pessoalmente.

– É um bom número, ainda mais para um local remoto. – Ela parou para observá-lo. – Como?

– Meda consegue enviar a mensagem para mais pessoas da Primeira Tribo. Tenho olheiros, inclusive eu mesmo, viajando ou disparando para onde ouvimos dizer que há algum assentamento. Vou te dizer, desde que conseguimos passar adiante os rumores, os recrutas começaram a chegar. Podemos ter mais, alguns já prontos e capazes de lutar, antes do dia 2.

Eles caminharam em direção aos jardins.

Ele havia se barbeado, pensou, para a visita à família. E cheirava a limpeza, como a neve. O sol do deserto dera à sua pele uma cor dourada agradável e deixara seus olhos ainda mais verdes.

– Você está pronto para voltar? Para Nova Esperança?

Ele olhou para a neve, as estufas, o parquinho. A árvore memorial. E percebeu que estavam quase no mesmo local onde Petra havia matado seu melhor amigo.

– Depois de Washington. Sim. Já estou longe há tempo suficiente.

– Você ajudou a construir o exército que tomará a capital.

– É verdade. Vou ajudar a construir mais daqui mesmo e dedicar algum tempo à minha família. Se eu precisar estar em outro lugar, irei a esse lugar. Mas é hora de voltar, por enquanto.

– Sua família sente sua falta.

– Eu sinto falta deles. Sinto falta de Nova Esperança. O deserto... é um lugar incrível, mas sinto falta de casa. Mas não é só por isso que vou voltar. Quando fui embora, eu falei que voltaria para você.

Fallon balançou a cabeça. Não se afastou; seria um ato covarde.

– Não consigo pensar em nada além do dia 2 de janeiro. Dez mil dependem de mim para levá-los à batalha. E de você, Duncan, para liderá-los.

– E vamos levá-los. Depois, você e eu... – Ele tirou pedaços de neve do ombro dela. – Vamos ter que lidar com isso.

– Você fala como se fosse uma tarefa árdua.

– Eu não sei o que é. – Ele pegou o braço dela antes que ela se virasse. – Não sei, mas está dentro de mim desde a primeira vez que sonhei com você. Estou começando a pensar que isso começou com meu primeiro sopro de ar. Eu quero você, e quanto a todas as outras que um dia eu quis? Elas são como fumaça, facilmente removíveis. Não parece muito correto, mas é assim. É você.

Ela entendeu aquele desejo, porque também o sentia.

– Você sabe quanto da minha vida foi projetado não apenas no meu primeiro suspiro, mas séculos, milênios atrás? Você consegue entender que eu também preciso resistir para ter quem eu quero?

– Claro, porque eu sinto exatamente o mesmo. É por isso que estamos conversando.

Ela não se opôs quando ele a pegou pelos ombros, puxou-a, levou sua boca à dele. Ela queria, queria sentir mais uma vez o que sentira na noite em que ele se fora. Aquele calor, aquela elevação.

Mas quando ele a puxou para perto e apenas a segurou até o calor se amornar, ela ficou abalada, e só passou muito tempo depois que ele se afastou.

– Então. – Ele colocou as mãos nos bolsos. – Eu tenho as coordenadas para o dia 2. Estamos estudando com cuidado os mapas que você enviou. Como estamos longe demais, vamos ter que disparar todos os 503 soldados e ainda duzentos cavalos. Já começamos a preparar os NM e os cavalos.

Mais fácil, pensou ela, menos complicado falar sobre batalhas.

– Você está confiante de que consegue disparar tantos assim?

– É a única maneira de chegar lá, então, sim, estou confiante. Vou precisar de um sinal seu, diretamente para mim, não através de um elfo. Você está planejando atacar ao amanhecer, então estaremos prontos para ir duas horas antes do amanhecer. Mas preciso do sinal. – Os olhos dele, mais verdes e firmes, a prenderam. – Direto de você, Fallon.

– Você vai ter. Nós vamos vencer essa, Duncan, porque precisamos vencer.

– É um bom plano. Muito ousado, e é disso que precisamos. Você escolheu bem seus comandantes de base. Eu me incluo nisso – acrescentou ele, com um sorriso malicioso que surgiu e logo desapareceu. – Todos sabem liderar, sabem o que está em jogo. Quando vencermos, porque, sim, precisamos vencer, quem sabe quantos ISs vamos derrubar junto com aquela milícia que eles chamam de governo? Quem sabe quantos mágicos vamos libertar das prisões?

– Eles têm duzentos nas instalações da Casa Branca.

– Eles... o quê?

– Isso é informação dos postos de escuta. Os cientistas que trabalham para Hargrove estão tentando criar um soro que esterilize mágicos.

– Caramba.

– Hargrove deu a eles um prazo. Se não conseguirem, ele quer que todos os Incomuns sejam exterminados.

Ele sentiu o corpo se endurecer e arder.

– Qual é o prazo? Há quanto tempo essa conversa aconteceu?

– Um dia depois de plantarmos os grampos. Ele deu um prazo de dois meses.

– Você sabe disso há semanas? – Seus olhos pareciam fogo quando ele se enfureceu. – Você sabia que esse maldito prazo coincide com o ataque? E não me contou, nem a nenhum de seus comandantes? Quem você pensa que é?

– A Escolhida.

– Não vem com essa. – Ele se afastou, depois voltou. – Você não tinha esse direito.

Aquela raiva, aquela tempestade sopraram sobre ela, sopraram através dela, mas Fallon se manteve firme.

– Talvez não. Talvez não tivesse o direito, mas eu precisava fazer isso. Se eu contasse a você e aos outros o que eles estão tentando fazer, se eu revelasse que ficamos sabendo apenas alguns dias atrás que eles estão engravidando à força mulheres que possuem magia para estudá-las através da gestação, para estudar os bebês nascidos, que eles já fizeram experimentos em recém-nascidos, quantos deixariam as fileiras e agiriam por conta própria antes de estarmos prontos, antes de podermos vencer?

Aquelas palavras o deixaram enjoado, ela podia ler no rosto dele, e fizeram o estômago de Fallon tremer.

E ele a encarou com desprezo.

– Você é uma pessoa muito fria, não é?

– Não sou, não. – A voz dela falhou, assim como o muro de forças que havia construído com tanto esforço. – Não sou. Bebês. Quantos? Não sei. Eu não sabia que eles tinham bebês mágicos bem na Casa Branca, ali onde já existiu uma pista de boliche, um cinema. Eles têm laboratórios e gaiolas agora, e eu não sabia. Fiquei acima deles naquela noite e não percebi.

Ela cobriu o rosto com as mãos.

– Se eu tivesse visto, não poderia fazer nada. Eu teria que deixar todos ali porque, mesmo que pudesse salvar alguns, de alguma forma o resto estaria perdido.

– Ok. Está bem.

– Não, não está *nada* bem. – Dessa vez, ela se enfureceu. – Não está nada bem. Mas é necessário. Agora que eu sei, ouço bebês chorando. Eu os ouço enquanto durmo. Você acha que consigo dormir?

– Pare. – Ele pegou os ombros dela mais uma vez, um aperto firme que se suavizou quando passou as mãos pelos braços e pelas costas dela. – Pare, agora mesmo.

– Eu quero enfiar a espada no peito deles. – Ela o agarrou, seus dedos se cravando nos braços dele. – De Washington a Nova York, de oceano a oceano, e pelos oceanos de todos os cantos do mundo. E juro que vou fazer isso, juro pela minha vida que cortarei o coração deles e o da besta que os usa como brinquedos.

– Não sozinha, Fallon.

– Não, não, meu Deus, eu não quero fazer isso sozinha. Mas eu me conheço bem, e sei bem o que a raiva que sinto pode desencadear quando está sem controle. Eu também conheço a sua. Juro para você, juro, temos que atacar no dia 2. Nem um dia antes. É um círculo em muitos, Duncan. Não é o primeiro, não é o último, mas um em muitos.

– Eu acredito em você. – Como Fallon tremia, ele colocou as mãos no rosto dela, manteve os olhos nos dela. – Eu acredito em você. Mas é aqui que você está errada. Eu disse que você escolheu bem os seus comandantes, e é verdade. Todos nós teríamos argumentado por um ataque mais cedo. Mas – disse ele antes que ela pudesse falar – teríamos ouvido suas razões contra essa ideia. Por Deus, Fallon, você acha que eu não aprendi sobre controle depois de todos aqueles meses com Mallick? Ele é o rei do controle.

– Isso me irritava demais.

– É, a mim também. Mas funciona. – Ele abaixou as mãos e recuou mais uma vez. – Quero as coordenadas de onde fica a prisão. Quando eles perceberem que a cidade está ruindo, alguém lá embaixo pode entrar em pânico. Eles começariam a matar prisioneiros. Você também já pensou nisso.

– Eu planejei contar aos outros comandantes o que acabei de contar a você. Uma força de resgate vai tomar o centro de contenção, libertar e transportar prisioneiros para Arlington. Você já estava nela.

Ele assentiu.

– Vou repassar isso ao meu pessoal-chave quando voltar hoje.

– Escolha dois para a equipe de resgate.

– Pode deixar. Também contarei às tropas quando estivermos prontos para disparar até Washington. A raiva vai deixá-los mais alertas. Tenho que voltar, passar um pouco mais de tempo com a minha família antes de partir. – Ele olhou ao redor. – Sabe, eu não achei que sentiria falta da neve. Mas sinto. – Seus olhos encontraram os dela. – Feliz Natal.

– Feliz Natal.

Quando Duncan se virou, ela pegou um pouco de neve, fez uma bola e a lançou. O impulso e o sorriso dele por cima do ombro a fizeram rir.

– Agora estamos quites – disse Fallon.

– Até a próxima. Vejo você no campo de batalha.

Quando ele se afastou, ela pensou: Não apenas no campo de batalha de Washington. Eles se veriam muito, muito mais.

# CAPÍTULO 12

Pouco antes do amanhecer do dia 2 de janeiro, Fallon estava na frente do quartel. Mais de dois mil soldados se espalhavam por ali com ela. Alguns montados em cavalos, outros em motocicletas. Soldados de infantaria se colocaram em formação. A respiração expelida se transformava em nuvens girando em névoas. A noite moribunda pairava fria e clara, a lua minguante navegando baixo enquanto as estrelas brilhavam. Uma nova queda de neve forrara os ramos como se fosse arminho, enquanto homens e mulheres a pisoteavam para se colocar em posição.

Ela viu Marichu tomar seu lugar, a aljava nas costas, olhos já ferozes. Aqueles que ficariam para trás já haviam se despedido de seus entes queridos e agora esperavam no tremor da escuridão.

Quando sentiu o sol acordando, Fallon montou Laoch e chamou Taibhse para pousar em seu braço e Faol Ban para ficar ao seu lado.

Então virou o cavalo de frente para a tropa.

– O que vocês farão hoje, farão por todos. Cada golpe que derem será um golpe contra a perseguição, a intolerância e o sofrimento. Vocês são corajosos e verdadeiros. Hoje, vocês lutarão por todos os que são caçados e enjaulados, atormentados e massacrados, e o que vocês fizerem hoje fará tocar os sinos da esperança e da liberdade através das cidades fumegantes, através das florestas, sobre as colinas, os mares.

Ela desembainhou a espada, levantou-a bem alto, e o ar se encheu de gritos de regozijo.

– Nós somos guerreiros da luz. E hoje, tão certo quanto o dia encerra a noite, nossa luz contra-atacará a escuridão. *Solas don Saol!*

Milhares de vozes ecoaram o chamado.

*Solas don Saol!*

Enquanto o sol brilhava, pintando de rosa as colinas do leste, ela inflamou sua espada.

E deu o primeiro golpe no coração de Washington, a capital do país.

Em segundos o ar se encheu de gritos, berros, tiros, a chama das flechas, o trovão dos cavalos, o rugido de motores. Grande parte da cidade, já em escombros, fumegou devido às lutas que se seguiram por toda a noite.

No céu, corvos voavam em círculos e gritavam em júbilo. Taibhse saiu do braço de Fallon e, como um míssil branco, traspassou a fumaça e rasgou os corvos com seu bico e suas garras.

Fallon foi em direção ao poder. Ela o sentiu bombear, sombrio e cruel, empurrado através de um fluxo oleoso em direção a uma mulher que lançava flechas vermelhas e pretas nos soldados que se aproximavam.

Com seu escudo, Fallon repeliu uma flecha e a lançou ao chão, em meio aos escombros. E, com um golpe de sua espada, Fallon a dizimou, enquanto Laoch voava sobre o corpo caído e as pedras carbonizadas.

Um homem com um bastão cravejado de pregos correu para a frente, derrubou um dos membros da milícia do governo.

– Resistam! – gritou o homem, e atrás dele surgiu mais uma dúzia, enquanto Fallon cavalgava para o caos.

Flechas flamejaram e voaram através da opaca luz da manhã. Fogos estouraram como trovões, fazendo o chão tremer, tijolos e pedras caindo em avalanches de prédios em ruínas. A poeira subiu, criando uma névoa tão grossa que os soldados se tornaram fantasmas.

Ela golpeava onde quer que sentisse o pulsar do poder obscuro, atacando, lutando e reagindo. Enquanto gritos de guerra ecoavam, ela só pensava no próximo inimigo, no próximo centímetro de terra. Suor e sangue rolavam através do vento frígido enquanto poderes colidiam, enquanto o aço vibrava e as balas singravam.

As forças de Fallon atravessaram as barricadas, norte, sul, leste, oeste. Dezenas de terríveis batalhas inundando uma cidade que não mais defendia seus moradores, não mais honrava o sangue derramado, as vidas sacrificadas durante séculos para preservar os direitos de seu povo.

Monumentos desfigurados, parques reduzidos a cinzas, a cúpula do Capitólio quebrada e enegrecida.

Naquele amanhecer, durante toda aquela amarga manhã, eles lutaram ferozmente contra as forças do governo, os Incomuns Sombrios, as mãos frias da crueldade que havia sufocado toda a vida, toda a esperança de uma cidade que um dia fora cheia de vida.

Fallon levou Laoch para o alto, mergulhou sobre a base e soltou bolas de fogo.

Lá de cima, viu buracos nas linhas inimigas, buracos em suas próprias defesas. Retransmitiu ordens para explorar os primeiros, fechar os segundos. Em sua mente, Duncan gritou: *Precisamos seguir para os centros de contenção! Eles podem começar a executar prisioneiros. Precisamos ir para lá.*

*Vamos*, concordou Fallon, lançando Laoch para baixo e desmontando do alicórnio.

– Lute – ordenou Fallon ao animal, e disparou.

Homens e mulheres se mexiam para proteger frascos, amostras e equipamentos.

No que ela concluiu ser uma cela, um garoto de não mais do que 16 anos lutava contra suas correntes. Ela ouviu os ecos dos gritos vindos do laboratório principal.

Uma mulher correndo até uma porta de aço, empurrando uma caixa com rodas, a viu e gritou:

– Você deve me temer! Você deve ter medo!

Como se desse um tapa com as costas da mão, Fallon a abateu e a jogou no chão com uma onda de poder.

Alarmes dispararam. Um dos homens, seu uniforme preto impecável contra os jalecos brancos que se agitavam, empunhou uma arma. Fallon a derreteu na mão dele, e ele caiu no chão.

Os outros caíram de joelhos, jogaram as mãos para cima. Ela ouviu a força de resgate lutando, teve certeza de que não fracassariam.

– Carter – disse ela, e leu o medo em um par de olhos.

Enquanto ela se aproximava, lágrimas escorriam dos olhos dele.

– Por favor. Eu só estava seguindo ordens. O próprio presidente comandante Hargrove...

– Tortura, estupro, mutilação, genocídio, experimentação em bebês... São essas as suas ordens?

– Por favor. Eu sou um cientista.

– Você é um criminoso de guerra.

E porque ele merecia o insulto, e muito mais, ela deu um soco na cara dele.

O rosto coberto de fuligem, olhos tão ferozes quanto naquela madrugada, Marichu entrou. Aqueles olhos e a flecha já alinhada no arco deixaram o seu propósito bem claro.

Fallon simplesmente se colocou na frente de Carter e disse:

– Não.

Ela se virou para a cela de contenção, abriu as fechaduras, deixou cair as correntes. O garoto cambaleou para fora.

– Me dê uma arma. Me deixe matar esses caras.

– Nós não matamos prisioneiros. Não somos como eles. – Ela olhou para Marichu. – Não seremos como eles.

Ela se virou para o restante dos prisioneiros, apontou para Carter e disse:

– Na gaiola. E levem-no. Rápido, ou posso mudar de ideia e entregar um de vocês para esse menino.

Ela se virou para o garoto.

– Você consegue lutar?

– Consigo.

– Então lute. – Ela lhe deu sua faca. – Vou precisar dessa faca de volta depois. Vamos nos mexer.

Ela o levou na direção dos sons do combate, parou depressa quando viu Arlys.

– Você deveria estar...

– Bem aqui. – Com um colete à prova de balas e um capacete, Arlys gravava tudo. – Bem aqui. Termine isso. Pelo amor de Deus, termine isso e tire essas pessoas daqui.

– Está terminado – disse Duncan, enquanto balançava a espada de um lado para o outro.

Ele fizera o que Arlys pedia. Ele terminou.

– Proteja as portas – ordenou Fallon. Virando-se para Marichu, continuou: – Você, ajude a proteger as portas, e não faça com que eu me arrependa por ter lhe dado o que desejava.

Celas com paredes de vidro corriam pelo menos por 15 metros de ambos os lados do espaço. Pessoas se aglomeravam em cada seção, algumas inconscientes, algumas com os olhos vidrados, outras gritando para serem soltas. Crianças, separadas dos adultos, se amontoavam em suas celas. Em outra, seis bebês urravam em recipientes claros com tampas trancadas.

Como animais, pensou Fallon. Até os bebês, enjaulados como animais.

– Vamos tirar vocês daí. Os que podem lutar, saiam e vão para a esquerda quando abrirmos as portas. Vamos levar os outros para um lugar seguro.

Ela agarrou a mão de Duncan.

– Me ajude.

Eles se juntaram, poder com poder, propósito com propósito.

– Trancadas com magia – murmurou ele.

– Sim, eu sinto isso. Mas nós somos mais poderosos.

Ao ser chamada, Tonia juntou-se a eles, respingos de sangue espalhados em sua jaqueta grossa.

O vidro começou a fazer barulho, ondular, vibrar.

– Abra, não quebre. Ali as fechaduras, aqui a chave. Gire a chave para libertá-los.

O vidro se moveu, uma fração, um milímetro, um centímetro, seção por seção, fileira por fileira.

Pessoas saíram, apoiando-se nas paredes, carregando outras. Alguns correram para as crianças, reunindo-as, chorando. Sobre o choque de vozes de diferentes línguas, Fallon falou em sua própria:

– Fiquem juntos! Temos que sair daqui rápido! – Ela observou mais de uma dúzia caminhando para a esquerda, preparando-se para lutar. – Carreguem as crianças, os bebês e os feridos.

– Para onde vamos? – gritou alguém.

– Arlington. Eles estão esperando por vocês. Fiquem juntos, confiem na luz. Leve-os – disse ela a Tonia. – Com Greta e Mace, como planejado.

– Pode deixar. – Com as outras duas bruxas, Tonia focou o poder. – Nós voltaremos – disse ela, e disparou os resgatados.

Fallon caminhou até o pai e tocou seu braço para curar uma ferida.

– Dê armas para eles. Seja o líder. Tome essa casa.

– Seu estandarte vai tremular sobre ela hoje à noite.

– Faça com que os prisioneiros continuem nas celas. Vamos trazer mais um para cá em breve. – Ela olhou para Duncan. – É hora de cortar a cabeça. Você vem comigo?

– Você sabe que sim.

Ela pegou a mão dele, falou em sua mente. As sobrancelhas dele subiram.

– Você sabe onde ele está?

– Sei. Eles ensaiaram isso na semana passada. O bunker é selado com magia, então...

– Juntos.

– Juntos.

Ela puxou o local para sua mente, fez com ele fluísse para Duncan.

Uma luz brilhou de suas mãos unidas enquanto eles se olhavam fixamente, combinando poder com poder. O sangue de Fallon zumbiu, simplesmente zumbiu, enquanto o elo fluía através dela. Sentiu o coração de Duncan bater dentro do dela. E assim aquela luz mesclada escorchou as camadas da escuridão.

E explodiu.

Enquanto os prisioneiros se agrupavam nas celas onde antes os mágicos estavam enjaulados, enquanto os soldados corriam para lutar, ela disparou com Duncan.

Hargrove estava em uma sala pequena, atrás de quatro homens armados e uma grossa porta de aço. Assim como o oficial do laboratório, ele usava preto, algo que mais parecia um uniforme do que um terno. Medalhas brilhavam em seu peito, galões dourados nos punhos.

Seus sapatos resplandeciam como espelhos, sapatos de um homem que jamais andava pela poeira e a lama da cidade que alegava ser sua.

Os olhos dele ficaram enfurecidos quando Fallon soltou um sopro de poder no guarda que atirou nela. A bala ricocheteou no escudo, atingindo o peito do homem. Enquanto ele caía, Duncan deu um golpe com a espada, fazendo-a cantar. Em segundos os guardas estavam eliminados.

Hargrove deu um passo para trás, a mão erguida.

– Você precisa de mim para...

– Não precisamos.

Quando Fallon fez incandescer a arma que Hargrove puxou das costas, ele gritou e caiu de joelhos.

– Mas eu quero que você prove do seu próprio veneno.

Ela o arrastou e o colocou de pé, então o disparou até a contenção, colocando-o dentro de uma cela.

– Você está deposto – declarou Fallon. – Arlys?

– Bem aqui. Estou filmando tudo.

– Quando tivermos o controle das comunicações, você vai conseguir transmitir sem Chuck?

– Vou, estou escrevendo o roteiro na minha cabeça agora mesmo.

Fallon continuou observando Hargrove, que estava sentado com seu terno fino, suas falsas medalhas brilhando, enquanto embalava a mão queimada. Nenhum poder nele, pensou Fallon. Só o que ele roubara, aquilo pelo qual matara, o que conseguira tomar.

Agora, suas mãos estavam vazias.

– Por que não faz sua entrevista agora? Você pode obter algumas declarações dos outros também. Vamos enviar um médico para tratar os feridos.

– É mais do que eles fizeram pelos prisioneiros – observou Duncan.

– É, eu sei. Nós somos mais do que eles. – Fallon deu as costas para Hargrove. – A central de comunicação?

– Vamos nessa – disse Duncan, pegando a mão dela.

A batalha de Washington durou do amanhecer ao anoitecer. Mais de quatro mil perderam suas vidas e mais de três mil ficaram feridos no dia mais sangrento de toda a Catástrofe.

As forças da LPV, a Luz pela Vida, libertaram mais de duzentos prisioneiros, e as forças de ataque encontraram e libertaram outros cinquenta de contenções secundárias, além de sessenta, a maioria crianças, mantidas em uma seção subterrânea do que havia sido a Galeria Nacional de Arte.

As forças de resistência, com cerca de 1.500 pessoas, se juntaram ao exército de Fallon para derrotar as tropas do governo e os ISs.

O general Dennis Urla entregou formalmente a cidade. Ele, James Hargrove, o Dr. Terrance Carter, o comandante Lawrence Otts e outras figuras-chave no governo da cidade, juntamente com dois mil soldados inimigos, foram tomados como prisioneiros de guerra.

Junto com o pai, Fallon foi até um cofre, olhou com alguma admiração para as pilhas de barras de ouro, de prata, o cintilar e o brilho de joias que usavam ouro como adorno. Caixas de diamantes frios e brancos.

– Eu queria que você visse – disse ela ao pai. – Encontramos outro cofre, cheio de arte dos antigos mestres. Eu reconheci algumas porque as vi nos livros. Duncan reconheceu mais.

– Acumulando tudo. A casa de tesouros de Hargrove. Ele, ou alguém, saqueou os museus. Talvez no início. Talvez tenha sido para proteger as obras, se formos complacentes com ele, mas isso? Acumulando tanto para quê?

– Ele, e aqueles como ele, ainda viam isso como riqueza, e na riqueza há poder. O metal e as pedras podem ser úteis para engenharia, construção, mecânica e até para magias. A arte deve ser preservada. Um dia, as peças deverão ser expostas novamente, onde as pessoas possam ver e os alunos possam estudar. Elas não pertencem a ninguém porque pertencem a todos.

Simon bateu em uma barra de ouro com um dedo manchado da batalha.

– Há pessoas que matariam por isso. Não importa que você não possa plantar, comer ou se aquecer com ele.

– Eu sei. White mata por intolerância, em nome de seu deus furioso, mas ainda assim encheu Arlington de riquezas à medida que as encontrava. Hargrove mata pelo poder e por isso. E isso. – Ela fez um gesto indicando o cofre. – Porque para ele, e para os que são como ele, essas barras de metal podem fazer de um homem um rei, e a falta delas faz de outros escravos. Esse tempo acabou.

Arlys gravou tudo. Imagens da batalha, das condições dos prisioneiros do governo, além de seu resgate, estavam em sua transmissão direta da Casa Branca. Ela terminou com uma foto da bandeira branca tremulando na fumaça da batalha sobre a cidade arruinada. Junto com Fallon, ela se sentou com Hargrove em sua cela. Com sua câmera em um tripé, tomou notas. Embora pálido, ele havia recuperado um pouco da arrogância.

– Vocês cometeram uma traição contra os Estados Unidos da América. Serão enforcados por isso. Nossos militares e nossos aliados vão, eu prometo a vocês, atacar e eliminar vocês para sempre da face desta terra.

– Aliados como Jeremias White e seu culto? Aliados que ficam parados enquanto você assina ordens para torturar, mutilar e matar? Ordens para que crianças sejam trancadas no escuro e passem fome? Você manteve bebês trancados e isolados, bebês nascidos de estupros. Seis bebês nessas condições foram encontrados no que antes era o lugar em que eles viviam. E embriões, fetos, foram encontrados em frascos, em seus laboratórios aqui.

– Quantas pessoas, crianças e bebês estão trancados por ordens suas?

– Vocês não são gente. Você não é humana.

– Eu sangro, respiro, penso, sinto. Sei distinguir o certo do errado, a luz da escuridão. Quantos mais, e onde estão presos?

– Eu sou o presidente dos Estados Unidos! Eu sou o comandante em chefe.

– Autonomeado após um golpe militar no que havia restado do governo e desta cidade – retrucou Arlys rapidamente enquanto fazia anotações.

– Eles não eram muito melhores do que vocês – replicou o presidente.

– Não – concordou Fallon –, não eram muito melhores. Se fôssemos como eles, como você, como os Incomuns Sombrios que vocês tanto usaram quanto atacaram, eu o cortaria em pedaços sem hesitar.

Ele empalideceu ao ouvir aquilo e recuou.

– White está certo sobre você. Você veio do inferno.

– Não vim, mas você? Eu vejo a sombra em você, a sombra humana, a sombra sem poder mas com força e crueldade. Seu tempo acabou. – Fallon se levantou. – Você não precisa me dizer onde mantém os prisioneiros. Há outras maneiras de encontrá-los.

– Tortura. Magia sombria.

Ele acreditava nisso, ela percebeu. Acreditava em cada palavra das próprias mentiras.

– Você está vivo. Recebeu atendimento médico na mão. Será tratado com humanidade. Mas nunca mais conhecerá a liberdade. Eu não quero a sua morte. É suficiente saber que você estará aqui, nesta cidade, preso pelo resto da vida.

– Eu tenho mais algumas perguntas, Sr. Hargrove – disse Arlys.

– Eu sou o comandante presidente!

– Há dúvidas quanto a isso, mas, como presidente, você jurou defender a Constituição. Não é uma violação da Constituição, dos direitos humanos básicos, de toda a decência, engravidar à força mulheres detidas e contidas para fins experimentais?

– Elas não são humanas! São aberrações! Abominações!

– Você considera abominações as crianças famintas que gravei sendo libertadas do que é praticamente uma masmorra? – Arlys cruzou as pernas e se ajeitou na cadeira. – Vamos falar sobre abominações.

Fallon o deixou para Arlys. Ela era habilidosa, Fallon sabia. Saiu de perto dos outros que seguiram Hargrove, que acataram suas ordens, que ignoraram a própria humanidade ao prender pessoas nas gaiolas de vidro, e voltou para a área do laboratório.

Mallick esperava por ela.

O coração dela se animou.

– Estou tão feliz em ver você! Que bom que não se feriu.

– Você tomou a cidade. Até os corvos desertaram. Isso aqui já foi um lugar de poder. Será o seu?

– Não, aqueles como Hargrove destruíram a luz deste lugar. Nunca mais brilhará. Agora, é uma prisão. Vamos proteger, manter a cidade em nosso poder, mas não haverá nenhum centro aqui.

– Eu concordo – disse Mallick.

– A questão aqui será alimentar, oferecer moradia, proteção e tratamento aos presos. Meu último relatório dizia que eram quatro mil. Não podemos manter tantos aqui, não em condições dignas.

– Tenho uma ideia a respeito disso. Devo dizer que Duncan e eu tivemos uma ideia em conjunto.

– Eu gostaria de ouvir a ideia de vocês, mas não aqui. – Fallon olhou em volta, para os restos deixados pela tortura. – Preciso de ar e movimento. Vamos para a base. Eu me sinto mais confortável em uma base militar, mesmo que seja do inimigo.

Enquanto subiam pelo prédio, ela observou pessoas protegendo algumas áreas, transferindo suprimentos, levando mais itens até o local que serviria como uma enfermaria temporária para os que não tivessem ferimentos graves.

– Me contaram que você ordenou que qualquer coisa de valor histórico real fosse preservada e protegida.

– Temos alguns com conhecimento nos ajudando a classificar – confirmou Fallon. – Esta casa, esta cidade, o país e o mundo nunca mais serão o que eram, mas mesmo assim precisamos valorizar a história, a arte, e lembrar.

– Você aprendeu bem.

– Você ensinou bem.

Ela o seguiu para o lado de fora, na noite fria e arejada. Uma grande porção da base se juntara aos escombros; ela mesma destruíra uma parte. Mas poderia e seria reconstruída, conforme necessário.

– Você vai acomodar alguns soldados aqui – disse ele.

– Vou. É uma tacada direta para Nova York. Em breve, Mallick. Temos a vantagem. E teremos mais armas, mais soldados. Eu só ouvi parte da transmissão de Arlys mais cedo, mas ela vai nos trazer mais aliados.

– E mais inimigos.

– É hora de conhecer todos os inimigos.

– Você espera por uma em especial.

Ela olhou para dentro da noite e disse:

– Dois. Não só Petra. A mãe dela também. No meu coração, em minhas entranhas, eu quero isso.

Ele soltou um suspiro,que fez o ar ser expelido em uma nuvem.

– Esses anseios diminuem a luz.

– Será?

O escudo dela não ficava em suas costas para defendê-la, sua espada não esperava ao seu lado para atacar?

– Dentro de mim – continuou Fallon –, sinto que elas são o caminho até as trevas, a própria ausência de luz que se agacha e observa. É porque eu quero que seja, ou porque realmente é? Não sei.

– Nem eu.

– Elas trazem morte, loucura, dor e tristeza. Enquanto elas existirem, isso não vai parar. Petra e Allegra não vão parar até que eu as faça parar. – Ela deixou de lado o pensamento. – Mas não será hoje. O que interrompemos hoje é parte delas, mas apenas parte. Qual é a sua ideia?

– Duncan e eu discutimos o problema dos prisioneiros. Os números... e como esses números aumentarão. Quantos de nossos soldados e recursos estarão envolvidos em manter essas pessoas.

– Mas não podemos eliminar essa questão.

– Há lugares, ilhas. Remotas, inacessíveis aos que não têm magia. Lugares com recursos naturais. Alimentos e materiais para construir abrigos. Terra que pode ser cultivada e servir de pasto.

– Prisões insulares.

– Que são mais facilmente supervisionadas, mas em caráter remoto. Ofereça a eles ferramentas básicas, materiais. A vida deles será o que fizerem dela.

– Evitando que tivéssemos que usar soldados e médicos para proteger e tratar, recursos para alimentar e vestir. Você já pensou em alguns locais como esse?

– Já.

– Eu gostaria de vê-los. Se fizermos isso, devemos começar com prisioneiros que acharmos capazes de viver sem trancas e paredes para segurá-los. Travis e outros empáticos podem ajudar a selecionar os primeiros que enviaremos. Alguns devem ter famílias, Mallick.

– Eu sei.

– Então eles e suas famílias poderão fazer uma escolha. – Ela passou a mão nos cabelos. – Meu Deus, se pudermos realocar pelo menos algumas centenas por enquanto, já aliviaria a pressão.

– Alguns vão jurar lealdade a você.

– E alguns serão sinceros. Aqueles que o forem aumentarão nossos números. Quantos foram forçados a lutar? Quantos não sabiam o que eles faziam lá? Quantos fingiram não saber? E quantos sabiam e aprovavam? Vamos descobrir.

Ela o observou e percebeu que ele estava cansado, o esgotamento concentrando-se ao redor dos olhos.

– Preciso ir a Arlington para ver os resgatados e os soldados, e depois ir para casa – disse Fallon. – Nova Esperança. Dos que liderei de Nova Esperança, 82 não vão voltar para casa. Alguns deles tinham famílias.

– Eles serão lamentados e honrados.

– Serão. Duncan sabe quais são as ilhas que você tem em mente?

– Eu mostrei a ele.

– Tudo bem, ele pode me mostrar. É melhor você voltar para casa.

Uma expressão de surpresa cruzou o rosto dele, seguida de uma expressão de aborrecimento.

– Não acredito que não tenho mais utilidade por hoje.

– Não, e por isso mesmo, porque eu preciso de você, peço que vá para casa, Mallick. Uma semana. É o que meu pai chama de RR, Relaxamento e Recreação. Tire uma semana, cuide das abelhas, tome vinho perto da lareira. Depois, volte para mim.

– E você, garota, vai tirar uma semana para abelhas e vinho?

– Pretendo tirar um ou dois dias. Uma semana para você, velho amigo. – Antes que ele pudesse evitar, ela o abraçou. – Vou precisar de sua orientação, sua força. Por favor, tire uma semana.

Ele tocou o cabelo dela.

– Então tire os dois dias.

– Combinado. A partir de amanhã. Agora eu preciso encontrar Colin e levá-lo de volta a Arlington. Quer que eu peça a alguém que traga o seu cavalo?

– Posso pegar meu próprio cavalo. Bênçãos radiantes para você, Fallon Swift.

– E para você, Mallick de Gales.

Ele disparou e ela entrou.

Na Residência, Fallon encontrou não apenas Colin, mas Flynn e Starr, separando copos e pratos. E de pé, bem ao lado de Flynn, um lobo.

Ainda não totalmente crescido, observou Fallon, um cinza esfumaçado com olhos dourados, que se dirigiram a ela e a observaram.

– Flynn.

Ele se virou, xícaras de chá nas mãos, hematomas na face esquerda, sangue seco na direita.

– Ele veio até mim, ontem – explicou. – Saiu da floresta e esperou por mim. – Flynn pousou as xícaras na mesa, colocou a mão na cabeça do lobo. – Ele foi enviado por Lupa. Eu sinto. Um dos filhos de seus filhos, sangue de seu sangue.

– Você está certo, e ele é seu. O nome?

– É Blaidd.

– Lobo em galês.

Ao lado de Flynn, Starr, que raramente sorria, tinha um sorriso largo.

– Mallick o enviou. Flynn sentiu. Mallick o colocou no caminho até Flynn.

– Eu queria dizer a ele que agradeço, mas não deu tempo.

– Eu pedi que ele fosse para casa por uma semana. Quero que descanse alguns dias.

Satisfeito, Flynn pegou mais pratos.

– Quando estiver voltando para a base, vou fazer um desvio e passar lá.

– Eu preciso de você em Nova Esperança agora. Quem pode assumir seu comando?

Flynn olhou para Starr.

– Você quer? – perguntou Fallon a ela.

Starr assentiu.

– O comando é seu – decretou Fallon. – E com ele espero enviar também cem colaboradores da resistência.

– Então você vai realmente precisar de todos esses pratos chiques – comentou Colin. – É melhor encontrar um jeito de carregar tudo isso. Mick pediu alguns dos utensílios de cozinha. Ele quer montar um acampamento secundário.

– Você viu Mick? – Outro sopro de alívio. – Ele está bem?

– Sim, está muito bem. Vamos precisar de alguns lençóis e outras coisas para Arlington, se vamos ter que ficar com os resgatados por enquanto.

– Vamos pegar o que é necessário e ir embora. Quero ver todos os comandantes em Nova Esperança amanhã. – Ela parou, lembrando que havia feito um acordo. – Não, daqui a dois dias. Flynn, você pode passar a mensagem? E avisar aos meus pais que vou estar em casa depois de amanhã?

Ela reuniu lençóis e toalhas com Colin.

– Você está bem? – perguntou Fallon.

– Ótimo! Que luta, Fal. Alguns deles corriam como coelhos no final. Dois ISs vieram para cima de mim. Eu tenho duas bruxas para agradecer por aquele bloqueio. – Ele parou e sorriu. – Tomamos a capital, porra! Quem é o presidente agora?

– Ainda não é você – respondeu ela, pegando na mão dele e o levando para Arlington.

Fallon visitou as casas onde eles realocaram os resgatados. Voluntários e soldados haviam trazido camas extras, berços e colchões. Nas cozinhas, mais voluntários faziam sopa e chá, enquanto os médicos tratavam lesões.

Em uma grande sala, ela contou 25 camas. Alguns dormiam, alguns comiam, outros simplesmente estavam sentados amontoados sob cobertores.

Ela sentia no ar o gosto de cansaço, confusão, medo e esperança. Voluntários se movimentavam, oferecendo chá, sopa e às vezes apenas consolo.

Ela viu Travis sentado com uma mulher. Longos cabelos grisalhos, o rosto murcho. Murmurando para ela enquanto colocava um cobertor sobre seus ombros. Ali perto, Hannah havia colocado duas crianças juntas em uma cama. Elas se agarravam uma à outra, como que buscando proteção depois de tudo que passaram.

Travis se levantou, prancheta na mão, abriu caminho entre as camas para ir até Fallon.

– Estou recolhendo nomes, idades, habilidades, tudo que eu puder. Histórias. É tão… é angustiante. Mais do que angustiante.

Sentindo a fúria dele, ela colocou a mão em seu ombro.

– Eles estão seguros agora. Vamos cuidar deles.

– Como eles passaram por isso? A mulher com quem acabei de falar, Susan Grant, tem empatia, como eu. Era professora, perdeu todos na Catástrofe. Saiu de Dallas com um pequeno grupo, incluindo alguns de seus alunos, e acabou no leste do Tennessee, onde decidiram se estabelecer. Ela começou uma pequena escola. Disse que nunca explorou seus outros poderes porque a assustavam. Ela só queria ensinar, sabe?

– Há quanto tempo ela estava presa?

– Ela não sabe ao certo. Cinco ou seis anos, imagina. As forças do governo apareceram… um ataque noturno. Ela acha que alguns escaparam. Usaram terapia de choque nela, Fallon. Colocaram a mulher em isolamento… privação sensorial. E ela acha que sofreu algum tipo de cirurgia cerebral. Não lembra. Mas agora, quando tenta sentir, ter uma noção de alguém, tem uma dor de cabeça alucinante. Eles pegaram o que ela era e transformaram em dor.

– Eles não vão tocar nela novamente.

– Quantos mais? Quantos mais como ela, como todos que libertamos hoje? Meu Deus, você não está ouvindo os gritos?

Ela fez a única coisa em que conseguiu pensar. Puxou-o para mais perto e lançou calma para dentro dele.

– Você precisa fazer uma pausa – concluiu Fallon.

– Eles não tiveram nenhuma. – Respirando fundo, lutando para se controlar, ele recuou. – Desculpe. Isso está mexendo comigo. Alguns deles não conseguem nem lembrar o próprio nome se eu não empurrar fundo o suficiente para encontrar. Os filhos da mãe fizeram tudo o que podiam para apagar qualquer memória. Para transformá-los em nada.

Ele respirou fundo mais uma vez.

– É, você tem razão. Preciso fazer uma pausa, senão não vou poder ajudar. Vou dar uma caminhada, pegar um pouco de ar.

– Ótimo.

– Enquanto eu estiver caminhando, vou passar o que tenho para os meus superiores, para ficar registrado. Já volto.

– Você poderia tirar uma soneca.

Com os olhos cheios de sentimentos, ele olhou ao redor.

– Nenhum de nós vai dormir muito esta noite. Já volto.

Quando ele saiu, Hannah se aproximou.

– Eu não queria interromper. Ele está muito mexido. Esses resgates são muito exaustivos. – O cansaço havia tirado toda a cor de seu rosto, e a compaixão brilhava em seus olhos quando ela levou a mão ao coração. – Você sabe o que eu quero dizer? E Travis não consegue evitar, ele fica mexido. Você o convenceu a ir dormir?

– Não, mas ele vai fazer uma pausa. E você?

– Vou dormir por aqui. Estamos posicionando médicos para cada área de resgate esta noite.

– Onde estão os bebês e as outras crianças?

Hannah pegou Fallon pelo braço e a levou gentilmente um pouco mais para longe.

– Rachel e sua mãe os levaram para Nova Esperança. Ninguém sabe quem são os pais dos bebês. Algumas das mulheres se lembram de estarem grávidas, mas não de dar à luz. Eles os levavam para o laboratório, pelo que estamos entendendo, os deixavam anestesiados. Precisamos ver os registros médicos.

– Nós temos os registros.

– Nem todas as mulheres voltaram do laboratório. E elas não sabiam o que aconteceria, não queriam nada disso. Fallon, eu sempre soube, mas... acho que alguma parte de mim não acreditava que alguém, qualquer um, fosse capaz de fazer o que eles fizeram. Agora eu sei que é pior do que eu poderia imaginar.

– Eles vão pagar. Aqueles que permitiram isso, os que ordenaram, os que executaram. Haverá um acerto de contas.

– Eu acredito nisso. E espero que o que fizemos hoje envie ondas de choque a cada um que teve algum papel nisso. Por enquanto... – Distraidamente, ela esfregou a nuca. – Vou chamar o próximo que quiser tomar banho e trocar de roupa. Está vendo a mulher que Lydia está trazendo de volta? A loira?

– Sim.

– Fale com ela antes de ir. Ela foi levada no primeiro ataque. Passou vinte anos presa. O nome dela é Nadia.

Enquanto Lydia acomodava a mulher em uma cama e Hannah ajudava outra no chuveiro, Fallon cruzou a sala.

Vários estenderam a mão para tocar a dela, em sua perna. Isso a fez se sentir humilde e estranha, mesmo quando fez uma pausa para dizer algumas palavras. Nada do que ela havia passado chegava aos pés do que aquelas mulheres e crianças sofreram.

A loira de olhos azul-claros a encarou quando ela se aproximou.

– Nadia, eu sou Fallon. Você já comeu?

– Eles nos deram sopa, pão e chá. Obrigada.

Ouvindo o sotaque, ela se sentou e falou em russo:

– Eu vejo a luz em você. E o tigre.

– Faz vinte anos que não ouço a língua da minha terra. – Lágrimas encheram seus olhos. – Eu vim para a América, para Washington, para trabalhar na embaixada. Tinha 26 anos.

– E sua família?

– Meu irmão veio também. Nossos pais e o resto ficaram em Moscou. Meu irmão morreu naquele horrível janeiro. A maioria morreu. Eu não. Quando minha amiga com quem eu dividia um apartamento ficou doente, eu a levei ao hospital. Ainda havia esperança. A cidade já estava em chamas, mas havia esperança. Mas ela também morreu. Tentei ligar para meus pais, mas não consegui.

Os dedos de Nadia se esfregavam no cobertor sobre seu colo, inquieta, assustada.

– Eu senti o que estava em mim, vi o mesmo em outros. Mas não entendi. Está vendo? – Ela mudou de posição, tirou a camisa do ombro e revelou a presença da tatuagem de um tigre agachado em suas costas. – Eu amava o tigre, sempre, mas não entendi. Tanta loucura, tanta alegria. E ao redor dos moribundos, os assassinatos, a loucura, as chamas. Corvos dando voltas no céu e fumaça subindo.

Porque ela entendeu, Fallon pegou sua mão.

– Minha mãe atravessou a Catástrofe e se aceitou. Ela e meu pai biológico fugiram de Nova York.

– Então você sabe. Já ouviu histórias como a minha.

– Me conte.

– Havia um homem que eu conhecia. Com quem eu tinha me envolvido. Estávamos só começando, não era nada sério, mas eu o procurei. Estava com medo, então o procurei. Ele trabalhava para o governo. Disse que me ajudaria. Ele chamou os soldados. Eles disseram que iam me ajudar, e eu acreditei. Não resisti. Éramos doze os que eles tiraram da cidade naquele dia.

– Eles tiraram você da cidade?

– Por segurança, eles disseram.

– Todos mágicos?

– Não, alguns eram mágicos, outros eram imunes. Ficava fora da cidade, mas não sei onde. Havia alguma coisa na água que eles nos deram, eu acho. Algum lugar subterrâneo, eu acho. E então começou. No início, eram só testes. Exames de sangue, urina, muitas perguntas. Parecia quase uma coisa boa, mesmo quando nos mantinham separados e trancados. Eles nos davam comida, falavam baixinho. Tudo para o nosso próprio bem, diziam. Para encontrar uma cura. Eu acreditei neles, mesmo quando o tempo passou e os médicos mudaram.

– Mudaram...

– Vieram outros. Militares. E os testes já não eram tão suaves. Eles trouxeram a dor, e trouxeram o tigre. Eu tentava fugir, escapar, e eles me davam choques ou tranquilizantes. Eles me fizeram dormir, me levaram para outro lugar, com outros que podiam se transformar em animais espirituais. Em seguida, outro lugar, depois outro.

– E aqui de novo – completou Fallon.

– Isso. Eu não sabia que estava de volta a Washington, mas outros que eles trouxeram sabiam. Não deixavam ninguém sair. Estupravam e espancavam, davam drogas e nos acorrentavam. Alguns eles levaram e não trouxeram de volta. Eles me fizeram engravidar. A criança teria 8 anos se tivesse sobrevivido. Comecei a prestar mais atenção. Carter, ligaram para ele. Ele fez uns testes cruéis em mim e em outros como eu. E um dia me levaram. Quando acordei, não havia mais nenhuma criança em mim.

Ela levantou a camisa para mostrar a cicatriz de uma cesariana.

– Tiraram a criança de dentro de mim. Todos os dias, durante meses, eles me amarraram e extraíram leite dos meus seios. Eu disse a mim mesma que a criança estava viva, que bebia meu leite. Mas eles não me contavam nada. Pensei em achar um jeito de acabar com aquilo, acabar comigo mesma, mas então pensei: se a criança estiver viva...

Ela fez uma pausa antes de continuar:

– Eu queria ter aquela esperança. Alguns de nós falavam pela mente. Eles falavam de você, da Escolhida. Diziam que o dia chegaria quando A Escolhida atacaria com sua espada e a luz venceria a escuridão.

# CAPÍTULO 13

Quando Fallon entrou nos aposentos arranjados para ela, o amanhecer já corria em direção ao leste. A história de Nadia não tinha sido a única que ela ouvira durante a noite, e todas giravam em sua mente. Em seu coração.

Relatos de tortura e desespero, de famílias divididas e dilaceradas. Porém, através daqueles relatos ela conseguiria identificar outros centros de contenção. Precisava de seus mapas. Precisava desanuviar os pensamentos. Meu Deus, precisava de um banho. Uma bebida. Uma noite de sono.

Quando estendeu a mão para pegar o vinho que uma alma atenciosa havia deixado em uma mesa sob a janela, alguém bateu na porta.

Seu primeiro pensamento foi: Vá embora. Por cinco minutos, vá embora. Mas foi até a porta e a abriu.

Duncan estava ali, tão sujo de fuligem da guerra quanto ela.

– Colin disse que você tinha acabado de entrar.

Ela não disse nada, apenas recuou para deixá-lo passar.

– Eu sei que você enviou Mallick para casa por alguns dias, foi uma boa decisão. Vamos precisar dele quando estiver mais descansado. E sei que ele falou com você sobre as ilhas. O fato é que não podemos usar os soldados para cuidar do número de prisioneiros de guerra que capturamos e não podemos manter as pessoas trancadas para sempre, ou não seremos muito melhores do que eles. Esse é o ponto número um. Depois, tem os recursos de que precisaríamos para abrigar, alimentar, tratar, vestir. Não podemos gastá-los, não indefinidamente.

– Duncan.

Ele rodava pelo quarto, agitando o ar, a energia. Agitando tudo.

– Precisamos de uma solução. Uma com a qual possamos viver e uma na qual os recursos sejam usados para os resgatados, os soldados, as pessoas que estão apenas tentando sobreviver no meio de tanta loucura.

– Duncan…

Ele girou de volta para ela, a fúria e o cansaço tomando conta dele.

– Quê?

– Cala a boca. – Ela o agarrou, apertou o corpo contra o dele. – Cala a boca, cala a boca – repetiu ela, enquanto apertava a boca contra a dele.

As mãos dele agarraram a parte de trás da jaqueta dela. Em seguida, correram para pegar os cabelos de Fallon, com a mesma força e fúria, puxaram a cabeça dela para trás. Seus olhos, afiados e verdes, encontraram os dela.

– Não me peça para parar.

– Cala a boca – disse ela mais uma vez.

Ela agarrou o cinto dele e puxou até que sua espada e a bainha caíssem no chão. As mãos dele não paravam de tocar o corpo de Fallon enquanto ela arrancava a camisa que ele vestia. Duncan jogou uma das mãos para o alto, para trancar a porta antes de a espada dela cair junto da dele.

Como fazendeira, Fallon sabia o básico sobre acasalamentos, mas já tinha certeza de que isso seria mais. Ela queria mais. Queria tudo.

– Quero sentir seu toque. Meu Deus, me toque.

– Estou tentando.

Ele tirou a jaqueta dela com dificuldade, depois a empurrou para a cama. Cobrindo-a com seu corpo, a boca de Duncan não largava a de Fallon. Ele tomou os seios dela nas mãos.

Outra chama, afiada e quente, fluindo do centro dela, espalhando-se por toda parte. Ah, sim, aquilo era mais. Se ela soubesse (mas como poderia saber?) como o toque das mãos dele, duras e ásperas, a faria se elevar tão alto, tão rápido…

Ela puxou a camisa dele enquanto ele arrancava a dela. Agora suas mãos, aquelas palmas duras, aqueles dedos fortes, pegaram a carne. Ela perdeu o fôlego. Arqueando, pressionou o centro do corpo, pulsante, contra o dele.

Como uma fusão de poderes, uma junção; cantarolando, murmurando através do sangue.

O corpo de Fallon, tenso e magro, tremia sob o de Duncan. Aqueles músculos, bem desenvolvidos, se agitavam com força. A sensação de estar com ela (finalmente, finalmente, a sensação estar com ela), tão longa, tão suave, tão quente, como se chamas acendessem sua pele.

O coração de Fallon galopava sob as mãos dele, depois sob a boca. Meu Deus, o gosto dela era atordoante. Um sabor que corria pelo corpo dele, como uísque quente depois de um frio amargo. Ela tinha hematomas, cortes, queimaduras de batalhas mal tratadas. Meio enlouquecido, Duncan as curava enquanto tocava, saboreava, explorava o corpo que desejava desde tempos imemoriais.

As mãos dela, tão ansiosas e atrevidas quanto as dele, deslizaram para baixo, se cravaram em suas costelas. Um choque de dor o sacudiu. Ele o descartou, enquanto lutava para abrir os botões da calça dela.

– Você está ferido.

– Agora é a sua vez de calar a boca.

A boca dele voltou para a dela, enquanto lutava para liberar Fallon da calça. E ele sentiu o calor de Fallon deslizar sobre suas costelas machucadas, acalmar a dor, consertá-las. Eles curavam um ao outro enquanto jogavam as roupas para longe. Atrapalhado pelas botas, ele invocou seu poder e enviou os dois pares para longe da cama.

Ele queria ver, absorver, saborear Fallon, mas o desejo o cegava. E ela já estava procurando por ele, recebendo seu corpo, abrindo-se para ele.

– Agora – disse ela, seus olhos como fumaça. – *Anois ag deireadh.*

Agora, finalmente.

Ele mergulhou dentro dela, profundo e desesperado, e podia jurar que sua alma deu um salto. Luzes irromperam, brilhantes e ousadas, através da janela, através do ar, vindo dela, dele. Um som de trovão, um redemoinho de vento. Voando no redemoinho, ela encontrou as mãos dele, agarrou-as nas dela.

Ela se entregou à luz, à tempestade, a ele. Levou-o através do zumbido de corpos, mentes, poderes acasalando. A emoção rasgou-a, afiada como uma lâmina, em seguida rolou e rolou como uma onda pantanosa. Subindo sobre ele, se elevando, ela provou uma liberdade tão inebriante e doce que gritou.

E o grito era de prazer.

Sem fôlego, atordoado, trêmulo, ele se deitou sobre ela. A luz, mais suave agora, se espalhou sobre eles, brilhou e fluiu entre eles como líquido. Ele a sentiu tremendo, não de frio ou dor, mas daquela mesma sensação avassaladora que o tinha invadido.

Como em um sonho, ela suspirou.

– Eu estava tão cansada e triste. Agora não estou. Você tinha uma costela trincada.

– Agora não mais. – Ele queria ficar como estava, mas se afastou um pouco para observar o rosto dela. Sentiu, como sabia que sentiria, algo simplesmente tomar conta dele. – A gente já se viu assim antes.

– Já.

– Sonhos e visões.

– A realidade é mais intensa. – O olhar de Fallon vagou sobre o rosto dele, e parte da luz se escureceu nos olhos dela. – Se você vai se arrepender, vamos atribuir o que aconteceu ao cansaço da batalha.

Ela levantou a mão para empurrá-lo de lado, e ele a tomou na sua, apertando-a com força.

– É isso. É isso que eu quero. Você. Então me dê um minuto para processar o que aconteceu. O fato de que não importa por quê. Eu controlei esse sentimento a minha vida toda. Acabaríamos aqui, claro. Mas aí... Eu não sei o que raios... Agora eu sei, para mim é isso, e não importa por quê.

Tão frustrado, pensou ela, enquanto seu coração se derretia. Ela tocou o rosto dele, passou a mão em seus cabelos.

– Não, não importa. Duncan dos MacLeods – murmurou ela. – *Tha gaol agam ort.*

Ele baixou a cabeça para roçar os lábios nos dela.

– Eu não sei o que isso significa.

– Duncan dos MacLeods precisa aprender um pouco de escocês gaélico. Eu te amo.

Ele descansou a testa na dela enquanto a emoção girava dentro dele.

– Eu provavelmente posso traduzir isso em irlandês com o que aprendi na escola. Mas vou ficar com a minha língua materna mesmo. Eu te amo.

Ela o atraiu para selar as palavras, a promessa, com um beijo.

Ele rolou por cima dela, colocou-a ao lado dele.

– Eu só queria ver você. Precisava falar com você sobre a ilha, mas isso era uma desculpa. Eu precisava ver você. Não esperava que você pulasse em cima de mim.

– Eu queria uma bebida, um banho, dormir. Então vi você. Sangrando, ferido, contemplativo. E eu só quis você. Acho que, se você não tivesse vindo até mim, eu teria colocado a tristeza para dormir, em vez de me lembrar do bem que fizemos hoje.

– Eu cuido da bebida, do banho e do sono. Por que você estava triste?

– O que eles fizeram com aquelas pessoas, Duncan. Ouvir o que enfrentaram…

– Eu sei. – Ele acariciou o braço dela. – Eu conversei com a maioria dos resgatados.

– Uma com quem falei foi uma das primeiras a ser levada de Washington. Algumas das crianças nasceram naquele lugar. Eles nunca conheceram nada, apenas a escuridão.

– Nós vamos mostrar a luz para eles. Deve haver uma maneira de descobrir se algumas das mulheres são mães das crianças que resgatamos. Não sei se Rachel sabe fazer isso como médica, mas com magia dá.

– Algumas não vão querer as crianças.

Ele se sentou e, como viu a tristeza novamente, nuvens acinzentadas nos olhos dela, puxou-a para mais perto.

– Outras vão querer, Fallon. Quantas vezes já vimos isso? Olhe para Rachel e Jonah com Gabriel. Biologia não significa nada. Aquele garoto é deles. Olhe para Anne e Marla com Elijah. Há centenas como eles. Todos nós os conhecemos.

– Você tem razão. – As nuvens se dissiparam. – Tem toda a razão. Estou tão feliz que esteja aqui…

Um ombro amigo, ela percebeu, bom senso. E, graças a todos os deuses, sensibilidade.

– Ah, nós temos muito trabalho a fazer – acrescentou Fallon. – Acho que posso trabalhar com o que aprendi com alguns dos resgatados que estiveram em várias prisões e localizar outros centros de contenção. E você e Mallick estão certos, precisamos realocar os prisioneiros de guerra. Precisamos falar sobre como fazer tudo isso. Como e quando…

Ele a puxou para si, fez com que se calasse com um beijo.

– Vamos fazer tudo isso, mas vamos nos dar algumas horas de descanso. Vamos tomar esse banho e descobrir como é o sexo quando não estamos ensanguentados e machucados.

– É um bom plano.

– Muito bom. Podemos pegar algo para comer.

– Comida. – Ela apertou a barriga. – Estou morrendo de fome.

– Está vendo? É um bom plano. – Ele a ajudou a se levantar. – Depois, posso levar você para as ilhas que Mallick e eu temos em mente. Vamos resolver o resto.

Ele fez uma pausa, permitiu a si mesmo absorvê-la. Alta, magra, nua.

– Meu Deus, eu estava com pressa. Você preencheu muito bem esses ossos desde a última vez que eu vi você sem roupa.

– Você não ficou impressionado na época.

– Eu menti.

Ela sorriu e, com a mão na dele, foi em direção à porta.

– Eu sei.

No final da manhã, energizada – de novo – e alimentada, ela se reuniu com Colin em seu QG para explicar os detalhes básicos do plano para os prisioneiros de guerra.

– Ilhas. – Ele se afastou do computador. Por razões que a irritavam, ele tinha facilidade com a tecnologia, algo que ela não tinha. – Ilhas tropicais, com recursos, abrigos ou os meios para construí-los.

– Eles ainda seriam supervisionados. Não colocaríamos guardas nas ilhas, mas há maneiras de os observarmos, manter o controle.

– Entendi. – Ele se levantou, enfiou as mãos nos bolsos. – Alguns deles não merecem nenhum tipo de liberdade.

– Vamos determinar isso. Não podemos manter todos presos indefinidamente. Não só porque não somos assim, mas porque não podemos usar nossos soldados e suprimentos para isso. Eu tenho que ver os locais primeiro, então Duncan vai me levar. Mas parece uma boa solução.

– Não Hargrove nem Carter. – Ele dirigiu um olhar feroz a ela. – Não esses dois. Estou estabelecendo um limite aqui.

– Não é preciso. Eles vão passar a vida na prisão. Vou dar uma olhada, então quando todos nos encontrarmos em Nova Esperança, Duncan e eu apresentaremos o plano para todos os comandantes. Precisamos olhar para a frente, Colin. Não apenas para a próxima batalha, mas para o mundo que queremos ter construído no final.

– Você que se preocupe com o mundo. Eu vou me preocupar com a próxima batalha – retrucou ele, dando de ombros enquanto andava de um lado para o outro.

Ele se movimentava como um soldado, pensou Fallon, e tinha a aparência de um soldado: musculoso, ereto, trança de guerreiro. O soldado sempre estivera lá, no irmão irritante e amado que colecionava tesouros estranhos e adorava basquete.

Ela ia começar a dizer exatamente isso quando ele a olhou por cima do ombro.

– Então, você e Duncan.

– Ele já esteve nas ilhas, e Mallick está em RR, então ele vai me guiar na visita e nós vamos analisar.

– Eu sei, o que eu quero dizer é que você e Duncan finalmente agiram. Você sabe, concretizaram.

– O quê? – O choque veio primeiro, depois o constrangimento profundo que só uma irmã pode sentir quando se depara com um irmão que tem na cara um sorriso malicioso. – Como você sabe?

– Merda, Fallon, todo mundo sabe. Foi como se o sol explodisse. E você viu aquilo ali? – disse ele, apontando o polegar para a janela. – Aquela árvore atrás da pedra memorial.

– Como assim todo mundo sabe? O que uma árvore tem a ver com... – Ela olhou. – Uma árvore da vida.

Havia florescido, como a da cabana de Mallick, cheia de flores e frutas.

– Eu ficaria feliz com isso de qualquer maneira. Ele é um cara legal. Mas é difícil discutir com uma coisa daquelas. Agora, o papai...

– Não vamos falar sobre isso. Preciso ver as ilhas e voltar para Nova Esperança. Não deixe Travis assumir coisas demais. É mais difícil para ele. Ele sente... tudo.

– Pode deixar – acrescentou Colin, com um sorriso presunçoso. – Ele deve ter visto a brincadeira que fiz com os lençóis na cama dele ontem à noite, e isso vai fazer com que ele fique pensando em como se vingar de mim.

Irmãos, pensou ela.

– Boa viagem e tudo o mais – acrescentou Colin. – Ah, espere aí.

Ele voltou à mesa e abriu uma gaveta. Tirou de lá a faca de Fallon e a bainha que Travis fizera de presente para ela em seu 13º aniversário.

– O garoto disse que você emprestou isso a ele e me pediu que eu devolvesse a você. Marichu o trouxe aqui. Ela se saiu muito bem – disse Colin, de uma forma que revelou a Fallon que havia realmente alguma coisa ali.

– Obrigada. O menino está bem?

– No quartel. Um dos recrutas novos.

Assentindo, ela prendeu a faca no cinto.

– Treine-o com rigor. Vejo você em Nova Esperança.

– Ei, Fallon – disse ele, enquanto ela ia até a porta. – Temos esses caras sob controle.

– Vamos manter assim.

Ela chegou em casa ao anoitecer e encontrou a mãe mexendo em uma panela que estava no fogão, o cheiro era maravilhoso. Tão normal, pensou, depois do sangue e da batalha, depois de um dia de conquistas prodigiosas.

Grata, ela correu para envolver Lana, abraçá-la bem forte.

– Minha menina.

– Mãe.

Lana se virou, abraçou Fallon com força antes de se afastar com um sorriso. Mas o sorriso mudou quando ela estudou o rosto de Fallon, um rosto que colocou entre as mãos enquanto dizia:

– Sua primeira vez.

– O que...

– Duncan. Claro, Duncan.

– Eu... Você... Como você sabe?

– Eu também tive uma primeira vez. Você tem o conhecimento em seus olhos, junto com as estrelas. Ele a fez feliz?

– Faz. – O constrangimento inicial desapareceu. – Eu amo Duncan. E ele me ama.

– Eu sei.

– Foi maravilhoso. – Quando a sensação percorreu seu corpo novamente, Fallon girou em um círculo. – Eu não sabia que podia ser tão intenso. Você pode ler histórias, ou ouvir os soldados conversando sobre sexo, eu podia até perceber como você e papai olham um para o outro, mas não tinha como imaginar. Eu não fazia ideia até ele me tocar.

Com um suspiro, ela colocou a mão no coração.

– Então ele me tocou... Quando estamos juntos assim, eu não sou a salvadora, ou a Escolhida, nada, sou só... eu mesma.

– Eu sei – comentou Lana.

– É assim com o papai, para você?

Com um suspiro, Lana colocou uma chaleira para ferver e escolheu os chás.

– Todos os meses em que estivemos juntos, no tempo antes de você nascer, e depois, ele nunca me tocou, nunca disse nada. Ele me queria, e eu sabia. Assim como ele sabia que eu precisava do meu tempo de luto por Max. E, ao longo daquele tempo, eu me apaixonei, aos poucos, mas completamente.

Ela pegou xícaras e o mel que Fallon amava.

– Foi no dia em que Mallick apareceu. No ano-novo. O final do Ano Um. Quando ficamos sozinhos de novo, nós três, eu disse a ele que o amava e que queria que nossa vida juntos começasse. Foi a nossa primeira vez. E, quando finalmente ele me tocou, eu era apenas eu mesma.

– Você nunca me contou.

– Teria sido apenas uma história bonita antes. Agora você consegue entender. Temos sorte, você e eu, de amar e ser amadas por bons homens. Através de tudo isso, a guerra, as perdas, as vitórias, ainda podemos ser mulheres apaixonadas por bons homens.

Lana fez o chá, colocou biscoitos na mesa e se sentou para conversar, para ouvir.

– Eu tinha medo de não saber o que fazer... Quero dizer, além da mecânica. É tanta coisa mais...

Com uma risada, Lana mordeu um biscoito.

– Agradeça à deusa por isso.

– Nem que a *sensação* seria tão boa. Tudo. Ainda estávamos machucados e sangrando, e não fez diferença.

– Pode ter acrescentado sensações – comentou Lana.

– Depois, no chuveiro... – Ela parou, mexeu o mel no chá. – É esquisito ouvir isso?

– Estou me dando tapinhas nas costas agora por ser esse tipo de mãe cuja filha se sente confortável para falar sobre isso.

– Será que papai vai saber, como você?

– Pouco provável.

– Ah, eu tinha esquecido: quando, na primeira vez, quando a gente... Bem, a luz explodiu em todos os lugares, através de mim, através dele. Do lado de fora, a árvore atrás da pedra memorial mudou. É uma árvore da vida, como a de Mallick.

– Ah. – Lana se sentou. – Isso explica. Nossa árvore memorial fez o mesmo. Pensei que fosse um sinal de vitória, mas agora entendo. Se bem que o amor é uma vitória. Sem ele, nenhuma batalha tem significado.

Ela colocou a mão sobre a da filha.

– Haverá mais batalhas – respondeu Fallon.

– Mas você vai entrar nelas com mais uma coisa pela qual lutar.

– Eu tinha medo de que isso me fizesse fraca, mas eu estava errada. Me sinto mais forte. Preciso ser. Tem coisas vindo por aí... Não consigo ver com clareza, mas estão vindo. Uma chama do norte, uma loucura se formando, uma alma sombria atrás de uma máscara de inocência. Você também vê? Um raio atravessando um coração fiel. O dragão macabro trazendo sua longa sombra para sufocar a esperança. Que barganhas devem ser feitas, que perdas devem ser sofridas, que sacrifícios devem ser feitos para a luz brilhar na escuridão?

Fallon baixou a cabeça e prosseguiu:

– Eu não consigo ver, mas sei que está chegando.

– Quando isso acontecer, vamos enfrentar. – Lana pegou as duas mãos de Fallon. – Todos nós.

– Tenho tantas outras coisas para falar com você... Com você, papai, Travis. Ethan, também. Mesmo antes de nos encontrarmos com o resto dos comandantes e com os Primeiros.

Lana olhou quando a porta se abriu. Simon entrou.

– Você está com sorte. Estávamos exatamente... – Algo na expressão dele a impediu. – Ethan.

Simon foi até Lana e colocou a mão no ombro ela.

– Ele está bem. Foi à casa de Eddie. Querida, é o Joe.

– Ah, eu vou...

– Lana, Ethan disse que a hora chegou.

– Ah, não. Mas...

– Ele disse que Joe está pronto. Só precisa que Eddie o deixe partir.

Lágrimas inundaram os olhos de Lana.

– Eu preciso estar lá.

– Vá. – Fallon se levantou. – Vá. A gente termina de preparar o jantar. Vá ficar com Joe.

Lana não hesitou, não correu para pegar o casaco. Disparou.

Encontrou Eddie, Fred, todas as crianças sentadas no chão da sala de estar da fazenda. A cabeça de Joe descansava no colo de Eddie. Ethan, seu menino forte e doce, estava ajoelhado, uma das mãos acariciando enquanto a respiração do animalzinho acontecia com dificuldade.

Ela se ajoelhou ao lado dele, colocou a mão no velho e fiel cão. E percebeu que o filho estava certo. A hora havia chegado. Seu olhar encontrou o de Eddie e seu coração se partiu com a esperança que havia nele.

– Ele não quer comer. Talvez você pudesse...

– Ele está tão cansado, e tudo dói. – Ethan falou suavemente, acariciando, acariciando. – Ele não vai descansar até que você diga que está tudo bem. Ele vai lutar para não descansar porque o amor é muito forte. Ele ainda sonha. Ele sonha com a época em que buscava bolas e gravetos, fazia longas caminhadas, brincava com você, com as crianças.

Com as mãos gentis, incansáveis, Ethan consolou o cachorro, leu o coração de Joe.

– Jem, Scout e Hobo correm e brincam, mas ele só pode assistir. Ele quer correr de novo, brincar de novo, mas não vai partir enquanto você não disser que ele pode ir. Ele sente falta de Lupa, e sabe que Lupa está esperando por ele, esperando para brincar com ele, correr com ele. Mas você precisa dizer que ele pode ir.

– Você acredita nisso? – Eddie limpou as lágrimas do rosto. – Que ele vai para algum lugar onde possa correr, pegar bolinhas e brincar com Lupa? Você realmente acredita nisso?

– Eu sei. Nossos Harper e Lee estão lá agora. Eles querem conhecer mais um amigo.

– Ele pode ter uma bola vermelha? – Willow enterrou a cabeça de cachos ruivos no ombro da mãe. – Ele pode ter uma bolinha vermelha, por favor?

– É claro que pode.

Chorando, Fredinha deu um beijo nos cabelos de Willow.

Ela pegou a mão de Eddie e a beijou.

– Tudo bem. Vamos nos despedir dele agora. – Eddie respirou quando Joe olhou para ele com olhos cheios de amor e confiança. – Você salvou a minha vida. Acho que salvamos um ao outro. Tivemos algumas aventuras, não foi, garoto? Vá em frente agora. Descanse e deixe tudo acontecer.

Depois você vai procurar Lupa e conhecer Harper, Lee e todo o resto. E correr atrás de alguns esquilos.

Joe lambeu a mão de Eddie e, com um suspiro, partiu.

Mais tarde, enquanto voltava para casa com um casaco emprestado, Lana colocou o braço ao redor dos ombros de Ethan.

– Ele não conseguiria ter feito isso, não teria deixado Joe partir se você não estivesse lá, Ethan. Não sei se eu mesma conseguiria.

– Eu não queria deixar que ele fosse embora, mas ele precisava. – Ethan olhou para trás. – Eles estão acendendo velas nas janelas para ajudá-lo a encontrar seu caminho.

– Vamos acendê-las também. Olhe. – Lana fez um gesto para a frente. – Prontinho.

– Ele vai voltar, você sabe. Encontrará o caminho de volta depois de um tempo. Voltará para Eddie. As pessoas voltam, alguns animais voltam, quando amam o suficiente.

Ele olhou para a mãe. Lana sentiu um choque ao perceber que seu bebê agora tinha a sua altura.

– É por isso que eles não podem nos vencer. Eu não sei por que eles querem nos matar, destruir tudo o que é bom. Posso sentir o que eles sentem, mas não consigo entender. Eu sei que eles podem nos machucar, roubar tudo que temos, mas eles não podem nos vencer porque nós somos capazes de amar um bom cão o suficiente para deixar que ele vá embora mesmo quando isso dói. Eles podem queimar a terra, mas nós vamos plantar. Eles podem queimar de novo, mas vamos plantar outra vez. Eles não conseguem nos deter. Eles não têm como vencer.

– Ah, Ethan. – Lana o puxou mais para perto enquanto caminhavam em direção às luzes nas janelas. – Isso é exatamente o que eu precisava ouvir esta noite.

– Eu preciso que você me deixe ir com Fallon.

– Já isso aí não é o que eu precisava ouvir.

– Eles precisam de pessoal de apoio para lidar com os cavalos, a caça e os cães de luta. Eu posso lutar, mas sei que seria mais útil liberando a posição para um soldado melhor. Você... é hora, mamãe, de você me deixar ir.

– Você já falou com seu pai.

– Agora estou falando com você. Todos vocês vão, e eu fico.

– O que você faz aqui é...

– Importante, claro. Mas eu não sou mais uma criança, e tenho habilidades que podem e vão ajudar durante uma luta. Preciso usar isso. Você precisa me deixar ir.

– Os deuses pedem demais. – Ela olhou para as estrelas. – Converse com Fallon. Eu não vou ficar no seu caminho. Pelo menos me dê isso: vamos jantar sem falar sobre nenhuma guerra. Vamos contar histórias sobre Joe. Depois, vamos falar sobre isso, e sobre o que sua irmã precisa nos dizer.

– Ela vai nos dizer que ela e Duncan ficaram nus?

– Eu... Ethan! – O sorriso malicioso do filho trouxe de volta o seu bebê. – Como você sabe sobre isso?

– Um passarinho me contou.

Ela teve que rir.

– Você é um dos poucos que podem dizer isso com um significado literal. Mas guarde para si mesmo. – Ela fez uma pausa na entrada. – Estou falando sério.

– Papai não sabe.

– Apenas histórias sobre Joe – repetiu ela, e abriu a porta.

Depois da refeição, com os pratos limpos e todas as histórias suavizando um pouco a tristeza do luto, Lana serviu vinho para si mesma e Fallon. Travis, de volta de Arlington, pegou uma cerveja para ele e Simon.

Ethan olhou para o chá em sua xícara.

– Por que eu não posso tomar uma cerveja? Fallon tomou cerveja quando tinha a minha idade.

– Um pouco mais velha – disse Lana.

– E ela tinha acabado de enfrentar um homem de 130 quilos – lembrou Simon. – Sem ajuda de magia. Se você fizer uma coisa dessas, eu mesmo sirvo sua primeira cerveja. Enquanto isso...

– Enquanto isso – repetiu Fallon –, tem algumas coisas que eu quero saber antes da reunião formal. Quero ouvir sobre a situação dos feridos e dos resgatados, mas também preciso falar com você sobre os prisioneiros de guerra.

– Interrogamos uns sessenta até agora – relatou Simon. – Alguns são metidos a durões. E alguns foram recrutados, se é que chamamos assim quando um grupo é reunido e forçado a servir. Há alguns pouco mais velhos que Ethan, tirados de suas famílias, colocados em campos de treinamento onde foram martelados todos os dias sobre a ameaça que os Incomuns representam. E a maioria deles tem família, parentes mágicos.

– Eles convencem, ou tentam convencer, as pessoas a ficarem contra nós. – Com um olhar duro, Travis bebeu sua cerveja. – Para eles, somos iguais aos ISs. Merda, muitos deles estão esperando que os torturemos do jeito que eles fazem conosco, ou que chamemos um raio para matar todos.

– Eles foram doutrinados, sofreram lavagem cerebral. Nós sabemos disso. – Fallon levantou a mão. – Nós podemos, e temos conseguido, reverter alguns. É vital continuarmos tentando. Mas, para aqueles comprometidos em acabar conosco, precisamos de outra solução. Para alguns, como Hargrove, só mesmo a prisão perpétua. Mas não podemos condenar milhares de pessoas ao mesmo. Pode haver uma escolha, para nós, para eles.

– Qual? – perguntou Simon.

Ela lhes contou sobre as ilhas, sobre o básico do plano que ela e Duncan haviam aprimorado.

– Pode ser que usemos uma para os mais durões e a outra para os que pudermos imaginar, ou esperar, que possam construir outro tipo de vida.

– É muito radical – comentou Travis, mas Simon discordou.

– Não sem precedentes. Os ingleses enviaram pessoas para cá, onde ficavam as Colônias, e para a Austrália.

– Sem escolha, e como trabalhadores forçados. Vamos dar a eles uma escolha – acrescentou Fallon. – E eles terão uma espécie de liberdade. Talvez não seja uma escolha perfeita. Prisão ou realocação. Precisaríamos de um conselho de algum tipo para determinar quem seria elegível para a escolha. E para determinar a quem seria dada a escolha de voltar, e quando. Precisaríamos calcular a quantidade de suprimentos, equipamentos e recursos para enviar com eles. Vai ser complicado, e haverá mais de um se colocando contra dar a qualquer inimigo uma escolha.

– Mas é o certo a fazer. – Embora não tivesse dito nada até o momento, Lana tinha escutado, refletido, procurado a resposta em sua mente e em seu coração. – No caminho para cá, naquela primeira vez, eu vi pessoas, com e sem poderes, que jamais poderiam ser regeneradas. Mesmo antes da Catástrofe, era a mesma coisa. Mas eu vi pessoas que estavam com medo ou desesperadas e fizeram coisas devido ao medo e ao desespero, coisas que jamais teriam feito em outra situação. Usei o meu poder para ferir e matar, e o farei de novo. Essa é uma escolha com a qual todos vivemos porque aquilo contra o qual lutamos exige. Mas não somos iguais aos nossos inimigos e, quando há uma escolha, escolhemos o que é certo. Isso é certo.

– Não poderia ter dito melhor. – Simon brindou com sua cerveja. – Vamos resolver isso para que, quando nos depararmos com esses argumentos, tenhamos as respostas. Você quer Duncan nessa?

Ao perceber o sorriso na cara de Ethan, Fallon lhe lançou um olhar ameaçador. Simon apenas olhou, intrigado.

– Que foi?

– Nada. – Com um sorriso, Lana mandou para Travis um zumbido mágico e maternal. – Tenho certeza de que Katie está feliz por ter Duncan por perto. Vamos deixar isso para amanhã. Então, onde ficam essas ilhas exatamente?

– Eu tenho mapas.

Levantando-se, Fallon buscou sua sacola e espalhou os mapas sobre a mesa.

Quando ela desceu as escadas, sentiu que tinham agora mais respostas e, com o apoio familiar unificado, uma força poderosa contra qualquer um que discordasse.

Quando abriu a porta para seu quarto, Duncan se levantou da cadeira e deixou seu bloco de esboços de lado.

– Você demorou.

– Eu não sabia que você estava aqui. Estávamos analisando mais detalhes sobre as ilhas. Você deveria ter subido… entrado. Ah, ok.

– É um pouco estranho com sua família lá em cima, e se seu pai me pegar aqui, vai me dar uma surra. Mas…

– Mas…

Ela bloqueou a porta e foi até ele.

# CAPÍTULO 14

Quando os comandantes chegaram, Fallon se perguntou por quanto tempo mais a atmosfera comemorativa duraria depois que ela explicasse o plano.

Ela cumprimentou Mick e, de forma divertida, puxou a trança lateral que ele havia pintado de azul.

– É uma coisa de elfo – explicou ele.

– Se você diz…

– Muitos metamorfos estão fazendo tatuagens de seus animais espirituais. É uma maneira de…

– Abraçar sua herança – completou Fallon. Ela olhou em volta, observou aquela mistura de gente. – E uma declaração. Os que têm magia não devem esconder quem e o que são. Eu gosto disso.

Duncan se aproximou dela e colocou a mão em seu ombro de uma forma que fez o sorriso largo de Mick desaparecer.

– Mick. Gostei do azul. Mallick chegou.

– Ah. – Fallon se virou para procurá-lo. – Eu não estava esperando…

Ela olhou para trás, viu a dor nos olhos de Mick, sentiu-a. Antes que ela pudesse dizer algo, ele recuou, com rigidez.

– Tenho coisas para fazer.

– É difícil para ele – comentou Duncan, o que fez Fallon se virar.

– O que você sabe sobre isso?

– Ora, Fallon, eu tenho olhos. Eu vejo como ele olha para você, provavelmente porque eu olho para você da mesma forma.

– Você veio aqui para me contar sobre Mallick, ou demarcar território?

– As duas coisas.

– Idiota.

Sem se ofender, Duncan deu de ombros enquanto ela atravessava a sala para receber Mallick.

– Você deixou suas abelhas.

– Elas estarão lá quando eu voltar. Pensei que você poderia precisar de mim aqui hoje.

– E preciso. Que bom que você veio. Espero algumas objeções fortes ao que vou propor.

– É uma proposta?

– O que eu vi em Washington, além da batalha. Nas câmaras de poder, do jeito que eram? Não vamos voltar para aquilo.

Ela pensou na trança azul de Mick, nas tatuagens de animais espirituais.

– Tribos estão se formando, Mallick, e orgulho por pertencer a elas. Eles precisam que suas vozes sejam ouvidas. Mas...

– Eles devem ser liderados e unidos em um mesmo propósito. Deve haver leis estabelecidas para que a paz seja mantida quando for conquistada. Isso cabe a você.

– Então é melhor eu começar. Você vai se sentar ao meu lado?

– Sempre.

Ela percebeu o olhar do pai enquanto caminhava até a mesa grande. Assentiu para ele. Gesticulou para Colin, tocou no braço de Lana.

Enquanto tomavam seus assentos, outros chegaram.

– Eu sei que todos vocês têm histórias da batalha de Washington – começou Fallon. – Enterramos nossos mortos, tratamos nossos feridos. Sou grata a todos vocês por sua liderança. É essa liderança que nos levará desta vitória para Nova York.

Ela ouviu os aplausos e gritos de batalha, a batida de punhos sobre a mesa. Tribos se formando, pensou novamente, e tambores de guerra ainda batendo.

– Nós conduzimos dez mil em Washington. – Ela levantou a voz acima do alvoroço. – Vamos levar dez mil e mais para Nova York. As regras dos Incomuns Sombrios governam lá, e Rapinantes queimam e saqueiam os limites da cidade. Embora o governo de Hargrove tenha acabado, ainda há militares que nos caçam tão impiedosamente quanto os ISs, que recrutam à força os que não possuem magia para aumentar suas tropas e enclaves, e GPs que mantêm escravos e promovem execuções.

– Não haverá tantos deles quando tomarmos Nova York. – João Pequeno deu mais um soco na mesa. – Vamos matar vários. Vamos prender os demais. Minhas fileiras estão prontas.

Fallon assentiu e aproveitou a oportunidade:

– Todos nós estaremos prontos. Mas precisamos dos dez mil e mais. Muitos mais – repetiu ela. – Alguns que prendemos haviam sido recrutados. Foram forçados a lutar. Eles lutariam conosco, ou serviriam de apoio.

– Quantos de nós eles mataram? – perguntou Pequeno.

– Quantos deles nós matamos?

Duncan aproveitou a deixa.

– Jamie Patterson, 17 anos, NM. Tirado de sua família em uma varredura militar, recrutado. Eles levaram a família dele também. Sua irmã, uma elfa, 14 anos. E os pais dele. Disseram-lhe que sua irmã seria mantida em um campo de contenção. Seu pai iria para um centro de treinamento, sua mãe para outro. Depois de cinco anos, eles seriam liberados do serviço. Se ele tentasse desertar, se se recusasse a lutar, ele e o resto de sua família seriam julgados como traidores e executados.

– Talvez essa seja a história dele – retrucou Pequeno –, mas...

– A verdade dele – corrigiu Duncan. – Sua irmã, Sarah Patterson, estava na prisão de Washington. Vamos mantê-lo preso? Devemos dizer a ela que ele lutou contra nós, claro, ele foi forçado a fazê-lo, mas que é esse o correto?

– Há dezenas mais com histórias semelhantes. – Agora, Simon falou. – Não é contra isso que estamos lutando?

– Olha, cara, eu tenho coração. – Pequeno esfregou uma de suas mãos grandes no rosto. – Mas como é que podemos confiar neles?

– Como é que confiamos em qualquer um que vem até nós? – perguntou Lana. – Nem todos que entram em nossas comunidades têm boas intenções.

– Kurt Rove – murmurou Eddie. – Sempre tem aqueles que não prestam, mas não podemos julgar a todos por causa de alguns, cara.

– Eles podem e devem ter uma escolha. – Fallon esperou um segundo. – Os que forem capazes e estiverem dispostos a lutar devem lutar. Treinar com comandantes confiáveis. Os que não puderem ou não quiserem lutar vão servir de outras maneiras. Se tiverem alguma habilidade, podem se oferecer para prestar serviços. E os que têm família saberão, terão nossa palavra, que faremos o que puder para encontrá-la e reuni-la.

– Temos um par de metamorfos, gêmeos. – Mick tamborilou os dedos na mesa, mas não encarou Fallon. – Eles apareceram alguns dias depois que tomamos A Praia. Estavam em contenção há uns seis ou sete anos. Perderam a noção do tempo. Os dois saíram no meio da confusão, quando um bando de Rapinantes malucos chegou ao centro de contenção. Eles tinham cerca de 8 anos quando os militares os pegaram. Os pais tentaram evitar, revidaram. Os soldados mataram a mãe na frente deles, queimaram a casa, arrastaram o pai para fora. Atiraram nele, então os dois não sabem se ele está vivo.

Ele olhou para João Pequeno.

– Todos nós ouvimos histórias como essa. Eu não vejo como podemos fazer prisioneiros se tornarem prisioneiros, porque isso é o que eles eram.

João Pequeno bufou.

– Alguns deles serão verdadeiros idiotas.

E Mick sorriu.

– Se trancarmos todos os idiotas, o que isso fará de nós dois?

João Pequeno riu, fez um aceno com a mão.

– Ok, tudo bem.

Thomas se inclinou em direção à mesa.

– Como poderemos verificar se eram mesmo obrigados, ou que realmente têm as famílias que afirmam ter?

– Nós temos registros – respondeu Chuck. – Ainda estamos analisando todos. Temos uma pilha de documentos de Washington, então vai levar algum tempo.

– Estamos progredindo. – Arlys, como sempre, tomava notas. – A maioria foi recrutada entre os 15 e os 35 anos. É uma prática que já dura quase vinte anos. Alguns que foram levados foram também doutrinados. Eles se aclimatavam, seja pela própria natureza ou pelo tempo, quem pode saber? Mas não encontramos ninguém que tenha sido solto. Uma vez que levavam alguém lá para dentro, não deixavam sair nunca mais.

Ela colocou as anotações sobre a mesa e continuou:

– Há também numerosos registros de julgamentos e execuções. Alguns que tentaram escapar, outros que simplesmente não satisfaziam ao comando. Eles os usaram como exemplos para "motivar" a tropa.

– Filhos da puta! – exclamou Pequeno. – Mas esses que se aclimatam, ou como raios você chama isso, não podemos soltar essas pessoas e colocar armas nas mãos delas.

– Concordo – disse Thomas, e os murmúrios começaram ao redor da mesa.

– Quanto tempo vamos manter essas pessoas presas? – perguntou Eddie. – Quantos soldados vamos tirar da força de combate para guardar os prisioneiros? E ainda teremos que encher a barriga deles, dar roupas, remédios?

– E depois que vencermos essa guerra? – disse Will. – O que vamos fazer?

– Já temos muitos prisioneiros. – Troy olhou em volta da mesa, um a um, enquanto as pessoas falavam ao mesmo tempo. – Onde vamos colocar mais?

– Não podemos soltar essa gente, e é claro que não pretendemos matar todos. É um cadeado e uma gaiola – insistiu Pequeno. – Simples.

– Não precisa ser. Há outra maneira. – Fallon se virou para Mallick. – Você mostra a eles?

Ele levantou as sobrancelhas, claramente surpreso por ela lhe ter passado a tarefa.

– Muito bem.

Ele se levantou e, depois de um momento de consideração, abriu as mãos, levantou-as e conjurou um mapa.

– Este é o mundo. Um lugar grande, massas de terra, grandes oceanos e mares. Grande parte deste mundo está agora sem habitantes.

– Quantos, Kim? – perguntou Fallon.

– Hum. – Kim apertou os lábios. – A maioria dos relatórios calcula que uns oitenta por cento foram eliminados depois da Catástrofe. Mesmo nos anos que se seguiram, levando-se em consideração nascimentos, mortes, guerras, não teria havido muito crescimento populacional. Uns dois bilhões. Parece muito, mas não é quando você considera que a Terra tem mais de 500 milhões de quilômetros quadrados.

– Uma vez nerd… – resmungou Poe, e levou uma cotovelada.

– Quanto disso é água?

– Uns setenta por cento.

– Grande. – Fallon olhou para trás, para Mallick. – E nossa habilidade de viajar pelos vastos mares não é o que era antes. Falta combustível, habilidade, equipamentos.

– Nos mares existem ilhas. Algumas são, e foram, habitadas. Muitas não são, ou deixaram de ser. E aqui, e aqui, estão duas – disse Mallick, e, com um gesto, fez duas pequenas ilhas brilharem no mapa. – Elas são habitáveis. Há caça, água doce, recursos naturais, terra que pode ser plantada.

Interessado, Thomas observou as ilhas, as posições.

– Transporte?

– Espere, espere, espere! – João Pequeno acenou com as mãos. – Você quer dar aos prisioneiros de guerra umas férias em uma ilha tropical? Que merda, pode colocar meu nome também.

– Dificilmente seriam férias – retrucou Fallon.

– Palmeiras, praias?

A discussão rolou em torno da mesa, ânimos exaltados.

– Chega – avisou Mallick, quando Fallon permaneceu em silêncio. – Eu já vivi muito. Vi a ascensão e a queda de poderes, guerra após guerra. Mesmo enquanto dormia, testemunhei. A luz deve sempre buscar a luz. Nessa luz há sombras que devem ser cuidadosamente escolhidas. O que importa a vocês se aqueles que derrotamos sentirem brisas quentes ou poderem colher frutas de uma árvore? A sombra que escolhemos é o isolamento. Alguns nunca verão de novo o lar que conheceram. E se alguns construírem uma vida, até mesmo se encontrarem alguma alegria, isso prejudica a alegria ou a vida de vocês? Isso apenas suavizaria as sombras que nós escolhemos.

– E Hargrove? – questionou João Pequeno.

– Vai passar a vida na tal gaiola com cadeado – respondeu Fallon.

– Assim como outros da laia dele. Mas alguns são soldados, João, assim como todos nós. Alguns têm famílias, outros podem construir famílias e, ao fazer isso, perceber os erros que cometeram.

– Posso dizer algo que é apenas o final prático direto disso? – Duncan se ajeitou na cadeira. – Suprimentos, segurança. Assim, damos a eles o suficiente para poderem começar, em vez de gastar nossos próprios recursos. Façam as contas. Quantos quilos de carne, grãos, galões de água potável, medicamentos, além de pessoal? Eu já estive nessas ilhas. Sim, elas são bonitas. Mas também têm pulgas-do-mar, cobras, uma estação chuvosa e furacões. Eles vão ter que começar as próprias plantações, construir os próprios abrigos, caçar a própria carne, pescar, descobrir como viver cercados por quilômetros de oceano.

– E quanto à segurança? – perguntou Mick.

– Sereias e tritões, principalmente – respondeu Duncan, e Mick assentiu.

– Tudo bem. Temos que ser melhores do que eles. Se eles pegarem um de nós, vão nos matar, ou nos jogar em um buraco até que isso nos mate. Temos que ser melhores do que isso.

– Eu gostaria mais da ideia se falássemos em ilhas no mar do Norte – disse Colin, e deu de ombros. – Mas Mallick tem razão: seja um lugar quente ou frio, eles que se virem.

– Estamos de acordo?

Fallon olhou para todos ao redor da mesa.

– Que suprimentos teremos que dar a eles? – perguntou Troy. – Quanto e por quanto tempo? E se houver crianças?

– Temos a maior parte do que será necessário. Mas temos que concordar com a ideia das ilhas antes de pensarmos no que vamos enviar.

– Você é A Escolhida – apontou Troy.

– Mas não estou sozinha nesta luta. Todo mundo aqui tem voz.

– Então eu digo que estou de acordo.

Todos ao redor da mesa foram concordando, até chegar a João Pequeno.

– Talvez possamos debater aquela questão sobre o mar do Norte.

Fallon sorriu.

– Primeiro vamos ver como isso funciona.

Eles trabalharam na logística, com Kim e Chuck (os dois nerds) designados para calcular a quantidade de suprimentos que seria necessária por cabeça. Simon, Travis e outros empáticos trabalhariam juntos para determinar quais prisioneiros seriam mais adequados à escolha, com Arlys ajudando a confirmar através dos registros e Rachel analisando os aspectos médicos.

Com um objetivo otimista de transportar os primeiros quinhentos em dez dias, Fallon mudou a discussão para Nova York e os planos de batalha.

Com seus novos mapas sobre a mesa, ela se mostrou irritada com a interrupção quando Ethan e Max entraram.

– Desculpe – disse Ethan rapidamente –, mas você precisa vir aqui fora. Tem alguém aqui e… você precisa ver.

Com a mão no punho da espada, Fallon chegou à porta com Duncan e Mick.

Uma mulher estava no jardim coberto de neve. Cabelos ruivos flamejantes enrolados e derramados até quase a cintura. Ela usava um longo casaco branco bordado, com pele no colarinho e nos punhos, e parecia algo saído de um conto de fadas, com o brilho gelado de diamantes em seus dedos e orelhas.

Ela não carregava nenhuma arma visível, mas os dois homens que a flanqueavam, ambos de preto absoluto, levavam espadas em bainhas cravejadas de joias.

Fallon sentiu a difusão de poder, que combinava com a confiança nos ousados lábios vermelhos, nos olhos cor de esmeralda.

Ela falava com um encantador sotaque francês.

– Eu não lhe trago nenhum mal, Fallon Swift. Sou Vivienne de Quebec. Vim lhe propor uma aliança.

Fallon viu o olhar dela se voltar para Duncan, para Mick, viu aqueles olhos cor de esmeralda brilharem com uma aprovação sedutora.

– Podemos conversar? O que acha de deixarmos de lado nossos belos homens, você e eu, e conversarmos em particular?

– Tudo bem.

– Fallon, espere – disse Mick, segurando-a pelo braço.

Fallon deu um tapinha na mão dele para que a largasse.

– Está tudo bem. Você pode avisar minha mãe que eu tenho uma convidada e perguntar se ela tem como levar um café até a sala?

– Quanta gentileza.

Vivienne caminhou, na verdade deslizou, sobre a neve. Fallon sentiu seu rico perfume e avaliou sua beleza. Impecável.

Fascinada, Fallon a levou até a frente da casa.

– Você veio de muito longe.

– Sim. Meu acompanhante Regis é um bruxo, então fazemos o estalo.

Disparou, pensou Fallon.

– Você não é uma bruxa. É metamorfa.

– Você enxerga com rapidez. Vejo também que você tem dois homens muito bonitos apaixonados por você. Eu tenho homens apaixonados por mim. É agradável, não é? Pensei que A Escolhida fosse corpulenta e… como diria… desgastada pelas batalhas. Mas você é simplesmente adorável.

Fallon abriu a porta.

– Por favor, entre.

– Ah. – Enquanto entrava, Vivienne olhou ao redor do hall, analisou a sala de estar e o fogo crepitante. – É muito… aconchegante.

– Quer me entregar seu casaco?

– Sim, por favor. – Ela vagou pelo local enquanto o desabotoava. – Pensei que você teria mais... *luxo* é a palavra? Sim, imaginei que A Escolhida vivesse de maneira mais grandiosa.

– Há pessoas que ainda vivem em cavernas ou qualquer abrigo que possam sustentar. Isto aqui já é grandioso.

– *Bien sûr.* – Debaixo do casaco que entregou a Fallon, ela usava mais branco, um vestido que deslizava por seu corpo curvilíneo até os tornozelos de botas brancas. – Mas A Escolhida não é uma simples pessoa, certo?

– Não. Você está errada em relação a isso. Por favor, sente-se. *Préférez-vous que je parle français?*

As sobrancelhas de Vivienne se elevaram quando ela soltou uma leve e musical risada.

– *Vous parlez très bien français.*

– *Merci.*

– Mas eu gostaria de conversar em inglês. Desejo me tornar mais... proficiente.

– Tudo bem. – Fallon se virou, pegou a bandeja de Lana quando ela entrou. – Minha mãe, Lana.

– Estou tão feliz em conhecê-la, mãe da Escolhida! Ouvi muitas histórias a seu respeito.

– E eu ouvi algumas sobre você – respondeu Lana.

– Fico lisonjeada. E você teve trabalho para comigo. *Merci.*

Ela se sentou quando Fallon colocou a bandeja de café na mesa.

– Vou deixar vocês sozinhas para conversar.

– Não, fique. – Fallon pegou a mão de Lana. – Só as meninas, certo, Vivienne?

– Delicioso.

– Leite, açúcar?

– Os dois, e bolinhos! Não tenho força de vontade contra doces. Gosto de doces e de homens bonitos e charmosos. Você usa ambos os seus homens bonitos como amantes?

Fallon serviu o café. Sentou-se.

– Não. Apenas um é suficiente.

– Eu, hã, sou gananciosa. – Vivienne pegou dois dos bolinhos gelados como se fosse prová-los. – Eu era criança quando a Catástrofe chegou, e houve fome por algum tempo depois. Meu pai morreu nela, e *maman* e eu tivemos que nos esconder enquanto eu crescia. Ela tinha medo por mim, entende? E de mim também. Eu só tinha 10 anos. Ela foi morta antes do meu 13º aniversário.

– Eu sinto muito.

Vivienne assentiu, reconhecendo os sentimentos de Fallon.

– Aqueles que vocês chamam de Rapinantes. Não fui rápida o suficiente para salvá-la, mas eu os matei. Todos. E foi então que eu jurei, um juramento sobre o sangue de minha mãe, que não mais me esconderia, não viveria mais com fome, frio ou medo.

Ela provou um bolinho antes de continuar.

– Eu criaria um lugar, eu fiz essa promessa, onde ninguém mataria a mãe de uma garota. Usei o que eu tenho para fazer o que precisava. Agora, eu tenho Quebec. Mas chega disso por enquanto. Uma bela casa e soldados. Amantes.

Ela deu uma mordida em um bolinho com um sorriso.

– Escravos? – indagou Fallon.

– Não. Ninguém tem o direito de possuir outro ser humano. Servos, sim, eu tenho servos. Mas eles são livres, não são forçados a prestar serviço. Têm comida, abrigo, roupas. Eu lhes dou trabalho se quiserem, e eles são livres para ficar ou ir embora. Oferecemos proteção contra os Incomuns Sombrios, os Rapinantes e o resto. Esse é o meu povo, entenda-me. Eu não passo fome, eles também não.

Vivienne suspirou e acrescentou:

– Este café é muito bom, obrigada. O nosso não é tão bom. Fizemos trocas e conseguimos um pouco, mas não tão bom quanto este.

– Vamos lhe dar alguns grãos para vocês levarem – ofereceu Lana.

– É muita gentileza e generosidade. – Delicadamente, ela mordeu um segundo bolinho, lambeu um pouco de glacê do dedo. – *Maintenant*, minhas regras podem não ser as mesmas que as suas, mas ainda assim lutamos contra os mesmos inimigos. Você teve uma grande vitória. Eu lhe ofereço uma aliança. Tenho dois mil soldados. Quase isso – acrescentou ela com outro sorriso.

– Você me oferece uma aliança *depois* de uma grande vitória.

– Mas sim. Se você tivesse sido derrotada, meus soldados e meu povo teriam sofrido com o seu. Meu conselho e meus generais me disseram que vocês estão se preparando para atacar Nova York dentro de um ano. Talvez dentro de seis meses. Eu seria sua aliada. Eu lhe daria a minha aliança. Não a dou com facilidade. Eu escolhi a luz – acrescentou. – Pode não ser tão brilhante quanto a sua, mas é luz.

– E por sua lealdade, seus dois mil soldados, o que você deseja em troca?

– Quebec. – Vivienne dobrou no colo as belas mãos com anéis brilhantes. – Segurança para meu povo, meu reino. A promessa de que você e seus soldados não invadirão minhas terras nem tirarão de mim o que criei. O que ainda criarei. Você vai para o norte, aqueles que lutam lá podem ir ainda mais ao norte. Podem cobiçar o que eu possuo. Então, uma aliança. Promessas. Termos. Meu povo vai lutar com o seu, e você vai respeitar e ajudar a proteger o que é o meu país.

– Eu luto com o meu povo. Você luta com o seu?

– Não sou uma guerreira, sou uma governante. Mas protejo o que é meu. Eu mataria para proteger o que é meu.

– Me mostre.

Delicadamente, Vivienne pousou o café, limpou as migalhas dos dedos. E se transformou.

Fallon observou o dragão de olhos verdes brilhantes.

A chama vermelha do norte, pensou.

– Impactante. Mesmo vendo por tão pouco tempo.

Vivienne voltou ao que era.

– Somos poucos. Não sei por quê. Você já viu outro?

– Duas vezes. É maior, sombrio. Da escuridão.

– Me entristece que, sendo tão poucos, um tenha escolhido as sombras. – Com um delicado dar de ombros, ela levantou o café novamente. – Ah, bem, não vou mantê-la ocupada comigo, mas confio em que você vai considerar minha oferta.

– Eu vou.

– E eu vou lhe dar alguns grãos de café – disse Lana.

– Você é muito gentil. – Vivienne ofereceu uma das mãos para Fallon enquanto se levantava. – Eu não sou cruel. Não sou altruísta. Mas não vejo isso como… Ah!

Em um gesto de frustração, ela disse uma frase em francês.

– Opostos – disse Fallon.

– Sim, obrigada. Não são características opostas. Todos sabem que eu minto. A um amante, quando é… simples? Não minto sobre vida e morte, sobre a sombra e a luz. Posso até mentir para você – disse ela com um sorriso divertido. – Mas não sobre isso.

Quando Lana voltou, ela pegou o saco de pano oferecido e o colocou no bolso depois de se enfiar no casaco.

– Muito obrigada. Terei um presente para você na próxima vez que a vir. E vou lhe enviar o general D'Arcy, se fizermos a aliança. Você vai ver que ele é muito inteligente.

– Boa viagem, Vivienne.

– O mesmo para você, Fallon Swift. Madame.

Fallon a viu sair, aproximar-se de seus homens. E, de pé entre eles, disparar.

– Ela é... interessante – comentou Lana.

– E complicada. Ela tem sombras, mas não da escuridão. Não como eles. Mas não como nós. Uma aliança. Dois mil soldados.

Fallon fechou a porta.

– Ela tem mais de dois mil, ou não teria oferecido dois mil.

– Agora que você diz isso, eu não me surpreenderia. Ela é astuciosa. Os astuciosos são bons aliados.

– Pode ser. Vamos ver o que outras pessoas já ouviram a respeito dela, tudo que pudermos descobrir. Vai valer a pena, pelo menos, conhecer esse general.

– Você está prestes a receber algumas reclamações.

– Que novidade, não é mesmo? – Quando elas começaram a voltar, ela olhou para a mãe. – De você?

– Não. Você vai precisar de alianças. Nova York não é o fim de tudo isso. Você nunca me contou sobre o dragão sombrio.

– Foi num sonho de visão, com Petra.

Lana parou, agarrou o braço de Fallon.

– Petra.

– Ela o montava, eu acho. Não estava tudo bem claro, e eu não tinha certeza até agora de que era real. Preciso falar com Mallick.

– Vamos levar um pouco de comida – sugeriu Lana. – Uma aliança com uma rainha-dragão vai descer melhor com um ensopado.

– Tem razão.

# CAPÍTULO 15

Enquanto os outros comiam, Fallon levou Mallick e o pai para um lado e relatou o encontro com Vivienne.

– Já ouvi falar dela – confirmou Mallick. – Conversas, rumores, fofocas. Pelo que sei, ela tem seu reino, seu palácio e seu povo, e eles são leais a ela. Ela está, ou tem se mostrado, satisfeita com isso. Se ela veio até você, suspeito que esteja preocupada com uma invasão.

– Nós expulsamos os ISs de Nova York – concordou Simon. – Eles podem ir para o norte. Ela estaria mais vulnerável. Você está falando sério sobre o dragão?

– Sim, e ela é impressionante.

– Adicionar um dragão e dois mil às nossas fileiras contra Nova York não nos traria nenhum prejuízo. E – acrescentou Simon – é provável que ela tenha mais do que os dois mil soldados que ofereceu.

O fato de que ela e o pai pensavam parecido aumentou a confiança de Fallon.

– Exatamente.

– É bem provável que ela tenha feito outras alianças também.

– Eu também me perguntei isso. Ela é ao mesmo tempo aberta e cautelosa. Claramente, quer preservar o que é dela, e por que não iria querer? Se seus conselheiros estimam que nos aproximaremos de Nova York dentro de um ano, talvez seis meses, o inimigo provavelmente pensa o mesmo. Se pudermos ter essa aliança e talvez outros aos quais ela se associou, já penso entre seis e oito semanas.

– Você não disse isso a ela?

– Estou aqui com dois homens que *me* ensinaram a ser cautelosa, então não. E vamos manter isso só entre nós até termos certeza sobre ela. Você pode ir, Mallick? Ela falou sobre enviar um de seus generais aqui para negociar, mas eu quero ter uma ideia melhor sobre ela, seu povo, sua terra. Você pode conseguir isso. Ela o respeitaria e você não cairia em nenhum truque.

– Claro. Quando?

– O mais rápido possível. Ela apareceu aqui, vamos retribuir o favor. Eu gostaria que você levasse Travis. – Ela olhou para Simon. – Como um empático, ele vai sentir tanto quanto ver ou ouvir. E ele é diplomático, político.

– Ele vai adorar, e é uma boa escolha. Não estou dizendo que Mallick e Travis não possam resolver as coisas sozinhos se algo acontecer, mas você precisa de outras pessoas, pelo menos mais uma.

– Eu estava pensando em Meda. Mulher, e liderou a própria tribo. E Arlys. Nossa cronista. Travis vai ver, ouvir, sentir, mas Arlys não vai perder um único detalhe. Ela também sabe negociar e liderar.

– Bem escolhido. Você concorda, Simon?

– Concordo, é uma boa mistura.

– Ótimo. Vamos fazer acontecer.

Todos tinham voz, pensou Fallon mais tarde. O fato de que ela ia defender esse direito com a espada e o escudo não o tornava uma chateação menor.

Ainda assim, depois dos resmungos, objeções, previsões, Fallon tinha uma equipe de negociação definida e se preparando para ir até o norte.

Quando os comandantes partiram, Fallon foi procurar Mick.

– Eu tenho uma pergunta – disse Duncan, chamando-a para fora. – Por que não está *me* enviando para Quebec?

– Por algumas razões. – Ela olhou para o quartel, mas não viu nenhum sinal de Mick. – Primeiro, porque Vivienne tentaria seduzir você.

– Ciúme?

Ela o encarou e quase riu de sua expressão presunçosa.

– Se eu achasse que você cairia na cama dela, não o convidaria para a minha. Mas seria uma distração, e precisamos ir devagar. Segundo, é uma equipe bem equilibrada. Terceiro, gostaria que Travis trabalhasse mais com Mallick. E, por último, você, Tonia e eu vamos sair em uma caçada.

– Vamos?

– Um dragão negro.

– Agora eu gostei. Quando?

– Hoje à noite. Mas agora eu preciso falar com Mick.

– Ele foi embora – disse Duncan. – Quando você estava falando com Arlys e Chuck sobre descobrir mais informações sobre a ruiva.

– Mas... – *Nem se despediu*, pensou ela. – Não posso deixar as coisas desse jeito. Preciso consertar isso.

– Você não pode consertar tudo, Fallon. O cara está apaixonado por você. Isso deveria me irritar, mas é difícil não gostar dele. Além disso, ele luta muito bem.

Talvez ela não pudesse consertar tudo, mas aquilo? Aquilo era diferente.

– Eu tenho que tentar. Não posso explicar o quanto eu estava triste, solitária e zangada naquelas primeiras semanas com Mallick, o quanto senti falta da minha família. E Mick estava lá. Isso fez diferença. Ele faz diferença.

– Eu entendo, mas...

– O que devo dizer a ele?

Confuso, Duncan olhou para ela.

– Você quer que eu diga o que dizer a um cara que está apaixonado por você? Essa é boa.

Enfiando as mãos nos bolsos, ele se afastou.

– Droga, Fallon, você é minha. – Com os olhos pegando fogo, Duncan voltou até ela e pegou seu rosto em suas mãos. – Minha.

Como era possível que as palavras, a raiva que havia nelas, fosse capaz de emocioná-la e enfurecê-la ao mesmo tempo?

– Você não...

– Claro que é! Você é minha. E eu sou seu.

Com isso, a emoção afogou todo o resto. Ela tomou os pulsos dele enquanto suas bocas se uniam, sentiu seu pulso bater no mesmo ritmo que o dela.

Ela se afastou, passou os dedos no queixo dele.

– Essa é a questão. Então me ajude, por favor, me ajude a tentar. O que você precisaria ouvir se alguém que amasse não pudesse amá-lo de volta da mesma forma? Eu magoei Mick, Duncan. O que devo dizer para aliviar seu coração partido?

– Que droga. – Ele enfiou as mãos nos bolsos de novo. – Diga a ele a verdade, e não diga nenhuma besteira do tipo "não é você, sou eu".

Perplexa, ela levantou as mãos.

– Mas sou eu.

– Não use isso, é horrível. E também não use o tal do "não podemos ser apenas bons amigos?"

– Mas...

– Você não pediu a minha ajuda?

– Pedi. – Ela passou os dedos pelos cabelos, duas vezes. – É, eu sei.

– Só não diga a porcaria do "vamos ser amigos", a menos que você queira enfiar uma faca nas costelas dele. Diga a ele diretamente. Ele é importante, ele sempre vai ser importante. E, pelo amor de Deus, não espere que ele volte a ser o que era, como se fosse a corda de um arco.

– Ok. Está bem. Eu vou até A Praia falar com ele agora.

– Ele não foi com seu pessoal. Ele e Mallick dispararam.

– Ai, meu Deus, não sei o que fazer. Eu sei onde ele está. Se você puder falar com Tonia, podemos conversar quando eu voltar.

– E caçar dragões.

– Isso. Preciso tentar corrigir isso primeiro. – Ela colocou a mão no rosto dele outra vez. – Obrigada.

Ele a puxou para outro beijo e, se aquilo fosse uma reivindicação do que lhe pertencia, e daí?

– Eu não vou dizer "sempre que precisar", porque é melhor que esta seja a última vez.

– Ok.

– Não deixe espaço para nenhuma esperança... senão vai doer mais.

Ela assentiu, deu um passo para trás e disparou.

– Afinal, qual idiota poderia deixar de amar você? – murmurou ele, e se virou bem no instante em que Simon saiu de casa, olhando-o com frieza.

– Parece que precisamos conversar.

Duncan se preparou.

– Acho que sim.

Fallon caminhou através da luz verde da senda das fadas em direção ao lago onde Mick estava sentado, as pernas cruzadas, ruminando em meio à nevoa que se elevava sobre a água. Ele se levantou e, quando a viu, sua mão soltou o punho da espada curta.

– Você nem se despediu.

– Você estava ocupada.

– Mick. – Quando ela começou a se aproximar, o corpo dele ficou rijo, então ela parou. – Me desculpe.

– Por quê? – Ele deu de ombros com um movimento tenso. – Por não ficar comigo do jeito que fica com Duncan?

– Não me peça para me desculpar por amar Duncan, porque eu não posso, mas peço desculpas por isso magoar você.

– Por que ele? – Mick exigiu saber, enquanto as luzes dos duendes piscavam nervosamente nas sombras verdes. – Por que não eu?

A verdade, lembrou-se Fallon, e a encontrou.

– Porque o que eu sinto por você é diferente. É real, é profundo e é verdadeiro, mas não é o que eu sinto por ele.

– Então, eu sou apenas seu bom e velho amigo Mick – retrucou ele, com amargura.

– Você foi o único que esteve comigo quando encontrei cada um de meus animais espirituais. Foi você quem me fez rir quando meu coração doía de saudades da minha família. Você foi o garoto que me deu meu primeiro beijo, é o homem que luta ao meu lado. Você me deu minha primeira tribo fora de minha família. Você é essencial na minha vida. Sempre será.

– Mas você nunca vai me amar.

– Eu sempre vou te amar. Você sabe disso.

– Não é a mesma coisa.

– Não, não é. Mas é real, profundo e verdadeiro.

– Eu pensei que talvez houvesse uma chance. – Ele desviou o olhar dela e o fixou na água enevoada. – Agora eu sei que não tem chance nenhuma.

Ele a encarou mais uma vez, mas manteve um muro entre eles.

– Eu vou lutar até o meu último suspiro pela Escolhida. Mas não posso ficar perto de Fallon neste momento. Mallick vai me levar de volta para A Praia, e nós estaremos prontos para atacar Nova York quando você der a ordem. Você poderia passar qualquer ordem através de Jojo, por enquanto.

– Tudo bem. Eu... Se você e o que você sente não importassem, eu não teria vindo. Se você e o que você sente não importassem, eu não iria embora. Abençoado seja, Mick.

Ela não foi direto para casa, mas chamou Laoch. Tirou uma hora para si mesma, para clarear a mente e o coração.

Sobrevoou campos, alguns ociosos devido ao inverno, outros cobertos de vegetação, negligenciados. E estradas e rodovias com carros e caminhões abandonados havia muito, pontes desmoronando sobre rios. Veados e cavalos selvagens vagando livremente.

Um falcão subiu nos arredores, em seguida mergulhou ecoando um grito para reivindicar sua presa. Depois daquela pequena morte, silêncio. Um mundo de silêncio.

Aqui e ali, ela viu sinais de humanos, pequenos campos e comunidades, e o brilho de painéis solares em telhados, enquanto os raios de sol se espalhavam.

E as cinzas e a fumaça deixadas em outra por um ataque.

Por uma questão de lógica mais do que de esperança, ela virou Laoch para o meio da fumaça, para verificar se havia sobreviventes. Ouviu gritos, motores, e através da fumaça viu um homem caído no chão enquanto Rapinantes em suas motos cercaram uma mulher.

Três motos, duas com dois indivíduos, observou. E todos armados. Uma maneira ainda melhor de clarear a mente e o coração, pensou.

Como o falcão, ela mergulhou com Laoch.

Quando saltou de sua montaria, a espada piscando, ela fez a primeira moto e seus dois motociclistas voarem pelos ares. Girou e usou seu escudo para bloquear um punhado de balas antes de decapitar o motociclista solitário.

A última moto fez um círculo apertado, o homem na garupa saltando para tentar atacá-la por trás, enquanto a mulher, dezenas de tranças fluindo, berrou, os olhos loucos pela matança, e voou em sua direção.

Idiota, pensou Fallon, saltando de lado, virando-se e batendo seu escudo na cara da mulher. Em seguida, girou mais uma vez, plantou um chute na barriga do que estava tentando atacar de flanco.

O sujeito tropeçou, mas recuperou o equilíbrio. A mulher levantou-se com sangue escorrendo pelo rosto e sacou uma faca. Um dos primeiros motociclistas mancou para a frente enquanto carregava o rifle que tinha nas costas.

Era como lutar contra fantasmas na casa de Mallick, pensou ela.

– Vocês ainda têm a chance de viver – disse ela enquanto eles a circulavam. – Abaixem as armas e se rendam.

Em resposta, a mulher soltou um grito de guerra e saltou, o atirador disparou e o terceiro pegou uma lâmina.

Ela derrubou a mulher com um golpe da espada nos joelhos, enviou as balas de volta para o atirador com um golpe de magia. Quando bloqueou a espada com a sua própria, mais tiros soaram.

O corpo do homem se remexeu no mesmo lugar, enquanto o sangue jorrava em seu peito. E ele caiu.

A mulher que eles circulavam ajoelhou-se, segurando a arma do cavaleiro sem cabeça com ambas as mãos. Seu rosto, cinza pelo susto, olhos escuros arregalados, uma careta de fúria.

– Você não vai precisar disso agora – disse Fallon gentilmente. – Acabou.

A mulher deixou cair a arma, como se queimasse.

– Johnny! – Ela se levantou, correu para o homem que estava esparramado na sujeira coberta de cinzas. – Eles mataram o meu Johnny!

– Deixe-me ver.

Fallon teve que empurrar as mãos da mulher para longe para procurar algum batimento cardíaco, alguma luz.

– Ele está vivo. Eu posso ajudar.

Ele tinha sido baleado, mas o ferimento não era fatal. Fora espancado impiedosamente, causando lesões que poderiam se agravar se ela não fizesse o suficiente para trazê-lo de volta.

– Ajude meu amado. Por favor, ajude meu amor.

– Eu vou ajudar. O nome dele é Johnny?

– Isso, isso, Johnny.

A mulher embalou a cabeça dele, beijou seu rosto espancado.

– Qual é o seu nome?

– Lucia. Lucy.

– Fale com ele, Lucy. Ele precisa saber que você está bem.

Enquanto Lucy murmurava, chorava, acariciava, Fallon se abriu para os ferimentos mais graves e começou, como tinha sido ensinada, a curar lentamente, camada por camada.

O crânio, fraturado. Sua própria cabeça rugia de dor, forçando-a a recuar ainda mais. Lentamente, bem lentamente, com cuidado, consertando, melhorando. Mandíbula quebrada, assim como o nariz, as maçãs do rosto. Pulso, braço, costelas.

Quando ele gemeu, se mexeu, Fallon relaxou.

– É o suficiente.

– Não, não, por favor. Continue ajudando.

– Eu o ajudei. Confie em mim. Ele está estável o suficiente agora. Eu posso levá-lo a um médico, aos curandeiros. Ele vai ficar melhor lá. Você também está ferida.

– Só um pouco. É o Johnny...

– Eu conheço um lugar onde ambos vão conseguir ajuda, ambos vão ficar em segurança. Laoch!

Ele trotou e, ao sinal de Fallon, abaixou-se.

– Suba.

Fallon enxergou o medo nos olhos de Lucy, mas ela subiu nas costas de Laoch. Com cuidado, Fallon levantou Johnny, agitando o ar para trazê-lo para cima, para que se deitasse nas costas de Laoch.

– Você... Você é uma Incomum.

– Isso mesmo.

Fallon olhou para os corpos. Sem vida. Escolha deles, mas ainda assim ela não os deixaria para os corvos e abutres. Com um movimento de cabeça, ela os incendiou, e, em seguida, montou em Laoch. – Meu nome é Fallon.

– Johnny contou histórias, mas eu não acreditei nelas. Não achei que você fosse de verdade.

– Agora sabe. Não tenha medo. Eu não vou deixar vocês caírem.

Quando se elevaram, Lucy se inclinou, enrolou os braços em volta de Johnny – para protegê-lo, observou Fallon, tanto quanto a si mesma.

– Ele queria vir até você, para lutar com você, mas eu implorei para ele ficar comigo. E agora...

– Ele vai ficar bem. Você foi corajosa. Poderia ter fugido enquanto eu lutava com eles. Você ficou e revidou.

– Quando eles vieram, Johnny me falou para fugir, me esconder, mas eu não podia deixá-lo sozinho. Ele não me deixaria. Ele poderia ter me deixado quando eles vieram. Ele consegue correr muito depressa, mas ficou, tentou lutar. Ele é um Incomum, como você.

– Sim, um elfo.

– Nós fugimos. Minha avó sobreviveu à Catástrofe. Eu era apenas um bebê, e ela me protegeu quando todos morreram. Ela é muito rigorosa e não acredita que a magia possa ser boa, como em Johnny. Ela não é má, não machucaria ninguém, mas...

– Eu entendo.

– Você tem que ficar com os de sua própria espécie, Lucia, ela me disse. Mas mesmo assim ela ajudou a esconder uma família dos GPs, e o menino tinha asas. Ela diz que eles são maus, os GPs, mas os Incomuns não são como nós, e temos que ficar com nossa própria espécie.

– Um dia pode ser que ela mude de ideia.

– É isso o que Johnny diz.

Fallon pousou em frente à clínica em Nova Esperança.

– Espere aqui. Vou chamar um médico.

Fallon correu para dentro, viu Hannah.

– Você está sangrando.

– Eu não. Quer dizer, talvez um pouco – percebeu Fallon. – Eu trouxe um homem, ele está lá fora. Foi baleado e espancado. Preciso de ajuda para trazê-lo aqui para dentro.

– Vou pegar uma maca. Jonah! – gritou ela, enquanto corria. – Fallon tem um ferido lá fora. Ferimento à bala.

Ele veio correndo e saiu para ajudar Fallon.

– Ele tinha fraturado o crânio e eu fiz o que pude. Hesitei em fazer mais. O tiro não era fatal, mas ele perdeu muito sangue.

Ela mencionou rapidamente os outros ferimentos que encontrara.

Hannah manobrou a maca enquanto Jonah e Fallon levantavam o homem e o colocavam sobre ela.

– Por favor, não o deixem morrer.

Jonah segurou Johnny na maca, procurou por vida ou morte, olhou para Lucy.

– Ele não vai morrer. Vamos levá-lo para dentro, Hannah.

– Eles são médicos?

Com o constrangimento de alguém que não era acostumada a montar, ela lutou para descer de Laoch.

– Eles são médicos, e muito bons. Acredite em mim, se Jonah olhou nos seus olhos e disse que Johnny não vai morrer, ele não vai morrer. Entre.

– Você não vem?

– Você está bem agora. Venho ver vocês dois amanhã.

– Obrigada. Eu preciso... Obrigada – disse ela novamente, enquanto entrava correndo no hospital.

Como Laoch queria dar uma corrida, Fallon voltou para casa em um galope constante. Fallon pensou nos campos, como fizera quando tinha voado. Enquanto alguns descansavam para o inverno, em outros cavalos, gado, cabras e ovelhas vagavam. E uma onda de vapor saía dos Trópicos, onde o verão nunca acabava.

O comitê de manutenção limpara a neve, e o faria novamente, ela sabia. Fallon sentia o cheiro da neve no ar. E fumaça de chaminés, estufas com plantas crescendo. Ela podia sentir o pulso da vida ali, não apenas nas árvores e gramados que dormiam, mas também nos abetos e pinheiros, assim como dentro das casas, onde as pessoas cozinhavam, trabalhavam, cuidavam das crianças, liam livros. Onde discutiam ou riam.

Tão diferente, pensou, do vazio por cima do qual voara, tão diferente da violência irracional que vagava pelo vazio à procura de uma presa. Não como o falcão, que caçava por comida e sobrevivência, mas por esporte.

Aquele pulsar a fez se animar, e mais ainda quando Taibhse apareceu voando e Faol Ban saiu das árvores para correr ao lado dela.

Fallon parou fora dos estábulos e desceu do alicórnio para fazer um carinho no lobo.

– Vamos caçar amanhã. – Ela olhou para Taibhse quando ele se empoleirou em um galho. – De manhã, vamos caçar juntos, por diversão. Mas hoje à noite, vamos fazer uma caçada diferente.

E, pensando nisso, ela levou Laoch para o estábulo para que ele pudesse descansar e se alimentar. Encontrou o pai lá dentro, preparando Grace.

– Eu saí com ela por um tempo. – Ele continuou a escovar o animal, de costas para Fallon enquanto falava. – Nós dois precisávamos cavalgar um pouco.

– Eu também. Bem, precisava voar. Para limpar a mente. Tanta conversa. Lutar é muito mais fácil do que discutir.

– Talvez, mas ainda há alguma conversa para acontecer. Você e eu – disse ele, enquanto se dirigia para a baia onde ela esfregava Laoch com um pano. – Eu preciso… de quem é o sangue? O que aconteceu?

Ela olhou para baixo, viu o sangue em sua jaqueta, suas calças.

– Os malditos Rapinantes. Cinco deles, uns 300 quilômetros a oeste daqui. Eu os localizei depois que eles atacaram um casal… um jovem elfo e sua companheira NM. Os dois estão na clínica. Ela não está gravemente ferida, mas ele foi baleado e espancado.

– Você está ferida?

– Não. Talvez alguns hematomas. Eram uns imbecis. Agora eles estão mortos. – Ela esfregou o rosto contra o de Laoch. – Eu deixei que eles escolhessem, eles escolheram a morte.

– Você salvou duas vidas.

– Salvei. Vidas tiradas, vidas salvas. – Ela voltou a esfregar o rosto no alicórnio. – Eu salvei duas vidas. Eles estão apaixonados, os dois salvos. A avó dela não aprova relacionamentos mistos, então eles fugiram juntos. Acho que vão ficar bem agora.

Ele colocou a mão no ombro da filha.

– Precisamos conversar.

Ele deixou o pano de lado.

– Aconteceu alguma coisa? Eu não fiquei fora muito tempo.

– Eu vi você sair. Eu estava prestes a sair de casa e vi você e Duncan.

– Ah. – Então ela entendeu.

– Espere. Apenas espere.

Como Duncan, igualzinho a Duncan, ela percebeu, em um momento de impaciência. Ele enfiou as mãos nos bolsos, caminhou para longe, caminhou de volta.

– Você é adulta – começou ele, um conflito claro naqueles olhos avelã que mudavam de cor e que ela tanto amava. – Mais que isso: é uma guerreira, uma líder. Você não é boba. Nunca foi... sei lá, esquecida ou descuidada...

Ele parou e, com a expressão frustrada, olhou para ela.

– Mas você ainda é a minha garota, droga.

– Você não aprova.

E a desaprovação dele, mais do que qualquer coisa ou qualquer um, a magoaria profundamente.

– Não. Sim. Merda! Sim, em um nível geral, porque é o meu bebê, droga. Especificamente Duncan? Não. Também não sou nenhum idiota.

– Não estou entendendo o que você quer dizer.

– E por que raios eu tenho que explicar? – Suas mãos voaram para fora dos bolsos, para cima. – Explicar uma ova, quando olho e vejo... e percebo...

– Eu pensei que mamãe tinha contado para você.

– Sim, sim. – Mãos de volta nos bolsos, mais caminhadas de um lado para outro. – Ela me lembrou, mas eu realmente não... Eu só pensei, ok, um namorico de crianças. Não fazia diferença que eu tivesse certeza, em algum lugar da minha cabeça.

Ele tirou as mãos dos bolsos mais uma vez e fez um gesto que imitava uma explosão. Então continuou:

– Eu entendo, em algum nível, por que você falou com sua mãe sobre isso e não comigo, mas mesmo assim você não me contou, aí a realidade me bateu na cara e eu só tive uns trinta segundos antes de falar com Duncan.

– Você falou com ele?

– É o meu papel, Fallon.

Tocada, mas também se divertindo um pouco com a situação, além de levemente horrorizada, Fallon tirou uma maçã da cesta e, cuidadosamente, cortou-a ao meio para Laoch e Grace.

– E como ele se saiu?

– Bem – respondeu Simon. – Ele não é nenhum idiota.

– É bom saber.

– Eu via o jeito que ele olhava para você desde que chegamos aqui, quando você não estava olhando. Eu conheço aquele olhar porque eu olhava para a sua mãe do mesmo jeito quando ela não estava olhando. Mas...

– Sério?

– Não vou discutir isso e não vou adicionar mais estrelas ridículas em seus olhos. É demais para mim. Eu sei que ele é um bom soldado. Eu sei que ele é um bom filho, um bom homem. Eu sei que, quando ele me diz que ama você, ele acredita nisso.

– Eu também. Eu amo Duncan. Tive sentimentos por ele desde a primeira vez que o vi em um sonho. A realidade é mais forte. Eu sei que ele é leal à Escolhida, à luz. Não há dúvida. Mas ele me vê, papai. Ele vê Fallon Swift, e ele a ama.

Ela se aproximou do pai e continuou:

– Você foi o primeiro a me segurar no colo. Você me mostrou, toda a minha vida, o que era ser um homem com força, coração e coragem. Eu não poderia amar um homem que não tivesse os mesmos padrões que você estabeleceu. Eu poderia desejar, mas não poderia amar. Então eu sei, com tudo o que me foi pedido, tudo o que aconteceu antes, tudo o que está por vir, que fui abençoada.

Ela o abraçou, aninhando a cabeça em seu ombro.

Ele a abraçou com força e disse:

– Você ainda é o meu bebê.

– Eu nasci no relâmpago, na tempestade, como foi previsto, e suas mãos estavam lá para me trazer ao mundo.

Ele a soltou um pouco para olhar nos olhos dela, para as visões, enquanto ela falava:

– Você estava lá pela mãe, lá pela criança, e amou sem exigências ou restrições. Isso é puro amor. É luz além do poder. E com o sol daquela manhã, depois da tempestade, enquanto a mãe dormia, você me segurou em seu coração, e eu o conheci. Você é o pai que me foi dado, um presente dos deuses.

Ela voltou, soltou um fôlego. Sorriu para ele.

– Papai.

E, como Duncan, tão igual a Duncan, ele encostou a testa na dela.

Junto com Simon, Lana ficou no frio com os primeiros flocos de neve que caíam, enquanto Fallon chamava Taibhse para seu braço.

– Você tem certeza? A gente poderia ir com você.

– Tem que ser nós três. Quer dizer, seis.

Ela colocou a mão no pescoço de Laoch enquanto Faol Ban se sentava a seus pés.

– Talvez você possa fazer companhia a mamãe e Hannah por um tempo, Lana – sugeriu Tonia. – Acho que ela está um pouco triste por causa do lugar aonde vamos.

– Claro. – Pensando em sua amiga, Lana empurrou os cabelos que caíam soltos sobre os ombros. – Eu deveria ter pensado nisso. Vocês estão bem agasalhados? Deve estar mais frio lá, provavelmente úmido também.

– Estamos bem. – Fallon já estava usando um boné e um cachecol de tricô, pela insistência da mãe. – É apenas uma missão de reconhecimento.

– Com um dragão sombrio no meio – acrescentou Simon.

– Se tivermos sorte. Voltaremos assim que possível. Tentem não se preocupar muito. Prontos?

Eles dispararam.

E ali a escuridão era profunda, o vento cortava como lâminas furiosas, atravessando as árvores que se curvavam e rangiam, levantando a neve grossa caída nos campos, fazendo-a voar como se fosse uma cortina esfarrapada.

Ali, coisas respiravam à noite, no escuro, e observavam. Esperavam.

Ali estava o círculo, seu centro preto e liso como óleo.

– Pelos deuses! – exclamou Tonia. – Está sentindo isso? É como um coração sombrio batendo.

Com o vento soprando, fluindo através de seus cabelos, Duncan olhou para dentro daquele coração e balançou a cabeça.

– Eu queria dizer que podemos fechar isso, poderíamos tentar, mas…

– Não conseguiríamos. Não sei por que não pode ser feito agora. Só sei que não conseguiríamos se tentássemos. – Fallon olhou para a floresta. – E, se fracassarmos, não poderemos tentar novamente.

– Ele vive aqui. Há alguns rastros de animais. – Depois de puxar o próprio boné para baixo na cabeça, Tonia gesticulou. – Mas não tantos quanto se poderia esperar. E nenhum sinal de ser humano.

Os corvos vieram circular e gritar. No braço de Fallon, Taibhse, seus grandes olhos como chamas douradas, agitou-se.

– Ainda não – disse Fallon à coruja. – O dia deles vai chegar, mas ainda não.

– Ele está lá dentro.

Tonia olhou para o ponto da floresta que Duncan olhava.

– Então vamos dar um oi.

– Vamos.

Fazendo um círculo no ar com a mão, Fallon conjurou uma bola brilhante que iluminava a neve, deixando visível a floresta escura.

– Vamos ver se ele gosta de um pouquinho de luz. Fiquem juntos – disse ela enquanto caminhavam com neve até o joelho. – Se nos separarmos, ele pode vencer.

– Ele não vai vencer – afirmou Duncan, pegando sua espada quando chegaram à fronteira entre luz e escuridão.

Com o passo seguinte, o ar foi de um frio tempestuoso para um gelado cortante e amargo. Gelo cobria as árvores como se fossem escamas de lagarto, que se rachavam e voltavam a se juntar, provocando um som semelhante ao de tiros através do silêncio mortal.

– Nenhum rastro – comentou Tonia, a espessura, a neblina se desenrolando sobre a neve transformando sua voz em um murmúrio abafado.

– Sem vida – respondeu Fallon.

Ela apertou a mão no tronco de uma árvore, não encontrou nenhuma batida. Gesticulou para Duncan. Quando ele furou o tronco com sua espada, um líquido preto jorrou borbulhando da ferida.

O ar se encheu de enxofre.

– Ele tomou essas florestas. – Sem se apressar, Duncan limpou a espada com neve. – O que quer que seja azarado o suficiente para vagar por aqui não sai mais.

Fallon guiou a luz para a esquerda, a direita.

– Vamos escolher uma direção e...

O lobo escolheu para eles, movendo-se para a esquerda. Fallon mandou a coruja para a sela de Laoch, para que pudesse segurar sua espada. Então seguiram o lobo branco através de um mundo de árvores mortas, que tremiam sob as camadas de gelo escamosas, através de amoreiras repletas de espinhos escondidos sob montes de neve e neblina rastejante, através do silêncio que ecoava com o sopro vazio da escuridão.

– Tem alguma coisa. – Com um formigamento no pescoço, Fallon apontou para a mancha escura na neve, uma dispersão de entranhas. – Está completamente congelada, mas não está aqui há muito tempo. Não tem neve em cima, não tem neve sobre o sangue.

– E cadê o resto? – perguntou Duncan. – Está faltando alguma coisa, parece que outro animal arrastou alguns pedaços até aqui. E os pedaços são grandes demais para um coelho ou uma raposa. Parece...

– Um humano. Uma menina. – Fallon procurou a mão de Duncan, a de Tonia pousou em seu ombro. E, com o poder dos irmãos unido ao dela, viu claramente. – Dezesseis anos, apenas dezesseis. Atraída à noite. Música bonita, luzes bonitas.

Os pelos na nuca de Faol Ban se levantaram quando ele soltou um rosnado.

Fallon voltou da visão, analisou a floresta.

– Estamos sendo seguidos – sussurrou Tonia, armando uma flecha.

O lobo, negro como a noite, saiu do escuro. Então outro, e outro. Treze, Fallon contou, que os cercaram com presas à mostra e olhos vermelhos furiosos.

– Eles não são reais.

– Esses não são ilusões – disse Duncan.

– Não, eles podem fazer pedacinho da gente, mas nasceram de magia com sangue.

– Se a magia os criou, a magia pode destruí-los. Eu tenho um alforje cheio de flechas encantadas prontas para provar essa teoria.

– Preparem-se – aconselhou Fallon, e Duncan inflamou sua espada.

Quando o primeiro lobo saltou, a flecha de Tonia atingiu seu coração. Faol Ban, a coleira de ouro ardendo e brilhando, saltou na garganta de outro. Guardando as costas de Duncan, Fallon empalou outro, ouviu o grito de mais um sendo pisoteado sob os cascos de Laoch.

O ar parecia uivar, fétido, enfumaçado, enquanto, como acontecera com a árvore, um líquido preto borbulhava das feridas dos animais, até que apenas uma poça de água negra permaneceu.

Duncan colocou fogo em dois. Enquanto os lobos se contorciam e uivavam, ele girou para proteger a irmã de outro. E foi poupado do esforço quando Taibhse o rasgou com suas garras.

Fallon derrubou o último, depois acariciou o pelo de Faol Ban.

– Eles pegaram um belo animal e o transformaram em algo maligno.

– Eles? – repetiu Duncan.

– Os que atraíram a menina. Lá. Era aquilo que eles estavam guardando.

– Alguém fez uma trilha. – Tonia se aproximou. – Com magia, certo? Parece até que foi arado. Por quê?

– Para tornar mais fácil para a vítima chegar aonde eles queriam que ela chegasse. Um par de pegadas, humanas – afirmou Fallon.

Ela olhou para Tonia, a que mais entendia de florestas, para confirmação.

– Sim, e... Meu Deus, ela estava descalça.

– Talvez ainda esteja viva – disse Duncan.

Ele sempre pensaria primeiro em resgate, pensou Fallon, embora devesse ter consciência de que, naquele momento, não havia ninguém ali além deles.

– Vamos seguir a trilha. Eles a atraíram, ela estava na cama – disse Fallon, enquanto continuavam a avançar. – Saiu pela janela. Em transe, e ela sonhou que voava como uma fada.

– Por que a fizeram andar tanto quando ela já estava aqui? – perguntou-se Tonia.

– Por diversão – respondeu Duncan, tenso, pois tinha certeza de que haveria um novo ataque.

– Por diversão – concordou Fallon. – E para que, quando ela acordasse do transe, ficasse com medo e confusa. O medo adiciona poder ao ritual.

À medida que se aprofundavam na floresta, eles viram símbolos pendurados em galhos ou esculpidos em árvores. Ela sentiu uma batida, pesada e profunda. O pulsar da magia sombria.

– A criatura que mantém este lugar não realiza rituais. – Com uma explosão de raiva, Duncan cortou os símbolos e os fez queimar. – Ele ordena rituais em seu nome. Trouxeram a menina aqui e a ofereceram a ele.

Fallon tocou o braço dele, sentiu uma ondulação nos músculos tensos que nada conseguiria acalmar.

– Você me trouxe para as pedras na primeira vez e eu fiz a minha escolha. Escolhi lutar para dar um fim nisso. Nós vamos conseguir.

– Eu sei que vamos. – Embora longe de se acalmar, ele pegou a mão de Fallon. – Eu sei.

– Precisamos de mais luz.

Tonia somou a dela à de Fallon.

Com mais luz, eles viram o círculo à frente, queimado profundamente no solo da floresta. E o altar áspero de pedras em seu centro. O que restava da menina estava jogado sobre ele.

– Não conseguimos salvar essa menina, mas podemos destruir isso.

Duncan tirou a mão da de Fallon.

– Não vamos deixar a garota nesse lugar dos infernos. Eu vou pegar o corpo dela.

– Duncan…

Ele se soltou de Fallon.

– Eu disse que vou pegar o corpo dela.

Como ela compreendia sua fúria, não hesitou.

– Eu tenho um cobertor no meu alforje. Você pode enrolar o corpo nele. Entregue tudo a Laoch. Vamos voltar com ela.

– Ok. Me desculpe. Eu sinto muito.

Fallon apenas assentiu, virou-se para Tonia.

– Vamos destruir os símbolos com fogo, depois o círculo. Trouxe sal em meu alforje também. Um athame, um pouco de água doce, alguns cristais. Uma magia com sangue fez isso, e outra magia com sangue... o nosso, o sangue da luz... vai destruir esse altar. A gente consegue.

Com o coração ressentido, cheio de uma raiva impotente, Tonia viu Duncan começar a envolver os restos mortais no cobertor.

– Ele sempre odiou ver inocentes feridos. Ficou ainda mais difícil depois de Denzel.

– Eu me pergunto por que eu não fui puxada para cá antes de isso aqui acontecer, e não há resposta. – Fallon levantou uma das mãos, libertou sua própria raiva fazendo os símbolos se queimarem. – Não há nenhuma maldita resposta.

Quando eles se deram as mãos, misturaram o sangue dos Tuatha de Danann, disseram as palavras e trouxeram a luz, algo rugiu pela floresta. Não com dor, mas com fúria.

Eles não o haviam ferido, não ainda, pensou Fallon, enquanto os poderes unidos se derramavam através dela. Só o irritamos. Mas eles iriam feri-lo. Eles o fariam.

– E aqui as trevas queimam quando a luz as atravessa. E na Terra o seu vestígio agora cessa. Pelo nosso sangue, pelo nosso poder, limpamos este espaço.

O altar se quebrou, desmoronou, e a terra que se abriu engoliu seu pó.

– Então, a partir de hoje, a partir deste momento, nenhuma vida inocente poderá ser tomada neste lugar. Ouça as vozes de nós três. Assim desejamos, que assim seja.

E eles salgaram a terra.

– O poder dele diminuiu. Não acabou – disse Tonia, farejando o ar como um lobo.

– Precisamos descobrir quem ou o que fez isso. Não é certo levar essa menina conosco a Nova Esperança. – Com os olhos encharcados de tristeza, agora que sua ira tinha se dissolvido, Duncan olhou para o corpo. – Ela provavelmente tem família por aqui. Não podemos levar seus restos mortais embora. E eu... quero ir até a casa, a fazenda. Quero ver tudo antes de voltar.

– Eu também. Talvez... talvez seja uma coisa estúpida, mas pode haver algo lá dentro que possamos levar de volta à família dela. Algo simples que ela possa ter.

– Eu não acho que seja estupidez. É amor – comentou Fallon. – Precisamos de amor depois disso.

Algo amoroso, pensou, para levar embora a tristeza.

– Vamos até a casa. E depois, vamos tentar encontrar algumas pessoas. Alguém que saiba sobre a garota.

– E sobre qualquer IS na área – acrescentou Duncan. – Não será nossa última vez aqui, então devemos conhecer o lugar antes de voltarmos.

– Sim, devemos conhecer nosso campo de batalha. – Fallon olhou em volta, observou a madeira morta, as árvores manchadas de gelo, o solo salgado. – Ele vai fazer tudo isso de novo, e alguém vai encontrar uma maneira de alimentá-lo mais uma vez. Mas, por enquanto, terminamos aqui.

Novamente, ela colocou a mão no braço de Duncan.

– Se não encontrarmos ninguém que a conheça, vamos enterrá-la na fazenda da sua família.

# CAPÍTULO 16

Casas escuras e desertas eram comuns no mundo que Duncan conhecia, mas aquela casa ampla, com paredes desgastadas pelo tempo, janelas vazias, a grama crescida tomando conta de tudo, era diferente de todas as outras.

A família a havia construído com pedra, madeira e suor. Morava ali, dormia e acordava ali, trabalhava na terra, quilômetro por quilômetro, de geração em geração. Até…

– Eu meio que esperava que estivesse queimada. – Como sentia o mesmo que o irmão, Tonia pegou a mão dele. – Ou destruída, para a retirada de material. Mas ela parece que está…

– Esperando – completou Duncan. – Bem, a espera terminou.

Quando se aproximaram da porta dos fundos, Fallon esperou um momento e depois entrou também. Os animais espirituais guardariam o corpo da menina.

Ele esperava encontrar a casa trancada, mas a porta se abriu, com um longo rangido. Poderia jurar que sentia a própria casa liberar um sopro preso havia muito tempo. Ele trouxe a luz, uma luz discreta, e entrou.

Naquela luminosidade tranquila, sob a poeira do tempo, ele viu uma cozinha grande e arrumada. Balcões limpos, uma mesa com uma tigela de cerâmica (um azul vivo sob a poeira) bem no centro, cadeiras colocadas ordenadamente. Curioso, abriu um armário e encontrou pilhas de pratos cobertos por teias de aranha. Em outro, copos.

Tonia abriu a geladeira. Vazia, limpa, exalando um leve cheiro de limão junto com o odor azedo da falta de uso.

– Tem uma despensa aqui… vazia – disse Fallon. – Nenhum alimento para estragar ou ser desperdiçado.

– Mas pratos, copos, panelas, todas essas coisas – acrescentou Tonia, continuando a explorar. – Alguém sobreviveu, pelo menos por tempo suficiente para fazer tudo isso. Para limpar, tirar a comida.

– Está vazia há muito tempo. Esperando há muito tempo. – Duncan sentia isso, tanto a dor quanto a alegria. – Eles tinham orgulho de sua casa, da terra, do legado.

– Você é o legado – disse Fallon. – Você e Tonia. Hannah, também. Isso é de vocês. Eles deixaram para vocês.

– Está cheio delas. Das vozes. – Elas murmuravam dentro de Duncan, que seguiu em frente, para a sala de jantar. – Devem ter feito o último jantar aqui, na véspera de ano-novo. Mamãe disse que eles sempre faziam um grande jantar antes da festa.

Na sala, havia um móvel antigo. Sobre ele, castiçais e peças que ele imaginou terem sido passadas de geração em geração, em meio a poeira e teias de aranha. Um armário com portas de vidro opaco exibia o que um dia fora o melhor jogo de jantar, reservado para ocasiões especiais.

– Os seis naquela noite? – A imagem daqueles pratos finos dispostos na mesa correu com nitidez através da visão interior de Tonia. – Você consegue ver todos?

Ele conseguia, fantasmas ao redor da mesa, com um brilho de champanhe em taças, faisões gordos em uma bandeja, tigelas e pratos com outras comidas, enquanto brindavam. Um fogo crepitando, e os aromas das aves assadas, os pratos caseiros, perfume, cera de vela.

– O fazendeiro em uma cabeceira – continuou ele. – A esposa na outra ponta. Os irmãos gêmeos, as esposas que são como irmãs. São amigos, além de família. Seus filhos e netos não estão aqui nessa noite, mas espalhados por aí após a visita de férias. Mas não Katie, que teve que ficar em casa com os gêmeos que estavam se formando dentro dela. Então são seis os que estão aqui, velhos amigos, boa família, brindando o fim do ano, sem saber que seria o fim de tudo.

– Eles se amavam. – Com lágrimas nos olhos, Tonia apoiou a cabeça no ombro de Duncan. – Dá para ver, para sentir.

– Já está nele. Ross MacLeod. – Duncan apontou para um assento. – Ele não sabe, mas está nele, sombrio e mortal.

– Estará em tudo antes que os pratos sejam lavados. Sinto muito.

Fallon se manteve alguns passos atrás deles, deixando que os gêmeos tivessem um tempo a sós. A cena a deixou absurdamente triste. Ela afastou a poeira e as teias de aranha.

Duncan encontrou os olhos de Fallon, um mundo de tristeza nos dele, e seguiu em frente.

A sala de estar (ou será que a chamavam de salão?) estava tão arrumada quanto o resto. Madeira empilhada na lareira com gravetos embaixo, como se esperasse o fósforo para acendê-la.

Tonia foi até a lareira, pegou uma foto emoldurada, limpou a poeira.

– Duncan. Isso deve ter sido tirado no ano anterior, ou talvez dois anos antes. São todos eles, com a árvore de Natal. Mamãe. Esse deve ser... Duncan.

Ele observou a foto ao lado dela. Hugh e Millie, os fazendeiros. Seus avós, o tio-avô e a tia-avó. Primos que nunca conheceram. A mãe... tão jovem! E ao lado dela, com os braços em seus ombros...

– Nosso pai.

– Nunca vimos uma foto dele – disse Tonia. – Quando mamãe entrou em trabalho de parto, não teve tempo de pegar nada. Nova York estava em completo caos e ela estava sozinha. Ela não levou nada para o hospital. Seu amado Tony já tinha partido. Ele era tão bonito.

– Leve a foto para ela. – Mais uma vez, Fallon se manteve alguns passos atrás, para lhes dar espaço. – Nada significaria mais do que uma foto de sua família, todos juntos.

Eles exploraram o resto da casa, encontrando cada quarto cuidadosamente arrumado. Camas feitas, toalhas dobradas, roupas penduradas ou guardadas em gavetas.

– Vamos voltar aqui – decidiu Duncan. – Depois que estiver feito, vamos trazer mamãe e Hannah. Elas vão querer vir.

– Eu também. – Tonia apertou a mão dele. – Quero ver esta casa na luz. É um bom lugar, Duncan. Ele precisa viver de novo.

Quando saíram, Fallon sacou a espada. A figura encapuzada ao lado de Laoch ergueu as mãos.

– Não vou fazer mal a vocês. Minha avó me mandou buscá-los. – Sua voz, grossa e com o sotaque rural da Escócia, tremeu um pouco quando ele viu a espada. – Fiquei esperando, não quis atrapalhar.

Quando o capuz foi retirado, Fallon viu uma jovem que aparentava ter a mesma idade da moça que encontraram no altar. Uma jovem fada, ela percebeu, com cabelos brilhantes, olhos arregalados de apreensão e nenhuma escuridão em seu interior.

– Sua avó?

– Isso mesmo. Ela disse que vocês viriam e que eu deveria esperar e pedir que fossem nos ver. Moramos um pouco adiante na estrada. Dorcas Frazier é o nome dela, e eu sou Nessa. Ela conhecia a família de vocês e adoraria encontrá-los. Vocês iriam, por favor? Ela tem 102 anos, e eu não a deixaria sair no frio.

– É claro que vamos – concordou Fallon, embainhando a espada.

– Ela vai ficar tão feliz... Não é longe, e está seguro agora.

– Agora? – repetiu Duncan, enquanto caminhavam com ela, os animais os seguindo.

– Sim, agora. – Ela olhou para trás para o fardo coberto que Laoch carregava. – Acho que deve ser Aileen. Ela era minha amiga, e eu temi por ela quando não a encontraram.

– Você sabe quem fez isso com ela? – indagou Duncan.

– É melhor falar com vovó, mas os culpados por isso se foram, por enquanto. Vocês são os gêmeos. De Katie e Tony. Vovó os conhecia, conhecia também seus avós e os outros MacLeods.

Eles caminharam pela estrada escura, passando por uma ou duas cabanas. Fallon observou velas brilhando, sentiu o cheiro de fumaça de chaminés e viu animais acomodados em estábulos e currais.

– Quantos vocês são?

– Quase cem, mas é um lugar tranquilo. Alguns se mudam, outros chegam. Há uma boa terra para cultivar, boa caça, pesca.

– Algum problema com ISs? – perguntou Tonia.

– Não entendi.

– Mágicos – explicou Fallon – que fazem o mal.

– Ah, os Sombrios. Vovó vai contar tudo. Ela conhece essas histórias. – Ela olhou timidamente para Fallon. – Ela me contou muitas a seu respeito. Esta é nossa casa. O resto da nossa família mora ali, um pouco mais adiante. Mas eu moro com vovó e a ajudo a cuidar da casa e dos animais.

Ela os conduziu a uma linda casinha com símbolos mágicos pintados na porta e outros pendurados nos beirais para tilintar e ressoar ao sabor do vento.

– Vocês são muito bem-vindos aqui – disse Nessa, abrindo a porta.

Embora a lareira, o coração da sala, fosse pequena, o fogo crepitava nela. Velas iluminavam o local com encanto e alegria.

A velha senhora estava sentada perto do fogo, um cobertor xadrez sobre as pernas e um xale vermelho nos ombros, apesar do calor que fazia lá dentro. Seus cabelos eram finos e brancos, o rosto marcado por rugas, os olhos tão claros e azuis quanto um lago no verão.

Mas seus olhos se nublaram de lágrimas. Ela estendeu a mão.

– Você os trouxe, minha boa menina. Querem uísque? E um pedaço de bolo? Por favor, sejam bem-vindos e sentem-se. Os filhinhos de Katie. Como sua avó estava animada por vocês virem ao mundo! Ela era uma boa mulher, Angie MacLeod, espero que saibam. Você tem os olhos do seu avô, menina. Sentem-se, sentem-se.

– Meu nome é Tonia. – Ela apertou a mão da velha senhora, depois puxou um banquinho perto da cadeira. – Antonia.

– Em homenagem a seu pai. Eu estive com Tony mais de uma vez. Ah, um rapaz muito bonito e com um bom coração, além de muito espirituoso. Era muito apaixonado por sua mãe, e como ele a fazia sorrir! Eles ainda vivem, meninos? Não tenho conseguido ver.

– Ele morreu antes de nascermos.

– Sinto muito por isso. Que sua alma descanse em paz. E sua mãe?

– Está bem.

– É uma bênção. E você, menino, tem a boa estampa de seu pai e os olhos de sua mãe.

– Duncan. É um prazer conhecê-la, sra. Frazier.

– Duncan, o último dos MacLeods. Mande um abraço para sua mãe, está bem? Um grande abraço da velha Dorcas Frazier, que morava um pouco mais adiante na estrada e dava biscoitos de gengibre a ela.

– Pode deixar.

– Seus familiares eram meus amigos. Eu conheci o Duncan de quem você recebeu o nome. Nós nos paquerávamos quando éramos bem jovens. Sente-se aqui, meu menino.

Ela respirou fundo e seus olhos encontraram os de Fallon.

– Eu me perguntei tantas vezes por que continuaria vivendo, acordando todas as manhãs para um novo dia. Tantos novos dias. Algumas razões, pensei, eram por minha Nessa. Como eu poderia abandonar minha doce menina? Hoje eu sei que vivi até agora para receber os MacLeods de volta em casa. E para dar as boas-vindas à Escolhida. Bênçãos radiantes para você, Fallon Swift.

– E para a senhora, Dorcas Frazier.

Ela pegou a mão da Sra. Frazier e ficou maravilhada em constatar como era forte e brilhante a luz que emanava de um corpo tão frágil e encurvado pela idade. Pegou a cadeira oferecida, enquanto Nessa passava com o uísque e o bolo.

– O uísque é bom – disse a Sra. Frazier. – Ainda sabemos como fazer um bom uísque por aqui. E o bolo foi feito hoje de manhã por minha Nessa.

– A senhora disse que teríamos convidados hoje à noite e que eu deveria colocar um amor extra nele.

A avó caiu na gargalhada.

– Foi mesmo o que eu disse. Minha Nessa é cheia de amor. Então vamos brindar ao amor e à luz.

Eles levantaram os copos. Fallon provou o uísque, que era mesmo bom.

– Vocês devem ter muitas perguntas. Sente-se, Nessa, você precisa ouvir as perguntas e as respostas que eu for capaz de oferecer.

– Como é possível que a casa não tenha sida tocada? Há coisas lá dentro – prosseguiu Duncan –, que seriam úteis para você e os outros.

– A casa é dos MacLeods. Aqueles de nós que são daqui respeitam isso, e os que vieram desde então são avisados. Acho que a casa em si mantém os outros do lado de fora. Ela deixou você entrar, vocês podem. Afinal, são da família. Hugh morreu dois dias depois que sua família voltou para casa e para Londres a negócios. Millie, ah, que mulher forte era ela, viveu dois dias a mais. Eu cuidei dela, pois quando a doença chegou, eu me tornei mais forte. Então cuidei dela, e depois de Jamie, seu primo.

– A senhora limpou a casa – disse Tonia. – Limpou, arrumou as camas.

– Como um amigo faria por um amigo. Meu filho e minha neta, que sobreviveu, ajudaram. Pegamos a comida, mas só.

– Obrigado. – Duncan pegou a mão dela novamente e, seguindo o coração, beijou seus dedos finos. – Por cuidar de nossa família e de nossa casa.

– Nós os enterramos, e tantos outros, no cemitério ao lado da igreja. Havia esperança em alguns de que o mal passaria e as coisas voltariam a ser como eram. Medo também, mas não ouvimos nenhuma palavra de fora por algum tempo. Alguns fugiram, para nunca mais serem vistos.

Outros vieram e ficaram. Aqueles como nós, e aqueles que aceitaram que a magia havia retornado ao mundo.

Ela suspirou e se virou para Fallon.

– Eu sei em que dia você nasceu. Vi naquela noite, aquela última noite com as luzes da festa e da celebração. Peguei a mão de Ross MacLeod e vi. Um bom homem, sem culpa nenhuma, ele nem sabia. Mas começou com ele. E na noite em que ele morreu, naquele momento em que a escuridão chegou, a sua luz se libertou, inflamada pelo sangue dos Tuatha de Danann, o sangue que os MacLeods passariam para seus descendentes. Você nasceria na tempestade, e não nas mãos daquele que a gerou, mas nas mãos do que estava destinado a criá-la.

Ela bebeu mais uísque.

– Vocês conheceram a perda, ainda muito jovens. E verão mais. A perda pode abalar a fé se permitirmos, e a escuridão se regozija quando a fé vai se consumindo com a perda.

– A escuridão vem aqui, também.

A velha assentiu para Fallon.

– Ela vem. Eles vêm para o *sgiath de solas.*

– O escudo de luz.

– Sim, o círculo, o escudo, o mal que eles desencadearam. E todos os anos, perto da hora em que ele se abriu, eles vêm e fazem um sacrifício para a escuridão.

– Vó, eles encontraram Aileen.

– Ah. – Ela deu um longo suspiro quando estendeu a mão para Nessa, para reconfortá-la. – Eu temia isso. Desde o primeiro ano após o Ano Um, eles vêm. Atraem para a floresta algum jovem, geralmente uma menina, mas nem sempre. A floresta já foi verde e cheia de vida, um bom lugar. Agora, está amaldiçoada pelo que vive lá.

– O que vive lá? – perguntou Tonia.

– Não tem nenhum nome que eu conheça. Sem rosto, sem forma, a não ser a que rouba. É um lugar morto agora, aquela floresta, e ninguém ousa entrar. Não sei o que fazem com as pobres meninas lá. Não consigo ver, ou pode ser que eu me recuse a ver.

– Eles tentaram me pegar no ano passado – contou Nessa. – Mas vovó colocou encantos na minha janela, na porta. E eu uso isso. – Ela mostrou o amuleto que usava no pescoço. – Mesmo assim senti o puxão, ouvi a música, tão animada e divertida. Fui até vovó e passei a noite toda na cama dela. Foi na noite em que Maggie desapareceu e nunca mais foi encontrada. Ela só tinha 12 anos.

– Quem são eles? – perguntou Fallon. – Alguém os viu?

– No primeiro ano eram dois, um homem e uma mulher. Ambos bonitos, mas a beleza era uma máscara que escondia a maldade. Havia cicatrizes e, por baixo da máscara, almas mortas e sombrias, como breu.

Tremendo, ela puxou o xale para os ombros.

– Eu os vi sobrevoar a fazenda MacLeod, ele com asas pretas, e as dela eram brancas. E ela lançou chamas sobre a casa, mas elas ricochetearam como bolas enquanto eles voavam. Para o círculo, a floresta. Foi naquela noite que a primeira das crianças desapareceu.

– Eric e Allegra – afirmou Fallon.

– Você os conhece?

– Eles mataram meu pai. Eles vêm todos os anos, em janeiro?

– Todos os anos. Mas no primeiro ano depois da Catástrofe eles tiveram uma criança, então passaram a ser três que alimentavam a escuridão. A criança cresceu, com uma beleza incomum, mas com o cabelo escuro de um lado e branco do outro. As asas também eram assim.

– Petra – disse Duncan, socando a mesa.

– Há mais nela do que neles – revelou a Sra. Frazier.

Como suas mãos tremiam um pouco, ela usava as duas para levar o uísque aos lábios.

Nessa colocou mais madeira no fogo, mais uísque nos copos.

– Há mais escuridão nela – continuou a sra. Frazier –, e uma loucura que faz você sentir a selvageria no ar quando ela passa. Há poucos dias, eles vieram, mas, como nos últimos anos, só a mãe e a filha.

– Eu matei Eric. Ou melhor, eu o feri – corrigiu-se Fallon. – Meu pai, meu pai biológico, acabou com ele.

– Como seria justo.

– São só esses? – perguntou Tonia. – Nenhum outro Incomum Sombrio?

– Ouvimos histórias sobre os Sombrios, outros, mas nenhum veio aqui além daqueles três. Agora duas. Eu as vejo, embora na semana em que estão para vir eu tranque a cabana toda. Mas eu as vejo. – Ela bateu na própria têmpora. – E na noite em que alimentam a escuridão, as tempestades se enfurecem.

– Vovó diz... – Nessa hesitou, mas continuou quando a avó assentiu: – Ela diz que eles nos deixam em paz para que fiquemos e continuemos a ter filhos que eles possam levar para a floresta. Somos ensinados a não ouvir a música, a usar nossos amuletos, mas alguns não acreditam, ou a isca é muito forte. Vocês conseguem fazer com que eles parem?

– Vamos conseguir. Você já viu o dragão negro?

Quando o copo caiu da mão de sua avó, Nessa logo a acudiu.

– É real, então? Achei que fosse uma fantasia. Eu já o vi voar sobre a floresta e para dentro dela, mas ninguém mais viu. E, durante um sonho, eu o vi dormir dentro do círculo de pedra, mas nunca vimos nenhum sinal real de tal criatura.

– Ele protege a fonte. – Os olhos de Fallon se aprofundaram à medida que a visão aumentava. – Ele espiona, em forma de dragão e de homem, e de plantas indesejáveis, como ervas daninhas, para crescer e sufocar a luz. Ele serve a seu mestre, como faz seu cavaleiro, assim como a bruxa pálida. Ele se acasala com a louca, e nela busca plantar a semente que se tornará a criança. Na criança, a fonte renasce para que a escuridão governe tudo.

Fallon se levantou.

– Nós vamos derrubá-los, com a espada, com a flecha, com a luz ofuscante, com o sangue dos deuses, porque é preciso. Procure a luz, *Granaidh* – disse ela à velha senhora. – Quando você a vir explodir como o sol, quando a árvore da vida florescer na terra dos MacLeods, você saberá que está feito.

– Eu vou procurar. Eu vou rezar, e vamos enviar nossa luz para você.

Ela pegou a mão da mulher.

– Obrigada por sua hospitalidade. Você pode nos dizer onde encontrar a família de Aileen?

– Nessa vai levar vocês até eles. – Ela beijou a mão de Fallon. – Que façam viagens seguras, você e os filhos dos MacLeods. Que todos os deuses os acompanhem.

Lana tinha feito o que Tonia lhe pedira, então quando eles voltaram, encontraram Katie e Hannah com Lana e Simon, tomando vinho em frente à lareira acesa. E perceberam as ondas de alívio quando entraram.

– Os matadores de dragões – disse Hannah com um sorriso.

– Não esta noite. Há muito para contar, mas primeiro…

Tonia foi até a mãe e lhe entregou a foto.

– Meu… meu bom Deus! Isso é do Natal anterior à Catástrofe. A última vez que estive lá. – Ela pressionou a foto no coração, balançou o corpo. – Nunca pensei que os veria de novo. – Ela abaixou a foto. – Seu pai. É o Tony. Estão vendo?

– Vamos pegar mais vinho. – Lana se levantou, sinalizou para Simon, para Fallon. – Vamos dar algum tempo a eles. Onde você encontrou a foto?

– Estivemos na casa. Na fazenda MacLeod. Eu bem que gostaria de um vinho. Foi uma noite e tanto. Como Tonia disse, há muito para contar. Devemos fazer isso todos juntos, depois que eles tiverem esse tempo.

– E talvez uma coisinha para comer.

– Eu não diria não.

Simon pegou o vinho, esfregou uma mão no ombro de Fallon.

– Há sangue em você de novo.

Ela só suspirou.

– Lobos demoníacos. Vamos acabar com eles, e com todo o resto.

Mas, para facilitar as coisas, ela bateu as mãos para baixo, fez as manchas de sangue desaparecerem.

Duncan entrou.

– Obrigado por esse tempo. E você estava certa, Fallon, não havia nada que poderíamos ter trazido de volta para mamãe que significasse mais do que aquela foto. Se todos vocês puderem voltar, vamos contar tudo o que aconteceu. Ela e Hannah têm um monte de perguntas.

Lana pegou uma bandeja de salgadinhos.

– Nós também. Duncan, Fallon, peguem mais copos e pratos pequenos, por favor.

Quando estavam sozinhos, Duncan correu a mão pelas costas de Fallon quando ela abriu um armário. Estava surpreso ao perceber o quanto precisava do contato, mas não se questionou.

– Vai levar algum tempo para contar tudo o que vimos – disse ele. – E depois, vou ter que ficar com minha mãe. Ela está se controlando, mas ficou muito mexida.

– Não posso nem imaginar uma coisa dessas. Eu achei que podia porque ouvi todas as histórias, mas não posso. Ela perdeu tudo, todo mundo, tão depressa, tão difícil.

– Eu pensei que entendia, mas não foi bem assim. Percebi isso quando entrei naquela casa e a senti, senti as pessoas ali. Por isso Tonia, Hannah e eu precisamos ficar com ela esta noite.

– Vai ser a mesma coisa aqui, assim que minha mãe souber sobre Allegra e Petra. – Ela lhe entregou uma pilha de pratos pequenos. – Mais uma que vai ficar abalada. Prometi aos meus três companheiros uma caçada amanhã. Talvez você queira nos acompanhar.

– Vou dar duas aulas na academia à tarde, mas tenho a manhã livre.

– Ao amanhecer, floresta leste?

– Boa ideia. Vamos tomar o café da manhã juntos na cozinha da comunidade depois.

– Ótimo.

Enquanto carregavam os pratos, Duncan percebeu que ele havia, inadvertidamente, obedecido à *forte* sugestão de Simon durante sua conversa. Estava levando Fallon para um encontro.

Durante duas horas rápidas e animadas após o amanhecer, Fallon cavalgou pela floresta com Duncan. A nevasca da noite deixara uma camada fresca e macia, de cerca de 15 centímetros, sobre o chão da floresta. O ar cheirava a neve, pinheiro e pureza, enquanto eles seguiam os rastros de um javali selvagem.

Taibhse deslizava, asas brancas se espalhando através de árvores com galhos carregados de neve e lanças brilhantes de gelo, enquanto Faol Ban escorregava ora ficando ao sol, ora nas sombras.

Ali, a floresta pulsava com a vida. Os batimentos dos corações das árvores eram baixos e constantes em seu descanso de inverno, a batida rápida das asas dos pássaros, animais pequenos e grandes, o pulso brilhante dos duendes dançando através do gelo e da neve.

Luz e vida aqui, pensou Fallon, ao contrário da escuridão e morte na floresta da terra dos MacLeods.

Eles não falaram sobre a floresta morta, guerra ou fantasmas, táticas ou estratégias, mas discutiram livros e filmes, trocaram fofocas. Ela se deu conta de que eles nunca haviam cavalgado pela floresta com uma simples caça como desculpa para estarem juntos, e não um propósito relacionado à sua luta. Eles raramente falavam de coisas inconsequentes ou exploravam os pensamentos um do outro sobre elas.

As pessoas costumavam fazer isso no passado – talvez não com espadas e arcos –, mas passavam um tempo falando sobre muitos assuntos que não levavam à vida ou à morte. Agora, quando os tambores de guerra batiam sem cessar, o simples fato de dedicar uma ou duas horas a isso se tornara algo precioso.

Ela se lembraria disso.

E porque se lembraria, estendeu a mão, aproximou Duncan de si mesma e o beijou, com a coruja voando por cima, o sol fluindo sobre a neve intocada. Ele a abraçou, acrescentou mais algum tempero ao beijo – ah, ela se lembraria.

Então ele a soltou e colocou os dedos nos lábios dela.

Ela também sentiu o cheiro e esperou enquanto ele tirava uma flecha da aljava que trazia nas costas. O javali atravessou as árvores. Foi azar dele, supôs Fallon, que o vento carregasse o cheiro dos caçadores para longe dele.

Duncan soltou a flecha, derrubou o animal, deu um sorriso rápido para Fallon.

– Isso deve pagar pelo café da manhã.

– E mais ainda.

Eles levaram o javali para a cozinha da comunidade, onde Duncan o trocou pelo café da manhã, alguns produtos secos e uma porção da carne. Quando se sentaram para comer, ela notou a presença de alguns dos feridos tratados que ainda não estavam prontos para voltar ao serviço, compartilhando uma refeição com vários recém-resgatados. Essa visão a lembrou de ir à clínica visitar Lucy e Johnny antes de sair da cidade.

Fredinha apareceu, um boné cor de arco-íris sobre a sua explosão de cabelos ruivos, o filho caçula no quadril.

– Oi. Posso me sentar um minuto?

Duncan deu um tapinha em uma cadeira.

– Quer café da manhã? Eu tenho um pouco de crédito sobrando.

– Não, obrigada. – Com a facilidade da experiência, ela tirou o casaco e o boné da criança enquanto falava. – Acabei de deixar as crianças na escola e Dillon no parquinho. Os pré-escolares estão construindo bonecos de neve.

Ela sentou Willow e tirou alguns blocos de madeira de uma sacola enorme.

– Construa um castelo para nós, fofura. Seu pai fez esses blocos para o Natal – disse ela a Fallon. – Ela é louca por eles. Ele e Eddie estão trabalhando no trator… de novo. Os alquimistas estão trabalhando no combustível de milho, e eles acham que vai funcionar. Enfim…

Ela suspirou, sempre olhando de lado para ver se Willow permanecia entretida em sua arquitetura.

– Tomei café com a sua mãe, Fallon. Ela me contou tudo. Ainda não falei com Eddie, mas qualquer coisa que tenha a ver com Allegra, ele vai querer saber.

– Pelo que fomos informados, ela e Petra só vão lá uma vez por ano, então nós as perdemos. E essa foi a primeira informação bem fundamentada que tivemos em mais de um ano.

– Elas não terminaram. E não me refiro apenas às coisas horríveis que estão fazendo na Escócia. Eu sei que Arlys está a caminho de Montreal, mas quando ela voltar, acho que ela e Chuck devem, sei lá, colocar um alerta. Allegra e Eric trabalharam com os GPs no primeiro ataque a Nova Esperança. Eles podem estar com eles agora, ou terem continuado com eles.

– Vamos encontrá-los, Fredinha – garantiu Duncan, com um brilho severo nos olhos que falava de vingança.

– Eles virão atrás de você. Você, Tonia, Fallon, Lana, especialmente. Eles querem todos nós, mas querem mais você.

– E isso conta a nosso favor. – Fallon terminou de comer os ovos. – Nenhuma das duas é o que você chamaria de cabeça fria, e nós seremos. Nenhuma das duas é mentalmente sã, e nós somos.

– Eu acredito em vocês, e acredito que o bem sempre vence o mal. Mas louco e mau? É imprevisível, então, vocês sabem que têm que ser cautelosos.

Depois que Fredinha reuniu o bebê e os blocos, Duncan observou Fallon.

– Não falamos sobre isso, sobre eles.

– Não. Eu quero dizer que sei o quanto Denzel significou para você, e entendo a sua necessidade de empatar o jogo.

– Não dá para empatar.

– Não, não dá. Eu sei como me senti quando acabei com Eric, e o que senti dentro de mim era sombrio. Foi vingança mais do que justiça. Tive que me afastar disso, e você também terá que fazer o mesmo. Você vai precisar ser um pouco cauteloso, Duncan, porque é um sentimento poderoso. É sedutor.

– Eu preciso acabar com ela, por Denzel, por aquela garota que encontramos e todos que ela colocou naquele altar. Será justiça. E sei que terei que lidar sozinho com qualquer outra coisa que sinta depois que acabar com ela.

# FÉ

No entanto, não protesto
Contra a mão ou a vontade dos Céus,
nem hesito uma batida
Do coração ou da esperança;
mas ainda tudo suporto e
Sigo em frente.

– John Milton

# CAPÍTULO 17

Aquilo a preocupava, mas Duncan tinha razão: cabia a ele lidar com seus sentimentos. Fallon pedia que ele acreditasse nela, então teria que fazer o mesmo, acreditar que sua luz, seu coração, seriam ambos fortes o suficiente para resistir àquela explosão sombria.

Ela conhecia aquela força e precisava admitir que fora tocada por ela na noite anterior, quando viu o que havia sido feito a uma menina inocente.

Assassinato, escravidão, tortura, mutilação, esses eram crimes horríveis. Mas sacrifício humano? Um mal ainda mais profundo. Então, sim, queria acabar com elas, a companheira de seu tio e a própria prima. Queria derramar o sangue de seu sangue e sabia que precisaria conter aquele sentimento sombrio para sair dali inteira.

Outra escolha, pensou, enquanto se dirigia à clínica. Uma escolha que poderia ser a mais difícil de todas.

Ela se surpreendeu quando Taibhse pousou na sela de Laoch depois que ela desmontou, e Faol Ban ficou de guarda. Esperava que os dois seguissem seu caminho.

– Vocês não precisam esperar – disse a eles. – Mas, se esperarem, saibam que não devo demorar.

Não havia ninguém sentado na sala de espera, o que ela considerou uma coisa boa, enquanto ia até os consultórios. Encontrou Rachel sentada à sua mesa, lendo alguns papéis com os óculos de leitura.

– Dia lento?

Rachel tirou os óculos e se reclinou.

– Finalmente. Hannah e Jonah estão fazendo alguns exames de rotina. Nenhuma emergência esta manhã – disse ela, batendo na mesa três vezes. – Conseguimos liberar mais alguns, então está muito tranquilo. Silêncio suficiente para eu dar uma olhada na lista de material para a expansão.

Vai dar trabalho, mas Bill Anderson e sua esquipe milagrosa, que inclui seu pai, dizem que vão fazer isso acontecer para que possamos, talvez, começar na primavera.

Fallon se aproximou dos esboços detalhados presos a um quadro de avisos. Neles, viu potencial e visão e, acima de tudo, fé.

– Você vai precisar de mais médicos.

Ao ouvir isso, Rachel soltou um suspiro satisfeito.

– Tem uma pediatra, viva!, entre os resgatados de Washington. Ela ainda não está pronta para trabalhar, nem física nem emocionalmente, mas vai ficar. Tem outro curandeiro, do mesmo grupo. E o melhor de tudo?

Fallon a encarou.

– O melhor de tudo?

– Juntei uma série de provas, a maioria de memória. Quero que Hannah as faça no mês que vem. Se ela passar, como sei que vai, será médica. Tão oficialmente quanto possível em nossas condições. Conversei com Katie e com o conselho da cidade. Estamos todos de acordo.

– Acho que isso é o melhor de tudo.

– Ela é jovem. Muito jovem, mas tem treinado muito, desde os 13 anos. Ela tem talento natural e paixão.

– Ela já sabe?

– Contei a ela hoje de manhã. Quero que tenha tempo para estudar. As provas não são fáceis. Não devem ser e não serão. Ela vai ter que merecer o título.

Rachel tinha deixado os cabelos crescerem um pouco mais desde o verão, e estavam presos em um pequeno rabo de cavalo. Ela coçou o pescoço.

Manhã tranquila ou não, a médica da cidade e fundadora da clínica trabalhava longas horas.

– Talvez você possa dar um descanso à papelada.

– Bem... Estamos organizando uma área holística e uma área de fisioterapia. Quando o fizermos, juro por Deus, vou fazer uma massagem por semana.

– Enquanto isso...

Fallon se colocou atrás dela e esfregou seu pescoço e os ombros.

Rachel fechou os olhos, soltou um suspiro.

– Venha morar comigo e traga as suas mãos mágicas.

– Você pode requisitá-las sempre que quiser. Vou procurar Hannah antes de sair. Eu queria ver Lucy e Johnny, os dois que eu trouxe ontem.

– Ela recebeu alta, mas lhe demos uma cama para que não tenha que sair enquanto ele não for liberado. Está acordado e lúcido. Algumas lacunas na memória, o que é comum dado o traumatismo craniano. Pelo que Jonah me disse, as medidas que você tomou no campo fizeram a diferença. Eu o examinei hoje e ele está estável. Vamos mantê-lo aqui por um tempo, mas, se não houver nenhum imprevisto, ele vai se recuperar por completo. E os dois perguntaram por você.

– Vou passar lá. Melhorou?

– Melhorou já nos primeiros dois segundos, só fiquei curtindo a massagem. – Rindo, Rachel deu um tapinha em Fallon. – Vou levar você até eles. Ah, e mais boas notícias – acrescentou ela enquanto se levantava.

– Estou sempre pronta para isso.

– Lissandra e Brennan... O prematuro, sabe? Eles se mudaram para o apartamento acima do de Bill. Muitas pessoas pedem um lugar diferente quando descobrem que houve um assassinato ali, mas ela está feliz por ter um lar. Disse que, depois de tanto tempo enjaulada, agora ela e o filho estavam livres. Além disso, ela se deu bem com Bill. Quem não se dá bem com ele? Ele adora ter vizinhos.

– É uma ótima notícia.

– Ela está aprendendo a tricotar para que possa contribuir, e, como Bill é louco por bebês, está descendo com Brennan para a Bygones e ajudando lá alguns dias por semana.

– Isso é bom. Bom para todos eles.

– É. Eu a aconselhei a esperar até a primavera antes de fazer qualquer trabalho voluntário sério fora de casa. É melhor para o bebê evitar o frio por enquanto, mas ficar lá embaixo é bom. Ela é uma boa pessoa, Fallon.

Ela parou quando chegaram em frente a uma porta.

– Eu queria dar a esses dois um pouco de privacidade e, com todas as altas nos últimos dias, pude dar a eles o próprio quarto. É pequeno, mas é só deles.

Rachel bateu, abriu a porta.

– Vocês têm uma visita. Não fique muito tempo – disse ela, em voz baixa, para Fallon, e recuou.

– Ah, é você! – Lucy, os cabelos lavados puxados para trás em um rabo de cavalo, o rosto não mais carregando aquele tom cinza, levantou-se de uma cadeira. – Johnny, é Fallon Swift. Estamos muito felizes em vê-la. Muito felizes.

Fallon mal entrou na sala e Lucy correu para abraçá-la.

– Você nos salvou. Jonah disse que Johnny vai ficar bem. Rachel disse isso também.

– Que bom.

O homem na cama não parecia bem, mas estava muito melhor do que antes. Ele se sentou na cama de hospital e, embora ainda houvesse sombras sob seus olhos, os hematomas estavam bem mais claros. Usava uma camiseta branca, o braço estava em uma tipoia e ele recebia soro intravenoso através das costas da outra mão.

– Você é A Escolhida. – Seus olhos se encheram de lágrimas enquanto estendia a mão para ela. Embora seu aperto fosse fraco, ele se agarrou à mão dela. – Obrigado pela vida da mulher que eu amo. Obrigado pela minha vida. Eu… não consegui impedi-los.

– Eles eram muitos.

– Você os impediu. Quando eu puder, lutarei por você.

– Falaremos sobre isso quando você estiver melhor.

– Não, por favor. – Lucy se aproximou, passou a mão nos cabelos dele. – Nós temos conversado. Eu estava errada em pedir a ele para não lutar. Nós queremos ficar aqui, então lutaremos. Não sei como, minha avó nunca me permitiu…, mas vou aprender. Nós vamos aprender. Eu sei costurar, cozinhar e cuidar do jardim. Posso ajudar até Johnny ficar bem.

– Eu vou mandar alguém vir aqui falar com você sobre isso. E quando os médicos disserem que você está bem o suficiente, vamos decidir sobre o resto. Quanto vocês já haviam viajado?

– Três dias, de oeste a leste – respondeu Johnny. – Estávamos na casa que encontramos dois dias antes de os Rapinantes nos descobrirem.

– E de onde vocês vieram? Quantas pessoas?

– Talvez cem. Não tenho certeza.

Ele olhou para Lucy.

– Pessoas como minha avó não queriam que os Incomuns se misturassem. Tínhamos nosso lugar, eles tinham o deles, com o rio no meio.

– Se eu trouxesse um mapa, você poderia me mostrar?

– Sim. Se você fosse lá, alguns lutariam por você.

– Vou trazer um mapa, então. Por enquanto, cuide-se.

Depois que os deixou, Fallon refletiu. Uma pequena comunidade segregada. Já tinha visto isso antes. Valeria a pena uma visita, valeria a pena tentar reunir os dispostos e capazes.

Ela foi embora, pois seus animais já estavam esperando fazia muito tempo.

Viu Hannah na sala de espera com um garoto. Um menino bonito, com bochechas rosadas do frio, cabelos loiros anelados debaixo de um boné vermelho decorado com bonecos de neve. Hannah tinha uma luva de frio em uma das mãos.

– É claro que eu vou até ela. Só vou pegar meu casaco e um kit médico.

– Ela está muito doente. – Ele tinha um sotaque leve e cativante, e grandes olhos azuis. – Ela tosse e não para mais. E a testa dela está bastante quente.

– Vamos dar remédio a ela. Oi, Fallon, este é o Bobby. A mãe dele está doente.

– Sinto muito.

– Ela não está se sentindo bem. Me mandou vir buscar o médico. – Ele olhou para Hannah com aqueles olhos azuis grandes, um garoto de não mais do que 6 ou 7 anos. – Você pode fazer ela se curar. Você precisa vir agora.

Fallon fez menção de colocar a mão no ombro do menino para reconfortá-lo, mas ele se afastou e se aproximou mais de Hannah.

– Onde ela está? – perguntou Fallon. Ela olhou nos olhos do menino, fascinada por não enxergar nem a luz nem a escuridão, apenas a inocência. – Meu cavalo está lá fora, ele pode levar vocês lá bem depressa.

– Só a Hannah! Você precisa vir agora!

– Está tudo bem, Bobby. Nós vamos agora. Está tudo bem.

Ela sorriu para Fallon, mas certamente não a viu. Não com aqueles olhos vazios.

– Claro. Não quero atrapalhar.

Ela se moveu rápido, empurrou Hannah para trás, jogou energia no garoto. Ele gritou com ela, e aqueles olhos azuis ficaram pretos como as asas de um corvo.

– Essa vagabunda é minha!

Com sua mão infantil, ele lançou um fluxo de fogo em Hannah. Fallon simplesmente o pegou e o esmagou. Quando ele soltou o próximo em Fallon, o fogo bateu contra o escudo que ela levantou.

– Você acha que o seu poder excede o meu, espírito do mal?

– Eu quero ela! – Ele bateu contra a barreira, os pequenos punhos cheios de ódio. – Eu quero ela, eu quero ela! Devolve!

– Vá para o inferno – sugeriu Fallon, enquanto ouvia o som de pés correndo atrás dela. – Afaste-se.

– Não é justo! – Lágrimas de birra jorraram daqueles olhos negros. – Você é má, e eu vou dizer. Vamos matar todos vocês! Você vai queimar, queimar e queimar.

– Eu vejo você agora. Eu vejo a escuridão em você.

– Ele vai devorar você. Nhac.

Com uma risada berrante, ele tentou disparar. Olhou selvagemente ao redor quando ficou no mesmo lugar.

Para espanto de Fallon, ele se jogou no chão para chutar os pés dela, batendo os punhos no ar.

– Você é uma menina má, má, má, má. Eu quero ir para casa! Quero ir embora, sua cabeça de merda.

– Meu Deus, que pirralho. Você não vai a lugar nenhum, então se acalme agora mesmo. Quem enviou você?

A raiva manchava o rosto dele de um vermelho feio, lágrimas o fizeram ficar todo manchado. Mas aqueles olhos negros brilhavam nos de Fallon quando ele se agachou e rolou.

Uma pequena aranha, pensou, venenosa apesar do tamanho.

– A Princesa das Trevas tem uma mensagem para você. Aguenta essa, prima!

Ele se controlou, puxando, puxando o poder, aspirando-o como se fosse ar para respirar. Mesmo quando Fallon avisou, ele lançou uma torrente de fogo.

Ela viu o rosto dele, a expressão de choque e medo, antes que as chamas atingissem a barreira, voassem de volta e o consumissem.

– Meu Deus! – exclamou Rachel, ainda ajoelhada ao lado de Hannah, que, abalada, tremia.

– Não. – Fallon tocou o braço dela. – Ele se foi. Não há nada que você possa fazer.

– Ele… ele era apenas uma criança.

– A idade não muda isso. Ele era um Incomum Sombrio sob a máscara da inocência.

– Não sobrou nada, nem mesmo cinzas.

– O fogo do inferno não deixa cinzas. Você vai precisar de sálvia branca, sal, um ritual de limpeza. – Procurando se acalmar, ela se virou, ajudou Hannah a se colocar de pé. – Sinto muito por tê-la puxado com tanta força. Eu tinha que afastar você dele.

– O que aconteceu? O que foi isso?

– Do que você se lembra?

– Eu... – Ela apertou a têmpora. – Eu tinha terminado um exame. Ouvi meu nome. Alguém me chamando, e ali estava um menininho chorando, e depois... nada. – Hannah apertou os dedos nas têmporas como se para empurrar para fora o resto. – Eu não me lembro de nada. Eu estava no chão, e ele... aquela coisa... estava gritando.

– Ele a colocou em transe. Ele tinha poder e habilidade, apesar da idade. Queria que você fosse com ele. Disse que a mãe estava doente na cama, precisava de um médico.

– Eu... sim, eu acho. Está tudo confuso. Ele ia me matar.

– Acho que não. Acho que ele foi enviado para levar você até Petra. Uma moeda de troca.

– Para chegar a Duncan e Tonia, a você, mas bem mais voltada para eles. – O choque e a confusão em seu rosto mudaram instantaneamente para uma raiva fria. – Aquele pequeno filho da mãe.

– Como ele passou pela segurança? – perguntou Rachel.

– Acho que foi por isso que ela mandou uma criança. Pequena o suficiente para escapar pelos postos de segurança, e ela o protegeu. Nem eu consegui enxergar o interior dele no início. E foi aí que eu soube. Ela não é tão inteligente quanto pensa. De qualquer forma, vamos consertar isso. Você está bem? – perguntou ela a Hannah.

– Estou. Eu sinto só aqui. – Ela estremeceu enquanto esfregava o traseiro. – Um preço pequeno a pagar.

– Peça a Duncan e Tonia que façam um talismã para você. Eles saberão o que fazer. Use-o o tempo todo.

– Agora vamos fazer um exame, quero dar uma olhada em você.

– Estou bem, Rach. Eu caí de bunda no chão. Mas talvez alguma coisinha para a dor de cabeça...

– É por ter sido retirada do transe de uma vez, e não por causa da criança – explicou Fallon. – O remédio à base de plantas é melhor para isso do que o químico.

– Deixa comigo. Vamos, Hannah.

– Ok, ok. Obrigada, Fallon.

Rachel a levou embora, olhou para trás.

– Lá se vai a minha manhã calma.

Fallon foi diretamente até Will relatar a ruptura, deixou para ele a função de melhorar a segurança. Então foi até a mãe para trabalhar em conjunto em uma sobreposição mágica.

Isso lhe deixou pouco tempo para verificar as transferências de prisioneiros e o progresso da delegação para Quebec. Passou a noite tentando vários feitiços de localização, procurando no cristal, mas não encontrou nenhum traço de Petra ou Allegra.

– Eu vou conseguir – disse ela em voz alta. – Mais cedo ou mais tarde.

Quando caiu na cama, as duas horas na floresta, o beijo tranquilo, o silêncio, tudo isso parecia incrivelmente distante. E muito precioso.

Tinha começado a pegar no sono quando sentiu um estalo no ar.

– Sou eu – disse Duncan, surgindo na frente dela antes que ela tivesse tempo de lançar algo ruim em cima dele.

Ele se deitou ao lado de Fallon, aconchegou-se nela.

– Sobre Hannah... Estou estupidamente grato por você estar lá.

– Ela está bem, certo?

– Graças a você. – Ele beijou a nuca de Fallon. – Não posso ficar. Quero ficar perto delas por mais uma noite.

– Você fez o talismã para ela.

– Fiz. Tinha que ser bonito. Ela insistiu. – Ele se aconchegou a Fallon de novo. – Tonia providenciou isso. Então ficou bonito o bastante para Hannah, além de eficaz.

Ela mudou de posição para se aconchegar a ele também.

– Mamãe e eu trabalhamos em uma sobreposição de segurança. Acho que também é eficaz. Pensávamos que já tínhamos o suficiente, mas...

– Pirralhinho dos infernos. Quem esperaria uma coisa dessas? Filha da mãe, essa Petra.

– Eu não consigo encontrá-la, Duncan. Já procurei e não consegui encontrar nada. Mas vou conseguir.

– Vamos, sim. Ninguém mexe com as minhas irmãs. – Ele a beijou no rosto, na boca. – Não posso ficar. Mas eu poderia tirar uma hora.

Os lábios dela se curvaram contra os dele.

– É uma maneira muito boa de passar uma hora.

Fallon passou um tempo com os mapas, junto com o pai, Will, Eddie e outros, estudando planos de batalha. Trabalhou com a mãe em poções, com Kim em ervas.

Para manter o embalo, visitou o quartel para alguns treinamentos, a academia para monitorar uma aula sobre lançamento de feitiços.

E, enquanto continuava a procurar por Petra através do cristal, percorreu lugares para marcar outras áreas, estudar, analisar.

Quando Lana entrou, Fallon estava sentada com os mapas à mesa da sala de jantar.

– De volta aos mapas?

– Sim.

– Quer chá? Depois de uma manhã na cozinha da comunidade, estou doida para tomar um.

– Claro. Obrigada.

– Está muito frio – continuou Lana enquanto ia até o fogão e colocava água para ferver. – Acho que a noite pede um ensopado de carne. Você vai jantar aqui?

– Acho que sim. – Fallon se levantou quando Lana passou as mãos em um bule para aquecê-lo. – Mãe, eu tenho uma pergunta.

– Diga.

Lana abriu um armário, analisou seus chás. Escolheu um de gengibre.

– Eu localizei a área de onde Lucy e Johnny vieram, a comunidade segregada de que lhe falei.

– Hum. Algumas pessoas nunca aprendem, não é? Estamos todos nessa juntos. Trabalhar, viver e amar juntos nos faz inteiros.

– É por isso que, como você é um exemplo, sabe se comunicar… é por isso que eu quero que você vá.

– Aonde? – perguntou Lana.

– Para o que Lucy chama Riverbend. Há pelo menos cem pessoas lá e eles conseguem se defender contra ataques ocasionais. Alguns, em ambos os lados do rio, lutarão se tiverem um motivo. Preciso que você dê isso a eles. Você e o papai.

– Você quer que eu e seu pai tentemos convencer pessoas que se recusam a se misturar a lutarem juntas.

– Não será a primeira vez, e não consigo pensar em ninguém mais adequado. Você, papai e Ethan.

– Ethan.

– Uma família. Uma família misturada.

– A família da Escolhida.

– Isso é um fator importante – concordou Fallon, e foi medir o chá. – Uma bruxa, um soldado NM e um jovem empático com os animais. Duas pessoas que sobreviveram à Catástrofe e construíram uma vida. O filho que cresceu no mundo que eles ajudaram a construir e proteger.

– Você falou com seu pai sobre isso?

– Estou falando com você primeiro. É mais difícil para você porque estou pedindo que leve Ethan. Eu vi do que você abriu mão quando saiu de Nova Esperança e sei do que abriu mão quando deixou a fazenda e voltou para cá. Você fez isso por mim, mas não só por mim. Você fez isso porque tinha que ser feito. Eu preciso que você mostre a essas pessoas o que tem que ser feito.

Lana ficou em silêncio, enquanto Fallon derramava a água fervente no bule.

– Isso não é tudo.

– Não. Há mais dois assentamentos. Eu os mapeei. Cada pessoa que você puder conquistar para lutar aumenta os nossos números. Estou pedindo que vá, fale com estranhos, sem ter certeza da recepção que terá, e que os convença a colocar suas vidas em risco, enviar seus filhos e filhas para lutar.

– Quando nós…?

– Gostaria que vocês pudessem ir amanhã.

– Amanhã? Mas…

Ela tinha um turno a cumprir na cozinha da comunidade, e precisava colher algumas coisas dos Trópicos. Havia prometido trabalhar com os herbalistas em…

Então começou a pensar como era bom ter essas coisas para fazer, ter ajudado a construir aquilo tudo. As mesmas razões que Fallon mencionara quando lhe pedira para ir.

– Você não quer esperar até que os outros estejam de volta do Quebec?

– Eles devem voltar em um ou dois dias, e aí vamos saber se teremos o apoio do Norte. Ainda não exploramos o Centro-Oeste. Estou pedindo a você que comece a fazer isso. Estou pedindo que saia de casa de novo. Só por alguns dias, talvez uma semana, mas que saia de casa novamente.

– A fazenda continua no mesmo lugar, e Nova Esperança também. É claro que nós vamos. Vamos precisar conversar sobre...

Ela parou de falar ao ouvir uma batida na porta da cozinha.

Starr estava do outro lado do vidro com Marichu, a recruta jovem e rápida.

– Mais duas xícaras – disse ela a Fallon, e foi abrir a porta. – Oi. Entrem. Está muito frio lá fora. Eu pensei que você tivesse voltado para Forestville, Starr.

– Amanhã.

– Acabamos de fazer um chá.

– Não queremos incomodar – começou Starr, e olhou para Fallon. – Você precisa falar com Marichu.

– Claro. Sentem-se.

A garota olhou ao redor, com cautela. Tinha mudado o vermelho dos cabelos para um verde-floresta, usava as botas resistentes que os elfos e outros sapateiros haviam feito para as tropas.

– Me entreguem os casacos para ficarem mais à vontade. – Sabendo que Starr não gostava de ser tocada, Lana simplesmente estendeu a mão. – Fallon, por que não vão para a sala? Eu levo o chá.

– Não precisa se incomodar.

– Não é nenhum incômodo.

Se Starr disse que ela precisava falar com Marichu, pensou Fallon, e gesticulou para que elas a seguissem, então ela precisava falar com Marichu.

Fallon se deu conta de que havia negligenciado o fogo enquanto trabalhava com os mapas, então fez um gesto com as mãos para fazê-lo flamejar de novo e acrescentou madeira.

A garota observou a sala, como fizera com a cozinha.

– Sentem-se – disse Fallon.

Starr, o rosto carregado de cicatrizes de queimaduras tão profundas que nem os mágicos conseguiam apagar, hesitou, depois se sentou. Fallon sabia que seu corpo também carregava cicatrizes do ataque de Petra. E seu coração e alma carregavam mais, das feridas de infância.

Fora do treinamento e batalha, ela confiava em poucas pessoas e interagia menos ainda. Marichu também não era muito próxima de Fallon. Mas havia uma clara afinidade entre elas.

Lana trouxe uma bandeja. Enquanto caminhava para pegá-la, Fallon murmurou:

– Fique.

Fallon colocou a bandeja na mesa.

– Biscoitos, também. Estamos com sorte. Deixa comigo, mãe – acrescentou ela, e começou a servir o chá. – Então, sobre o que precisamos falar, Marichu?

– Eu preciso lutar quando você for para Nova York.

Fallon colocou a primeira caneca na frente de Starr, serviu outra.

– A sua idade ainda está abaixo da estabelecida para combate.

– Não muito, e teria mentido se soubesse que você tinha regras idiotas em relação a isso. Eu lutei em Washington.

– E desobedeceu às ordens. Você não estava no esquadrão do laboratório e o centro de contenção.

– E daí?

– Esse não é o caminho – disse Starr.

– Eu lutei em Washington. – insistiu Marichu. – Sou mais rápida do que qualquer um que não seja um elfo. Sou melhor no combate corpo a corpo do que a maioria dos recrutas mais velhos. Ganhei o último torneio de arco e flecha, e sou melhor com uma espada do que a maioria. Você mesma disse isso.

– Eu disse que você tinha melhorado com a espada. Melhorou mesmo – afirmou Starr para Fallon. – Desde Washington estou verificando o progresso dos recrutas e vou voltar para a base amanhã. Marichu melhorou em todas as áreas.

Fallon serviu chá para a mãe e para si mesma e então se sentou de pernas cruzadas no chão, pegou um biscoito.

– Você desobedeceu às ordens – repetiu Fallon – e teria metido uma flecha em Carter depois que ele se rendeu, quando não representava nenhuma ameaça.

– Eu… – Um olhar duro de Starr fez Marichu parar de falar. – Você tem razão, e recebi uma punição por isso. Merecida. E você tinha razão no que disse no laboratório. Não somos como eles. Não podemos ser como eles. Estou pedindo para lutar, para provar que aprendi a lição.

– Nova York vai fazer a batalha de Washington parecer um treino. As forças dos ISs eram fortes em Washington, mas dominam Nova York há mais de uma década.

– Eu sei – retrucou Marichu. – Eu nasci lá.

Olhos nos olhos, Fallon mordeu o biscoito.

– Nasceu lá?

– Meus pais eram da resistência. Minha mãe foi morta quando eu tinha 12 anos.

– Sinto muito – disse Fallon.

– Ela era uma soldado. – O orgulho tomou conta da voz da moça. – Ela morreu lutando. Eles encontraram o esconderijo onde mantínhamos as crianças. Ela e os outros os expulsaram, protegeram todos nós. Ela morreu lutando. Depois disso, meu pai quis me tirar de lá. Discutimos muito sobre isso, mas ele disse que ia me tirar de lá, me levar para Nova Esperança.

– Para cá?

– Todo mundo sabe sobre Nova Esperança, mas a maioria não acredita. Todo mundo sabe sobre A Escolhida, mas a maioria não acredita também.

Não mais capaz de resistir, Marichu se inclinou para pegar um biscoito.

– Mas eles lutam assim mesmo. Meu pai me fez ir embora. Às vezes, eles contrabandeiam crianças ou os idosos que não aguentam mais. Ele me fez ir com um grupo, e disse que me encontraria quando pudesse. Mas, assim que partimos, tudo deu errado. Os corvos vieram e os relâmpagos sombrios. Todos se dispersaram. Depois surgiram os GPs e eles levaram todos que podiam, ou apenas os mataram. Eu fugi. Eu sou rápida, então fugi. Mas não podia voltar para a cidade.

– Ela estava ferida – explicou Starr.

– Não muito. Eu disse que não estava tão ferida.

– Ela se machucou – repetiu Starr – e se perdeu na fumaça, não conseguiu encontrar o caminho de volta. Alguns batedores de resistência a encontraram, levaram-na para o acampamento. Em seguida, para uma pequena base mais ao sul.

– Eles não queriam me levar de volta para Nova York, então fui embora assim que pude. E…

– E… – insistiu Fallon.

– Eu deveria ter ficado com eles. Entendo isso agora. Mas eu só queria voltar para o meu pai. Então fui embora e não consegui voltar para Nova York. Achei que seria melhor tentar vir para cá. Meu pai havia desenhado uma rota. Não estava exatamente certa, mas eu a segui. Encontrei mais GPs e…

– Eles a machucaram – finalizou Fallon. – Realmente a machucaram dessa vez. Danificaram a sua asa.

– Eles iam me matar, mas eu fugi. Consegui fugir de novo. Então os seus olheiros me encontraram.

– Por que você não contou a ninguém sobre Nova York?

– Eu não conhecia você.

– Entendo.

– Conte tudo – encorajou-a Starr.

– Ok, ok. Eu pensei, no início, que aprenderia coisas aqui, mais habilidades, e fugiria de novo, tentaria ir para Nova York. Mas então… Eu sei que não é o melhor caminho. Não posso fazer isso sozinha. Ninguém consegue fazer isso sozinho.

– Uma boa lição – comentou Fallon.

– Você conhece Chelsea? – perguntou Lana.

– Conheço. Nosso grupo ficava, na maior parte do tempo, na parte baixa de Manhattan. Havia outros grupos na parte alta e no meio.

– Eu morava em Chelsea – disse Lana, levantando a travessa de biscoitos.

– Eu sei. Há muitas histórias. Não é mais como era. Meu pai disse que não é, então é verdade. Mas eu sei como as coisas estão por lá. Eu sei onde você pode encontrar resistência que vai lutar ao seu lado. Eu sei onde os GPs montaram uma fortaleza no que era o Brooklyn, e onde ficam as bases militares do Queens.

– Eu tenho mapas na outra sala. – Fallon se levantou. – Você pode me mostrar.

– Eu mostro se eu puder ir e lutar.

– Mostre – disse Fallon – e depois a gente decide.

Levou mais de uma hora e, quando elas saíram, Fallon se debruçou sobre os mapas, as anotações, as novas marcações.

– Preciso de mais papel de mapa. Tenho que redesenhar...

– Então você vai deixar Marichu lutar. – Lana se sentou, as mãos cruzadas sobre a mesa. – Ela é muito jovem e bastante teimosa. Dá para ver a teimosia, embora ela esteja tentando não demonstrar. Talvez para não ser tão teimosa quanto realmente é.

– O pai dela está em Nova York, e eu vou confiar que ela tenha aprendido a lição e não cometa os mesmos erros. Ainda assim, eu disse a ela que precisava aprimorar suas habilidades com a espada e que precisaria da autorização de cada um de seus instrutores.

– Você vai deixar. Tenho certeza – afirmou Lana.

– Tem razão, vou, sim. O que acha que ela faria se eu dissesse que tem que ficar de fora? Iria embora. Se eu dissesse que ela precisava de mais disciplina, a mesma coisa.

– Eu sei disso. Assim como sei que Duncan, Tonia, e a maioria dos outros já estavam na luta quando tinham a idade dela. Mas com tantos aderindo, nós conseguimos aumentar a idade para o combate, dar a eles mais tempo.

– O pai dela está em Nova York – disse Fallon mais uma vez. – Todo mundo que ela realmente conhece, o mundo que ela considera seu lar. Não posso impedir, então vou usar o que ela sabe, mas ela vai voltar com um exército. Não vai voltar sozinha.

– Mesmo assim, isso me deixa triste. Eu sei que você está certa, que eu provavelmente faria o mesmo, e ainda assim fico triste. Vou pegar o papel.

Levantando-se, Lana deu um passo, beijou o topo da cabeça de Fallon.

Com as novas informações, Fallon se juntou aos pais, Duncan e Tonia, Will. Acrescentou Katie, Jonah, Rachel e Fredinha porque eles conheciam a antiga Nova York.

– Tony e eu morávamos aqui. – Katie colocou um dedo no mapa antigo. – Meus pais, aqui, os dele, aqui. Este é o hospital onde você nasceu.

– Centro dos ISs agora – comentou Duncan, olhando em seguida para Katie. – Sinto muito, mãe.

– Não, essa é a realidade. Nova Esperança é meu lar, onde criei você e sua irmã, onde construímos a nossa vida. Eles destruíram e queimaram o que um dia foi a minha casa, mas isso não significa que não podemos e não vamos tomá-la de volta.

– Eu morava aqui, comecei minha vida aqui – disse Rachel –, mas queria ter a minha própria casa e um trajeto fácil para o hospital. Não cresci lá, como Katie, e não conheço a área tão bem quanto Jonah deve conhecer, pois ele dirigia por essas ruas todos os dias como paramédico.

– Estávamos baseados aqui, cobríamos esta área. – Aqueles nomes de ruas o levaram de volta ao passado. – Imagino que alguns dos edifícios tenham desaparecido, que algumas ruas estejam destruídas, mas as posições são as mesmas. Pegamos o barco aqui para fugir, decidimos tentar por Hoboken.

– Que noite dos infernos – lembrou-se Rachel, colocando a mão sobre a dele.

– É, foi mesmo.

– Poderíamos levar tropas para o Brooklyn pela água. Barcos, sereias e tritões.

Jonah assentiu para Fallon.

– Havia pontes, túneis.

– Marichu disse que os túneis, em sua maioria, estão tomados por mortos e loucos. A ponte de Manhattan para o Brooklyn foi destruída, deixando o Brooklyn essencialmente isolado. Se entrarmos pelo mesmo caminho pelo qual vocês saíram, pela água, podemos retomar o que eles pegaram. De fora para dentro, enquanto disparamos mais soldados para o centro. Fazemos o mesmo em Manhattan.

– Arlys e eu trabalhamos aqui, em Midtown. Ela morava perto o suficiente para ir trabalhar a pé. Tudo aconteceu tão rápido – lembrou-se Fredinha. – Pessoas morrendo, pessoas matando, pessoas correndo. Os mágicos... bem, havia muita confusão no início. Quer dizer, um dia você é um estagiário, aprende como funciona uma transmissão, corre por Nova York com um trabalho legal, um apartamento bagunçado que você ama, e no outro dia você tem asas. Não é como nascer sabendo. É tumultuado, e um pouco assustador no começo. Alguns não conseguiram lidar com isso, apenas enlouqueceram, outros se tornaram obscuros.

– Você não fez nada disso – lembrou Eddie. – Não seria a minha Fredinha.

– Você poderia ter ido embora – apontou Tonia. – Por que não foi?

– Arlys, as pessoas com quem trabalhávamos... Elas precisavam de mim. Depois daquela última transmissão... Meu Deus, aquilo foi horrível... Jim, que era quem estava no comando, disse que Arlys tinha que sair, e eu sabia que tinha que ir com ela.

– Caminhamos até a 34th Street... aqui. – Ela mostrou o ponto no mapa. – E atravessamos a pé um dos túneis que passam por baixo do rio Hudson até Hoboken.

Quando ela apertou os lábios, Eddie colocou a mão na coxa dela e a acariciou.

– Nós sobrevivemos a isso. – Ela colocou a mão sobre a dele para um aperto rápido. – O negócio era que Hoboken estava muito deserto, mas não havia sido destruído. Nem muito saqueado.

– Agora é uma base dos GPs, de acordo com Marichu. Nós vamos tomá-la – afirmou Fallon –, fazer uma base nossa.

– Estamos lutando em muitas frentes, Fallon. – Com os outros, Will analisou os mapas, antigos e novos. – GPs em Nova Jersey, ISs e GPs no Brooklyn, militares no Queens, e tudo isso em Manhattan.

– É por isso que vamos vencer. Não em um dia, não em uma semana, não em um mês, mas vamos vencer. Vamos expulsá-los. Eu fui concebida lá, como Duncan, Tonia e Hannah. Ross MacLeod viajou de volta da Escócia para morrer lá. Os Primeiros de Nova Esperança se encontraram lá, e conseguiram fugir. Agora é hora de voltar.

Ela olhou para Fredinha.

– Você poderia ter escapado quando chegou a hora, passando por cima da água com suas asas, mas enfrentou o túnel escuro porque uma amiga precisava de você. E você, Jonah, à beira do desespero, escolheu a vida porque uma estranha precisava de você. Arlys escolheu a verdade, em vez da segurança das mentiras. Chuck deu abrigo a Arlys e Fred e uma maneira de escapar. Katie deu a um bebê indefeso uma mãe e uma família. Rachel mergulhou no desconhecido porque era necessária lá. Minha mãe deixou tudo o que conhecia e amava, conheceu um estranho e seu cachorro na estrada, e os ajudou. Isso é o que vamos levar conosco para Nova York. E é uma arma poderosa.

– Não posso discutir com isso – admitiu Will. – Mas eu me sentiria melhor indo para essa batalha com uma profusão de espadas, flechas, balas e soldados.

– E vamos. Mas também levaremos a luz, forte e poderosa o suficiente para eliminar a escuridão.

# CAPÍTULO 18

Era um pouco estranho, e incrível, ficar sentado na cozinha de Fallon enquanto ela preparava o café da manhã. Só os dois, pensou Duncan, naquela casa grande. Os pais dela e Ethan tinham saído no dia anterior. A mãe dele havia se recuperado e colocado a foto emoldurada de sua família sobre a lareira.

Ele seria um tolo se não aproveitasse para passar algum tempo com Fallon. E ele não era tolo. Pela primeira vez, passaram a noite juntos naquela casa grande, e agora, a manhã seguinte.

Ele se perguntou se ela também estaria pensando que isso servia como uma espécie de porta de entrada para o futuro deles. E exatamente aonde a porta os levaria.

Ele a deixou cozinhar porque ela deixou claro que a comida dele era horrorosa. Duncan não achava que era tão ruim, mas por que discutir? Além disso, gostava de observar como ela cozinhava com confiança, até mesmo um pouco de talento.

Fallon colocou os pratos no balcão e se sentou ao lado dele.

– Está com uma cara e um cheiro ótimos. – Ele provou uma garfada. – Tem gosto de… Uau. O que é isso?

– Pesto e omelete de tomate assado com um pouco de queijo de cabra.

– Você puxou a sua mãe. Ela é a melhor cozinheira do mundo.

– Ela diria que não há muita competição por aqui.

– Você está preocupada com ela, com eles?

Ela provou a omelete, ficou satisfeita por ter conseguido preparar o prato como a mãe lhe havia ensinado.

– Não, achei que ia me preocupar, se é que você me entende, mas não. São etapas que precisamos cumprir de alguma maneira. Eu só queria voar, tirar algum tempo para pensar, e havia a Lucy. Agora, através dela, talvez consigamos uns duzentos soldados. E talvez um deles nos aponte em uma direção que nos traga mais algumas centenas deles.

– Vamos precisar de soldados. É isso o que a está preocupando? Nova York. Eu ouço a preocupação.

– Eu seria uma idiota se não me preocupasse. É uma grande batalha. E o que Will disse no outro dia não está errado: não basta estarmos certos. Precisamos de soldados e de armas.

Duncan não disse nada por um momento, enquanto comiam no zumbido tranquilo da cozinha, no calor que ela guardava, deixando o inverno frio e árduo do lado de fora.

– Eles nem sempre conseguem entender – começou ele. – Will é um comandante incrível. Duro, esperto, corajoso e comprometido. Eu aprendi a lutar com ele, aprendi a lutar com inteligência, mas ele nem sempre consegue entender. Ele aceita e respeita a magia. Isso nem sempre é fácil, certo?

– Acho que eu nem sempre penso o suficiente pela perspectiva deles. Só de ouvir Fredinha, o modo como ela descreveu aquelas semanas em Nova York, quando tudo mudou. Como ela mudou...

– Will, Eddie, os outros NMs, com a grande exceção sendo o seu pai, sempre vão pensar no caminho convencional primeiro. Mesmo depois de vinte anos neste mundo, eles viveram o mesmo tempo, ou mais, no outro. Eu acho que isso é uma coisa boa.

Curiosa, ela se virou para ele.

– Por quê?

– Porque é assim que o mundo funciona agora. A mistura. Somos uma mistura do convencional, ou do que era convencional, e magia. Funciona melhor quando todos aceitam. Você e eu temos essa mistura dentro da nossa família. Will também. Eu acho que é assim que vai ser agora.

– Essa é outra razão pela qual vamos vencer.

– Concordo. Passei algum tempo no quartel e na academia desde que voltei. Alguns alunos, alguns recrutas, vão precisar de mais tempo. Você tem alguns como Denzel.

Duncan sentiu uma pontada, como sempre, quando pensou no amigo.

– Ele nunca seria um soldado – prosseguiu ele –, mas achava... Bem, ele viveu para ser um. Porque achava que o combate era excitante, perigoso e simplesmente muito maneiro.

Fallon pensou no quanto sempre quis, desesperadamente, usar a espada que pairava sobre a lareira na casa de Mallick porque era... maneira.

– Você não achava isso, no início?

– Talvez. – Ele acrescentou uma meia risada. – Poxa, é claro que achava. Mas me livrei disso, graças a Will.

Ela se levantou para tomar mais café.

– Precisamos dos números, Duncan.

– Estou ouvindo. Você vai comer o resto que está no seu prato?

– Vou.

Ela se serviu de café, sentou-se, pegou o garfo.

– Os números vão determinar em quanto tempo poderemos atacar Nova York. Você pode trabalhar diretamente com aqueles que sente que precisam de aprimoramento?

Como não parecia que ele ficaria com o resto da omelete de Fallon, Duncan levou o prato para a pia. Presumindo, corretamente, que ele ficaria com a limpeza, já que ela havia cozinhado.

– Claro. Eu poderia usar Mallick.

Ela suspirou.

– Eu queria muito dar a ele algum tempo em casa, mas você tem razão. Ele é necessário.

Quando ela terminou, limpou o prato, foi até as portas de vidro.

– Vou passar algum tempo nisso, também. Preciso ir ao acampamento dos elfos perto da cabana, verificar as coisas lá e ir para o norte. Pensei que Meda e eu poderíamos explorar o Oeste. Poderíamos conseguir mais. E eu preciso voltar para a fazenda, a aldeia. Meu Deus, que saudade eu sinto da fazenda!

Apoiada na porta, ela olhou para o dia de inverno, o jardim coberto de neve, a floresta adiante.

– Não sei se ela vai voltar a ser um lar para mim. É como sua mãe falando sobre o Brooklyn. Não é mais o lar dela. Eu não sei se a fazenda vai ser para mim, mesmo que eu sinta muita falta de lá.

– Eu vou construir um lar com você.

Fallon perdeu o ar, então teve que se estabilizar quando se virou de frente para Duncan. Ele estava segurando um pano de prato, mas, meu Deus, ele nunca pareceria domesticado. O sol de inverno se derramou através das janelas, pálido como água, e fluiu sobre a espada que ele usava, como ela, tão rotineiramente quanto usava sapatos.

– Nós podemos construir um lar. Aqui, lá, em qualquer lugar.

– Você deixaria Nova Esperança se…

– É você que eu não deixaria, Fallon.

Ela sentiu o coração palpitar com a certeza sólida de Duncan, a certeza que emanava dele.

– Amar você me deixa com medo – disse ela. – Medo do que está por vir, aonde eu estou levando os outros comigo. Você tem medo?

– De morrer em batalha? De perder outra pessoa que eu amo? É claro que sim. E medo não significa covardia. Fazer o que vem a seguir, isso é o que conta.

Ela soltou uma meia risada.

– Você é único.

– É melhor que eu seja mesmo.

– Não… que idiota… você é o único que está à altura.

– De quem?

– Meus pais.

Ele colocou o pano de prato de lado e se aproximou dela.

– Está chamando seus pais de idiotas?

– Não, isso era só para você. – Ela pegou as mãos dele. – Aos 14 anos, eu abri o Livro dos Feitiços e tudo o que vi nele me jogou em uma tempestade de poder e conhecimento. Com ele, eu saltei para o Poço da Luz, onde tirei a espada e o escudo do fogo.

– Agora você está se gabando.

Ela riu, apertou as mãos dele.

– Não, não. Nada disso tem mais magia do que poder estar aqui com você, sabendo que posso ter medo com você e que somos capazes de fazer o que vem a seguir. Sabendo que faremos o que vem a seguir.

Ela levou as mãos dele aos lábios.

– Eu vou construir um lar com você, aqui, ali, ou em qualquer lugar que houver.

Ele começou a trazê-la para mais perto, para poder abraçá-la. E ambos sentiram.

– Eles voltaram. – Ela deixou a mão sobre o coração dele por mais um segundo. – Mallick e os outros.

~

Eles se reuniram na sala de guerra depois que Duncan foi buscar Will. Como boa filha de sua mãe, Fallon fez café, chá, acendeu o fogo e lutou para ser paciente até que todos se ajeitassem.

– Quero agradecer a todos vocês por fazerem essa jornada – começou Fallon.

Travis gesticulou com sua caneca.

– Eu quero dizer, logo de cara, que a rainha da neve tem, você sabe... estilo. O QG dela é quase um palácio.

– Excessivo – comentou Meda, escolhendo chá preto, sem mel. Sem frescuras.

– Sim, talvez, mas meus sentimentos não se ofenderam por sentir o gostinho do luxo. O que ela, definitivamente, tem.

Preparada para tomar notas, Arlys lançou um olhar indulgente para Travis.

– Ela converteu o que era um hotel cinco estrelas no coração de Montreal em sua sede, sua casa. Vive em alto estilo, literalmente, na suíte que fica na cobertura... e ocupa o andar inteiro. No entanto, ela também garante que seu povo tenha moradia, comida, roupas e cuidados médicos. Outros prédios que visitamos foram convertidos em clínicas, escolas, estufas e curtumes.

– Ela se enfeita demais – comentou Meda, com clara desaprovação. – Roupas elegantes, joias para todos os lados. Mas... – Ela deu de ombros, num gesto que Fallon leu como um respeito relutante. – Seu povo não é negligenciado e nem abusado. Eles têm comida e abrigo.

– E ela os ouve – acrescentou Travis.

– Sim, do jeito dela. Eles usam quase cem por cento de energia eólica e solar. Seu centro de treinamento poderia ser melhorado, mas a segurança é forte.

– Ela foi muito gentil – afirmou Arlys – e se mostrou receptiva às sugestões de Meda sobre suas instalações e métodos de treinamento. A atmosfera é diferente da de Nova Esperança. Seu centro é muito urbano, e ela está no comando de tudo. Há conselheiros, mas, pelo que percebi, eles não fazem mais do que aconselhar mesmo. Ela é quem manda.

– E como o povo dela se sente sobre isso?

– Eles amam – afirmou Travis. – Confiam nela e se sentem seguros. Ela também ama aquelas pessoas. Não é conversa fiada. A segurança e o bem-estar deles são importantes para ela.

– Você confia nela?

– Confio. Ela é fácil de ler.

– Ela tentou suas artimanhas nele – acrescentou Meda.

– Jura?

Travis sorriu.

– Ela é muito... sofisticada – decidiu Travis. – Bem bonita, é verdade, mas sofisticada demais, e não faz o meu tipo. E foi mais um teste. Ela gosta de sexo, gosta muito... outra leitura fácil. Mas foi mais como um teste. O mesmo com Mallick.

– Ela... – O olhar de Fallon voou para o feiticeiro, que se sentava em silêncio e plácido. – Sério?

– Apenas um teste – prosseguiu Travis. – Talvez com ideias de ganhar alguma vantagem, se conseguisse transar com Mallick, o Feiticeiro, e com o irmão da Escolhida. De qualquer forma, não faz meu tipo.

Ele deu uma olhada maliciosa para Meda.

– Aja de acordo com a sua idade, homenzinho.

– Eu estou agindo conforme a minha idade. Gosto de garotas guerreiras e gostosas.

– Acho que podemos mudar de assunto. Mallick, além de tentar seduzir você e um adolescente, houve negociações que se aplicam ao nosso caso?

– Sim. Ela quer muito a aliança. Sabe que precisa de você mais do que você precisa dela. A preocupação dela com seu povo é, como Travis disse, real e profunda. Ela está preocupada que as crianças de sua região não tenham somente segurança, educação e abrigo, mas que sejam felizes. Sua ambição não é pequena. Ela quer a região e acredita que pode trazer segurança e prosperidade para o local.

– Ela não está errada – comentou Arlys. – Garantiu lealdade porque também a oferece. Pode ser uma espécie de ditadura benigna, mas estamos em um mundo diferente. Não vi nenhuma crueldade em seu governo.

– Ela oferece dois mil combatentes por essa aliança.

– Três, agora – completou Mallick, servindo-se de mais chá, pois o inverno esfriava seus ossos agora de uma forma que não fazia havia séculos.

– Três?

– Ela tem quatro mil – disse Travis. – Uma leitura fácil. Mas concordamos que ela precisava guardar uma parte para proteger sua cidade, seu povo.

Mallick assentiu.

– Há velhos e jovens e outros incapazes de lutar que precisam de proteção. Assim como a própria cidade. Os três mil virão com armas. E suas forjas continuarão a produzir ainda mais armas. Como você suspeitava, ela tem outras alianças. Com suas negociações, arrebanhou outros líderes. Ambos são grupos menores, mas temos, entre eles, outros 1.500 soldados.

– Mais de quatro mil. – Sentindo o poder, Fallon se sentou. – O que prometemos em troca?

– O reconhecimento de seu governo e a soberania das outras alianças. Se necessário, nós os ajudaremos contra nossos inimigos comuns. Abrimos o comércio com eles, respeitando suas fronteiras. Um pequeno acordo paralelo com Vivienne foi um pedido para que ajudemos seu povo a criar uma área de trópicos e os meios para começar a cultivar grãos de café, chá, cacau, pimenta, frutas cítricas e assim por diante.

– Inteligente – pensou Fallon. – Ela não só terá essa capacidade, mas poderá negociar diretamente com suas outras alianças. Eu preferiria que enviássemos um clã para criá-lo, em vez de dar a eles os meios para fazer sozinhos.

– Que foi exatamente o que acordamos. Ela ficou satisfeita com isso.

– Ótimo. Mais de quatro mil e, com sorte, perto de cinco quando mamãe, papai e Ethan voltarem.

– De onde? – perguntou Travis. – Eu pensei que eles estivessem apenas ocupados em algum lugar.

– E estão. Só que não em Nova Esperança.

Ela explicou a missão, ouviu as opiniões. Então se levantou.

– Quero agradecer a todos vocês. Ao negociarem com sucesso essas alianças, vocês nos deram uma forte vantagem. Temos aliados no norte, e novas tropas que lutarão conosco. Precisaremos deles para tomar Nova York. Meda, você estaria disposta a ir para o oeste comigo para encontrar mais? Para, assim espero, encontrar e forjar outras alianças?

– Eu respondo ao chamado da Escolhida.

– Travis, preciso de você nessa.

Ele dirigiu um sorriso largo para Meda, que respondeu com um olhar frio.

– Sem problema.

– Arlys, eu adoraria ler o que você vai escrever sobre isso no *Boletim de Nova Esperança.*

– Ainda não está escrito. Prometi uma cópia a Vivienne. Eles têm uma tecnologia de informática muito, mas muito rudimentar, mas Chuck vai dar um jeito.

– Ok, então. Mallick, se você puder ficar por um minuto, agradeço.

Os outros se retiraram, Duncan e Travis para o quartel, Will e Arlys de volta a Nova Esperança, Meda para se preparar para a viagem seguinte.

Fallon serviu mais chá a Mallick e se sentou ao lado dele.

– Três palavras para descrever Vivienne.

– Vaidosa, ambiciosa, leal.

– Posso lidar com todas.

– Vou acrescentar que ela inveja você.

– Inveja?

– Inveja seu poder e sua posição. Junto com a inveja, há uma verdadeira admiração e um pouco de medo.

– Posso lidar com isso também. Há alguma razão para pensar que, se a ajudarmos a proteger Quebec e se estabelecer como chefe desse estado, ela vá querer mais?

Feliz por ela ter pensado além da batalha, ele pegou o chá.

– Eu acho que não. Quebec é pessoalmente importante para ela. Mais terras exigiriam mais trabalho. Acredito que ela será uma aliada firme. Ela lhe enviou um presente.

Ele foi até a sacola que havia trazido, pegou uma pequena bolsa. Intrigada, Fallon a abriu.

O pingente da pedra da lua tinha um brilho branco. Esculpido nele, como se fossem uma só, três figuras misturadas. A coruja, o lobo, o alicórnio.

– É lindo. – A pedra fora colocada em uma base de prata, e as palavras inscritas atrás eram: SABEDORIA, CORAGEM, LEALDADE. OS ESPÍRITOS DA ESCOLHIDA. – E, como disse Arlys, gracioso. Nunca vi um trabalho tão bem-feito fora do cofre que encontramos em Washington.

– Os artesãos dela fazem mais do que ferramentas. Ela tem joalheiros, prateiros, ourives, pessoas hábeis em trabalho com seda, veludo e peles. Quebec será uma monarquia sob o comando dela. Eu acredito que ela vai governar bem.

Porque o presente a tocou, Fallon prendeu o pingente na corrente com a aliança de Max e a medalha de São Miguel de Simon. Passando os dedos nos pingentes, ela perguntou casualmente:

– Ela não tentou você?

– É muito sofisticada para mim – respondeu ele, achando graça. – E não faz o meu tipo. O que você precisa saber de mim?

Ela o encarou.

– Eu queria lhe dar um tempo para você ficar na sua cabana, mas vou lhe pedir que fique em Nova Esperança e ajude Duncan a aprimorar o desempenho de alguns recrutas. Me desculpe por...

Ele a interrompeu com um aceno.

– Esperei quinze séculos para cumprir meus deveres. Foi para isso que eu fui feito. – Em uma rara demonstração de afeto, ele fechou a mão sobre a dela. – Eu respondo ao chamado da Escolhida.

– Você pode ficar no quarto de Colin.

– Ah, é uma proposta tentadora, mas eu faria melhor meu papel com os recrutas se ficasse no quartel. Talvez sua mãe me convide para uma refeição quando voltar.

– Vou providenciar para que o convite seja feito. Até lá, posso garantir que eles comem bem no quartel. Garantimos isso.

– Então vou me juntar a Duncan e Travis e comer alguma coisa. Que você faça uma viagem segura para o oeste. – Ele se levantou, pegou sua sacola e depois olhou para Fallon. – Você se saiu bem, menina.

– Um grande elogio do meu velho amigo.

Fallon ficou sentada por um tempo, sozinha. Não apenas planos de batalha, não apenas treinamento, preparação de tropas. Agora, alianças, política, diplomatas, fronteiras. Agora, as visões para o amanhã precisavam vir através da fumaça. Ela não tinha nenhum desejo de ser rainha, de governar o mundo em reformulação, mas, se pegasse a espada para levar o mundo à guerra, precisava saber as maneiras de abraçar a paz e mantê-la.

Uma vez, ela havia descido a cortina para mostrar a Colin o sangue e a batalha, o pior que a escuridão exigia. Tinha a esperança de um dia a abrir de novo para mostrar a paz, a união, toda a luz oferecida.

Por enquanto, Fallon se levantou para se preparar para a jornada: sua busca por mais almas para levar à guerra.

~

Enquanto Fallon embalava provisões, Lana estava sentada na sala de estar impecável de Tereza Aldi, avó de Lucy. Uma mulher bonita, os cabelos grisalhos presos em um coque trançado na nuca, ela se sentava rigidamente em uma cadeira.

Não ofereceu nenhuma bebida.

Um fogão a lenha, obviamente recolhido de algum lugar e adicionado após a Catástrofe, exalava um pouquinho de calor em um canto.

Ainda assim, o frio na sala vinha tanto da mulher quanto do inverno.

– Agradeço por me receber, Sra. Aldi.

– Eu já disse que não temos nada a conversar, mas você é persistente.

– As mulheres que criam filhos neste mundo têm que ser. Eu esperava que você tivesse alguma mensagem para Lucy.

– Ela fez a escolha dela.

– Ela contou à minha filha que uma vez você escondeu um mágico dos Guerreiros da Pureza.

– Não somos selvagens. – Ela levantou a mão para a cruz que usava num cordão. – Nem fanáticos, como aquele culto sem Deus.

– Foi um ato de bondade, de humanidade, que envolveu um risco considerável.

– Eles teriam matado o menino, como mataram tantos outros. Não queremos que vocês morram, Sra. Swift. Só insistimos que mantenham distância. Levamos uma vida tranquila e pacífica aqui.

– Vocês têm uma comunidade adorável – disse Lana. – Assim como os mágicos, que vivem do outro lado do rio.

– Eles ficam do lado deles, nós ficamos do nosso. – Ela manteve as mãos dobradas implacavelmente no colo. – O menino estava vagando por aí e deveria ter sido mais prudente.

– Eu tenho três filhos – disse Lana, com um sorriso. – Já perdi a conta de quantas vezes eles deveriam ter sido mais prudentes. Tenho uma menina também.

– Eu sei quem você é. Sei quem ela é e o que ela afirma ser.

– Ela não afirma, ela é. Mas ela é algo diferente para você, é a pessoa que salvou a vida da sua neta.

– Eu disse que não tenho nenhuma vontade de ouvir...

– Mas você vai ouvir. – A voz de Lana mudou, tornou-se mais severa. Ela toleraria o frio, até o que considerava rude, mas não toleraria ignorância. – Você vai ouvir, depois eu vou embora. A criança que você criou…

– *Você* é quem vai ouvir! – Lágrimas de raiva e de dor brilharam nos olhos escuros da mulher, rugas se espalharam em sulcos profundos. – Eu criei Lucia. Eu a criei porque o pai dela morreu na Catástrofe e a mãe, minha filha, minha única filha sobrevivente, se transformou.

Lana dobrou as mãos no colo. Percebeu a mudança de ânimo quando comparado ao muro de pedra fria que a recebera.

– Como?

– Ela se tornou como você. Amaldiçoada, estava amaldiçoada. E enlouqueceu por causa disso. O mundo morrendo ao nosso redor, amigos e vizinhos doentes ou já enterrados. Meu marido morto, meus dois filhos mortos. E minha única filha enlouquecida, selvagem e violenta, quando antes era gentil e amorosa.

Quando a sra. Aldi desviou o olhar para o colo, onde seus dedos brancos como ossos descansavam, Lana não disse nada. Melhor esperar, pensou, deixar que ela desabafasse.

– Ela tentou, minha filha tão amorosa, tentou, com o fogo das próprias mãos, queimar a casa. Queimar a casa enquanto o bebê que ela amava tanto gritava no berço. O quarto do bebê, ela começou o incêndio no quarto de Lucia, e riu como uma louca, chorou como uma louca. Por mais que a gente pedisse, ela não parava, não adiantava argumentar ou implorar, então eu corri para pegar a criança e os outros correram para apagar o fogo. Ela só ria, chorava e lançava mais chamas com as mãos. As chamas atingiram um dos homens que vieram para ajudar, e ela ria, ria enquanto ele queimava. Ria e chorava enquanto outros o arrastavam para fora, para tentar salvar o pobre homem.

Ela suspirou e prosseguiu:

– E quando ela se virou para mim, para a criança que eu segurava no colo, eu vi o que ela queria fazer. E atirei nela. Matei minha filha, a pessoa que eu amava de todo o meu coração, para salvar a filha dela. Portanto, não venha falar comigo sobre bruxaria e magia.

– Sinto muito por sua filha, por tudo o que você perdeu e pela terrível escolha que teve que fazer.

– Você não sabe *nada* sobre isso.

– Você está enganada – respondeu Lana, com toda a calma. – Eu vi a loucura. Eu a enfrentei. Sei o que significa perder alguém. Eu perdi uma pessoa. Conheci o mal, com e sem poder. Todos nós que sobrevivemos tivemos que fazer escolhas terríveis. O menino que sua neta ama fez uma escolha como a sua. Tentou salvar a criança que você salvou, ele fez uma escolha. Foram os Rapinantes, Sra. Aldi, não os mágicos, que os atacaram. Apenas homens, homens cruéis. Johnny poderia ter escapado, poderia ter deixado sua neta para trás e, com suas habilidades de elfo, fugir ou se esconder. Em vez disso, ele lutou para salvar a menina, e quase morreu por isso. Teria morrido, assim como sua neta, se minha filha não tivesse aparecido para ajudar.

A Sra. Aldi desviou o olhar, mas seus lábios apertados tremiam.

– Ele levou minha neta embora.

– Me parece que foi o contrário, de acordo com Lucy. Johnny queria lutar contra os Incomuns Sombrios, contra a escuridão que ameaça a todos nós. Lucy implorou a ele que ficasse com ela. Eles foram embora do lar que conheciam porque você os proibiu de se amarem.

– Nada de bom pode vir de uma mistura.

– Ah, eu discordo. Meu marido não tem magia, nosso filho mais velho também não. Nós somos uma família, Sra. Aldi, uma família que eu amo, que me dá orgulho. Estamos neste mundo juntos e, se você se afastar desse mundo, o seu se tornará cada vez menor. A comunidade do outro lado do rio foi violenta com a sua?

– Nós deixamos uma à outra em paz.

– Exceto quando você escondeu um menino assustado, ou quando eles oferecem bálsamos curadores ou outros auxílios para as pessoas daqui. Pergunte aos seus vizinhos – disse Lana quando a Sra. Aldi demonstrou perplexidade. – Pergunte a si mesma se vale mais a pena se apegar ao seu orgulho e seu preconceito... e é preconceito... do que a uma criança que você salvou a um custo tão terrível. Uma criança que a ama e sente sua falta. Ela me pediu para lhe trazer isto.

Lana se levantou e colocou uma carta na mesa perto da cadeira.

– Obrigada por me receber – disse ela, deixando a mulher com uma escolha a ser feita.

~

Fallon passou dez dias no Oeste. Apesar dos objetivos a serem cumpridos, encontrou tempo para diversão vendo Meda enxotar Travis como se ele fosse um cachorrinho excessivamente afoito. Divertiu-se observando Taibhse deslizar pelos céus do Oeste, sobrevoando uma terra que oferecia quilômetros e quilômetros de espaço aberto. Muitas vezes eles dormiam naqueles espaços, sob estrelas tão brilhantes que faziam seu coração palpitar, entregando-se à música dos coiotes e dos lobos.

Encontrou potencial para uma base em Sedona, um lugar que esperava revisitar, com a beleza surpreendente das montanhas vermelhas, as magias que sussurravam no ar.

Nos cânions, por rios fervilhantes, Faol Ban correu e caçou. Perto de lagos cristalinos, que refletiam as montanhas altas, falcões crocitavam e voavam em círculos, veados vagavam por florestas densas, saltitando pela grama alta, a cauda branca balançando. Alces berravam ao amanhecer e se juntavam como um exército sobre pastagens sem cercas para bloquear seu caminho.

Ursos maiores do que ela jamais vira pescavam em córregos, enquanto pumas e linces caçavam nas encostas rochosas.

Ela assistiu ao voo majestoso de uma águia, o mergulho deslumbrante de um falcão-peregrino, e entendeu o arrebatamento que Duncan sentira durante o seu tempo no Oeste.

Em assentamentos e campos, ela conversou com os líderes, falando em arapaho, em sioux e, uma vez, em holandês, para o deleite de uma senhora.

Eles andaram por cidades arruinadas, cidades vazias onde fantasmas vagavam tão profusamente quanto os veados e alces. Fallon se surpreendeu ao constatar quantas coisas úteis tinham sido abandonadas: carros e caminhões, casas, cabanas, até mesmo armas dentro delas.

Cavalos selvagens corriam pelas planícies como se fossem rios vivos de velocidade e graça. Búfalos, seus esconderijos repletos da neve grossa do inverno, pastavam as gramíneas que balançavam ao vento.

– Gerações atrás, esta terra foi tirada do meu povo. – Do alto da sela, Meda contemplava os arredores, as montanhas. – Nós vamos recuperá-la. Ela não será tomada do meu povo outra vez.

– Você acha que é isso o que eu quero? Tomar?

– Se eu achasse isso, não lutaria ao seu lado. Mas, assim como a Rainha do Norte deseja o que vê como dela, eu e meu povo queremos o que é nosso. Não haverá reservas. Não seremos expulsos de novo. Este é o nosso lar.

– E para aqueles que não são de sua tribo e que acreditam que este lugar pertence a eles?

– Há espaço. – Meda deu de ombros. – Há espaço para os que respeitam nossos lugares sagrados, que trabalham a terra com humildade ou a deixam como a encontraram. Eu já dei minha lealdade a você. Não é uma barganha. É a verdade.

– Eu já dei minha lealdade a você – ressaltou Fallon. – Não é uma barganha, mas outra verdade. A terra aqui, ou no leste, sobre os oceanos, os próprios oceanos, não é minha para que eu possa dar, mas será mantida na luz pelo seu povo e por todos os povos.

– Eu rezo pelo dia em que veremos essa verdade. Mas primeiro temos uma guerra a vencer.

Enquanto ela cavalgava, Travis deu um longo suspiro.

– Ela fica cada dia mais gostosa.

Fallon revirou os olhos e cutucou Laoch para que ele trotasse.

Mais tarde, enquanto o sol mergulhava no céu, enviando seus primeiros raios cor-de-rosa para florescer sobre os picos no oeste, ela viu um assentamento escondido na bacia perto dos sopés do que seu mapa lhe dizia ser a Sierra Nevada.

– Deve ser uma boa terra agrícola – comentou Travis. – Bom pasto.

– O que sobrou de Reno para o noroeste. E o lago Tahoe. Poderia ser um bom lugar para uma base. – Fallon observou as casas, as fazendas. – Deve haver ranchos ali. Vamos ver se conseguimos convencer os rancheiros a se juntar a nós, talvez possamos passar a noite por aqui antes de seguirmos para o norte.

– Não vejo muita segurança – comentou Meda, continuando a cavalgar mais lentamente.

– Ainda estamos a uns 2 quilômetros? – Analisando, Fallon procurou qualquer sinal de que seriam recebidos com hostilidade. – Eles têm fogões em funcionamento. Sinto o cheiro. Estão cozinhando carne. Sem energia elétrica. Vejo painéis solares em alguns telhados, e alguém construiu moinhos de vento. Vamos devagar para que eles tenham tempo para nos avaliar.

E os corvos vieram.

Com seu primeiro grito, um alarme soou junto com o badalar frenético de sinos. Mesmo quando Laoch saltou em um galope, homens a cavalo surgiram de trás das árvores, indo para o assentamento. O ar se encheu do som de tiros e gritos. Fallon viu um clarão de fogo sair de uma das casas, fazendo um cavaleiro tombar.

Galopando, Meda lançou uma flecha, preparou outra.

– Travis! – chamou Fallon. – Pegue aquela criança, posição três horas.

Ele olhou na direção que a irmã indicou, xingou e desviou em direção à menina que estava paralisada, as mãos nos ouvidos.

Fallon sacou a espada e entrou em batalha.

Eram pelo menos trinta, calculou, a maioria armada com pistolas ou rifles, alguns com machados ou espadas. Atiravam descontrolada e indiscriminadamente, e, mesmo sem ter a habilidade empática de Travis, ela percebeu uma espécie de desespero.

Bloqueou balas, usou a espada. Se inflamasse as armas, desarmaria os defensores também. Enquanto pensava nisso, Faol Ban saltou sobre um cavaleiro, arrancou-o de sua montaria. Ela viu o símbolo dos GPs tatuado em seu braço. Em outro golpe de mágica, uma bola de fogo zuniu. Fallon sentiu o calor que vinha dela, chegou perto demais. Fez Laoch rodar, disparou o próprio fogo em outro GP. Quando o homem caiu no chão, uma mulher veio correndo e começou a dar socos nele.

Enquanto ela atacava um espadachim, Fallon teve que usar o escudo para bloquear uma flecha. Olhou para o menino empoleirado em um telhado com um arco na mão.

– Droga, preste atenção! Nós somos os mocinhos.

Levou menos de dez brutais minutos. No final, havia corpos jogados pelo chão encharcado de sangue. Ela olhou para os corvos, voando em círculos no céu infinito pintado em tons de vermelho, dourado, rosa, uma beleza magnífica.

– Acabamos por aqui. – Ela empurrou a espada para cima e adicionou os corpos das aves ao resto. – Está feito! – gritou. – Eles estão mortos. Travis?

– Um momento. Não, não estão todos mortos.

– Ótimo. Quero saber de onde vieram. Meda. – Ela se virou. – Você foi atingida.

– Um arranhão. – Com desgosto e desconforto, Meda olhou para a manga de sua jaqueta, rasgada pela bala, manchada com o sangue da ferida. – Eu trabalhei um bocado por esta jaqueta.

– Eu vou consertar, e também vou consertar você. Está feito – disse Fallon novamente. – Estamos aqui para ajudar. Sou Fallon Swift, este é meu irmão Travis, e esta é Meda da Primeira Tribo.

Um homem saiu para a varanda de uma casa. Uns 30 anos, calculou Fallon, com uma barba malfeita, cabeleira castanha farta, um chapéu estilo caubói.

– Yancy Logan. Obrigado pela ajuda.

– Ainda bem que estávamos por aqui. É você quem comanda aqui?

Ele tirou o chapéu e arrastou os dedos pela cabeleira antes de colocá-lo de volta.

– Talvez eu seja, uma vez que eles mataram Sam Tripper, que era mais ou menos o chefe.

Uma mulher saiu de trás dele com um bebê chorando apoiado no quadril. Fallon sentiu um poder tranquilo vindo de ambos.

– Vocês são bem-vindos aqui. Yancy, ela é A Escolhida.

– Ok, querida. – Ele suspirou. – Acho melhor começarmos a limpar essa bagunça.

# CAPÍTULO 19

Eles queimaram 22 corpos de GPs e três do assentamento, que chamavam de Vale Luminoso. Fallon trabalhou com um curandeiro nos feridos, tanto amigos quanto inimigos.

Cuidou por último dos dedos da mulher que correra para bater em um GP abatido.

– Acho que não teríamos conseguido se você não tivesse surgido, então obrigada. Meu nome é Ann.

– De nada, Ann. – Ela viu quando a esposa de Yancy, chamada Faith, de sangue apache pelo lado da mãe, lembrou Fallon, lhe trouxe uma caneca de chá. – Obrigada. Dei um pouco de bálsamo à Wanda, sua curandeira. Passe algumas vezes por dia, hoje e amanhã.

– Já estou bem.

– O bálsamo vai manter assim. Notei que a maioria aqui são mulheres e crianças.

– De 156… quer dizer, 153 agora… são 55 homens acima de 18 anos. Não tivemos muitos problemas antes.

Faith entregou outra caneca a Ann.

– Pequenos grupos de nômades ou Rapinantes, mas nada como hoje. Pensamos que estivéssemos prontos, mas não estávamos.

– Ficamos desleixados – concluiu Ann. – Não vejo um ataque dos GPs desde que cheguei aqui.

– Há quanto tempo?

– Quase cinco anos. – Ann, uma pequena cicatriz em forma de diamante na maçã do rosto esquerda, flexionou os dedos cobertos de curativos. – Fomos atingidos por um deles perto de Reno e tivemos que fugir. Eu estava com minha irmã e meu irmão mais novo, não de sangue, de coração.

– Entendo.

– Bem, nós escapamos. Perdi tudo, menos o que conseguimos carregar, e corremos para sobreviver.

Fallon ouviu a amargura, entendeu os punhos fechados.

– Às vezes a gente luta, às vezes foge.

– Meu irmão tem cavalos. Ele tem jeito com cavalos e animais no geral.

– Um empático com animais – disse Fallon. – Meu irmão mais novo, sangue e coração, também é assim.

– Então você sabe. Nós fomos para o sul e acabamos aqui. Vale Luminoso é um bom lugar, com boas pessoas. – Ann fez uma pausa e esfregou as mãos no rosto. A voz dela vacilou quando disse: – Sam, quero dizer que Sam era um homem muito bom. Alguém com quem se podia contar, e todos aqui... – Ela baixou as mãos novamente, endireitou os ombros. – Ele vai fazer falta. As pessoas daqui não têm sede de sangue, mas vão querer enforcar aqueles que o mataram e que ainda não foram mortos.

– Yancy acalmará a todos – previu Faith, com uma firmeza que soou como verdade. – Ele tem aquele jeito dele.

– Se alguém consegue fazer isso, esse alguém é Yancy.

Faith sorriu ao ouvir aquilo, mas então o sorriso se desfez.

– Mas eu não sei que raios vamos fazer com eles. Onde vamos colocar essas pessoas?

– Vamos levá-las.

– Para onde? – perguntou Ann, voltando sua atenção para Fallon.

– Eu explico, mas precisamos falar com os prisioneiros.

– Yancy pediu que Sal os vigiasse. Eles estão amarrados com força no escritório do xerife... no escritório de Sam – explicou Faith, apertando os olhos por um momento. – Não temos uma prisão, mas eles estão amarrados e Sal não vai deixar ninguém fazer besteira. Ann, você pode acompanhar a moça? Estou ajudando a vigiar as crianças.

– Claro, vamos lá.

Elas saíram da pequena casa e foram para a rua, onde o sangue ainda manchava o chão. Mas as pessoas trabalhavam colocando tábuas sobre as janelas quebradas ou levando cavalos de volta para um cercado. Fallon sinalizou para Travis e Meda.

– Será que ele vai liderar? – perguntou Ann. – O seu Yancy?

– Eu diria que ele e Sal vão ajudar a administrar as coisas e fazer o que for necessário. Yancy é calado, mas não é bobo. E Sal não aceita desaforo de ninguém.

Elas caminharam até uma edificação com duas cadeiras em uma varanda estreita. Lá dentro havia prisioneiros sentados no chão, mãos e pés amarrados. Sal tinha os pés calçados com botas sobre a mesa, enquanto bebia uísque. Ela fora ruiva um dia, observou Fallon, pois mechas cor de gengibre ainda manchavam os cabelos grisalhos de sua longa trança. Assim como Yancy, usava um chapéu de caubói, que naquele momento estava caído sobre a testa. E um cinto com uma pistola nos quadris estreitos.

– E aí, Ann, como estão esses dedos?

– Estão bem agora. Essa aqui é Fallon Swift e... desculpem, não gravei os outros nomes.

– São os jovens Travis e Meda. Eu estava atenta a tudo – completou Sal. – Fico feliz em conhecer vocês. Talvez um pouco pesarosa por ajudarem a curar esses idiotas, mas feliz mesmo assim.

– É mais fácil falar com eles quando não estão sangrando.

– Não tenho nada para falar com você, sua desgraçada. – Um sujeito de barba preta e barriga grande cuspiu no chão. – Nem com ninguém igual a você.

– Ah, eu acho que você tem muito a dizer.

Batendo os dedos no punho da espada, Fallon circulou os homens amarrados, um de costas para o outro no chão.

O barrigudo usava botas de ponta fina como agulhas, uma bandeira enfeitada (vermelha, branca e azul) subindo pelas laterais. E solas tão gastas que tinham buracos nos calcanhares.

Ela decidiu começar com o mais novo – barbudo também, mas desalinhado e desgrenhado. Usava uma jaqueta jeans desbotada com as palavras GP COM ORGULHO! mal bordadas nas costas.

Ele tinha levado uma flechada no quadril e, embora Fallon o tivesse curado, não lhe tirara a dor. Devia estar doendo bastante.

Ele não devia ser mais velho que Ethan.

– Qual é o seu nome?

– Não tenho nada a dizer pra você, sua vagabunda.

Ela lançou um olhar para Travis, depois se agachou para olhar para o prisioneiro olho no olho.

– Eu sinto o cheiro do seu medo.

– Vai se foder.

– Você segue Jeremiah White.

Os olhos dele, de um tom de azul desbotado, exibiam ódio, mas também medo e dor.

– Ele vai varrer você e os outros iguais a você da face da Terra.

– Quantos você matou? Quantas mulheres você estuprou em sua busca pela pureza de acordo com os padrões de Jeremiah White?

Ele torceu a boca em um escárnio que ajudou a amortecer qualquer sentimento de piedade por sua dor.

– Tantos quantos consegui.

– Diga a ela, Ringo.

Ela olhou para a esquerda, para o careca com uma barba cinza grisalha.

– Sério? Ringo?

– Ele atende por esse nome – disse Travis – porque assim se sente um cara durão. O nome verdadeiro é Wilber.

– Ele tem mesmo cara de Wilber – comentou Fallon enquanto ele lançava um olhar arregalado para Travis. – Eu vou chamá-lo de Wilber. De onde você vem, Wilber? Onde fica a sua base? Quantos soldados estão na sua base?

– Vai se foder, sua puta!

– Com licença – pediu Travis a Ann, então foi até Wilber e deu um soco na cara dele. – Chame minha irmã de puta mais uma vez e eu arranco suas entranhas pelo seu nariz quebrado.

Fallon não podia negar que aquele movimento a surpreendeu. Travis preferia sempre a diplomacia, mas, naquele momento, o brilho em seus olhos não tinha uma gota daquele rapaz diplomático.

– Tudo bem, Travis. Ser chamada de puta por um estuprador covarde de nome Wilber não me incomoda. Você sabe que as pessoas daqui querem enforcar vocês do mesmo jeito que vocês têm feito com os mágicos inocentes, depois de torturá-los.

Ela inclinou a cabeça, sorriu de uma forma que drenou toda a cor que a valentia havia colocado no rosto de Wilber.

– Talvez eu permita. Afinal, a comunidade aqui tem suas próprias regras. Ou eu poderia tentar convencer esse pessoal do contrário, se você me disser o que eu quero saber. Onde fica a sua base?

Embora lágrimas descessem de seus olhos e o sangue escorresse de seu nariz, ele não disse nada.

– Califórnia – disse Travis. – A parte norte, uma espécie de central, ele acha. Eles chamam a base de Segundo Éden.

– Fecha a mente, idiota – ordenou o barbudo. – Esse demônio está puxando seus pensamentos para fora da sua cabeça.

– Tente fechar a sua… Pete – sugeriu Travis. – O Wilber aqui está com medo da corda.

– E deveria mesmo. – Divertindo-se, Sal bebeu mais um pouco de uísque. – É algo que usamos muito por aqui.

– Quantos soldados estão na sua base?

Quando Travis socou Wilber mais uma vez, Fallon o puxou para trás.

– Meu Deus, Travis, chega.

– Você não ouviu o que ele estava pensando sobre você, Meda e essas outras mulheres. Tentando manter a mente fora da pergunta. Me dê um minuto, todos eles estão pensando ao mesmo tempo. Terremoto. Ah, ok, ok. – Travis fechou os olhos. – Eles tinham cerca de duzentos. O careca… oi, Tom… ele e alguns outros chegaram lá vindos da área de Los Angeles. Os terremotos de lá deixavam todos expostos. Até que, *bang!*, foram atingidos por outro no Éden. Derrubou a base, matou a maioria. Os que vieram com eles aqui são os sobreviventes. Eles estão cavalgando há semanas. Perderam alguns no caminho. Não tiveram muita sorte caçando, principalmente porque são uns palermas. Algumas vezes conseguiram, outras, não. São uns palermas mesmo. Estão sem comer há dias, e foi quando avistaram o assentamento aqui.

Assentindo, Fallon se levantou e circulou os prisioneiros mais uma vez.

– Eu posso concluir a partir daqui, seguindo a lógica. Eles matariam todos que pudessem, estuprariam e escravizavam o resto, pegariam a comida, os cavalos, o gado. Talvez se estabelecessem aqui até decidir aonde ir em seguida.

– Hora de pegar aquela corda – disse Sal, bebendo o resto do uísque e piscando para Fallon.

Wilber abriu o berreiro como uma criança, lágrimas descendo pelo rosto e muco escorrendo do nariz.

Fallon foi apoiar o quadril na quina da mesa. Ann se inclinou para sussurrar no ouvido dela:

– Sal não está falando sério.

– Eu sei – disse Fallon. – Você se importaria se conversássemos lá fora, Sal? Ann talvez possa buscar Yancy. Travis e Meda podem ficar de guarda aqui.

– Eu bem que preciso mesmo de um pouco de ar. Que truque incrível que você tem, rapaz – disse ela a Travis. – E tem um murro forte também. Ann, eu acho que Yancy foi até a estrebaria.

Quando elas saíram para a noite estrelada, Sal expirou com força.

– Sam Tripper era meu amigo, um bom amigo. Eu não vou tolerar nenhum linchamento, mas não vamos soltar esses filhos da mãe.

– Eu tenho uma solução que vai satisfazer você e o resto.

– É um buraco escuro onde eles nunca mais verão a luz nem terão um minuto de alegria? Porque, droga, Sam era meu amigo.

– Eu diria que é parecido. Só me diga uma coisa antes de Yancy chegar: quantas mulheres poderiam ser treinadas para lutar e estariam dispostas a isso?

– Todas. – Nenhuma hesitação. – Todas elas, sem exceção.

– Ótimo. Posso mandar alguém para ajudar com isso e com a sua segurança. Quantas pessoas você calcula que estejam prontas para a batalha agora?

– Que tipo de batalha?

– Das grandes.

Ela tirou o chapéu e deu uns tapas na coxa, pensando.

– Talvez uma dúzia aqui seja capaz. Talvez.

Fallon viu Yancy se aproximar a passos largos, vindo do pasto. As pessoas correram em direção a ele, obviamente fazendo perguntas. Ela percebeu que ele se deu um tempo para responder antes de seguir em frente.

– Ele seria um dos doze?

– Seria. Não é tão calmo quanto parece. Cavalga como ninguém e é um atirador de primeira. É um cara que sabe manter a cabeça fria nas piores situações.

– Essa foi a minha impressão. E você?

– Posso cuidar de mim mesma. Yancy! – chamou ela quando ele se aproximou.

– Sal. Senhora, quero agradecer a você e aos que vieram com você por nos ajudar a cavar os túmulos. Teremos um memorial pela manhã, diremos algumas palavras. Pedi ao Velho Eb para fazer isso, Sal.

– Boa escolha.

– Minha Faith está convidando vocês para jantar. Você também, Sal. Podemos conseguir alguém para vigiar os prisioneiros.

– Você vai me deixar levar os prisioneiros? – perguntou Fallon.

– Eu ficaria feliz em me livrar deles.

– Espere aí – interrompeu Sal. – Eu gostaria de mais detalhes sobre isso.

Yancy suspirou e olhou para as estrelas.

– Não podemos manter esses caras aqui, Sal, isso é fato. Alguém vai ficar tentado a fazer esses caras sangrarem até morrer. Confesso que uma parte de mim quer permitir isso e acabar com o problema.

– Nós temos prisões – explicou Fallon. – Travis e Meda podem levar os prisioneiros hoje à noite. Eles vão ficar trancados. São assassinos, ficarão presos para sempre. Temos os meios, o sistema. É sua terra, seu povo, sua decisão, mas eu prometo que, se você nos deixar levar os prisioneiros, eles vão pagar pelo que fizeram.

– Você está falando de grades e cadeados? – perguntou Sal.

– Estou. Temos outras instalações para prisioneiros de guerra, aqueles que se qualificam. Mas esses não são prisioneiros de guerra. São assassinos. Grades e cadeados.

– Eu acho bom. Quantos vocês têm presos?

– Incluindo prisioneiros de guerra? Milhares.

Sal abriu a boca. Yancy simplesmente estreitou os olhos.

– Vocês não têm nenhuma comunicação externa – percebeu Fallon.

– Temos alguém passando por aqui de vez em quando – explicou Yancy. – Às vezes trazem alguma notícia. Ouvi alguns rumores sobre lutas no leste, sobre você. Temos Carrie. Ela vê coisas. Disse que viu você lutando, um exército com você, mas não sabia onde.

– Houve mais de uma luta. Vocês não sabem que tomamos Washington?

Sal agarrou o braço de Fallon.

– Menina, você derrubou aquele governo de cobras?

– Exatamente.

– Você é a resposta às orações que eu sempre tive medo de fazer em voz alta. Eu tenho um monte de perguntas para você.

– O governo prendeu o filho de Sal e minha irmã.

– Eu vou responder a todas as suas perguntas. Só vou ajeitar tudo para que Travis e Meda transportem os prisioneiros. Vou passar a noite aqui. Temos muito o que conversar.

Quando Fallon chegou em casa, a neve caía em flocos grossos e macios. E ela viu a mãe vindo da estufa com uma cesta, ao longo de um caminho escavado.

Com os cabelos presos sob um boné vermelho que combinava com suas luvas de tricô, Lana mantinha os olhos no chão, atenta a pontos escorregadios. Em uma onda de amor, Fallon correu até ela.

– Mãe!

Ao erguer a cabeça, Lana quase perdeu o equilíbrio, mas então sorriu e abriu os braços.

– Você voltou! – exclamou Lana. – Finalmente.

– Me dê um minuto. Só vou ajeitar Laoch. E prometi um dos seus biscoitos a Faol Ban.

– Eu pego para ele. – Lana encarou os olhos pacientes do lobo enquanto Taibhse deslizava, branco através do branco, para um de seus poleiros favoritos. – Estou tão feliz em ver vocês! Isso pede um verdadeiro chocolate quente.

– Com chantilly?

– Não seria verdadeiro sem chantilly. Não demore. Vamos lá, rapaz, eu tenho um biscoito esperando por você.

Estou em casa, pensou Fallon, enquanto pegava a comida para o alicórnio e uma cenoura para a sempre leal Grace. Não era a fazenda, mas era a sua casa. Saindo dos estábulos, Fallon olhou através da nevasca para o quartel. Duncan devia estar lá, pensou.

Mandou um recado direto para a mente dele: *Cheguei em casa.*

Momentos depois, ouviu na mente a voz dele: *Vou assim que puder. Saudades.*

Sorrindo, ela caminhou através da nevasca e foi para a cozinha, que cheirava a canja de galinha, pão e, em toda a sua glória, o chocolate quente.

– Você já comeu?

– Não comi nada desde o café da manhã. Fiquei longe um pouco mais do que tinha planejado.

– Então é canja primeiro.

– Eu pego para nós duas. Onde está papai? – perguntou Fallon, pegando as tigelas e as enchendo de canja.

– Saiu com um grupo para caçar. Ethan está na cidade. Ele teve a ideia de organizar uma espécie de clínica veterinária. Ambos estariam aqui se soubessem que você viria para casa hoje, com certeza.

– Fiquei mais tempo para ajudar com o treinamento básico. Combate e magia. O Vale Luminoso é um lugar interessante.

– Foi o que ouvi. Travis nos contou. Terremotos na Califórnia?

– Aparentemente graves o suficiente para destruir uma base de GPs. Eu voei até lá para ver por mim mesma. Só escombros. Onde estão os prisioneiros?

– No centro de detenção de Hatteras. Pareceu a melhor escolha por enquanto. Casos difíceis – comentou Lana ao diminuir o fogo sob o chocolate quente e se sentar para comer com a filha. – Travis disse que suas mentes são, pelo menos por enquanto, insensíveis. Até o mais jovem. Ele também contou muitas coisas sobre a terra no Oeste. As montanhas, as planícies. Aproveitou cada minuto da viagem... e disse que você conseguiu recrutar mais de quinhentos.

– Muitos desses quinhentos são bastante inexperientes. Mas eles podem ser usados como não combatentes. Eu quero ouvir sobre a sua viagem.

– Bem, ficou consolidado que eu sou uma garota da Costa Leste. Toda aquela terra plana, quilômetros e quilômetros? Eu gosto das colinas. E, meu Deus, Fallon, o vento! Ele grita sobre aquela planície. E tudo está vazio em grande parte. Me fez perceber como o mundo está desolado. Às vezes a gente esquece, vivendo aqui em uma comunidade movimentada e próspera, que há quilômetros e mais quilômetros sem ninguém.

– E Riverbend?

– Pequeno e segregado, como você disse. Quando você vê aquele tanto de terra sem ninguém, sente como é ridículo viver tão pertinho de outras pessoas e se comportar como se elas não estivessem lá.

– A intolerância vem em todos os níveis. Nunca pode estar certa, ser inteligente ou produtiva. Você conversou com a avó de Lucy?

– A impressionante Sra. Aldi. Uma mulher de cabeça dura difícil de quebrar.

– Você quebrou?

– Eu diria que algumas rachaduras se abriram. Ela ama Lucy, ou Lucia, como a chama. Os ISs atacaram quando Lucy era apenas um bebê, então o preconceito da Sra. Aldi tem raízes ali. E a mãe de Lucy recebeu um poder. Uma bruxa.

Como se precisasse tocar a filha, Lana estendeu a mão, correu-a ao longo do braço de Fallon.

– Como muitos no início, a mudança a enlouqueceu. Ela tentou queimar a casa, com o bebê lá dentro.

– Meu Deus.

– A Sra. Aldi salvou Lucy e, para isso, matou a própria filha.

– Ter que fazer uma escolha como essa... Não é de admirar que ela seja tão amarga.

– É um fardo terrível, Fallon, um preço terrível a pagar. Eu a compreendi melhor quando ela se abriu o suficiente para me contar. De qualquer forma, depois que conversamos, e depois que ela leu a carta de Lucy, ela me deu outra para entregar à neta. Ela não está dando sua bênção, mas está oferecendo sua aceitação. Essa é a porta de entrada.

Mamãe é tão bonita, pensou Fallon. Ela tinha observado isso durante toda a sua vida, sabia que ia além do físico, mas, naquele momento, tomando sopa na cozinha, o pensamento simplesmente bateu forte.

Ela inclinou a cabeça em direção ao ombro de Lana.

– Ela viu algo em você. Era impossível não ver.

– Não sei se foi isso, mas ela me ouviu. Finalmente.

– E do outro lado do rio?

– Não são tão teimosos – relatou Lana. – O sentimento lá parece correr da apatia ao ressentimento por seus vizinhos. Devo dizer que você estava certa em enviar sua família. Isso nos deu um peso e um status que outros não conseguiriam. E Ethan, e o cachorrinho ferido, ajudou a virar a maré para o lado dos NMs.

– Como assim?

– O pobre cachorrinho tinha sido atacado por um animal maior. Eles iam sacrificar o bichinho e a menina que era dona dele implorou ao pai para não o matar. Ele estava sofrendo, e eles não tinham os meios para ajudar o pobre coitado. Mas Ethan interveio e conseguiu manter o cachorrinho calmo, começou a curá-lo até eu chegar lá. A garotinha ainda não tinha dado um nome para o cãozinho. O pequenino mal havia desmamado. Ele se chama Ethan agora – revelou ela, com uma risada.

– Um doce vira-lata homenageando o nosso menino, que mostrou a eles, de uma maneira muito real e simples, que a magia pode ser gentil e piedosa.

Lana suspirou e continuou:

– O resultado é que temos 48 dispostos a lutar. E seu pai acha que outros virão.

– Essa é realmente uma boa notícia.

– Ah, eu tenho outra melhor. – Lana se levantou para terminar o chocolate. – Encontramos as outras comunidades que você assinalou. Adicione mais 73 dispostos a lutar. E o melhor de tudo? – Ela colocou o dedo em uma tigela de creme para batê-lo. – Encontramos... ou eles nos encontraram... um bando de nômades que vinham de Idaho, passando pelo Colorado, entrando no Kansas, agregando mais ao longo do caminho. Vinham para cá, Fallon. Eles estavam vindo para encontrar você, para lutar com você. Quase setecentos.

– Setecentos? – A colher de Fallon bateu na tigela. – Isso é mais do que eu esperava.

– E conseguimos mais. Mick mandou uma mensagem dizendo que adicionou trezentos. Eram grupos migrando do sul, novamente andando para encontrar você. Todas as bases estão recebendo mais gente. A luz, minha querida, ela se espalhou, mesmo através daqueles quilômetros e quilômetros de vazio. Eles estão vindo para lutar por você.

Ela sentiu o ânimo, a emoção da luz se espalhando.

– Vamos tomar Nova York. Vamos tomar a cidade da escuridão. Vamos devolver o lugar à luz, e a você, mamãe. A você e Max.

Ela viu quando Duncan surgiu à porta e a abriu.

– Seja bem-vinda. Oi, Lana.

– Oi, Duncan. Entre e feche a porta. Estou fazendo chocolate quente.

Ele bateu os pés para tirar a neve das botas.

– Eu aceito, obrigado.

Quando pegou as canecas, Lana observou como os dois se entreolhavam. Amor, pensou ela, com um suspiro interior, que vinha com anseio e uma dose saudável de luxúria.

– E, pelo amor da deusa, beije essa menina.

– Boa ideia.

Ele atravessou a cozinha, tirou Fallon do banco, abraçou-a. E beijou a menina.

Ele não podia ficar muito tempo, mas conseguiram ficar um pouco mais juntos quando Fallon voltou com ele para o quartel. Ela observou os treinamentos. As batalhas não esperavam por um dia de sol, então eles realizavam suas lutas simuladas na neve, enfrentando os fantasmas de Mallick e também uns contra os outros.

Outros faziam o mesmo, pensou. No Oeste, no Centro-Oeste, no Sul, no Norte. E mais, ainda mais, viriam.

A convite de Lana, Duncan e Mallick se juntaram à família para jantar. Ela serviu um verdadeiro banquete – uma espécie de boas-vindas para Fallon, imaginou Duncan – com costelas de cordeiro, batatas que pareciam acordeões (que era como Ethan as chamava) assadas com manteiga e ervas. Couve, que não era sua verdura favorita, preparada em um molho cremoso que converteu Duncan, uma salada crocante polvilhada de grãos. Pão, vinho e a promessa de tortas de limão para a sobremesa.

Com tudo aquilo, não foi difícil seguir a regra de Lana de não conversar sobre guerras durante o jantar. Em vez disso, eles comentaram sobre os planos para expandir o hospital, a criação de uma clínica veterinária por Ethan, as provas de Hannah que estavam se aproximando. E a brincadeira que alguns dos recrutas haviam tentado (e fracassado) fazer com Mallick.

– Eles pensaram que pegariam Mallick no chuveiro – contou Duncan – e um dos mágicos faria com que a água ficasse gelada.

– Alguns se opuseram a treinar ao ar livre na recente tempestade de gelo – explicou Mallick.

– Isso não o incomodaria. – Relaxada, Fallon balançou seu garfo. – Até mesmo quando eu conquistei um banheiro de verdade... depois de um *ano*... Mallick ainda usava o córrego, que era como uma banheira de gelo de outubro a maio.

– Refrescante – comentou Mallick, levantando seu copo de vinho.

– Eles esperavam gritos e xingamentos e não conseguiram nada – disse Travis. – Mas essa não é a melhor parte. Quando os recrutas foram para os chuveiros depois do treinamento e abriram a torneira, não foi apenas a água que saiu.

– Cobras – contou Duncan, com um sorriso largo. – Aí sim ouvimos gritos. Gritos, berros, um pandemônio. Travis e eu corremos para lá, imaginando que estávamos sob ataque.

– E Deus me livre! Recrutas molhados e nus correndo de um lado para o outro, cobras magrelas deslizando por todo o lugar. E esse cara? – Travis apontou para Mallick. – Ele apenas entrou, a dignidade em pessoa, afastou as cobras e saiu. Sem dizer uma única palavra.

– Acredito que eles entenderam sem que eu precisasse dizer nada.

– Eu gosto de cobras – comentou Ethan alegremente. – Papai não gosta.

– Elas deveriam ter pés como o resto do mundo. – Simon disparou um sorriso para Mallick. – Pode deixar que nunca vou provocar o seu lado ruim.

– Eu toleraria muito em troca de um convite para uma refeição como esta.

– E ainda nem chegamos à sobremesa.

Na hora de servir as tortas, Lana suspendeu a proibição da conversa sobre guerras.

– Eu gostaria de ver os caubóis – ponderou Ethan. – E os búfalos, os mustangues.

– Eles são magníficos – confirmou Fallon. – Pedi a Meda para voltar e ajudar a preparar todos para as batalhas. Ela concordou.

– É uma boa escolha – afirmou Simon. – Os nômades têm pessoas que podem trabalhar com as comunidades do Centro-Oeste, mas você deve tentar aparecer por lá. Deixar que a vejam.

– Tudo bem. Nos próximos dias farei isso.

– Eu tenho uma novidade que não tive a chance de contar – Com entusiasmo, Travis pegou um pedaço de torta. – Quando Meda e eu transferimos os prisioneiros para Hatteras, eu os provoquei um pouco mais, e ficou mais fácil de ler. Descobri que White estava em sua base antes do terremoto. Apenas alguns dias antes.

– White, na Califórnia? – Franzindo a testa, Fallon colocou sua torta de lado. – Não temos nenhuma informação sobre ele ter estado lá.

– Agora você tem. Lembra do rapaz mais jovem?

– Wilber. O que você socou na cara. Duas vezes.

– Esse mesmo. Ele acha que White vai aparecer para salvar os dois. Salvar todos eles, na verdade. Ele acredita que vai conduzir todos à vitória que acreditam merecer. Ele ficava pensando em como o melhor dia de sua vida fora quando ele ouviu White, em pessoa, pregar na base na Califórnia. O cara é um crente verdadeiro. Não é que ele veja White como o que você chamaria de um canal para o seu deus idiota da vingança ou a intolerância que ele adora. É mais como se White *fosse* o deus dele. É para White que ele está rezando, para que venha resgatá-lo, para que ele possa matar você, por White. Foi o que ele imaginava fazer com você antes de matá-la que me fez dar um soco na cara dele. Duas vezes.

– White deve estar disparando. Ele não poderia estar na Califórnia de outra forma sem que soubéssemos de alguma coisa.

– Já se sabe que ele trabalhou com os ISs antes. Como é que ele, como é que seus seguidores justificam isso? – perguntou Fallon.

– Os fins justificam os meios – respondeu Simon. – O homem está pregando seu racismo nojento e seu Deus distorcido há mais de vinte anos. Muitos fizeram o mesmo antes dele, antes da Catástrofe. Ele apenas levou o discurso a um novo patamar.

– Estamos reduzindo o número de seguidores dele e, depois de Nova York, vamos caçar White. Ele vai poder se juntar a Hargrove na prisão. Cortaremos a cabeça da cobra.

– Há sempre outra cobra – comentou Mallick.

– Uma de cada vez. – Deliberadamente, ela puxou a torta de volta, deu uma mordida. – Ele já envenenou o mundo por muito tempo.

# CAPÍTULO 20

O inverno continuou, semana após semana, com ventos frios e brutais, longas noites com nuvens salientes, grávidas de neve, que sufocavam o sol, a lua e as estrelas. O degelo esperado para fevereiro não veio quebrar a aspereza e o mundo parecia estar preso em um globo de neve.

Fallon considerou esperar mais uma semana, duas semanas, para lançar o ataque em Nova York. Na verdade, alguns a aconselharam a fazer exatamente isso.

Ela saiu sozinha, lançou o círculo, ficou dentro dele sob o céu branco e chamou os deuses.

– Vertam sobre mim, deuses da paz, deuses da guerra, a sua acuidade. Para este mundo que vocês colocaram em minhas mãos, eu aceito a sua autoridade. Para me ajudar a afastar deste mundo a escuridão, abram a cortina para a minha visão. Isso eu peço com humildade, se assim for seu desejo, que assim seja.

Ela deixou a visão chegar.

A outrora grande metrópole ardia, suas chamas e cinzas giravam como um redemoinho, atravessando o vento selvagem de uma nevasca. Relâmpagos vermelhos rasgavam o céu negro, manchando-o como sangue florescendo em um tecido lúgubre. A batalha, brutal e amarga como a noite, se enfurecia com um rugido tão cruel quanto o vendaval. Homens e mulheres lutavam nas ruas, onde a neve imunda se amontoava. Ratos dentuços e gordos corriam no subterrâneo para festejar os mortos e moribundos empilhados em túneis. Cães selvagens como os ratos rondavam e atacavam. Dentro de prédios ou nos escombros que formaram cavernas, os bem jovens e os muito velhos se amontoavam aterrorizados. Bolas de fogo explodiam, transformando homens em tochas agonizantes.

Acima, ela viu o movimento de um dragão negro. Por um instante, os olhos dele, vermelhos contra o preto, encontraram os dela. Ele virou o corpo sinuoso, gracioso como um cisne. E lançou seu fogo mortal.

Nas costas do dragão, Petra cavalgava com os cabelos esvoaçando, o rosto exultante. Sua risada, como sinos selvagens, ressoava, ressoava, ressoava.

A cortina se fechou. Fallon tinha a resposta.

Esperou mais um momento, deixando a visão desaparecer, depois fechou o círculo. Duncan estava em pé do lado de fora, o vento passando por seus cabelos.

– Eu não sabia que você estava aqui – disse ela.

– Você estava um tanto ocupada. Eu não conseguia dormir, então sonhei com você aqui. Eu vi o que você viu.

– Não podemos esperar.

– Não. Mas eu nunca achei que devêssemos.

– Não, você nunca achou. Atacaremos como planejado, quando planejamos. À meia-noite de amanhã. – Com os olhos cinzentos como a fumaça, ferozes como a batalha, ela estendeu a mão. – Vamos nos preparar esta noite.

À meia-noite, ao açoite cruel de fevereiro, Fallon montou em Laoch, colocou Taibhse em seu braço e Faol Ban ao seu lado. Soldados se colocaram em posição, montados ou a pé, assim como em Arlington, na Praia, em florestas, em planícies, em campos, em elevações rochosas.

Ela olhou para a mãe e para Ethan, que ficariam para trás, por enquanto. Curandeiros e apoio seriam necessários em ondas, assim como novos soldados.

Ela sabia o que a mãe estava pensando: volte para casa viva. Traga seu pai e seus irmãos para casa vivos.

Mas Lana disse apenas:

– Lute bem, seja forte.

Fallon viu Arlys segurando a mão de Bill Anderson. Ela não arriscaria a jornalista ou o ancião naquele ataque. Fredinha, não apenas com os seus, mas com os filhos de outros que estavam prontos para lutar, enviou um sorriso cheio de fé para Eddie.

Katie se aproximou de Lana e as duas passaram o braço em volta da cintura uma da outra. Fallon sabia que Hannah e Jonah esperavam pelo sinal na clínica, ao lado de uma unidade móvel, com uma equipe.

Era hora de dar o sinal.

Fallon desembainhou a espada, lançou sua mente para todos os líderes em todas as bases.

– Lutem bem – disse ela, repetindo as palavras da mãe. – Sejam fortes.

Levantando a espada para o céu, ela disparou. Milhares dispararam com ela.

Um raio explodiu no céu. As torres ainda vermelhas de sangue brilhavam sob a luz selvagem. Fumaça sufocava o ar frio, elevando-se de fogueiras recentes, cujo calor transformava a neve em lama preta. Edifícios ao longo da ampla avenida que dividia a cidade em leste e oeste amontoavam-se, destruídos, esfacelados, de onde um riso selvagem ecoava.

Um barulho de motores, o estouro de explosões, gritos torturados irrompendo do oeste. Como planejado, as tropas se espalharam ao longo da grade do que um dia fora a Midtown.

Um pequeno exército de Rapinantes em veículos de neve e caminhões enormes avançou rugindo.

Vocês caem primeiro, pensou Fallon, e atacou.

Duncan desviou seu cavalo para a esquerda quando Fallon arrancou o líder com um golpe mortal e o fez, junto com seu veículo barulhento, rolar pelo ar.

Ele abriu caminho até o primeiro caminhão, usando a força de seu poder para esmagar o para-brisa, lançando chamas em seguida. Enquanto o motorista e seus companheiros gritavam, ele subiu pela neve pisoteada até a traseira do caminhão, quebrou as fechaduras e libertou a meia dúzia de pessoas que estavam trancadas lá dentro.

– Afastem-se! – gritou ele quando a rajada de tiros e a chuva de flechas rasgaram as ravinas da cidade.

Uma garota de cerca de 16 anos, sangue escorrendo pelo rosto, saltou para fora.

– Vai se foder! – exclamou ela, agarrando um pedaço carbonizado de madeira, empunhando-o como um porrete e correndo para o meio da luta.

Ele sentiu a primeira chicotada de poder em sua direção, girou o corpo e a enfrentou com seu próprio poder. Enquanto as magias, de luz e de sombra, se chocavam, o ar se enchia de um vermelho sangrento. Ele o pressionou, a espada flamejando, o poder pulsando.

Ele sabia que enfrentar um grupo de Rapinantes era apenas o começo. Quando atacou o caminhão seguinte, abriu as portas para libertar os prisioneiros, raios negros choveram do céu. Com eles, uma nova onda de poder em asas escuras.

Ele viu o rosto contorcido de alegria, os olhos negros, penetrantes. No instante em que se preparou, espada e poder prontos, uma flecha voou e atingiu o inimigo no coração. O vento rasgou as grandes asas pontudas, esfarrapando-as à medida que a energia morria. Duncan olhou para Tonia quando o corpo caiu na neve manchada de fuligem.

– Eu podia ter resolvido isso.

– Eu resolvi. – Guiando seu cavalo com os joelhos, pois tinha sido uma das melhores alunas de Meda, Tonia armou outra flecha. – Pronto?

– Para isso? Sempre estive.

Juntos, eles lideraram sua brigada para oeste.

Enquanto Duncan e Tonia seguiam para o oeste, Simon para o leste, Fallon para o sul, cobrindo cada quarteirão, Colin lutava no Queens, Mallick no Brooklyn. De barco, a pé, a cavalo, a tropa de Mick atacou pela parte baixa de Manhattan a partir do leste e Flynn atacou com a sua pelo oeste.

Em meio aos penetrantes gritos de guerra, combatentes da resistência lutavam nas ruas, escalavam os escombros, muitos armados apenas com porretes ou os próprios punhos. Enquanto corvos gritavam, enquanto magias se chocavam com a mesma violência das espadas, eles invadiram a cidade mantida sob um manto sombrio por toda uma geração.

Fadas investiam através de fogo e fumaça para levar os feridos para fora da luta, tirar as crianças e idosos da zona de guerra. Alguns dos feridos tinham que ser retirados em meio a relâmpagos e explosões súbitas e inesperadas.

Hora por hora, centímetro por agonizante centímetro, eles fizeram o inimigo se retirar. Quando perdiam terreno, perdiam homens, eles se reagrupavam e continuavam.

À primeira luz, fraca, opaca, manchada de fumaça, Fallon retirou suas tropas exaustas e chamou novas.

O primeiro ataque na batalha de Nova York durou catorze horas, com quinhentos mortos e feridos. Por esse preço, eles recuperaram o coração da cidade e vários setores das redondezas.

Fallon ordenou que uma triagem fosse montada para feridos e um abrigo para os cavalos, os guardas ficaram a postos para manter as linhas que haviam conquistado. Tropas da primeira onda foram recebidas, alimentadas e ordenadas a descansar.

Ela ficou do lado de fora de um prédio naquele núcleo e, curiosa, usou a manga da jaqueta já imunda para limpar um pouco da fuligem.

Símbolos mágicos, observou ela. Símbolos protetores, ainda batendo, ainda carregando luz. Ela foi até as portas de vidro, abriu-as com um movimento das mãos no ar e entrou.

Amplo, com mármore e dourado opacos devido ao passar do tempo, porém intactos. Muitas portas – elevadores, ela se corrigiu. Fotos de pessoas sorrindo sob camadas de poeira estavam enfileiradas nas paredes. Algumas tinham caído, provavelmente devido à vibração das explosões, imaginou.

Ela se abriu, procurou, procurou, mas não encontrou cheiro, gosto nem restos de escuridão. Então ali, pensou, ela faria o seu quartel-general.

Virou-se para Travis. Assim como a irmã, ele estava encharcado de sangue, sujeira, todo molhado de neve. Mas ileso. Fallon agradeceu aos deuses por isso.

– Este lugar vai servir. Está protegido, e o que o protegeu foi forte o suficiente para segurar essa luz durante todos esses anos. Podemos alojar mais soldados aqui, e feridos que não foram transportados ou tratados.

Ela esfregou a sujeira do rosto, conseguindo piorar a situação.

– Precisamos enviar elfos para os outros comandantes, obter relatórios atualizados.

– Você precisa dormir. Ei, eu também.

– Assim que estivermos prontos. Precisamos manter o que conquistamos hoje. E eu preciso, o mais rápido possível, de uma lista dos mortos, uma lista dos feridos. Preciso falar com os combatentes da resistência que pegamos hoje. Precisamos coordenar.

Ela apertou a nuca, tentou aliviar a dor dos ombros. Seus olhos doíam e cada piscada parecia uma lixa deslizando neles. Tanto para fazer agora, naquele momento, pensou, no intervalo da luta entre a vida e a morte.

– Prisioneiros de guerra precisam ser transportados.

Travis tirou o gorro de lã e passou a mão pelos cabelos imundos.

– Não sei se já temos algum.

– Quando e se. Precisamos de uma equipe para cuidar dos corpos. Nossos, deles. Qualquer menor de idade, qualquer indivíduo muito velho, doente ou relutante em lutar deve ser levado em segurança.

– Eles já estão providenciando isso. Você escolheu essas equipes antes de deixarmos Nova Esperança, então eles já estão fazendo isso.

– Ótimo. Travis, preciso falar com Nova Esperança, preciso ter certeza, e depois enviar uma mensagem de que papai e Colin estão vivos, Duncan e Tonia, Eddie e Will, e...

– Eu sei. Vou mandar alguns elfos. O que era este lugar?

Seus olhos, vermelhos como o dela, analisaram o espaço.

– Não tenho certeza, preciso verificar os mapas antigos e descobrir. Porque era um lugar importante o suficiente para ganhar forte proteção. Eu vou verificar isso, encontrar o melhor ponto para uma espécie de centro de comando.

– Você tem certeza de que está limpo? Eu não sinto nada, mas...

– Está limpo.

Ele aceitou a palavra da irmã.

– Então eu vou encontrar você assim que tiver os relatórios.

Ela subiu uma escada, vazia, os passos de suas botas ecoando enquanto subia. Encontrou escritórios, a maioria com escrivaninhas, alguns com outros móveis. Mesas separadas com repartições em grandes espaços abertos.

Plantas mortas, fotos emolduradas revestidas de poeira, computadores que Chuck poderia recuperar, anotações estranhas, suas bordas enroladas, o papel crocante como bacon.

Rosquinhas para 8:00
Leitura de roteiro 1/3

Mike (talvez) 212-555-1021

Outra área com eco tinha fileiras de assentos, várias delas, e um tipo de palco, luzes grandes acima, uma grande... câmera?

Um… espaço para apresentações, ela se perguntou. Um teatro? Um estúdio?

Ela precisaria de alguém que tivesse vivido durante a Catástrofe para identificar o local.

Em outro andar, encontrou mais mesas – sem repartições –, restos de computadores destruídos, mais luzes, outra câmera, telas como as que Chuck tinha em seu porão. Monitores.

Vagou pelo local e entrou em um grande espaço de escritório – com uma mesa bem grande. Serviria bem. A sujeira e a fuligem eram tão grossas no vidro da janela que ela não podia ver através dele. Então colocou as mãos até limpá-lo.

Viu focos de incêndio ainda queimando, um bem grande a leste, menores a oeste e ao sul. Abaixo, soldados carregavam os mortos através de outra nevasca, que rodopiava ao sabor dos ventos fortes.

Outros transportavam suprimentos para um prédio. Elfos trabalhavam de um lado para o outro. Arqueiros ocupavam suas posições em telhados, ou através das janelas quebradas dos andares mais altos.

– Isso vai dar certo – murmurou.

Ela tirou dos ombros os alforjes e os colocou sobre um sofá. Nuvens de poeira se levantaram. Eles vão limpar, pensou. Limpar a poeira, a sujeira, as teias de aranha. Mas por enquanto ela fez um gesto com a mão para limpar a mesa, a cadeira. Tirou os mapas da bolsa e se sentou.

Abriu o mais recente para marcar o progresso do primeiro ataque. Então, cansada, pousou a cabeça na mesa.

Fecharia os olhos por um minuto, só um minuto.

Dormiu instantaneamente e sonhou com a guerra.

Duncan a encontrou lá, colocou a comida pronta que eles tinham feito em Nova Esperança na mesa, tirou de seu alforje um cobertor e o jogou sobre os ombros dela. Então, sem se preocupar com limpeza, deitou-se no sofá sujo para dormir um pouco também.

Ele acordou com o cheiro de café e comida quente. Piscou e viu Fallon acordada à mesa. Ela tomava sopa enquanto o observava.

– Como você teve coragem de dormir nesse sofá imundo?

– Não está mais sujo do que eu.

Enquanto ele se sentava, ela manteve a mão sobre a segunda embalagem de comida pronta para aquecê-la.

– Como você consegue dormir sentada? – perguntou ele, levantando-se para pegar a comida. – Seu pai e Colin estão bem.

– Eu sei. Travis me disse. – Ela bateu na cabeça. – Tonia, Mick, Mallick, todos eles estão juntando seus comandados, mantendo as posições. Vai escurecer em breve. As tropas da primeira onda devem estar descansadas e prontas.

– Nós pegamos o inimigo de surpresa com o primeiro ataque. – Ele achou a sopa a mais deliciosa já feita na história das sopas. – Agora eles também vão estar prontos. Chegamos à Times Square. Não parece a dos filmes ou livros, mas chegamos aqui, e estamos mantendo nossa posição. O que ouvi é que as forças de Mallick fizeram os GPs correrem para o inferno. Mas há um bando de metamorfos, ISs, dando alguma dor de cabeça para eles.

Ele relatou o que sabia, e Fallon ajustou seu mapa de acordo com as novas informações.

– Vamos enviar mais metamorfos para Mallick, os tritões e sereias vão cortar a rota de fuga dos GPs pela água. Vamos precisar tomar os túneis, mas, por enquanto, podemos isolar a área. Eu ainda preciso analisar os mapas antigos. Há marcos ainda de pé, e podemos usar isso. Tomar a cidade é mais importante do que preservar locais específicos, mas o que pudermos preservar importará mais tarde. Especialmente para os que viveram aqui na época da Catástrofe.

– Ainda tem vida – disse ele enquanto comia. – Não é como Washington.

– Sim, ainda tem vida. E este lugar era importante – acrescentou ela. – O suficiente para que usassem proteção nele para refrear os ISs, os militares, os malucos.

– Isso pode soar um pouco louco, mas eu acho que era aqui que Fredinha e Arlys trabalhavam.

Franzindo a testa, ela se virou de frente para Duncan.

– Fredinha e Arlys? Por que você acha isso?

– Eu cresci ouvindo as histórias. Sei que você também ouviu, mas provavelmente não com a mesma frequência ou com tantos detalhes quanto eu. Uma vez, desenhei um esboço de Arlys à mesa do âncora, com o cara morto ao lado dela. Você conhece essa história, certo?

– A última transmissão que ela fez de Nova York.

– Sim. Eu tinha uns 12 anos, e achei muito legal, então desenhei, da maneira como enxergava na minha mente. Quando mostrei a Arlys, percebi que ela não achou tão legal. Mas disse que eu tinha entendido direitinho e perguntou se podia guardar o desenho para se lembrar de sempre dizer a verdade, mesmo quando fosse assustadora. – Ele pegou a mão de Fallon. – Vamos lá.

Ele a levou para fora do escritório, para o lugar com as mesas, a longa bancada sob as luzes, de frente para a câmera.

– Coloque Arlys e o cadáver ali em cima e esse é o desenho que fiz.

– É por isso – reconheceu Fallon. – É por isso que está aqui para nós, que está aqui para servir como o centro de comando. Fredinha o protegeu, Arlys disse ao mundo a verdade. Elas bloquearam a escuridão, e agora nós faremos o mesmo.

Por duas semanas, em pleno frio cortante, a guerra enfiou suas garras pela cidade devastada. Atravessou os bairros como um monstro selvagem. Na terceira semana, as forças da Luz Para a Vida perderam cinquenta combatentes em uma emboscada, enquanto trabalhavam para limpar um túnel que cruzava a cidade. Fallon liderou mais cem para derrotar a aliança dos ISs e os Rapinantes sob o brilho verde da luz das fadas.

Ela saiu do edifício e viu a luz do sol de inverno que atingia os enormes montes de neve que suas tropas haviam retirado das ruas e entradas. Os corvos ainda circulavam, a fumaça ainda era lançada para o céu, mas a maré estava virando. Ela sentiu isso em seus ossos e, junto com essa sensação, uma esperança que afastava a fadiga.

Estava prestes a montar Laoch, mas fez uma pausa ao ouvir seu nome. Starr correu em direção a ela.

– Você precisa vir. É Colin.

– Não, ele não está…

– Vivo, mas ferido. Está muito ferido. Você precisa vir. – A moça, que raramente tocava alguém, puxou Fallon pela mão. – Ele está com Jonah e Hannah. Foi levado para a unidade móvel, mas…

De mãos dadas com Starr, Fallon disparou as duas.

Colin estava deitado em uma maca, o rosto lívido, os olhos vidrados, o corpo tremendo. Com horror, Fallon viu o torniquete acima do cotovelo esquerdo e Hannah segurando compressas no coto abaixo.

Jonah havia submergido aquele braço amputado, enrolado em gaze, selado em um saco, em uma banheira de gelo.

– O sangramento está diminuindo. Você vai ficar bem, Colin – garantiu Hannah. – Vamos levar você de volta para Nova Esperança. Ele está em choque. Starr o trouxe aqui depressa... e o braço, mas...

Fallon se virou, olhou diretamente nos olhos de Jonah.

– Ele vai viver?

– Não sei. – Jonah colocou a mão em Colin, obviamente buscando a visão de vida ou morte que uma vez quase o levara a tirar a sua própria.

– Não está claro, não é sim ou não do jeito que normalmente é.

– Então não é não. Você pode recolocar o braço dele?

– Não aqui, e... – Ele a levou para o fundo da unidade móvel. Manteve a voz baixa e calma. – Nunca fizemos nada parecido com isso na clínica. Não sei se Rachel consegue. Ela vai tentar. Como Hannah disse, Starr o trouxe aqui o mais rápido que pôde. Nós limpamos o braço, fizemos o tratamento de emergência, mas é uma cirurgia de grande porte e complicada, Fallon. E não podemos dispará-lo de volta. A perda de sangue, o choque... Ele não sobreviveria.

– Então ele fica aqui. Starr, preciso que busque minha mãe. Escolha alguém que possa disparar para trazê-la. Ela precisa trazer o caldeirão, três velas brancas, pétalas de cravo, folhas de louro, terra fresca, água benta, três pedras do sangue, um pano branco e couro. Couro suficiente para cobrir o braço até os dedos. Seu bálsamo de cura e sua poção de cura mais forte. Você entendeu tudo?

– Entendi. Foi um golpe de espada – acrescentou Starr. – Arrancou o braço, e mesmo assim ele matou o inimigo antes de cair. Eu vou ser rápida.

– O que você vai fazer? – Hannah limpava o suor frio do rosto de Colin. – Eu limpei a ferida, e Jonah protegeu a viabilidade do membro decepado, mas precisamos de uma sala de cirurgia, e mesmo assim...

– Ele não vai perder o braço. – Depois de cutucar Hannah, Fallon inclinou-se sobre o irmão. – Colin, olhe para mim. Me ouça, me veja. Eu posso devolver o seu braço, mas tem que ser sua escolha. Não será o mesmo de antes. Você está entendendo?

– Não. Filho da mãe!

– Você terá que aprender a usar esse braço de novo – insistiu Fallon. – E vai doer muito. A dor é parte do preço. É sua escolha, Colin. Você tem que querer, estar disposto a passar pela dor. Você precisa estar acordado e consciente. Você é forte. Você pode fazer isso.

Os dentes dele tremiam, seus olhos giravam de dor.

– Eles não podem, tipo, costurar o braço de volta?

– Eles não têm certeza, e nós não sabemos quanto tempo levaria para você voltar a Nova Esperança. – Enquanto falava, ela se abriu para a ferida do irmão. Dor, ardência, mesmo com os analgésicos que Hannah lhe dera. Mas limpa. Ela fizera bem seu trabalho. – Mas eu tenho certeza. Confie em mim.

Ele fechou os olhos por um momento e, antes de abri-los novamente, Fallon sentiu a vontade dentro dele, forte como aço, emergir com força.

– Talvez você possa jogar um pouco de magia dentro dele. Fazer dele um superbraço.

– Vamos deixar você inteiro de novo. Preciso de mais espaço. Precisamos levar tudo lá para fora.

– Fora... – começou Hannah, mas o olhar ligeiro e feroz de Fallon a fez engolir a objeção.

Fallon podia ouvir a batalha se espalhando, a poucos quarteirões da zona de segurança em Midtown. Estavam ao norte agora, movendo-se lentamente, mas sempre em direção ao grande parque. Enquanto eles colocavam a maca no que antes tinha sido uma alameda perto da pista de gelo onde, durante os meses de inverno, as pessoas gostavam de girar, circular, escorregar e tropeçar, Starr disparou de volta não só com a mãe de Fallon, mas também Ethan.

Bom, pensou ela, quanto mais família melhor.

Lana correu para Colin.

– Aí está o meu menino. Mamãe está aqui. Deixe-me ver.

– Precisamos lançar o círculo. – Fallon pegou a sacola que a mãe carregava. – E rápido.

– Eu preciso ver. Talvez eu possa...

– Você não pode. – Abruptamente, Fallon cortou as palavras da mãe, a voz lutando para não tremer. – Eu já vi. Mas nós podemos. O Livro dos Feitiços está em mim, aquele conhecimento. Há uma chance, mas primeiro temos que lançar o círculo. Ethan, você vai ajudar. Coloque as velas perto da cabeça de Colin, formando um triângulo. Acenda as três. Starr, tire algumas das tropas do rodízio. Magia pode atrair magia. Eu não quero nenhuma interferência.

– Como podemos ajudar? – perguntou Jonah.

– Peguem suas armas, fiquem de guarda. Mãe, o círculo.

– Tudo bem, tudo bem. Espere.

Com o cachecol estalando ao vento, Lana deu um beijo na testa de Colin. E, com Fallon e Ethan, lançou o círculo protetor em torno do filho mais velho.

– Flutue o caldeirão sobre as velas – disse Fallon à mãe. – E coloque nele sete pétalas de cravo, sete folhas de louro e uma pedra do sangue.

Fallon pegou o pano branco e, furando o dedo com a ponta da faca, escreveu, cuidadosamente, o nome de Colin com seu sangue.

– Este é meu irmão, sangue do meu sangue. Saiba o nome dele. – Ela embrulhou outra pedra do sangue no pano, adicionou-a ao caldeirão. – Isto é água, abençoada pela mãe. Conheça o amor dela. Isto é terra, dada de irmão para irmão. – Ela fez um sinal para Ethan e ordenou: – Um punhado. Conheça a sua fé.

Ela levantou as mãos e o vento veio mais forte, em pequenos círculos.

– Isto é ar, agitado pela irmã. Conheça a minha devoção. E agora este ar levanta as chamas das velas brancas e puras, para oferecer estes elementos. Levantem-se, levantem-se, fogo e poder, levantem-se e façam a cura acontecer. Misturem-se água, terra, fogo e vento, com verdade, bem alto, no firmamento.

Quando as chamas subiram, como lanças de luz, o que estava no caldeirão começou a borbulhar e a soltar fumaça. Nele, Fallon mergulhou o couro e a terceira pedra.

Guardou a faca, sacou a espada, uma tirada do fogo, outra erguida em fé.

– Somos três da mesma família e esse feitiço de cura selamos.

Ela estendeu a mão para Ethan e, sem hesitação, ele a ofereceu, manteve os olhos sobre os dela quando ela cortou a palma para que seu sangue pingasse dentro do caldeirão.

– Aqui, no sangue de um irmão, está a bondade. – Ela cortou a de Lana. – Aqui, no sangue de uma mãe, está o amor altruísta. – Em seguida, cortou a própria mão. – Aqui, no sangue de uma irmã, está a fé. Nós somos três. Nós somos uma família. Esse feitiço selamos, essa ferida curamos. Desembrulhe a ferida – disse ela à mãe. – Cubra com o bálsamo. Depois, pegue a mão direita dele, empurre tudo o que você possui para dentro dele quando eu der o sinal. Ethan – continuou ela, pegando o braço amputado no gelo –, nos ombros dele. Segure-o para baixo, dê a ele tudo o que você possui.

Fallon desenrolou o braço, afastou a dúvida e o medo que queriam rastejar sob o escudo de poder.

– Ele vai entrar em choque de novo! – gritou Hannah. – Deixe que eu...

Com um pequeno gesto de mão, Fallon empurrou Hannah dois passos para trás. Em seguida, tirou do caldeirão o couro, agora liso como pele e cintilante.

Seus olhos, escuros, iluminados de poder, encontraram os de Colin.

– Sua vontade – disse a ele –, sua coragem. Deixe que eles vejam o seu poder, o seu coração.

Levantando a mão, ela pegou três lágrimas de Lana e as deixou cair sobre as feridas enquanto as pressionava.

– Segure firme. Empurre!

Quando ela colocou o couro sobre seu braço, a dor súbita e ardente arrancou um grito do rapaz. O corpo dele arqueou contra o couro, os olhos ficaram vidrados.

– Deseje – ordenou Fallon. – Deseje isso. Tome isso. Eu apelo ao poder da luz! – gritou ela, enquanto revestia impiedosamente o braço, da ponta dos dedos ao cotovelo, com o couro cintilante e fumegante. – Restaure seu guerreiro para a luta. Unam-se e juntem-se para curar, pele com pele se fundem para finalizar. Pelo poder que agora viceja, esse é o meu desejo, que assim seja.

Uma luz piscou de suas mãos e atingiu o braço do irmão.

Ela ouviu os corvos, ignorou-os. Os outros desviaram o raio que caiu no círculo. Ela manteve as mãos presas em Colin mesmo quando a dor dele passou por ela e o vento a cortou, com dentes afiados.

Depois, a luz morreu, como se um interruptor a apagasse, e a dor, a terrível sensação de queimadura, diminuiu para um espasmo pulsante. O pulso, pensou, o pulso que ela sentia através do braço dele.

– Você está me vendo? – Ela se inclinou para perto. Quando ele assentiu, pálido, sem fôlego, ela colocou a mão em seu rosto suado. – Eu vejo você, irmão. A luz em você é mortal, humana e mais forte do que qualquer escuridão. Dê a ele a poção de cura, mãe.

Chorando, Lana levantou a cabeça do filho e levou o frasco aos lábios dele.

– Beba agora, meu filhinho. Meu menino.

– Eu estou mexendo os dedos? Não sei dizer.

– Você tem que desejar isso – disse Fallon. – Treinar de novo a sua mente para mexer o braço. Vai levar tempo, e pode não funcionar tão fácil quanto antes.

– Eu vou fazer funcionar. – Ele olhou para baixo, intrigado pelo couro que o cobria da ponta do dedo até o cotovelo, como pele. – É como um gesso?

– Não.

Ele olhou para Fallon com os olhos ainda meio atordoados da poção.

– Eu tenho um braço de couro agora? Maneiro.

– Sim, maneiro. Agora durma. – Fallon o fez dormir. – Fechamos o círculo, então...

Lana, olhos ainda lacrimejando, estendeu a mão pelo corpo do filho adormecido para segurar a mão da filha.

– Eu nunca vi um poder assim. De tudo o que vi, de tudo o que sei, nunca vi nada parecido com o que você foi capaz de fazer. Senti que você o estava machucando, machucando a si mesma, e tentei impedir.

– Não faz mal.

– Faz, sim. A falta de fé, mesmo que apenas por aquele segundo, poderia ter custado a vida dele. Isso nunca mais vai acontecer. Eu preciso ficar com ele.

– Vamos levar meu irmão para o QG. Você pode ajudá-lo a recuperar os movimentos. Ele vai ficar zangado por causa disso, então é melhor você do que eu.

– Eu também vou ficar – disse Ethan. – Posso ajudar com os animais, com Colin.

Elas fecharam o círculo, reuniram as ferramentas. Quando Hannah, como médica, Starr, como guarda, ajudaram a levar Colin para o QG, Fallon sentou-se na rampa da unidade móvel.

– Está claro como o dia agora – disse Jonah. – Ficou cada vez mais claro durante o feitiço. Vida. Acho que dependia de você, e de Colin, de todos vocês serem capazes de fazer o que fizeram, então ficou cada vez mais claro. É isso.

A um gesto dele, Fallon olhou para a estátua do deus com vista para a pista de gelo. A guerra e os mágicos da escuridão a haviam transformado em um demônio com presas, revestindo o dourado com cinzas oleosas, mas Prometeu brilhava novamente.

Os deuses, pensou Fallon, tinham ouvido, e respondido.

Jonah colocou a mão no ombro dela.

– Você está com cara de quem também precisa de um pouco de elixir mágico. – Ele foi até a unidade móvel e saiu de lá com um frasco. – Não é o elixir de sua mãe, mas vai fazer bem para você.

Ela pegou o frasco, bebeu o uísque, soltou um fôlego.

Um deus dourado, uma pista de gelo, uma pulsação em um braço.

Sua cabeça martelava com os choques que vinham do feitiço.

– Preciso avisar meu pai e Travis, dizer que Colin se feriu mas está fora de perigo.

– Vamos fazer isso.

Mas Jonah se sentou ao lado dela, colocou um braço em volta de seus ombros.

Embora Jonah não se surpreendesse, ela ficou surpresa quando apoiou o rosto nele e chorou.

# CAPÍTULO 21

Colin, sendo Colin, ficou mesmo zangado, especialmente quando Fallon se recusou a deixá-lo voltar ao campo de batalha. Depois de dois dias ele já conseguia mexer os dedos, depois de uma semana conseguiu fechar o punho, mas sem muita força. Colin achou que era o suficiente. Fallon discordou.

– Não é o meu braço da espada – argumentou ele, marchando em torno da sala. – Qual é o problema?

Fallon, marcando o último mapa, quase lamentou que seu irmão tivesse se recuperado o suficiente para não largar de seu pé e encurralá-la.

– Você ainda não consegue nem levantar uma xícara de café com a mão esquerda.

– Eu não vou beber café. Eu vou morrer de tédio e, nesse ritmo, a maldita guerra vai acabar antes que eu esteja de volta.

– Bem que eu queria que a segunda parte fosse verdadeira.

Ele se mexia sem parar, inquieto, balançando os dedos de couro.

– Nós tomamos o Queens, o Brooklyn, quase toda a parte baixa de Manhattan, Midtown inteira.

– Perdemos 1.500 homens, e temos outros trezentos, incluindo você, feridos e incapazes de lutar. Ainda não conseguimos avançar acima do que era a 58th Street no lado oeste.

Ele andava de um lado para o outro trabalhando os dedos sem parar para formar um punho forte.

– Precisamos tomar o Central Park. É o último reduto importante deles. Quando fizermos isso, eles serão derrotados aqui.

– Eu sei. Estou trabalhando nisso. Prepare-se para a batalha, Colin, porque quando estivermos seguros aqui, vou precisar que você junte mil tropas e arranque o inimigo da Pensilvânia.

Ele parou de andar, flexionar, fazer caretas, e se virou para olhar para ela.

– O estado inteiro?

– Isso mesmo. Eles estão espalhados lá, mas ainda são uma presença forte. Derrote-os. As tropas de Vivienne estão indo para o norte de Nova York e vou mandar Mick para a Geórgia.

Ela o chamou para perto, mostrou seus planos nos mapas – e o intrigou o suficiente para que ele parasse de reclamar.

Ela se virou quando Arlys e Fredinha entraram.

– Pensei que você só viria mais tarde – disse ela a Arlys. – Eu nem sabia que você também viria, Fredinha.

– Eu queria ver. Eu tenho amigos tomando conta das crianças até amanhã – afirmou Fredinha, colocando a mão na de Arlys.

– Não acredito que ainda esteja aqui. Tanta coisa ainda está aqui! Nem depois que eles nos contaram eu acreditei. – Arlys foi até a janela e colocou a mão no vidro. – Tanta coisa se foi, mas muita coisa permaneceu.

– Eu não queria que você viesse até eu sentir que estávamos seguros, mas mamãe continuou me implorando. Ela sabe o quanto este lugar significa para você. Ela sabe o que vocês fizeram aqui.

– Não sozinhas – acrescentou Arlys. – Jim, Carol, Steve. Eles poderiam ter ido embora, mas ficaram. Meu Deus, como eu queria saber o que aconteceu com eles.

– Eles escaparam.

Fredinha se aproximou de Arlys e passou o braço em volta de sua cintura. Elas ficaram nas janelas, cabeças inclinadas uma para a outra.

– Espero que sim.

– Eu só sei que eles escaparam. Só sei que encontraram uma maneira.

Reconfortada, Arlys levou Fredinha com ela para a redação.

– Quando comecei a trabalhar aqui, foi um ponto alto em minha vida. E eu estava, por Deus, trabalhando para chegar a um posto na bancada dos âncoras.

– E chegou – lembrou Fredinha.

– Não do jeito que eu imaginava – comentou Arlys, aproximando-se do local onde se sentara para a transmissão final.

Eles limparam tudo, pensou, enquanto deslizava os dedos sobre a bancada.

Mas ela ainda podia ver o sangue e as manchas, ainda sentia o jeito que o sangue havia respingado quente em seu rosto quando Bob, pobre Bob, escolhera o desespero, a loucura e a morte.

Teria sido isso o que a fizera acordar?, perguntou a si mesma. Aquele golpe de sangue quente a teria lembrado de criar coragem de fazer seu trabalho? De dizer a verdade?

Ela olhou para o olho da câmera. Ainda era seu trabalho.

– Eu quero transmitir a sua vitória daqui, Fallon, desta mesma bancada, nesta mesma redação. Quero dizer a quem quer que possamos alcançar neste mundo que recuperamos Nova York.

– Talvez Jim, Carol e Steve ouçam a sua transmissão.

Com um aceno firme, Arlys pegou a mão de Fredinha novamente.

– Ou T.J., ou Noah, ou alguém que trabalhou naquela loja em Hoboken onde você deixou a nota de agradecimento. Podemos trazer Chuck para cá. Ele precisa fazer parte disso, e pode descobrir como colocar o equipamento para funcionar.

– Eu posso ajudar a escrever a notícia – disse Fredinha, suas asas apontando e vibrando.

– Isso mesmo. Quando você estiver pronta para declarar a vitória, Fallon, eu quero anunciar daqui. Você, eu e Chuck, Fredinha. Nós três vamos fechar esse círculo. Então vamos entregar este lugar, e a reportagem que vamos fazer daqui, a outra pessoa. Porque agora somos de Nova Esperança.

E isso era exatamente o que eu esperava ouvir, pensou Fallon.

– Mamãe disse que você faria isso. Você veio mais cedo do que eu pensava... e, como eu disse, eu não sabia que Fredinha viria. Will e Theo estarão aqui em uma hora. Eu posso chamar Eddie também.

Agora as asas de Fredinha se abriram, brilharam.

– Mal posso esperar!

– Enquanto isso, vamos levar algumas novidades para Nova Esperança – sugeriu Arlys. – Que tal darmos um passeio por Midtown, Fredinha?

– Colin pode levar vocês... áreas seguras apenas.

– Ótimo, você pode ser nosso primeiro entrevistado – disse Arlys a Colin. – Vá em frente, Fredinha, eu encontro você em breve.

– Eu realmente gostei do seu braço. – Fredinha pegou a mão de couro, sorriu para Colin. – É superlegal. Aposto que as meninas acham sexy.

Ele abriu um sorriso largo.

– Agora que você mencionou... – disse ele, enquanto saíam.

– Fallon, eu só queria um minuto – disse Arlys. – Queria dizer que, mesmo depois de todo esse tempo, de tudo o que aconteceu, há muita coisa sobre a magia que me surpreende. – Observando Fallon, Arlys passou os dedos sobre a bancada do âncora. – Mas tem uma coisa que eu sei, com toda a certeza. O que aconteceu aqui foi importante. É importante que, de toda Nova York, você tenha escolhido este lugar para ser seu QG. E significa muito para mim, Fallon, muito mesmo, saber que este lugar continua sendo importante.

Ela teve que fazer uma pausa, controlar as lágrimas que rolavam pelo rosto.

– Quando eu me sentar aqui novamente e disser a quem puder ouvir, ou ver, que a luz está de volta a Nova York, esse círculo do meu passado vai se fechar. Eu sei que não será o fim, mas vai fechar o círculo, e eu sei, de uma maneira muito intensa, que isso também é importante.

Arlys suspirou, secou as lágrimas antes de continuar:

– Agora, vou fazer algo que nunca pensei que faria de novo. Vou passear por Nova York.

– Você pode parar na triagem, no primeiro andar. Minha mãe deve estar lá. Eu acho que ela gostaria de fazer esse passeio com você e Fredinha.

– Vou fazer isso. – Ela se aproximou de Fallon e a abraçou. – Tudo isso é muito importante.

Sozinha, Fallon voltou aos mapas. Tinha um plano, mas precisava refiná-lo. Ia ajudar a fechar aquele círculo.

Surreal, pensou Lana, enquanto caminhava pela Quinta Avenida com Fredinha e Arlys. Um prédio em ruínas, outro coberto de fuligem e pichações, porém a cidade estava de pé. Quem escolheu, ela se perguntou, o que ficaria e o que cairia?

O aumento das temperaturas e os ventos fortes de março mudaram e derreteram lentamente os altos montes de neve, e pontas de gelo longas e letais pingavam e se encolhiam enquanto desciam pelos beirais. Sentinelas patrulhavam, a tropa de apoio ocasional passava a cavalo ou em lambretas elétricas. Alguns levavam carrinhos com suprimentos, que faziam barulho e quicavam pelas ruas, mas, naquele setor reconquistado e mantido pelas forças da Luz Para Todos, ao longo da avenida, que um dia fora coberta de trânsito e turistas, as vozes de três mulheres ressoavam claras como sinos de uma igreja.

Lana sentiu o cheiro da fumaça de incêndios distantes, ouviu os tiros ao norte, a explosão súbita de luz de um relâmpago atravessando o céu.

E pensou no cheiro de castanhas assadas, no retumbar das buzinas, nas vitrines enfeitadas e coloridas.

O mar de pessoas andando, andando sem parar, multidões ao longo das calçadas, tantos lugares movimentados aonde ir.

– Comprei meu casaco de inverno ali. – Fredinha apontou para um prédio destruído do outro lado da Quinta Avenida. – Eles sempre tinham boas ofertas.

– Eu também fazia compras lá – lembrou Arlys. – Depois das compras, eu descia e tomava um café na Starbucks. E me dei de presente um caríssimo par de botas bem longas de camurça da Saks no último Natal.

Ela se virou, observou o que tinha sido um marco da Quinta Avenida. A guerra arrancara os andares superiores, quebrara as janelas. Dois manequins nus estavam caídos atrás da vitrine quebrada.

– Espero que algum soldado da resistência tenha saqueado meu apartamento e levado as botas e todo o resto.

– Onde você fazia compras, Lana?

Ela sorriu para Fredinha.

– Eu era do centro da cidade. O pessoal da Barney's, na Sétima, praticamente me aplaudia quando eu entrava. Meu Deus, como eu adorava fazer compras! Sapatos, um ponto fraco grande, ou melhor, enorme.

Ela olhou para as botas feitas por elfos, de couro resistente e amarradas com cadarços, que protegiam seus pés, e bem, havia três anos.

– Pois é.

– Você sente saudades? – perguntou Fredinha. – Eu meio que sinto falta de fazer compras... olhar, tocar, descobrir. Você não pensa no assunto, mas ver tudo isso me traz de volta o desejo, então eu meio que sinto saudades.

Elas se deram as mãos.

– Nós teríamos nos divertido com isso, nós três. Comprar, experimentar roupas, parar para almoçar.

Elas observaram uma equipe de exploração retirar sacos e caixas do que tinha sido, se a memória de Arlys estivesse certa, uma loja da Banana Republic.

– Mas explorar também é divertido – decidiu Fredinha.

– Fico surpresa por ainda haver alguma coisa para explorar.

Porque havia, porque parecia que sempre havia algo mais para se encontrar, o humor de Lana melhorou.

– Bem, é Nova York. – Ela bateu o quadril em cada uma das amigas. – Vamos fazer compras.

Fallon refinou o plano de batalha com o pai e então chamou os comandantes que estavam disponíveis. Após mais de uma hora de debate, enviou-os de volta para preparar as tropas.

Will parou e colocou a mão no ombro dela enquanto estudava o mapa.

– Basicamente as mesmas táticas de Arlington.

– Elas funcionaram.

– É verdade. Bem, vou encontrar minha esposa antes de voltar.

– Ela está com a minha – disse Simon. – Me dê um minuto e eu vou com você.

Primeiro, ele se virou e deu um beijo na testa de Fallon.

– Para que isso?

– Digamos que seja para dar sorte.

Ela pegou a mão dele.

– Os números estão certos?

– Mais do que certos. Vamos espalhar a notícia. Vamos tomar uma bebida mais tarde? É tradição. Uma bebida antes da guerra. – Ele olhou para Duncan. – Você também.

– Claro. – Duncan esperou Simon sair. – Ele está começando a gostar de mim.

– Ele sempre gostou de você.

– Parecia gostar mais antes de eu ficar sem roupa com a filha dele. Mas está se aproximando de novo. Depois da bebida, vamos cumprir outra tradição e ficar sem roupa juntos antes da guerra.

– Eu sou a favor disso. Está tudo pronto, Duncan.

– E vai dar tudo certo. É a jogada certa, na hora certa. Estamos prontos. – Ele lhe deu um puxão rápido, beijou-a na boca e levou os dois a outra dimensão por apenas um instante. – Mais disso depois.

Sozinha, Fallon voltou a se concentrar no mapa. Esperava ter outra discussão acalorada com Colin, mas ela o faria seguir suas ordens de qualquer maneira. Havia outros guerreiros na resistência – indisciplinados na maior parte, mas ferozes.

– Ei.

Ela olhou para cima.

– Mick.

– Desculpe por eu não ter conseguido chegar antes. Tivemos uma pequena distração.

Como o rosto dele estava sujo de lama e sangue, assim como suas roupas, ela duvidou que tivesse sido uma mera distração.

– Você está ferido?

– Nada. – Ele passou as costas da mão no rosto. – Alguns ISs acharam que podiam nos empurrar para fora de Chelsea, a antiga área onde sua mãe morava, certo? Eles estavam errados. Recebi a ajuda de um pequeno grupo de resistência e vencemos. Mas não consegui chegar para as instruções. – Ele entrou, franzindo a testa para o mapa. – Esse aqui é o meu batalhão?

– Isso.

– Quando vamos atacar?

– Ao amanhecer. Vou explicar melhor.

Enquanto ela o fazia, ele puxou uma bolsa de sementes de girassol do bolso. Ofereceu algumas, mastigou-as com força.

– Você colocou Poe para liderar as tropas de Colin.

– Colin não está liberado para combate.

– Ele vai ficar furioso. Você sabe que ele está pensando em fazer uma tatuagem no braço… depois que içarmos a bandeira aqui. Isso não vai estragar as magias, vai?

– É como se fosse mesmo a pele dele agora, então não.

– Muito maneiro. Merda, quase esqueci. Eu trouxe um dos caras da resistência comigo. Ele queria dar uma olhada, ver se consegue encontrar a filha. Ele a mandou pegar a estrada um tempo atrás e ir para Nova Esperança.

– Ele disse o nome dela?

– Era um nome engraçado. Não lembro…

– Marichu.

– Isso aí. Eu disse a ele que alguém por aqui provavelmente tinha registros, ou poderia descobrir.

– Eu a conheço. Ela está aqui. – Gesticulando para que ele a seguisse, ela perguntou: – Como ele se chama?

– Jon... nome agradável e fácil de lembrar. Nunca imaginei que ela estaria aqui. Ele disse que ela tem 16 anos.

– Ela diz que tem 17 agora, mas é jovem de qualquer maneira. E persuasiva. – Ela encontrou um elfo corredor e lhe deu instruções. – Vamos encontrar Jon.

Eles foram pela escada. Os elevadores estavam funcionando com magia, mas Fallon os achava apertados e lentos.

– Mantemos os registros em um escritório no andar principal. As equipes de apoio estão tentando atualizá-los. Tropas em diferentes turnos o tempo todo, feridos, mortos. Como está seu pai? E Minh?

– Papai está bem. Minh levou um golpe... nada sério – acrescentou ele depressa. – Apenas alguns estilhaços na perna. Vai estar em plena forma até amanhã.

– É bom saber. – Ela o encarou. – Estamos bem, certo? Você e eu?

– Estamos. – Depois apenas da mais breve hesitação, ele lhe deu uma cotovelada. – É difícil pensar em qualquer coisa que não seja a próxima luta quando você está no meio disso há semanas. Faz você perceber... algumas coisas. Vou ficar feliz em voltar para A Praia. Cara, Nova York é muito espremida e coberta de concreto ou sei lá o quê. Como é que alguém conseguia morar aqui?

– Milhões de pessoas moravam aqui.

– Não conte comigo. Mas isso não significa que aqueles idiotas podem ficar com ela. Nós vamos descer tudo?

– Isso mesmo.

Ele deu um sorriso largo.

– Quer apostar uma corrida?

Por alguns minutos preciosos, ela estava de volta à floresta, na senda das fadas, quase uma criança, apostando corrida com Mick. Quando ele a venceu, ela balançou a cabeça e riu.

– Você começou na frente.

– Deixei você para trás – respondeu ele, abrindo a porta.

Em uma parte do lobby dourado, médicos tratavam os feridos. Em outra, a equipe de apoio emitia pedidos para novos suprimentos. Em um andar mais alto, uma intendência havia sido convertida em refeitório para cozinhar para os médicos, os feridos, preparar as comidas trazidas de Nova Esperança.

Ela começou a direcionar Mick para o fundo quando ele gritou:

– Ei, Jon! – E se virou para Fallon. – É ele.

Fallon viu o homem (barba negra polvilhada de cinza, olhos cansados, botas desgastadas e enlameadas) vindo em direção a eles. Ele mancava de leve e tinha um rifle jogado sobre o ombro.

– Eles estão verificando. – Sua voz, áspera, grave, demonstrava a fadiga que ela vira em seus olhos. – Disseram que levaria um tempo e que eu poderia pegar algumas das refeições embaladas para o meu pessoal.

– Estamos lutando a mesma luta – disse Mick, com alegria. – Essa é Fallon.

– Fallon Swift. – Jon esfregou as mãos na coxa da calça antes de estendê-las. – Muito prazer em conhecer você. Nunca perdemos a esperança, mas havia dias e noites em que era difícil. Minha filha...

– Marichu – disse Fallon. – Ela chegou até nós.

Ele fechou os olhos, depois os apertou com os dedos.

– Graças a Deus. Graças a Deus. Eu precisava tirar minha filha de lá, tive que fazê-la ir. Não via outra maneira de... Ela está bem?

– Ela é... rápida – afirmou Fallon, enquanto Marichu atravessava as portas principais. – Veja você mesmo.

– Pai!

Com os cabelos coloridos voando, ela pulou para o chão de mármore.

Com um suspiro, Jon a levantou. Toda a tensão no rosto dele desapareceu.

– Vamos dar a eles algum espaço – murmurou Fallon.

Mick recuou, mas observou o reencontro e colocou um braço sobre os ombros de Fallon.

– É disso que se trata. Essa é a razão – comentou ele.

– É isso mesmo.

Amor, pensou ela, brilhante como o sol. E amizade. Ela passou o braço pela cintura de Mick. Leal e verdadeiro.

Naquela noite, deitada nos braços de Duncan, ela sentiu os dois, amor e amizade, e quando eles se levantaram, prometeu levar aquilo – a razão de tudo – para a batalha.

O poder pulsava através dela, ao seu redor, naqueles momentos silenciosos antes de a luz romper a escuridão. Ela viu isso, nos olhos de sua mente, as tropas preparadas, posicionadas estrategicamente ao redor do Central Park. Os guerreiros agachados em outras partes da cidade, prontos para bloquear, para impedir a entrada de qualquer um que tentasse atravessar as linhas.

As tropas eram formadas por homens, mulheres, bruxas, guerreiros, elfos, fadas, metamorfos, todos os que lutavam há semanas por uma cidade sufocada em magia sombria. Todos os que lutavam para trazer de volta a luz.

Como a estátua de Prometeu, pensou ela, aquela cidade podia e ia brilhar outra vez.

Enquanto a luz piscava através da neblina no leste, através das torres que permaneceram em pé mesmo após duas décadas de guerra, ela sacou a espada e a incendiou.

Viu a chama de Duncan em resposta, o fogo na ponta da flecha de Tonia, a onda de luz de todas as direções. Após ver os sinais, ela apontou sua espada para o leste, atraindo a luz do sol florescente.

O dia explodiu como uma bomba.

E eles atacaram.

Arrancaram os inimigos de seus esconderijos, desentocaram-nos das árvores, atraíram-nos para o centro, para que as tropas do norte penetrassem e tomassem mais terreno.

Espadas cortaram o ar, magias colidiram sobre o chão que a neve derretida transformara em um pântano que sugava gananciosamente botas e cascos.

GPs que não tinham fugido da cidade, que ela sabia que agora eram usados como figuras dispensáveis pelos ISs, corriam em pânico para serem golpeados por ambos os lados. Taibhse atacou, arrancou pedaços de um metamorfo em forma de pantera, enquanto Faol Ban se juntava para lutar contra um bando de metamorfos transformados em lobos. Em meio aos gritos dos corvos, havia os gritos dos humanos, e então a neve derretida se tingiu de vermelho.

Ela levou Laoch a uma subida íngreme, elevando-se ao vento que girava em meio a magias conflitantes. Cortou as asas de uma fada sem luz, mandando-a em espiral para o chão. Abaixo, ela viu o chão tremer sob um pelotão de seus homens, e arremessou bolas de fogo nas garras de um Incomum Sombrio que tentava abrir a terra embaixo deles.

Rodou Laoch no ar e viu que Vivienne mantivera sua palavra: suas tropas surgiram do norte, encurralando o inimigo entre paredes formadas por guerreiros.

Mergulhando a leste, Fallon lutou ao lado do pai, bombeando poder e chamas contra granizos de raios negros, que caíam no chão e se queimavam.

– Mais para dentro! – gritou ela, ignorando os inimigos que fugiram.

Eles encontrariam mais uma parede de soldados do batalhão de Troy.

– Continue pressionando! – gritou Simon de volta. – Estamos no controle.

Confiando que sim, ela galopou para o sul.

Juntou-se a Will, depois a Starr, passou por Poe a tempo de ajudar na luta contra um ataque liderado por elfos ligeiros, uma chuva de flechas. Ela as varreu de volta, fazendo-as voar em um turbilhão.

– Esses corredores filhos da mãe! – berrou Poe, limpando a lama do rosto.

– Você está sangrando.

A respiração dele estava acelerada, mas ele balançou a cabeça e flexionou os impressionantes bíceps.

– Só de leve.

Em resposta, Fallon se inclinou e apertou o braço dele para fechar a ferida.

– Leve todos para o centro.

– Deixa comigo, chefe.

Ela correu em direção às tropas de Mick e atacou um Incomum Sombrio enquanto ele lançava raios com as mãos. Laoch o empalou em seu chifre, sacudindo-o em seguida para se livrar do corpo.

– Temos alguns feridos – avisou Mick.

– Médicos e reforços a caminho. – Fallon girou o corpo para enfrentar o próximo atacante, depois correu para Tonia. – Mick precisa de ajuda.

Segurando a mão de Fallon, Tonia subiu com ela.

– Vamos dar uma volta.

Elas voaram para o alto, circularam. As flechas de Tonia desciam, acertando alvo após alvo.

– Como nos velhos tempos – disse ela.

– Ali, Travis está se movendo para oferecer apoio a Mick. Leve todos para dentro – ordenou Fallon. – Para o centro.

– Meda e seus cavaleiros... quer dizer, amazonas... estão fazendo exatamente isso. Mallick e Duncan se juntaram e estão lutando bem. Me deixe naquele lugar. Quero participar.

Tonia saltou sobre um afloramento rochoso, a flecha já encaixada voando para a barriga de um tigre.

Através da lama e do sangue, as chamas altas, o vento cortante, eles lutaram, empurrando o inimigo cada vez mais para o centro, fechando o cerco como as paredes de um poço.

Fallon viu o abrir, a ascensão das asas negras, sentiu a onda de poder bater no ar. Por um instante de atordoamento, pensou: Eric. Mas ela havia enterrado as cinzas do tio e jogado sal na terra que as cobria.

Mesmo assim, enviou Laoch em perseguição.

Para cima, bem acima da cidade, além dos corvos que gritavam, ele se virou.

Não, não era Eric, mas era tão perverso e sombrio quanto.

Ele sorriu, os lábios se curvando em um rosto tão bonito e suave quanto o de um anjo esculpido. Ela percebeu, quase tarde demais, que ele a havia atraído, a havia isolado.

Quando ele lançou seu primeiro golpe de raios, ela os bloqueou com o escudo e girou o corpo para lançar chamas de sua espada no outro atacante que havia se precipitado para seu flanco.

Ele varreu o fogo, enquanto um terceiro atacava.

Ela pensou nos fantasmas de Mallick, perguntou-se por que nenhum dos dois havia pensado em praticar no ar.

Eles combinaram seus poderes e o soltaram em direção a Fallon. Ela mergulhou, sentiu o calor do golpe soprar bem perto – e sentiu quando Laoch se sobressaltou com a dor. Mas ele não hesitou, subindo em disparada, dando voltas, enquanto ela levantava a espada e cortava uma das asas, provocando um vendaval de golpes que lançou o inimigo ferido sobre o segundo.

Enquanto eles se debatiam, ela bloqueou um golpe do primeiro, empurrando-o para trás.

Eles se reagruparam. O bonito estava ferido e juntou-se a uma mulher com dezenas de tranças pretas voadoras. Fallon preparou Laoch para o próximo ataque.

A voz de Duncan soou em sua cabeça. *Abra espaço.*

– Não, não…

Mas ele disparou atrás dela, dividiu sua espada para que a chama atacasse como um chicote. A espada de Duncan atingiu o que Fallon havia ferido, pareceu enrolar-se em torno dele enquanto ele gritava. O fogo simplesmente o envolveu, deixando um rastro de fumaça amarga quando ele caiu.

– Qual você quer? – perguntou Duncan.

– Esse. Filho da mãe.

Ela atacou, de novo, e de novo. Um ataque, um bloqueio, uma varredura de energia. Ele tinha mais poder do que deveria – que barganha teria feito com algum diabo para conseguir isso?

– Estamos perdendo tempo. Me dê a sua mão – ordenou ela.

– Agora não posso.

– Me dê sua mão!

Ela agarrou a mão dele. Uma luz surgiu quando os poderes se juntaram, se amalgamaram. Com isso, ela jogou o que tinha no anjo sombrio, sentiu Duncan soltar o próprio poder.

Aquele poder os atravessou como se fossem feitos de vidro. Eles não gritaram. Não fizeram nenhum som quando caíram.

– Você está ferido?

– Não. Você está.

Ela não sentira a dor até pressionar a mão no quadril para curar o corte e a queimadura.

– Fácil – disse Fallon. – Vá devagar. Laoch está queimado na perna traseira esquerda. Preciso descer para cuidar dele.

Duncan olhou para a perna ferida do alicórnio.

– Não parece grave.

– Ele está sofrendo.

Ela o fez descer devagar e começou a procurar um lugar mais seguro onde pudesse cuidar dele.

– Duncan.

– Sim, estou vendo. É melhor descer. Os que restaram deles estão presos, do jeito que planejamos.

Ela pousou suavemente e desmontou com cuidado.

– Deixe-o comigo – disse Duncan. – Vou curá-lo. Você termina isso.

– Está bem.

Ela acariciou Laoch e, em seguida, moveu-se através do círculo espesso de suas tropas.

Não poderia haver mais de cem encurralados dentro do círculo. Outros tantos estavam mortos, morrendo, ou feridos no chão. Um conciliábulo de bruxas guarnecia o círculo, formando um escudo contra qualquer magia sombria que os derrotados pudessem tentar.

Fallon passou por elas também. Levantou a espada com uma das mãos, o escudo com a outra.

Invocou poder, mais poder, dos raios de sol que ardiam através da neblina.

– Sinta a luz enlaçá-los. Saibam que a luz irá cegá-los. Seus poderes aqui são bloqueados e eu os coloco sob cadeados.

Ela esperou um segundo e o conciliábulo adicionou vozes à dela.

– A rede ao seu redor os prende com energia. Da escuridão, a luz extingue a soberania. Pois vocês escolheram este destino. Assim é meu desejo e que assim seja.

Ela se virou para Troy.

– Você não tem nem um arranhão.

– Não mesmo. E você?

– Quase nada. Você sabe aonde deve levar todo mundo.

– Vamos fazer isso. O mal permanece neles mesmo com os poderes bloqueados. – Como se fosse um dia qualquer, Troy colocou os cabelos para trás. – Eles provavelmente vão preferir matar uns aos outros antes de se renderem.

– A escolha é deles. A ilha que escolhemos pode ser um lar para eles, ou ser seu cemitério. É tudo uma questão de escolha.

Fallon se virou para verificar como estava Laoch. Mick a seguiu.

– Nós dois poderíamos dar um mergulho no lago das fadas agora.

Ela olhou para ele, para si mesma, ambos cobertos de lama, sangue e fuligem.

– As fadas vão nos dar uma bronca daquelas se lavarmos toda essa sujeira em seu lago.

– Tem razão. Você me deixou preocupado ali em cima.

Ela esfregou uma das mãos no rosto dele, espalhando mais lama.

– Estou aqui agora.

Ele passou mais lama no rosto dela, sorriu com ironia.

– Eu não sabia que você conseguia fazer isso. Você sabe, trancar as magias sombrias.

– Não teríamos conseguido se você não tivesse diminuído o número de inimigos e não os tivesse encurralado. E se não tivéssemos um conciliábulo completo de bruxas com o encantamento pronto.

Ela fechou os olhos, respirou fundo.

– Nós tomamos Nova York de volta, Mick.

– Tomamos mesmo. Eu vou procurar meu pai. Vou me limpar e beber um monte de vinho das fadas.

– Vou fazer o mesmo.

Ele deu um salto para trás, uma série de cambalhotas e uma série de tombos que fizeram Fallon rir.

E, no último salto, o raio o atingiu. Nas costas, perfurando o coração. Ele caiu como uma pedra no chão lamacento da batalha.

– Não, não, não!

Sacando a espada e o escudo, ela saltou para ele, levantou o escudo sobre seu corpo para protegê-lo do raio seguinte.

O dragão sombrio deslizou por cima. Montada nele, Petra.

Ela soltou fogo, espalhando tropas, mas seus olhos, aqueles olhos loucos, nunca deixavam Fallon.

– Você acha que isso acabou, *priminha*! – gritou ela, deixando a risada ecoar. – Acha que esse lugar importa? Mas *ele* importava, não importava? Sua fraca e idiota. Ele importava para você. Opa, agora ele se foi.

Fallon reuniu sua dor, deixou que ela se juntasse ao seu poder. Jogou-a para o alto.

– E eu também. Puf!

Petra e o dragão desapareceram logo antes de o poder de Fallon explodir no céu, estourando através dele como um cometa.

– Mick. Mick. – Ela levantou a cabeça dele em seu no colo. – Eu vou curar você. Por favor. Eu vou curar você.

Pressionando o rosto contra o dele, ela se balançou.

– Fallon. – Duncan ajoelhou-se ao lado dela. – Ele se foi. Sinto muito. Ele se foi.

– Não. Não. – Ela empurrou Duncan para trás, passou as mãos no rosto de Mick, em seus cabelos, seu peito, procurando vida, procurando luz. – Não. Fique longe de mim.

Mas ele a abraçou, a segurou, como ela uma vez o segurara quando ele estava sofrendo. Então ela chorou nos braços de Duncan no campo sangrento, embalando o amigo.

# LUZ PARA A VIDA

A vida é uma chama pura,
e vivemos sob a luz de um sol invisível
que existe dentro de nós.
– Sir Thomas Browne

# CAPÍTULO 22

Fallon sentia como se fosse se afogar em tanta dor. Afundou nas ondas pantanosas daquele sofrimento, e cada respiração sugava mais, até saturar seu coração. Ela mal sentia as batidas.

Mandou chamar o pai de Mick, mas não ia deixar Thomas ver o filho caído sem vida na lama, então levou o corpo do amigo para uma tenda de triagem.

Dispensou todo mundo e lavou o corpo dele e a si mesma, deixando as lágrimas se misturarem à água, enquanto se inclinava para tocar os lábios dele com os seus.

Limpou a lama e o sangue de suas roupas, vestiu-o novamente, com carinho. Embora suas mãos tremessem, trançou o cabelo dele.

– Eu gosto do azul – conseguiu dizer, depois tocou com os dedos o bracelete que ele fizera para ela tanto tempo antes. – Não foi suficiente. Eu não fui suficiente.

Thomas entrou.

Ela recuou.

Para honrar a dor do pai, ela refreou a própria.

– Não tenho palavras – começou ela quando ele pegou a mão do filho. – Não tenho nada para oferecer além da minha própria tristeza, e você já tem tristeza suficiente. Mas eu prometo, vou fazer um juramento: aquela que tirou a vida dele, alegre e brilhante, vai pagar por isso com a própria vida. Eu juro.

Ela fez menção de sair para lhe dar privacidade, mas Thomas a pegou pela mão e a impediu.

– Ele era feliz, alegre e corajoso. E tão inteligente. Desde o instante em que nasceu, ele foi a minha estrela-guia. Deu a vida para lutar contra tudo o que é sombrio, cruel e covarde. Um pai nunca deve viver mais que um filho, mas a guerra muitas vezes exige isso. Eu teria dado a minha vida se ele pudesse ter vivido a dele em paz e em liberdade.

Ele soltou um suspiro alquebrado quando levou a mão de Mick ao próprio rosto.

– Ele morreu como um guerreiro, um comandante, um defensor da luz. Merece nosso orgulho tanto quanto nossa dor.

– Ele tem ambos.

– Ele amava você.

Ela não podia mais sufocar a dor, que cresceu em seu peito.

– Eu sei. Thomas…

Ele balançou a cabeça.

– Esse amor ajudou a fazer dele o homem que se tornou. Esse é o nosso orgulho. Eu preciso… – A voz de Thomas vacilou. – Preciso levar meu filho para casa, para a floresta, para o verde.

– Sim, eu sei. Eu vou levar vocês.

– Você é necessária aqui, para os vivos e os mortos. Aqueles que lutaram para libertar esta cidade precisam ver você tanto quanto precisam ver as bandeiras tremularem. Vou voltar para casa com meu filho. Meu filho. Preciso de tempo com ele primeiro, depois vamos para casa.

Ela foi até a abertura da tenda.

– Eu também amava Mick.

– Eu sei disso. Ele também sabia.

Lá fora, o ar era translúcido e claro. Purificado, pensou Fallon, sem a presença das magias sombrias e frias. Alguns, como Mick, pagaram por essa limpeza com a própria vida. Essas vidas seriam honradas e a cidade seria mantida na Luz.

E Petra, por todos os deuses, Petra pagaria com dor e sangue.

Ela viu Mallick, coberto de lama e sangue, mas sua coluna reta como uma flecha. Eles foram um em direção ao outro.

– Mesmo em triunfo, há uma tristeza que corta profundamente o coração. Sentiremos saudades dele.

– Os deuses exigem seu quinhão de carne – afirmou ela, com amargura. – E seus tonéis de sangue.

O olhar dele, cheio de paciência, ficou preso ao dela.

– A vitória da luz sobre a escuridão exige sacrifício.

– Como meu pai biológico, como Mick, como dezenas de outros.

Eu sei. O que exigir sacrifício terá sacrifício, de novo e de novo, até que esteja feito. E eu, que fui escolhida para ordenar outros a lutar e morrer, terei o meu.

– Matar com uma espada revestida de vingança leva às sombras.

– Se eu não estou destinada a sentir raiva, tristeza, fúria, não deveria ter recebido uma vontade, um coração, uma mente. Farei o que me for pedido, Mallick. Vou expurgar o mundo, como fiz com esta cidade. Mas também cobrarei um preço.

Ela viu lá fora o estandarte branco tremulando no campo.

– As tropas precisam me ver, e ainda há trabalho a ser feito. Thomas... ele quer levar Mick para casa. Você poderia levar os dois?

– Sim, é claro. – Ele colocou a mão no braço dela. – Não é nenhum consolo agora, mas com o tempo ficará claro para todos que Mick é parte da luz.

– Não, não é nenhum consolo agora. Ele morreu. Uma estátua de um deus brilha dourada no coração da cidade, e outro bom homem que me amava está morto.

Ela cumpriu seu dever: caminhou pelo campo de batalha, visitou as tendas de triagem, as unidades móveis, as tendas médicas, para falar com os feridos, os médicos. Com a dor congelada dentro do peito, fez o seu melhor para dar conforto aos que tinham perdido um amigo ou um ente querido.

Foi ver Laoch, encontrou Faol Ban e Taibhse com ele. Avaliando o alicórnio das orelhas até a cauda, viu que Duncan havia, de fato, curado qualquer ferida.

Com a alegria da vitória tocando sem muita animação em sua mente, Fallon voltou para a sede e para seus aposentos. Encontrou o pai esperando por ela.

Simon abriu uma garrafa de uísque e serviu dois copos.

– Obrigada, mas preciso de um banho mais do que de uma bebida.

– Beba primeiro. – Ele lhe entregou o copo. – Antes de mais nada, quero dizer que sinto muito por Mick. Ele era um bom homem, um bom amigo para você, um bom soldado. Merece que façamos um brinde a ele.

O olhar de Fallon era frio como a neblina sobre um lago congelado.

– Ele merece mais.

– Vamos começar com isso. Passei mais tempo do que gostaria em combate, e muito desse tempo comandando os outros. Eu sei o que é perder homens, tanto como soldado quanto na posição de oficial, e o que é perder um amigo.

Não é a mesma coisa, pensou Fallon. Não é a mesma coisa. Não é a mesma coisa.

– Eu não senti Petra, não a vi chegando, não previ. Se eu tivesse...

– Isso é besteira. É uma besteira compreensível, mas ainda assim é uma besteira.

– Ela matou Mick porque ele era importante para mim, porque ele me amava. Eu sei o que ela é, mas eu não previ isso. Embrulhei meu poder no feitiço para bloquear os ISs que nos massacrariam, cada um de nós, então não a senti chegando.

– Ela não lutou – observou Simon. – Não se arriscou. Pergunte a si mesma por quê. Em vez de se perguntar por que Mick, pergunte por que ela não atacou você, ou eu, sua mãe, seus irmãos, Duncan.

– Não sei.

– Porque você ainda não está raciocinando direito. Foi algo de momento, Fallon. Era conveniente e de baixo risco. Ele estava com você. Foi a maneira mais fácil que Petra encontrou para machucar você sem se arriscar. Ela quer a sua dor, quer que você se questione, se culpe. Não dê a ela o que ela quer.

– Eu não sei o que fazer. Não consigo pensar em nada além de encontrar Petra e acabar com ela.

– Se isso tomar conta de você, Petra vai ficar com a vantagem. É assim que ela pensa, Fallon, e você é mais esperta. Onde estava Allegra?

Ela o encarou, atordoada por não ter se feito essa pergunta.

– Não pensei além de Petra, o dragão. Eu vi o dragão sobrevoando Nova York, sobre o escudo na Escócia... mas não Allegra. Eu não pensei em Allegra.

– Será que ela morreu? Será que está viva mas muito fraca ou ferida para um ataque? Será que está viva e bem e fazendo outras coisas, em algum outro lugar? Não tenho como saber – acrescentou Simon. – Mas você deve saber que ela não fez parte disso. Petra agiu sozinha.

– Saber isso é importante. É bom ter respostas. Petra disse que não se importava em perder Nova York, mas é claro que se importava. Claro que sim – repetiu Fallon, andando de um lado para o outro.

Agora ela está raciocinando, pensou Simon, e aguardou.

– Ela esperou. Ela não é um soldado. É uma assassina, mas não uma guerreira, então esperou. Deve ter ficado furiosa quando tomamos a cidade. Ficou esperando para dar o voo da vitória e, em vez disso, viu a derrota. Foi algo de momento, como você disse, e sim, sim, aquilo era uma fúria cega. Mick morreu porque ela é uma assassina, porque, como Denzel era para Duncan, Mick era importante para mim. Ela provavelmente ficou por perto durante todas essas semanas. Não perto o suficiente para que eu pudesse sentir seu poder, para arriscar a própria pele, mas perto o suficiente.

– Ela teme você, mesmo que pense que você é fraca.

Fallon parou.

– Ela pensa isso?

– O que ela teria feito em seu lugar hoje? Com o inimigo preso, derrotado, indefeso?

– Teria destruído todos eles.

– Você não fez isso, e ela vê essa atitude como fraqueza. Você ama, e isso é uma fraqueza para ela. Ela derrubou alguém que você ama para explorar essa fraqueza.

– Ela calculou mal.

– Eu sei disso.

– Não estou conseguindo pensar, pai. – *Estou exausta demais*, pensou, cobrindo o rosto com as mãos. Algo se quebrara dentro dela. – Não consigo raciocinar além da dor e da fúria que borbulha debaixo da dor. Eu sei o que precisa ser feito, mas...

– Você precisa de um pouco de tempo.

– Eu não posso me dar tempo. Mas...

– Nem todas as feridas são físicas, Fallon. Se você não se der um tempo, ficará mais fraca. Tire umas duas semanas, porque amor e luto não são fraquezas, querida. Todo bom comandante sabe quando um soldado precisa de algumas semanas para se recuperar. Isso inclui você.

– Precisamos fazer um rodízio de tropas, deixar uma força de segurança aqui, trazer pessoas para ajudar a resistência a consertar parte da infraestrutura, outras para plantar nos espaços verdes. A Praia precisa de um comandante, e um que possa começar a liderar algumas de suas tropas para o sul. Precisamos...

– Será uma lista longa – interrompeu Simon. – Tome o seu banho, vamos colocar alguns outros cérebros para trabalhar nessa lista, comer alguma coisa e fazer planos. Mas primeiro...

Ele ergueu o copo, esperou.

– Ok. – Ela soltou um longo suspiro, se acalmou. Então levantou o copo. – A Mick.

Duncan cuidou dos destacamentos para os enterros. Alguns seriam transportados de volta para suas casas, mas muitos não tinham outro lar além das bases para as quais haviam migrado. Para esses, ele reivindicou uma parte do parque, onde o chão se levantava, onde as árvores cresciam fortes.

Era um trabalho comovente, de cortar o coração, então ele pediu voluntários em vez de emitir ordens para formar os destacamentos. Seu espírito cansado se animou um pouco quando percebeu que tinha mais voluntários do que o necessário. Separou-os em grupos designados para separar os inimigos mortos, cavar sepulturas, fazer lápides.

Ao ver Tonia, foi até ela.

– Descanse um pouco.

– Vou me dar um tempo quando você se der também – respondeu ela, e continuou cavando.

– Há maneiras mais fáceis de cavar uma sepultura.

– Às vezes você precisa fazer algo assim. Perdemos Clarence.

– Que merda.

Duncan sentiu o coração doer novamente quando pensou no menino que eles haviam resgatado de um culto e nas mulheres que o haviam tomado como filho.

– E Keisha, Morris, Liah. Mick. – Tonia passou a mão no rosto, inclinou-se sobre a pá. – Você viu Fallon?

– Não desde que... Não. Colin disse que ela está se segurando, e eles estão se encontrando agora para trabalhar na reconstrução, limpeza, expansão.

– Por que você não está lá também?

– Eu preciso fazer isso.

– Eu também.

Ele meneou a cabeça, pegou uma pá e a ajudou a cavar.

Depois de amigos, entes queridos e camaradas terem sido colocados para descansar, Duncan supervisionou a purificação e a queima dos corpos dos inimigos mortos. O crepúsculo já havia chegado quando ele voltou para os túmulos.

Isso ele queria fazer sozinho.

Invocando o seu poder, fez o verde brotar através da lama, um mar esperançoso de verde cobrindo o que ele considerou um solo sagrado. Haveria uma cerimônia pela manhã. No mesmo instante, Tonia estava trabalhando nos arranjos. Palavras seriam ditas, lágrimas seriam derramadas. Mas, naquela noite, ele prestaria suas homenagens sozinho.

Escolhera aquele lugar devido à pequena colina, às árvores e às rochas ásperas que saltavam para fora do chão. Algumas formavam degraus largos; outras, picos.

Já esboçara o que queria em sua mente, e agora usava sua magia para criá-lo.

Alisou um pouco da aspereza. Ele desenhava bem melhor do que esculpia, e temeu não conseguir realizar o que imaginara.

Mas alisou, construiu, esculpiu, gravou, poliu, deixou que a imagem fluísse de dentro dele para a rocha.

Escolheu a forma de uma fada porque era delicada, asas abertas, mãos erguidas para os que estavam debaixo dela.

Invocou mais poder, ainda mais, até que a água rompesse a rocha e se derramasse suavemente pelos degraus de pedra, formando um pequeno lago. Acima do lago, esculpiu o símbolo de cinco elos.

Finalmente, deu um passo para trás e observou seu trabalho.

– É o melhor que posso fazer.

Ao se virar para ir embora, viu Fallon, o alicórnio e o lobo ao lado dela, a coruja no braço.

– Ficou lindo.

– Não consegui pensar em nenhuma palavra.

– Não precisa. Veja, as fadas estão iluminando o que você fez.

Ele olhou para trás e viu a dança das luzes.

– Você usou o rosto de Fredinha.

– Acho que sim. – Ele reparou. – Não tinha percebido.

– Ficou lindo – repetiu ela, e novamente sentiu lágrimas subindo pela garganta. – Está ótimo. Tonia me disse que você ainda poderia estar aqui, e que ela e alguns outros têm os detalhes para uma cerimônia pela manhã. Eu preciso caminhar um pouco.

Ele se aproximou dela, mas não a tocou. A barreira que sentiu era tão real quanto a pedra que tinha esculpido.

– Você não foi à reunião.

– Eu precisava fazer isso.

– Eu compreendo. Flynn vai assumir o comando da Praia e começar a mover tropas para o sul.

– Você não poderia ter ninguém melhor.

– Verdade. Ele vai ficar fora por semanas, talvez meses. Eu quase pedi para você assumir o posto, mas... não sabia se conseguiria enfrentar essas semanas ou meses se você fosse embora mais uma vez.

– Então por que não quer que eu toque você agora?

– Não sei se consigo enfrentar o próximo minuto se você me tocar. Eu deveria ter ajudado com o enterro, na purificação do inimigo morto. Sabia que você iria cuidar disso, então eu me poupei.

– Pare. Droga. Se você quer sentir pena de si mesma agora, é seu direito, mas eu cuidei disso porque precisava. Algumas dessas pessoas morreram sob o meu comando, então deixe de lado toda essa baboseira de ser A Escolhida. Todos nós fizemos o que tínhamos que fazer e todos nós perdemos amigos hoje.

Aquela realidade pesava sobre ele, como se fossem mais pedras. Duncan continuou:

– Esses amigos sabiam o que estavam arriscando e assumiram seus lugares com coragem. Você os rebaixa ao chamar para si toda a responsabilidade. Você os rebaixa.

As palavras doeram. A verdade delas a feriu.

– Isso é duro e frio – disse Fallon.

– Talvez, mas é como eu vejo. Aqueles homens e mulheres não morreram por você, morreram pelo que você representa. Eles morreram por suas famílias, seus vizinhos, seus futuros.

– Mick morreu porque Petra queria me ferir.

– Então vamos pegar a maldita da Petra junto com a nojenta da mãe dela. – Ele queria isso, quase podia sentir o gosto amargo de seu sangue. – Vamos voltar à Escócia, fechar o escudo e eliminar aquele desgraçado na floresta. Atraímos Petra e Allegra para fora e acabamos com isso.

Ela pressionou o rosto no pescoço de Laoch, fungando.

– Não é hora.

– Que se dane, Fallon. Se não agora, quando?

– Eu não sei! – Isso também doía. – Só sei que não é hora. Há mais por vir. Eu não posso...

Ela respirou fundo.

– Ali – disse ela, e apontou.

E ali, onde Mick caíra, havia uma árvore da vida, florida por completo, os ramos se curvando para o alto.

– Esse é o meu consolo? – perguntou ela.

– É reconhecimento. É gratidão e honra.

Lágrimas queimaram o fundo dos olhos de Fallon, e ela queria gritar e chorar.

– Sim, sim, você tem razão. O fato de eu não sentir isso, simplesmente não conseguir sentir, é mais um motivo para eu partir.

– Partir? Para onde?

– Preciso ficar sozinha, preciso restaurar minha fé. Preciso de duas semanas, Duncan, só um tempo sozinha.

– Sozinha?

– Tudo o que você disse está certo, mas eu não consigo sentir isso. Preciso sentir de novo, acreditar de novo. E não posso me apoiar em você até ter certeza de que sou capaz de ficar de pé sozinha. Ela quebrou alguma coisa dentro de mim, Duncan, e eu preciso de algum tempo para me curar. Quando ela matou Denzel, você precisou partir.

– Parte daquilo era para me distanciar de você, mas tudo bem, sim.

– Duas semanas – repetiu Fallon, e, embora sentisse a necessidade dele, manteve-se atrás do muro que construíra. – Você pode me substituir amanhã, no memorial?

– Você está indo embora agora?

– Se eu não for agora, não vou conseguir, porque eu quero me apoiar em você, quero a minha família, meus amigos. Mas sei que a hora de acabar com isso não vai chegar enquanto eu não recuperar o que ela tirou de mim hoje.

– A gente precisa... Eu preciso só me sentar um pouquinho com você. Tirar um minuto.

– Não posso. Simplesmente não posso. Tenho que ir.

– Para onde? Para onde você vai, droga?

– Para o silêncio.

Ela sentiu a dor dele, a necessidade de tê-la por perto. Mas não podia lhe dar isso. Fallon montou em Laoch e disse:

– Depois do silêncio vem a fúria, e, com a fúria, o fim. O fim da escuridão, o fim da luz. Não se pode prever para que lado a balança vai pender. O fogo, a fome, os rios de sangue podem levar a balança para qualquer lado. A canção da paz pode ser cantada por mil anos se a luz brilhar de verdade. Brilhe de verdade, Duncan dos MacLeods, e você saberá quando chegar a hora.

Ela saiu da visão, olhou para ele sob a luz radiante do luar, o brilho das estrelas que se espalhavam pela cidade libertada.

– Eu te amo – disse ela, e desapareceu.

– Você disse não – murmurou ele. – Pela primeira vez você disse não.

Batalhas foram desencadeadas à medida que as forças Luz Para a Vida avançavam em todas as direções. Duncan se entregou à luta, juntando-se à tropa de Flynn nas montanhas verdes da Geórgia, disparando para Meda, para a fechada cidade de Santa Fé, no Novo México, e para os campos varridos pelo vento impetuoso do Nebraska.

Cuidou de si mesmo quando foi ferido, limpou a espada e já partiu para a luta seguinte.

Fallon havia escolhido a calma, mas ele queria a fúria.

– Você precisa de algum tempo de inatividade, Duncan – disse Tonia.

Os dois estavam bebendo uma cerveja nos jardins comunitários. Ele deu de ombros.

– Estou tendo esse tempo agora.

– Você sabe o que eu quero dizer. Você só voltou hoje para acalmar mamãe. Eu sei que você já interrogou Chuck sobre onde será a próxima batalha. Maine, certo? As tropas de Vivienne e as nossas em breve vão lutar no litoral.

– Eu vim porque sou necessário aqui. Não vou ficar.

Ele ouviu a gaita de Eddie se juntar ao som do violão de alguém. E Rainbow, agora uma adolescente de pernas compridas, dançava no ar com algumas fadas amigas.

Primavera, pensou ele. Havia muitos daqueles sinais de primavera ao redor, as árvores ficando verdes, as plantações crescendo, a explosão de flores, o bálsamo do ar à medida que o 1º de maio se aproximava.

A primavera florescia por toda Nova Esperança. Será que também florescia no lugar onde Fallon estava?

Ele afastou esse pensamento e olhou para Tonia.

– Além do mais, acho que você fez a mesma coisa quando vencemos aquelas forças combinadas na Geórgia.

– Eu era necessária lá. Também somos necessários aqui. Mal estamos conseguindo manter os treinamentos. E vamos perder Colin de novo. Ele tomou a Pensilvânia e volta para Arlington amanhã. É primavera, o que tira Eddie e alguns dos outros agricultores do rodízio de exploração, porque eles começaram a construir a nova parte da clínica.

– Depois do Maine eu volto.

– Foi o que você disse depois do Novo México.

– E voltei. – O incômodo vertia através das palavras. – Estamos acabando com eles, Tonia. Mas eles estão se juntando de um jeito estranho, estou preocupado. Temos visto cada vez mais ISs lutando com GPs. Mais Rapinantes se agrupando.

– Disso eu não posso discordar. Os GPs nem disfarçam mais. Não são magias que eles querem destruir. Somos nós. Chuck contou para você sobre os últimos prisioneiros que despacharam?

– Contou, eles dizem que os Incomuns que lutam com os GPs foram purificados ou recuperados, ou o que quer que seja. Usando seus poderes para a guerra santa, aquele blá-blá-blá. White é louco e é também imbecil se realmente acredita que os ISs não vão acabar com ele e o resto dos GPs no minuto em que não forem mais úteis.

– Um louco, um imbecil, mas ele consegue manter seu culto há mais de duas décadas.

– Medo e ódio podem funcionar – comentou Duncan, bebendo mais cerveja e observando as luzes coloridas penduradas ao redor do jardim.

– Eu sei que você sente falta dela. Todos nós sentimos.

– Não tem a ver com... – É claro que tinha, admitiu ele. – Ela disse duas semanas. Já se passaram quase cinco. Eu não devia ter deixado que ela fosse sozinha.

– Deixar? Nem vem com essa! Você não deixa Fallon ir mais do que eu deixo você ir para o Maine. Você está preocupado, eu entendo. Meu Deus, Duncan, eu também. Todos estão. Ela tem sido o alvo principal desde antes de nascer.

– Então pare de inventar desculpas.

– Não são desculpas. São razões. Acho que viver como o alvo principal, ser a Escolhida tem um preço. Assim como perder seu melhor amigo a 2 metros de onde você está tem um preço. Como treinar recrutas sabendo que, quando estiverem prontos para lutar, nem todos vão voltar, tudo isso tem um preço.

– Parece que não sou só eu que preciso de um descanso.

Tonia deu um suspiro.

– Talvez.

Um violino se juntou ao violão, à gaita. Algumas pessoas começaram a cantar uma canção que ele ouvira algumas vezes sobre a vida na fazenda.

Talvez Fallon tivesse voltado para a fazenda. Ele poderia ir, só para dar uma olhada. Para o inferno com essas ideias, decidiu, e bebeu mais uns goles de cerveja. Não era nenhum cachorrinho que rastejava de volta para a bota que o chutara.

Ela não tinha apenas ido embora, ela o havia bloqueado para que ele não pudesse nem tocar sua mente, nem mesmo em sonhos.

Para o inferno.

– Que tal você ir comigo para o Maine? – sugeriu ele. – Então, quando tivermos jogado aqueles filhos da mãe no mar, eu volto com você. E tiro alguns recrutas das suas mãos.

– Seria uma bela ajuda, Duncan, sem mentira.

Hannah se aproximou e se sentou na grama ao lado deles.

– Achei vocês. Estava estudando o projeto da clínica com Rachel e mamãe e estou seriamente exausta. Cadê minha cerveja?

Duncan lhe entregou o que restava da dele. Ela suspirou para os dois únicos goles possíveis.

– Melhor que nada. Mamãe disse que está fazendo rabanadas salgadas para o café da manhã, com bacon de porco.

Hannah não lia mentes, mas conhecia bem os irmãos.

– Ah, sem essa. Você acabou de voltar. – Ela engoliu o resto da cerveja, cutucou Tonia com a garrafa. – Você também?

– Fizemos um acordo. Eu vou atirar algumas flechas com Duncan, e ele volta comigo para tirar algumas das horas de treinamento das minhas mãos.

Hannah suspirou.

– Um acordo tem que ser respeitado. Está bastante tranquilo na clínica. Vocês precisam de um médico no Maine?

– Você está se voluntariando só para tirar um pouco da pressão de mamãe sobre nós – concluiu Tonia.

– Nós três vamos, nós três voltamos... e ficamos – acrescentou Hannah – por pelo menos uma semana inteira. Mamãe vai aceitar melhor se formos os três.

– Melhor irmã do mundo – afirmou Duncan, e abraçou Hannah.

– Ei!

Ele sorriu para Tonia e colocou o braço sobre o dela.

– As melhores.

Os vocalistas cantaram:

– Graças a Deus eu sou um garoto do campo...

Eddie acrescentou:

– Irrah!

E Garrett, um metamorfo que uma vez quase fora enforcado pelos GPs, se juntou a eles.

Transformou-se de puma em adolescente.

– Vem problema por aí. Encontrei Will. – Sua respiração estava acelerada quando os três se levantaram depressa. – Ele está mobilizando as tropas. Disse que Eddie estava aqui, e que eu tinha que...

– Qual é o problema? – interrompeu Duncan.

– GPs, Rapinantes e ISs com eles. Talvez a 50 quilômetros além do posto de controle, vindo para cá.

– Vou chamar Jonah, Rachel e mamãe – disse Hannah, já correndo.

– Quantos? – perguntou Duncan.

– Pareciam centenas. Tínhamos saído para uma corrida. Passamos pelo posto de controle. Eu sei que é contra as regras, mas...

– Vamos nos preocupar com isso mais tarde. Cinquenta quilômetros? – pressionou Tonia.

– Mais ou menos. Eles não estão avançando rápido, e viemos correndo assim que os vimos. Eu disse aos outros para se separarem, alertarem as fazendas periféricas. Mas o problema é que eu acho que White está com eles. Eu o vi uma vez quando eles me pegaram. Acho que o vi com eles.

Enquanto seu sangue esquentava, pois queria enfrentar White desde que era pequeno, Duncan deu uma olhada em Tonia. Entendendo, ela assentiu.

– Avise Eddie, Garrett. Ele vai preparar as coisas neste lado da cidade. Precisamos passar pelos outros postos de controle, ver se tem mais gente vindo de outras direções.

– Vou alertar os quartéis e avisar quem for preciso no caminho. – Duncan subiu na moto e acelerou, outra coisa que era possível na primavera. – Avise aos Swifts, avise Fredinha. Você busca Flynn. Eu vou buscar Mallick em Arlington.

– Depressa – pediu Tonia. – Mesmo que eles estejam vindo devagar, não temos muito tempo.

Ela disparou, enquanto Duncan seguia com a moto.

Eles haviam treinado para isso, pensou ele, enquanto fazia a moto correr o mais rápido possível para fora de Nova Esperança. Cada homem, mulher e criança tinham seus postos de emergência e seus deveres. Ele os alertou ao longo do caminho, sem desperdiçar o que sabia que seria um tempo precioso, derrapando quando parava para alertar o homem que jogava uma bola para seu cão, a idosa que se balançava na cadeira em sua varanda.

Ele teve sorte no quartel quando viu Colin e Travis se divertindo, colocando algumas tropas para treinar manobras noturnas.

– Forças inimigas foram vistas vindo do sul, a menos de 50 quilômetros do posto de controle. Número indeterminado, possivelmente centenas. White pode estar com eles.

– Caramba. – Colin juntou as palmas das mãos. – Muito bem, meninos e meninas, vamos à luta.

– Deixa com a gente – disse Travis. – Avise ao papai.

– Minha próxima parada.

Duncan girou a moto em círculo, correu em direção à casa dos Swifts. Saltando depressa do banco, não se preocupou em bater e foi abrindo a porta.

Simon e Lana interromperam o que parecia ser um beijo muito intenso.

– Desculpe. Forças inimigas estão vindo do sul.

Enquanto ele dava os detalhes, Simon correu para a despensa, pegou um rifle e munição. Lana correu para a entrada da casa para pegar jaquetas.

– Ethan está com os cavalos. Simon vai precisar de um, então ele já pode avisar. – Lana enfiou os braços nas mangas de sua jaqueta, a voz firme, os olhos livres de qualquer traço de medo. – Ethan pode alertar Fredinha e as crianças, eu vou pegar Mallick. Duncan, você avisa Poe. Simon.

Ela agarrou a mão dele por um segundo, depois soltou e disparou.

Simon prendeu um coldre no cinto, encontrou os olhos de Duncan.

– Continue avisando.

Quinze quilômetros depois do posto de controle, o inimigo parou. Cabelos prateados ao vento, olhos em chamas que refletiam um fervor intenso, Jeremiah White subiu no teto de um caminhão. Como planejado, um dos ISs ao seu lado o iluminava para que todos pudessem vê-lo. Sua voz carregada e forte atravessou a suave noite de primavera:

– Companheiros guerreiros, amigos, patriotas, finalmente chegou a hora. Esta noite, vamos erradicar o santuário dos demônios que contaminam o nosso mundo. Esta noite, nossa abençoada cruzada para purificar a terra, os mares, o próprio ar que respiramos termina. Marcamos esta noite como a da ira de Deus, que será entregue por seus verdadeiros filhos. Esta noite, em nossa fúria justa, vingaremos nossos irmãos caídos. Arlington. Washington. Nova York. Filadélfia.

Outros na multidão gritavam nomes de outras batalhas, outros lugares, enquanto White abria os braços, levantava o rosto para o céu repleto de estrelas.

– E nossos irmãos gritarão de suas sepulturas, encherão o ar com sua gratidão, enquanto eliminamos esses demônios e todos os que caminham com eles da face desta terra.

– Queimem os bruxos!

Quando aquele grito ecoou, uma e outra vez, o rosto do Incomum Sombrio ao lado dele permaneceu sem nenhuma expressão. Não havia um único sinal de ironia.

– Queimem os bruxos – ecoou White. – Enforquem os demônios. Derrubem todos quando tentarem fugir. Eliminem a falsa profeta que eles adoram como A Escolhida, pois ela enfrentará nosso julgamento. E com sua morte, como prometido, como decretado, por sua própria espada ardente, reconquistaremos o mundo, cavalgaremos para a glória. Hoje à noite, Nova Esperança vai queimar!

Ele sacou a própria espada e levantou-a bem alto. Em seguida, deu um golpe no ar e apontou para o brilho de luzes ao longe.

Eles se espalharam, esquadrões para atacar as fazendas, casas e famílias que moravam nos arredores, outros para circular ou disparar para o oeste e leste e atacar a partir daquelas direções. Outro ainda para avançar sobre o posto de controle e derrubar a segurança, enquanto as forças principais seguiam em frente.

Ainda ágil e em forma, White desceu do teto do caminhão e fez um sinal com a cabeça para os ISs corpulentos que serviam como sua guarda pessoal.

– Deixem que todos queimem, sangrem, sujem com os próprios corpos o chão desse lugar amaldiçoado. Pelo fogo e pelo sangue, vamos finalmente matar essa menina. Quando eu acabar com essa vagabunda, acabaremos com todos.

Tropas avançaram como em uma inundação, ansiosas por aquele sangue. Outras, de acordo com o plano, atacaram ao norte, com equipes avançadas investindo contra mais postos de controle.

Guerreiros sábios e experientes, pensou White, alguns dos quais estavam com ele desde os primeiros dias. Rapinantes que matavam e mutilavam por puro prazer. Incomuns Sombrios que buscavam o fim de Fallon Swift tanto quanto o mais fanático dos Guerreiros da Pureza.

E todos sob o seu comando.

Ele esperou, sua ânsia crescendo, a sede de vingança queimando sua garganta.

# CAPÍTULO 23

White ouviu os primeiros tiros, viu a primeira lança de raios rasgar no escuro. Os corvos se aglomeraram no céu.

Aquilo era música para seus ouvidos. Era o triunfo.

Era o poder.

Finalmente, aquelas coisas que surgiram da escuridão conheceriam seu poder, saberiam quem era.

– Agora. Podem mirar a cabeça, acabem com ela.

Porém, ao invés de chegarem aos jardins, como planejado, chegaram ao escudo protetor. Quando o poder sombrio atingiu o posto de controle, a luz se espalhou. No verde pálido trazido pelas fadas, as tropas, o povo de Nova Esperança, mágicos, NMs, agricultores, professores, soldados, tecelões e ceramistas lutaram contra o inimigo.

Na estrada para a cidade, na floresta, nos campos, nas fazendas das redondezas, eles revidaram.

Colin e seus recrutas foram até as tropas inimigas que chegavam pelo sul. Flynn surgiu na floresta, junto com os soldados da Praia, voltando a emboscada contra os que atacavam. Na fazenda, Travis lutou ao lado de Eddie, enquanto Fredinha transformava em flores as tochas e flechas flamejantes destinadas a queimar sua casa. A leste, Will lutou ao lado de seu filho, com Poe ao lado do filho dele.

No posto de controle, Simon atirava como um bom *sniper* com o rifle, a preocupação com Lana deixada de lado. Ela se recusara a se juntar à segunda linha de defesa e lançava seu poder contra os guerreiros da escuridão na linha de frente.

White já a assombrava havia tempos, Simon sabia disso. E Mallick estava com ela. Ele precisava confiar.

Duncan correu de moto por entre as forças que se aproximavam, a espada em uma das mãos, o poder na outra. Ele se ergueu na roda traseira da moto, fazendo dela outra arma, enquanto Tonia soltava flechas de seu posto.

Uma dupla de Rapinantes voou em sua direção, e Duncan não pôde deixar de admirar a moto que os carregava. O da garupa levava um machado. Dando uma guinada repentina para evitar a colisão, Duncan invocou seu poder e enviou o machado voando de volta para o crânio do piloto. A velocidade e a perda repentina de controle fizeram a moto adernar para fora da estrada, direto na árvore onde Tonia se instalara para atirar.

– Preste atenção! – gritou ela.

– Desculpe.

Ele girou a moto, viu mais dois Rapinantes, alguns GPs a pé e dois a cavalo, fazerem menção de recuar.

– Não, hoje não.

Ele começou a atacar e então viu White.

– Filho da mãe. Os idiotas estão batendo em retirada! – gritou, satisfeito, quando soldados montados foram atrás deles.

Girou mais um pouco a moto para confrontar White.

Duncan viu que ele parecia atordoado. Provavelmente devido à batida no escudo. Mas os dois ISs que o flanqueavam não pareciam ter o mesmo problema.

Duncan lançou um bloqueio, mas seu poder rebateu e ele quase se desequilibrou. Acelerou a moto, fazendo um barulho ensurdecedor.

Fallon mergulhou do céu, as asas de Laoch levantadas. A coruja e o lobo saltaram para se juntar à batalha. E, enquanto Duncan lutava para aplacar todas as emoções que fluíam dentro dele, ela derrubou a escolta da esquerda com um golpe de espada e atingiu a da direita com um raio de luz.

Com um gesto de mão no ar, ela jogou White no chão.

– Durma. – Com ele esparramado no chão, ela rodou com Laoch, olhou para Duncan. – Voltei – disse ela, e atacou o inimigo que restava.

– É, percebi.

O ataque destinado a destruir Nova Esperança foi resolvido em menos de vinte minutos. A cidade não sofreu baixas. Nem um único prédio foi queimado. Eles ganharam trinta cavalos, dez caminhões, seis motos, várias armas e mais de seiscentos prisioneiros.

Inclusive Jeremiah White.

Fallon olhou com desprezo para baixo, onde o sujeito se espalhava na estrada que levava a Nova Esperança.

– Eu sei que precisamos conversar – disse ela a Duncan. – Mas temos que resolver isso primeiro.

– Claro. Com ambos.

Ele deu um passo para trás quando Lana correu para a filha.

– Fallon!

– Minha mãe guerreira – murmurou ela, abraçando-a com força. Ainda no abraço de Lana, ela estendeu a mão para Simon, que estava saindo de seu posto de atirador. – Pai. Vamos conversar, eu prometo. Mallick. Que bom que você está aqui.

– Você cronometrou bem o seu retorno.

– Eu vi... no fogo. Precisamos verificar as outras linhas, as casas e fazendas.

Como Simon, Tonia desceu de seu posto e falou:

– As notícias estão chegando de elfo para elfo. Temos alguns feridos. Nenhuma vítima relatada até agora. Ainda estamos perseguindo alguns inimigos. Oi, Fallon. Bela entrada. – Ela deu um soquinho no braço de Fallon e olhou para White. – E ainda levou o prêmio máximo.

– Vamos levar White para a cidade. Para os jardins. – Fallon olhou para a mãe. – Parece apropriado. Arlys vai querer relatar o ataque e a captura. Vamos transmitir tudo para todos que puderem ver.

– Eu levo o prisioneiro – decidiu Duncan, colocando uma bota na nuca de White e disparando os dois.

– Ele está passando por um momento complicado – disse Tonia. – As últimas semanas têm sido difíceis.

– Eu sei. Sinto muito. – Fallon suspirou. – Eu sinto muito. Vamos fazer isso logo.

Lana colocou a mão no braço dela.

– O que você vai fazer com ele?

– Parte de mim o quer morto, mas isso não é certo. Vou interrogar White aqui, na frente do máximo de pessoas possível, de modo que qualquer um que queira possa ouvir. Espero que Chuck encontre uma maneira de gravar tudo para que possamos enviar o vídeo para todos os lugares. Então mais pessoas poderão ouvir, ver e saber.

– Vamos espalhar a notícia – disse Simon. – Garanto que todo mundo aqui em Nova Esperança quer ouvir.

Fallon manteve White dormindo. Parecia melhor. Sob as luzes coloridas dos jardins, as pessoas se reuniram. Ela viu Lissandra, ao lado do filho, Garrett, que trazia no corpo a marca que White mandara queimar na carne dos mágicos capturados. Anne e Marla, ainda de luto pelo filho perdido em Nova York, estavam ali com seus outros dois filhos. Sua mãe, que tinha fugido do que se tornara seu lar para salvar a criança que carregava no ventre, também estava lá.

Antes de tirar White de seu estado de sono, Fallon ouviu um murmúrio no meio da multidão, que crescia cada vez mais.

– Meu Deus, Jonah. – Ofegante, Rachel agarrou seu braço. – Com Eddie. Aquele é...?

– Kurt Rove. – Jonah colocou a mão no ombro do filho mais novo. – É o filho da puta do Rove.

Eddie, o rosto duro como granito, arrastou o homem amarrado através da multidão. Em seguida, empurrou-o para o chão na frente de Fallon.

– Esse aqui é Kurt Rove. Talvez ele não tenha matado Max Fallon diretamente, mas fez parte da trama. Ele traiu esta cidade e todos que viviam aqui. Matou a boa e doce mulher de quem minha filha mais velha tem o nome. Atirou nas costas dela enquanto ela usava o próprio corpo para proteger uma criança. Ele teria matado sua mãe se pudesse, e você junto com ela. Você precisa saber disso, Fallon. Você precisa ver esse homem e saber disso.

– Eu sei, Eddie. – Ela olhou para Rove, cujo rosto amargo estava marcado pelo ódio, os olhos irradiando fúria. – Eu estou vendo.

– Eu queria matar esse cara assim que vi que ele era um dos prisioneiros. Queria colocar uma bala na cabeça dele e acabar com isso. Mas não posso matar a sangue-frio. Eu não poderia fazer isso e voltar para minha família, minha esposa e meus filhos.

– É o que faz de você o homem que você é, e não um homem como ele.

– Eu vou pedir uma coisa para você. Ele não vai para nenhuma ilha construir uma nova vida. Ele não pode ter isso depois do que fez. Estou pedindo a você para prender Kurt, para que ele viva na cadeia, como fizemos com homens como Hargrove, como você fará com White. Ele merece, então estou pedindo isso a você.

– Será feito.

– Ok, então. – Lágrimas encheram seus olhos, e sua mandíbula tremia, mas ele balançou a cabeça, com amargura e firmeza. – Ok.

Eddie voltou para Fredinha, para o abraço dela.

– Você não vai me prender, sua vagabunda mentirosa. – Rove cuspiu nela. – Todo mundo sabe que você queima os justos ainda vivos com seu fogo dos infernos.

– Você vai ficar desapontado quando se vir na prisão pelo resto da vida. Não executamos prisioneiros. Não os escravizamos nem atormentamos.

– Sua mentirosa do demônio. Eu devia ter cortado a garganta da puta da sua mãe quando tive a chance.

Fallon agarrou o punho da espada.

– Desejo a você e à sua alma distorcida uma vida longa na escuridão que você mesmo escolheu. Não, deixe ele aqui – disse ela quando Will avançou para levá-lo embora. – Deixe que ele ouça o que aquele que ele segue tem a dizer.

Fallon foi até White e ordenou:

– Acorde.

Ainda atordoado pelo feitiço, White abriu os olhos. Quando as imagens ficaram mais claras, ele lutou para se levantar, percebeu que estava amarrado e um surto de violência tomou conta dele.

Ódio, profundo e enlouquecido, e medo eram visíveis em seu rosto.

– As coisas não correram como você planejou – disse ela. – Nova Esperança está de pé. Você, não.

– Muitos mais se levantarão em meu lugar. Legiões virão para derrubar você.

– Não vão me derrubar, mas eles podem tentar. Há pessoas aqui esta noite que libertamos de você e de seus seguidores. Crianças que você marcou e tomou como escravos, pessoas que você estuprou, mágicos que você mutilou e torturou.

Ela olhou ao redor, viu Garrett, lembrou-se do sonho, anos antes, quando vira Duncan, Tonia e outros de Nova Esperança resgatá-lo. Ela gesticulou para que ele desse um passo à frente e perguntou:

– O que fizeram com você?

– Os Guerreiros de Pureza me capturaram, me trancaram com outros mágicos. Eles me marcaram. Eles me torturaram, me bateram, me queimaram, me estupraram. Eles estavam me levando para ser enforcado.

Realizavam rituais de enforcamento à meia-noite, todos os domingos, como... adoração. O povo de Nova Esperança me resgatou junto com outros. Eu tinha 12 anos.

– Filho de Satanás. O Todo-Poderoso vai acabar com você e com todos iguais a você! – berrou White, conseguindo se colocar de joelhos e cuspindo em Garrett.

– Você não nega ter aprisionado, torturado, marcado, estuprado, executado crianças? – perguntou Fallon.

– Eles não são crianças! Eles não são humanos. São demônios! Demônios espalhando sua infestação sobre a Terra.

– No entanto, essa criança que você capturou vive aqui, como tantos outros, sem causar nenhum mal, enquanto os Incomuns Sombrios com os quais você se aliou queimam e matam. Os Rapinantes que andam com você queimam e matam. Com Incomuns Sombrios em suas tropas, você atacou a paz de Nova Esperança, tentando me matar ainda no ventre da minha mãe. Você matou meu pai biológico neste mesmo chão.

A luz do fanatismo ardia como tochas nos olhos de White.

– Era para ter sido você.

– Não foi.

– Mas será. – Ele jogou a cabeça para trás. – Me derrube com sua espada, prostituta demoníaca. Dou minha vida pelo deus de Abraão. Derrame meu sangue no seu altar demoníaco, arranque minha carne para suas bestas do inferno se banquetearem. Eu vou andar no reino enquanto você queimará no fogo.

– Isso é um pouco dramático – comentou Fallon, com uma pitada de diversão que fez os olhos de White brilharem e se arregalarem. – Nós não executamos prisioneiros, não temos nenhum altar demoníaco. Com certeza não nos banqueteamos com carne humana. Você vai ter que se contentar com a prisão.

Ela sentiu, no estalo de um instante, o pulso rápido do poder das sombras. E naquele mesmo instante levantou as mãos para encontrá-lo.

A escuridão encontrou a luz com uma força que fez o chão tremer. As amarras desapareceram, o rosto e a forma de White se dissolveram.

Allegra sorriu com desdém quando se levantou.

– Sua tola. Eric matou White anos atrás. Nós nos revezamos usando o rosto dele, liderando os idiotas dele contra você. E você nunca percebeu.

– Estou percebendo agora.

Toda a beleza de Allegra desapareceu para que seu poder não fosse desperdiçado disfarçando as cicatrizes que arruinaram seu rosto, os finos tufos de cabelo grisalho deixando à vista a maior parte do couro cabeludo rugoso e vazio.

– É tarde demais. – Com suas asas esfarrapadas, Allegra voou para o alto, lançando raios de fogo. – Vou voltar com um exército, acabarei com você.

– Não! – gritou Fallon, enquanto ela e outros apagavam as chamas fracas antes de atingirem o chão. – Não vai.

Asas se abriram, tão prateadas quanto sua espada. Fallon se elevou com elas, atraiu o fogo de Allegra.

– Só magias sombrias e sacrifício de sangue trazem as asas para uma bruxa.

– Você está enganada de novo – respondeu Fallon. Ela bloqueou os raios, segurou o próprio fogo. Allegra estava fraca, pensou, obviamente incapaz de extrair a força necessária para disparar. E nem um pouco louca. – Recolha o seu poder. Renda-se e viva.

– A escuridão me protege, com o sangue das legiões derramadas em homenagem às sombras. A sua luz se apaga ao lado dela. – Allegra tentou atingir Fallon de novo. – Você destruiu o pai da minha filha, você trouxe a dor. Agora, assista à desgraçada que a ajudou arder em fogo.

Ela usou tudo o que tinha para criar uma torrente de chamas. Olhou com desprezo para Lana, dirigiu aquela torrente em direção ao chão.

– Não!

Com seu poder abastecido pelo medo, Fallon puxou a tempestade de chamas de volta. E levantou seu escudo para desviá-la, sentiu a tempestade de calor ricochetear no escudo e engolir Allegra.

Um grito, silenciado de repente, até que não havia mais nada.

No chão, Arlys agarrou com uma mão trêmula o braço de Chuck.

– Me diz que você filmou isso.

– Filmei. – Embora tenha balançado um pouco, ele manteve a câmera em Fallon, enquanto ela pousava suavemente, envolta em asas de prata. – Filmei. E agora preciso de uma bebida.

– Nós dois vamos tomar uma quando verificarmos a filmagem. – Ela deu um passo à frente para ficar com Lana. – Você sabia que ela podia fazer isso? Voar?

– Não, eu sabia que ela tinha todas as magias dentro dela, mas... Vamos ter que conversar. Eric, agora Allegra. – Lana pegou a mão de Simon. Ele tinha ficado ao lado dela mesmo quando o fogo fora lançado. – Os dois aqui, no mesmo local onde mataram Max.

– É a justiça.

– Sim. – Firme e segura, Lana trouxe a mão dele para seus lábios. – É a justiça.

Todos queriam ficar e conversar, com Fallon, uns com os outros. Aparentemente, observou ela, Duncan não era um deles.

Ela abraçou sua família.

– Então... asas – comentou Colin. – Elas são da hora.

– Do quê?

– É uma expressão que estou experimentando. Vai pegar.

– Não vai, não – corrigiu Travis.

– Você vai ver só. Vamos reunir os soldados, levar todos de volta para o quartel. Eu vou estar em Arlington amanhã. – Com determinação e esforço, ele levantou o braço, fechou a mão de couro em um punho e bateu no ombro de Fallon. – Bom trabalho.

– Eu preciso ajudar com os cavalos – disse Ethan enquanto abraçava Fallon. – Ela estava perdida, e não podia ser salva.

– Eu sei.

– Ela tentou chamar Petra, mas não conseguiu conjurar energia suficiente. Se não tentasse matar você, matar a mamãe, poderia ter se salvado. Mas não conseguiu parar. Ainda bem que você voltou – acrescentou ele, e se foi.

– Pense em Petra em outro momento – aconselhou Simon. – Se e quando ela vier, estaremos prontos. Eu vou ajudar Will com os prisioneiros.

– E eu vou ajudar com os feridos. – Lana passou a mão no rosto de Fallon. – Sobrou frango do jantar em casa se você estiver com fome.

– Vou comer, sim.

Então Lana encostou o rosto no de Fallon e sussurrou:

– Vá encontrar Duncan.

– Eu vou.

Mas Fallon se virou para Mallick primeiro.

– Você fez bom uso dessas últimas semanas – comentou ele.

– Viajei, estudei e chorei. Eu precisava. Fui ao País de Gales porque queria ver onde você nasceu. Foi lá que encontrei minhas asas.

– Eu não estava me referindo às asas. Elas nunca estiveram perdidas, estavam apenas esperando. Mesmo quando ela deixou você sem escolha, você não tirou a vida dela em nome da vingança. Você usou muito bem o tempo que passou fora.

Ele franziu a testa ao ver sangue seco na manga da própria roupa, escovou-o como se fossem fiapos.

– O menino, no entanto, passou a maior parte desse tempo carrancudo. Preciso de um copo de vinho e dormir.

– Vamos conversar amanhã. Ainda há trabalho a ser feito.

Como não conseguiu encontrar Duncan, Fallon procurou Tonia.

– Adorei as asas. Quer uma cerveja?

– Ainda não, obrigada. Eu...

– Ele foi ajudar com os prisioneiros. Há muitos deles de uma só vez, então ele sugeriu usar o celeiro do Howstein, colocando um bloqueio mágico nele, colocando os ISs em transe de sono até que possamos começar a transportá-los amanhã.

– É uma boa ideia.

– Ele costuma ter algumas. – Os olhos azuis de Tonia, herdados dos MacLeods, se suavizaram. – Ele sentiu a sua falta e sofreu demais, Fallon. Pegue leve com ele.

– Espero que ele pegue leve comigo.

Fallon sabia que precisava conversar com Duncan, se ele estivesse disposto. Então, depois que a cidade foi dormir, ela se sentou no meio-fio do lado em frente à casa dele para esperar. Ele acabaria voltando em algum momento.

Fallon percebeu que nunca tinha feito aquilo, ficar sentada no silêncio de Nova Esperança. O fato de poder se acomodar ali de novo, depois de uma noite de luta, derramamento de sangue e violência, demonstrava a resiliência do lugar.

A cidade servia, em sua mente, como uma ilustração da resiliência do espírito, da unidade construída através da comunhão.

Iluminada agora apenas pela luz da lua e das estrelas, a cidade dormia. Os pais já haviam cuidado dos filhos, acalmando-os para que pudessem dormir e sonhar. Amantes compartilhavam camas. Na clínica, os médicos guardavam o sono dos doentes e dos feridos.

As escolas estavam às escuras, esperando pela manhã, quando professores e alunos chegariam. Com o nascer do sol, lojas e serviços começariam o dia. As fazendas se agitariam, a cozinha comunitária traria o aroma de café e comida.

Poderia haver paz depois da guerra, pensou. Poderia haver normalidade após pesadelos.

E, ela sabia, poderia haver consolo depois do luto. Renovação depois da dúvida.

Esperança depois do desespero.

Ela ouviu o motor, o rugido forte em meio ao silêncio. Dirigindo rápido, pensou, dirigindo para casa. E se levantou para encontrá-lo.

Como na primeira vez que o vira, em sonhos, os cabelos soprando ao vento. Mas ele era apenas um menino naquela época. O que desviou a moto para o meio-fio, desligou o motor e pulou para olhá-la de frente era um homem.

Fallon havia pensado em uma dúzia de maneiras de começar aquela conversa e, na hora em que estava para acontecer, deixou todas elas de lado e disse o que lhe veio primeiro ao coração:

– Me desculpe.

Ele não se aproximou, ficou parado onde estava.

– Pelo quê?

– Por partir quando você queria que eu ficasse, quando você mais precisava de mim, quando você precisava de mais do que eu poderia encontrar em meu coração para oferecer. Por ficar longe mais tempo do que disse que ficaria. E por bloquear você enquanto eu estava fora, mesmo sabendo que isso o magoaria.

– Eu sei por que você foi embora, ou achou que precisava ir.

Sua voz carregava calma, sem uma única gota de agressividade.

– Eu acho que houve uma razão que fez você não voltar quando disse que voltaria. Mas não entendo por que você me bloqueou. Isso eu não entendo e, sim, me magoou.

– Bloqueei porque estava com medo de acabar voltando se deixasse você entrar, mesmo que por apenas um minuto.

Uma avalanche de raiva surgiu nele.

– Mas que merda, Fallon. Eu não teria obrigado você a voltar.

– Não. Eu não deveria dizer que o problema sou eu e não você – lembrou-se ela –, mas foi o que aconteceu. Eu teria voltado antes de estar pronta por querer estar com você e desejar o conforto que você teria me oferecido. Eu precisava de você mais do que precisava reencontrar a minha determinação.

Ela levantou as mãos, impotente.

– A minha fé e meu propósito real, perdidos no luto e na necessidade de vingança. Eu perdi os dois quando perdi Mick, e tive que encontrar meu rumo de novo. Tive que fazer isso, Duncan, ou nunca seria capaz de fazer o que precisa ser feito. Tudo o que eu queria estava aqui. Você, minha família, meus amigos. Se eu não deixasse tudo isso, não sei se teria encontrado o que precisava dentro de mim para voltar a lutar. Ou para liderar novamente.

Ele a encarou antes de perguntar:

– E encontrou?

– Encontrei. Mas mesmo assim estou pedindo perdão por ter magoado você. Peço perdão por ter preocupado minha família e amigos. Peço perdão por não ter estado aqui para ajudar.

– São muitos pedidos.

– Eu peço mais se você precisar.

Observando o rosto dela, ele deu de ombros.

– Acho que é suficiente.

Com dois passos, ele a agarrou, a puxou para si e se apossou do que realmente necessitava.

– Ah, graças à deusa – murmurou ela, e se trancou naquele abraço.

– Quero te mostrar uma coisa. Você vem comigo?

Sem esperar por uma resposta, ela disparou.

A luz brilhava, um verde-claro com um brilho de fadas dançando. Um lago espalhado, puro, claro como vidro, com a luz da lua se filtrando por entre árvores para se derramar sobre ele. Névoas, finos dedos de prata, levantaram-se da água. O ar, quente e doce, estava parado.

– É a sua senda das fadas.

– É onde eu estava antes de voltar. Pouco antes de... Vou explicar tudo depois. – Os dedos dela mergulharam nos cabelos de Duncan. – Vamos deixar a conversa para depois?

Duncan queria Fallon nua, então passou as mãos sobre o corpo dela e fez com que suas roupas e espadas fossem parar em uma pilha confusa no chão. Depois disso, ele a deitou na grama.

Isso vinha antes da conversa, pensou Duncan, corpo com corpo, pele com pele. Isso vinha antes.

– Me toque. – As mãos dela passavam pelo corpo dele enquanto ela murmurava contra sua boca. – Me leve de volta a você. Volte para mim.

A luz acendeu quando eles gozaram juntos. Fallon o sentiu se derramar dentro dela, preencher todos os espaços que deixara vazios. Ela se afastara dele para encontrar determinação e agora, voltando para ele, encontrara o amor.

E o prazer. A batida do coração dele, a força de suas mãos, suas formas, seu sabor.

Ali, com ele, ela podia ceder ou exigir. Abdicar do controle ou assumi-lo. Ali, com ele, podia sentir toda a alegria que perdera.

Ele agarrou as mãos dela para serená-las, para serenar as dele. Olhou para Fallon, a luz do luar espelhada em seus olhos. Quando a beijou de novo, derrubou todas as barreiras e deixou seu coração se derramar naquele beijo.

*Você é a minha luz.*

Ela se derreteu embaixo dele, deixou seu coração se derramar no dele.

*E você é a minha luz.*

Eles se levantaram, juntaram-se, amortecidos pelo ar doce, banhados na luz macia e verde, com a sua própria luz, unidos, cintilantes como as estrelas.

Quando, mais uma vez, deitaram-se juntos no tapete de grama e sua luz se acalmou e se tornou um leve brilho, ela pressionou um beijo em seu coração.

– Estou perdoada?

– Provavelmente. – Ele passou um dedo pelas costas dela, de novo. – Eu não estava bravo. Bem, talvez um pouco. Estava preocupado, todo mundo estava. Aonde você foi?

– A todos os lugares. – Fallon descansou a cabeça no coração dele. – No começo eu só precisava ficar sozinha, ir embora. A dor era tão grande, e eu só estava sentindo uma parte dela. Há tanto vazio no mundo, Duncan. Não é difícil encontrar lugares para se ficar sozinho. Eu sempre soube o que seria exigido de mim, durante toda a minha vida, e aceitei isso. E aceitei ainda mais depois que completei 13 anos. Mas dessa vez disse a mim mesma que deixaria outras pessoas lidarem com as coisas por algum tempo porque eu não estava conseguindo. E eu sabia que você cuidaria de tudo. Você, meus pais, meus irmãos, Tonia, Arlys, Jonah, todos. Eu sabia que vocês fariam isso. Se foi uma atitude egoísta, bem, os deuses também teriam que lidar com isso. Porque eu não podia levar tropas para a batalha enquanto meu coração estava sangrando, nem pedir a qualquer um para me seguir quando não podia ver aonde queria ir.

Ela se sentou, olhou através das névoas que subiam sobre o lago, e continuou:

– Quando eu vi o que você tinha feito, o memorial que você havia criado, tudo em mim tremeu. Eu não consegui dizer tudo o que queria, ou teria desmoronado completamente. Então, a árvore que surgiu sobre o lugar onde Mick caiu. Eu queria sentir conforto com ela, mas não senti. Era raiva, e a raiva, a fome de vingança, bloqueou tudo. Eu queria chamar um raio e queimar aquela árvore.

Ela fez uma pausa, passou os dedos pelo bracelete que usava, feito de outra árvore que ela havia destruído em uma explosão de raiva.

– Eu queria deixar tudo e caçar Petra, só Petra, até que pudesse cortar minha prima em pedaços com minha espada. Uma espada de luz e justiça. Como eu poderia ficar? Como eu poderia liderar?

– Você podia ter me falado isso.

– Não podia. Eu não conseguia nem dizer a mim mesma. Só conseguia sentir, luto, raiva, desespero. Por que, quando fiz o que me pediram, quando fiz tudo o que aprendi a fazer, eles exigiram tais pagamentos? Max, Mick, tantos outros. Por quê, por quê, por quê? Como eu poderia ser a luz quando não podia sentir ou encontrar isso dentro de mim?

Ela encarou Duncan quando ele também se sentou.

– Não era apenas o que Mick representava para mim, ou o que ele era para mim, o quanto eu o amava. Meu Deus, por mais que eu o amasse, não é o mesmo que sinto por você. E se tivesse sido você?

– Não foi.

Ela balançou a cabeça.

– Mas essa pergunta continuou circulando pela minha cabeça. Você ou meus pais. Colin perdeu o braço. E se ele tivesse perdido a vida? Travis, Ethan, Tonia, Hannah, Mallick, tantos que eu amo. E se um de vocês for o próximo pagamento?

– Eu diria que você não deve pensar assim, mas você já sabe disso. – Duncan não tinha que gostar, decidiu, para começar a entender. – E foi por isso que você foi embora.

– É uma grande parte do motivo. O que cresceu na dor, as dúvidas, foram piores. Aquela fome, aquela sede de destruir o que destruiu. Eric e Allegra mataram Max porque queriam me matar dentro da minha mãe. Eles voltaram porque queriam me matar e destruir tudo, todos, em Nova Esperança. Petra matou para machucar você e pelo simples prazer. E Mick.

Ela fechou os olhos por um momento.

– Ela matou Mick para me atacar. Eu acho, eu sinto, que se tivéssemos perdido meu amigo na batalha, eu poderia ter aceitado melhor. Com dor e tristeza, é claro, mas não teria ficado abalada até o âmago. Mas ela escolheu o momento da vitória. Ela escolheu derrubar Mick no momento de alegria dele. Um momento que nós dois estávamos compartilhando. Levei algum tempo para entender isso, para superar aquela fome de vingança e entender.

– Ela não vai vencer, Fallon.

– Eu sei, mas eu não sabia naquele momento. Parei de acreditar no que somos. Fui a montanhas e desertos, florestas e cidades que até os fantasmas haviam abandonado, e me perguntei por que nos damos ao trabalho. As pessoas não acabam encontrando outra razão para matar, ou deixar cicatrizes na terra? Eles não expulsaram os que possuem magia apenas por medo?

Ele puxou as pontas do cabelo dela.

– Foi um mergulho profundo.

– Foi. – Ela deitou a cabeça no ombro dele. – Mas eu comecei a ver a beleza novamente. A maneira como o sol atinge a água em um córrego, como uma ponte atravessa um rio. Fui para as montanhas onde Allegra e Eric atacaram Max e minha mãe, Poe e Kim. A casa se foi, mas a terra é linda, e havia sinais de pessoas trabalhando, encontrando abrigo, construindo vidas.

Fallon suspirou antes de continuar:

– Por que isso importava tanto, por que começou a me abrir novamente, eu não sei. Mas aconteceu. Então comecei a procurar mais disso. Resiliência, fé, esforço, preocupação pelo outro. E encontrei. Há muitos lugares vazios, Duncan, mas há terras sendo cuidadas, casas sendo mantidas, famílias se formando. Ainda há força e coragem, e ainda há alegria. Eu só precisava olhar para enxergar de novo. Eu quase voltei naquela época, mas sabia que ainda não tinha terminado. Eu não tinha terminado porque não podia vir aqui, onde Mick está em todos os lugares. Em vez disso, fui ao País de Gales.

– Mallick.

– Não começou com ele, mas muito do que eu sou veio dele. Ele nunca vacila. Sua fé deve ter sido testada inúmeras vezes, mas ele nunca vacila. Eu queria ver onde ele nasceu, por onde andou quando menino, o que viu.

– E lá você encontrou o que procurava.

– Encontrei. Eles não levaram aquilo. Encontrei a cabana de pedra, com séculos de idade, e a deusa que se senta perto da porta. Está lá, e eu o senti lá. Ele escolheu dedicar sua vida à luz, a mim, a nós, optou por deixar sua casa e se colocar nas mãos dos deuses.

Com a cabeça apoiada no ombro de Duncan, Fallon viu as névoas subirem como espíritos da lagoa, serpenteando através do ar.

– Senti a fé dele, a coragem, e esse sentimento restaurou o que faltava dentro de mim. E aquela terrível fome morreu, só morreu. A raiva, ela pode ser útil, mas aquela fome é perigosa e destrutiva. Finalmente, eu me livrei dela. Quando consegui isso, tomei vinho em homenagem a Ernmas, a deusa-mãe, e senti a luz se derramar de novo em mim. Foi aí que as asas se abriram.

Fallon olhou para Duncan e continuou:

– Eu consegui vir para cá, dizer adeus a Mick. Consegui voltar para casa, para você. Quis trazer você aqui porque aqui eu vi Mick pela primeira vez, porque me sentei aqui com Max. Porque eu te amo, e queria fazer um juramento para você aqui. Não vou me afastar de você de novo, bloquear você nem abandonar você. Vou lutar ao seu lado e, quando tudo estiver feito, vou construir uma vida com você.

– Fallon. – Ele levantou a mão dela e a beijou. – Nós já estamos construindo uma vida. – Ele fechou a própria mão, abriu-a e revelou um anel. – É seu.

O ouro, branco como a lua, brilhava em um círculo. Gravado nele estava o símbolo de cinco elos.

– Assim, de repente?

– Você quer que eu peça sua mão? Fazer aquele negócio de me ajoelhar, como nos livros?

Ela refletiu, perguntou a si mesma se um coração poderia ficar mais pleno do que o dela naquele momento.

– Não. Eu prefiro do jeito que você fez. Pode colocar o anel no meu dedo – disse ela, e estendeu a mão. – Vou começar a usar agora mesmo.

– Eu também vou fazer um juramento – afirmou ele. – Vou lutar ao seu lado. E, quando tudo tiver terminado, vamos continuar a construir a vida que já começamos.

Quando ele deslizou o anel no dedo dela, a luz floresceu para selar a promessa.

# CAPÍTULO 24

Fallon não desperdiçou tempo. Além de solidificar sua determinação e consolidar sua fé, suas semanas de solidão produziram mais mapas, mais informações. E um propósito bem claro.

Sentou-se com os pais no café da manhã e pediu a Mallick que se juntasse a eles. Os três primeiro. Os três mais vitais primeiro.

– Quero me desculpar por preocupar vocês e a todos e quero também prometer que farei um trabalho melhor daqui em diante. Mas agora preciso contar um pouco do que encontrei quando parti. E, minha nossa – acrescentou ela, enquanto comia um pedaço de omelete –, que falta que eu senti da sua comida, mãe!

– Você poderia começar nos contando onde esteve – pediu Simon.

– Em todos os lugares. Estive no cume do Everest, onde o mundo é branco e congelado, vi elefantes na savana do Quênia. Vi as pirâmides e quilômetros e quilômetros de areia dourada. O mar Morto, a mata australiana, os pântanos da Cornualha.

– Puxa. – Simon se sentou. – Você esteve ocupada.

– Sim. – Ela fez uma pausa e pegou mais ovos. – Em todos os lugares. No começo, eu precisava de locais solitários, silenciosos, mas... Aonde quer que eu fosse, havia tanta beleza, tanta luz no mundo... Fosse ela um presente dos deuses, como o monte Denali, ou criada através do suor e da engenhosidade do homem, como uma torre redonda na Irlanda, a luz estava lá. Palmeiras e águas claras brilhando no deserto, uma vila esculpida em uma selva tão densa que o ar brilhava em tons de verde.

As meras lembranças do que vira acenderam um brilho dentro dela.

– Mesmo naqueles primeiros dias, quando eu não queria ver nem sentir a luz, não era possível parar de ver, sentir aquela beleza, aquela luz.

– Você viu o mundo. – E mais, percebeu Lana. – Um mundo que não é apenas guerra e perdas, batalhas e sangue.

– Eu quero mostrar a vocês. Um dia eu vou mostrar. Vocês me mostraram – disse ela aos pais. – Com livros, até com os filmes, com histórias, mapas. Mas...

– Estar lá é diferente – comentou Simon. – É mais.

– Muito mais. Eu vi um mundo que oferece tudo para o corpo, a mente, o espírito, se nós apenas...

Ela se virou para Mallick, balançando os dedos na franja que havia aparado, sem muito capricho, com sua faca de combate em uma caverna na província de Anhui, na China.

– Não podemos ver se não olharmos. Quantas vezes você me disse isso? Você me contou que tinha viajado por todo o mundo, mas eu não olhei, então não vi que você tinha viajado para conhecer o mundo, entender e honrar o mundo.

– Então agora você olhou.

– Agora eu olhei – concordou ela. – E vejo. Os tesouros, os sonhos, os perigos, a gloriosa diversidade do mundo e daqueles que nele vivem. A Terra é uma mãe generosa que oferece tudo que precisamos, e é uma criança que necessita de nosso carinho e cuidado.

Ela estendeu a mão para Simon.

– Você sempre soube disso. Sempre respeitou, sempre cuidou. E sempre soube que valia a pena lutar por ela.

– Você também, querida. Você só precisava de uma pausa.

– Você estava certo sobre isso também. Eu queria que vocês três, meus professores, soubessem que o que aprendi com vocês me fez sobreviver. Porque é verdade, uma vez que olhei, uma vez que vi, uma vez que comecei a pensar com clareza novamente, passei mais tempo estudando onde eu estava, pensando nos lugares onde estivera.

Ela se levantou para pegar a cafeteira, encher de novo as canecas. Porque era hora, mais uma vez, de falar sobre a guerra.

– Aqui está uma parte vital dessa observação. Está havendo combates na Europa, na Ásia, na África e assim por diante. Pequenos bandos, bem dispersos, não muito organizados. Como aqui, há pessoas trabalhando para reconstruir, se comunicar, se conectar, e também há os que preferem o isolamento. Mas quase não há magias sombrias. Há algumas tribos parecidas com os Rapinantes, mas isso é mais o lado feio da natureza humana, e lá há uma resistência forte a eles.

Ela se serviu de mais comida.

– Ao contrário daqui, não há uma espécie de batalha constante, nenhuma fonte de energia sombria significativa. Ela está aqui, concentrada aqui, porque eu estou aqui. Porque nós estamos.

– Mas na Escócia você encontrou o que acredita ser a fonte – disse Lana. – E o escudo partido.

– Ele está esperando lá; ele se alimenta lá. Ele precisa estar perto do escudo danificado, porque isso o alimenta também. Isso é uma teoria, mas faz sentido para mim. É onde precisamos destruí-lo. As sombras concentraram suas forças aqui para tentar matar a mim e aos meus, para erradicar qualquer ameaça. Uma vez erradicados, elas podem passar para o próximo escudo, fazer o mesmo até que não haja mais nada. Elas também nos mantêm focados aqui, lutando contra essas forças.

– E impedindo que você lute diretamente com ele.

Fallon assentiu para o pai.

– Isso mesmo. Ainda temos trabalho a fazer antes de seguir em frente, mas uma vez que você conhece as táticas do inimigo...

– Você sabe como ajustar as suas – finalizou Simon.

– Exato. Vamos manter todos aqui muito ocupados, esgotar seus números. Os GPs podem não estar destruídos, mas foram seriamente afetados depois de ontem à noite. Eles podem apontar outro líder, mas estarão fracos, dispersos e abalados pela transmissão de Arlys.

– Dava para ver isso no rosto de Rove – confirmou Lana. – Você podia ver o choque. Não era vergonha, era choque, quando Allegra tirou a máscara, quando ele percebeu que tinha sido enganado.

– Ele tem o resto da vida para passar na prisão pensando em como foi tapeado – comentou Fallon, dando de ombros.

– Muitos deles rastejarão de volta para suas tocas, desmoralizados – disse Simon, e gesticulou com sua caneca. – Alguns tentarão esconder ou remover a tatuagem de GPs, fingir que não tiveram participação nisso. E alguns tentarão se reagrupar. Mas eles nunca mais serão a ameaça que foram.

Fallon levantou sua caneca também, soldado para soldado.

– Vamos acabar com eles quando for preciso. Estamos encontrando e destruindo seus campos de confinamento, seus laboratórios, e não vamos parar até conquistarmos todos. Não há ninguém no comando lá, com Hargrove preso. Nós não estamos mais, como estávamos, lutando em várias frentes. Entretanto…

Ela manteve os olhos no pai.

– Acho que devemos formar equipes especializadas para acabar com eles. Forças voltadas para caçar todos os GPs e as milícias, eliminar essa ameaça. E vamos fazer isso antes que eles possam se recuperar ou se reagrupar.

– Esse é um bom ajuste em nossas táticas.

– Você pode liderar isso? Refinar o treinamento onde quer que ache que precisa e assumir o comando dessa equipe?

– Você sabe que sim.

– Quando ele for, eu também vou. – Conhecendo seu marido, Lana levantou a mão para impedir que ele argumentasse. – Eles vão precisar de um curandeiro e uma bruxa, e eu sou os dois. Se as crianças precisassem de mim aqui, eu ficaria. Mas não precisam. Eu vou aonde você for. Está decidido, Simon.

– Não me venha com essa de que está decidido…

– Está. O que vem a seguir, Fallon?

– Vamos conversar mais tarde – resmungou Simon.

– Ótimo. Fallon?

– Ok. A seguir, vamos montar um pequeno grupo especial que possa estar pronto para se mobilizar e disparar sempre que recebermos notícias de um acampamento ou de um ataque de Rapinantes. Vou pedir ao Poe para liderar isso. Uma terceira equipe deve estar pronta para partir se descobrirmos qualquer centro de confinamento ou laboratório que tenhamos deixado passar. Pensei em Starr e Troy. E, para tudo isso, vou esperar que nossos aliados nos deem apoio, se necessário. Vou falar com Vivienne, combinar isso com ela.

Ela olhou para Mallick, que comia calmamente sua omelete, uma torrada com geleia de ameixas e uma deliciosa compota de frutas.

– Você vai precisar de outros exércitos especializados ajudando em suas bases estabelecidas – disse ele, enquanto comia. – Não só mágicos, mas a maioria.

– Eu sei. Pretendo passar um tempo em todas as bases ajudando no treinamento.

– E gostaria que eu fizesse o mesmo... e tivesse menos tempo aqui para desfrutar da excelente comida de sua mãe.

Mechas grisalhas haviam se infiltrado nos cabelos dele, vincos se aprofundaram em torno de seus olhos, sua boca. Ela desejou poder devolver a ele a tranquilidade de sua cabana, suas abelhas, assim como desejava poder dar aos pais sua fazenda.

Mas o mundo precisava deles.

– Eu vou compensar você. Pedirei a Duncan para entrar no rodízio também. Eu gostaria de manter Tonia e Travis aqui. Eles fazem um trabalho muito bom no quartel. E, como Nova Esperança já rechaçou três ataques de Petra ou dos pais dela, acho que precisamos manter os outros aqui, para defesa. Quando Petra descobrir, e ela já deve saber, que matei Allegra, pode lançar outro ataque a Nova Esperança. Precisamos ficar em alerta máximo.

– Assim como você – acrescentou Mallick. – Allegra estava entre nós e mesmo assim ninguém a enxergou sob sua máscara. Nenhum de nós a identificou sob o disfarce de White.

– Ela usou tudo o que tinha – afirmou Fallon. – Para o disfarce, para se esconder debaixo dele.

– Max a feriu. Feriu Allegra e Eric – disse Lana. – Nas montanhas, antes de chegarmos a Nova Esperança. E, depois do ataque aqui, eu os feri. Então você, Fallon, você acrescentou ao que fizemos. Ela nunca se recuperou, não totalmente.

– Tem razão.

O dano ao poder de Allegra, pensou Fallon, havia começado com Max. Assim como coubera ao pai eliminar Eric.

– Por isso ela não conseguiu atacar, porque estava fraca. E é por isso que agora está morta.

– Ela deveria ter segurado a máscara até que estivesse longe de você – disse Lana. – Deveria ter deixado a máscara no lugar até que estivesse na prisão. Os danos que poderia ter causado lá dentro, aos guardas e seguranças... Mas ela não conseguiu esperar. Não se controlou, com você tão perto. Petra tem mais poder e mais controle.

– Não serão suficientes. – Fallon estendeu a mão para fazer um carinho nas costas da mão de Lana. – Eu vou lavar os pratos. E não vou chamar os comandantes aqui, vou falar com cada um deles individualmente, em suas bases, o que também me dará a chance de me desculpar com todos.

– Então, se Fallon vai cuidar da cozinha, eu vou até o quartel. Tenho algumas pessoas em mente para a força especial que você está querendo formar. Isso estava ótimo, querida. Obrigado. – Simon beijou o topo da cabeça de Lana depois de se levantar. – Ainda vamos conversar sobre isso mais tarde.

– Hum-hum.

– Se vocês me derem licença, eu vou com Simon. Tenho algumas pessoas a considerar também. Obrigado, Lana, pela refeição.

– Você é sempre bem-vindo à nossa mesa.

Quando estavam sozinhas, Fallon virou-se para a mãe.

– Antes de eu começar na cozinha, quero pedir desculpas a você.

– Não precisa. Seu pai falou comigo sobre o que aconteceu, então eu entendi. De verdade. E tudo o que você disse aqui? – Ela suspirou. – Que mãe não deseja que uma filha veja o mundo e todas as suas maravilhas?

– Eu quero levar você. Quero que todos os que eu amo escolham um lugar para que eu possa levá-los aonde mais desejarem.

– Será uma bela aventura. – Arqueando as sobrancelhas, ela passou a mão por cima dos cabelos de Fallon. – Você o aparou com sua própria faca?

Fallon passou a mão pelos cabelos também.

– Ficou tão ruim assim?

– Hum – respondeu Lana, antes de rir. – Então… em vez de um pedido de desculpas, prefiro que me fale sobre o anel que está usando. Eu sempre imaginei que você ficaria agitadíssima quando me contasse que estava noiva.

– Eu não queria dizer nada enquanto não estivéssemos a sós.

– Agora estamos.

– Na verdade, é mais como uma promessa. Acho que, de certa forma, estávamos noivos desde antes de nascermos. Mas essa é a promessa, e a escolha para nós dois. E estou animada. – Ela esticou o braço e olhou para a mão, e por um momento, um momento precioso para Lana, Fallon era apenas uma jovem apaixonada. – Não é lindo?

– É lindo, é perfeito.

– Não chore, mãe.

– Só um pouquinho. Ele é exatamente o que eu desejava para você. Exatamente assim – disse ela, abrindo os braços.

Três semanas depois, Lana juntou-se a Simon e à recém-formada equipe de forças especiais em um ataque a uma base dos GPs no Arkansas. Depois foram para a Louisiana, Mississippi e Alabama.

Perto da cidade arruinada e inundada de Mobile, tropas da Praia se juntaram a eles pelo leste, para ajudar a forçar o inimigo a recuar para a barreira do Golfo do México.

No que acabaria sendo chamado de Verão da Luz, Poe e sua equipe se mobilizaram para impedir ataques de Rapinantes no Centro-Oeste e no Sudoeste. Troy e Starr, com seu grupo de mágicos, erradicaram centros de confinamento.

Fallon, em constante rodízio, lutou com cada grupo um de cada vez, enquanto abriam caminho para leste e oeste, norte e sul.

Durante três dias escaldantes de agosto, quando raios caíram e reduziram florestas a madeira queimada, quando o chão tremeu e rachou como casca de ovo, ela lutou lado a lado com Duncan.

Na fortaleza dos Incomuns Sombrios em Los Angeles, mansões haviam sido transformadas em palácios e prisões. Cânions irregulares que se formaram nas ruas destruídas de Beverly Hills serviam como pontos de matança para os que tinham a infelicidade de serem capturados. No ar, pairava o cheiro ruim de uma década de sacrifícios de sangue feitos no altar de mármore preto erguido na Rodeo Drive.

Nas colinas flamejantes, fadas e elfos lutaram para apagar os incêndios e resgatar os que haviam conseguido escapar da cidade e se escondido em cavernas e cânions. E acima da cidade, onde magias se chocavam e se enfrentavam, o céu se tingiu de vermelho.

Mesmo enquanto lutava, Fallon procurava o dragão sombrio e sua amazona. Mas, enquanto conseguiam diminuir os números do inimigo e levá-los para as praias, para as ondas selvagens do Pacífico, ela não via nenhum sinal de Petra.

Quando montou Laoch através daquele céu vermelho, sobre as colinas onde incêndios ainda estavam vivos, onde árvores enegrecidas subiam como esqueletos através da fumaça, ela procurou pela cidade.

Não estava morta como Washington, mas profundamente ferida, e seu ferimento ainda sangrava. Seus ossos quebrados se curariam com o passar do tempo, suas cicatrizes começariam a se misturar na paisagem da geração seguinte. Aquela terra, aquela cidade, seria resultado do trabalho feito pelas pessoas que se estabelecessem ali.

Mas nunca mais, nunca mais, sangue inocente seria derramado naquele lugar em nome das sombras.

Duncan, Tonia e sua equipe escolhida a dedo transportariam os inimigos sobreviventes até Washington, D.C. – agora a Decaída Cidade, pensou. Lá, com seu cordão mágico, eles permaneceriam presos.

Ela voou para pegar Faol Ban, chamou Taibhse e, com eles, disparou para casa.

Surpreendeu-se ao encontrar Fredinha e seus três filhos mais novos trabalhando no jardim de Lana.

Fredinha empurrou para trás o chapéu amarelo com fitas e flores ao redor da copa e acenou. Ela usava óculos escuros de lentes cor-de-rosa em formato de coração.

– Oi! Bem-vinda ao lar. Pensamos em dar uma mãozinha à sua mãe com o jardim, já que ela está tão ocupada este verão.

– Ela vai ficar agradecida. Todos nós ficamos.

No instante em que Fallon desmontou, Angel, seus cabelos tão ensolarados quanto os da mãe, correu até ela.

– Posso escovar Laoch, dar água para ele?

– Claro. Ele pode ganhar uma cenoura, também.

E, conhecendo o amor da garota por tudo o que se referia aos equinos, Fallon deixou Laoch com Angel.

– Ela ganhou o dia! – comentou Fredinha. – Aliás, você também está precisando de uma boa escovada e um bom banho.

– Imagino que sim.

Fallon percebeu que as crianças não tinham sequer piscado diante do sangue e da fuligem que a cobriam. Assim era o mundo em que viviam. Ela viu Willow sair voando do jardim e cair de braços em cima do lobo, uma atenção da qual Faol Ban parecia gostar.

– Max e Rainbow estão treinando?

– Sim. – Fredinha pegou as mãos de Fallon e olhou na direção do quartel. – Depois do ataque, eles…

– Essa parte está quase no fim.

– Está?

Fredinha olhou para seus dois filhos mais novos, enquanto o menino tentava convencer o lobo a buscar um galho. Esse tipo de brincadeira estava muito aquém da dignidade de Faol Ban.

– Um fim, um começo. Uma chance, uma escolha. Tudo isso banhado em sangue e lágrimas. Mas seu alimento é sacrifício, coragem, fé. Seu coração é, agora, antes e sempre, o amor.

Enquanto a visão corria através dela, Fallon levantou o rosto para um céu não de um tom vermelho assassino, mas de um azul triste.

– Aqui estão a terra, o ar, a água, o fogo, e as magias que os unem. Tudo isso, tudo, alimenta a luz. Observe a luz queimar como mil sóis, Rainha Fredinha, e você saberá quando a espada golpear, a flecha voar e o sangue selar o fim das sombras.

Os olhos de Fallon clarearam e se viraram para Fredinha enquanto ela dizia:

– Você tem uma nova luz dentro de si.

– Uau.

Respirando fundo, Fredinha tirou o chapéu e abanou o rosto com ele.

– Ninguém espera uma profecia, certo? – continuou ela. – E essa foi uma profecia e tanto.

Fallon apontou para uma cadeira no pátio.

– Pode se sentar aqui?

– Talvez por um minuto.

Quando ela se sentou, Fallon pegou um copo do chá que estava sobre a mesa, esfriou-o com as mãos e o ofereceu a Fredinha.

– Me desculpe se me intrometi. É que esse aviso veio sorrindo em minha mente.

– Não tem problema. – Fredinha bebeu um pouco do chá e deu um tapinha na barriga. – É, mais uma vez. Loucura, não é?

– Não é loucura. Você e Eddie fazem filhos muito lindos.

– Fazemos mesmo. Ele é um bom pai. As crianças estão sentindo falta dele. Ele está com Poe. Estão orgulhosos dele, mas sentem falta.

– Você também.

– Eu não contei a ele ainda. Só senti a faísca depois que ele partiu. Sabe como é, já tive essa sensação muitas vezes, o suficiente para saber.

– Que belo presente de boas-vindas ele vai receber. – Ela se agachou. – Você, desde o início, Fredinha, tem sido uma luz. Você e Eddie. Seus filhos carregarão essa luz. Você ajudou a salvar o mundo. Eles vão ajudar a curar o mundo.

– Essa é outra profecia?

– Não, desta vez é fé.

Ela carregou aquela fé no coração durante todo o mês de setembro, quando parecia que o fogo e o sangue das batalhas nunca teriam fim. Carregou sua fé cada vez que Chuck interceptava outro pedido de ajuda, ou os batedores ficavam sabendo de mais uma fortaleza.

Carregou-a para a clínica, para manter a chama forte quando visitava os feridos. Carregou-a para túmulos e memoriais.

– Nós os pegamos em plena fuga – disse Duncan.

Eles terminaram uma reunião com comandantes, líderes de equipe, e agora Fallon estava sentada com Duncan e Simon.

Ela sabia o que Duncan queria: que ela sinalizasse que chegara a hora de terminar tudo.

– Os ataques constantes e focados valeram a pena – concordou Simon. – Ainda vamos ver algumas revoltas, mas o mais importante está feito. Os ISs são o principal problema neste momento, como já discutimos. Não podemos dar a eles tempo ou oportunidade de se reagruparem.

– Não daremos. Não sei por que não é hora de terminar com tudo, só sei que não é. Tivemos vários e conflitantes relatórios sobre Petra, mas nada concreto. Ela faz parte do círculo, e precisaremos confrontar e derrotar minha prima, fechar aquele círculo e acabar com ele.

– Então vamos atrair Petra para a Escócia – argumentou Duncan. – Termina lá.

Sua determinação em acabar com tudo, sua certeza absoluta de que conseguiriam caíam das engrenagens de sua mente como se fossem areia em uma ampulheta.

Irritante. Muito irritante.

Ela achou difícil não demonstrar irritação.

– No nosso cronograma, não no dela, e nos nossos termos, não nos dela. E precisamos saber mais sobre como terminar, e sobre ela. O dragão sombrio. E do que eles se alimentam na floresta. Não podemos nos dar ao luxo de fracassar.

– Não podemos vencer se não lutarmos.

Ela desistiu de tentar controlar a irritação.

– Há um ano, os ISs governavam Nova York, Washington, Los Angeles e muito mais. Os GPs e os militares nos caçavam como animais. Agora eles não conseguem mais fazer isso. Nós lutamos, estamos lutando. Todos os dias as pessoas lutam, sangram, morrem. Você acha que eu não quero acabar com isso?

– Espere aí…

– Espere você – respondeu ela. – Eu vou saber quando for a hora.

Zangada, ela disparou.

– Ela está cansada – disse Simon após um momento. – E frustrada. Aquela era a voz cansada e frustrada dela.

– Eu sei – respondeu Duncan.

– Imagino que saiba. Ela também está preocupada. Não em relação a vencer isso, mas em enviar mais tropas para fora, e enterrar mais gente. É um peso constante sobre ela.

– Eu sei disso também. – Duncan começou a andar de um lado para o outro. – Ela não está sozinha nisso.

– Não, não está.

– Eu sinto algo empurrando em mim, e não sei se é porque ela está errada e é hora, ou se é porque ela está certa e eu quero que seja a hora. De qualquer forma, neste momento ela está chateada e não vai me ouvir.

Pensativo, Simon observou o rapaz. Não podia culpá-lo, pois também ficava agoniado de vez em quando. Ficou calado e deixou o garoto ruminar enquanto o analisava.

Ao contrário de muitos dos outros soldados, Duncan não começara a usar tranças. Seus cabelos se derramavam e se enrolavam soltos, escuros como a meia-noite. Nenhuma tatuagem, nenhuma conta, nenhum talismã.

Como Fallon, sua espada estava sempre ao seu lado. E, como ela, ele tinha um corpo alto, forte e musculoso. Bem, a versão masculina de Fallon, pensou Simon.

Suas botas mostravam milhas de desgaste e cicatrizes de batalha – literalmente. Ele era um bom soldado, um comandante sagaz.

Olhos verdes contemplativos, barba por fazer. Simon esfregou uma mão sobre a outra. Sabia que também não podia culpar o rapaz por isso.

E ele não conseguiu culpar o garoto – homem, corrigiu-se Simon – por amar sua filha.

– Leve flores para ela.

– O quê? – Duncan parou de andar de um lado para o outro e o encarou. – Flores?

– Isso mesmo, flores. Algo que você colher sozinho é melhor, parece mais arrebatador. Se cheirarem bem, você ganha mais um ponto.

– Flores silvestres que cheirem bem?

– Exatamente. Vai pegar Fallon desprevenida. Ela ainda pode estar chateada, mas vai ficar meio balançada. Então, você apresenta a sua defesa.

– Mas as flores estão por toda parte.

– Confie em mim.

– Ok. – Hesitando, ele deslizou as mãos nos bolsos. – Então... Quando isso acabar, eu queria...

– Eu sabia que isso estava chegando – disse Simon, com um suspiro.

– Quando terminar, eu queria que nós... Fallon e eu... tivéssemos um lugar, construíssemos um lugar, encontrássemos um lugar. Juntos. Eu gostaria de obter a sua bênção em relação a isso.

Simon sentou-se.

– Você nunca vai ser um fazendeiro.

– Não, senhor.

– Bem, eu tenho Travis e Ethan para isso. Agricultores natos, os dois. Mas ela vai precisar de alguma terra. Ela gosta de plantar coisas. Ela começaria a se sentir fechada se morasse dentro de uma cidade. Nas proximidades, isso seria bom para ela, mas ela precisa de espaço para respirar.

– Eu amo Fallon, Simon. Eu vou fazer o que for preciso para dar a ela o que ela quiser, o que a fizer feliz.

– Eu gostaria de não saber que isso é verdade, então poderia dizer para você ficar bem longe da minha filhinha, e a manteria comigo. Mas sei que é verdade. Você pode entender isso como uma bênção. – Ele se levantou, estendeu a mão. Mas acrescentou algo quando agarrou a mão de Duncan: – Mais uma coisa. Não, duas coisas. Termine tudo isso primeiro, até o fim. E não seja nenhum imbecil para a minha menina.

– De acordo. Com as duas exigências.

Ele levou flores para ela. Estava se sentindo um idiota, especialmente porque havia encontrado Fallon em um prado carregado delas, mas ainda assim ele carregava um punhado de lírios selvagens.

Fallon encarou Duncan como se nunca tivesse visto uma flor antes, o que fez com que ele se sentisse ainda mais idiota.

– Para quem é isso?

– Para você. – Ele enfiou as flores nas mãos dela e disse uma simples verdade: – Elas são como você. Brilhantes, bonitas e cheias de luz. Então...

Então ele viu que Simon tinha razão, pela maneira como ela sorriu, a maneira como ela dobrou a cabeça para sentir o perfume. Meio balançada.

– Estou arrependido por ter pressionado você. É só... Eu sinto alguma coisa dentro de mim. Algo que me impele cada vez mais. Fico vendo o círculo de pedra, os corvos, o relâmpago. Eu sinto isso, Fallon, me impelindo naquela floresta sem vida, ele está lá se vangloriando, e minha mão coça para eu pegar minha espada. Tonia também. Ela sente a mesma coisa.

– Eu sei. Eu sei, Duncan, e isso só torna mais frustrante o fato de eu saber que ainda não está na hora. Ainda não. Eu perguntei. Lancei círculos e perguntei, mas é a única pergunta que eles não respondem. Eu olhei no cristal. Vi o dragão, o dragão sombrio, Petra de costas. E nada que eu faça, nada que façamos consegue impedi-la.

Fallon suspirou e continuou:

– Olhei no fogo, procurei nas chamas. Vi Tonia sangrando no chão, o dragão respirando a morte, uma chuva de raios negros. E o círculo, o centro se abre ainda mais, cada vez mais, e mais sombras brotam dele. Ele puxa você para dentro. Não consigo impedir isso. E estou sozinha.

Agora era a vez de Duncan lidar com a raiva.

– Que raios. Por que estou aqui ouvindo isso?

– Eu tive que pensar. O que isso significa? E eu sei que significa que pode acontecer se não esperarmos. Pode acontecer se não encontrarmos uma maneira de matar o dragão, destruir Petra.

– Nós somos mais fortes que ela.

– Eu acredito nisso, mas o que existe lá, naquele lugar? Aquilo alimenta Petra assim como ela o alimenta. E o dragão...

Ela parou de falar, estreitou os olhos.

– O dragão – repetiu. – Nós precisamos matar o dragão. Ele conhece as próprias fraquezas, certo? Se você quiser saber como matar um dragão, pergunte a um dragão. Preciso falar com Vivienne.

Ele agarrou a mão dela no caso de ela querer disparar naquele instante.

– Você não conhece nenhum feitiço para matar dragão? Você vai para o Canadá?

– Eu não sei que tipo de proteção ele pode ter. Não vou para o Canadá. Preciso falar com Vivienne no meu terreno, não no dela. Preciso de Chuck.

Ela usou Arlys para ajudá-la a criar um convite tanto diplomático quanto lisonjeiro. Pediu à mãe para fazer um bolo arco-íris. Pegou um rubi dos cofres de Washington e com ele criou e conjurou um presente para a Rainha Vermelha.

Vivienne, resplandecente em verde-esmeralda, chegou com seus acompanhantes. Fallon a encontrou sozinha e escolheu o pátio, pois os jardins ainda mantinham sua glória de verão.

– Como é adorável aqui. Tudo florescendo. E, claro, seus legumes e verduras estão prosperando.

– Somos agricultores – disse Fallon. – Por favor, sente-se. Minha mãe manda lembranças e pede desculpas. Ela e meu pai foram chamados para longe hoje de manhã.

– Oh? *Qu'est-ce qui s'est passé?*

– Um pequeno grupo de GPs para combater. *Ne t'en fais pas.* Antes de sair, minha mãe fez um bolo para você. Nós o chamamos de bolo arco-íris. – Fallon serviu uma fatia à sua convidada. – Achei que você poderia apreciá-lo com um pouco de vinho das fadas.

– Perfeito. – Esmeraldas brilhavam nas orelhas dela enquanto mordiscava o bolo. – E delicioso.

– Espero que aceite este sinal de nossa gratidão por sua lealdade e camaradagem. Nova York não poderia ter sido trazida de volta à luz sem a sua ajuda.

– Meu povo também ficou feliz. – Ela abriu a caixa que Fallon havia amarrado com um belo laço dourado. Então a fascinação se espalhou sobre seu rosto enquanto ela levantava o dragão de rubi enrolado e o colocava na palma da mão. – Ah! *C'est magnifique. C'est merveilleux! Merci, mon amie, merci beaucoup. Je suis…* Ah, inglês, quero me expressar em inglês. Estou emocionada, profundamente emocionada. Sinto a sua luz neste tesouro.

– Duncan desenhou o dragão... você... para me ajudar a criar essa joia. É um presente, Vivienne, dado com a mais sincera gratidão.

– E será precioso para mim. – Ela o colocou cuidadosamente de volta na caixa, mordiscou mais bolo. – Mas eu, sendo uma mulher astuta, sinto mais do que um "obrigada".

– Sim, mas qualquer que seja sua resposta, o presente é seu, e a luz nele, sua.

– Qual é a pergunta?

– Embora estejamos trazendo luz para o mundo, ainda existem sombras. E há alguém que procura, acima de tudo, servir a fonte das sombras. Essa pessoa serve às sombras com sacrifício humano. Crianças.

– *Mes dieux*. Todo e qualquer um que se aproveita de crianças personifica o mal, a parte mais profunda e sombria do mal, seja qual for a forma que tome.

– Nós concordamos quanto a isso. Essa mulher é minha prima, sangue do meu sangue.

– *Je suis désolée*. Sinto muito mesmo. Não podemos escolher nossas relações sanguíneas, *n'est-ce pas?*

– Não, não podemos. Acima de Nova York, no momento da nossa vitória, essa prima, esse mal, assassinou um grande amigo, um irmão do coração.

Vivienne estendeu a mão, colocou-a sobre a de Fallon.

– Eu sei disso. O jovem elfo, tão bonito, que estava com você na primeira vez que vim visitá-la. *Je suis profondément désolée, mon amie*. Eu sei que você procurou solidão em sua dor. Espero que tenha encontrado conforto.

– Eu encontrei, junto com um propósito renovado e ainda mais fé. Eu a vi, em visões e sonhos, na Escócia, no escudo. Ela monta um dragão sombrio.

– Isso eu ouvi, é claro. – Ela passou um dedo sobre o rubi esculpido. – Alguns podem transformar até a beleza em maldade.

– Para acabar com as sombras, para selar o escudo mais uma vez, eu tenho que destruir a fonte. Para destruir a fonte, preciso destruir minha prima. Para destruir minha prima, preciso destruir o dragão. – Fallon esperou um segundo. – Como eu posso matar o dragão?

Vivienne levantou uma sobrancelha, bebeu vinho.

– Você pergunta a mim?

– Eu vi, nesses sonhos, no fogo, no vidro, que flechas, nem mesmo as encantadas, conseguiam penetrar no dragão. Apontadas para o coração, elas se partem e caem. As magias também caem. Ele se alimenta da fonte. Sim, eu pergunto a você. Como posso matar o dragão?

– Você pergunta a mim? – repetiu Vivienne, a voz agora fria. – Você me pede para dar os meios para me destruir? Você oferece bolo e vinho, oferece um símbolo do que eu sou, e então me pede para revelar como pode me matar se você desejar o que eu possuo?

– Eu lhe dei a minha palavra. O que é seu é seu. Por que eu iria prejudicar uma amiga e aliada que tanto valorizo?

– Há outros que podem cobiçar.

– Você está e sempre estará sob o meu escudo, assim como seu povo está e sempre estará. Peço que me ajude a acabar com isso, para que seu povo e o meu, para que todas as pessoas possam ter paz. Os deuses trouxeram você até mim, eu acredito nisso, para que pudéssemos nos provar uma à outra. E, como conseguimos nos unir, eu posso fazer essa pergunta. Procure em seu coração e me dê a resposta.

Bufando, Vivienne se levantou, caminhou ao redor do pátio, o vestido cor de esmeralda balançando de um lado para o outro.

– Você está me pedindo para colocar a minha vida nas suas mãos.

– Ela atrai crianças, meninas em geral, para fora de suas camas, as leva a uma floresta onde apenas a morte e as sombras permanecem. Ela prende essas meninas lá, em um altar, para alimentar a besta. O dragão a protege, mata por ela, queima por ela. Quer que eu mostre para você?

Vivienne levantou a mão.

– Não. Já vi o suficiente do que esses miseráveis são capazes de fazer.

– A última que ela estripou naquele altar tinha apenas 16 anos. Seu nome era Aileen.

– *Mes dieux, merde, ça pute!* – Quando seu estoque de maldições terminou, o que demorou um pouco, Vivienne virou-se para olhar com força nos olhos de Fallon. – A quem você vai revelar?

– Duncan e Tonia, também do meu sangue.

– Como aquela maldita da sua prima?

– Nunca os compare com ela. Você sabe disso sem eu precisar dizer.

Direi ao homem a quem estou prometida e a sua irmã gêmea, que é uma irmã para mim. Esses dois que, comigo, embrulharam o corpo de Aileen em um cobertor e o levaram até sua família. Os dois que irão comigo para a Escócia terminar com tudo isso, para que juntos possamos destruir aquele que transformou a glória de seu espírito animal em sombras.

Vivienne sentou-se novamente, derramou mais vinho em sua taça. Bebeu tudo.

– Somos tão poucos – murmurou ela. – Eu tinha esperanças de que haveria uma maneira de trazer aquele de volta à luz. Ter menos sombras, entende? Mas crianças, meninas, sacrificadas? Não há perdão para isso.

Ela adicionou mais vinho a sua taça enquanto Fallon esperava, e dessa vez tomou apenas um gole.

– Nas histórias, muitas vezes é uma espada que atravessa o coração de um dragão. Ou ela é usada para cortar sua enorme cabeça. *Mais non*. Talvez os dragões de antigamente pudessem ser mortos de tal maneira, mas não aqueles de nós que mudam de forma. Espero que haja mais de nós. Espero que sim. Talvez eles se escondam, talvez ainda durmam.

Com um longo suspiro, ela tomou mais um gole.

– Só há uma maneira de matar o dragão. Ele deve ser atingido no olho, perfurado. Apenas o olho esquerdo – acrescentou, batendo no seu próprio. – Só então ele vai cair, só assim suas chamas imundas se apagarão. Só então uma espada conseguirá passar por sua armadura e atingir sua cabeça. Você deve queimar a cabeça para destruir o dragão. Você precisa fazer essas três coisas, caso contrário ele não vai morrer.

– Obrigada.

– Mate esse monstro, acabe com isso. Vou tomar outra taça de vinho. E vou levar o bolo inteiro para casa.

Fallon teve que sorrir.

– Com prazer. – Então ela pegou a mão de Vivienne, deixou a verdade dentro de si fluir. – Quando eu o matar, eu o farei em parte por você, a chama do norte, darei o golpe em nome da beleza do que você é, e da que ele se recusou a ser.

# CAPÍTULO 25

Ela o sentia se movendo no ar, agitando seu sangue, sussurrando em sua mente. Nas semanas desde que se encontrara com Vivienne, Fallon treinara, junto de Duncan e Tonia, com o propósito específico de destruir um dragão metamorfo e seu cavaleiro.

E ainda assim, Fallon não havia encontrado a resposta sobre a melhor data para agir.

No entanto, ela sabia que uma tempestade estava se formando, sonhava com o raio e o círculo de pedras. Com o derramamento de sangue, com o coração latejante do que aguardava na floresta sem vida.

Aquele coração latejante também sussurrava. Ela ouvia suas charmosas promessas, suas sedosas mentiras, via a máscara que ele usava, que era bela e sedutora, quando entrava furtivamente em seus sonhos.

Seu sono era interrompido quando ela abria um caminho para fora daqueles sonhos esporádicos e inquietantes. Todas as noites, ela acendia a vela que Mallick lhe ofertara quando ela era um bebê, para manter aquela faísca de luz constante, para manter as sombras longe.

Quando o sono turbulento e a tensão começaram a transparecer, Lana fez feitiços e poções para ela descansar, mas Fallon não quis usá-los. Apesar da teia de mentiras, poderia haver algo ali que ela pudesse usar para acabar com aquilo.

Mas quando?

*Venha agora,* murmurava ele. *Venha até mim através do cristal. Estou esperando para abraçar você. Devemos ser como um só, destinados a conhecer todo o prazer, todo o poder. Seu sangue me liberou. Venha beber da liberdade que você desbloqueou. Pegue, experimente e conheça a liberdade.*

Ela acordou. Encontrou-se de pé, olhando para o cristal que rodopiava com sombras. Será que estivera procurando por ele? Não tinha certeza, mas, depois de noites e noites de perguntas, o cristal havia encontrado uma fraqueza.

Abalada, manteve a mão sobre a chama da vela para que a pequena luz aumentasse, brilhasse e limpasse as sombras.

Precisava agir, tentar de novo.

Vestiu-se, reuniu tudo de que precisava e saiu para a noite. Embora o verão se segurasse bravamente no último equinócio, Fallon já sentia o perfume dos primeiros indícios do outono. Em pouco tempo haveria a colheita, a festa, a dança de cores sobre as árvores.

Pensar nisso lhe trouxe um anseio profundo pela fazenda, a casa ensolarada, os campos, o jardim, a floresta que acolhera cada uma das aventuras que ela poderia ter desejado.

Será que a veria de novo? Será que um dia se sentaria debaixo de uma árvore, o nariz enfiado em um livro, a linha de pesca na água? Queria ter certeza de que a mãe trabalharia no jardim novamente; o pai, nos campos. Queria saber que haveria massa de pão crescendo na cozinha, velas acesas nas janelas.

Sabia que tinha feito tudo o que pediram dela. Quanto tempo mais teria que esperar?

Entrou nos estábulos pensando em voar com Laoch, mas encontrou a fiel Grace já acordada, a cabeça (o focinho agora cheio de pelos grisalhos) à porta.

– Você também não consegue dormir? – Fallon acariciou o rosto do animal, viu um mundo de amor e paciência nos olhos de Grace. – Tudo bem, então somos você e eu, como costumávamos fazer.

Ela selou o cavalo e guardou suas ferramentas no alforje.

– Sem pressa – falou, levando Grace para fora e montando. – Podemos dar uma bela e lenta caminhada.

Mas quando chegaram à estrada, Grace começou a trotar, rápida como uma jovem.

– Acho que você não está sentindo a sua idade hoje.

Como se para comprovar isso, Grace alongou-se em um galope suave e constante. E nada, Fallon percebeu, poderia ter limpado de maneira mais completa a tensão e a fadiga.

Por um tempo, ela voltou a ser uma menina, e Grace, um animal jovem. Não era pela floresta da fazenda, os campos de sua casa, que elas cavalgaram, mas havia liberdade na noite, no coração pulsante da terra, na velocidade alegre de um cavalo fiel.

E o silêncio absoluto só era quebrado pela batida rápida dos cascos, o suspiro macio e agitado da brisa sobre fileiras de milho e trigo, através de árvores e gramados.

A luz das estrelas que iluminava abóboras crescendo nas videiras, as uvas grandes nos vinhedos, brilhava nos olhos dos veados que pastavam tarde da noite, no andar de uma raposa caçando.

Ela ouviu o grito, olhou para cima e viu a ampla e branca abertura das asas de Taibhse, o brilho prateado de Laoch. Faol Ban saltou das sombras para acompanhar o cavalo. Até os resíduos do sonho desapareceram quando fizeram a última volta por Nova Esperança.

Ela desacelerou Grace para um trote novamente, em seguida para uma caminhada quando se aproximaram dos jardins.

– Não sei por que eu quis tentar isso aqui – disse ela em voz alta. – Talvez porque nenhum outro lugar tenha funcionado.

Depois de desmontar, ela jogou o alforje sobre o ombro.

– E eu tenho que tentar.

Ela lançou o círculo, acendeu velas brancas com um sopro. No centro, colocou uma pequena estátua da deusa-mãe e sua oferenda de vinho e flores.

Com seu athame, gesticulou para o norte.

– Poderes do norte, ouçam-me. Poderes do leste, eu lhes suplico. Poderes do sul, eu os conclamo. Poderes do oeste, olhem para mim. Eu sou sua filha. Eu sou sua serva. Eu sou sua guerreira. Lancei este círculo em fé, em confiança, em respeito e em honra.

No centro do círculo, ela fez surgir um pequeno caldeirão, encheu-o com água benta, espalhou as chamas sob ele. Tirando-o de uma sacola, polvilhou pó de cristal sobre a superfície da água.

– Isto é para a percepção, para a sabedoria, para um olhar de instrução. Misture e mescle, borbulhe e fermente, afaste as névoas, traga a verdade à minha mente. Pela força – disse ela, acrescentando ervas –, pelo conhecimento, para o entendimento da resposta. Agora, aqueça, ferva, solte o seu olor, aumente o vento e leve a pergunta ao receptor.

Ela mexeu o vento, fez o caldeirão pairar.

– E agora, para minha busca selar, três gotas de sangue sobre o que restar.

Ela furou o dedo, deixou três gotas caírem no líquido.

– Neste momento que aqui se produz, renovo o meu voto de carregar a luz.

O poder chicoteou através dela. Ela atirou os braços para cima, enquanto raios brilhantes acordaram acima das colinas ocidentais.

– Nesta hora, neste lugar, minha fonte de poder vou conclamar. Deusa-mãe, aceite a terra e o vinho como oferenda. Ernmas divina, estenda para mim suas mãos. Conceda-me um sinal, aqui e agora, para que assim eu entenda.

Dentro do círculo, o vento gemeu, puxou a fumaça do caldeirão para cima, espalhou-a como neblina. Por um instante, parecia que mil vozes falavam, mil mãos se estendiam para tocá-la com um poder que quase a fez dobrar os joelhos.

Um raio estourou no âmago do céu e, no troar da resposta, a neblina se dissipou. O silêncio sobreveio.

Mas ela não estava mais sozinha.

– Max – sussurrou Fallon. – Pai – disse, estendendo a mão para ele.

Mas sua mão o atravessou.

– Não sou corpóreo. – A voz dele era apenas um eco tênue. – O véu não está fino o suficiente.

– Mas você está aqui. – A decepção por não poder tocá-lo conflitava com a gratidão. – Você está aqui. Tentei tantas vezes, mas nunca conseguia encontrar você.

– Você não precisava me encontrar antes disso. Olhe só para você. Como cresceu! Linda, está linda. Você é uma mulher agora, e uma guerreira. Você carrega a espada.

Ela viu, claramente, orgulho e pesar nos olhos dele. Mais do que qualquer coisa, queria merecer o primeiro e, de alguma forma, aliviar o segundo.

– Tenho tanta coisa para te falar... A espada, o escudo, o livro. Reconquistamos Nova York. Nós... Não sei por onde começar. Ver você de novo significa tanto...Viemos para Nova Esperança. Estamos em Nova Esperança.

– Sim. – Ele olhou para o milharal. – Eu sei.

– Se eu soubesse que você... Eu não deveria ter feito isso aqui.

– Estou aqui porque você o fez. Eu já disse isso, não tenho arrependimentos. Como poderia ter quando olho para você?

– Ele está morto, Eric está morto. Allegra também. Sinto muito se isso o magoa.

– Não, eu perdi meu irmão na Catástrofe. O que ele se tornou não era o meu irmão. – Se havia algum lamento em suas palavras, em seu rosto, ele se dissipou como a neblina. – O que ele se tornou teria tentado matar você, de novo e de novo, se você não o tivesse matado.

– Eu não matei Eric. Foi Simon.

– Simon. – Max assentiu. – Aqui? Não posso ver, mas posso sentir. Eles voltaram aqui.

Mais uma vez, ele olhou para o milharal que balançava, dançava ao sabor da brisa do outono, e disse:

– Eric morreu aqui, assim como eu.

– Sim, aqui. E há poucos meses, matei Allegra aqui. Talvez seja por isso que sua volta deva mesmo ser neste local. Eles têm uma filha.

– Eric teve uma filha? Eric e Allegra – disse Max, lentamente agora – têm uma filha.

Ele olhou para cima, parecia procurar as estrelas.

– Ela vai ser como eles.

– Sim, eu sei. É mais sombria e mais poderosa do que eles. Nós chegamos tão longe, papai, fizemos tanto... O custo é terrível, mas estamos vencendo essa guerra. Mas não consigo colocar um fim nessa guerra, não posso colocar um fim nela enquanto Petra, a filha de Eric, e aquilo ao qual ela serve, não forem destruídos. Todo esse poder...

Ela passou as mãos pelos cabelos.

– Eles me deram muito, mas não tenho a resposta para a pergunta mais importante: quando atacar. Eu não pergunto como, não pergunto a que preço, não pergunto se vou sobreviver. Não pergunto se a irmã do meu coração sobreviverá, ou o homem que eu amo. Apenas quando.

– Você está usando um anel.

– O quê? Ah, sim. Duncan.

– O filho de Katie. – Balançando a cabeça, ele olhou novamente, não para o milharal, mas para os jardins. – Ele faz você feliz.

– Faz. Você ia gostar dele. Sei que ele era apenas um bebê quando você morreu. Queria muito que você pudesse conhecer Duncan agora. Ele está se revezando com outros soldados para evitar uma revolta de ISs... Incomuns Sombrios... no Oeste.

– Ele é um soldado – murmurou Max.

– Soldado, comandante, artista. Ele é… tudo.

– Entendo.

– Eu, Duncan e Tonia temos que ir para o círculo, para destruir Petra e a fonte das sombras. Nós três juntos temos que restaurar o escudo. Nosso sangue compartilhado, o sangue dos Tuatha de Danann. Se atacarmos muito cedo ou tarde demais, fracassaremos. E eu não consigo saber.

– Confie no seu direito de nascença – disse Max – e em seu sangue. Você foi concebida no amor e na magia, no instante em que as sombras trouxeram a morte. Nem um segundo antes, nem um segundo depois.

– No segundo dia de janeiro. – Ela procurou em si mesma. – Eu sabia que era esse o dia quando atacamos Nova York, para que eu pudesse ver a lógica naquilo, o fechamento. Mas não parece a resposta agora, não para isso.

– Os jardins ali, renovação e renascimento, ano após ano. Meu sangue ali, ofertado para manter você em segurança. Sua mãe deixou tudo o que conhecia para manter você em segurança. Você veio de nós, mas nasceu em uma noite de tempestade e veio pelas mãos de outro. Um pai. E a luz tomou seu primeiro suspiro no mundo em suas mãos, naquela noite. Havia três para amar e proteger você durante todo o seu crescimento. Assim como há três ali. – Ele gesticulou para o alicórnio, o lobo e a coruja. – Vocês serão três que lutarão a batalha final em uma noite de tempestade. Uma noite de poder.

– Meu aniversário. – Ela sentiu a resposta, o entendimento. – Estamos quase lá. Meu aniversário, porque foi para isso que eu nasci. Eles mandaram você para me dizer. Você é o sinal, e a resposta.

– O mensageiro – corrigiu ele, com um sorriso. – Não posso ficar.

– Mas mal tivemos tempo. – Ela procurou algo feliz para dizer. – Fredinha e Eddie têm cinco filhos, e ela vai ter mais um.

– Eddie? – Max riu alto, o som rolando noite adentro. – Eddie e Fredinha. Eu não esperava por isso, mas agora que sei, bem… é perfeito.

O sorriso largo de Max brilhou, rápido e mágico.

– Você disse *cinco* filhos?

Tão bom vê-lo sorrir, tão bom ver aquela tristeza se esvair.

– Seis na próxima primavera. Eles deram ao filho mais velho o nome de Max.

Os olhos dele, cinzentos como os dela, se suavizaram.

– Diga a eles que me sinto honrado. Não posso ficar. Mas tudo o que eu tenho estará com você quando você levantar aquela espada. Abençoada seja você, minha corajosa e linda filha.

– Mas não... – Ele desapareceu, e ela ficou sozinha com as magias ainda pulsando. – Abençoado seja você, Max Fallon, meu corajoso e lindo pai.

Fallon fechou o círculo e, com planos e possibilidades circulando em sua mente, montou Grace de volta para casa. Não deveria tê-la surpreendido o fato de encontrar Mallick esperando na quietude do amanhecer. Ele estava na beira do jardim quando as primeiras estrelas começaram a se afastar.

– Você sabia?

– Não. – Ele colocou uma mão no cabresto de Grace enquanto Fallon desmontava. – Mas senti a ascensão da magia, a agitação dos poderes e com eles, com você, eu soube. Eles enviaram Max Fallon para dar a resposta.

– Sua imagem, seu espírito, e apenas por alguns minutos. – Ela pousou a testa na cabeça de Grace. – Pouco tempo, e tanta coisa que eu queria dizer a ele... Não consegui nem pensar em tudo o que eu queria dizer e ele já havia partido de novo. Não sei se vou ver meu pai de novo.

– É comum dizer isso, então significa pouco ouvir, mas ele está sempre com você.

– Eu pedi um sinal, e ele apareceu.

– E que sinal poderia ser mais claro? Quem poderia ter sido enviado, que tivesse mais amor por você e pela luz, do que Max Fallon? Lamente a brevidade mais tarde, menina. Você tem um trabalho a fazer.

Típico dele, pensou Fallon. Vá fazer o que é preciso.

– Não estou me lamentando. Estou... – Amuada, percebeu ela, mas não teria esse direito? – Pensando, refletindo.

– Você sabe o que fazer a seguir, então vá fazer. Eu cuido de Grace.

Ela lhe entregou as rédeas.

– Você está enrolando para ganhar um café da manhã.

– Eu não enrolo – disse ele com considerável dignidade. – Mas sei que as pessoas na casa logo estarão acordadas e que sua mãe, sendo tão gentil, vai me fazer um convite para comer com eles.

– É a mesma coisa.

– De jeito nenhum – discordou ele, quando ela disparou. – Você vai quebrar seu jejum com aveia extra – disse ele a Grace. – E se eu colocar panquecas na mente de Lana, isso não pode ser considerado enrolação.

Ela disparou direto para Duncan. Encontrou-o já vestido, amarrando a espada na cintura.

– Algum problema? – perguntou ela, nervosa.

– Não aqui. Eu sonhei... Eu vi você, senti você. Estava prestes a sair para verificar. – Ela se aproximou dele, se aconchegou nele. – Eu não devia ter me vestido.

Com uma meia risada, ela balançou a cabeça, aninhou-se nele.

– Eu tentei de novo, perguntei mais uma vez. Eles mandaram Max. Enviaram o espírito do meu pai biológico.

Duncan acariciou as costas de Fallon, tomou o rosto dela com as mãos.

– Difícil para você.

– Sim. E maravilhoso. Maravilhoso e difícil. Mas ele me deu a resposta. A hora está chegando, Duncan.

– Quando?

– Em nove dias.

– Nove dias. Isso é... – Ele fez o cálculo rápido, e ela viu quando ele se deu conta. – Seu aniversário. Claro, é o seu aniversário. Somos uns idiotas por não termos visto isso o tempo todo. O começo e o fim.

– Eu vim de três pessoas: Max, minha mãe e Simon. Me deram três animais: a coruja, o lobo e o alicórnio. Outros três objetos: o livro, a espada e o escudo. E me deram a resposta com nove dias. Três, três e três.

– E três vão para a dança das pedras, para o escudo quebrado e as florestas sem vida. O sangue dos três, contra os três que permanecem. A fonte, o dragão e a bruxa. Em uma noite de tempestade, a luz respirou a vida. Em uma noite de tempestade, a luz atingirá as sombras. – Ele fez uma pausa, deu de ombros. – Você não é a única que pode fazer profecias.

– Eu sei que estivemos nos preparando para isso durante toda a vida, mas agora só faltam nove dias e há muito o que fazer. Preciso voltar, começar.

– Estarei com você.

– E os ISs?

– Vencidos. Temos alguns batedores caçando os retardatários, e há alguns civis que precisam de ajuda. Eu posso organizar isso e estar de volta a Nova Esperança em algumas horas.

– Está bem. Vou encontrar Tonia.

Ele pegou a mão dela e a puxou para um beijo.

– Em doze dias... mantendo os múltiplos de três... você e eu teremos um encontro.

– Um encontro?

– Do jeito que as pessoas costumavam fazer. Jantar, música ou algo assim... e sexo.

– Eu gosto de jantar, música ou algo assim... e sexo.

Ela esperou um segundo a mais, para sentir aquela esperança, aquela promessa, e em seguida partiu.

Eles transformaram a sala de guerra no que Simon chamou de Central da Magia. Enquanto as tropas continuavam a reprimir rebeliões, os instrutores continuavam a treinar os soldados, as pessoas continuavam a colher alimentos, a armazenar madeira e suprimentos para o inverno que estava para chegar, Fallon, Duncan e Tonia trabalhavam em feitiços e armas.

A vida seguia em Nova Esperança. O trabalho na expansão da clínica estava quase pronto, Arlys continuou transmitindo suas notícias para qualquer um que pudesse ouvi-la. Chuck continuou a procurar por quaisquer rumores sobre rebeliões.

Os três, unidos em um único propósito, concentravam tudo o que tinham para assegurar que a vida seguisse em frente.

Todas as horas de todos os dias eram dedicadas a treinamentos de combate, quando lutavam contra dezenas de fantasmas de Mallick. Se derrotavam um, ele enviava outros três, ainda mais inclementes e cruéis.

Todas as noites, cuidavam de hematomas, ossos doídos, articulações prejudicadas.

– Eles não podem entrar nisso enfraquecidos e exaustos – argumentou Lana.

Mallick observava enquanto Fallon lutava contra cinco de uma só vez, Duncan lançava de volta a chama nervosa de um dragão-fantasma, Tonia saltava das costas de um inimigo para atirar em seu olho. E quando a flecha de Tonia se soltou com o movimento da cauda que a atingiu, o impacto a derrubou no chão.

– Eles não podem vencer a menos que estejam preparados para o que der e vier. Não sabemos que forma ele pode assumir, nem quantas. Eles precisam estar prontos.

– É demais. – Lana conjurou seu poder e destruiu dois fantasmas. – Chega. Chega!

Com um movimento da mão, ela destruiu todos os fantasmas de Mallick.

– Você só enxerga guerreiros – retrucou ela. – Eu vejo minha filha sangrando, os filhos dos meus amigos sangrando. De novo. Quando isso vai acabar? Quando vamos parar de ver nossos filhos sangrarem?

Fallon deu impulso com os joelhos, mas Duncan já estava indo até Lana. Ele a envolveu com os braços.

– Está tudo bem. Nós estamos bem. Nada que o velho possa criar vai nos derrubar. Nada na Escócia vai nos derrubar. Precisamos que você acredite nisso.

Com lágrimas nos olhos, Lana se acalmou, acariciou a face dele.

– Olhe para o seu rosto – disse ela, e curou as contusões.

– Assustadoramente lindo, eu sei.

Ela acariciou a outra face.

– Sempre foi.

– Minha mãe está precisando de companhia. Ela também está muito mal com tudo isso.

– Vocês só querem se livrar de mim.

– Ela está assustada. Ela e Hannah. As duas ficariam mais calmas se você fosse lá. E mais ainda se fossem você, Arlys, Fredinha e Rachel. Vocês são o círculo de amigas dela, Lana. Ela precisa de vocês.

– Está bem. – Lana suspirou, recuou. – Vou pegar Fredinha e vamos para a cidade. – Dirigindo-se a Fallon, acrescentou: – Pare de reprimir seu poder. Use.

E disparou.

– Estou usando – disse Fallon, estremecendo enquanto esfregava o ombro dolorido. – Criteriosamente. Chama-se tática. Bem, obrigada, Duncan.

– Por nada, e é verdade.

– Ele está certo. – Tonia se aproximou, com rigidez no joelho e no quadril. – Nossa mãe está arrasada com tudo isso. Tentando não demonstrar, assim como Hannah, mas está arrasada.

– Daqui a uns dias elas não terão mais que se preocupar. – Fallon olhou para Mallick, atrás deles. – Mais uma vez – ordenou ela, já com a espada a postos para enfrentar o primeiro ataque.

Na véspera de seu aniversário, Fallon se preparou. Tomou banho à luz de velas em água infundida com sálvia, alecrim e hissopo, a fim de purificar o corpo para a batalha que estava por vir.

Bebeu uma taça de vinho das fadas feito de uvas colhidas durante uma lua azul, ofereceu outro para a deusa-mãe. Acendeu a vela que Mallick tinha lhe dado, colocou-a na janela, ao luar, e se vestiu à luz dos dois brilhos.

– Para isso eu nasci. Esse é o caminho que escolhi, por minha própria vontade. Para isso eu abri o livro. – Ela levou o Livro dos Feitiços para perto da vela, colocou-o sob a luz. – Para isso eu peguei a espada e o escudo.

Ela prendeu o escudo, amarrou a espada.

– Pelo coração do pai biológico, o coração da mãe, o coração do pai, não vou voltar aqui enquanto não tiver feito o que nasci para fazer. Se eu fracassar, peço que cuide de minha família. Peço que outra pessoa abra este livro, pegue a espada e o escudo e continue a luta.

Ela prendeu a faca na bainha que Travis fizera de presente para ela tanto tempo antes. Pensando nisso, pegou uma sacola, acrescentou a tulipa pintada, o sino de vento que Ethan e Colin tinham feito para aquele aniversário inspirador. Uma cópia de *O rei feiticeiro* com as palavras de Max dentro, a foto dele na quarta capa, a pedra que ela havia tirado do casco de Laoch e que Mick esculpira com seu rosto. E o ursinho cor-de-rosa.

No pescoço, levava o anel e a medalha – usados por seus dois pais.

Talismãs, pensou, enquanto embalava as ferramentas de magia em outra sacola. Presentes dados de coração.

Duncan e Tonia também embalaram suas ferramentas e armas. Cada um realizou o próprio ritual em seu quarto e, ao terminarem, encontraram-se no corredor.

– Pronta?

Tonia assentiu.

– No ponto e pronta para partir. – Ela olhou para as escadas. – Essa parte pode ser mais difícil do que a Escócia.

– Sim. Vamos acabar logo com isso.

Katie e Hannah esperavam lá embaixo.

– Eu estava pensando em torradas no café da manhã – começou Duncan.

– E bacon – acrescentou Tonia. – Muito bacon.

Hannah segurou a mão de Katie.

– Vou até lavar a louça – disse ela.

– Agora eu gostei. Está tudo sob controle, mãe.

Katie levantou a mão para fazer Duncan parar.

– Primeiro, eu tenho algo para vocês três. Lana e Fredinha ajudaram a fazer, portanto eles têm magia, porém eu acho que o que foi envolvido em sua confecção também é mágico.

Ela apertou a mão de Hannah por um instante, em seguida tirou do bolso três pequenos pingentes em correntes.

– Usei a aliança que seu pai me deu.

– Ah, mas, mãe... – começou Tonia.

Katie balançou a cabeça em recusa à objeção.

– Ele teria amado tanto seus três filhos! E usei os brincos que Austin me deu no último Natal. Ele também amava muito vocês três. Então isso é de nós três... um número mágico... para vocês três. Meus amores. Estou tão orgulhosa de meus filhinhos! Primeiro Hannah, quer dizer, Dra. Parsoni.

Hannah pegou o pingente.

– Um emblema de Hermes – disse ela. – É lindo. Significa muito para mim.

Duncan pegou seu pingente de espada e colocou a correntinha no pescoço.

– Você é a verdadeira guerreira, Kathleen MacLeod Parsoni. Sempre foi, sempre será.

Tonia tentava conter as lágrimas ao pegar o pingente de um arco com a flecha encaixada, pronta para ser atirada.

– Você é o amálgama, mamãe. Você é a razão de todos nós estarmos aqui.

Eles a cercaram, seus três filhos.

Fallon esperava poder se despedir em casa, mas sua família, inclusive Colin, insistiu em ir com ela até os jardins da comunidade para encontrar Duncan e Tonia. E, assim, cavalgaram para Nova Esperança juntos, como tinham feito anos antes.

Montada em Laoch, ela se aproximou de Colin.

– Não sei quanto tempo vou ficar fora. Podem ser algumas horas, podem ser dias. Seria bom se você pudesse ficar por perto até eu voltar.

Ela não disse *se* voltasse, não se permitiu pensar assim.

– Arlington está segura. Eu não tenho que ser mágico para saber onde sou necessário.

– Certo. Como está o braço?

Ele o dobrou, conseguiu formar um ângulo de quarenta graus.

– Daqui a alguns meses, eu e ele vamos lutar contra você.

– Você perderia de qualquer maneira.

– Só se você trapacear.

– Não existe a menor chance. Da mesma forma que você ainda não é presidente.

– Desisti disso – respondeu ele. – Estou pensando em Líder Global Supremo. LGS Swift.

– É possível.

Estranhamente confortada, Fallon cavalgou para Nova Esperança, onde os jardins estavam iluminados com lanternas, luzes de fadas e raios de luar.

E onde centenas e centenas os aguardavam.

– Eu não esperava…

– Katie organizou tudo – disse Lana. – E junto com seu pai, seus irmãos, Mallick e alguns bons amigos, aprimoramos um pouco.

– Por favor, me diga que eu não tenho que fazer um discurso.

– Não é necessário.

Não houve aplausos, mas as pessoas se afastaram para que ela pudesse passar até onde Duncan e Tonia a aguardavam.

Quando ela desmontou, Lana a abraçou uma última vez.

– A sua luz me transformou. Tudo o que tenho vai com você esta noite.

Quando ela recuou um passo para ficar ao lado de Mallick, Simon a abraçou.

– Volte para mim, minha filhinha. Lute bem, acabe com eles e volte para casa.

Antes que ela pudesse falar, Mallick e sua mãe deram um passo à frente. Eles levantaram as mãos, e ela sentiu seu poder pulsar e se fundir. Dali, uma chama subiu, reta como uma lança.

– Este fogo queimará até que os filhos dos Tuatha de Danann retornem. Quando sua batalha for vencida, esta chama será talhada em pedra, uma chama eterna para simbolizar a luz.

As pessoas formaram círculos, os Primeiros de Nova Esperança mais próximos do centro, seus rostos familiares iluminados pela luz do fogo, outros espiralando atrás deles, um círculo ao redor do outro.

– Aqui é Nova Esperança – decretou Fallon. – Aqui é o centro. É por esse motivo que podemos fazer isso. É por esse motivo que o faremos.

Círculo após círculo, pensou. Unidade e fé.

Com Taibhse se colocando na sela de Laoch, Faol Ban ao seu lado, ela se juntou a Duncan e Tonia.

Outro círculo, forjado em sangue, em confiança e em propósito.

Ela sentiu o relógio batendo em direção à meia-noite, fechou os olhos. E quando aquele momento aconteceu, ela os abriu.

Como um só, eles dispararam de Nova Esperança, direto para a tempestade.

# CAPÍTULO 26

Relâmpagos vermelhos e pretos, atingindo o chão como golpes de martelo, dividiam os campos já em chamas com fissuras que vomitavam fumaça. A fumaça formava ciclones agitados na direção do céu, sufocando a lua e as estrelas, para que a noite se afogasse nas trevas.

Corvos voavam e gritavam através dela.

Duncan lançou uma bola de luz contra as sombras, depois outra, iluminando as rochas e o seu centro ondulante.

– Parece que eles estavam nos esperando.

– Lance o círculo! – gritou Fallon, e, apontando a espada para o norte, chamou os deuses.

Eles prepararam velas e um caldeirão, acenderam a chama, tocaram o sino, disseram as palavras. Desafiadora, liberando sua raiva, Fallon bloqueou raios, poder contra poder.

– Nesta exata hora do meu nascimento, as sombras desafiamos para o enfrentamento. Do poder e da luz nasceu A Escolhida, por sangue e vontade para essa luta aguerrida.

– Nós – prosseguiu Duncan –, irmã e irmão, gêmeos de útero e bravura, nos juntamos À Escolhida para cavar do mal a sepultura. Com sangue e poder, assim foi profetizado, de volta ao inferno o mal será enviado.

– Nós, filhos dos Tuatha de Danann, somos os três! – gritou Tonia. – E nosso destino aceitamos com altivez. Neste lugar, neste momento, ao qual a luta nos conduz, oferecemos o que temos e o que somos à luz.

– Sangue se une a sangue – disseram juntos, enquanto Fallon marcava as palmas das mãos. – Luz se une a luz. Poder se une a poder.

Quando eles se deram as mãos, o choque da junção fez com que um brilho intenso jorrasse de suas palmas. Enquanto a onda os sacudia, os atravessava, eles as apertaram com mais força.

– Segurem! – gritou Duncan acima do vendaval. – Está funcionando.

A força do vento quase derrubou Fallon de joelhos. Ela a viu arrancar o prendedor de cabelo de Tonia como dedos furiosos, e os cachos voaram livres.

A terra ondulante no círculo de pedras começou a se abrir, revelando aos poucos a abertura escondida sob ela.

– Termine!

Com a tempestade se espalhando ao redor deles, Fallon inspirou.

– Agora, ascendam as magias, atinjam a besta da morte sombria. Mostre-nos o caminho para encontrá-la, ao poço vamos levá-la, com nosso sangue amarrá-la. Assim cada um de nós deseja, e então que assim seja.

A força principal do vento morreu, mas o que restou soprou forte como o inverno. No meio das pedras, o chão parou e se abriu.

– É o suficiente? – perguntou Tonia.

– Vai ter que ser. – Fallon gesticulou para um fino fluxo de luz que levava à floresta. – Nós temos o caminho.

– E temos companhia – acrescentou Tonia, quebrando a conexão para armar o arco com a flecha.

Duncan inflamou sua espada enquanto dezenas de Incomuns Sombrios surgiam da floresta.

– Vamos precisar de um círculo maior.

Energizada, até mesmo ansiosa, Tonia riu.

– Ataque as pontas – disse ela, lançando a primeira flecha.

– Mantenham-se afastados do poço. – Fallon conjurou poder, derrubou três com um só golpe. – Eles esperaram até nós o abrirmos. Querem nos empurrar para dentro dele.

Ela saltou em Laoch e subiu para atacar pelo ar.

– Vou atacar pelo flanco esquerdo – disse Duncan a Tonia. – Você, pelo direito.

– De acordo! – gritou ela, caindo e rolando em uma bola de fogo, atirando uma flecha embebida em luz.

Com um golpe da espada, Duncan lançou raios de volta para o inimigo, virou-se depressa e encontrou a lâmina preta e pulsante de outro. Sentindo um movimento atrás de si, virou-se para se defender, mas Faol Ban saltou para a garganta de uma pantera metamorfa e resolveu o problema.

O fogo e a fúria de Fallon abalavam a terra, cortavam fendas através do poder que se aproximava, enquanto Taibhse atravessava em meio aos corvos, enviando-os, em chamas e aos gritos, para o poço abaixo.

Ela mergulhou, saltou.

– Acabe com ele! – gritou ela para Tonia, em seguida golpeando, cortando, queimando, mudou de posição para lutar junto a Duncan, um de costas para o outro.

– Eles são uma distração. – Apesar do frio, o suor escorria pelo rosto dele. – Uma distração muito boa, mas uma distração. Eles querem nos levar para o poço? Pois nós é que vamos levá-los.

Ela assentiu e pegou a mão dele.

– Empurre!

Juntos, eles fizeram jorrar uma espécie de raiva quente, selvagem e forte.

Em meio aos gritos que se seguiram, os uivos dos metamorfos, a confusão flamejante dos elfos, eles revidaram cada golpe. Piores ainda eram os sons que os inimigos lançavam, agora não mais humanos, rasgando o vento gritante à medida que caíam, rolavam e tombavam no poço.

Alguns se separaram, correram.

– Se chegarem à aldeia… – disse Fallon.

– Deixem comigo. – Montada em Laoch, Tonia circulou. – Vão, vão. Vou cuidar disso e logo estarei atrás de vocês.

– Ela consegue. – Duncan olhou para Fallon. – Pronta?

Juntos, eles entraram na floresta sem vida.

Sombras pairavam, mudavam de lugar. Havia o ruído de alguns que respiravam, e essa respiração guardava a morte. Eles sentiram a batida incessante do coração das trevas. A pulsação da fonte.

A luz, chamada pelo feitiço, era fina e sinuosa.

– Ele sabia que esta noite chegaria. – Com espada e escudo, Fallon seguiu a luz. – Sempre soube. Talvez tudo, todo o sangue, as batalhas, a morte e a miséria, fossem outra distração. Porque era por este momento que ele estava esperando.

Era por você que ele esperava, pensou Duncan, permanecendo perto.

As árvores esqueléticas, lambidas pelo gelo, pareciam esgueirar-se pelo chão como se quisessem bloquear o caminho. Galhos pontudos pareciam se esforçar para espetá-los. Duncan cortou e afastou um com sua espada, ouviu um grito rápido e agudo, enquanto o membro decepado derramava um sangue preto.

– Isso é bem assustador.

– Chega. Chega. – Embainhando a espada, Fallon usou as mãos para cortar o ar. – Limpo.

As árvores cobertas de gelo ficaram imóveis, deixando o caminho aberto.

– Distrações – repetiu ela.

– Sim. Ele está nos levando ao lugar onde encontramos a menina, o altar.

– Ele nos quer lá. Acha que vai vencer. Está sentindo? Está ouvindo?

Ela agarrou a mão de Duncan.

– Agora estou – respondeu ele, quando aquele puxão, aquele arranco, beliscou o seu interior como dedos afiados e a voz ecoou suavemente dentro de sua cabeça.

A voz de uma mulher, de uma amante. Fazendo promessas, muitas promessas.

Eles seguiram em frente. A pulsação ficou mais rápida, mais alta, uma voz que tremia dentro da barriga, que resmungava sob os pés. O caminho se alargou e se abriu para outro círculo de pedras, com uma rocha lisa descansando no centro.

Nela, o pentagrama invertido pulsava em vermelho.

– Uma nova dança, uma nova pedra. Foi Petra quem fez isso – observou Duncan.

*Mas não sozinha*, disse ele na mente de Fallon.

*Não sozinha*, respondeu Fallon. *Mas ela está aqui. Está perto.*

Agora, pensou Fallon, e mais uma vez levou a mão à espada. Ao ouvir o rugido, olhou para cima, viu a onda de fogo, ouviu a risada selvagem.

– E aqui está ela agora. – A euforia que jorrou através de Duncan morreu com um alarme repentino e doloroso. – Meu Deus. Tonia.

Ela caiu do céu já sangrando, o braço da jaqueta em chamas. Bateu na lateral do altar, rolou como se não tivesse ossos e caiu aos pés dele.

– Não, isso não!

Abaixando-se, Duncan passou a mão sobre a jaqueta para apagar o fogo e correu para encontrar as feridas na irmã.

Fallon saltou para a frente e jogou o escudo sobre eles para bloquear um fluxo de fogo.

– São muitas. Não consigo encontrar todas. Precisamos levar Tonia de volta a Nova Esperança.

– Não. – Tonia encontrou a mão dele, lutou para segurá-la com alguma força. – Tem que ser nós três. Me ajude a levantar.

– Você tem lesões internas. Muitos ossos quebrados. Fallon, me ajude.

– Me dê espaço para ver. Vou tentar.

O braço de Fallon tremia segurando o escudo contra a barragem constante de fogo, mas ela fechou a mão sobre a de Duncan, sobre a de Tonia, e procurou.

Uma dor ofuscante, uma dor indescritível, e um leve escurecimento.

– Me ajude. – Com a voz fraca, o rosto pálido como a lua sufocada, Tonia fechou os olhos. – Temos que terminar isso.

Em Nova Esperança, a torre da luz tremeu, pareceu encolher. No círculo com a mãe, Hannah caiu de joelhos. Em seu pescoço, o pingente simbolizando seu poder brilhava. Katie se ajoelhou ao lado dela.

– Querida, o que...

– Tonia. Ela precisa de mim. Eles precisam de mim.

Ela se levantou e pegou a maleta médica que tinha colocado no chão para esperar o retorno dos três.

– Tonia. Ela está ferida. Eu sinto... – disse Hannah, fechando a mão em volta do pingente. – Eu tenho que ir. Lana, me leve até eles.

– Você não está preparada. Eu vou trazer Tonia de volta.

– Eu tenho que ir. – Hannah segurou o pingente brilhante, então pegou a mão de Lana. – Ela é minha irmã. Eu também fui escolhida. – Ela olhou para a mãe. – Eu também fui escolhida – repetiu. – Depressa, ela está ferida.

Quando Lana pegou sua mão, Simon deu um passo à frente.

– Não posso – disse Lana. – Não posso levar os dois, dois não mágicos despreparados.

Ele assentiu e recuou, ainda que contrariado.

– Traga nossa menina para casa. Traga todos para casa.

– Eu te amo. – Lana olhou para Katie, os olhos cheios de amor. – Vou usar tudo o que possuo para proteger os seus. Juro. Tudo.

Segurando Hannah, ela disparou.

– Meus filhos… – Katie pressionou as mãos na boca, caiu nos braços de Arlys. – Meus filhos.

– Você tem luz. Você tem a luz e o amor de uma mãe. Envie tudo isso! – gritou Mallick enquanto jogava sua própria luz no fogo. – Tudo aqui, você tem luz, você tem fé, você tem amor. Envie tudo.

Com as lágrimas ainda rolando, Katie se endireitou, procurou a mão de Jonah, a de Rachel.

– Vocês ajudaram a trazer meus filhos, todos os três, ao mundo. Me ajudem a trazê-los para casa.

Jonah segurou a mão de Katie, mas não a olhou nos olhos. Ele não tinha enxergado vida nem morte. Não vira nada além de trevas.

Então Fredinha pegou sua outra mão e murmurou perto de seu ouvido:

– Eles trouxeram você de volta ao mundo, também. Acredite neles.

Hannah praticamente deslizou para fora dos braços de Lana quando elas dispararam para o altar. Apesar da pouca visibilidade, ela conseguiu perceber.

Duncan teria ficado zangado ao ver a outra irmã no campo de batalha, mas estava muito ocupado com Fallon para curar os ferimentos mais graves de Tonia.

– Para trás! Vou tirá-la daqui – disse ele a Fallon. – Vou ajudar com Tonia. E levar minha irmã de volta para Nova Esperança.

– Você não pode fazer tudo isso sozinho.

– Não vou perder você nem minhas irmãs. – Seu olhar fixou-se no dela uma última vez. – Cuide delas.

Quando ele correu, gritando o nome de Petra, atraindo a chama, ela xingou.

– Homens – Tonia conseguiu dizer fracamente. – O que se pode fazer? Hannah, você não deveria estar aqui.

– Você precisava de mim. Há ferramentas de magia aqui também – disse ela a Lana enquanto pegava um frasco e uma seringa. – Totalmente equipada.

– Sem sedativo – recusou Tonia. – Eu ainda tenho trabalho a fazer. A cauda me atingiu, dragão idiota. Perdi minha chance. Laoch tentou me pegar, mas foi tudo rápido demais. Ele se queimou. Não sei o quanto.

Fallon se levantou. O fogo cruzou o céu. Um relâmpago vermelho surgiu quando o sangue de Tonia choveu de dentro dele. E, na floresta, aquele coração pulsava com uma alegria profunda e sombria.

– Tire Tonia daqui.

– Eu não…

– Leve-a para longe da floresta – prosseguiu Fallon. – Sigam o caminho da luz e tirem Tonia daqui. Não vamos perder você, Tonia. Hannah e minha mãe vão cuidar disso, mas vocês três não podem ficar aqui.

– Você precisa se preparar para outro disparo. Não vai ser um piquenique para nenhuma de vocês, mas vai ser rápido.

Lana olhou para Fallon, sua filha, seu amor. Prometera que nunca mais perderia a fé nela. E manteria essa promessa.

– Eu acredito em você.

Sozinha, com as palavras da mãe ainda no ar, Fallon virou-se para o altar.

– Então agora você tem o que queria. Eu. Sozinha. Chega de distrações.

Ela fechou os olhos, deixou a sombra rastejar para dentro.

Sentiu as pernas de aranha andando ao longo de sua pele, seus dedos sinuosos se enrolando nos tornozelos. Ele passava os lábios sobre os dela, respirava seu hálito frio sobre os olhos dela. E estando ao seu redor, cobrindo-a, apertando-a, gentilmente, cada vez mais, murmurou em seu ouvido:

*Eles não são dignos de nós. Estão abaixo de nós, esses mortais, esses fracotes, esses mágicos débeis. Deite-se no meu altar, filha dos deuses luminosos, e conheça as sombras. Conheça o prazer que só eu posso lhe oferecer.*

– Houve outros antes de mim.

*Só para me preparar para você. Deite-se comigo, Escolhida, e beba minha sombra, tão copiosa, tão doce. Beberei sua luz, tão ousada, tão brilhante. Com nossa fusão, seremos Os Escolhidos.*

– Eu sou A Escolhida.

A sombra a comprimia, sufocando sua respiração.

*Você deseja dor quando eu ofereço tanto? Eu vou apenas me alimentar disso. Tenha o prazer, sinta a dor, me dê sua luz ou eu vou tomá-la. Dê-me sua luz, e eu pouparei a mãe.*

Ela deu um passo agonizante em direção ao altar, colocou a mão trêmula sobre ele, sentiu sua superfície gelada, sua promessa sedutora, enquanto as sombras a sufocavam.

Através da cortina, ouviu a risada louca de Petra, viu o brilho vermelho do fogo queimando o céu. Em sua mente, viu doenças, mortes, guerras, assassinatos, a praga das magias sombrias. Tanta perda, tanta brutalidade.

*Sempre foi assim, e sempre será. Irmão matando irmão por causa de um pedaço de terra ou uma mulher. Crianças famintas enquanto outras engordam com punhados de doces. O mundo queimando por ganância e ambição. Esses são os que vão caçar, queimar, destruir você pelo que é para salvar a si mesmos. Pelo seu poder. Venha até mim, deite-se comigo. Eles são meros brinquedos com quem se divertir para depois quebrar e jogar fora. Nós dois somos eternos.*

– Você está ouvindo? – Ela deu outro passo, e mais um, enquanto a excitação do que a embrulhava com tanta força cantarolava sobre sua pele, batia como asas de mariposa. – Está ouvindo?

*Seus gritos? Suas lamentações?*

Ela sentiu o sangue em suas mãos. De Tonia, de Duncan, o seu próprio.

– É sua canção de fé. – Ela puxou a espada, empunhou-a na escuridão. – Você não beberá minha luz. Você vai queimar nela.

Então, apertando o punho da espada na mão ensanguentada, ela a levou para o interior do pentagrama e através da rocha.

Ele se contorceu. Tentou morder, arranhou. Gritando, ela forçou o poder através da lâmina, para dentro da rocha, para o coração.

– Eu sou Fallon Swift. Filha dos Tuatha de Danann. Filha de Max Fallon, de Lana Bingham, de Simon Swift. Eu sou A Escolhida. Eu sou o seu fim.

A pedra rachou, vomitou sangue e cheiro pútrido. A força dele bateu em suas costas, roubou sua respiração quando ela se chocou contra o chão. A batida desacelerou, o pulso ficou fraco. Com os pulmões batalhando, ela se levantou. E seu momento de triunfo logo morreu quando as sombras escorreram pela rocha partida e, embora fracas, subiram para o céu encoberto.

– Não.

Ela arremessou luz nos restos do altar, transformou-o em pó, espalhou fogo sobre a poeira. Então, rezando, disparou.

Ferido ou não, Laoch voou com Duncan nas costas. Perto do círculo, Hannah e Lana continuavam a tratar Tonia. Fallon correu até eles, o escudo erguido para proteger a todos.

– Ele está ferido, fraco, mas não acabei com ele. Como está Tonia?

– Ferida e fraca. – A respiração de Hannah estava acelerada, mas ela segurava com força a mão de Tonia. – Eu fiz tudo o que podia ser feito aqui. Sua mãe está tentando mais. Precisamos operá-la.

– Não até terminarmos – disse Tonia, os dentes cerrados. – Vá ajudar Duncan.

– Já vou. Eu… – Ela viu aquela escuridão rastejando sobre o céu, viu-a envolver Petra, escorregar e deslizar para dentro dela. – Tome isso. – Ela entregou o escudo a Hannah. – Use.

Fallon abriu as asas e alçou voo.

– Está nela! O que resta da fonte das sombras está nela agora.

– Ei, priminha! – Com os olhos enegrecidos pelo que vivia nela agora, Petra se lançou em direção a Fallon. – Estávamos esperando você.

Fallon mergulhou sob a cauda espinhenta do dragão, investiu contra sua barriga blindada. Antes que pudesse tentar acertar o olho, ele lançou seu fogo.

– Estou plena! – Petra arremessou as mãos, lançou um raio pela ponta dos dedos. – Como fogos de artifício! Como meu feriado predileto. O Quatro de Julho, quando meu pai matou o seu.

Com um movimento da mão, ela rebateu um fluxo de fogo da espada de Duncan, em seguida lançou um vento que quase o desequilibrou.

O cabelo de Petra voava, preto e branco, depois se enrolava como cobras que açoitavam o ar.

– Você não pode nos tocar com seus poderes insignificantes agora. Eu tenho o coração em mim. Tudo o que foi prometido é meu.

Levantando os braços, ela chamou os corvos para circular e deslizar com asas fumegantes.

– Que tal um pouco disso?

Petra atirou fogo, que caiu como flechas, todas jorrando sobre o escudo que Hannah segurava com muito esforço.

– Você tem que ajudar Fallon. – Tonia afastou as mãos de Lana. – Tem que ajudá-la. Petra… a criatura… está ficando mais forte.

– Mantenha esse escudo erguido, Hannah.

Lana fugiu de onde estava protegida, empurrou a energia para cima. Um jorro de fogo.

Estou aqui, pensou ela, frenética. Venha atrás de mim. Você não vai pegar minha filha, não vai pegar os filhos de Katie. Venha atrás de mim!

Petra arremessou raios, fogo e vento em todas as direções, seu rosto brilhando de prazer enquanto a cauda do dragão golpeava. A cauda chicoteou quando o poder de Lana balançou o ar.

– Olha só quem está aqui.

Com grande alegria, Petra disparou raios aos pés de Lana.

– Dance, dance, dance. Você matou minha mãe, sua nojenta. Agora vai poder me ver matar a sua. Preparar, apontar, fogo! – gritou ela, rindo, quando o dragão soprou e irradiou suas chamas.

Fallon disparou, chamou um redemoinho para enviar as chamas para o lado dos campos que já ardiam.

– Você não pode estragar minha diversão. E não pode salvar os dois. O que vai escolher? Uni-duni-tê.

Ela lançou uma enxurrada de raios em Duncan.

– Salamê minguê.

Outra enxurrada em Lana.

– Meu Deus, ela é uma imbecil – disse Tonia enquanto respirava com dificuldade e lutava para se sentar. – Você tem que me ajudar, Hannah. Podemos fazer isso juntas.

– Você precisa ficar quieta.

– Hannah, aquela filha da mãe tem a droga do coração das sombras dentro dela e um dragão embaixo. Você precisa me ajudar. Pegue uma flecha na minha aljava.

O céu está em chamas, pensou Hannah, enquanto um calor feroz tomava conta de tudo.

– Tonia. Você não tem força, física ou mágica, para atirar a flecha.

– Não, mas eu posso mirar. – Pelos deuses, ela ainda podia mirar. – Você vai ter que fazer o resto. Vamos, é hora da Equipe de Irmãs. Coloque a flecha no arco.

Até respirar doía, mas Tonia inspirou com força e empurrou o ar para fora.

– Ela está distraída, não está nem nos notando agora. Você tem que me manter firme, me segurar.

– Não posso fazer isso e segurar o escudo ao mesmo tempo.

– Coloque o escudo no chão. Agora é tudo ou nada. Prepare a flecha, me segure firme.

O mundo queria girar. Tonia não permitiria.

– Você puxa a corda do arco, mas não solte enquanto eu não mandar. Só temos uma chance.

Porque se errarmos, pensou Tonia, um dragão irritado vai nos transformar em cinzas.

– Uma chance – repetiu ela, piscando para enxergar com clareza.

Vendo a impossibilidade de afastar o fogo das mulheres, Duncan mandou Laoch em um mergulho e saltou para ficar com elas.

– Juntas – disse ele. – Vão em frente.

– Espere.

Fallon agarrou o braço de Duncan. Viu Tonia levantar o arco, Hannah prepará-lo.

– Espere – disse Fallon mais uma vez, e se colocou de lado para criar um ângulo melhor para Tonia. Só um pouquinho melhor. – Ei, prima. Que tal uma luta só você e eu?

Fallon abriu as asas de novo, flutuou para cima. E, sim, Petra virou o dragão enquanto sorria e acariciava seu pescoço.

– Nós vamos chegar lá. Estamos guardando você para o final. Você vai ver os outros queimarem antes que eu mande você para as trevas. Então eu vou governar. Eu! Como era para ser desde o início. As sombras vão se divertir e festejar e…

Tonia disse:

– Continue falando, sua desgraçada dos infernos. Agora, Hannah!

A corda do arco cantou, e a flecha voou através do ar. A ponta afiada alcançou a mira, furou o olho esquerdo. E o corpo pesado caiu.

A cauda dentada chicoteou loucamente, e o corpo sinuoso não parava de sacudir. Ele balançou a cabeça poderosa, lutando para desalojar a flecha. Quando caiu, o rugido moribundo do dragão estremeceu o próprio ar, varreu tudo que estava em chamas no campo, achatando completamente a grama. Em um único grito, Fallon decepou a cabeça do animal.

– Queime isso agora! – gritou Fallon para Duncan, mas ele já havia disparado a chama.

Lana enviou um vento forte para lançar a cabeça em chamas do dragão e o corpo incandescente de homem para o fundo do poço.

– Ele era meu! – Petra mal conseguiu abrir as asas antes de cair. Ela pousou mal no chão repleto de brasas, gritou de dor. – Ele era meu! Vamos matar vocês! Todos vocês!

– Você está acabada! – gritou Duncan.

Ele embainhou a espada, conduzido apenas pelo seu poder, encheu-se de luz quando Petra lançou sombras.

– Deixe que ele faça isso – murmurou Fallon.

Enquanto Duncan levava Petra e o que estava dentro dela em direção às pedras, Fallon disse:

– Ele precisa. Abra. Tranque as sombras.

E Fallon também embainhou sua espada.

A chama seguinte lançada por Petra se dissolveu quando atingiu a barreira.

– O círculo se mantém. A luz se mantém.

Com o rosto contorcido, Petra atacou Duncan, bateu seus punhos ensanguentados na barreira.

– Você não vai me mandar de volta! – trovejou a voz que saiu de Petra mas que não era mais a dela.

Presa pelo que tinha acolhido dentro de si, Petra se atirou contra o círculo, correu em torno dele descontrolada, até que o sangue da mulher encharcou o chão.

– Chega – ordenou Fallon. – É o suficiente.

– Me levante – pediu Tonia quando Duncan se moveu para dentro do círculo. – Não posso perder isso.

– Você não pode... Ah, dane-se. – Hannah tinha um braço em volta dela. – Apoie-se em mim.

– Eu sempre me apoiei em você.

Com os cabelos emaranhados, Petra se encolheu no chão, abatida e sangrando. Ela levantou o rosto para Duncan, seus olhos tendo voltado a ser de um azul doce e inocente.

– Ele me fez fazer coisas terríveis. Veja como ele me machucou. Me ajude, Duncan. Me salve.

– Não vai funcionar desta vez.

Ele empurrou a garota, porém com mais gentileza do que se imaginaria capaz.

– Venha comigo. – Sorrindo com dentes ensanguentados, Petra estendeu a mão, e o coração sombrio martelou dentro dela.

Fallon interveio.

– Vá para o inferno.

Os pés de Petra deixavam sulcos no chão enquanto ela lutava contra a força que a empurrava. Seus dedos tentavam agarrar a borda do poço.

Com um último sorriso, ela olhou para Fallon, falou com a voz da besta:

– Nós voltaremos para buscar você.

Quando caíram – um grito do que um dia fora uma mulher, um rugido do que ela havia abraçado –, Duncan sacou a espada, enviando chamas para destruir ambos.

– Não, não voltarão.

– Mantenha a posição – disse Fallon, e caminhou até Laoch, tirou do alforje aquilo de que precisariam. – Você quer fazer isso? – perguntou ela a Tonia.

– Claro que sim. Uma ajudinha? Minhas pernas ainda estão instáveis. Parece que quebrei as duas.

– Eu seguro você. Só deixamos o círculo aberto para nós três – explicou ela à mãe e a Hannah. – Não queríamos correr riscos. Temos que fechar, selar e purificar.

– Vamos esperar aqui – decidiu Lana, passando um braço pela cintura de Hannah.

Elas esperaram e assistiram enquanto os filhos dos Tuatha de Danann fechavam o chão dentro da rocha.

Com o sangue dos três, eles selaram o escudo, purificaram-no com luz.

Com a espada que tirara do fogo, Fallon gravou no escudo o símbolo de cinco elos.

Assim que ela o fez, a luz explodiu no céu. Brilhou como o meio-dia, banhou o mundo, caiu quente e calmante sobre seu rosto.

– Aqui, a grama crescerá novamente e as flores silvestres florescerão – decretou ela enquanto a luz se acalmava, e a noite fluía de volta.

– Animais virão pastar, os homens poderão vir e ver. Mas o sinal permanecerá, e o escudo forjado em sangue e luz reprimirá para sempre as sombras.

– Esta terra está limpa – disse Duncan.

Tonia se apoiou nele.

– Este escudo é verdadeiro.

– Abra. – Fallon saiu do círculo. – Este lugar está aberto a todos que caminham, voam ou rastejam na luz. E está para sempre proscrito, dentro e fora, para qualquer um que busque as sombras.

– Assim como a noite segue o dia – disseram juntos, as mãos novamente unidas –, assim como o dia segue a noite, este mundo está guardado pela luz.

Ela se virou para a mãe.

– Está feito. Está terminado.

– Eu sei. – Com lágrimas brilhando, Lana tomou o rosto de Fallon. – Eu sei.

– Eu nunca vi você aqui. Mãe, as visões nunca mostraram Hannah aqui. Não teríamos conseguido sem vocês.

– E sem o que veio de Nova Esperança com vocês – acrescentou Duncan.

– Pensei ter ouvido um canto – disse Tonia, cambaleante. – Vocês estão ouvindo um canto?

– Estou ouvindo alguma coisa assim. Que tal você e Hannah levarem Tonia de volta?

– Isso. – Tonia lançou um sorriso fraco para Duncan. – Eu posso ir com aquilo agora. Porque... hum...

Duncan segurou a irmã gêmea quando ela desmaiou.

– Foi só um desmaio – garantiu Hannah, depois de verificar o pulso de Tonia.

– Vamos levar Tonia para a clínica. Vamos cuidar dela. Venham aqui.

Hannah e Lana ampararam Tonia, cada uma de um lado.

– Vamos precisar fazer outro disparo – avisou Lana.

Apoiando a irmã, Hannah se preparou.

– Eu aguento.

– Eu sei que sim.

Ela olhou nos olhos de Fallon, colocou a mão sobre o coração, e disparou.

Seguras. Estariam seguras agora. Fallon passou as mãos sobre seu rosto imundo.

– Estava no altar. Eu senti pela pedra. Ele queria que eu me deitasse sobre a rocha para que pudesse sugar a vida e a luz de dentro de mim. Então destruí o altar, mas eu não o matei. Só o enfraqueci. Eu...

– Está feito agora. Está feito.

A situação não parecia muito real, não parecia muito sólida, agora que a onda gigantesca de poder havia diminuído.

– Eu não sei como me sentir. Aliviada? Toda a minha vida foi destinada a viver este momento, então o que devo sentir agora que está terminado?

Ela olhou para ele. Real. Sólido. E tudo se equilibrou de novo.

– Você está péssimo. Machucado, sangrando, queimado. Eu acho que também estou.

– Vamos curar um ao outro. – Ele pegou a mão dela. Uma luz ainda brilhava entre eles, e ele se concentrou nela enquanto falava. – Eu queria ver Petra morta, e queria matá-la eu mesmo. Por Denzel, por Mick também. Por tudo e por tantos. Mas, quando chegou a hora, percebi que ela estava louca. Patética. Maléfica, mas patética. Acabar com ela...

Não lhe dera satisfação, não lhe dera prazer.

– O alívio é bom – decidiu. – O alívio funciona.

– Concordo, e agora precisamos... Laoch! Meu Deus, Laoch. Eu preciso...

Ela correu para ele, correu uma mão sobre o flanco que o dragão havia queimado.

Em vez de uma ferida, ou mesmo uma cicatriz de cura, ele tinha, como no escudo, o símbolo de cinco elos.

– Às vezes, os deuses são gentis – murmurou ela.

Fallon suspirou ao ver que Taibhse desceu e pousou na sela dourada, e Faol Ban sentou-se ao lado do alicórnio para esperar.

– Precisamos ter certeza de que destruímos tudo na floresta, que não sobrou nada que possa...

– Fallon. – Com uma ternura que surpreendeu os dois, Duncan deu um beijo na testa dela e a virou. – Olhe.

A floresta estava viva outra vez. Era densa, os pinheiros verdes, os carvalhos maduros, cheios de cor estavam sob a luz da lua. Uma lua, ela percebeu, e estrelas, que brilhavam através de um céu claro como vidro.

Através das árvores, e sobre os campos não mais queimados, luzes dançavam.

– As fadas vieram. Estão trazendo de volta. Tudo de volta.

– Nós vamos voltar também, trazer a mamãe para que ela possa ver a casa novamente. Abri-la de novo para a luz.

– Alguém vai cultivar a terra de novo.

– Alguém.

Ela sorriu.

– O alívio é bom. A felicidade é ainda melhor. Acho que cheguei à felicidade. E terminou? Isso é o melhor de tudo. Vamos para casa, Duncan.

– Vamos para casa.

Ele a puxou para perto de si e ambos dispararam para Nova Esperança em um beijo.

# EPÍLOGO

Na véspera do novo ano, em um ano que terminou e começaria com luz, a neve se espalhava como um cobertor branco sobre os jardins adormecidos, envolvendo os galhos das árvores como lenços de renda. O vento soprava frio e claro sobre famílias de bonecos de neve.

Em Nova Esperança, na casa onde a família de Fallon havia criado um lar, amigos se reuniam. Comida para todos e mesas cobertas, vinho e uísque derramado generosamente em copos. Uma música alegre tocava.

Fredinha, inchada com a gravidez, asas vibrando, dançava com o filho mais velho enquanto Eddie tocava gaita, um cachorro aos pés, o filho mais novo no colo, batendo palmas ao ritmo da música. Por honra de tempos passados, Poe e Kim discutiam devido a um jogo de palavras cruzadas enquanto os filhos reviravam os olhos.

Jonah viu seu filho do meio finalmente reunir coragem para convidar uma garota bonita para dançar, e cutucou Rachel. Com um suspiro, ela apoiou a cabeça no ombro dele, depois estendeu a mão e agarrou Gabriel antes que ele pudesse passar correndo.

– Mamãe precisa de um abraço.

– Papai também.

No andar de baixo, muitas pessoas se reuniam para jogar pôquer valendo pedras, penas e altas apostas de nozes cristalizadas. Colin estreitou os olhos para Flynn quando ele aumentou a aposta mais uma vez, dez nozes.

– Não é permitido ler mentes, caro elfo.

– Não preciso disso com você. Você dá sinais.

– Não dou.

– Dá, sim – corrigiu Travis, franzindo a testa ao analisar as próprias cartas. – Você está balançando o pé, então está blefando.

– Eu também... estou – percebeu Colin, com uma risada, e dobrou.

Do outro lado da sala, contente em assistir à festa, ao jogo, Starr acariciou Blaidd. Quando Ethan se sentou no chão ao seu lado, ela recuou um pouco.

– Ele gosta quando você o acaricia – disse Ethan. – Nem todo mundo e nem todos os animais gostam de ser tocados. Mas ele gosta quando você o acaricia.

Ela pensou por um momento, limpou a garganta.

– Você tem tanta bondade em sua mente. Nem todo mundo tem. Eu sei que a fazenda é sua casa, mas sinto muito que você vá voltar para lá em breve.

– Vamos vir visitar. Nova Esperança também é nossa casa.

Com os cabelos penteados especialmente para a festa e a transmissão de fim de ano que a precedera, Arlys abriu caminho por entre a multidão. Carregava uma caneca fumegante para entregar ao seu sogro enquanto ele se sentava e se aquecia ao fogo da lareira.

– Chá de equinácea, para essa garganta arranhada.

– Chá? – Bill se sentiu insultado. – É ano-novo.

– Chá para a garganta. – Ela se inclinou, beijou o rosto de Bill. – O uísque dentro dele para o restante.

– Tudo bem então. – Ele pegou a mão da nora. – Vai ser um bom ano.

– O melhor de todos os tempos.

– Will Anderson! – gritou ele. – Seu pai não criou um tolo como filho. Dance com sua linda esposa.

– Boa ideia. – Will a levou em direção à música, em seguida a abraçou e balançou. – Uma ideia muito boa. Theo está flertando com a filha de Alice Simm. Não posso culpá-lo. Ela é muito lindinha.

– Eu percebi. Cybil está flertando com o mais velho de Kim.

Ele a puxou para trás.

– O quê?

– Típico... – Arlys o puxou de volta. – É seu filho, parabéns; é sua filha, que horror! Eu poderia escrever um artigo sobre isso.

– Ah, não, você não vai fazer isso.

Ela riu, aconchegou-se.

– Chuck está dançando. Não com uma parceira, e aquilo não é realmente dançar. Mas é um movimento que se aproxima do conceito básico de dança. Katie está na cozinha fofocando com Lana. Meu Deus, vou sentir muita falta de Lana. Hannah desceu para o jogo de pôquer com Simon. E…

Ela olhou para ele.

– A gangue está toda aqui, Will. Estamos todos aqui e eu te amo.

Na cozinha, Katie serviu mais vinho, observou o líquido.

– Acho que vou ficar bêbada.

– Beba somente o vinho das fadas. Não dá ressaca.

– Lana. Lana, o que vou fazer sem você?

– Viremos visitar vocês. Muitas vezes. – Como isso a fez lacrimejar, Lana serviu mais vinho para ambas. – E vocês têm que nos visitar. Quero que conheçam a fazenda. Na verdade, decreto neste momento que todos deverão ir à fazenda no próximo verão para uma grande festa. Eu exijo.

– Conte comigo. – Katie piscou para conter as lágrimas. – Vamos sentir falta de você, Simon, os meninos.

– Colin vai ficar em Arlington. – Com um sorriso agridoce, Katie compreendeu. – Ele é um soldado, não um fazendeiro. Então, mais visitas lá, também. E Fallon.

Lana inspirou, expirou. É como dar à luz, pensou. Deixar uma criança encontrar seu caminho no mundo não era tão diferente de trazê-la ao mundo.

– Esta será a casa dela agora. Esta casa, dela com Duncan.

– Você… eles…

– É apenas algo que eu sei. Então, visitas, muitas visitas. Um dia eles podem querer um casamento ou atar as mãos. Essa vai ser uma grande festa para planejarmos, não vai, Katie? Nossos bebês.

– Eu vou cuidar dela para você. Eu amo você, Lana. Eu amo Fallon e os seus meninos.

– Eu sei. Eu amo Duncan e as suas meninas. Nós criamos filhos fortes, não foi, Katie?

– Filhos incríveis. Aos seus quatro e aos meus três – brindou ela, levantando o copo.

– Os sete da sorte – disse Lana, levantando o dela.

– Senhoras.

Lana olhou para o alto. Riu.

– Mallick! Você veio.

Quando ela deu a volta no balcão para abraçá-lo, ele deu tapinhas em suas costas desajeitadamente, mas sorriu.

– Eu queria desejar a vocês, todos vocês, um feliz ano novo.

– Que tal um pouco de vinho?

– Eu gostaria muito. Esta casa está cheia de luz – acrescentou, enquanto ela lhe servia um copo. – Eles serão felizes aqui. Ofereço um brinde a duas maravilhosas mães e seus excelentes filhos.

– Obrigada.

– E agradeço pelos bolos de sebo e a receita para eles, que Fallon me trouxe na véspera de Natal.

Ele ficara profundamente comovido por encontrá-la na porta de sua cabana naquela noite, com os bolos e o alimentador de pássaros que fizera para ele de um galho de uma árvore caída perto da casa de sua infância, no País de Gales.

Como isso o deixou sentimental, ele limpou a garganta, bebeu o vinho.

– Me disseram que há um jogo de cartas na sala lá embaixo.

– Pôquer? – Katie inclinou a cabeça para observá-lo. – Você joga pôquer?

– Eu vivi muito tempo – afirmou ele, sorrindo, fazendo uma leve reverência e descendo as escadas.

Duncan e Fallon estavam sentados nos degraus mais altos, de onde podiam observar o movimento, ouvir as vozes e a música. Bebiam vinho, compartilhavam um prato.

Simon fez uma pausa na base da escada, depois subiu.

– Por que não está dançando com a minha filha?

– Bem, nós estávamos…

– Eu pensei que você estivesse jogando pôquer – interrompeu Fallon.

– Eu estava, até Mallick chegar e acabar comigo. Com quase todos nós.

Simon olhou para o lugar onde Hannah fez a mímica de esvaziar os bolsos antes de se sentar ao lado de Fredinha.

– Pai, ele é um feiticeiro centenário.

– E um trapaceiro. Venha dançar com o seu velho.

– Eu não vejo nenhum velho, mas vou dançar com você.

Ela passou seu vinho para Duncan, pegou a mão de Simon.

– Eu só queria um minuto. – Ele pressionou o rosto nos cabelos da filha. – Está chegando perto da meia-noite. Ano novo, novas mudanças.

– Eu vou visitar vocês tantas vezes que você vai se cansar de mim – disse ela, sorrindo.

– Impossível. Eu quero isso para você, essa vida. Até mesmo aquele rapaz lá no alto da escada. Ele provavelmente ama você quase tanto quanto eu.

– Ainda há trabalho a fazer. Eu vou depender de você para muitas coisas.

– Não pense em trabalho esta noite. Seja feliz. – Ele gesticulou para Duncan, esperou, em seguida deu um aperto na mão de Fallon antes de pousar a mão na de Duncan. – Dance com a garota – ordenou Simon, e saiu.

– Eu sou péssimo em dançar.

– Apenas me segure e se balance.

– Isso eu sei fazer.

– Isso é bom. É bom para todos. Tonia está totalmente recuperada e está se divertindo.

– Sim, ela… quem é aquele cara?

– O nome dele é Filo. Era um dos amigos de Mick, e ajudou a tomar A Praia.

– E agora está dando em cima da minha irmã.

– Ela está correspondendo. – Fallon virou a cabeça para que ficassem cara a cara. – Eu estou dando em cima de você, então preste atenção.

– Eu só quero…

Tonia dançou perto deles e beliscou o braço de Duncan.

– Cuide da sua própria vida. Ele é um gato! – disse ela a Fallon. – E me acha maravilhosa. E está se transferindo para o quartel.

– Eu te amo, Duncan – declarou-se Fallon.

– Eu só não acho… – Ele olhou para Fallon e se rendeu, simplesmente se rendeu. – E eu te amo.

– É quase meia-noite. Vou terminar o ano com você, começar o novo ano com você. E me prometo a você todos os anos depois.

– Com você. – Ele beijou a mão da amada. – O fim, o começo e todos os anos depois.

– Está passando. Consegue sentir?

– Consigo. Com você.

As pessoas começaram a contar, uma unidade de vozes levantadas na esperança para o ano vindouro.

Ele a puxou para um beijo, que se manteve quando o ano velho morreu e o novo nasceu.

E com o beijo, como o beijo, a luz brilhou, se acalmou e voltou a brilhar.

## CONHEÇA OUTROS LIVROS DA EDITORA ARQUEIRO

### *A passagem*

JUSTIN CRONIN

Primeiro, o imprevisível: a quebra de segurança em uma instalação secreta do governo norte-americano põe à solta um grupo de condenados à morte usados em um experimento militar. Infectados com um vírus modificado em laboratório que lhes dá incrível força, extraordinária capacidade de regeneração e hipersensibilidade à luz, tiveram os últimos vestígios de humanidade substituídos por um comportamento animalesco e uma insaciável sede de sangue.

Depois, o inimaginável: ao escurecer, o caos e a carnificina se instalam, e o nascer do dia seguinte revela um país – talvez um planeta – que nunca mais será o mesmo. A cada noite a população humana se reduz e cresce o número de pessoas contaminadas pelo vírus assustador. Tudo o que resta aos poucos sobreviventes é uma longa luta em uma paisagem marcada pelo medo da escuridão, da morte e de algo ainda pior.

Enquanto a humanidade se torna presa do predador criado por ela mesma, o agente Brad Wolgast, do FBI, tenta proteger Amy, uma órfã de 6 anos e a única criança usada no malfadado experimento que deu início ao apocalipse. Mas, para Amy, esse é apenas o começo de uma longa jornada – através de décadas e milhares de quilômetros – até o lugar e o tempo em que deverá pôr fim ao que jamais deveria ter começado.

*A passagem* é um suspense implacável, uma alegoria da luta humana diante de uma catástrofe sem precedentes. Da destruição da sociedade que conhecemos aos esforços de reconstruí-la na nova ordem que se instaura, do confronto entre o bem e o mal ao questionamento interno de cada personagem, pessoas comuns são levadas a feitos extraordinários, enfrentando seus maiores medos em um mundo que recende a morte.

*O nome do vento*

Patrick Rothfuss

Da infância numa trupe de artistas itinerantes, passando pelos anos vividos numa cidade hostil e pelo esforço para ingressar na escola de magia, *O nome do vento* acompanha a trajetória de Kote e as duas forças que movem sua vida: o desejo de aprender o mistério por trás da arte de nomear as coisas e a necessidade de reunir informações sobre o Chandriano – os lendários demônios que assassinaram sua família no passado.

Quando esses seres do mal reaparecem na cidade, um cronista suspeita de que o misterioso Kote seja o personagem principal de diversas histórias que rondam a região e decide aproximar-se dele para descobrir a verdade.

Pouco a pouco, a história de Kote vai sendo revelada, assim como sua multifacetada personalidade – notório mago, esmerado ladrão, amante viril, herói salvador, músico magistral, assassino infame.

Nesta provocante narrativa, o leitor é transportado para um mundo fantástico, repleto de mitos e seres fabulosos, heróis e vilões, ladrões e trovadores, amor e ódio, paixão e vingança.

Mais do que a trama bem construída e os personagens cativantes, o que torna *O nome do vento* uma obra tão especial – que levou Patrick Rothfuss ao topo da lista de mais vendidos do *The New York Times* – é sua capacidade de encantar leitores de todas as idades.

*A Princesa das Cinzas*

LAURA SEBASTIAN

A jovem Theodosia tem seu destino alterado para sempre depois que seu país é invadido e sua mãe, a Rainha do Fogo, assassinada. Aos 6 anos, a princesa de Astrea perde tudo, inclusive o próprio nome, e passa a ser conhecida como Princesa das Cinzas.

A coroa de cinzas que o kaiser que governa seu povo a obriga a usar torna-se um cruel lembrete de que seu reino será sempre uma sombra daquilo que foi um dia. Para sobreviver a essa nova realidade, sua única opção é enterrar fundo sua antiga identidade e seus sentimentos.

Agora, aos 16 anos, Theo vive como prisioneira, sofrendo abusos e humilhações. Até que um dia é forçada pelo kaiser a fazer o impensável. Com sangue nas mãos, sem pátria e sem ter a quem recorrer, ela percebe que apenas sobreviver não é mais suficiente.

Mas a princesa tem uma arma: sua mente é mais afiada que qualquer espada. E o poder nem sempre é conquistado no campo de batalha.

*Outlander: A viajante do tempo*

Diana Gabaldon

Em 1945, no final da Segunda Guerra Mundial, a enfermeira Claire Randall volta para os braços do marido, com quem desfruta uma segunda lua de mel em Inverness, nas Ilhas Britânicas. Durante a viagem, ela é atraída para um antigo círculo de pedras, no qual testemunha rituais misteriosos. Dias depois, quando resolve retornar ao local, algo inexplicável acontece: de repente se vê no ano de 1743, numa Escócia violenta e dominada por clãs guerreiros.

Tão logo percebe que foi arrastada para o passado por forças que não compreende, Claire precisa enfrentar intrigas e perigos que podem ameaçar a sua vida e partir o seu coração. Ao conhecer Jamie, um jovem guerreiro das Terras Altas, sente-se cada vez mais dividida entre a fidelidade ao marido e o desejo pelo escocês. Será ela capaz de resistir a uma paixão arrebatadora e regressar ao presente?

*A chama de Ember*

Colleen Houck

Quinhentos anos atrás, Jack fez um pacto com um demônio e acabou condenado a uma eternidade de servidão. Como um lanterna, seu único dever é guardar um dos portais que levam ao reino imortal, garantindo que nenhuma alma se infiltre onde não é bem-vinda. Jack sempre fez um excelente trabalho... até conhecer a bela Ember O'Dare.

Há tempos, a bruxa de 17 anos vem tentando enganar Jack para atravessar o portal. Insistente, sem temer os alertas dele, Ember enfim consegue adentrar a dimensão proibida com a ajuda de um vampiro afável e misterioso, e então tem início uma perseguição frenética através de um mundo deslumbrante e perigoso.

Agora Jack precisa resgatar Ember antes que os universos terreno e sobrenatural entrem em colapso e se tornem um caos.

*A maldição do tigre*

COLLEEN HOUCK

Kelsey Hayes perdeu os pais recentemente e precisa arranjar um emprego para custear a faculdade. Contratada por um circo, ela é arrebatada pela principal atração: um lindo tigre branco.

Kelsey sente uma forte conexão com o misterioso animal de olhos azuis e, tocada por sua solidão, passa a maior parte do seu tempo livre ao lado dele.

O que a jovem órfã ainda não sabe é que seu tigre Ren é na verdade Alagan Dhiren Rajaram, um príncipe indiano que foi amaldiçoado por um mago há mais de 300 anos, e que ela pode ser a única pessoa capaz de ajudá-lo a quebrar esse feitiço.

Determinada a devolver a Ren sua humanidade, Kelsey embarca em uma perigosa jornada pela Índia, onde enfrenta forças sombrias, criaturas imortais e mundos místicos, tentando decifrar uma antiga profecia. Ao mesmo tempo, se apaixona perdidamente tanto pelo tigre quanto pelo homem.

*O guia do mochileiro das galáxias*

DOUGLAS ADAMS

Considerado um dos maiores clássicos da literatura de ficção científica, *O guia do mochileiro das galáxias* vem encantando gerações de leitores ao redor do mundo com seu humor afiado.

Este é o primeiro título da famosa série escrita por Douglas Adams, que conta as aventuras espaciais do inglês Arthur Dent e de seu amigo Ford Prefect.

A dupla escapa da destruição da Terra pegando carona numa nave alienígena, graças aos conhecimentos de Prefect, um E.T. que vivia disfarçado de ator desempregado enquanto fazia pesquisa de campo para a nova edição do *Guia do mochileiro das galáxias*, o melhor guia de viagens interplanetário.

Mestre da sátira, Douglas Adams cria personagens inesquecíveis e situações mirabolantes para debochar da burocracia, dos políticos, da "alta cultura" e de diversas instituições atuais. Seu livro, que trata em última instância da busca do sentido da vida, não só diverte como também faz pensar.

## CONHEÇA OS LIVROS DE NORA ROBERTS

QUARTETO DE NOIVAS
Álbum de casamento
Mar de rosas
Bem-casados
Felizes para sempre

A POUSADA
Um novo amanhã
O eterno namorado
O par perfeito

OS PRIMOS O'DWYER
Bruxa da noite
Feitiço da sombra
Magia do sangue

A SINA DO SETE
Irmãos de sangue
A maldição de Hollow
A Pedra Pagã

OS GUARDIÕES
Estrelas da Sorte
Baía dos Suspiros
Ilha de Vidro

CRÔNICAS DA ESCOLHIDA
Ano Um
De sangue e ossos
A ascensão da magia